新中国文学
经典丛书 精选本

报告文学 卷

孟繁华 主编

作家出版社

出版说明

中国当代文学经过70多年的探索、创作，逐渐形成了具有中国特色和经验的文学世界。这个世界丰富、绚丽、迷人，不仅从一些方面表达了当代中国的思想、情感和精神面貌，而且已经成为世界文学重要的组成部分。为了展示中国文学的巨大成就，进一步树立文化自信和文学自信，我们特别策划了这套具有一定规模的"新中国文学经典丛书·精选本"。

丛书共计十二卷，包含小说（中短篇）、诗歌、散文、报告文学、戏剧五个文学门类，其中短篇小说两卷、中篇小说六卷、诗歌一卷、散文一卷、报告文学一卷、戏剧一卷。在时间上，所选均是1949年新中国成立之后所发表或出版的优秀文学作品。在版式编排上，统一按照当前规范要求，采用简体字横排方式，字词用法也遵照当前最新标准规范。

丛书邀请著名评论家孟繁华担任主编。入选丛书的作品经过了专家论证委员会的认真评审，专家评审从文学性、思想性、时代性等多方面进行综合考察，选取了各个时期、各个体裁最具代表性的作家作品。正是这些作家作品，构筑了中国当代文学最为坚实和亮丽的文学大厦，在一定意义上，它们就是一部特殊形态的中国当代文学史，代表了新中国文学70多年所取得的不凡成就。

文学是时代的一面镜子，通过这套大型丛书，读者一方面可以了解和领略中国当代文学的发展历程和高端成就，满足精神文化发展的需求；也可以更好地了解新中国成立70多年来我们党和人民所走过的光辉道路，了解我们的祖国所发生的翻天覆地的变化。鉴古知今，面向未来，更好地投身于实现中华民族伟大复兴中国梦的新征程中去。

需要特别说明的是，尽管在篇目的遴选上，我们经过了认真的论证和反复的研究，但关于作品优劣的认定和选择的标准见仁见智，正所谓一千个读者眼中有一千个哈姆雷特，每个人心中都有自己认为优秀的作品。因此，这套书仅仅代表的是面对新中国70多年文学成就的一种眼光、一个角度。同时，由于丛书体量有限，遗珠之憾在所难免，恳请读者朋友理解并谅解，同时更盼批评指正。

作家出版社

2023年1月

目录

记中央人民政府成立盛典

林　韦

中华人民共和国中央人民政府正式宣告成立了！这一震撼世界的巨响，由中国四亿七千五百万人民的伟大领袖、中华人民共和国中央人民政府毛泽东主席在北京天安门上庄严响亮地喊出的时候，参加盛典的三十万群众中爆发了经久不息的欢呼，红底五星的国旗徐徐升上二十二米的高杆，五十四门大炮齐鸣，军乐队奏起十多年前曾经激发了无数爱国人民向日本帝国主义冲锋前进的《义勇军进行曲》。时间是十月一日下午三时。

经历过无数次深重灾难的中华民族与中国人民将永远记得这个珍贵的时刻：它宣布了旧中国完全死亡，宣布了人民的新中国的诞生。中国，中国人，将不再是屈辱的殖民地与殖民地奴隶的代名词，而要永远地受到全世界爱好和平民主的人民的尊敬了。中国人民从此有了屹立于世界和平民主阵营的祖国，有了真能保护自己，代表自己的政府。受过多少代封建帝王直接统治与日本法西斯、蒋家小朝廷血腥屠杀的北京人民，将更加清晰地永远记得这个珍贵的时刻。

密林般飘扬在高空的红旗，无数红色的五星灯、圆灯、各种兵器与镰刀斧头，都在"中华人民共和国万岁""中央人民政府万岁""毛主席万岁"的巨幅标语下标志出人们一致的强烈愿望：要巩固自己的祖国与人民政府。所以，在朱总司令检阅人民的海陆空军部队与这些部队在会场中心举行分列式时，群众中涌起了同样狂热的欢呼。整整两个半钟头的检阅，许多人连坐也没坐一下。电影机、照相机、望远镜和几十万双眼睛，一直集中凝结在受检阅的部队身上，生怕看不清或漏过任何一个可以看得到的武器与战士。

人民的武装部队两个半小时的检阅，给予人民的是更加坚固的胜利信心。我国年轻的海军部队与空军部队,第一次公开地列队出现在人民领袖和广大人民的面前了。海军部整齐的步伐、焕发的精神,使人坚信它们既从无变成有,必将从小变成大。随着我们伟大祖国的繁荣昌盛,我们会建设起一支强大的海军。空军成列成队地飞过会场的上空,人丛中帽子飞舞起来,手巾挥舞起来,手里拿着的报纸和其他物件都飞舞起来。人们随着军乐队奏出的《解放军进行曲》的响亮节奏拍着手,合着拍子,发出这样那样的声音,几十万的脉搏同速地跳动。

步兵部队、炮兵部队、战车部队与骑兵部队以等距离、等速度整连整团整师地稳步行进,是检阅中历时最长的一段,一直顶到太阳西下。但是,人们不厌其多,不厌其久;人们互相询问着:"这是什么炮呀?""这是什么人呀?"每个人都把别人当成全知者,想更多地得到对自己部队的知识。指挥台上久经战阵的军官们向身旁的非部队人员不断地解答着:"头两辆并排的小吉普车是指挥员和政委,后两辆是参谋长和政治主任,后面一辆是旗兵,这队野炮是日式90野炮,能打三十华里,这是德国的15生的大榴弹炮,这是中型坦克,这是装甲车营……"所有摩托车与战车、炮车……都是油漆了的,装了红星与"八一"字样,轮子一圈白,颜色壮美而一致。这是人民的战士们加意装饰了的。

往西长安街看,不知部队已走出多少里;往东长安街看,不知还有多少里长的部队准备走进会场来,人们越看越振奋,觉得自己祖国的武装力量已是如此强大。骑兵部队的许多连队最后以极整齐的五马并跑经过主席台前时,激起多次的热烈鼓掌。不仅跑得齐,而且马的颜色也是以各个连队为单位,要白全白,要红全红。

最后一队骑兵跑过去的时候,天安门紫壁上的太阳灯、各色灯光在黄昏里开始发亮,人丛里的灯笼火把都点着了火,全场一片火光红浪;爆花筒向高空成群成群地放出红色、绿色、雪白色火球,拉着无数美艳的火丝,回头下降,噼噼啪啪响成一片。东西长安街上夹道的人群,开始围观提灯游行的漫长行列,喊起"中华人民共和国万岁""中央人民政府万岁""毛主席万岁"的欢呼声。

《人民日报》1949年10月2日

我们会见了彭德怀司令员

巴 金

我们在三月二十二日上午会见了中国人民志愿军彭德怀司令员。

外面开始在飘雪，洞子里非常暖和。这是一间并不太大的会客室，在靠门的一边的低矮的石顶盖下悬着两盏没有灯罩的电灯，灯下放了一张简单的桌子，桌上有几个玻璃杯，四把简单的椅子放在桌子前面，椅子后面有十多根白木板凳。

我们十七个从祖国来的文艺工作者坐在板凳上，怀着兴奋的心情，用期待的眼光望着门外半昏半暗的甬道。我们等待了一刻钟，我们等待着这样的一个人，他不愿意别人多提他的名字，可是全世界的人民都尊敬他为一个伟大的和平战士。全世界的母亲都感谢他，因为他救了朝鲜的母亲和孩子。全中国的人民都愿意到他面前说一句感谢的话，因为他保护着祖国的母亲和孩子们的和平生活。拿他对世界和平的贡献来说，拿他的保卫祖国的功勋来说，我们在他面前实在显得太渺小了。所以在听见脚步声逼近的时候，一种不敢接近他的敬畏的感觉，使我们突然紧张起来。

他进来了，我们的眼睛并没有看清楚他是怎样进来的。一身简单的军服，一张朴实的工人的脸，他站在我们面前显得很高大和年轻。他给我们行了一个军礼，用和善的眼光望着我们微笑着说："你们都武装起来了！"就在这一瞬间，他跟我们中间的距离忽然缩短了、消逝了。

我们亲切地跟他握了手，他端了一把椅子在桌子旁边坐下来，我们也在板凳上坐下了。他拿左手抓住椅背，右手按住桌沿，像和睦家庭中的亲人谈话似的和我们从容地谈起来。他开头就说："朝鲜人是个可尊敬的优秀的民族，他们勇敢勤劳、吃苦耐劳。我们来朝鲜以前，对这一层了解得还不够深刻。他们被日本帝国主义压榨了几十年，现在又遇着像美帝国主义这样残暴的敌人。他们在保卫世界和平的战斗中已经尽了他们的责任。"

从朝鲜人民他又谈到美国侵略军，他说："过去我们看惯了日本兵的暴行，美国军队的残忍凶狠只有超过日本兵。所以朝鲜人是那样普遍地仇恨美国侵略军。现在美国侵略者居然不顾一切用起细菌武器和毒瓦斯武器来了。苏联科学家说：我们科学家用种种方法要扑灭鼠疫，消灭害人的细菌；美国侵略者反而在各处散布病菌，这真是丧失了人性。我们的战士说：我们连飞机大炮都不怕，还会让这些蚊子、苍蝇吓倒！"

他的明亮的眼睛射出一种逼人的光，我们看出来他对美帝国主义者的憎恨跟他对朝鲜人民的热爱是一样的深。他有点激动了，摘下军帽放在桌子上，露出了头上的一些很短的白发。这些白发使我们记起他的年纪，记起他过去那许多光辉的战绩。我们更注意地望着他，好像要把他的一切都吸收进我们的眼底。大部分的同志都不记笔记了，美术组的同志也忘了使用他们的画笔，为的是不愿意分散他们的注意力。

他又抓起帽子戴在头上，拿右手摸了摸嘴，然后把手放在膝上继续谈起来。他用关切的口气，用具体的例子谈到抗美援朝和祖国的关系；谈到抗美援朝的正义性和对美国侵略军作战的经验；谈到几次战役胜利的原因；分析帝国主义阵营中的矛盾和美国统治阶级中的矛盾；然后又谈到朝鲜停战谈判的前途。我们记牢了他的这样的话："我们的兵法家孙子说得好，'知己知彼，百战百胜'，相反，敌人始终对我们摸不清楚。敌人愿意跟我们谈判，是因为我们把他们打痛了。在谈判中间他们还不甘心，又发动秋季攻势，结果还是吃了亏，伤亡十二万人，才又谈起来。现在敌人是进退两难：要打，他们得不到胜利，没有出路；要和，大资本家的暴利又没有了，经济危机也要来了。我们却不然，和本来我们愿意的，我们就是为了和平才来作战的；战我们也不怕，我们是越打越强！"

听着他的浅明的详细的反复的解说，望着他那慈祥中带刚毅和坚定的表情，我感到一股热流通过我的全身。他的朴素的话语中流露出对民族对祖国的热爱。他的恳切的表情上闪露出对胜利的信心。他不倦地谈着，他越谈下去，这一切越是明显；他越谈下去，我们也越感到温暖，越充满信心。我的整个心被他的话吸引去了，我忘记了周围的一切，我忘记了时间的早晚……我只看见眼前的这一个人，他镇静、安详，他的态度是那么坚定。他忽然发出了快乐的笑声，这时候我觉得他就是胜利的化身了，我们真可以放心地把一切都交给他，甚至自己的生命。我相信别的同志也有这样的感觉。

我们的这种尊崇的表情一定让他看出来了，所以他接着说："作战主要的是靠兵。自古以来兵强第一，强将不过是利益跟士兵一致的指挥员。指挥员好比乐队的指挥，有好的乐队没有好的指挥固然不行；可是单有好的指挥没有好的乐队也不行。个人要是不能代表绝大多数群众的利益，他便是很渺小的。"

时间在不知不觉中过去了，他一直从容地谈下去，军事、政治、经济、文化各方面他都谈到了，他就这样生动、深刻而具体地给我们谈了三个钟头。他最后一次把左手从椅背上拿下，挺起腰来，结束了他的谈话。到了这时，我们才吐了一口气，注意到时间过得太快了。接着他听见副司令员跟我们的讲话中，最后讲到"欢迎"两字，他在旁边接下去说："我虽然没有说欢迎，可是我心里是欢迎的！"这一句话使我们的心激动胜过千言万语，我们能够用什么话来说明我们的激动的心情呢？

志愿军政治部甘主任在谈话中对我们说："彭司令员这句话里含有很深的感情啊！"甘主任又说，"人都有感情，战士的心是更热烈和伟大的，有的战士背着炸药把自己生命跟敌人战车同归于尽。他们是不简单的，他们是有深厚的感情的。牺牲自己并不是容易的事，这样的感情我们不应该让它埋没，我们有责任把它表扬出来，让祖国人民知道。"甘主任是个爱发笑的人，可是这时候他的声音抖得厉害，他很激动，他也有深厚的感情。我激动得说不出一句话来，我们文艺工作者也是有感情的人，接触到这样伟大的心灵以后，难道我们还不能够交出个人的一切吗？

晚上，我们走出洞来，雪落得更大了。汽车把我们送回到宿舍的山脚下，我们冒雪上山，好容易走到宿舍的洞口。这时雪花满天，冷气扑面，我埋头看山下只有一片白雪，没有一个人家漏出灯光。夜并不深，北京时间不过九点光景，在祖国的城市里该是万家灯火的时候，孩子安宁地睡在床上，母亲静静地在灯下工作，劳动了一天的人们都甜蜜地休息了。是谁在这遥远的寒冷的土地上保卫着他们的和平生活呢？祖国的孩子们是知道的，祖国的母亲们是知道的，全中国的人民都是知道的。

祖国的孩子们的梦中的微笑，母亲们脸上的满足的表情，全国人民的幸福的笑容，就是对中国人民志愿军和他们的指挥员彭德怀将军的感激的表示。

《人民日报》1952年4月9日

谁是最可爱的人

魏 巍

在朝鲜的每一天，我都被一些东西感动着；我的思想感情的潮水，在放纵奔流着；我想把一切东西都告诉给我祖国的朋友们。但我最急于告诉你们的，是我思想感情的一段重要经历，这就是：我越来越深刻地感觉到谁是我们最可爱的人！

谁是我们最可爱的人呢？我们的战士，我感到他们是最可爱的人。

也许还有人心里隐隐约约地说：你说的就是那些"兵"吗？他们看来是很平凡、很简单的哩，既看不出他们有什么高深的知识，又看不出他们有什么丰富的感情。可是，我要说，这是由于他跟我们的战士接触太少，还没有了解我们的战士：他们的品质是那样的纯洁和高尚，他们的意志是那样的坚忍和刚强，他们的气质是那样的淳朴和谦逊，他们的胸怀是那样的美丽和宽广！

让我还是来说一段故事吧。

还是在二次战役的时候，有一支志愿军的部队向敌后猛插，去切断军隅里敌人的逃路。当他们赶到书堂站时，逃敌也恰恰赶到那里，眼看就要从汽车路上开过去。这支部队的先头连就匆匆占领了汽车路边一个很低的光光的小山冈，阻住敌人。一场壮烈的搏斗就开始了。敌人为了逃命，用了32架飞机、10多辆坦克发起集团冲锋，向这个连的阵地汹涌卷来，整个山顶的土都被打翻了，汽油弹的火焰把这个阵地烧红了。但是，勇士们在这烟与火的山冈上，高喊着口号，一次又一次把敌人打死在阵地前面。敌人的死尸像谷子似的在山前堆满了，血也把这山冈流红了。可是敌人还是要拼死争夺，好使自己的主力不致覆灭。这场激战整整持续了八个小时。最后，勇士们的子弹打光了。蜂拥上来的敌人占领了山头，把他们压到山脚。飞机掷下的汽油弹把他们的身上烧着了火。这时候，勇士们是仍然不会后退的呀，他们把枪一摔，向敌人扑去，身上帽子上呼呼地冒着火苗，把敌人抱住，让身上的火，也把占领阵地的敌人烧死。……据这个营的营长告诉我，战后，这个连的阵地上，枪支完全摔碎了，机枪零件扔得满山都是。烈士们的遗体，保留着各种各样的姿势。有抱住敌人腰的，有抱住敌人头的，有掐住敌人脖子把敌人摁倒在地上的，和敌人倒在一起，烧在一起。有一个战士，他手里还紧握着一个手榴弹，弹体上沾满脑浆；和他死在一起的美国鬼子，脑浆迸裂，涂了一地。另一个战士，嘴里还衔着敌人的半块耳朵。在掩埋烈士遗体的时候，由于他们两手扣着，把敌人抱得那样紧，分都分不开，以致把有些人的手指都掰断了。……这个连虽然伤亡很大，他们却打死了300多敌人，更重要的，他们使得我们部队的主力赶上来，聚歼了敌人。

这就是朝鲜战场上一次最壮烈的战斗——松骨峰战斗，或者叫书堂站战斗。假若需要立纪念碑的话，让我把带火扑敌和用刺刀跟敌人拼死在一起的烈士们的名字记下吧。他们的名字是：王金传、邢玉堂、王文英、熊官全、王金侯、赵锡杰、隋金山、李玉安、丁振岱、张贵生、崔玉亮、李树国。还有一个战士，已经不可能知道他的名字了。让我们的烈士们千载万世永垂不朽吧！

这个营的营长向我叙说了以上的情形，他的声调是缓慢的，他的感情是沉重的。他说在阵地上掩埋烈士的时候，他掉了眼泪。但是，他接着说："你不要以为我是为他们伤心，不，我是为他们骄傲！我觉得我们的战士太伟大了、太可爱了，我不能不被他们感动得掉下泪来。"

朋友，当你听到这段英雄事迹的时候，你的感想如何呢？你不觉得我们的战士是可爱的吗？你不以我们的祖国有着这样的英雄而自豪吗？

我们的战士，对敌人这样狠，而对朝鲜人民却是那样的爱，充满国际主义的深厚热情。

在汉江北岸，我遇到一个青年战士，他今年才21岁，名叫马玉祥，是黑龙江青冈县人。他长着一副微黑透红的脸膛，高高的个儿，站在那儿，像秋天田野里一株红高粱那样淳朴可爱。不过因为他才从阵地上下来，显得稍微疲劳些，眼里的红丝还没有退净。他原来是炮兵连的。有一天夜里，他被一阵哭声惊醒了，出去一看，是一个朝鲜老妈妈坐在山冈上哭。原来她的房子被炸毁了，她在山里搭了个窝棚，窝棚又被炸毁了。回来，他马上到连部要求调到步兵连去，正好步兵连也需要人，就批准了他。我说："在炮兵连不是一样打敌人吗？""那，不同！"他说，"离敌人越近，越觉着打得过瘾，越觉着打得解恨！"

在汉江南岸阻击敌人的日子里，有一天他从阵地上下来做饭。刚一进村，有几架敌机袭过来，打了一阵机关炮，接着就扔下了两个大燃烧弹。有几间房子着了火，火又盛，烟又大，使人不敢到跟前去。这时候，他听见烟火里有一个小孩子哇哇哭叫的声音。他马上穿过浓烟到近处一看，一个朝鲜的中年男人在院子里倒着，小孩子的哭声还在屋里。他走到屋门口，屋门口的火苗呼呼的，已经进不去人，门窗的纸已经烧着。小孩子的哭声随着那滚滚的浓烟传出来，听得真真切切。当他叙述到这里的时候，他说："我能够不进去吗？我不能！我想，要在祖国遇见这种情形，我能够进去，那么，在朝鲜我就可以不进去吗？朝鲜人民和我们祖国的人民不是一样的吗？我就踹开门，扑了进去。呀！满屋子灰洞洞的烟，只能听见小孩哭，看不见人。我的眼也睁不开，脸烫得像刀割一般。我也不知道自己的身上着了火没有，我也不管它了，只是在地上乱摸。先摸着一个大人，拉了拉没拉动；又向大人的身后摸，才摸着小孩的腿，我就一把抓着抱起来，跳出门去。我一看小孩子，是挺好的一个小孩儿啊。他穿着小短裤儿，光着两条小腿儿，小腿儿乱蹬着，哇哇地哭。我心想：'不管你哭不哭，不救活你家大人，谁养活你哩！'这时候，火更大了，屋子里的家具什物也烧着了。我就把他往地上一放，就又从那火门里钻了进去。一拉那个大人，她哼了一声，我就使劲往外拉，见她又不动了。凑近一看，见她脸上流下来的血已经把她胸前的白衣染红了，眼睛已经闭上。我知道她不行了，才赶忙跳出门外，扑灭身上的火苗，抱起这个无父无母的孩子。……"

朋友，当你听到这段事迹的时候，你的感觉又是如何呢？你不觉得我们的战士是最可爱的人吗？

谁都知道，朝鲜战场是艰苦些。但战士们是怎样想的呢？有一次，我见到一个战士，在防空洞里，吃一口炒面，就一口雪。我问他："你不觉得苦吗？"他把正送往嘴里的一勺雪收回来，笑了笑，说："怎么能不觉得？我们革命军队又不是个怪物。不过我们的光荣也就在这里。"他把小勺儿干脆放下，兴奋地说，"就拿吃雪来说吧。我在这里吃雪，正是为了我们祖国的人民不吃雪。他们可以坐在挺豁亮的屋子里，泡上一壶茶，守住个小火炉子，想吃点什么就做点什么。"他又指了指狭小潮湿的防空洞说，"再比如蹲防空洞吧，多憋闷得慌哩，眼看着外面好好的太阳不能晒，光光的马路不能走。可是我在这里蹲防空洞，祖国的人民就可以不蹲防空洞啊，他们就可以在马路上不慌不忙地走啊。他们想骑车子也行，想走路也行，边溜达边说话也行。只要能使人民得到幸福，就是我们最大的幸福。所以，"他又把雪放到嘴里，像总结似的说，"我在这里流点血不算什么，吃这点苦又算什么哩！"我又问："你想不想祖国啊？"他笑起来："谁不想哩，说不想，那是假话，可是我不愿意回去。如果回去，祖国的老百姓问，'我们托付给你们的任务完成得怎么样啦？'我怎么答对呢？我说'朝鲜半边红，半边黑'，这算什么话呢？"我接着问："你们经历了这么多危险，吃了这么多苦，你们对祖国对朝鲜有什么要求吗？"他想了一下，才回答我："我们什么也不要。可是说心里话——我这话可不一定恰当啊，我们是想要这么大的一个东西……"他笑着，用手指比个铜子儿大小，怕我不明白，"一块'朝鲜解放纪念章'，我们愿意戴在胸脯上，回到咱们的祖国去。"

朋友们，用不着多举例，你们已经可以了解我们的战士是怎样一种人，这种人有一种什么品质，他们的灵魂多么的美丽和宽广。他们是历史上、世界上第一流的战士，第一流的人！他们是世界上一切伟大人民的优秀之花！是我们值得骄傲，我们以我们的祖国有这样的英雄而骄傲，我们以生在这个英雄的国度而自豪！

亲爱的朋友们，当你坐上早晨第一列电车驰向工厂的时候，当你扛上犁耙走向田野的时候，当你喝完一杯豆浆、提着书包走向学校的时候，当你坐到办公桌前开始这一天工作的时候，当你往孩子口里塞苹果的时候，当你和爱人一起散步的时候……朋友，你是否意识到你是在幸福之中呢？你也许很惊讶地说："这是很平常的呀！"可是，从朝鲜归来的人，会知道你正生活在幸福中。请你意识到这是一种幸福吧，因为只有你意识到这一点，你才能更深刻了解我们的战士在朝鲜奋不顾身的原因。朋友！你是这么爱我们的祖国，爱我们的伟大领袖毛主席，你一定会深深地爱我们的战士——他们确实是我们最可爱的人！

《人民日报》1952年4月11日

为了六十一个阶级弟兄

王　石　房树民

背景

本文是一篇富有时代气息的通讯。原载1960年2月28日《中国青年报》，是该报记者集体采写的。后经删节发表在《人民文学》1960年4月号上。在选作教材时，又进行了删改。文章记叙了一场在党的领导下抢救六十一个阶级弟兄的紧张战斗。故事发生在1960年2月，当时三门峡工程正在加速进行，而山西省承担的从芮城风陵渡到平陆南沟的省级公路（称"风南公路"），正是支援三门峡工程的重点公路。它对加强工程建设有重要作用。1960年春节刚过，平陆县修路的广大民工放弃假日的休息时间，在张沟公路段上投入了紧张的劳动。中毒事件就在这时发生。

平陆求援

1960年2月3日，农历正月初七现在，整整是下午四点钟

在首都王府井大街，车水马龙，热闹繁忙，商店穿戴着节日的盛装，人们满面春风地东来西往。就在这王府井北口八面槽的路东，有一家门市很小的国营特种药品商店。这时候，营业员们在笑盈盈地答对顾客，办公室里，算珠响个不停，快下班了，正忙着结账。忽然，有人兴致勃

勃地拿来一大把红红绿绿的票子：

"同志们，今晚政协礼堂有精彩晚会，首都商业职工春节大联欢！"

"好哇！"大伙乐得嘴都合不上了。原来，在春节放假的日子里，我们大家都休息，可商业职工却还忙在柜台上，为了让我们在假日里买到称心的东西，可真是忙得脚不沾地。所以，这个有着首都名艺术家表演、内容十分精彩的大联欢，只好推到正月初七才举行。大家分到了票子，更是欢喜地忙工作，只等下班以后，带上全家老少，去尽兴欢度六十年代的第一个春节……

陡然，办公桌上的电话，响起了十分急促的铃声，戴近视眼镜的业务员老胡，一把抓起听筒：

"喂，哪里？"

"长途！我是中共山西平陆县委，我们这里有六十一名民工发生食物中毒，急需一千支'二巯基丙醇'，越快越好，越快越好！"听筒里的声音十分响亮而焦灼。

"我们立刻准备药品！"很怕对方听不清楚，老胡几乎喊起来了，"我们马上设法把药发到太原！"

"不行！太原距平陆尚有一千余里，而且要翻山越岭，交通极为不便，请设法空运……空运！！"

六十一个同志的生命，危在旦夕！一千支注射剂，非得空运！……每一个字，都好似一颗钉，颗颗钉在人们的心上！就在老胡抓耳搔腮地和对方通话时，大家已经都围上来了。商店里好一阵紧张，人们的心里，早已把"精彩晚会"丢得无影无踪。党支部立即召集紧急会议研究，决定全力以赴办好这件事。发动大家想办法，立刻请示领导。于是，全商店的人，把心拧成一股绳，把精力全都集中在这一连串的悬念、一连串的困难上了……

前前后后

在我们的社会主义大家庭里，亿万劳动人民是一个亲密无间的整体。一根红线贯穿，颗颗红心相连，大家同呼吸，共甘苦……事情原来是这样发生的：2月2日，在山西省平陆县一座新落成的红色大楼里，灯火辉煌。中共平陆县委扩大会议，照常进行着。与会者心神振奋，讨论的是1960年跃进规划。

七点钟时，县人民委员会燕局长匆匆奔进会议室，找到县人民医院王院长说：

"一小时前，风南公路张沟段有六十一名民工，发生食物中毒，请立刻组织医务人员抢救！……"

他们的话还没说完，坐在主席位置上的中共平陆县委第一书记郝世山同志，也已晓得了这紧急情况。这位五十来岁的老书记，立刻站了起来，目光炯炯地把会场扫视了一遍，然后，果决地说：

"同志们，现在要全力处理一件急事，会议暂停！"说完，郝书记一甩手，披起那件旧棉大衣，立即召集县委常委会议研究，当机立断，全力抢救。片刻，大卡车就载着负责同志，载着县医院全部最好的医生，在茫茫的黑夜里，翻山越岭，向我们的六十一个阶级弟兄身边奔去！

这平陆县与河南省的三门峡市，只隔一条黄河。县北五十里外张村一带，正在修建一条从芮城风陵渡到平陆南沟的省级公路，这条公路是山西全省支援黄河三门峡伟大建设工程的交通命脉。筑路民工都是人民公社社员，干起活来，真叫干劲冲天，有个叫侯永胜的，一个人一天就挑了几百担土。他们展开了对手赛，改革了一系列工具，工效步步提高。甚至春节期间，自愿少休息，打了个开门红的大胜仗。谁想竟发生了这偶然的不幸！这是六十一个多么好的建设社会主义的积极分子，他们的生命有危险，我们能不心疼吗？

县里的汽车来到张沟工地以前，张村公社党委第一书记薛忠令，亲率公社医院二十多名医护人员，早已来到。

他们正在忙着给病人洗身、洗脚、消毒。县里的医生跳下汽车，立即插手诊断，立即治疗！他们使用了各种办法：给患者喝下了绿豆甘草水解毒，无效！

给患者又注射了吗啡，仍然无效！……无效！无效！

紧张，无比的紧张！

空气窒人，医生、护士挥汗如雨。县人民医院负责医生解克勤等同志，经过紧张详细的会诊后，断定：

"非用特效药'二巯基丙醇'不可！必须在4日黎明前给病人注射这种药，否则无效！赶快派人去找！"

就在同一个时间内县委会里，不安之夜。

我们的郝书记，不停地吸着烟，守在电话机旁，他嘴角上的皱纹，更加深陷了。参加革命二十多年来，他养成了这样一种习惯：自个生病（他现在还患着关节炎），好像没那么回事，可乡亲们一有个头疼脑热，他就记着放不下，非想个法帮你治好心里才舒坦。何况，现在这六十一个同志，有的是生命危险！郝书记更加坐立不安了。……这时候，他们接到了患者急需"二巯基丙醇"的电话，马上就派人去找。县人民医院的司药王文明和张寅虎，这两个小伙子连厚衣服也没顾得穿，两步并作一步走，跳过一道道深沟险壑，到三门峡市去找药。你看，这才叫真正的"司药员"，药房里没有的，他愿意经历千辛万苦，跑遍天涯海角，也要给你找到！他们来到了黄河茅津渡口，在微微的星光底下，只见那黄河翻滚着巨浪，只听那河水拍打岸头，声声震人心碎。这两个小青年，明明知道夜渡黄河容易翻船落水，极其危险，但是，为了挽救六十一位同志的生命，在这重要的时刻，就是天大的险，他们也心甘情愿去冒！

他们毫不犹豫地去敲船工的门。船工从鼾睡中醒来：

"敲门干什么？"

"请摆我们渡河！""黄河渡口，自古以来，夜不行船，等天亮吧！""不能等！为了救人今夜非过河不可！"

当船工们听说是为了挽救六十一个祖国建设者，老艄公王希坚，不顾今晚正发喘，猛然从热乎乎的被窝里跳了起来，系上搭巾，吆喝一声："伙计们，走！"后面王云堂等几个人紧紧跟上。来到岸边，二话不说，驾起船，直奔河心。凭着与黄河巨浪搏斗了几十年的经验，凭着一颗颗赤诚的心，终于打破了黄河不夜渡的老例，把取药人安全送到了对岸。

可是，三门峡市没有这种特效药！

这已经是2月3日的中午了。时间啊，你停滞一会儿吧！你为什么老是从人们的身边嗖嗖地疾驰而过，想挽也挽不住你……

郝书记急切而坚定地指示："我们还是应该就地解决。向运城县去找！向临汾县去找！向附近各地去找！"

就在这时，张村公社医院又来了电话："如果明晨以前拿不到'二巯基丙醇'，十四名重患者，将会有死亡！"

找药的电话，不断头地回来了：

运城县没这种药！

临汾县没这种药！附近各地都没这种药！

郝书记斩钉截铁地说："为了六十一位同志的生命，现在我们只好麻烦中央，向首都求援。向中央卫生部挂特急电话！向特药商店挂特急电话！"

于是，这场紧张的抢救战，在两千里外的首都，接续着开始了……

人心向北京，北京的心立刻和平陆的心一起跳动……

同心协力筹备送药

2月3日，下午四时多，在卫生部

在中华人民共和国卫生部的一所四合院里，药政管理局的许多同志，都停下了别的工作，忙办这件刻不容缓的事。药品器材处长江冰同志，在接到平陆县委打来的电话后，就一面叫人通知八面槽特种药品商店赶快准备药品，一面跑去请示局长和正在开党组会议的几位部长。徐运北副部长指示：一定要把这件事负责办好，立刻找民航局或请空军支援送药！

现在，处里胖胖的老吴同志，头上汗水津津，正在紧张地向特种药品商店催药，共青团员冀钟昌正在与民航局联系；电话里传来的是不匀称的呼吸。显然对方也很焦急：

"明天早晨，才有班机去太原，那太迟了，太迟了！……对啦，请求空军支援！"

真急人，电话一个劲占线。当小冀接通了空军领导机关的电话时，空军已晓得了这件事。原来民航局先一步为此事打来了电话。这时，值班主任向小冀又进一步了解了卫生部的要求，立即跑去请示首长。首长指示：全力支援，要办得又快又好！于是，像开始了一场战斗一样，有关人员各就各位，研究航线，研究空投，向部队发出命令……这一切都办得十分神速，这一切都贯注着人民军队的光荣传统，都贯注着对人民极其深沉的爱！

阶级友爱，情深似海。在我们中间，一个人发生困难，就有上百、上千、上万个素不相识的人，热切地向你伸出手，不遗余力地帮助你……

现在，已经是下午五点多了，从首都广安门外到八面槽的遥远路途中，穿过熙熙攘攘的人群，穿过川流不息的车辆，走过大街走小巷，一位三十来岁的工人，正冒着数九天的寒风，拼命地蹬着一辆载货自行车飞驰。"同志们，闪道，闪闪道！"

他不断地向行人呼喊着。这车上拉的就是"二巯基丙醇"。骑车的叫王英浦，是位先进工作者。你看，他把车轮蹬得飞转，三十华里的路程，一个小时多就赶来了。干吗要从三十里外运药来？这其中还有段小故事：

这"二巯基丙醇"，原来是由国外进口的，算是一种稀有药品。可是去年"大跃进"中，我们的国营上海第一制药厂的工人，创造性地揭开了它的秘密，现在已能大量生产供应了。它再也不是什么稀罕玩意儿，它的身价，已经从特种药品降为普通药品，所以特药商店刚刚把它送到库房去，准备发往各地普通医药公司经售。谁知现在又突然需要它，因此又拉了它回来。

且说王英浦这时正气喘吁吁地把药品搬进屋来，大家呼地围住他：

"老王，你真是两条神仙腿呀！"

就在同一个时间内

我们的特种药品商店里，党支部书记田忱和共产党员何思鲁，正拿着电筒，伏在地图上，照啊，找啊，他们干什么呢？屋里明明亮着太阳灯，往常，针掉到地上都可以找到，可是今天却怎么也不够亮，噢，他们在找：平陆在哪儿？他们在想：到底如何运送？这些，迄今还都是悬案！

正在这急死人的节骨眼上，卫生部又来了电话：

"空军已热情支援，保证今夜把药品空投到平陆县城！请你们快把一千支药品装进木箱，箱外要装上发光设备……"

有飞机啦！人们的心里，真像是久旱逢甘雨，兴奋得都跳起来了！但紧跟着又是一个困难：这发光设备可怎么解决呢？

就在同一个时间内

时间，一秒、一分……一闪而过。现在距离 4 日清晨已经没几个小时了。

在张村公社医院里，空气仍然异常紧张！张村公社的社员们，给自己的弟兄送来了大量豆腐、粉条、蔬菜、糖、细粮……这些东西堆在那里，有谁能吃呢？我们的弟兄还在危险中！山西省人民医院、临汾人民医院在听到这个紧急消息后，也都迅速派来了医生。现在，四十多位医护人员，头上冒着一串串的汗珠，他们已经二十来个小时没合眼，为了延续这六十一条生命，土法、洋方，各式各样的招，都使尽了，可是病人还不见何好转！！

突然有人报告："同志们，县委来电话说，中央已决定今晚派飞机送药来！"这是真的吗？是真的！病人们那绝望的眼神，忽地亮了，人人的眼里，都饱含着无限感激的热泪……

现在，时间将近晚上七点

特药商店里，药品箱都快装好了，可是发光设备却还没个着落。这时，一个戴眼镜的姑娘，猛地把辫子一甩说：

"我找五洲电料行去！"这人名叫李玉桥。

她飞也似的来到了五光十色的五洲电料行。吓，这里真是顾客盈门，共青团员贺宜安在忙着给顾客拿这拿那。李玉桥简短地把情况跟小贺说完，问他：

"给你三十分钟，能不能办好？"

"放心吧，李大姐，坚决保证！"

李玉桥帮他搞营业，小贺抬腿就去找人。半路上正好碰见了王明德，小王是北京市的先进生产者，更是一位热心肠的小伙子。他俩急中生智，连跑带研究，真是一个跟跄一个智慧，他们想用四节电池焊在一起，接上灯泡，可亮半个多小时；又研究出用十六节电池、四个灯泡，把药箱的四面都装上灯，空投落地时，这一面的摔灭了，保险那几面的还亮着。说着说着，他们就干起来了。这时，正好门市部主任老杨从外面开会回来，一听说这是急事，也帮他们忙活起来。过了一会儿，李玉桥又来催：

"时间紧迫，不能超过三分钟啦！"

"我们保证两分半钟就弄好！"果真，李玉桥头脚走回商店，小王就带着焊好的发光设备，一溜风地也钻进来，真是两分半钟啊！

现在，是七点半钟以后

一辆胜利牌小轿车，从卫生部大门里疾驰出来，奔向特药商店。

车子来了。这时候，正像老何事后所描绘的：也不知那一箱子药品，到底是怎么拿出去的。只见大家一拥而上，生怕误了一分一秒的时间，生怕有个拿不住摔到地上，许多只手擎着这一千支"二巯基丙醇"，挤出商店的那狭小的门，轻轻地把它放在胜利牌小轿车最好的席位上！胜利牌轿车载着一千支"二巯基丙醇"，正在灯火辉煌的大街上，在静谧的京郊林荫大道上，响着喇叭，箭也似的向机场疾驰。

就在同一个时间内

平陆县邮政局的电话铃声一阵响。从下午三点开始，平陆——北京的长途电话已经成为一条极为敏捷的专线，这电话又是空军领导机关打来的。亲自守护在电话机旁的邮政局长董鸿亮同志，忙把电话接到县委会。郝书记接过电话，只听见：

"请赶快物色一块平坦地带，要离河道远些准备四堆柴草。飞机一到，马上点火，作为空投标志！"

"好！立即准备！"

于是，书记、县长亲自指挥，有线广播站里传出来了最洪亮声音，向县城附近的机关、学校、人民公社，向几千几万群众，发出了县委、县人民委员会最紧急的号召。声音所到之处，正在学习拼音文字的干部们，撂下了书本跑出来，学生们从温课的教室里涌出来，老人们拄着拐杖走出来，新婚夫妇从温暖的新房中走出来，建设局的工人们，拖着废木碎柴往城外空地上跑；圣人涧那面的山坡上，又有一大群红旗公社的男女社员，抱着大捆大捆的棉柴芦苇，向这块平坦地势上奔来……

眨眼间，岗尖岗尖的四大堆柴草已经准备好了！

几千人林立在这块名叫圣人涧的空地上。人们满怀急不可待的激动心情，向茫茫的夜空，向东北方向，不，向我们伟大的首都，瞭望着，瞭望着；人们的心早已经穿过了云层！曾经在部队上做过通讯工作的孙治勤同志，站在高高的山冈上，凭着他的经验，凭着他一双能听出十里以外的耳朵，倾听着飞机的动静……

这是一场共产主义风格大发扬的胜利战斗。舍己为人、友爱互助精神万岁！

夜间投药的经过和抢救成功

现在，是夜里九点零三分

北京，繁星满天。一架军用运输机，满载首都人民的深情厚谊，冲向银光闪闪的夜空，向西南方向风驰电掣地飞去。卫生部的陈寅卿同志随机前往。

这是一次十分困难的飞行。夜间空投，在平陆空投场没有地面指挥和对空联络的情况下，加上地形复杂，山峦重重，空投的又是水剂药品，而且要保证做到万无一失。……部队领导对这次空投任务极为重视，政委、大队长、参谋长亲自研究，特别选派了最有经验的机长、领航长、通信长和机械师，并且是一架飞机，派两个机组同时前往。就在起飞之前，他们还选择了最好的降落伞，把药箱加了重，一切都筹划得最有把握，大家满怀着信心。

一个飞行员十分激动地请求机长："为了使药箱确保及时送到，我请求批准我跟着药箱一起下去！"

机长说："首长已经指示，人不要下去，我们要保证把药品准确投到！"现在，我们的雄鹰正在高速航行。下面是茫茫大地，祖国到处是不夜城，繁星与万家灯火交相辉映，这时候，有多少人，还在辛勤地为祖国劳动着！

现在，是夜里十一点二十三分

"请平陆准备！准备！飞机再有七分钟就到你县，马上点火！"

董局长把这空军领导机关的电话通知，立刻传给守候飞机的人群，不知是谁，向每堆柴草上泼了一些煤油，火光冲天而起，大火把天空和大地都照红了！

这时，飞机已越过黄河，来到平陆上空。现在飞机的高度是二千七百米，为了空投得准确，必须降低，越低越准！机长周连珊压了压操纵杆，飞机迅速下降，二千、一千五、一千……五百米，巍峨的山影从机身旁掠过，好危险哪！这是一场勇敢加技术的搏斗！

飞机上的全部人员，双眼睁得彪圆，心情极不平静！机长突然兴奋地命令：

"准备空投！"

保伞员、机械师还有小陈，早就把药箱上的电灯接亮了，只听电铃一响，他们嗖的一声准确地把药箱推出机舱，一千支"二巯基丙醇"带着降落伞，向预定空投地点坠下去，坠下去！……由县委打电话向北京求援，到神药从天而降，这其中牵动了多少单位，牵动了多少人，可是这全部复杂辗转的过程，却只用了八个多小时，这是多么惊人的高速度！

我们不是常说"千里送鹅毛，礼轻情意重"么，这一箱从天而降的神药啊，盛满了首都无数人的最美好的感情，它比泰山还重！

就在同一个时间内

在平陆县城外的圣人涧，四大堆火越烧越旺。人流如春潮，数不清的手电光点缀着夜空，活像国庆夜首都天安门的探照灯光。郝书记、郭县长等都亲赴现场来了。

"看，天上有个亮灯下来了！"突然谁叫。

"那是降落伞，那是神药！"

几千双手高高地举起来，谁都想把这一箱药擎住！人们向飞机、向降落伞此起彼伏地欢呼！

降落伞带着闪闪的亮灯向下飘落！人流追踪着降落伞飘落，跑啊！跑啊！郭逢恒县长向降落伞跑去，迎面碰见了蒲剧演员杨果娃，这是个十六岁的女孩，唱小旦的。她的脸上还抹着红红的粉，戏装也没卸，全是舞台上那个打扮呢！

"果娃！你怎么也跑来啦！"郭县长问她。

"看戏的人都来啦，我怎么不来，来接毛主席送来的神药哇！"说着她又赶忙向降落伞跑去。

降落伞带着药箱安全地着陆了，安在药箱四角的电灯闪闪地亮着，寨头管理区的社员最先抱住了药箱！几千人簇拥着这一箱药，你刚扛了两步，他抢过去又扛在肩上……

交通局派来的一辆最好的汽车，最好的司机沈宽亮，早已等在县委会门口。药箱放在车上，车就大开油门，向五十里外的张村医院飞奔。俗话说：平陆不平沟三千。这里的山路狭窄崎岖，极端难行，汽车随时都可能发生故障抛锚。沈宽亮早把汽车做了最好的检修，可是他还在想：

"万一出了毛病，我就扛着它送去！"

2月3日，深夜

盼！盼！——在张村公社医院的大门口，社员们、医护人员们正焦急地盼望着……汽车开来了！——好！

马上拿下药箱，马上注射。

注射剂十分灵效，立竿见影，病人立时止住了疼痛，恢复了神志。医生原来规定，药品不能迟于4日黎明找到，但这药品却在黎明之前就送到了。我们的六十一个阶级弟兄化险为夷了。他们新的更强壮的生命，是党给予的，是同志们用阶级友爱救活的。狂喜从人们的心底里迸发出来……

不仅仅是这六十一个死而复生的人，我们每个人都有两次生命。党用它思想的阳光，帮助我们消除旧时代遗留给我们的思想毒菌，抚育我们成为全新的人。

2月5日

红日高照，春光灿烂。

县委书记处书记兼县长郭逢恒及县里其他几位领导同志，代表县委会和全县人民，率领着县文工团，携带着慰问品，来到了张村公社医院。他们亲自到床边抚慰病人。郭县长见病人已恢复了健康，打心眼里高兴。民工们紧紧地拉住了郭县长的手，不知说啥好。民工周满禄，眼眶里噙满滚热的泪，他说：

"万恶的日本鬼子打瞎了咱一只眼，没人管；国民党阎老西杀了咱多少人，苦水往肚里咽！今天，咱这些普通民工闹点病，中央就派飞机救咱们，党和毛主席真是咱贴心的人啊！"

张店公社的老汉吴进喜，从八十里外赶来看他的儿子吴广新。这时他激动得浑身抖动，拉着儿子："小子，在咱这偏僻山沟子里，我想你是没救啦！谁想毛主席在北京比咱老汉还关心我儿！小子，毛主席才真是你的亲爹娘！"

当场，大家都再也躺不住，纷纷爬起来，向郭县长请求：

"为了感谢党和毛主席，感谢首都人民的支援，我们明天就上工！"

郭县长慰抚他们说："你们要听党的话，好好休息几天！"

第一连连长怎么也按不住心里的那股冲劲，攥着两只粗大的拳头，代表全连的民工向郭县长表示：

"我们一连全体向党和毛主席保证：鼓起最大干劲，把第三连的工全部包下来！"

紧跟着，大家在公社医院的里里外外，在工地上，贴出了几百张大字报表决心；写给党中央和毛主席的信，更像雪片般飞来……

民工们真是说到做到，他们一上工，就由过去每天挖十五方土，增加到挖三十方，工效翻倍。有的人，更是一天干了三天的活儿！大家决心提前三个月修好这条支援三门峡伟大建设工程的公路！无数的奇迹在创造着！……

　　不仅仅是我们的这些筑路民工，十二万平陆人，六亿五千万中国人，人人心里都燃着一团烈火，这团烈火越烧越旺：对党和毛主席的深沉热爱，化作无穷无尽的力量，人们正在用它加速建设我们伟大的社会主义祖国！干劲冲天地、高速度地建设她吧，这是咱们的靠山，这是咱们永远幸福的保证！

《中国青年报》1960年2月28日

登上地球之巅

郭超人

5月24日清晨，阳光灿烂，珠穆朗玛尖锥形的顶峰耸立在蓝天之上，朵朵白云在山岭间缭绕不散。

北京时间上午9时30分，年轻的登山队员运动健将王富洲、刘连满、屈银华和一级运动员贡布（藏族）四人，背着高山背包，扶着冰镐，开始向珠穆朗玛顶峰最后的380米高度冲击。其他队员撤回到8100米的营地，养精蓄锐，以便在需要的时候为突击顶峰的队员提供各种支援。

现在，在这海拔8500米以上的冰雪世界里，这四位优秀的中国登山队员在一根红色的结组绳的牵引下，齐心协力，朝着云雾茫茫的珠穆朗玛峰巅勇敢地迈进。为了尽可能减轻背上的负担，他们一两一两地计算，抛弃了一切暂时不用的物品，只携带氧气筒、防寒睡袋、铅笔、日记本、电影摄影机和登山队委托他们带到顶峰的一面五星红旗、一尊高约20厘米的毛泽东半身石膏像。即使如此，他们前进的速度也是非常慢的。因为从5月17日上山以来，他们已经经历了一个星期的艰苦行军，体力消耗巨大。

突击顶峰的队员们走了大约两个钟头，才上升了约70米。这时，"第二台阶"挡住了他们的去路。

突击队员们沿着第三次行军侦察的路线，冒着零下30多摄氏度的严寒，在陡滑的岩壁上登攀，他们穿着特制的镶有钢爪的高山靴也难踩稳。在前面开路的屈银华，一连滑倒好几次。他头晕眼花，腰酸背痛，两腿千斤重，但他仍咬着牙坚持前进。

在接近"第二台阶"顶部最后三米的地方，岩壁变得垂直而光滑。

这时，刘连满走在前面开路。他用双手插进岩缝，脚尖蹬着岩面，使出全身力量一寸一寸地上升。但是，由于体力不济，身体稍微一歪，便扑通一下跌落到原来的地方。刘连满一连爬了四次，跌落四次，累得他全身像散了架一样。

大家不得不停下来想办法。这时，刘连满突然想起自己在哈尔滨当消防队员期间，采用"人梯"的办法成功地翻过高墙的经历。他毅然蹲到岩壁前，让别人踩在他的肩膀上，然后慢慢地站起来，让别人的双手能抓住岩壁顶端的支撑点攀登上去。在这样的高度上，做任何一个细小的动作，身体都有严重的反应。刘连满的眼前冒着"金花"，两脚颤抖，呼吸也变得沉重。但是，刘连满一直坚持着。他先把屈银华托了上去，然后又托贡布。最后，王富洲和刘连满借着上边放下来的绳子的帮助，也爬了上去。

登上"第二台阶"的岩顶后，他们才发觉，由于体力减弱，他们攀登整个"第二台阶"，共花费了五个多小时，而用在攀登这最后三米岩壁的时间，却长达三个小时。

天色开始黑下来，寒风凄厉地呼啸着。

他们事先以为天黑以前就能登上顶峰，现在看来，这种估计显然错误。黑夜，即将成为他们前进道路上的第二道难关。在这人类从未到达过的珠穆朗玛峰北坡最后二三百米的路途中，他们将要遇到什么困难，要走多长时间，事先确实很难精确估计。

勇敢的突击队员们还在一步一步地前进。但是，由于前一阶段花费的时间过长，他们背上的氧气筒的气压表显示，氧气的容量已经不多。继续前进，可能受到缺氧的严重威胁。这时，刘连满因为过度疲劳，体力已经非常衰弱，每走一两步就会不自觉地摔倒，但他缓慢地站起来，仍然一偏一倒地坚持继续往前走着。

在身体虚弱和严重缺氧的情况下，还要摸黑进行高山行军，这不仅极其困难，而且相当危险。现在，他们每移动一步，肉体要承受多么巨大的痛苦啊!英国"埃非勒士委员会"的组织者扬赫斯班在《埃非勒士峰探险记》一书中曾这样写道："人类身体在任何地方所受的痛苦，未有甚于一个埃非勒士峰攀登者在登山的最后一天所忍受的。……即使有完美的体格、旺盛的精力，假如他的勇气不足忍受砭骨的大风雪，神经不敢履践崔巍悬岩的边沿，意志不能在死一样的昏睡病侵袭时奋勇前进，他仍将不能到达顶峰。"对于扬赫斯班的同事们来说，他的这番话确实颇有道理。然而，对于坚强的中国登山队员们来说，有什么样的困难和危险能滞留和阻挡他们前进的脚步呢？为了祖国和民族的荣誉，为了完成人民的委托，为了在喜马拉雅漫长的雨季到来之前最后一个好天气的周期内登上顶峰，四位勇士仍然勇往直前，继续行进在崎岖的山路上。

考虑到刘连满的身体，同时为了争取时间，大家一致决定刘连满留下来，其余三人以最快的速度奔向顶峰。

在王富洲、屈银华和贡布迎着夜幕继续向顶峰进发的同时，刘连满正躺在一块避风的大石头旁边休息。严重缺氧使他的两耳嗡嗡发响，眼前白一阵黑一阵地迸散着"金星"，他开始进入一种半昏迷的状态。他的心里非常明白，他正在被人们称为"死亡地带"的高度上，窒息的危险随时都可能发生。他拉过身旁的氧气筒，气压表上的红针表明还剩下最后几十个压力的氧气。但是，他的眼前出现了正在向顶峰冲击的战友们的背影。他知道他的战友们从顶峰胜利归来时，将比他更需要氧气的支援。他决定，宁愿自己忍受窒息的痛苦甚至死亡的威胁，也要把最后一点氧气留给战友。他毅然把氧气筒放回原来的地方，自己昏昏睡去……

时间在一分一秒地过去。昏睡中的刘连满感到四肢在严寒中愈来愈麻木，心脏在缺氧的状况下跳动得愈来愈急促，他清楚地意识到死神正在一步步向他扑来。刘连满多么想活下去啊！他从来没有像此刻这样强烈地感到，他应当想尽一切办法活下去。活着就是幸福，就是胜利，就是一切。然而他更加深刻地感到，三位正在同顶峰搏斗的战友比起他来更应当活下去，因为他们正肩负着一项多么光荣而又艰巨的使命啊！他们的安全，对于他来说是更大的幸福和更大的胜利……他担心自己在昏迷中停止呼吸，战友们不知道他的氧气筒里还保存着氧气，他又挣扎着坐起来，用铅笔在日记本上给战友们留下了一封短信。

王富洲同志：

　　我没有完成党和祖国交给我的艰巨任务。任务交给你们三个人去完成吧！我这氧气筒里还有点氧，留给你们三个人胜利回来时用吧！也许管用。

你们的同志　刘连满

　　与此同时，王富洲、屈银华和贡布，正在苍茫的夜色中步履艰难地向前移动着。脚下的雪坡变得愈来愈陡，也愈来愈滑。他们翻过两座石岩以后，又登上了一座雪坡。藏族队员贡布在前面开路，不到几分钟就累得连腰也直不起来。于是，屈银华上前开路，他经过很长时间才前进了两三步，但两腿一软，又滑回到原来的地方。最后，王富洲走到前面，他坚持为大家开出一条前进的道路。

　　夜色浓重，珠穆朗玛峰山岭间朦胧一片，只有顶峰还露出隐约的轮廓。王富洲、屈银华和贡布三人匍匐在地上，依靠着星光和反照的雪光辨认路途，每前进一步都要付出巨大努力。

　　夜更深沉，山上山下到处是一片漆黑，只有点点星光在空中闪耀。珠穆朗玛顶峰的黑影在他们面前开始变得非常低矮了。

　　到达8830米左右的地方，王富洲、屈银华和贡布三人的氧气已经全部用完。但这时风也渐渐变小了，这对攀上顶峰十分有利。他们站在岩坡上沉默了片刻。王富洲首先开口说："同志们，我们三个人现在担负着攻克主峰的任务。氧气没有了，继续前进虽然可能发生危险，但是我们能后退吗？"

　　屈银华和贡布用斩钉截铁的语气异口同声地回答："继续前进！"

　　他们抛掉背上的空氧气筒，大胆而果断地开始了人类历史上从未有过的艰难而危险的攀登。

　　现在，他们每跨越一步，就不得不停下来休息很长的时间。高山严重缺氧，他们感到眼花、气喘、无力。他们的四肢更加沉重了，他们的行动更加迟缓了，甚至攀过一米高的岩石，也需要半个多小时。他们忍受着肉体上的巨大痛苦，互相帮助，互相鼓励，继续朝顶峰走去。

　　越过东面一段雪坡以后，王富洲、屈银华和贡布向右绕至北面的岩石坡继续向上攀登，终于登上了一个岩石和积雪交界的地方。举目四望，朦胧的夜色中，珠穆朗玛山区群峰的座座黑影，都匍匐在他们的脚下。现在，他们三人的头顶上，只有闪闪发光的星斗，再也找不到任何可以攀登的山岩了。他们终于登上了珠穆朗玛峰的顶峰，完成了人类历史上从北路攀上世界最高峰的创举。

节选自《红旗插上珠穆朗玛峰》

县委书记的好榜样——焦裕禄

穆 青

　　焦裕禄同志参加革命工作十八年间，一贯听党的话，对党的工作忠心耿耿，为人民鞠躬尽瘁，为无产阶级革命事业奋斗了一生。焦裕禄同志不愧为党的好干部、县委书记的好榜样、人民群众的贴心人。他的一生是革命的一生，战斗的一生，光辉的一生。他没有死，他将永远活在全国人民的心里！

　　我们国家需要有很多诚心为人民服务、诚心为社会主义革命和建设事业服务的人，焦裕禄同志就是这样的人。

　　焦裕禄同志对革命无限忠诚，为人民鞠躬尽瘁。他参加革命工作以后，特别是担任领导职务以后，始终继承与发扬党的优良传统和作风，身不离劳动，心不离群众，艰苦朴素，永葆劳动人民的本色。他严于律己，坚决反对特殊化，坚持同破坏党的组织纪律等一切不正之风，做不懈地斗争。

　　焦裕禄同志诚恳待人，他时刻想着人民群众，爱护人民群众，关心人民群众，热情帮助人民群众解决具体困难，始终和广大人民群众保持最密切的联系，是广大人民群众的贴心人。

　　为了改变兰考县的面貌，焦裕禄同志在困难面前不退缩、不畏惧，坚持实事求是、调查研究的工作作风。他深入到生产第一线，把群众的革命干劲和实事求是的工作态度结合起来，通过深入的调查研究，掌握了大量的第一手资料，摸索自然条件和客观规律，从而找到了改造客观世界、战胜自然灾害的正确途径。在兰考的除"三害"斗争中立下了不朽功勋。

焦裕禄同志是党的好干部、好党员。他不为名、不为利，不怕苦、不怕死，一心为革命，一心为人民，完全彻底为人民服务。焦裕禄同志是我们永远学习的好榜样。

第一部分　在急风暴雨中成长

一九二二年，正是军阀混战时期。那家军阀打过来，派捐要款；这家军阀打过来，抢粮抓夫，闹得民不聊生。就在这年八月十六日，焦裕禄出生在山东博山县北崮山村一户贫苦农民的家里。

焦裕禄青少年时代正处在万恶的旧社会。他饱尝了人间的苦难。后来，在党的教育和领导下，他参加了民兵，入了党，走上了革命道路。在抗日战争和解放战争中，他经历了战火的考验和锻炼。

一、苦大仇深渴望翻身

焦裕禄出生在一个贫苦农民家庭，青少年时代受尽了苦难的煎熬。七岁上学，学习刻苦认真，考试成绩总在前几名。一九三二年，家乡遭遇灾荒，家境十分贫困，十一岁的焦裕禄被迫退学，跟随穷乡亲推着独轮小车，运煤卖煤。

在那暗无天日的旧社会，焦裕禄的家庭和广大劳动人民一样，深受帝国主义、官僚资本主义、封建主义三座大山的残酷压迫和剥削，过着牛马不如的生活。焦裕禄十几岁时，日本鬼子侵占了山东博山。为了一家人的生活，他被迫到黑山煤窑当小工。每天要干十几个小时的重活，得到的仅仅是一点橡子面，别说是养家糊口，连自己的肚子也填不饱。

焦裕禄的父亲因无钱还债，被地主活活逼死。眼泪未干，焦裕禄又被日本鬼子抓到抚顺的一个煤窑做苦工。在日本鬼子、汉奸的刺刀威逼下，他每天在煤窑里干十五个小时以上的苦工，和焦裕禄住在一个工棚的二十三个人中，两三个月里，就有十七人被折磨死去。每当工友们不幸死亡的时候，焦裕禄的心比针刺还要难受。他不忍受日寇的非人折磨，和工友一道同敌人进行了不屈不挠的斗争，冒着生命危险逃出了虎口。

焦裕禄逃出了虎口，又掉进了狼穴。他逃荒要饭跑到江苏宿迁县，不得不给一个姓胡的地主当长工。焦裕禄进一步受到了残酷折磨，甚至在他生病的时候，地主还逼他干活。这阶级仇、民族恨，在焦裕禄幼小的心灵上，打下了深深的烙印。

一九四五年，毛主席领导全国人民取得了抗日战争的伟大胜利。焦裕禄的家乡解放了。他怀着激动的心情，抱着要翻身、求解放的强烈愿望回到了家乡。

二、走上革命道路

焦裕禄这个苦水里生苦水里长的青年农民，找到了党组织，参加了民兵队伍。在党的启发教育下懂得了：劳动人民要彻底翻身解放，就必须在共产党和毛主席的领导下，打倒国民党反动派，推翻帝、官、封三座大山，建立一个人民当家做主的新中国。

焦裕禄很快担任了村里的民兵班长，他经常带领民兵打土豪、除汉奸，配合部队消灭敌人。在斗争中，他总是冲锋在前，出色地完成上级交给的每一项任务。

在党的教育、培养下，焦裕禄同志于一九四六年元月，光荣地加入中国共产党，成为一名坚强的革命战士。

他在入党申请书上这样写道：共产党是人民群众的救星，没有共产党，革命就不能胜利，穷人就不能翻身。我要听毛主席的话，跟共产党走，为推翻旧社会，建立新中国，实现共产主义而奋斗！

焦裕禄入党不久，领导上就把他调到八陡区武装部任干事。在武装部工作期间，他敢于斗争，善于斗争。有一个时期，民兵缺乏弹药，他就根据上级指示，带领大家积极学习自制地雷、布地雷阵。焦裕禄对学习造地雷和埋地雷干得非常出色。他经常带领民兵摸黑到敌人据点旁边埋地雷，埋好地雷后，就放冷枪、骂阵，故意刺激敌军。敌军一出来，就被炸得血肉横飞。

一九四七年春，盘踞在淄川、博山、章丘三个县的还乡团纠合在一起，准备"扫荡"崮山根据地。当时，敌众我寡，力量悬殊，要主力部队增援，时间又不许可。在研究对策时，焦裕禄提出了一个智退敌人的办法。派出六名同志在黑山、岳庄一带，在民房门上用粉笔写上"八陡×团×营驻""×团×营×连驻"等字样。当敌人经过这里，见到民房上的粉笔字时，大吃一惊，认为主力部队马上就要开来，慌忙下令后撤。等到敌人弄清虚实，再转回头来时，我增援部队已赶到，粉碎了还乡团的阴谋，保护了崮山根据地。

三、随军南下开辟新区

一九四七年七月，为了帮助新解放区人民翻身求解放，焦裕禄被调到渤海地区南下工作队，集训后分配到淮河大队一中队任班长。在南下途中，他经常替女同志和身体差的队员扛背包、背干粮袋。最多时，他一个人竟背了四个人的背包。

为了在沿途做好对新解放区群众的宣传工作，大队党委要求一中队在较短的时间里，排演一曲反映河南农民在国民党统治下悲惨生活的大型歌剧《血泪仇》。焦裕禄主动报名扮演剧中的主角王东才。没有排练时间，他就边行军边背台词。休息和宿营时，他就抓紧时间集中排练，常常忙得连饭也顾不上吃。二十多天后，《血泪仇》在阳谷县首场演出。当晚，方圆十几里的群众，扶老携幼，赶来观看，场上人山人海。焦裕禄同志激昂悲愤的唱腔、严肃逼真的表演，深深地感染了全场观众。台上在哭泣，台下在流泪，全场到处是哭声和痛骂国民党反动派的怒吼声。群众异口同声地高呼："打到南京去，解放全中国！"演出结束后，当场有很多青年报名参军。

一九四八年二月十三日，南下工作队到达河南境内。焦裕禄同志被分配到尉氏县彭店区，发动群众建立根据地。他坚持依靠贫雇农，广泛发动群众，经常在彭店古会上做政治宣传。在彭店区委的领导下，群众很快就发动起来了。接着建立了农会和民兵组织，没收了地主的浮财，分了地主的土地。

对彭店出现的新局面，盘踞在彭店边缘地区的国民党军队怕得要死，恨得要命。一九四八年三月的一天，鄢陵县保安团长、大土匪头子洪启龙亲自带领四百多匪兵，杀气腾腾地向彭店村扑来。当时，村里干部、民兵总共只有十五人，三支短枪，十来支长枪。焦裕禄同志镇定自若，把干部、民兵分三个组，一面组织群众转移，一面指挥民兵掩护。当敌人离村子只有几十米时，焦裕禄鸣枪发令，十多支枪一齐射击，埋伏的群众蜂拥而起，齐声高喊："冲啊！冲啊！"贪生怕死的匪兵一看这声势，以为遇到解放军主力部队，吓得惊慌失措，仓皇逃跑。

一九四八年五月，焦裕禄调到尉氏县宣传部任干事。正当小麦要开镰收割时，县委突然接到情报：敌七十五师准备"扫荡"我五分区，抢收麦子。为了保护群众的劳动果实，焦裕禄迅速赶到彭店区向基层干部和群众讲明敌情和县委指示精神，带领群众一面抢收麦子，一面隐藏转移。待敌人赶来时，田里的麦子已收打完毕。敌人不但没有抢到麦子，反而连遭伏击，被迫仓皇逃走。

一九四八年冬，淮海战役打响了，隆隆的炮声敲响了国民党反动统治的丧钟。火线上，解放军战士英勇杀敌；火线下，人民群众奋力支援。焦裕禄同志根据上级指示，组织带领担架队，在尉氏县支前总队部的领导下，投入了支援淮海战役的伟大斗争。

焦裕禄同志对担架队员进行阶级教育和革命传统教育，激发大家的革命斗志。自己积极带头，埋头苦干，以模范行动影响别人，使运输工作提前完成了任务，受到上级的表扬。淮海战役结束时，豫皖苏五分区奖给这个大队一面"支前模范"的锦旗。

一九四九年春，焦裕禄同志完成支前任务后，由淮海前线返回尉氏县，被任命为大营区副区长，负责剿匪反霸工作。根据大营区的实际情况，区委决定的对敌策略是分化敌人，教育多数，孤立少数，打击顽固分子。党的政策和策略发挥了巨大威力，把恶贯满盈的地主黄老三抓了回来，判处了死刑。"毙了黄老三，大营晴了天。"从此，群众消除了顾虑，大营区的剿匪反霸斗争，一个接一个地取得了巨大胜利。一九五〇年夏，焦裕禄同志被提升为大营区委副书记兼区长。

一九五〇年冬，焦裕禄同志任共青团尉氏县委副书记。面对新的工作、新的环境，焦裕禄同志没有犹豫，力挑重担，在实践中摸索，在干中学习。一上班，他口袋里就多了一个小本本，专门记党的大事和团的业务。多少个夜晚，他伏在昏暗的煤油灯下，认真地学习党的建团决议、党关于青年运动的指示和团内文件。

焦裕禄同志善于做青年的知心人。他每次下乡，总是随身背着那把南下时带的二胡，给乡村里的青年伴奏。他和青年情同手足，青年有什么困难和想法总要和他一起拉拉。由于工作需要，县、区绝大多数团干部经常被抽出去做党的中心工作。一些同志认为，团的工作难做，搞不好中心，党委批评，搞不好业务，上级不依，存在着畏难情绪，不愿做团的工作。焦裕禄却形象地说："团的工作是党的工作的一部分，党是头颅，团是手足，一个人只有头颅，没有手足怎么能行呢？"

一九五二年春，焦裕禄同志调陈留团地委任宣传部部长时，参加地委工作组到杞县搞土地复查。他利用一切机会接触青年，调查青年思想实际，趁着各种间隙找团干部谈话，了解青年工作状况，常常是通宵达旦。一位团干部说："团的工作就比人家事多，熬眼多。"焦裕禄笑着说："年轻力壮的时候不为党多做点事，将来老了，只怕想干也干不成了！"

一九五三年夏，焦裕禄同志任青年团郑州地委第二书记，一位在尉氏县工作过的团干来看他，老战友相逢，格外亲热。焦裕禄问："这次到哪里去？"他说："转业了，到省里待分配工作。"焦裕禄说："是啊，团干部总要转业改行的。可咱们做过团的工作的人不能忘了青年，要永远把教育青年的任务担在肩上。"

第二部分　工业战线上的红旗手

一九五三年，祖国大规模的经济建设开始了。全国人民在社会主义工业化的大道上迈出了矫健的步伐。这时，党从各个方面抽调大批优秀干部，派往工业战线。

焦裕禄怀着无限激情，抱着实现社会主义工业化的崇高理想，从农村工作岗位，来到了洛阳矿山机器厂。

解放前，焦裕禄只读过几年小学，文化低，科学知识更差，摆在他面前的却是一个崭新的、十分艰巨的课题。如何完成党交给的任务呢？

他想：单凭热情，不懂业务、技术，根本不适应现代化的工业生产。工厂党委深切体察到焦裕禄的心思，就派他到哈尔滨工业大学学习，到大连起重机厂实习，在学习和实习的过程中，他刻苦钻研。艰辛劳动，努力攀登科学技术高峰。

在哈尔滨工业大学学习时，他是优秀党员；在大连起重机厂实习时，职工称他是"最棒的车间主任"；在洛阳矿山机器厂任调度科长时，大家热情地称他为"政治科长"。最后终于由外行变内行，成为工业战线上的红旗手。

一、新的课题

一九五三年，国家开始大规模的工业建设，党需要大批优秀干部加强工业建设，同年七月，焦裕禄被调到洛阳矿山机器厂。担任筹建处资料办公室秘书组的副组长，负责搜集洛阳的水文、地质、气象等历史资料，为选择厂址提供科学根据。从农业战线到工业战线后，焦裕禄决心从头学起。厂里要抢修一条由金谷园车站直达建厂的金矿公路。任务重、时间紧，新组合的班子和调来的干部都没有修过桥和路，产生了畏难情绪，为了加快工程进度，焦裕禄吃住在工地，认真帮助解决工程中出现的困难和问题，督促施工进展，检查工程质量。

一九五四年八月，金矿公路刚刚通车，厂党委决定焦裕禄和一部分转业干部，到哈尔滨工业大学学习。当时，个别干部因家庭有困难，怕学习坚持不下去。在焦裕禄的带动下，强调家庭有困难的同志也都到哈尔滨考工业大学去了。他们在哈尔滨复习课程时，刻苦钻研工业管理知识，为由外行变为内行奠定了理论知识的基础。

二、成为管理工业的内行

一九五五年年初，洛阳矿山机器厂决定提前开工生产。焦裕禄同志又被分配到大连起重机厂机械加工车间，担任实习车间主任。焦裕禄问起重机厂的同志："学会工厂中的管理业务，得多长时间?"对方说："有一两年时间大致可摸到点门儿。"焦裕禄决心加快步伐，缩短实习时间，整天同工人一起劳动。凡是同管理业务有关的问题，他都刨根问底。有时为弄清某个零件的加工过程，他一连跑几个车间。为了早日掌握工业管理知识，他一面跟调度员学调度，一面跟计划员学安排生产计划。一次，他要求计划员让他自己安排一次计划试试。计划员觉着焦裕禄同志实习才几个月，不可能编好计划。焦裕禄看他有点犹豫，便用商量的口吻说："你在一边看着，我安排错了，你马上纠正。"计划员无法拒绝，只好让他试试。结果，焦裕禄竟很快就把计划编排好了，而且编排得既周密准确，又切合实际。

一九五六年七月至十月，《起重机厂报》连续发表了题为《减速机工段党小组是怎样保证完成计划的》《对工段长工作方法的几点体会》《谈谈前方竞赛中的问题和意见》等焦裕禄同志的署名文章。文章强调了党的核心领导作用，提出了加强思想政治工作，全面发动群众，改善企业管理等方面的意见。

同年十一月十一日，《起重机厂报》登载了"机械车间被评为前后方竞赛优秀单位"的消息，并以整版篇幅刊登了焦裕禄写的《机械车间三季度竞赛总结》。十二月，焦裕禄为车间基层干部总结了十条工作经验。这十条工作经验是：（1）要依靠群众；（2）要发扬民主；（3）要经常总结工作；（4）要学习政治；（5）要利用积极分子做工作；（6）要了解群众思想，关心群众生活；（7）要依靠党的领导；（8）要搞好团结；（9）要学习党的政策；（10）要主动向上级汇报情况。厂党委采纳了这十条经验，改进了管理方法，调整了生产。

一九五六年年底，焦裕禄同志满载学习成果，回到洛阳矿山机器厂，担任一金工车间主任，带领职工投入了紧张的设备安装工作。

一九五八年春，一金工车间的设备安装虽然还没有完全结束，但厂党委却已经下达了试制两米五双筒卷扬机的任务。当时，设备不全，人员不齐，缺乏经验。为了突破难关，完成任务，焦裕禄日夜不离车间，始终和工人劳动在一起，打水、送饭、递工具、喊吊车。实在困极，就把大衣铺在一条长板凳上合一下眼，经过两个月的奋战，我国第一台新型两米五双筒卷扬机制造出来了。因为生产成绩显著，一九五八年年底，一金工车间被评为全厂的红旗车间。

一九五九年春，洛阳矿山机器厂全面投产，焦裕禄又任厂里的调度科长，担负起全厂的生产调度任务。他工作起来细致、踏实，经常深入车间了解情况，帮助车间解决困难和问题。在他随身携带的兜兜里，经常装着好几种工作手册，分门别类，记载着各车间的情况。从生产任务、设备条件、劳动力量，以至哪个工人有什么思想问题、家庭困难等，他都记得清清楚楚，了如指掌。工人们说："焦科长不仅谙熟业务，还善于抓政治，抓人的思想，跟着他再重再难的任务，我们都乐于接受。"

就这样，焦裕禄同志在党的培养下，很快地就成了管理工业的内行。

第三部分　县委书记的榜样

一九六二年冬，焦裕禄受党的委派来到了兰考，当时，正是我国国民经济处于暂时困难时期，兰考的风沙、内涝、盐碱等自然灾害很严重，农业产量很低，群众生活很苦……焦裕禄同志以高度的革命精神，对干部和群众进行思想教育、阶级教育和革命传统教育，激起县委领导班子和人民群众抗灾自救的斗志，掀起了挖河排涝、封闭沙丘、根治盐碱的除"三害"斗争高潮。在除"三害"斗争和各项工作中，焦裕禄以身作则，带病实干，严于律己，关心群众，后来，因积劳成疾，以身殉职。

一、激励兰考人民抗灾自救的斗志

一九六二年冬，焦裕禄同志怀着改变灾区面貌的雄心壮志，来到了兰考。展现在焦裕禄面前的兰考大地，是一幅严重的灾荒景象。横贯全境的两条黄河故道，是一眼望不到边的黄沙；片片内涝的洼窝里，结着青色的冰凌；白茫茫的盐碱地上，枯草在寒风中抖动。这一年，春天风沙打毁了二十万亩麦子，秋天淹坏了三十万亩庄稼，盐碱地上有十万亩禾苗被碱死，全县的粮食产量下降到历史的最低水平。

重重的困难，在这个贫农出身的共产党员看来，这里有三十六万勤劳的人民，有烈士们流血牺牲解放出来的九十多万亩土地。只要加强党的领导，就是有天大的困难，也一定能杀出条路来。

焦裕禄同志说："感谢党把我派到最困难的地方，越是困难的地方，越能锻炼人。请组织上放心，不改变兰考的面貌，我决不离开这里。"

第二天，当大家知道他是新来的县委书记时，他已经深入到农机调查访问去了。他拜群众为师，虚心向群众学习。开座谈会，全面了解灾情及其原因，寻找救灾办法。同时，焦裕禄同志教育干部发扬艰苦奋斗的优良作风，深入到每家每户，了解情况，宣传政策，进行思想发动，进行社会主义教育。

通过教育和发动，兰考人民明确了前进方向，振奋起抗灾自救的精神，坚定了自力更生、艰苦奋斗的决心，信心百倍地改变多灾多难的旧兰考。

焦裕禄同志经常住在农民的草庵子里，蹲在牛棚里，跟群众一起吃饭，一起劳动。他带着高昂的革命激情和对群众的无限信任，在广大群众中间询问着、倾听着、观察着。他听到许多农民要求"翻身"、要求革命的呼声，看到许多村自力更生、奋发图强对"三害"斗争的革命精神，他在群众中学到了不少治沙、治水、治碱的办法，总结了不少可贵的经验。群众的智慧，使他受到了极大的鼓舞，也更坚定了他战胜灾害的信心。

焦裕禄通过调查，感慨万千。他说："兰考的贫下中农是革命的，他们有改变家乡面貌，由穷变富的强烈要求，就像在一千零八十平方公里的土地上布满干柴一样，只要迸出一个火星，就可以引起熊熊烈火。"

二、统一县委领导班子思想

兰考是一个老灾区。当时整个县上的工作，大部放在救灾上。县里有些干部被灾害压住了头，对改变兰考面貌缺乏信心。是依靠群众，自力更生，改变灾区面貌，还是两手向上，依赖救济呢？面对这种情况，焦裕禄同志感到：要改变兰考面貌，干部是关键。"干部不领，水牛掉井。"群众在灾害面前两眼望着县委，县委领导挺不起腰杆，群众的积极性就得不到充分发挥。

一九六三年元月，焦裕禄在县委扩大会议上，要求各级领导同志要带头到困难村去，与基层干部同甘苦、共患难，为改变贫困地区面貌做出贡献，为基层干部做出榜样，真正做到心不离群众，身不离灾区。

在一个风雪交加的夜晚，焦裕禄召集在家的县委委员开会。人们到齐后，他没有宣布议事日程，就领着大家到火车站去了。当时，兰考车站上北风怒号，大雪纷飞。车站的屋檐下，挂着尺把长的冰柱。国家运送兰考一带灾民往丰收地区的专车，正从这里开过。也还有一些灾民，穿着国家救济的棉衣，蜷曲在货车上，拥挤在候车室里……

焦裕禄指着他们，沉重地对同志们说："他们绝大多数人，都是我们的阶级兄弟。是灾荒逼迫他们背井离乡的，不能责怪他们，我们有责任。党把这个县三十六万群众交给我们，我们不能领导他们战胜灾荒，应该感到羞耻和痛心……"焦裕禄再也讲不下去了。几位县委领导低下了头，而心里却豁然开朗，明白了风雪夜车站之行的含意。县委一班人受到了一次最实际、最生动的思想教育，增强了率领广大干群团结奋斗，努力改变兰考面貌的决心。

回到县委后，焦裕禄同志又组织大家学习《为人民服务》《纪念白求恩》《愚公移山》等文章，鼓舞大家的革命干劲，鼓励大家像张思德、白求恩那样工作。

后来，焦裕禄又专门召开了一次常委会，回忆兰考县的革命斗争史。焦裕禄说："兰考这块地方，是先烈们用鲜血换来的，先烈们并没有因为兰考人穷灾大，就把它让给敌人，难道我们就不能在这里战胜灾害？"

就这样，一个"如何战胜灾荒，改变兰考面貌"的大讨论在全县迅速展开了。县委领导干部，纷纷走出县委机关，到农村驻队蹲点。焦裕禄到许多重灾村调查研究，通过走、看、问、记，获得了大量的第一手资料，同时也发现了不少令人深思的问题。他对县委同志说："兰考是个大有作为的地方，问题只要看得准，干下去，要革命。兰考是灾区，穷、困难多；但灾区有个好处，它能锻炼人的意志，培养人的革命品格，革命者，要在困难面前逞英雄。"

焦裕禄同志坚定的革命意志和乐观主义精神，感染了县委的领导，感染了全县的党员、干部和群众。

三、亲自掂一掂"三害"的分量

一九六三年二月，县委决定在全县范围内开展治沙、治水、治碱的斗争，成立除"三害"办公室。

焦裕禄深深地了解，理想和规划并不等于现实，这涝、沙、碱"三害"，自古以来害了兰考人民多少年呵！今天，要制服"三害"，要把它从兰考土地上像送瘟神一样驱走，必须进行大量艰苦细致的工作，付出高昂的代价。

他下决心要把兰考县一千零八十平方公里土地上的自然情况摸透，亲自去掂一掂兰考的"三害"究竟有多大分量。

根据这一想法，县委先后抽调了一百二十名干部、老农和技术员组成一支三结合的"三害"调查队，在全县展开了大规模的追洪水、查风口、探流沙的调查研究工作。当时，焦裕禄同志的肝病已相当严重，许多同志劝他不要下去，劝他在家里听汇报。他说："吃别人嚼过的馍没味道。"他背着干粮、拿起雨伞，和大家一起在兰考的原野上日夜奔波。追沙，他一直追到沙落地；查水，他又是查到水归槽。干旱季节，他亲自用舌头辨别盐碱的种类和土的含碱量。在同自然灾害的斗争中，焦裕禄同志不顾重病缠身，忍受着严重疾病的折磨，在风里、雨里、沙窝里、激流里，坚持度过了一百二十多个白天和黑夜，跑了一百二十多个大队，跋涉五千余里，终于摸清了兰考"三害"的底细，全县有大小风口八十四个，经调查队一个个查清，编了号、绘了图；全县有大小沙丘一千六百个，也一个个经过丈量，编了号、绘了图；全县的千河万流，淤塞的河渠，阻水的路基，涵闸……也调查得清清楚楚，绘成了详细的排涝泄洪图。

这种大规模的调查研究，使县委基本上掌握了水、沙、碱发生、发展的规律，几个月的辛苦奔波，换来了一整套又具体又详细的资料，从而县委制订出了切实可行的改造兰考大自然的规划。在这个规划上，焦裕禄同志满怀激情地写道："我们对兰考的一草一木都有深厚的感情。面对当前严重的自然灾害，我们有革命的胆略，坚决领导全县人民，苦战三五年改变兰考面貌。不达目的，我们死不瞑目。"从此，一场群众性的除"三害"斗争轰轰烈烈地开展起来了。

在除"三害"的斗争中，为了取得经验，焦裕禄同志亲自率领干部、群众进行了小面积翻淤压沙、翻淤压碱、封闭沙丘试验。然后以点带面，全面铺开。焦裕禄同志既是指挥员又是战斗员，同干部、群众一起出力流汗。他给自己规定，把参加劳动作为日常生活的重要内容。下乡时就地劳动；在机关值班时，临近劳动。不论在治理"三害"的土地上，还是在平时田间管理中，他走到哪里干到哪里。群众都把焦裕禄看成是"跟咱一样的庄户人"。

通过一年的艰苦奋战，兰考的除"三害"工作取得了明显的成效。在总结除"三害"的工作时，焦裕禄同志作了明确透彻的总结。治沙：沙区没有林，有地不养人，这是基本情况；有林就有粮，没林饿断肠，这是重要性；以林促农，以农养林，农林相依，密切配合，这是方针。造林防沙，百年大计；育草封沙，当年见效；翻淤压沙，立竿见影。三管齐下，效果良好。这是方法。治水：兰考地形复杂、坡洼相连，河系紊乱，这是客观情况；以排为主，排、灌、滞、涝、台、改兼施，这是方针；舍少救多，舍坏救好，充分协商，互为有利，上下游兼顾，不使水害搬家，这是政策；夏秋两季观察，冬春干燥治理，再观察再治理，观察治理相结合，这是方法。治碱：分清轻重，区别对待，这是方针；翻淤压碱，开沟淋碱，打埂躲碱，台田试种，引进耐碱作物，这是方法。这段精辟的总结，是焦裕禄同志斗争实践的产物，也是对兰考人民除"三害"斗争的真实写照。

四、榜样的力量是无穷的

除"三害"斗争开始以后，焦裕禄同志发现抗灾斗争发展不平衡，基层干部和群众的认识也不尽一致。焦裕禄同志认为，要从根本上制服"三害"，必须进一步发动群众，采取领导和群众相结合的办法，抓典型、树样板，打一场除"三害"的人民战争。

榜样的力量是无穷的。焦裕禄同志亲自到最困难的队去蹲点调查，访贫问苦。在城关公社胡集大队和林业技术人员一道，研究泡桐的生产特点，并亲自带头植桐，全县人民雷厉风行，营造了浩瀚的桐林。为美化兰考大地，尽快改变灾区面貌奠定了一个良好的基础。然后，他深入全县农村调查，发现和培养了双杨树、赵垛楼、秦寨、韩村、坝子五个先进典型。

韩村的精神：城关公社韩村生产队社员，在严重的自然灾害面前，组织起来割草三十余万斤，除安排好社员生活外，还置买了农具，巩固了集体经济。焦裕禄同志说："韩村自力更生，战胜困难的精神，就是活生生的南泥湾精神，这是贫下中农的风格！这就是革命。"

秦寨的决心：固阳公社秦寨大队社员以"愚公移山"的精神，"蚕吃桑叶"的方法，深翻压碱，改良土壤。焦裕禄同志说："秦寨是个好地方，是个大有作为的地方。眼下困难多，不要怕，在困难面前要挺起腰杆，才是真正的英雄哩！决心要比困难大，什么东西都怕决心。困难面前我们要找出路。"

赵垛楼的干劲：张君墓公社赵垛楼大队社员，在大雨成灾，一片汪洋的情况下，挖河排涝，一季翻身，把余粮卖给国家。焦裕禄同志说："赵垛楼大队战胜自然灾害，支援国家，支援灾区，这是崇高阶级感情，高度的爱国热情，伟大的共产主义风格。"

双杨树的道路：红庙公社双杨树大队的社员说："穷，咱穷到一块儿；富，咱富到一块儿。"他们兑钱、兑鸡蛋，买种子、买牲口，巩固集体经济。焦裕禄发现这个典型后，给县委写报告说："双杨树社员坚持的道路，就是社会主义道路。"

坝子的风格：红庙公社坝子生产队的社员，抗灾夺得丰收后，压低口粮标准，卖粮食支援灾区。焦裕禄同志亲自给县委起草报告，通报全县表扬他们高尚的共产主义风格。

焦裕禄同志在《穷棒子精神万岁》一文中写道："我县连续遭灾，很多生产队在生产、生活上都存在着很大的困难。困难主要表现在'穷'字上。毛主席说：'穷则思变，要干，要革命。'有了困难只要去斗争，困难只会减少，克服一分困难，就是一分胜利。要克服困难，必须不怕困难，发扬革命精神。各地都要抓住这样的典型，树立旗帜，鼓舞胜利信心。"同时，焦裕禄同志还主张，对改变穷困面貌有强烈要求的困难队，在政治上鼓舞，在经济上扶助。采取"穷、硬、明、纯、快"五字方针。穷，就是连年遭灾，底子特别空的队；硬，就是不怕困难，人穷志不穷；明，走社会主义道路方向明；纯，就是领导班子内没有坏人；快，就是一拉就起来，很快翻身。

焦裕禄同志从这五个典型中看到了全县除"三害"斗争的希望，县委召开四级干部会议，焦裕禄同志激情满怀地为这五个先进典型，大喊大叫，鸣锣开道，请他们上主席台，让他们介绍经验。他把这五个典型归纳为：韩村的精神、秦寨的决心、赵垛楼的干劲、双杨树的道路、坝子的风格。焦裕禄同志："这五个先进典型所走过的道路就是兰考的新道路。只要我们以他们为榜样，全县就会出现好多的硬骨头生产队，迅速掀起除'三害'高潮，多灾多难的旧兰考，就会变成社会主义新兰考。"

这次大会，是兰考人民自力更生、团结奋斗、大战"三害"的动员会和誓师会。"榜样的力量是无穷的。"这些鲜艳的旗帜一树立，在全县各个角落，很快引起了强烈的反响。在县委的领导下，焦裕禄同志率领全县广大干部、群众向"三害"发起了猛烈的总攻。

五、贫下中农的贴心人

焦裕禄同志说："新干部不参加劳动，就不能明确树立阶级观点、群众观点；老干部长期不参加劳动思想就要起变化，要变颜色。"焦裕禄同志身体力行，无论工作多忙，总是坚持参加集体生产劳动，始终保持劳动人民的本色。他经常开襟解怀，卷起裤腿和群众一起干活，群众身上有多少泥，他身上就有多少泥。他经常和群众一起翻地、封沙丘、种泡桐、挖河渠……就在县委决定他住院治疗的前几天，他还挥舞铁锨在红庙公社葡萄架大队，和群众一起劳动。因此，他经常要求下乡的干部一要带毛主席著作，二要带劳动工具和行李。

焦裕禄同志始终保持艰苦朴素的作风，他长期有病，家里人口又多，生活比较困难，可是他坚决拒绝给他救济。他说："兰考，是个重灾县，人民的生产、生活都很困难，我们应该首先想到他们。要把这些钱用到改变兰考面貌的伟大事业上去，用到改善兰考人民的生活上去。"焦裕禄还经常教育子女做脏活，到最困难的地方去，穿衣要朴素，生活要节俭。有一次，焦裕禄同志发现大儿子去看戏，问道："戏票哪儿来的？"孩子说："收票叔叔向我要票，我说没有。叔叔问我是谁？我说焦书记是我爸爸，收票叔叔没有收票就让我进去了。"焦裕禄听了非常生气，当即把一家人叫来"训"了一顿，命令孩子立即把票钱如数送给戏院。后来，他又专门起草了一个《干部十不准》的文件，规定任何干部不准特殊化。

《干部十不准》的具体内容是：

1. 不准用国家的或集体的粮款或其他物资大吃大喝，请客送礼；

2. 不准参加或带头搞封建迷信活动；

3. 不准赌博；

4. 不准用粮食做酒做糖，挥霍浪费；

5. 不准拿生产队现有的粮款或向社员派粮派款，唱戏、演电影办集体和其他娱乐活动，谁看戏谁拿钱，谁吃喝谁拿粮，一律不准向社会摊派；

6. 业余剧团只能在本乡本队演出，不准到外地营业演出，更不准借春节演出为名大买服装道具，大肆铺张浪费；

7. 各机关、学校、企事业单位和党员干部都要以身作则，勤俭过年，一律不得请客送礼，一律不准拿国家物资，到生产队提取国家统购统派物资，一律不准用公款组织晚会，一律不准送戏票，十排以前戏票不能光卖给机关或几个机关经常包完，一律不准到商业部门、合作社部门要特殊照顾；

8. 坚决反对利用职权贪污盗窃国家的或生产队的物资，坚决禁止利用封建迷信欺骗和剥削社员的破坏活动；

9. 积极搞好集体的副业生产，增加收入，改善生活，反对弃农经商，反对投机倒把；

10. 不准借春节之际，大办喜事（不是不准结婚），做寿吃喜，大放鞭炮，挥霍浪费。

这个"十不准"的通知，是一份既平常又不平常的通知。说它平常，是因为《通知》所规定的每一条，都是每个共产党员、革命干部时刻应该想到的、做到的起码准则；说它不平常，是因为《通知》所规定的每一条准则，都闪耀着共产主义的思想光辉，都是对特权思想的有力批判。焦裕禄把职位看作是为人民服务的岗位，把职权看作是受人民的委托，为革命掌权。这是一个共产党员无私的崇高革命精神的表现。

从焦裕禄同志的遗物中我们看到，他的办公桌、文件柜都是原兰封县委初建时买的，有不少地方破损。当时有人劝焦裕禄同志换个新的，他没有采纳这个建议，而且修了修，照样使用。他用过的一条被子上有四十二个补丁，褥子上有三十六个补丁，同志们劝他换床新的。他说："我的被子破了，是需更换新的，但应该看到，灾区的群众比我更需要。其实，我这就很好，比我要饭时披着麻包片，住在房檐底下避雪强多啦！"焦裕禄同志的衣、帽、鞋、袜都是拆洗很多次，补了又补，缝了又缝的，虽然破旧得很厉害，但是焦裕禄同志总是舍不得换。他的爱人徐俊雅同志最后生气了，不给他补，他就自己动手补。一次，有位干部提出要装潢一下领导干部的办公室，焦裕禄同志严肃地说："坐在破椅子上不能革命吗？兰考的灾区面貌还没有改变，群众生活还有困难，富丽堂皇的事不但不能做，就是连想也很危险。"

焦裕禄同志就是这样，始终保持着劳动人民的本色，心里想着群众，唯独没有他自己。

一个冬天的黄昏，风越刮越紧，雪越下越大。焦裕禄同志望着风雪，心里惦记着群众：住得怎样？吃的烧的有没有困难？生产队的牲口咋样？他让办公室立即通知各公社做好雪天六项工作：第一，所有农村干部必须深入到户，安排好群众生活；第二，所有从事农村工作的同志，必须深入牛屋检查，保证不冻坏一头牲口；第三，安排好室内副业生产；第四，对于参加运输的人、畜，凡是被风雪隔在途中的，在哪个大队由哪个大队热情接待，保证吃得饱，住得暖；第五，教育全体党员，大雪封门的时候，到群众中去，和他们同甘共苦；最后一条，把检查执行情况迅速报告县委。

这天，风雪刮了一夜，焦裕禄同志屋里的电灯亮了一夜。第二天黎明，他就把同志们叫起来开会。他说："在这大雪拥门的时候，我们不能坐在办公室里烤火，应该到群众中间去。共产党员要在群众最困难的时候，出现在群众面前，在群众最需要帮助的时候，去关心群众、帮助群众。"说罢，就领着大家，顶风冒雪出发了。

这天，焦裕禄同志冒着风雪，忍着剧烈的肝痛，一连走访了九个村子，访问了几十户群众。但是，却没烤群众一把火，没喝群众一口水。他来到梁孙庄梁俊才的家里，老大爷卧床不起，老大娘双目失明。老大爷问："你是谁呀？大雪天来干啥？"焦裕禄同志说："我是您的儿子，毛主席叫我来看望您老人家的。"老大爷感动得热泪盈眶，说："解放前，大雪封门，地主逼租，撵得我蹲人家的房檐，住人家的牛屋。还是党好，社会主义好。"

六、与病魔顽强斗争

一九六四年春天，正当兰考人民同涝、沙、碱斗争胜利前进的时候，焦裕禄同志的肝病也越来越重了。他开会、作报告，经常用右膝顶住肝部，不断用左手按住痛处。有时，用一个硬东西一头顶着椅子，一头顶住肝部。天长日久，他坐的藤椅，被顶出一个大窟窿，他从不把自己的病放在心里。他说："病是个欺软怕硬的东西。你压住它，它就不欺侮你了。"组织上劝他住院治疗，他总是说："工作忙，离不开。"给他请来一位有名的中医，开了药方，他嫌药贵，不肯买。他说："灾区群众生活很困难，花这么多钱买药，我能吃得下吗？"县委的同志背着他去买来三剂，强让他服下，但他执意不再服第四剂。可当他发现别的同志有了病时，却总是关心备至。县委一位负责同志在乡下患病，焦裕禄几次打电话，要他回来休息。组织部一位同志患慢性疾病，焦裕禄不给他分配工作，要他安心疗养，财委一位同志患病，焦裕禄多次催他到医院检查……焦裕禄同志想的总是别人，他心里装着全体人民，唯独没有他自己。

有一次，焦裕禄同志和县委办公室一位同志去三义寨公社检查工作。走到半路，他的肝病发作，疼得厉害，两个人只好推着自行车慢慢地走到公社，大家看他脸色不好，劝他休息一会儿，他笑笑说："谈你们的情况吧，我不是来休息的。"焦裕禄同志一边听着汇报，一边按着作痛的肝部记笔记。剧烈的肝疼使他手指发抖，钢笔几次从手中掉下来，但是他仍然坚持听下去。这种顽强的革命精神，使同志们非常感动。

一九六四年三月，焦裕禄同志的肝病到了严重关头，兰考人民除"三害"的斗争也达到了高潮。他心潮汹涌澎湃，兰考人民抗灾斗争的情景一幕幕映现在眼前，他从兰考人民战天斗地的英雄气概和实干精神中，预见到兰考美好的未来。他满腔热情地坐在桌前，想动手写一篇题为《兰考人民多奇志，敢教日月换新天》的文章，他铺开稿纸，拟好了四个小题目：一、设想不等于现实；二、一个落后地区的改变，首先是领导班子思想的改变。领导思想不变，外地经验学不进，本地的经验总结不起来；三、榜样的力量是无穷的；四、精神原子弹——物质变精神，精神变物质。文章只开了个头，肝病又严重发作了，病魔逼他放下了手中的笔，党组织决定送他到外地治疗。

临行那一天，由于肝痛得厉害，他是弯着腰走向车站的。他是多么舍不得离开兰考呵！一年多来，全县一百四十九个大队，他已经跑遍一百二十多个。他把整个身心，都交给了兰考的群众，兰考的除"三害"斗争。正像一个指挥员在战斗最紧张的时刻，离开炮火纷飞的前沿阵地一样，他从心底感到痛苦、内疚和不安。他不时深情地回顾着兰考城内的一切，他多么希望能很快地治好肝病，带着旺盛的精力回来和群众一块战斗呵！他几次向送行的同志们说，不久他就会回来的，在火车开动的前几分钟，他还在认真地布置工作，要县委的同志们抓好抗灾斗争。

在医院里，焦裕禄同志以钢铁般的意志，同疾病做顽强的斗争，无论肝疼得多么厉害，从来都不让护士多照顾自己。

焦裕禄同志的病越来越严重，医生们开出了最后诊断书，上面写道："肝癌后期，皮下扩散。"这是不治之症。送他去看病的赵文选同志，心里非常焦急，恳切地向医生说："医生，请你把他治好，俺兰考人民需要他，需要他呀！"

五月初，焦裕禄同志的肝病更加严重了。护士噙着眼泪给他注射止疼针，他感到自己的病已无法治疗，便摇摇手说："我不需要了，省下来留给别的阶级兄弟吧!"

县里的同志和兰考的群众代表前来看他,他不谈自己的病,首先问县里的工作、生产情况。问张庄的沙丘封住了没有?赵垛楼的庄稼淹了没有?秦寨盐碱地上的麦子长得咋样?老韩陵的泡桐树栽了多少?他还嘱咐同志们:"回去对县委的同志们说,叫他们把我没有写完的那篇文章写完;还有,把秦寨盐碱地上的麦穗拿一把来,让我看看。"

他的大女儿到医院里去看他,他深情地说:"小梅,你参加革命工作了,爸爸没有什么送给你,家里的那套《毛泽东选集》,就作为送你的礼物吧。那里面,毛主席会告诉你怎么做人,怎么工作,怎么生活……"

省、地、县各级领导同志来看望他。这时,焦裕禄已经病危,他用尽全力断断续续地说:"我……没有……完成……党交给我的……任务……没有实现兰考人民的要求……心里感到很难过……我死了不要多花钱……省下来钱支援灾区建设……我只有一个要求……请组织上把我运回兰考……埋在沙丘上……活着我没有治好沙丘……死了也要看着兰考人民把沙丘治好。"

一九六四年五月十四日,焦裕禄同志的心脏停止了跳动。一位普通的领导干部,一个优秀的共产党员,县委书记的榜样,人民群众的贴心人——焦裕禄同志走完了他那完全、彻底为人民服务的光辉灿烂的一生,与世长辞了。终年四十二岁!

他死后,人们在他病床的枕下发现两本书:一本是《毛泽东选集》,一本是《论共产党员的修养》。焦裕禄同志在生命弥留之际,还念念不忘人民群众,念念不忘党的工作,表现了一个伟大共产主义战士对党对人民的无限忠诚。

第四部分　挥泪继承壮士志　誓将遗愿化宏图

一九六四年五月十四日,焦裕禄同志病逝。焦裕禄同志"是为人民利益而死的,他的死是比泰山还要重的"。在追悼会上,一位农民泣不成声地说出了兰考人民的心里话:"俺的好书记,你是为俺兰考人民活活累死的呀!"

"挥泪继承壮士志，誓将遗愿化宏图。"

这就是兰考人民最重要的誓言，他们化悲痛为力量，以更大的干劲、更多的汗水，努力改造着焦裕禄同志生前战斗过的兰考大地。

全县党员、干部和群众，认真学习焦裕禄同志全心全意为人民服务的精神，认真学习焦裕禄同志实事求是、艰苦创业的精神，认真学习焦裕禄同志深入实际，调查研究，密切联系群众的工作精神，认真学习焦裕禄同志忘我奉献的精神，认真学习焦裕禄同志为党为人民鞠躬尽瘁，死而后已的精神，在党的领导和焦裕禄精神的鼓舞下，自力更生、艰苦奋斗，决心彻底改变兰考面貌，在这一千零八十平方公里的土地上，写出最新最美的文字，画出最新最美的画图。

"兰考人民多奇志，敢教日月换新天。"焦裕禄同志彻底改变兰考面貌的遗愿，正在兰考人民的继续奋斗中逐步变为现实。

焦裕禄同志逝世后，《人民日报》发表长篇通讯《县委书记的好榜样——焦裕禄》，并连续发表社论，高度赞扬焦裕禄同志全心全意为人民服务的精神。一九六六年九月十五日，毛主席亲切接见焦裕禄的二女儿焦守云，并合影留念。同年十月一日，毛主席又接见了焦裕禄的大儿子焦国庆。周恩来总理也接见了焦裕禄的大女儿焦守风。董必武代主席亲自写五言长诗，歌颂焦裕禄同志的革命精神。题目是：《学焦裕禄同志》。

董必武焦裕禄烈士陵园

兰考存三害，多年患未除，勇哉焦裕禄，受命困难摅。
首抓领导班，思想同一趋，思想革命化，万难排无余。
为了摸情况，县委走各区，访贫兼问苦，同吃亦同居。
亲历邑四境，形势指掌如，灾重可救止，领导决心须。
群众性积极，奋发愿驰驱，农村潜力大，往日久忽诸。
君今一提倡，前进辟坦途，水知来去迹，疏浚理河渠。
风口在何处？膏药贴沙墟，台田暨沟洫，碱洗即成腴。
结合干群力，建设绘蓝图，蓝图非臆造，施行利建初。

自力以更生，粮食云足粗。惜君撄痼疾，功莫赌全数。
长抱肝癌痛，劳累损其躯，不避风雨恶，不作饥寒呼。
关注人民事，忘身直若无。阶级观点强，斗争岂容诬？
死犹念沙丘，坦骨欲与俱。学毛有独到，自与常情殊。
吾党悼焦君，模范孰能逾？

又一首：

吾爱焦裕禄，毛公好学生。利人如不及，忘我若无情。
路线依群众，方针视斗衡。一心为革命，敢与困难争。

郭沫若副委员长写"水调歌头"——《赞焦裕禄》：

水调歌头·赞焦裕禄同志

红日照天下，涌现振奇人。尽管病魔缠绕；奋起棒千钧。
甘愿粉身碎骨，敢下五洋捉鳖，倒海索奇珍。兰考焦裕禄，耿
耿铁精神。

盐碱净，内涝治，风沙驯。弦歌声起，杨柳东风万户春。
借问津梁何处？万事认真实践，全意为人民。群众中来去，天
地共翻身。

全国各大行政区、各省、市党组织都发出通知，要求共产党员、干
部和群众，都要认真学习焦裕禄同志的革命精神。

尾声

焦裕禄同志逝世了，他完全彻底为人民服务的革命精神，永远激励
着人们前进；他留下的彻底改变兰考面貌的未竟事业，正由兰考人民继
续完成；他生前没有写完的文章，正由兰考人民继续撰写。

焦裕禄同志逝世后,人们在他的日记本上,看到了这样一段话:"我想,作为一个革命战士,就要像松柏一样,无论在烈日炎炎的夏天,还是在冰天雪飘的严冬,永不凋谢,永不变色;还要像杨柳一样,栽在哪里活在哪里,根深叶茂,苗壮旺盛;要像泡桐那样,抓紧时间,迅速成长,尽快地为人民贡献出自己的力量。"这就是对焦裕禄同志一生所走过道路的最生动的写照。

焦裕禄同志在党的哺育下,从一个受尽日寇、地主残酷压迫的长工,迅速成长为一名共产主义战士。在炮火连天的战争年代,他怀着刻骨的仇恨,大智大勇地和敌人进行了顽强的战斗;在暴风骤雨的土改运动中,他不畏艰险,勇作勇为,积极参加了铲除封建剥削制度的斗争;在社会主义建设过程中,他勤学苦练,又红又专,成为工业战线上的一名尖兵;在建设社会主义新农村,与大自然的搏斗中,他以最大的胆略,喊出了一个共产党员的最强音:"不制服兰考的'三害'死不瞑目!"

焦裕禄同志不愧为党的好干部,不愧为人民的好儿子,不愧为县委书记的好榜样,不愧为人民群众的贴心人。他的一生是革命的一生,战斗的一生,光辉的一生。他没有死,将永远活在全国人民的心里!

《人民日报》 1966年2月7日

哥德巴赫猜想

徐 迟

"……为革命钻研技术，分明是又红又专，被他们攻击为白专道路。"

（1978年两报一刊元旦社论《光明的中国》）

一

……

这里有一篇数论的论文。它的第一段是"（一）引言"，其中，提出了这道题目。后面是"（二）几个引理"，充满了各种公式和计算。最后是"（三）结果"，证明了一条定理。这篇论文，极不好懂。即使是著名数学家，如果不是专门研究这一个数学的分支的，也不一定能读懂。但是这篇论文已经得到了国际数学界的公认，誉满天下。它所证明的那条定理，现在世界各国一致地把它命名为"陈氏定理"，因为它的作者姓陈，名景润。他现在是中国科学院数学研究所的研究员。

二

陈景润是福建人，生于一九三三年。当他一降生到这个现实人间时，他的家庭的社会生活并没有对他呈现出玫瑰花一般的艳丽色彩。他父亲是邮政局职员，老是跑来跑去的。当年如果参加了国民党，就可以飞黄腾达，但是他父亲不肯参加。有的同事说他真是不识时务。他母亲是一个善良的、操劳过甚的妇女，一共生了十二个孩子，只活了六个，其中陈景润排行老三。上有哥哥和姐姐；下有弟弟和妹妹。孩子生得多了，就不是双亲所疼爱的儿女了。他们越来越成为父母的累赘——多余的孩子，多余的人。从生下的那一天起，他就像一个被宣布为不受欢迎的人似的，来到了这人世间。

他甚至没有享受过多少童年的快乐。母亲劳苦终日，顾不上他。当他记事的时候，酷烈的战争爆发。日本鬼子打进福建省。他还这么小，就提心吊胆地生活。父亲到三元县农村中的一个邮政分局当局长。小小邮局，设在山区一座古寺庙里。这地方曾经是一个革命根据地。但那时候，茂郁山林已成为悲惨世界。所有男子汉都被国民党匪军疯狂屠杀，无一幸存者。连老年的男人也一个不剩了，剩下的只有妇女。她们的生活特别凄凉。花纱布价钱又太贵了；穿不起衣服，大姑娘都还裸着上体。福州被敌人占领后，逃难进山来的人多起来。这里飞机不来轰炸，山区渐渐有点儿兴旺。却又迁来了一个集中营。深夜里，常有鞭声惨痛地回荡；不时还有杀害烈士的枪声。第二天，那些戴着镣铐出来劳动的人，神色就更阴森了。

陈景润的幼小心灵受到了极大的创伤。他时常被惊慌和迷惘所征服。在家里并没有得到乐趣，在小学里他总是受人欺侮。他觉得自己是一只丑小鸭。不，是人，他还是觉得自己也是一个人。只是他瘦削、弱小。光是这副窝囊样子就不能讨人喜欢。习惯于挨打，从来不讨饶。这更使对方狠狠揍他，而他则更坚韧而有耐力了。他过分敏感，过早地感觉到旧社会那些人吃人的现象。他被造成了一个内向的人，内向的性格。他独独爱上了数学。不是因为被压，他只是因为爱好数学，演算数学习题占去了他大部分的时间。

当他升入中学的时候，江苏学院从远方的沦陷区搬迁到这个山区来了。那学院里的教授和讲师也到本地初中里来兼点课，多少也能给他们流亡在异地的生活改善一些。这些教师很有学问。有个语文教师水平最高，大家都崇拜他。但陈景润不喜欢语文。他喜欢两个外地的数理教师。外地教师倒也喜欢他。这些教师经常吹什么科学救国一类的话。他不相信科学能救国。但是救国却不可以没有科学，尤其不可以没有数学。而且数学是什么事儿也少不了它的。人们对他歧视，拳打脚踢，只能使他更加爱上数学。枯燥无味的代数方程式却使他充满了幸福，成为唯一的乐趣。

十三岁那年，他母亲去世了。是死于肺结核的；从此，儿想亲娘在梦中，而父亲又结了婚，后娘对他就更不如亲娘了。抗战胜利了，他们回到福州。陈景润进了三一中学。毕业后又到英华中学去念高中。那里有个数学教师，曾经是国立清华大学的航空系主任。

三

老师知识渊博，又诲人不倦。他在数学课上，给同学们讲了许多有趣的数学知识。不爱数学的同学都能被他吸引住，爱数学的同学就更不用说了。

数学分两大部分：纯数学和应用数学。纯数学处理数的关系与空间形式。在处理数的关系这部分里，讨论整数性质的一个重要分支，名叫"数论"。十七世纪法国大数学家费马是西方数论的创始人。但是中国古代老早已对数论作出了特殊贡献。《周髀》是最古老的古典数学著作。较早的还有一部《孙子算经》。其中有一条余数定理是中国首创。后来被传到了西方，定名为孙子定理，是数论中的一条著名定理。直到明代以前，中国在数论方面是对人类有过较大的贡献的。五世纪的祖冲之算出来的圆周率，比德国人奥托的，早出一千多年。约瑟夫（指斯大林，当时这样称呼他的）领导的科学家把月球的一个山谷命名为"祖冲之"。南宋大数学家秦九韶著有《数书九章》。他的联立一次方程式的解法比瑞士的大数学家欧拉的解法早出了五百多年。元代大数学家朱世杰，著有《四元玉鉴》。他的多元高次方程的解法，比法国大数学家毕朱，也早出了四百多年。明清以后，中国落后了。然而中国人对于数学好像是特具禀赋的。中国应当出大数学家。中国是数学家的好温床。

有一次，教师给这些高中生讲了数论之中一道著名的难题。他说，当初，俄罗斯的彼得大帝建设彼得堡，聘请了一大批欧洲的大科学家。

其中，有瑞士大数学家欧拉（他的著作共有八百余种）；还有德国的一位中学教师，名叫哥德巴赫，也是数学家。

一七四二年，哥德巴赫发现，每一个大偶数都可以写成两个素数的和。他对许多偶数进行了检验，都说明这是确实的。但是这需要给予证明。因为尚未经过证明，只能称之为猜想。他自己却不能证明它。从此这成了一道难题，吸引了成千上万数学家的注意。两百多年来，多少数学家企图给这个猜想作出证明，都没有成功。

说到这里，教室里成了开了锅的水。那些像初放的花朵一样的青年学生就叽叽喳喳地议论起来了。

老师又说，自然科学的皇后是数学。数学的皇冠是数论。这"哥德巴赫猜想"，则是皇冠上的明珠。

同学们都惊讶地瞪大了眼睛。

教师说，你们都知道偶数和奇数，也都知道素数和合数。我们小学三年级就教过这些了。这不是最容易的吗？不，这道难题是最难的呢。这道题很难很难。要有谁能够做了出来，不得了，那可不得了呵！

青年人又吵起来也。这有什么不得了。我们来做。我们做得出来。他们夸下了海口。

老师也笑了。他说，"真的，昨天晚上我还做了一个梦呢。我梦见你们中间的有一位同学，他不得了，他证明了哥德巴赫猜想。"

高中生们轰的一声大笑了。

但是陈景润没有笑。他也被教师的话震动了，但是他不能笑。如果他笑了，还会有同学用白眼瞪他的。自从升入高中以后，他越发孤独了。同学们嫌他古怪，嫌他脏，嫌他多病的样子，都不理睬他。他们用蔑视的和讥讽的眼神瞅着他。他成了一个踽踽独行、形单影只、自言自语、孤苦伶仃的畸零人。长空里，一只孤雁。

第二天，又上课了。几个相当用功的学生兴冲冲地给老师送上了几个答题的卷子。他们说，他们已经作出来了，能够证明那个德国人的猜想了。可以多方面地证明它呢。没有什么了不起的。哈！哈！

"你们算了！"老师笑着说，"算了！算了！"

"我们算了，算了。我们算出来了！"

"你们算啦！好啦好啦，我是说，你们算了吧，白费这个力气做什么？你们这些卷子我是看也不会看的，用不着看的。那么容易吗？你们是想骑着自行车到月球上去。"

教室里又爆发出一阵哄堂大笑。那些没有交卷的同学都笑话那几个交了卷的。他们自己也笑了起来，都笑得跺脚，笑破肚子了。唯独陈景润没有笑。他紧结着眉头。他被排除在这一切欢乐之外。第二年，老师又回到清华去了。他现在是北京航空学院副院长，全国航空学会理事长沈元。他早该忘记这两堂数学课了。他怎能知道他被多么深刻地铭刻在学生陈景润的记忆中。老师因为同学多，容易忘记，学生却常常记着自己青年时代的老师。

四

福州解放！那年他高中三年级。因为交不起学费，一九五〇年上半年，他没有上学，在家自学了一个学期。高中没有毕业，但以同等学历报考，他考进了厦门大学。那年，大学里只有数学物理系。读大学二年级时，才有了一个数学系，但只四个学生。到三年级时，有数学系了，系里还是这四个人。因为成绩特别优异，国家又急需培养人才，四个人提前毕了业。而且，立即分配了工作，得到的优待，羡慕煞人。一九五三年秋季，陈景润被分配到了北京！在第×中学当数学老师。这该是多么的幸福了呵！

然而，不然！在厦门大学的时候，他的日子是好过的。同组同系就只四个大学生，倒有四个教授和一个助教指导学习。他是多么饥渴而且贪馋地吸饮于百花丛中，以酿制芬芳馥郁的数学蜜糖呵！学习的成效非常之高。他在抽象的领域里驰骋得多么自由自在！大家有共同的dx和dy等等之类的数学语文。心心相印，息息相通。三年中间，没有人歧视他，也不受骂挨打了。他很少和人来往，过的是黄金岁月；全身心沉浸在数学的海洋里面。真想不到，那么快，他就毕业了。一想到他将要当教师，在讲台上站立，被几十对锐利而机灵，有时难免要恶作剧的眼睛盯视，人禁不住吓得打颤！

他的猜想立刻就得到了证明。他是完全不适合于当老师的。他那么瘦小和病弱，他的学生却都是高大而且健壮的。他最不善于说话，多说几句就嗓子发痛了。他多么羡慕那些循循善诱的好老师。下了课回到房间里，他叫自己笨蛋，辱骂自己比别人的还厉害得多。他一向不会照顾自己，又不注意营养。积忧成疾，发烧到摄氏三十八度。送进医院一检查，他患有肺结核和腹膜结核症。

这一年内，他住医院六次，做了三次手术。当然他没有能够好好地教书。但他并没有放弃了他的专业。中国科学院不久前出版了华罗庚的名著《堆垒素数论》。刚摆上书店的书架，陈景润就买到了。他一头扎进去了。非常深刻的著作，非常之艰难！可是他钻研了它。住进医院，他还偷偷地避开了医生和护士的耳目，研究它。他那时也认为，这样下去，学校没有理由欢迎他。

他想他也许会失业？又有什么办法呢？好在他节衣缩食，一支牙刷也不买。他从来不随便花一分钱，他积蓄了几乎他的全部收入。他横下心来，失业就回家，还继续搞他的数学研究。积蓄这几个钱是他搞数学的保证。这保证他失了业也还能研究数学的几个钱，就是他的生命；他的生命就是数学。至于积蓄一旦用光了，以后呢？那时又该怎么办？他不知道。这也是难题；也是尚未得到解答的猜想。而这个猜想后来也证明是猜对了的。他的病好不了，中学里后来无法续聘他了。

厦门大学校长来到了北京，在教育部开会。那中学的一位领导遇见了他，谈起来，很不满意，提出了一大堆的意见：你们怎么培养了这样的高材生？

王亚南，厦门大学校长，就是马克思的《资本论》的翻译者，听到意见之后，非常吃惊。他一直认为陈景润是他们学校里最好的学生。他不同意他所听到的意见。他认为这是分配学生的工作时，分配不得当。他同意让陈景润回到厦门大学。

听说他可以回厦门大学数学系了，说也奇怪，陈景润的病也就好转了。而王亚南却安排他在厦大图书馆当管理员。又不让管理图书，只让他专心致意地研究数学。王亚南不愧为政治经济学的批判家，他懂得价值论，懂得人的价值。陈景润也没有辜负了老校长的培养。他果然精深地钻研了华罗庚的《堆垒素数论》和大厚本儿的《数论导引》。陈景润都把它们吃透了。他的这种经历却也并不是没有先例的。

当初，我国老一辈的大数学家、大教育家熊庆来，我国现代数学的引进者，在北京的清华大学执教。三十年代之初，有一个在初中毕业以后就失了学，失了学就完全自学的青年人，寄出了一篇代数方程解法的文章，给了熊庆来。熊庆来一看，就看出了这篇文章作者的勃发英姿和奇光异彩。他立刻把它的作者，姓华名罗庚的，请进了清华园来。他安排华罗庚在清华数学系当文书，可以一面自学，一面大量地听课。而后，派遣华罗庚出国，留学英国剑桥。学成回国，已担任在昆明的云南大学校长的熊庆来，又介绍他当联大教授。华罗庚后来再次出国，在美国普林斯顿和伊利诺伊的大学教书。中华人民共和国成立以后，华罗庚马上回国来了，他主持了中国科学院数学研究所的工作。

陈景润在厦门大学图书馆中也很快写出了数论方面的专题文章，文章寄给了中国科学院数学研究所。华罗庚一看文章，就看出了文章中的英姿勃发和奇光异彩，也提出了建议，把陈景润选调到数学研究所来当实习研究员。正是：熊庆来慧眼认罗庚，华罗庚睿目识景润。

一九五六年底，陈景润再次从南方海滨来到了首都北京。

一九五七年夏天，数学大师熊庆来从国外重返祖国首都。

这时少长咸集，群贤毕至。当时著名的数学家，有熊庆来、华罗庚、张宗燧、闵嗣鹤、吴文俊等等许多明星灿灿；还有新起的一代俊彦，如陆启铿、万哲先、王元、越民义、吴方等等，如朝霞烂漫；还有后起之秀，陆汝钤、杨乐、张广厚等等已入北京大学求学。在解析数论、代数数论、函数论、泛函分析和几何拓扑学等等的学科之中，已是人才济济，又加上了一个陈景润。人人握灵蛇之珠，家家抱荆山之玉。风靡云蒸，阵容齐整。条件具备了，华罗庚作出了部署：侧重于应用数学，但也要向那皇冠上的明珠，哥德巴赫猜想挺进！

五

要懂得哥德巴赫猜想是怎么一回事，只需把早先在小学三年级里就学到过的数学再来温习一下。那些12345，个十百千万的数字，叫作正整数。那些可以被2整除的数，叫作偶数。剩下的那些数，叫作奇数。还有一种数，如2、3、5、7、11、13等等，只能被1和它本数，而不能被别的整数整除的，叫作素数。除了1和它本数以外，还能被别的整数整除的，这种数如4、6、8、9、10、12等等就叫作合数。一个整数，如能被一个素数所整除，这个素数就叫作这个整数的素因子。如6，就有2和3两个素因子。如30，就有2、3和5三个素因子。好了，这暂时也就够用了。

一七四二年，哥德巴赫写信给欧拉时，提出了：每个不小于6的偶数都是二个素数之和。例如，6=3+3。又如，24=11+13等等。有人对一个一个的偶数都进行了这样的验算，一直验算到了三亿三千万之数，都表明这是对的。但是更大的数目，更大更大的数目呢？猜想起来也该是对的。猜想应当证明。要证明它却很难很难。

整个十八世纪没有人能证明它。

整个十九世纪也没有能证明它。

到了二十世纪的二十年代，问题才开始有了点儿进展。

很早以前，人们就想证明，每一个大偶数是二个"素因子不太多的"数之和。他们想这样子来设置包围圈，想由此来逐步、逐步证明哥德巴赫这个命题一个素数加一个素数（1+1）是正确的。

一九二〇年，挪威数学家布朗，用一种古老的筛法（这是研究数论的一种方法）证明了：每一个大偶数是二个"素因子都不超过九个的"数之和。布朗证明了：九个素因子之积加九个素因子之积（简称9+9），是正确的。这是用了筛法取得的成果。但这样的包围圈还很大，要逐步缩小之。果然，包围圈逐步地缩小了。

一九二四年，数学家拉德马哈尔证明了（7+7）；一九三二年，数学家爱斯斯尔曼证明了（6+6）；一九三八年，数学家布赫斯塔勃证明了（5+5）；一九四〇年，他又证明了（4+4）；一九五六年，数学家维诺格拉多夫证明了（3+3）。一九五八年，我国数学家王元又证明了（2+3）。包围圈越来越小，越接近于（1+1）了。但是，以上所有证明都有一个弱点，就是其中的二个数没有一个是可以肯定为素数的。

早在一九四八年，匈牙利数学家兰恩易另外设置了一个包围圈。开辟了另一战场，想来证明：每个大偶数都是一个素数和一个"素因子都不超过六个的"数之和。他果然证明了（1+6）。

但是，以后又是十年没有进展。

一九六二年，我国数学家、山东大学讲师潘承洞证明了（1+5），前进了一步；同年，王元、潘承洞又证明了（1+4）。一九六五年，布赫斯塔勃·维诺格拉多夫和数学家庞皮艾黎都证明了（1+3）。

一九六六年五月，一颗璀璨的信号弹升上数学的天空，陈景润在中国科学院的刊物《科学通报》第十七期上宣布他已经证明了（1+2）。

自从陈景润被选调到数学研究所以来，他的才智的蓓蕾一朵朵地烂漫开放了。在圆内整点问题、球内整点问题、华林问题、三维除数问题等等之上，他都改进了中外数学家的结果。单是这一些成果，他那贡献就已经很大了。

但当他已具备充分依据，他就以惊人的顽强毅力，来向哥德巴赫猜想挺进了。他废寝忘食，昼夜不舍，潜心思考，探测精蕴，进行了大量的运算。一心一意地搞数学，搞得他发呆了。有一次，自己撞在树上，还问是谁撞了他？他把全部心智和理性通通奉献给这道难题的解题上了，他为此而付出了很高的代价。他的两眼深深凹陷了。他的面颊带上了肺结核的红晕。喉头炎严重，他咳嗽不停。腹胀、腹痛，难以忍受。有时已人事不知了，却还记挂着数字和符号。他跋涉在数学的崎岖山路，吃力地迈动步伐。在抽象思维的高原，他向陡峭的巉岩升登，降下又升登！善意的误会飞入了他的眼帘。无知的嘲讽钻进了他的耳道。他不屑一顾；他未予理睬。他没有时间来分辩；他宁可含垢忍辱。餐霜饮雪，走上去一步就是一步！他气喘不已；汗如雨下。时常感到他支持不下去了。但他还是攀登。用四肢，用指爪。真是艰苦卓绝！多少次上去了摔下来。就是铁鞋，也早该踏破了。人们嘲笑他穿的鞋是破了的：硬是通风透气不会得脚气病的一双鞋子。不知多少次发生了可怕的滑坠！几乎粉身碎骨。他无法统计他失败了多少次。他毫不气馁。他总结失败的教训，把失败接起来，焊上去，作登山用的尼龙绳子和金属梯子。吃一堑，长一智。失败一次，前进一步。失败是成功之母，功由失败堆垒而成。他越过了雪线，到达雪峰和现代冰川，更感缺氧的严重了。多少次坚冰封山，多少次雪崩掩埋！他就像那些征服珠穆朗玛峰的英雄登山运动员，爬呵，爬呵，爬呵！而恶毒的诽谤、恶意的诬蔑像变天的乌云和九级狂风。然而热情的支持为他拨开云雾；爱护的阳光又温暖了他。他向着目标，不屈不挠；继续前进，继续攀登。战胜了第一台阶的难以登上的峻峭；出现在难上加难的第二台阶绝壁之前。他只知攀登，在千仞深渊之上；他只管攀登，在无限风光之间。一张又一张的运算稿纸，像漫天大雪似的飞舞，铺满了大地。数字、符号、引理、公式、逻辑、推理，积在楼板上，有三尺深。忽然化为膝下群山，雪莲万千。他终于登上了攀登顶峰的必由之路，登上了（1+2）的台阶。

他证明了这个命题，写出了厚达二百多面的长篇论文。

闵嗣鹤老师给他细心地阅读了论文原稿。检查了又检查，核对了又核对。肯定了，他的证明是正确的，靠得住的。他给陈景润说，去年人家证明（1+3）是用了大型的高速的电子计算机，而你证明（1+2）却完全靠你自己运算，难怪论文写得长了。太长了，建议他加以简化。

就在修改长篇论文的当口，陈景润突然被卷入了政治革命的万丈波澜。滚滚而来的巨浪冲击了一切剥削阶级的思想意识。

六

这是进步与倒退，真理与谬误，光明和黑暗的搏斗，无产阶级巨人与资产阶级怪兽的搏斗！一次一次的胜利；一次一次的反复。把仿佛已经完成的事情，一次一次地重新来过，把这些事情再做一遍，每一次都有了新的提高。它搜索自己的弱点、缺点和错误，毫不留情。像马克思说过的要让敌人更加强大起来，自己则再三往后退却，直到无路可退了，才作罗陀斯岛上的跳跃；粉碎了敌人，再在玫瑰园里庆功。只见一个一个的场景，闪来闪去，风驰电掣，惊天动地。一台一台的戏剧，排演出来，喜怒哀乐，淋漓尽致，悲欢离合，动人心肺。一个一个的人物，登上场了。有的折戟沉沙，死有余辜；四大家族，红楼一梦；有的昙花一现，萎谢得好快呵。

乃有青松翠柏，虽死犹生，重于泰山，浩气长存！有的是国杰豪英，人杰地灵；干将莫邪，千锤百炼；拂钟无声，削铁如泥。一页一页的历史写出来了，大是大非，终于有了无私的公论。肯定——否定——否定之否定。化妆不经久要剥落；被诬的终究要昭雪。种子播下去，就有收获的一天。播什么，收什么。

天文地理要审查；物理化学要审查。生物学要审查；数学也要审查。陈景润在无产阶级"文化大革命"中受到了最严峻的考验。老一辈的数学家更受到了冲击；连中年和年轻的也跑不了。庄严的科学院被骚扰了；热腾腾的实验室里冷冷清清。日夜的辩论；剧烈的争吵。行动胜于语言；拳头代替舌头。无产阶级"文化大革命"像一个筛子，什么都要在这筛子上过滤一下。它用的也是筛法。该筛掉的最后都要筛掉；不该筛掉的怎么也筛不掉。

曾经有人强调了科学工作者要安心工作，钻研学问，迷于专业。陈景润又被认为是这种所谓资产阶级科研路线的"安钻迷"典型。确实他成天钻研学问。不关心政治，是的，但也参加了历次的政治运动。共产党好，国民党坏，这个朴素的道理，他非常之分明。数学家的逻辑像钢铁一样坚硬；他的立场站得稳。他没有犯过什么错误。在政治历史上，陈景润一身清白。他白得像一只仙鹤，鹤羽上，污点沾不上去。而鹤顶鲜红；两眼也是鲜红的，这大约是他熬夜熬出来的。他曾下厂劳动，也曾用数学来为生产服务，尽管他是从事于数论这一基础理论科学的。但不关心政治，最后政治要来关心他。并且，要狠狠地批评他了。批评得轻了，不足以触动他。只有触动了他，才能使他今后注意路线关心政治。批评不怕过分，矫枉必须过正。但是，能不能一推就把他推过敌我界线？

能不能将他推进"专政队"里？尽量摆脱外界的干扰，以专心搞科研又有何罪？

善意的误会，是容易纠正的。无知的嘲讽，也可以谅解的。批判一个数学家，多少总应该知道一些数学的特点。否则，说出了糊涂话来自己还不知道。陈景润被批判了。他被帽子工厂看中了：修正主义苗子，安钻迷，白专道路典型，白痴，寄生虫，剥削者。就有这样的糊涂话：这个人，研究（1+2）的问题。他搞的是一套人们莫名其妙的数学。让哥德巴赫猜想见鬼去吧！（1+2）有什么了不起！1+2不等于3吗？说他混进了数学研究所，领了国家的工资，吃了人民的小米，研究什么1+2=3，什么玩意儿?！伪科学！

说这话的人才像白痴呢。

并不懂数学的人说出这样的话，那是可以理解的，可是说这些话的人中间，有的明明是懂得数学，而且是知道哥德巴赫猜想这道世界名题的。那么，这就是恶意的诽谤了。权力使人昏迷了；派性叫人发狂了。

理解一个人是很难的。理解一个数学家也不容易。至于理解一个恶意的诽谤者却很容易，并不困难。只是陈景润发病了，他病重了。钢铁工厂也来光顾。陈景润听着那些厌恶与侮辱他的，唾沫横飞的，听不清楚的言语。他茫然直视。他两眼发黑，看不到什么了。他像发寒热一样颤抖。一阵阵刺痛的怀疑在他脑中旋转。血痕印上他惨白的面颊。一块青一块黑，一种猝发的疾病临到他的身上。他眩晕，他休克，一个倒栽葱，从上空摔到地上。"资产阶级认为最革命的事件，实际上却是最反革命的事件。果实落到了资产阶级脚下，但它不是从生命树上落下来的，而是从知善恶树上落下来的。"（马克思：《雾月十八日》一二）

七

台风中心是安静的。

过了一段时间，不知是多少天多少月，"专政队"的生活反倒平静无事了。而旋卷在台风里面的人却焦灼着、奔忙着、谋划着、叫嚷着、战斗着，不吃不睡，狂热地保护自己的派性，疯狂地攻击着对方的派性，他们忙着打派仗，竟没有时间来顾及他们的那些"专政"对象了。这时有一个老红军，主动出来担当了看守他们的任务。实际是一个热情的支持者，他保护了科学家们，还允许他们偷偷地看书。

待到工人宣传队进驻科学院各所以后，陈景润被释放了，可以回到他自己的小房间里去住了。不但可以读书，也可以运算了。但是总有一些人不肯放过他。每天，他们来敲敲门，来查查户口，弄得他心惊肉跳，不得安身。有一次还带来了克丝钳子；存心不让他看书，把他房间里的电灯铰了下来，拿走了还不够，把开关拉线也剪断了。

于是黑暗降临他的心房。

但是他还得在黑暗中活下去呵，他买来了一只煤油灯。又生怕煤油灯光外露，就在窗子上糊了报纸。他挣扎着生活，简直不成样子。对搞工作的，扣他们工资；搞打砸抢的，反而有补贴。过了这样久心惊肉跳的生活，动辄得咎，他的神经极度衰弱了。工作不能做，书又不敢读。工宣队来问：为什么你要搞1+1=2以及1+2=3呢？他哭笑不得，张皇失措了。他语无伦次，不知道怎样对师傅们解说才解释清楚。工人同志觉得这个人奇怪。但是他还是给他们解释清楚了。这（1+1）（1+2）只是一个通俗化的说法，并不是日常所说的1+1和1+2。好像你们说，一个人是纸老虎，并不就是老虎了。弄清楚了之后，工人师傅也生气地说：那些人为什么要胡说？他们也热情支持他，并保护他了。

"九一三"事件之后，大野心家已经演完了他的角色，下场遗臭万年去了。陈景润听到这个传达之后，吃惊得说不出话来。这时，情况渐渐地好转，可是他却越加成了惊弓之鸟。激烈的阶级斗争使他无所适从，唯一的心灵安慰从来就是数学。他只好到数论的大高原上去隐居起来。现在也允许他这样做，继续向数学求爱了。图书馆的研究员出身的管理员也是他的热情支持者。事实证明，热情的支持者，人数众多。他们对他好，保护他。他被藏在一个小书库的深深的角落里看书。由于这些研究员的坚持，数学研究所继续订购世界各国的文献资料。这样几年，也没有中断过；这是有功劳的。他阅读，他演算，他思考。情绪逐步地振作起来。但是健康状况却越加严重了。他从不说；他也不顾。他又投身于工作。白天在图书馆的小书库一角，夜晚在煤油灯底下，他又在攀登，攀登，攀登了，他要找寻一条一步也不错的最近的登山之途，又是最好走的路程。

敬爱的周总理，一直关心着科学院的工作，腾出手来，排除帮派的干扰。半个月之前，有一位周大姐被任命为数学研究所的政治部主任。由解析数论、代数数论等学科组成的五学科室，恢复了上下班的制度。还任命了支部书记，是个工农出身的基层老干部，当过第二野战军政治部的政治干事。

到职以后，书记就到处找陈景润。周大姐已经把她所了解的情况告诉他了。但他找不到陈景润。他不在办公室里，办公室里还没有他的办公桌。他已经被人忘记掉了。可是他们会了面，会面在图书馆小书库的一个安静的角上。

刚过国庆，十月的阳光普照。书记还只穿一件衬衣，衰弱的陈景润已经穿上棉袄。

"李书记，谢谢你。"陈景润说，他见人就谢。"很高兴，"他说了一连串的很高兴。他一见面就感到李书记可亲。"很高兴，李书记，我很高兴，李书记，很高兴。"

李书记问他："下班以后，下午五点半好不好？我到你屋去看看你。"

陈景润想了一想就答应了："好，那好，那我下午就在楼门口等你，要不你会找不到的。"

"不，你不要等我，"李书记说，"怎么会找不到呢？找得到的。完全用不到等的。"

但是陈景润固执地说："我要等你，我在宿舍大楼门口等你。不然你找不到我就不好了。"

果然下午他是在宿舍大楼门口等着的。他把李书记等到了，带他上了三楼，请进了一个小房间。小小房间，只有六平方米大小。这房间还缺了一只角。原来下面二楼是个锅炉房。长方形的大烟囱从他的三楼房间中通过，切去了房间的六分之一。房间是刀把形的。显然它的主人刚刚打扫过清理过这间房了。但还是不太整洁。窗子三格，糊了报纸，糊得很严实。尽管秋天的阳光非常明丽，屋内光线暗淡得很。纱窗之上，是羊尾巴似的卷起来的窗纱。窗上缠着绳子，关不严。虫子可以飞出飞进。李书记没有想到他住处这样不好。他坐到床上，说："你床上还挺干净!"

"新买的床单。刚买来的床单。"陈景润说，"你要来看看我，我特地去买了床单。"指着光亮雪白的蓝格子花纹的床单。"谢谢你，李书记，我很高兴，很久很久了，没有人来看望……看望过我了。"他说，声音颤抖起来。这里面带着泪音。霎时间李书记感到他被这声音震撼起来。满腔怒火燃烧。这个党的工作者从来没有这样激动过。不像话；太不像话了! 这房间里还没有桌子。六平方米的小屋，竟然空如旷野。一捆捆的稿纸从屋角两只麻袋中探头探脑地露出脸来。只有四叶暖气片的暖气上放着一只饭盒。一堆药瓶，两只暖瓶。连一只矮凳子也没有。怎么还有一只煤油灯? 他发现了，原来房间里没有电灯。"怎么?"他问，"没有电灯!"

"不要灯，"他回答，"要灯不好。要灯麻烦。这栋大楼里用电炉的人家很多。电线负荷太重，常常要检查线路，一家家的都要查到。但是他们从来不来查我。我没有灯，也没有电线。要灯不好，要灯添麻烦了。"说着他凄然一笑。

"可是你要做工作。没有灯，你怎么做工作? 说是你工作得很好。"

"哪里哪里。我就在煤油灯下工作；那，一样工作。"

"桌子呢? 你怎么没有桌子?"

陈景润随手把新床单连同褥子一起翻了起来，露出了床板，指着说："这不是? 这样也就可以工作。"

李书记皱起了眉头，咬牙切齿了。他心中想着："唔，竟有这样的事! 在中关村，在科学院呢。糟蹋人呵，糟蹋科学! 被糟蹋成了这个状态。"一边这样想，一边又指着羊尾巴似的窗纱问道，"你不用蚊帐? 不怕蚊虫咬?"

"晚上不开灯，蚊子不会进来。夏天我尽量不在房间里待着。现在蚊子少了。"

"给你灯,"李书记加重了语气说,"接上线,再给你桌子、书架,好不好?"

"不好不好,不要不要,那不好,我不要,不……不……"

李书记回到机关。他找到了比他自己早到了才一个星期的办公室老张主任。主任听他说话后,认为这一切不可能,"瞎说!怎么会没有灯呢?"李书记给他描绘了小房间的寂寞风光。那些身上长刺头上长角的人把科学院搅得这样!立刻找来了电工。电工马上去装灯。灯装上了,开关线也接上了。一拉灯亮了。陈景润已经俯伏在一张桌子之上,写起来了。

光明回到陈景润心房。

八

(他写着,写着)……

……

何等动人的一页又一页!这些是人类思维的花朵。这些是空谷幽兰、高寒杜鹃、老林中的人参、冰山上的雪莲、绝顶上的灵芝、抽象思维的牡丹。这些数学的公式也是一种世界语言。学会这种语言就懂得它了。这里面贯穿着最严密的逻辑和自然辩证法。它是在探索太阳系、银河系、河外系和宇宙的秘密,原子、电子、粒子、层子的奥妙中产生的。但是能升登到这样高深的数学领域去的人,一般地说,并不很多。

且让我们这样稍稍窥视一下彼岸彼土。那里似有美丽多姿的白鹤在飞翔舞蹈。你看那玉羽雪白,雪白得不沾一点尘土;而鹤顶鲜红,而且鹤眼也鲜红的。它踯躅徘徊,一飞千里。还有乐园鸟飞翔,有鸾凤和鸣,姣妙、娟丽,变态无穷。在深邃的数学领域里,既散魂而荡目,迷不知其所之。

闵嗣鹤老师却能够品味它,欣赏它,观察它的崇高瑰丽。他当时说过:"陈景润的工作,最近好极了。他已经把哥德巴赫猜想的那篇论文写出来了。我已经看到了,写得极好。"

"你的论文写出了，"一位军代表问陈景润，"为什么不拿出来？"陈景润回答他："正做，正做，没有做完。"军代表说："希望你早日完成。"

室里的领导老田对李书记说："可以动员动员他，让他拿出来。但也不用急。他不拿出来，自然有他的道理的。"

李书记问了问他，陈景润说："有人还在骂我，说我不交论文是因为现在没有稿费。说是恢复了稿费我就会交了。"李书记追了他一句："谁这样说你？"他回答："你不要问了。谢谢你，你可别去问呵！问了我更麻烦了。没有稿费，谢天谢地。我不要稿费。我压根儿也没有想到它。那个稿子我还在做。我确实没有做完。"

九

"我确实还没有做完。我的论文是做完了，又是没有做完的。自从我到数学研究所以来，在严师、名家和组织的培养、教育、熏陶下，我是一个劲儿钻研，怎么还能干别的事？不这样怎么对得起党？在世界数学的数论方面三十多道难题中，我攻下了六七道难题，推进了它们的解决。这是我的必不可少的准备。然后我才能向哥德巴赫猜想挺进。为此，我已经耗尽了我的心血。

"一九六五年，我初步达到了（1+2）。但是我解答得太复杂了，写了两百多页的稿子。数学论文的要求是（一）正确性，（二）简洁性。譬如从北京城里走到颐和园那样，可有许多条路，要选择一条最准确无错误，又最短最好的道路。我那个长篇论文是没有错误，但走了远路，绕了点儿道，长达两百多页，也还没有发表。国外没有承认它，也没有否认它，因为它没有发表。从那年到今天已经过去了七年。

"这个事是比较困难的，也是难以被人理解的。从学习外语来说，我是在中学里就学了英语，在大学里学的俄语，在所里又自学了德语和法语。我勉强可以阅读而且写写了。又自学了日语、意大利语和西班牙语，到了勉强可以阅读外国资料和文献的程度。因而在借鉴国外的经验和成就时，可以从原文阅读，用不到等人翻译出来了再读。这是必不可少的一个条件。我必须尽可能检阅外国资料的全部总和，消化前人智慧的尽可能地不缺的全部的果实。而后我才能在这样的基础上，解答（1+2）这样的命题。

"我的成果又必须表现在这样的一篇论文中，虽然是专业性质的论文，文字是比较简单；尽管是相对地严密的，又必须是绝对地精确的。若干地方就是属于哲学领域的了。所以我考虑了又考虑，计算了又计算，核对了又核对，改了又改，改个没完。我不记得我究竟改了多少遍。科学的态度应当是最严格的，也必须是最严格的。

"我知道我的病早已严重起来。我是病入膏肓了。细菌在吞噬我的肺腑内脏。我的心力已到了衰竭的地步。我的身体确实是支持不了啦！唯独我的脑细胞是异常地活跃，所以我的工作停不下来。我不能停止。……"

十

一九七三年二月，春节来临。

早一天，数学研究所的周大姐说，佳节前后，要特别关心一下病号。她说："那些老八路的作风，那些过去部队里形成的作风，我们千万不能丢掉了。尤其像陈景润那样的同志，要关心他，他很顽强。他病得起不来了，但又没有起不来的时候。在任何情况下挣扎起来，他坚持工作。他为什么？他为谁？为他自己吗？为他自己，早就不干了。不是，他是为人民，为党工作。我们要去慰问他。也要慰问单位里所有的病人。"

其实，外表看来魁梧、说话声音洪亮的周大姐自己也是一个力疾从公、患有心脏病、应当受到慰问的人。

大年初一早晨，周大姐和几个书记，包括李书记，一行数人把头天买好了的苹果、梨子装进一些塑料网线袋子。若干袋子大家分头提着，然后举步出发，慰问病人。他们先到陈景润那里。他住得最近。

陈景润正从楼梯上走下来。大家招呼他。他很惊讶，来了这许多的领导同志。周大姐说："过春节，我们看你来了，你的病好点了吧。"李书记也说："新年好，给你贺新年。"陈景润说："噢，今天是新年了呵？我很高兴，谢谢你们，谢谢你们。新年了，你们好。"李书记说："到你屋里去坐坐吧。""不，不行，"陈景润说，"你没有先给我打招呼，不能进去。"周大姐沉吟了一下，说："好吧，我们就不去了。李书记，你给他送水果上楼吧。我们还上别家去，你回头再赶上我们好了。"李书记说："好。"周大姐和陈景润握手，并祝他早日恢复健康，然后转过身走了。李书记把水果袋递给陈景润说："春节了，这是组织上送给你的。希望你在这新的一年里，多给党做点工作。""不要水果，不要水果。"陈景润推却了，"我很好，我没有病，没有什么……这点点病呃……呃，谢谢你，我很高兴。"说着说着他收下了水果。李书记说："上你屋聊聊。"他又张手拦住，"不，不要进屋了，你没有给我打招呼。"

李书记说："那好，我不上去了。你有什么事，随时告诉我。我也得去追上他们，到别家去看望看望。"于是握手作别，他反身走。刚走两步，后面又叫了，"李书记，李书记！"陈景润又追过来，把水果袋子给了李书记，并说，"给你家的小孩吃吧。我吃不了这多。我是不吃水果的。"李书记说："这是组织上给你的，不过表示表示，一点点的心意罢了。要你好好保养身体，可以更好地工作。你收下吧，吃不下，你慢慢地吃吧。"

他默然收下了。他噙着泪送李书记到大楼门口。李书记扬手走了，赶上了周大姐他们的行列。陈景润望着李书记的背影，凝望着周大姐一行人的背影模糊地消失在中关村路林荫道旁的切面铺子后面了。突然间，他激动万分。他回楼上，见人就讲，并且没有人他也讲。"从来所领导没有把我当作病号对待，这是头一次；从来没有人带了东西来看望我的病，这是头一次。"他举起了塑料袋，端详它，说，"这是水果，我吃到了水果，这是头一次。"

他飞快地进了小屋，一下子把自己反锁在里面了。

他没有再出来，直到春节过去了。头一天上班，陈景润把一叠手稿交给了李书记，说：

"这是我的论文。我把它交给党。"

李书记看看他，又轻声问他："是那个（1+2）？"

"是的，闵老师已看过，不会有错误的。"陈景润说。

数学研究所立即组织了一次小型的学术报告会。十几位专家，听了陈景润的报告，一致给以高度评价。然后，数学研究所业务处将他的论文上报院部。

<h1 style="text-align:center">十一</h1>

"……由（28）、引理8和引理9，即得到定理1……完全类似的方法可得到定理2的证明……"

以上就是陈景润的著名论文《大偶数表为一个素数及一个不超过二个素数的乘积之和》的"（三）结果"的语言。

作为"结果"的定理，就是那个"陈氏定理"。

四月中的一天，中国科学院在三里河工人俱乐部召开全院党员大会。武衡同志在会上作报告。他说数学研究所一位中级研究员作出了世界水平的重大成果。当时没说人名，听到了，还不知说谁。李书记在座中，捅了一下旁边的人。"干什么？"那人说。他问："你听到没有？""怎么啦？"那人又说。"这活儿是陈景润作出来的呵！""噢？还这么重要？"那人说。"这是世界名题。真不简单！"

第二天，新华社记者来访。他见到了陈景润，谈了话，进他房间看了看。回去就写出一篇报道，立即在内部刊物上发表。其中，说到了陈景润的经历；他刻苦钻研的精神；重大的科研成果以及他现在还住在一间烟熏火烤的小房间里。生活条件很差！疾病严重！！生命垂危！！！

伟大领袖和导师毛主席看到了这篇报道，立即作出了指示。

当天深夜，武衡同志走进了陈景润的小房间。

他立即被送进了医院，由首都医院内科主任和卫生部一位副部长给他做了全面的身体检查。他患有多种疾病。他们要他立即住院疗养，他不肯。于是，向他传达了毛主席的指示。

他一共住院一年半。

在住院期间，敬爱的周总理曾亲自和华国锋同志（当时是副总理），安排了陈景润的全国人民代表席位。在第四次全国人民代表大会上，陈景润见到周总理，并和总理在一个小组里开会。人代会期间，当他得知总理的病情时，当场哭起来，几夜都睡不着觉。大会后，他仍回医院治疗。

当他出院的时候，医院的诊断书上写着：

"经住院治疗后，一般情况较好。精神改善；体温正常。体重增加十斤；饮食睡眠好转。腹痛腹胀消失；二肺未见活动性病灶。心电图正常；脑电图正常。肝肾功能正常；血沉及血象正常。"

早在他的论文发表时，西方记者迅即获悉，电讯传遍全球。国际上的反响非常强烈。英国数学家哈勃斯丹和西德数学家李希特的著作《筛法》正在印刷所校印。他们见到了陈景润的论文立即要求暂不付印，并在这部书里加添了一章，第十一章："陈氏定理"。他们誉之为筛法的"光辉的顶点"。在国外的数学出版物上，诸如"杰出的成就、辉煌的定理"等等评语，不胜枚举。一位英国数学家在给他的信里还说："你移动了群山！"

真是愚公一般的精神呵！

或问：这个陈氏定理有什么用处呢？它在哪些范围内有用呢？

大凡科学成就有这样两种：一种是经济价值明显，可以用多少万、多少亿人民币来精确地计算出价值来的，叫作"有价之宝"；另一种成就是在宏观世界、微观世界、宇宙天体、基本粒子、经济建设、国防科研、自然科学、辩证唯物主义哲学等等之中有这种那种作用，其经济价值无从估计，无法估计，没有数字可能计算的，叫作"无价之宝"，例如，这个陈氏定理就是。

现在，离开皇冠上的明珠，只有一步之遥了。

但这是最难的一步。且看明珠归于谁家之手吧！

十二

陈景润曾经是一个传奇式的人物。关于他，传说纷纭，莫衷一是。有善意的误解、无知的嘲讽、恶意的诽谤、热情的支持，都可以使得这个人扭曲、变形、砸烂或扩张放大。理解人不容易；理解这个数学家更难。他特殊敏感，过于早熟，极为神经质，思想高度集中。外来和自我的肉体与精神的折磨和迫害使得他试图逃出于世界之外。他相当成功地逃避在纯数学之中，但还是藏匿不了。纯数学毕竟是非常现实的材料的反映。"这些材料以极度抽象的形式出现，这只能在表面上掩盖它起源于外部世界的事实。"（恩格斯）陈景润通过数学的道路，认识了客观世界的必然规律。他在诚实的数学探索中，逐步地接受了辩证唯物论的世界观。没有一定的世界观转变，没有科学院这样的集体和党的关怀，他未必能对哥德巴赫猜想作出这辉煌贡献。正是无产阶级"文化大革命"不可抗拒地促使他突变。被冷酷地逐出世界的人，被热烈的生命召唤了回来。帮派体系打击迫害，更显出党的恩惠温暖。冲击对于他好像是坏事；也是好事，他得到了锻炼而成长了。病人恢复了健康。畸零人成了正常人。正直的人已成为政治的人。多余的人，为国增了光。他进步显著，他坚定抗击了"四人帮"对他的威胁与利诱。无所不用其极地威胁他诬陷邓副主席，他不屈！许以高官厚禄，利诱他向人妖效忠，他不动！真正不简单！数学家的逻辑像钢铁一样坚硬！今后，可以信得过，他不会放松了自己世界观的继续改造。他生下来的时候，并没有玫瑰花，他反而取得成绩。而现在呢？反而应当有所警惕了呢，当美丽的玫瑰花朵微笑时。

《人民文学》1978年1期

扬眉剑出鞘

理　由

一辆闪着红十字标记的救护车和两辆小汽车，驶出马德里体育宫，沿着公路向前疾驰。

这是1978年3月26日的晚上。透过车窗望去，西班牙的首都沉浸在深蓝色的夜幕里。朦胧的建筑物，晶莹的喷水泉和闪烁迷离的灯光从窗外一晃而过。马德里的初春的夜色清凉如水，而车里人的心情却灼热、焦急……

汽车停在一所医院的门前。

鬓发斑白的西班牙击剑协会主席和中国青年击剑队教练员庄杏娣，簇拥着一个年轻的中国女运动员，直奔医院的急诊室。击剑协会主席找到医生，用西班牙语急切地告诉刚才发生的事。他一边说，一边打着手势，又跷起拇指，朝姑娘晃个不停。

姑娘的左臂上包扎着绷带。她叫栾菊杰，还不到二十岁。身材修长，亭亭玉立。红润的脸颊，红得像一朵山茶花。眉眼俊气，一副清秀的江南女孩子的模样——在她的身上，找不到一丝好武斗勇的特征；恰恰相反，还显得有几分稚嫩。

医生解开缠绕在她左臂上的绷带，嘴里发出"啧啧"的惊叹声。映入人们眼帘的有两处伤口。那是一柄钢剑折断之后，被断裂的锋芒刺穿的。伤口透过皮下的肱二头肌，鲜红的血在向下流淌。内侧的伤口刺开了花，粉红的肌肉向上翻卷着……

击剑作为一项体育运动，从来有益于增强体魄而无损于健康。竞赛规则的保障，进攻武器的限定，和防护装备臻于完善，使双方运动员的人身都很安全。1901年成立国际剑联以来，在比赛中像这样的事故极为罕见。这只鲜血淋漓的手臂，仿佛向人们诉说着一场凶猛的搏斗……

击剑被视为欧洲的传统项目。从斯巴达克思的角斗，到中世纪的风流骑士，都把击剑当作一门格斗技术，此后火器取代了冷兵器，击剑仍作为一项体育运动在欧洲世代相衍。国际剑联成立后的77年中，历届世界比赛的前列名次，全部被欧洲的选手垄断；从来没有一个亚洲选手，哪怕是取得一次决赛的权利。近十年来，苏联的选手侧目欧洲，雄峙剑坛，几乎囊括所有的奖牌和银杯。

我国的剑术虽有悠久历史，后来演化为一种矫健而优美的造型艺术，跟对抗性的欧洲击剑不同。对抗性的击剑运动，在我国是50年代中期才引进的。这株体育园地的新苗，在它短暂的生长期中几度风霜，两次被砍去，主要在于其"洋"。1973年，击剑项目又恢复了。我们这个真实故事的年轻主人公，就是那时应运而生，踏上剑坛的。可是她习剑不久，体育界又刮来一阵邪风。"四人帮"及其余党歪曲"友谊第一，比赛第二"的革命口号，把严肃的事业变成浅薄的空谈，把祖国的荣誉当作轻率的儿戏，拿革命英雄主义的锦旗去擦桌子，以在黑板报上写一篇"帮"云亦云的批判稿代替在训练中出几身汗水。一时间取消比赛，取消名次，取消集训；"洋"的不要，"中"的也不要。我们的体育受到的内伤，比通常见到的运动生理创伤更难痊愈。栾菊杰算是幸运的，她所在的江苏省击剑队是一支刻苦训练的劲旅；但是孤掌难鸣，得不到向兄弟省市学习交流的机会。1977年年初，栾菊杰第一次出国比赛之前，将近一年没有举行全国性的集训和比赛了。那次她去奥地利参加第二十八届世界青年击剑锦标赛，还没进入半决赛就被淘汰，只得个十七名。这个成绩是可以预料的，我国体育的严冬季节刚刚过去，元气尚未康复，而栾菊杰毕竟也还缺乏经验。

然而，那次有一件事是不能忘却的。在各路选手云集的练习场上，栾菊杰曾经主动邀请欧洲某个国家的选手练剑习武，对方却耸了耸肩膀，显出不愿耽误时间的样子，姑娘的心被重重地刺痛了。我们是为友谊而来的。友谊的基础是互相敬重，但在世界这个小小的角落里，在那个特定的剑坛上，我们没有赢得应有的敬重，没有获得更多的友谊。民族情操是体育运动的血液，殷红的血液不容亵渎，麻木者沉沦，知耻而后勇。姑娘倚剑站在那里，嘴唇在剧烈地颤抖！

这就是我们故事的真实背景。

光阴流水，又是一年。第二十九届世界青年击剑锦标赛今年三月在西班牙举行。昨天，当栾菊杰站在马德里体育宫的大厅里，臂佩金光闪闪的国徽，把剑柄竖在面前，高高地扬起剑尖，按照一种古老的、庄重的礼节，向观众和各国运动员致意时，她并没引起人们特别的注意。人们把传统的目光，转向欧洲剑坛的几颗新星去了。

女子花剑比赛一交手，场上发生奇异的变化。栾菊杰以一种清新的姿态，出现在击剑台上，挺身仗剑，锐不可当。在前三轮的小组比赛中，她一共打了十四场，赢了十二场。进入半决赛以后，强手云集，猛将相逢，都是些打出来的拔尖人物。而栾菊杰愈战愈勇，竟以8:1的压倒优势，击败了上届亚军、苏联选手蒂米特朗。暴雨似的进攻，旋风似的结束，看台上欢呼呀，蹦跳呀，惊愕的叹息和沮丧的号叫呀，整个剑坛被轰动了！

亚洲朋友围住中国领队李春祥，兴奋地说："这不仅是中国的光荣，也为我们亚洲人争了一口气！"

从上届比赛到这一届比赛，她的步子跨得太大了。人们甚至来不及回顾她、品评她……

决赛前的马德里体育宫大厅，气氛活跃而紧张。参加决赛的各国击剑队也许正在紧张地调整战术吧，在疾风吹皱的波光浪影中，有一处是很平静的，那就是中国青年击剑队的临时休息地点。栾菊杰身穿玫瑰色的运动服，躺在深褐色的橡胶地板上，恬静地睡着了。身旁放着头盔、手套和她的剑。决赛将在晚上七点钟开始。我们还有一些时间来研究她、思索她身上发生的变化……

让我们把视线对准她身旁的那支剑吧。一把好剑，应该是坚韧的。峣峣者易折。而足够的刚度和韧度，要在锤炼中获得。一个运动员也是这样。

为了认识她，认识一下她的家庭也是蛮有意思的。小栾出生在南京市，父母都是工人，和我们所有的工人家庭一样，生活充实而愉快，只是父母孩子生得多了些，一共七个，前六个是女儿，最小一个是男孩，她是老二。这样的家庭让孩子去搞体育有为难之处。跑跑颠颠的孩子吃得比大人还多，衣服磨损快，鞋子也破得快。但她的父母对体育很热心，在我国千万个业余体校的学员家庭当中，这个家庭是难能可贵的：墙上贴满五十多张奖状，那是老大老二和老三从运动会上拿回来的，父母引以为傲。他们替下一代想得多，宁可自己节省一点，也要让孩子锻炼得结结实实，同时又不放纵孩子。老二很懂事，样样家务都能干。读书（她是三好学生）、练剑，回家还要带孩子。她爽朗、乐观、发奋、刻苦。她的才能在击剑运动中得到发挥。习剑刚刚四个月，参加一次全国比赛，名列第二。三年之后，披挂多年的老将退出赛场，她名列全国第一。自然，这个奇迹般的纪录也反映出我国剑坛当时青黄不接的状况……

她去年参加奥地利的比赛归来，教练员向她提出一个问题："小栾，你好好总结一下，为什么没能进入半决赛？"

党组织告诉她，不能光从客观上找原因，现在的条件好多了，自己得发奋图强。

条件的确太好了！这一年，我们的祖国驱散阴霾，晴空万里，体育战线又焕发出新的活力。客观条件改变了，主观条件上升到矛盾的主要方面。有人意识到这种变化，纵身到时代的中流去击搏；亦有怨天尤人的，徜徉在时代激流的岸边。你做哪一种人？

她发奋了，发狠了。

这一年国内比赛频繁。集训、比赛、再集训，每一次都取得了成绩，也暴露了问题。看清自己的弱点才谈得上去克服它。她的打法单调，常搞一锤子买卖；她的爆发力差，一剑又打不"死"对方。为了锻炼爆发力，她每天奔跑在紫金山麓。变速跑，加速跑，规定跑五圈，她跑八圈、十圈。脚踝扭伤了，她咬着牙跑了一个多月，直跑得右腿变形，才想起去医院打"封闭"。"封闭"了又跑，跑坏了又"封闭"。这种严酷的训练并不见之于体育比赛，后来却帮了她的大忙。要想突破现代体育的"禁区"，回避负伤的问题是不可能的。无病呻吟，小病大养，只能望洋兴叹。她奔跑着，默默忍受伤痛的折磨，锻炼顽强的意志。她奔跑着，清秀的脸上淌下了小溪般的汗水。同伴们风趣地说："瞧，她练得跟一条野牛似的！"

她的教练员庄杏娣和文国刚，都是十数年前我国剑坛的风云人物，如今向新秀们贡献出自己的心血和技艺的结晶。文教练指导她改进手上的动作，击打刺，交叉刺，转移刺，对抗刺，第一战术意图过渡到第二战术意图，学一招，用一招。她的进步不小，稳定地前进，稳步地上升，从不大起大落。可是，就在这次来马德里之前，她变得不稳定了，一次集训比赛当中，比分直线下跌，轻易输给对手。集训队批评了她，她惊愕、迷惘、内疚；眼睛哭得红红的，又瞪着红肿的眼睛走上了剑台，把对手打下去，重又保持了"稳定"。一个风纪严明的运动队，就像是一座熔炉，她的剑锤锻了再锤锻，在这次预赛中初露锋芒。这把剑，现在就放在她的身旁……

决赛前的小栾，睡在马德里体育宫的地板上，觉得有点发凉。她揉了揉眼睛，一骨碌坐起来了。

"睡着了吗？"坐在她身旁的翻译同志问道。

"还做梦呢。一闭眼就梦见我在打。一打就是我赢！"

翻译也笑了："真的，白天你赢了好几场了。"

她说："还没赢够呢。来马德里之前，我想能进入半决赛就不错了，进入半决赛，又想挂上一个小六儿（第六名）。现在小六儿是稳拿了，我又在想……"

"你在想什么？"

"我想把五星红旗升上去！"

翻译高兴得跳起来："太好了，这回就看你的啦！"

小栾急忙拉住她："这件事我们两个知道就行了，不要再去对别人说呀……"

激战前运动员的心理，仿佛奏起一支奇妙的乐曲。回荡在她心中的既有轻松舒展的基调，又有激越高亢的旋律，摆脱了个人胜负的羁绊，喷薄着为国争光的热忱。运动员的心里响起这样的和弦，就处于最佳竞技状态。

晚上七点，决赛开始。大厅里的观众比白天骤然增多。按抽签决定比赛排列顺序，栾菊杰将和苏联的扎加列娃对阵。这对双方都是一场关键性的比赛。看台上的气氛上升到白热化。

小栾穿一套紧身的白色击剑服，扎一件金属丝织的背心，携盔持剑，登上赛台。在大厅中乳白色的灯光辉映下，她一身洁白。

裁判员发出"预备"的口令。

击剑运动要求双方在一定的时间和空间里，按照一定的姿势进行搏斗。进攻、防守、绝对速度、相对速度、脚下的腾挪闪躲，手上的千变万化，全都凝集在一个目标，把剑刺向对方的有效部位。当然不是为了把对方刺倒在脚下，而是为了使自己在无数次的刺击中变得更加坚强。挥舞在运动员手中的那把剑，不停地解剖着对手的性格，也向对手描绘着自己的性格。荟萃于运动员身上的思想风貌，积年累月的训练成果，刹那间就能撞击出火花，有形或无形的火花，灿烂夺目或暗淡失色的火花……

裁判员发出"开始"的口令。小栾轻捷地跃进几步，挥出剑去，在对手面前晃了几晃，对方举剑相迎。这是一种互相挑引的动作，两道剑光翩翩缠绕，仿佛在空中画着问号，都在试探对方的虚实。小栾越逼越近，对方一直退到"警戒线"上，出现短暂的相峙，小栾奋臂挥剑，"啪"的一声，把对方的剑向外一击，剑尖威胁着对手的胸部。对方本能地把剑向内拨去，做出防守动作，这正是小栾所预料的。她连续转入第二战术意图。趁对方头一个防守动作还没完成，一抖腕子，把剑抽了出来，那剑在空中划出一个扇面形，从内侧绕到外侧，指向对方暴露出来的空当。同时弓步上前，飞剑直刺。这一连串娴熟细腻的剑法，伴随着力度、幅度、深度、精度，刹那间爆发出来，如灵蛇吐焰，银光一闪，正中对方的腹部。

裁判台上，表明扎加列娃被刺中的彩灯霍然亮了！

看台上高声喝彩。

苏联选手刚一上场就受挫，焦躁地在台上踱着步子。

比赛重新开始。小栾继续争取主动，越过中线，挺剑前进。她透过面罩观察，对方那雪亮的护手盘在不停地翻转，两条腿在强悍地跳跃着，这表明对手也在伺机进攻。小栾毫不迟疑，冲开对方的门户一剑刺去。就在她抬腿举剑的瞬间，对方突然大喊一声，凶猛地扑上来，双方几乎要迎头相撞了。小栾的左脚落地以后，对方的脚也踏下来，踩住她的脚面，对方的剑刺在她左臂上方的无效部位。这一剑刺得太狠了，剑身像蛇一样的拱曲，又形成僵硬的直角，弹簧钢制成的剑身也承受不住这样剧烈的变形，发出刺耳的断裂声。折断的剑头约有二十厘米，飞进出去，落在击剑台上。对方的半柄断剑依然在手，剑头失去了安全装置，而对方由于惯性作用，全身的重量还在向前运动。这时，小栾的左臂传来一阵电击般的感觉，待她收回自己的动作，左臂已经麻木了，僵硬了……

铺设在场地上的电路装置传出指示信号，裁判台上同时亮起两盏白灯，表明双方都刺在无效部位。

这"无效"的一剑比有效的一剑造成的后果更严重。小栾恰是左手握剑的，她低头看看左臂，两层的确良卡其的击剑服被刺穿四个洞孔。她试着抢了抢胳膊，觉得像铅一样的沉重，伤势显然不轻……

刚才击刺的速度太快了。坐在台下的我国领队和教练，坐得更远的各国观众，都没看清刚才的细节，唯有小栾知道自己的伤痛。这时，如果她要求下场检查伤势，脱下击剑服，袒露手臂，那幅情景是目不忍睹的，我们已在前面忠实地描绘过。她肯定会得到人们的同情，还会立刻得到精心的救护。她完全有理由那样做。如果她那样做了，别人也会请她中止比赛，善意的或强制的，那是可以想见的结果。但是，参加决赛的中国运动员只有她一个，她肩负着祖国的荣誉。她看到眼前是一场真正的战斗，严酷的战斗。她的心里重复着几句话："千万不能叫人知道我受伤了。只要能把五星红旗升上去，让我去死也干。拼，拼了！"

啊！多么纯真的思想，多么可爱的品格！这就是我们一个不到二十岁的姑娘，站在欧洲的击剑台上，经过独立的判断，迸发出的心灵火花！忍受着巨大的伤痛，凝结着战士的情操，超越了击剑运动本身的含义。我们应该为有这样光芒四射的年青一代而骄傲！

扎加列娃又换了一把剑走上来，比赛接着进行。

栾菊杰左手握剑冲上前去。精力高度集中的人，是能够创造生理上的奇迹的。她的脑神经坚定地指挥着臂神经，心脏忠实地向血管里输送着血液，肌肉顽强地履行着自己的职责，技术水平表现得十分稳定。"来如雷霆收震怒，罢如江海凝清光。"千百双眼睛注视着她，居然看不出她有一丝受伤的样子。当她刺出决定性的一剑时，欢腾的风暴从大厅上空掠过。同志们闪着湿润的笑眼向小栾拥了上来，栾菊杰以5:4战胜了苏联选手扎加列娃。这是无言忍受伤痛取得的光辉战绩，5:4可以描绘场上的现象，怎能描绘姑娘深沉的内涵？祖国啊，你的女儿用鲜血浇开胜利的牡丹，为你赢得了一剑！

小栾刚坐下来，一个同伴发现了她击剑服上的穿孔："呀，你受伤了，脱下衣服看看吧……"

"不看，不看。没时间了！"

眼前还有四场鏖战在等待她，她又携剑上场了。

栾菊杰勇挫扎加列娃之后，斗志正酣。可是，在对法国的拉特丽娜和对意大利的伐加罗尼两场比赛中，我方出现了两次器材故障。我们国产的击剑器材生产技术和我国的击剑项目一样的年轻。我们涌现出了优秀的击剑运动员，一时还没有堪与媲美的击剑器材。特别是它的电路装置，一会儿灵，一会儿不灵。裁判员为了检查故障，比赛中断了二十多分钟，并且先后判罚栾菊杰失去两分，原因是耽搁了比赛的时间。

小栾又何尝愿意耽搁时间？她在这二十多分钟是怎么度过的，别人也难以想象，随着时间的拖延，她的伤势在恶化。左臂麻木的感觉消失了，一阵阵发热，又黏又湿，这是因为流血引起的，也是剧痛发作的征兆。她以3:5输了拉特丽娜，又和伐加罗尼对阵，这时她的情绪下降到低点，而臂上的伤痛却发作到顶点。

小栾的动作失去常态，看台上一片嘈杂。

"小栾！抬剑过高，抬剑过高！听见了没有？"几个年轻的中国女运动员焦急地站起来，大声呼喊着。

她听得清清楚楚，可是手上的剑不听控制，左臂一阵阵痉挛似的疼痛。我们的姑娘是倔强的，她绝不肯就此罢手。她咬紧牙，用浑身的力气瞄准对方刺去，手臂在空中伸出一半变得发飘了，这一剑又落空……

看台上传来一阵惋惜的叹息。

她以2:5又输了一场。当她回到自己的座位上时，喉咙哽咽着，晶亮的泪花在眼窝里转动，禁不住夺眶而出。她赶快拉过一条毛巾，悄悄把脸遮住……

教练员庄杏娣坐在她的身旁，领队李春祥也走过来。他们并不知道小栾在场上动作失常是伤势发生作用，只当是因为器材故障罚掉的两分破坏了她的情绪。用什么安慰我们的姑娘呢？

物的条件不用去多想，那暂时是一个事实，最终都能靠人的条件去改变（这个条件正在改变，后来上海某厂的同志听到消息后，决心在几个月当中攻克它）。下面还有两场比赛，眼前的处境虽很艰难，为祖国夺取荣誉的希望仍然存在。还是多想想迫在眉睫的战斗吧。

激战临前，烦琐的解释会分散运动员的注意；稍加压力也将收到完全相反的结果。教练员最熟悉姑娘的脉搏，像地质队员熟悉埋在大地深处的矿藏。应该用最少的语言，敞开心的窗子，让流动在她身上炽热的熔岩宣泄出来！

"小栾，器材不是你的问题，别去想了。"教练员亲切地说，"想想我们离开北京的日子吧，还记得吗？"

小栾揩揩脸颊上的泪水，放下了毛巾。

记得，当然记得。一丝清爽的风，吹去心头的云翳，唤起明亮的回忆。啊，那情景就像昨天发生的一样……

栾菊杰随中国青年击剑队离开北京的前夕，正是全国五届人大胜利闭幕的日子。英雄的首都到处是人的海、花的海、旗的海……即将出国比赛的小栾，像一滴幸福的水珠，被沸腾的海洋融化了。八亿人民踏上锦绣的征程，向着四个现代化，向着21世纪！这一切，在小栾的心里激起多么美好的憧憬。体育也要现代化，"禁区"也要闯一闯。当时她激动地说："这次去马德里，我决心打出好成绩，打出中国人民的志气来！"这是她说过的话，也是鼓舞她在预赛中勇闯三关的动力，难道现在能够动摇吗？

"要顽强！""咬住打！""为祖国争光！"

小栾站起来了。耳边如闻声声战鼓催征，心中凛然溅起千尺飞瀑！一股豪迈的感情激流涌遍全身，左臂上的伤痛被这股奔腾的激流荡涤了，消融了。她扬眉挺剑，再次登上赛台。先以5∶2战胜了法国运动员特安盖，又以5∶4击败西德运动员比肖夫，荣获第二十九届世界青年击剑锦标赛亚军。马德里体育宫的大厅里冉冉升起鲜艳的五星红旗，这是从国际剑坛升起的第一面五星红旗!

当栾菊杰走下击剑台时,已是她受伤后的两个多小时,鲜血浸透了雪白的征衫。同志们这时才发现她伤势严重,催促她把击剑服脱下来。各国运动员也纷纷围拢过来。

无数双眼睛——金黄的、碧蓝的、黝黑的,同时注视着这条受伤的手臂,各种语言发出同声惊叹!

科威特朋友向栾菊杰赠送一个银光闪闪的盘子:"把这个银盘子赠给本届比赛中最勇敢杰出的人。"

法国记者发出消息:"栾菊杰博得了所有人的钦佩。""毫无疑问,天赋灵巧和敏捷的中国人,对击剑运动是有才能的。"

本届比赛与上届相比,风景迥异。中国击剑队所到之处,各国朋友频频祝贺,声声慰问。我们赢得了应有的敬重,我们获得了很多的友谊!

外国朋友在赞扬之中,时时带着"意外"这个词汇。

意外么?这是情理之中的意外。一年啊,在历史的长河中只是短暂的一瞬,祖国焕发了健壮的容颜和肌体,八亿人民扬眉吐气。作为体育战线一名普通战士的栾菊杰,她的剑脱鞘而出,凝聚着祖国的灿烂霞光!

我们为霞光而歌唱!

霞光绚丽的祖国,拥抱了胜利归来的英雄儿女。国家体委发出了学习栾菊杰同志先进事迹的通知。姑娘的家乡江苏省和南京市给予她凯旋式的欢迎。

一个运动员荣获银牌和奖杯,结下荣誉的果实,也播下考验的种子。栾菊杰还很年轻,她将怎样回答?

愿霞光永远在她青春的剑锋上闪耀!

《新体育》1978年6期

小木屋

黄宗英

> 树林神：寨前寨后，各留一片千年万代不砍的老林——是树林神的庙。
>
> 大年初一不能动神的任何树木。
>
> ——藏俗

都说，"烧头香"的人会有福气。

农历除夕的午夜，我也随俗待在上海的家里。钟敲十二响。爆竹声声催醉。我家也点燃了一袋十色焰火。立时，仿佛"三光同现"——或雨妙花，或焚妙香，或奏妙乐。瑞兆映得小楼前高大的塔松，显似树林神的化身。而我自己，却像被藏经中持五箭者射中。这一支支箭，使人能爱、醉、愚、瘦、被缚。我中了魔似的展开了稿纸……

"极喜自在魔，他化自在天。"又是一年新春开笔，上上大吉。啊啧！

九九八十一个连环谜

1982年9月初。我随着中国作家协会参观访问团，来到了西藏。我躲过了体格检查。好家伙，一体检，我们团十二名团员去掉仨。在西安，友人张医生为我量了血压——正常。行——拜！

西藏啊，西藏！你究竟是古老还是年轻？是滞留于落后还是迅速在前进？是富裕还是贫穷？许多中国人把你传得很可怕、荒凉，许多外国人都争着抢着来看望你。啊，都有根据，也都有道理。迷人的西藏，我国八分之一国土面积的神土啊，你怀里揣着九九八十一个连环的谜语。

千岩万壑在造山运动中，刹那在这里"定格"不动了。如果你走进寺庙，历史也仿佛"定格"不动了。经幡、圣水、酥油灯，五体投地一次又一次地长拜、呢呢喃喃一遍又一遍地诵经……既然我不是研究宗教的，那么，让外国旅游者去惊叹并拍摄这宗教自由吧。我要在西藏寻访科学的"未来佛"的"圣殿"；寻访智慧转世的"玉女仙童"；寻访创造新天地的"五百罗汉"；寻访能破神土之谜的"千尊金佛"！

我曾先后"朝拜"过日喀则农牧研究所、沃卡电站、羊八井地热站、太阳能研究所、藏医院、地质局等等大"庙"小"庙"；会见过许许多多"金刚""罗汉""真神"。如果我长着三头六臂千只手，我愿一一为他们塑像披金。愿他们一一显灵显圣显神通，变西藏为福地。只是，时辰已到！

第二天（10月4日），我们就要飞离西藏。访问团能按预定日程回返，是对邀请来的贵宾的特殊优待。预订机票已登记到来年3月。

招待所在布达拉宫脚下。我和伙伴们纷纷摄影留念。

别了——拉萨（藏语：神住的地方）。我摘采着招待所花圃里的种子；才来时，花儿正盛开，如今已结籽了。娇黄的金盏花、艳红的豌豆花、雪白的山菊花……说不定是当年文成公主带来的，文成不仅带来佛像，还带来医药、蚕种、技工……解放以来，又有多少"文成公主"……其实，文成公主若不来西藏，她的生命也没什么意义，应该说，西藏赋予她存在的价值……

该辞行的单位去辞行过了；该告别的友人，已告过别了；账也结了，行装也理好；集中到指定的房间里……

今夕何夕，访问团的同志们和我"吵"了起来："什么？退机票？"

我微笑——是那种存心气人的微笑："嗯，退——机——票。"

"荒唐！为什么？"

"想到大森林里住住小帐篷，我碰到了几位搞林的。咱们走这一个月也没看见什么树……"

"好，好，以后陪你去看树，现在随团回去……"他们在哄孩子了。

"不。"

"你是要写他们吗？"

"还说不上……"

"那更胡闹了！你总有什么目的？"

"好玩！"我理直气壮地回答。

"好玩？"

"好奇！"

"好奇？"

"不可以吗？外国人几万里来到西藏，签证到期了，还赖着不走。我就不可以多玩些日子吗？"

"随团回去！"他们火啦。

我也火啦！拧劲上来了，挂长途，找上级："我是在自己祖国的土地上。我有去留的自由，你说句话！我死不了！大狗熊不吃我！"大狗熊，端坐在云杉枝叶的沙发上。

波密会议

西藏东南，波密县境。岗乡秋日胜春朝。

百鸟恰恰争啼，百兽恰恰相嬉。

"怎么？"大狗熊问，"月亮缺过又圆了，还查不出那几个连毛也不长的人，究竟来干什么？"

"我汇报过多少遍啦！"喜鹊喳喳地，"他们一共是四个藏族人、五个汉族人、支起三顶帐篷。为首的是南京林学院教生态学的徐老师，女的，还有一个女的……"

"头脑简单！"大狗熊生气地，"我们需要明确的结论：是好人？坏人？是朋友？是敌人？"

夜莺婉转："我看，他们是勤劳的人。我夜夜飞过他们的帐篷，他们都点着蜡烛，细数树哥哥的年轮。从东南西北对着数。数了量，量了数，仿佛在弹奏新式的琴……"

阳雀抢板："是啊，一大早，他们就钻林了，背着干粮，一干一整天……"

牦牛说："嗯，他们把树枝树叶都称过。一天要称几千斤。我恨不得借点力气给他们。"

地鼠说："他们连树根根、树须须也称。"

花大姐说："一片叶子也不放过。有一位叫胖朱的，把大小避债蛾、云杉木虱、松褐天牛……这些败类，钉了起来，把我们瓢虫类同胞姐妹请进小匣，高兴地说：'可能是新种！'"

"本质！要看本质！"大狗熊提醒。

山羊咳嗽一声。他昨天钻进帐篷想吃白菜，没想到咬了一嘴辣腐乳："依我看……咳咳，他们是来毁我家园的。那个徐老师，她说一共要砍十棵树。咳咳咳，愚蠢的人类！"

白唇鹿补充："人类终将毁灭他们自己。"预见的惨景，使他的嘴唇更白了。

獐子说："人类委实愚蠢混蛋之至，我今天一早，跑了九百九十九道岗，发现负责检查林木出境的林管站干部，又在搞'关系学'，乱敲图章，放一车一车的原木出山，我看这一小队人，也不会比同类聪明。"

大狗熊："没有区别，就无所谓政策。你具体调查了吗？"

獐子讪讪地："那两个藏族——白玛、尼玛都带着枪，他们还说到麝香。"

"你怕啦！怕啦！"小黄鼬自大地，"我就不怕！"

獐子承认地："是的。我听到他们大声地念《萨迦格言》：'为了得到学问，小孩子的话也要听；为了得到香料，野兽的肚脐也要取。'我肚子一疼，就跑回来了。他们居心不良！"

"沙……沙……"云杉婆婆抖了抖满头的细辫子，"不，不。我想……搞科研总要付出些代价。他们解剖了我老伴，我很伤心。但我听到他们说，他在哪年受过压制、生过病。还说，看来云杉长到270岁生命力还很旺盛。唉，能被人理解，能使我云杉属今后多做贡献，我老伴死也瞑目。孩子们，你们说呢？"

"沙……啦啦啦啦。我们情愿牺牲！为了让我们的弟弟妹妹、子子孙孙能幸福地成长。"高原巨柏、高山松、青冈木、爬地柏、延龄草……也都随声附和："情愿！情愿！"

长尾叶猴发言了:"那么……"大家都笑了。因为这老猴昨天抢了那女作家的眼镜,架在鼻梁上,看着很不习惯。是这样的:昨天作家在树林里发谬论:"人若没有向往,就和禽兽没有区分。"话音刚落,猴儿们都吱吱啊啊叫了起来:"看不起俺动物?动物比你们人类聪明。连小兔儿也不把窝边的草啃光!"猴子猴孙一齐上,拿小石子扔这一小队人……

当其时,大地母亲也叹息说:"是啊,我把水给了树冠、树干、树根。这些败家子!杀树绝水!唉,我养了白痴!"

"那么……归根到底,咱们速做决定:是打击?是支持?还是统战?"狗熊站了起来。

森林里乱了好大一阵。云、雾、风、雷也都赶来,因为他们都与生态学有关。每天每天五次三番,这一小队人有值班的,把他们的行动一一记下来,所以,他们不能不表态。

最后,大家举足通过决议:按兵不动,远距离防守,适当地予以保护。于是,狗熊一步一个大脚窝,把足迹留在这一小队人常走的林间小路上,他想试试这些知识分子的胆量和意志。那个戴小白帽的女生态学者徐凤翔,52岁了,还和猴儿赛跑,难道她真能像我们古老的前辈——凤凰般飞翔吗?她图什么呢?名利思想?好嘛!大家都看重名利,欢迎!只有小黄鼬刚才没举手,他叨咕:"统一行动,没劲!我可还要去,那简装罐头特好吃。"

黄鼬的新媳妇说:"别,人家有枪。那位藏族白玛副连长说打树梢顶叶,不会错打树枝儿。"

"没关系,他们说我是益兽。我去了那么多回,每趟都吃得饱饱的,他们并没把我怎么样。"

"那咱们更得尊重自己。"新娘说。

"女的最婆婆妈妈。"

暮雨微微,朝云灿灿。黄鼬郎又溜到帐篷边野炊的小木棚里去了。他刚把头伸进罐头,枪就响了,透过铁皮,正中脑部,黄鼬本能地一哆嗦,整个身体就进了罐头。当藏马鸡来报丧时,新娘一边抹泪,一边说:"也怪不得人家白玛副连长,郎啊郎……"

蘑菇的玩笑

乱峰相挤，使我想起童年、北方的冬日、学校的墙边，小伙伴们挤在一起笑啊哼啊："挤啊，挤啊，挤老米啊……"群山竟然把耸立的雪峰挤到我跟前，仿佛一伸手，就可以采到雪莲。

徐老师说，那是能见度大，大气中绝少尘烟，所以天空特别蓝。我大口吞着气。既然这里空气中的氧，只有内地的三分之一，吃不着干饭，多喝点稀饭也当饱。林学家们笑说："省点力气！科学下会验证你的补偿呼吸。"

"谁让你们都戴着小白帽，让我觉得是少先队来过夏令营。"

"当然，和云杉的龄级比，咱们还在摇篮里！"是的，云杉以二十年为一龄级。

我把测高仪、风向风速仪、干湿球温度计等仪器和油锯都玩遍了，就抢着站在大树前，为林学家们当摄影时的比例标杆。我身高一米六九，像耶稣一样站成十字，手指够不着大树的边边，仰头看不见大树的尖尖，我高呼："啊，天父啊，愿人都尊你的名为圣，愿人间的梦能实现。阿门！"

太阳今天不肯和我玩，森林里阴冷。徐凤翔又在埋头数年轮，鼻子都快碰到树盘了。我可不高兴干。我插着插着针，脑子会不知跑到哪儿去。插错一根，两百多根都得从头来过。不干不干！

燃起一小堆篝火，打好了酥油茶，烤好了饼，还有藏族民工阿福从家里带来的奶渣、酸奶子、糌粑粉……围着火堆，我们香香地吃了中饭。他们扭头就又各司其事去了，没人陪我耍。

"沙——啦啦啦，沙——啦啦啦。"风轻轻，水清清，依恋着密丛丛的森林在练习合唱。徐老师说，这里的森林蓄积量，每公顷三千五百至三千八百立方米，说是世界罕见。我闹不清他们怎么算出来的。秋山，恰似"围裙之乡"——姐德秀的巧手织的氆氇卡垫、邦典，由千种万种颜色织成的。是的，姐德秀的氆氇永不变色，就是从植物里提炼的颜料。可徐老师说，这山景叫垂直带谱。每种植物，都各自分布在一定的地带……

我背起七彩的布包，去采蘑菇。

灵芝和我捉迷藏，天麻早早收起了他的旗儿，银耳太害羞。猴头菌爬得太高，欺我不会上树。紫蘑菇，我不理她，是妖女，会摄你的魂。黄黄、白白的蘑菇，是可以信任的。打着小伞的蘑菇招呼我：来呀，来呀！顶着大帽的蘑菇扯着我裤腿：我和你走，和你走。我欢欢喜喜地采啊，采啊……徐凤翔大声喊："黄老师！别跑远了，有熊！"我回答："嗥——嗥——"他们过一会儿，叫我几声。我答："啊呜——啊呜——"

"啊呜呜啊——啊呜——"哎呀，什么野物应着我嗥了起来，"呀——"徐老师说："别怕，黄老师，那是牦牛。""牦牛不是这么叫啊？""他在找女朋友。"徐老师头也不抬地解释。

白玛跑过来，拎过我的七彩包："给你武器，咱们该回营地做饭了。明天再采，吃新鲜的。"我的武器，是白玛为我削的一根竹棍，西藏也有美丽的竹林，我又没想到。全队九人，只我一个人拄棍。藏族健步如飞，能登峭岩。那几个汉人，搞林的，都有返祖现象，似类人猿。他们舒舒坦坦行半小时的路，我得紧赶慢赶花上一个半小时，还一路脱外衣、羽绒背心、毛衣，系在腰里。原来，藏族常常脱掉一只袖子或把衣服系腰里的习惯，是这里特殊气候的产物。太阳一出来，热得冒油，太阳刚躲进云层，就恨不得披棉袄了。中午，帐篷里蒸得进不去人；夜间，哈气结在睡袋上变成薄冰……

"沙——啦啦啦，沙——啦啦啦。"白玛开路，为我砍掉迎面扑来的荆棘、漆树的枝杈。我们从云杉林分，渐渐走向高山松林分，渐渐走向针阔叶混交林，走向灌丛。"哟！什么咬我……""你惹它干吗？是火麻。""引火的吗？""你们叫荨麻。""让我认认。""快走吧！下回再认。"乌鸦在叫，什么在吼。白玛下意识地摸枪，警觉地听辨："还是那头公牦牛，要出事。""找女朋友。""不是季节。"这，我信任白玛，他从小牧羊放牛。牦牛吼了又吼。白玛皱紧眉头："今天一定要出事儿。""你迷信吗？""共产党员还能迷信！""啊——呜、呜、呜噢——呜呜呜""呱呱呱"。白玛的眉头拧成结绳记事的疙瘩："今晚不定出什么事儿，不对头。"

白玛，藏语牡丹花。年方二十八，英俊威武。我问："你这么个黑小伙，怎么叫牡丹花儿？"白玛不高兴地："我们藏族生下来并不黑。"我连忙解释："黑才漂亮！"白玛挽起袖子给我看，是不黑。可他那一手扑虎拳，碰上可没跑。白玛还要为"黑"辩护："你才来几天，不也黑了吗？'高原补贴'——强紫外线嘛！看你回去拍不成电影了。""早不演了！再说，我可以演小强巴的奶奶呀。剪了头发，反串牡丹花也行。"白玛又当我取笑他："我本来不叫白玛，七岁上生了一场大病，爹妈给改了个姑娘名。""咦？和我们汉族的民间风俗一样！起姑娘名，玉皇和阎王都不要他了。天堂地狱也都重男轻女。"

"那是汉族和我们藏族一样，你们学我们。"

"好吧，好吧。"反正我又不是考古学家、民俗学家；从西藏已发掘的新石器时代遗址来看，无论是器物、器形、质料，都和内地文化相同近似。五千年前已属同一渊源，我和白玛争个什么？团结为上。

我说："这又不是什么好事，学来学去的！"

白玛也说："真邪门儿，不好的事，学得可快！"

"是啊……"于是我们谈起了社会上流行的"阴暗面"，分析奴隶制度与封建制度在现实中的投影……

两个不同民族的中国共产党党员，默默地在崎岖的山间小径上走着，行进着。白玛不时地搡我一下，拉我一把。沉默……沉默……

回到营地。打开半导体，是印度乐曲。这里离印度很近，合着音乐的节拍，我们忙乎起来。

白玛赶紧点火，添柴；我赶紧擀花椒，切葱花。白玛赶紧和面；我赶紧烙饼。白玛赶紧淘米，煮饭；我赶紧切白菜，泡粉条。白玛赶紧开罐头；我赶紧洗蘑菇。白玛已经来来回回下沟底取来一桶一桶清凉洁净的山泉水；我赶紧装火锅。火锅是在波密县城买的（西藏铜多、银多、金多、硼砂更多）。山高气候冷，野外吃饭，几口就凉了，火锅最妙，好歹涮点热汤。白玛把烧红的炭从野灶膛里扒出来，我把军区唐助理送我的金针菜放上几根，切几片胡萝卜配色。我淌汗了，白玛只穿一件衬衣、一件织得很精巧的透花背心，是女友的手艺。凡是重活，当然都是白玛包了，连从野灶上端锅我都怕烧手。我们的灶，白玛修了三个火眼。烙好饼，没盘，没盖垫，就用《西藏文艺》杂志当生熟容器。不知编辑部听了是高兴，还是生气！

天麻麻黑了。同志们像修布达拉宫的山羊似的，背着树盘、树段，还有一路捡的柴火，回来啦。当他们一个个倚着帐篷前的巨石，放下负担，就仿佛再也站不起来了。

"好香！在河对面就闻到了！""太香了！""今儿吃什么好东西？""趴下！（藏语：猪肉）"我馋他们，我们自打上山就没吃过鲜肉，又没工夫打猎，天天开罐头。人家都说："你们怎么不拿罐头换点鸡蛋，或换只鸡吃吃呢？"在西藏，以物易物是合法的，可我们不习惯。

"蘑菇汤！胖朱老师，你检查吗？"我问。

我们队里有一位姓朱，一位姓邹。藏族兄弟分不清，我们就管从贵州来西藏农牧学院教植保的老师叫胖朱，管南京林学院教植物分类的叫小邹。每次，我捡来蘑菇；胖朱老师都一一过目，还扒了吹，吹了看。我不懂蘑菇和他说啥。

"你今天捡的是什么蘑菇？""都是熟脸蛋儿，这些天常吃的，纪念邮票上还有呢，那些鲜艳的嫌疑分子，我一个没理，我想甭检查了吧。"

"这只大黑蘑菇……"

"黑蘑菇好吃，上次徐老师说他是冠军。什么都看不见了，我们下锅啦。"

"我今天剥了七颗大蒜。"白玛说。

"快洗脸吧！"我催着。

"热水估计65度，比较标准。至少先洗前足，天黑下来，别吃到嗅觉器官里去。"林学家们老用学术词儿，白玛也传染了："黄老师，你看颗颗大蒜雪雪白。"据说，大蒜不变色，表示蘑菇没毒。

"没问题！克拉萨！克——拉——萨！"我朗声高叫。全体藏族和汉族队员公认我这句藏语"吃饭啦"，说得最准确、最悦耳。

我们的给养，是波密驻军调拨的。从拉萨出发，我们每个人手里拿着一沓介绍信，公家开的、朋友写给朋友的。西藏地广人稀，沿路往往要到朋友的朋友的朋友家去讨顿热饭吃，讨碗开水喝。如果车子抛锚在四五千米的山顶，人民币、外币、兑换券都等于零。干粮，可不敢轻易动，雪是饮料。我们驰过海拔四千七百米的色吉拉山，途经世界闻名的雅鲁藏布江大拐弯，徐老师前年经此，遇泥石流阻道，曾攀过吊索，越过深不可测的峡谷急流。此番是树林神保佑吧，六百余公里无事故安全到达目的地——波密。我们一心投奔部队——亲人。停车后，我们取出各种介绍信。徐老师问："去大站，去小站？这里有两个兵站。"我说："哪个门口大，去哪个。咱们又不是只想买几斤挂面！"于是，自治区科委的小裴师傅就把车开往以山为屏风、以大桥为前沿的、有解放军站岗的大门里。从此，兵遇见秀才，别见怪，一切多——依——赖！

喝完最后一口蘑菇汤，天黑得分不清路和沟，月亮姗姗来迟，我借灶里余火的光，给自己倒了碗开水，吞下一粒"速可眠"药片，累了。再说，晚上好像没我坐的地方，我索性睡大觉吧！回到帐篷里，林学家们照例地点亮好几支蜡烛，架好小天平，准备夜间作业。我准备在各种数据的声报和应答的催眠曲中入梦。徐老师啊！总是一口气也不让人家喘，有朝一日建了站，哪个跟她？说也奇怪，此番过林芝县，去农牧学院投宿，她的学生（如今已是老师）还抢着跟她！胖朱老师也退掉援藏期满返内地的机票，跟我们进了密林。学生们告诉我，徐老师可严格，一班总共三十名学生，她给十五名学生"不及格"，校长说情也不行。她说："我得对学生负责任。"女学生直哭，也不饶。可今晚……她……她两眼定住一动不动，脸绯红，紧紧抱住装满开水的盐水瓶。

"胃又疼啦！"我问。

她痛苦地翻了翻汪着水的大眼睛，没回答。

"很不舒服吗？"我又问。她猛地站起，刚跑到帐篷外头，就呕吐了，小邹把她搀了进来。

我马上跑到一号帐篷（我们一共支起三顶帐篷。男同志把我们女篷夹在当中）。我还没开口，白玛捂着肚子坐在木墩上，也向我讨胃药。本来，白玛每晚都把锅盆擦得锃亮，我说："会不会蘑菇中毒了？"白玛说："可能性极大。"

"是有点出洋相。"徐老师也为此仿佛特担心。

"是我的责任，我写个说明就是了。"我说。

"怎么是你的责任，真菌是一门专门的学科。"徐说，"是我的责任，上山来就不该……"他们研究起究竟是哪一只蘑菇有毒，又猜也许只是钻进了一只小毒昆虫……

我不管是谁的责任了，也无法追究是哪只蘑菇或哪只昆虫的罪行了，我的四肢已经麻木，麻木感硝烟似的向心脏和大脑侵袭，全队至此就我一个人没吐。伊觉在三号帐篷，蒙着被头。伊觉是个没心没肺的活宝，一高兴就唱歌、跳舞，常常逗得我们肚子笑疼。他要倒下，那就真倒下了。我也想倒下，不知是安眠药还是蘑菇汤的作用。小李子脸煞白，小邹也不舒服……

我说："能吐能泻，大概不要紧。"可我忽然想起外国影片《蘑菇人》里有个镜头：为试验蘑菇有毒无毒的奴隶的吐物，狗走过吃了下去，马上死了。我赶紧动脑筋："咱们想办法灌肠吧，我那氧气袋上有一截皮管……"

"氧气袋你不是扔在营房了吗？"白玛说，"我说带上，你说用不着。"

"高锰酸钾也没有，喝肥皂水吧。"我胡出主意，我是临时卫生员，军区后勤唐助理给我的药品较多，朋友们又都送我点备用药，光是感冒药和VC就够我们全队吃的。

没一个人响应我的号召，连我自己也不知道自己出的是好主意，还是馊主意？我也不喝肥皂水，大家都撑不住了。这是上山来第一次，徐凤翔发慈悲，宣布："今儿不打夜班了，早点休息吧。大家警惕些，彼此照顾，只要今晚不出事，明天一早阿福他们来上班，就好办了，尼玛取盐回来，也可以骑马去喊医生。"

胖朱老师皱起他那没褶的前额："如果吃蘑菇中毒死了，就太坍台了，咱们是学林的啊！"可能今晚上帝或阎王会告诉我。我把鸭绒睡袋的拉链拉严实。睡袋是在拉萨时，地质区域调查队傅大队长借给我和徐的。睡袋装三斤鸭绒，原来是五斤装；今年同样价格，少了两斤，傅大队长让我带话给上海的厂商，说："知不知道带这么薄的睡袋去无人区（六千米以上）要冻死人？"我想：是要冻死人！我们只不过睡在海拔三千米左右的帐篷里，还要加盖大衣、棉衣、换洗内衣，什么都加上去了，还冷。一早，碰什么都冰胶霜凝，连头发也是湿漉漉的，明早头发可能也上冻……

我才迷糊过去，小邹穿着卫生衫裤跑进二号帐篷："快！快！黄教师，你的心脏病的急救药，小李子的脉搏摸不到了！"小邹那由于漆树过敏而变形的脸，搞不清楚是什么表情。

"啊？"我和徐都从睡袋里坐起来，慌乱中，拉链也拉不开了。"急救药！我搁在哪儿啦？我这人……"徐赶忙多点起几支蜡烛，又递过次品电筒（只她会用，对我无用，我的电筒早没电池了）。大家急急忙忙在我上衣口袋里，枕头底下，褥子下翻啊翻，翻到装着硝酸甘油和一种液体小玻璃管的小瓶——说是窒息时，挤破在手帕里一闻，可以醒过来。小邹刚跑出二号帐篷，我又大叫："小邹，我这是老年人冠心病用的，小李子……不一定对症，是不是灌点糖水……"

徐又吐了……

白玛在一号帐篷喊："徐老师，咱们鸣枪吧！"曲珠在一号帐篷喊："我这里有'珍珠70号'，能起死回生！"

"小邹老师……"徐凤翔又支撑着穿毛衣，腰里系的细塑料绳解不开了，"怎么样了，小李子……"

三号帐篷里，没有回答。

我想，明天，我应该用毛线给徐织条腰带。

"……摸到脉了！小李子！小李子？"

"不要紧，……"小李子呻吟着。这呻吟太让人高兴了。

"好像不要紧了，你们都别动，别起来了，这儿有我！"小邹忘了自己也在折腾难过……

好热。我右手背上，一蹿一蹿地疼，火麻咬处发作了。知道疼，比什么都不知道好……

闹不清过了多久，我才又很不舒服地醒过来。只看见帐篷外人影绰绰，寒光零乱，你进我出……

徐呢？点着一支白蜡，烛泪阑珊，正聚精会神地在看我随身带的那本《唐诗绝句选》！她像吃奶渣般细细地咀嚼着诗句，可真绝！我一动，她马上警觉地回头。

我……一下子吐了。是我第一次，也是全队最末一个轮上。"好啰，好啰。"徐好像恭喜地，"我真怕你什么反应也没有，好啰。感觉怎么样？"

"可以，想睡。只是手背一剜一剜地疼……"

"荨麻蜇了可厉害，我这儿有风油精。"她在《唐诗绝句选》里夹张小纸片后，递给我一个小瓶。

"荨麻，什么样儿？"

"荨麻是荨麻科艾麻属的一种，多年生草本。被蜇毛，触后有剧痛感。叶互生，圆锥花序。我国有十四种……"

"知识分子们！"白玛喊，"我命令：睡觉！我要对你们负责！"

"白玛！"我检讨，"我下辈子再也不采蘑菇了。要吃野蘑菇，一定先问旁边有没有医院。"

一、二、三号帐篷里都有笑声。

徐叫："胖朱老师！"

"活着！"

"小李子！"

"活着！阎王嫌我太瘦小。"小李子是徐老师在西藏农牧学院任教时的学生，才22岁，现在在贡布江达县林管站工作。我们路经该县，县委正在开会，我们"迅雷不及掩耳"地和县委书记打个招呼，就把他"拐"来了。

"曲珠！"徐老师继续点名。

"我可以。"曲珠是波密林场的油锯手，工作踏踏实实，不怎么说话，渴望学现代技术。

"伊觉！……伊觉！"

"狭不达尹达（干杯）！"哈哈，伊觉不管上天堂还是下地狱，也还在"喝"呢，我们曾拿大米换了青稞，做了一坛青稞酒，伊觉喝得可高兴。生产队还照顾我们买酥油，每天早上，藏族兄弟都不嫌麻烦地煮茶，用简易的酥油桶打酥油茶喝。可惜，有天晚上，野狗钻进帐篷，叼走了酥油。我们听说藏族三天不喝酥油茶，身上就没劲儿；徐凤翔此刻安慰伊觉："明天，我们再想办法买酥油。伊觉，听见吗？"

"吐吉切（谢谢）！"伊觉咕噜着。

"睡觉！"白玛大喝。

徐悄悄交给我一张活页笔记小纸："这是马马虎虎画的荨麻的形状，明天……"我吹灭了蜡烛。

帐篷里渐渐安静了。帐篷外，山溪越唱越欢，起风了。马在刨什么，有什么小动物从我头上跑过去……渐渐地，声音远去了，远去了。西藏寺庙里描绘十八层地狱的壁画——活动了起来。我被判处砍掉右手的刑罚，因为生前写文章太没规矩，呀，我可不知道阴间也那么讲规矩。

……一道亮光投入地狱。亮光被遮住了。一个婆娑迷离的身影，身影慢慢移动了。亮处又出现一处身影，又移动又出现……三仙女显灵了。帐篷对面是三仙女峰。尼玛说，北京来的勘探队也证明有三仙女。若非语言的误会，这倒是全世界头版头条新闻。三仙女向我移步走来。"喝点开水吧。"三仙女又并成一个，是凤翔，站在我床边。

"都……活着？"我有气无力地问。

"都好好地睡着呢。"她顽皮样地笑了笑。仿佛咱们这帮孩子做错了事，又躲过了惩罚。

我抿着开水："你解决了烧水的实践问题。"

徐除了和树打交道，显得能耐；其他，都笨如木头疙瘩。

"她一添火，就把火弄灭了，还解释，从理论上，我……"

"得了，你那理论靠边，看我实践吧。"白玛只扒拉两下，吹口大气，火就呼呼地燃了。

凤翔之"笨"，令我费解。高原风厉，帐篷又漏缝。我的脑袋最怕冷。有人下山，就托人家买了两匹毛线（西藏本地的毛线和毛毯，都是纯羊毛的），挤出两天闲工夫，我织好一顶小帽；还麻烦徐伸出两个手指头来，绕了一个小绒球。徐眨眨眼睛："一根线，怎么被你扭来扭去，就扭出个帽子来呢？""你不会织毛线？"江南女子不会织毛线的绝少。徐是江苏丹阳人，久居南京，有儿、有女、有老伴儿，她怎么连这点基本功也没有？

"在家，谁做饭呢？"西藏农牧学院盛传徐老师星期日用茶壶煮夹生干饭，挖不出来的笑话。

"老范。"

老范——范自强是她爱人，在南京林学院教化学，也许是"化"出三餐吧。去年，徐进林子，和男同志挤一个帐篷，睡在帐篷口。经常是吃糌粑、喝酥油茶、酸奶子。说实话，换了我，受不了。礼貌性地尝尝还可以。

听说，老范为了支持徐进藏，自己也到西藏农牧学院，教了半年化学；而家里一应事务，妻子一律不过手，只专心专业。徐也很不过意，常说："早知道，我应该当尼姑，不要连累别人，还可以清静地伴着森林。"我说："算了吧你！尼姑如今比咱们还忙，庙里比哪儿都热闹。"

蘑菇中毒后，每人脸庞都小了一号，走路晃晃悠悠的，肠胃也很不正常，而我的黄连素药片已全部被消灭。满山的三颗针，红红的叶子，煞是好看，虽是提炼黄连素的原料，但我们总不能吞针。大家什么也吃不下。我提议煮稀饭。停工一天，徐老师像掉了魂似的，也在小木棚边转。小木棚，是因为才进山时老下雨，无法举火，就捡来伐木场转移后丢下的旧木板搭的；大家动手，只我没动。搭好后，我占据木棚中心，很是自我欣赏，觉得颇像演卓文君，如果挂块牌子……我简直想把定位站的牌子挂在这儿。因为徐凤翔做梦也想建一座"高山森林生态定位研究站"，向上级申请的报告已打过多次了。我想：我可以用锅底灰写在木板上，再挂上两只花灯笼——那是我从拉萨买来，一直带在行囊中，梦想着也许我们会突然收到一份电报，批准了"定位站"的建立。那就点起灯笼，斟满青稞酒，跳起藏族的舞蹈……

"我能做点什么吗？"徐问。

"咱们素炒个白菜吧。增加点VC，少炒点，粗纤维滑肠，你切点葱花，去去油腥。"

徐一本正经地问："零点几厘米？"

"什么？"我眼睛都瞪凸了，好容易明白过来，她问的是葱花，"咳——随便！"

"规格不明确，我很难执行。"

"长点短点都行！"

"都行……"她举着刀迟迟疑疑。那神气气得我长出力气来，我数快板似的说："同志！切葱，可分葱花、葱节、葱段、葱丝、葱泥、葱汁、兰花葱。你……任择其一！"

她像一头挨了揍的可爱的小狗，闪着惊慌的眼神："……那么复杂……我还是别切了。"我的油冒烟了，夺过刀，三下五除二，把葱剁巴剁巴扔锅里了。

记得还有一次，也是一大早，我还没穿鞋呢，她问我："起来啦？"

"你不是让我拍摄多么美多么美的晨曦和日出吗？"

"你抽烟吗？"

"干吗？大清老早的，你什么工夫学会客套啦？停可美（藏语：不抽）。"

"我需要你的协助。一只草虱叮在我的肩部。"

"什么虱？"

"一种蜱螨目的小动物，它叮在人体上吸血。昨晚我躺下去，这里又痒又疼，我就猜又是草虱，拿手电一照，果然。"

"你怎么不弄掉呢？"

"弄不掉！不能硬拔，最好用烟头烫。"

"那你昨晚上怎不叫我烫？"

"我看你累了。"

"唉……"我点着一支烟。她脱去鸭绒外衣，解开对襟的、买来的羊绒衣，可解不开绑在腰部的细塑料绳（她胃寒，我真该给她织根腰带）。她裸露出瘦削的美人肩。清晨，帐篷里好冷，毛巾冻得像页岩石片。那草虱，只绿豆般大。我有生以来第一次与它相逢，可它不肯露面。它翘着小屁股，一头扎在人体里，怎么碰也不动一动，像水田里的蚂蟥。徐曾无意中谈起，在下察隅的密林里，她身上爬上一百多条蚂蟥，来不及处理，处理了也白搭，还得爬上去，趴在胳肢窝里最不好受。徐催我："拿烟头烫呀！"

"要烫痛肉的！"

"不要紧，可以忍受。不能硬拔，拔不出；拔出一半来，头还在里边，得开刀。"

"是吗……"我取出带手电灯的放大镜（那是我在北京东四大街的文具店买来的，只两元多，倒成了我们队的先进工具了。可怜的野外考察队），小心翼翼地，朝着她的肩膀头烫过去。

"你看见它那八只腿了吗？"

"看见腿了。"

"腹部鼓鼓的，吃得多饱。"

"看见了，它在动，你别动！"

"啊……好……好啦，它不动了。现在你看我拔它出来，你看得清楚吗？太好了，它的口器还是完整的，你用放大镜仔细看……""好啰，好啰！看你的肩膀吧，要不要擦药？"

"不用，你看它的嘴，是刺吸式口器……"

"把衣裳穿起来！你——呀！"

"问一问朱老师，要不要这完整的草虱标本。"唉，没治！

当夕阳披上新娘的盛装，小尼玛回来了（尼玛，藏语：太阳）。昨天上午他下山去部队伙房取盐。我们的食盐，装在用过的敞口罐头筒里，先是放在木架下层，被牦牛拱翻，撒了一半；我们又把罐头放在高高的岩石上，藏在结着小红果的枸子木丛中。没想到又让大马给衔了，倒翻在泥里，只剩下罐底几勺盐，前天早饭后，我对徐凤翔说："咱们没盐了，得派人下山去取。"徐正记什么，连头也不抬，慢悠悠地："还有糖吧。"我气啦："别理她，她不食人间烟火！这么重的活儿，不吃盐，怎么拿得下来，白玛副连长你下命令：尼玛，立即下山取盐！"如今小尼玛的军用背包里，凸凸地塞满十斤盐、十封蜡烛和许多杂物回来了。他远远哼着歌儿，用口哨打着过门："……在那高高的山岗上，有我们无数的好兄弟……""尼玛回来啰！""尼玛！""小尼玛！""好尼玛！"我们八个人都欢呼起来，站了起来，走了过去，奔了过去，仿佛隔世见到了亲人。只在此时此刻，我们才忽然觉悟到，我们险些永别了尼玛——太阳！

"小尼玛，你想我们吗？"徐凤翔问。

"正儿八经地想哩！"尼玛不知从哪部电影的对白里学会了句"正儿八经"。"我正儿八经昨天做梦也梦见你们。"小尼玛才十八岁，半个脸都让长着长长睫毛的眼睛占了，什么事都抢着干。夜里，数年轮，数着数着他的头就枕在圆盘上了，催他去睡觉，他还说："不困，正儿八经一点儿也不困。"他空下来，就大声读汉文——《西藏文艺》里的文章，吹口琴，唱歌儿……

"小尼玛，你昨天不在太可惜了。"小邹说。

"你们跳舞啦？"因为我们说过，拿下第十棵树要举行舞会。

"比跳舞还乐。"胖朱说。

"喝酒啦？"

"尼玛猜不着！罚！罚！"伊觉又还原了。

只白玛和曲珠像好管家似的，去装盐，分蜡，分劳动手套、电池、防晒油……

徐老师像个老师的样子讲开了："尼玛，你将终生遗憾。"

"什么好事？"尼玛问。

"太好的事了。你想想：世界上四十多亿人口，吃蘑菇中毒的百分比占多少？"

"你再算一算：世界上吃了毒蘑菇，而又没有死的占百分比多少？"

……尼玛悟过来了，一下子跳将起来，大声喊："什么？你们中毒啦？怪不得一下子都瘦了！"尼玛那一对有着藏族特点的又深又大的眼睛，一下子涌出了泪："徐老师！黄老师！……我背你们下山去医院！"

"你一个人背几个呢？尼玛？"徐老师问个没完了。

"我……我一个一个背！快！"

"小尼玛，我们不要紧啦！"我心疼尼玛了。

"真的，都不要紧了吗？"尼玛不放心地审视我们的一张张蜡黄的脸。

徐笑了："不要紧啦！今天晚上照常工作。只可惜你没有享受到这份福气。"

"……福气？"尼玛擦了擦眼角的泪。

小邹问："小尼玛，如果你回来，看见我们都死了，你怎么办？"

"那我也死！"尼玛斩钉截铁地说。

徐老师说："不对，你应该下山去报信。"

"正儿八经我绝对不会想到去报信，全队都死了，我一个人怎么能活着？正儿八经只有死。"

"你怎么死？"

"用枪把自己打死，要是还剩有蘑菇汤，喝了死。"

"尼玛，你不能死……"

"正儿八经一定得死，和你们一起死！"他好像马上就非死不可，脸都涨红了。

"尼玛不死，不死，我们不是也都没死吗？好尼玛……"徐老师抚摸着尼玛的肩膀。

尼玛的眼泪啪嗒啪嗒地掉下来，用袖子揩着鼻子哭了。徐凤翔的大眼睛里也啪嗒啪嗒地掉下泪来。我们的眼圈也红了。此时此刻，真觉得活着是多么好：因为人间有着可爱的尼玛——太阳。

不治之症

同志们已转内业，帐篷里没我摆摊的地方了，什么也不能碰，满地都排列着分门别类的根、须、叶、籽、土……同时，我急盼一封回信。

我比"大部队"早六天下山。因为我犯了"不治之症"——我想开写；但不是写文艺作品，我想帮徐凤翔呼吁和申请这么一座小木屋。

我下山的第二天，就发现环抱的群山，像被裁缝师傅弹了粉一般——雪线陡然齐崭崭地下降了。这里，已进入隆冬。"大雪盖不住热锅"，同志们不会在意的，只是更艰苦。

啊，如果能有一座小木屋该多好啊！玉树琼花丛中，一座覆雪的小屋，小小的玻璃窗（记住，下回进藏，要带几块玻璃，很难买到）。玻璃窗下结着雪花形状的美丽图案，屋里点燃着从自然倒上劈下的柴火。当然，能利用山泉的落差发电，小木屋的取暖照明就都有了，还可以灌溉人工苗圃，建起杂木加工厂……兔妈妈带着孩子们来串门……唉，我想：这些知识苦力啊！说是脑力劳动者，可又要付出惊人的体力。活儿是那么繁重又那么精细，那么规正又那么琐碎，在普通人看来，又是那么枯燥。周而复始，每天每天，从晨光熹微干到月移中天，没吃过一顿夜点。烛火烧焦了额发，漆树过敏搞得满身是泡，脸都肿得没鼻子了，还不肯吃我带的扑尔敏药片，怕打瞌睡。他们究竟图什么呢？徐凤翔的职称是其中最高的，一个月工资八十七元。朱老师硬是退了机票，不然此刻到家守着老婆孩子了。小邹老师瘦瘦的，一天上肩几千斤。被我们"拐"来的小李子，本来可以坐在办公室里……

回信来了。一个星期才有一次邮班。已经一个多月了啊，我进山前就发了，是写给老范的。我得悄悄问问清楚，他对妻子要求长期留藏，究竟怎么想？我要求他坦率直言。是的，这不是说说玩玩的事。如果我再帮徐凤翔加把劲，定位站万一批准了——上了笼屉的馒头，碱大碱小，都没法往下揭了。我得在落笔前掌握分寸。

我猜不着范自强将写些什么，更想不到天天和试管打交道的化学家，会寄来一把子诗！且看"诗管"吧：

我过去看过不少旧小说，经常有"有诗为证"的说法。自然这是一种写作方法。我以前往往以为是"滑稽可笑"。但从"诗言志"这点来看，有的诗是可以做"证明"的，它是一种"心音"。敬发以证。

赴藏临别凤翔自咏七绝四首

（怪不得徐那么有滋味地读唐诗绝句——英评。）

人生倏忽数十年，焉能虚度如云烟。
鸟过留声人留迹，献身林业了终天。

少年立志在山林，如今白发染双鬓。
愿效苍松傲霜雪，汗水浇得遍山青。

暮春三月江南绿，东风和煦花锦簇。
柳丝千条绾不住，壮心飞向珠峰麓。

任重道远赴边疆，夕照征途鞍马忙。
无须返顾江东岸，留得余晖育栋梁。

当时，我和了四首：

送凤翔赴藏自强

二十余年多离别，今日骊歌又频催。
此去西域长经年，思君忆君情更切。

志在伟业立功言，不顾儿女私情绵。
女子四海亦为家，巾帼须眉有今天。

立地艰辛出坚材，气候乖戾炼魄骸。

人生白驹间隙过，以苦为乐高境界。

　　送君神思忽有失，学君为党心如一。
　　临别赠言无从说，努力加餐顾劳逸。

　　1979年2月，我去西藏农牧学院讲了两班化学课。我当时去的目的，是要了解一下西藏的情况，以决定是否同意凤翔长期在那里工作，固她去藏前已经有这抱负（"无须返顾江东岸"）；当然也是去为西藏的教育做点贡献，是有点公私兼顾的。

　　我去后，感到西藏的教育很落后，很需要师资；林业是很有前途的。我支持她在那里工作。为此，我和西藏农牧学院、自治区教育局的领导都谈过（凤翔自己当然也谈过多次）。他们表示从精神上很钦佩和理解；但实践中行不通。他们说，当时说明是援藏两年，不能说了不算数；不能留下，怕"影响不好"——即外间会认为西藏把人"扣下"，会吓得别人以后不敢再来援藏了。即使自己要求留下，但领导上也说不清，别人会认为是做了工作的缘故，如此等等。因此凤翔在1980年8月返回南林。在离藏前又写了一首诗：

清风明月伴我还
　　离家别子事征鞍，誓把余生献高山。
　　跋涉山林何惧苦，笔耕达旦墨犹酣。
　　坎坷半百知音少，丹心一片入门难。
　　匆匆两载高原梦，清风明月伴我还。
　　（英注："丹心一片入门难"——此感慨系由徐凤翔同志从青年时代到现在，屡屡要求入党，未予批准而发。提及此事，她眼圈就红。我劝她说："别难过，等你死了，一定能追认为中国共产党党员。"……）

　　1980年返回后，凤翔对西藏的林业还是念念不忘，奔走呼吁林业部、国家科委等单位，幸得上级机关的支持，拨给经费，1981谋得再次入藏。

她又酸气冲天，写了一首七律。

　　　　　　重上高山归林海
　　　人回江南心未返，梦魂萦绕云树间。
　　　功名得失慵挂齿，事业长存勤登攀。
　　　松涛声声呼远客，雅江滔滔洗征帆。
　　　重上高山归林海，面壁十年也心甘。

　　行啦！明白了。范自强的态度，不是中性pH7，而是浓烈的强酸！

　　我赶快翻阅报纸，想了解社会生态。我查找了近一个月的报纸，焦急地想知道中央目前发展科学的大政方针。我忘了问徐凤翔，"高山森林生态定位研究"是应用科学，还是基础科学？若说是应用科学，谁也不等待着她的数据来指挥生产，若说是基础科学，不像？连我都大致能懂，就不像。"定位站"究竟该不该上马？可能不可能得到切实的支持？一共十来个人编制，当然要花一笔基建费，小木屋里得有仪器设备，也得有常年经费。国家不富，但如果要做，也不过似在大森林里移棵小树苗。哪个大科研项目省了零头也就够了。但是，她已经申请了三年！常有这样的情况：天大的事，一句话定了；不丁点儿的事儿，却得讨论研究个没完没了……我庄严地拿起了笔，不是写稿，是写请求书，请求建立这座科学的小庙——勇敢、意志、智慧的圣殿。

　　抬头我空着。因为我不知该写到哪里、写给准。生态定位站的建立，标志着一个国家的科学与文明的水平。而我国的生态定位站还寥寥可数。西藏自治区负责农、林、牧口的领导同志，热诚地表示支持建站。但是，定位站编制虽小，却不能直接挂在自治区党委和政府里啊！怎么办？……我细细历数与此有关的机构和领导干部花名册，拿不定主意……

　　我写了撕，撕了写，写……

　　要命！我只上过短期文学讲习班，没上过"请求书"讲习班。可怎么求呢？

　　要命！我又不守规矩了。纸上出现了另一对眼睛。和定位站——小木屋、和徐凤翔、和我要递申请书的对象——领导干部都无关的眼睛。

正是：

> 默思上师的尊面，
> 怎么也没能出现，
> 没想那情人的脸蛋，
> 却栩栩地在心上浮现。

——《仓央嘉措情诗》

啊，六世达赖仓央嘉措的情诗，写得妙！

这对眼睛，如此这般地凝视着我，凝视着我——那是另一位女植物学家的眼睛。她的眼睛早已永久地合上了。她的名字：吴素萱。

吴素萱，北京植物研究所已故植物细胞学家。她在青年时代，孑然一身，远涉重洋艰苦学成。归国后，搞植物细胞研究，每天每天，从叶片上取下一粒汗毛孔大的小绿点，在高倍显微镜下观察。她创立了"细胞核穿壁"的学说。但当时，有的权威说是偶然现象。她的论文没能在年会上宣读；以后，只发表在一个不显眼的期刊的不显眼的版面上。她没有结过婚，她依然每天每天观察小绿点，把青春和爱情都给了小绿点。四十年过去了，一批有声望的外国科学家到中国来。他们说："说到我们研究工作的成就，不能不感谢贵国的吴素萱先生。她的'细胞核穿壁'的学说，对我们启发很大……"于是人们赶快找吴素萱。她已经60多岁了，在洗瓶子。她的科研课题，早在十年浩劫中，被当作"三脱离"典型给"砸烂"了。人们忘了自己也是细胞构成的！一直到1978年的春天，当全国科学大会召开时，"细胞核穿壁"学说被当作新的科研成果，陈设在成果展览大厅。一对穿壁细胞，如同银幕上一对眼睛的特写。我亲眼见吴素萱纤弱的身影，一步跨两个台阶，进入人民大会堂。那时，她的课题虽几经周折却还没有恢复。待到……待到真的要上这个课题时，她永远地闭上了眼睛。而半年后，报上竟出现"吴素萱正在实验室工作"的报道。（积压的稿件见报了，积压的人……）吴素萱悄悄地活过了，也悄悄地离去了。我曾经几度写过吴素萱，但她的一生，像画里的一弯冷月，没有圆过，我不忍发。我的性格不适合写她。但当我想到徐凤翔时，她的前边老站着吴素萱，闪着那对大眼睛。我不想再看到、听到又一个又一个吴素萱。萱姐，我能不能说一声："你安息吧，你瞑目吧！"能不能？能不能？能不能？

科学，是人类智慧的集中和概括。它离不开时代和群众。但同时，一个科学家，往往就意味着一个课题，课题的生命联结着这一科学家的生命。科学家的福与祸、生与死，往往也是课题的进与退、立与毁。当然，人亡学存者，古往今来多矣、多矣。

徐凤翔的课题，从常识上讲，是需要的。世界上先进的国家，哪有不重视调查自己生存的条件、财富、蕴藏……的呢？何况生态调查具有国际意义。听说，日本曾想投入人力物力，在我国波密地区建立高山森林定位研究站，我们未允，现在在尼泊尔境内建了日尼合作的定位站。此事未允，这没什么。我们完全有能力自己搞嘛！

> 宝贝在自己手里，
> 不知道它的价值；
> 宝贝归了人家，
> 不由得又气又急。
>
> ——《仓央嘉措情诗》

这样的教训我们还少吗？我们完全可以对人类多做贡献嘛！同一纬度的垂直带谱的研究成果，将有益于寰球！

但是，科学家从社会生产力的发展，从生物的进化发展，提出了时代的命题。如果人们还不认识它之重要和必需，那么，就并不是他个人能不能得到支持的问题。

如此，科学家的请求，如树叶落在厚厚的地被物上。如此，我这个非科学家的请求……

我不再写申请。这仿佛是串了行，不对路。

我呆呆地愣在那里，视觉却并非空白。吴素萱在凝视我。她的双目已不能转睛，却能传语。在这对眼睛上，又清晰地叠见、推出徐凤翔的眼睛，一闪一闪……

江水在私语

　　眼睛呀，眼睛——孽缘哟！为什么总是让我碰到这样的眼睛？

　　眸子里闪着，是泪花还是喜悦？是希望还是失望？是激情还是愤懑？是信任还是怀疑？是追索还是祈求？……

　　推算起来，还是1979年秋天的事了。我去成都列席旁听一个学术会议。会议重点：是对我国"生态平衡"问题进行交流、讨论。

　　生态学，作为一门学科，国际上极重视。19世纪德国文学家歌德，于1786年往意大利寻诗，却迷上了植物生态，朝夕为伴。四年后，出版了《植物形态学》——此大自然的理论诗篇之诞生，早于诗剧《浮士德》。

　　在我国，研究此学科的学者也不少。"八十不稀奇"的生态学家侯学煜，本身就是生态学的先锋树种。从40年代初，他就在《贵州日报》上呼吁：切不可如何如何，万不可如何如何；要因土制宜，要保护植被……那年月，哪个听他的？生态学，哼，大小"黄鱼"生意学还顾不过来呢！可他还是喊啊：切不可……万不可……！又喊了三十多年，像树籽飘落在大海里。直到十年浩劫之后，我国国民经济濒于崩溃，天神地母也愠怒无常，洪、旱、涝、碱一起泛滥，泥石流汹涌直下，"生态平衡"这词儿才不胫而走。从中央到地方也把这并不新的词儿，列入议事日程表。各级党政负责人，嘴上笔下倒也渐渐常挂着它了。只是"民以食为天"的古训，还一个劲儿挤它、挤它。唉，只怪稻、麦、菽、粟也忘了本，忘了它们怎样才得生存。连秦始皇还不焚种树的书哩！

　　侯老之业（在佛教中，人之生时所为，亦为业），够写本生传十三卷。但他是个有争议的人物。笔音道行未满，未能超凡，且暂按下不表。只是纵借我以明察因果之目光，"普耀经"中所载三十二种功德毫无欠缺之人，又何处寻来何处觅？

"开始了很久了吗？"生态平衡会议日程进入大会发言，我进入会场时，又晚了。俗务缠身，做不得学问。我悄悄溜边进去找座位，一位女同志挪了挪身子，我坐到了她旁边。

她没搭理我，还盯着发言人，继续记她的笔记。直到发言者在掌声中下台，她才从活页本上小心地取下前几页，递给我，也才顺便地瞟了我一眼。好锐利的目光，是谴责我不守时吧，职业的敏感使我猜测她是个老师，并常用这样的目光对待学生。幸而她旋又微微一笑，随即转过头去。

我瞟着她手中纸上娟秀的字体和简明的摘记；并同时以我的广角视线，从头到脚打量着她：短短的头发、纤弱甚至娇小的身躯，一身学生式的打扮，倒也和她的中年的年纪相配，尤其那双眼睛，眼睛！无论刚刚从正面，还是此刻从侧面看：怎么形容呢？美丽？不恰当。刚毅？不适合。明锐？不确切。总之，这是一双值得拍摄大特写的眼睛。我们的银幕上，需要这样的眼睛——蕴蓄着知识者的专注的内在的坚定。

"现在请南京林学院援藏教师、西藏农牧学院徐凤翔同志发言；下一个……准备。"

她站了起来。我忙侧腿让路。果然是老师？判断的准确使我沾沾自喜。

徐凤翔像所有惯常上课的老师一样，从容走上台去，条理与口齿都很清楚地讲开了。

她先是概述森林与人类发展之关系。我心里直替她嘀咕："不必要！下边坐的都是专家。"接着，她又讲到全世界应该在哪几处建立高山生态定位站，西藏东南是一处。"嗳，你管全世界干吗？"我替她着急。然后，她对"生态平衡"一词提出异议，她说："符合自然界演替规律与人类社会需要的生态关系是协调关系。我建议以'生态协调'，代替'生态平衡'。"嗬，口气不小！谁理你？喊了几十年生态平衡还行不通，谁还顾得过来协调？何必如此"较真"！

当徐凤翔不再像个老师、学者，而是像个小姑娘似的讲到西藏有多美多美的森林，大会主席眯起眼微笑地按时揿铃了。每一发言只允许15分钟！此刻是预报铃。徐凤翔急遽加快节奏，把1/4拍换成1/16拍，但未截枝剪叶。她建议在藏东南建一座"定位站"，定点观测、分析生态环境和森林，以及林区农、牧业之间协调的关系，为林区生产综合布局和技术措施提供理论依据。她说哪里哪里的森林，是祖国的珍宝，在国内外资料上迄今还未查到有如此高的森林蓄积量……铃声再度响了！徐凤翔涨红了脸执拗地说下去："我要求有关领导、有关方面郑重考虑建站。可以因陋就简，先盖一座小木屋。我愿长期参加这一工作，把自己的一切，献给西藏的森林！"铃声大作！在礼貌和同情的寥落的掌声中，在赞许和睥睨的翳翳的目光中，在透了口气而不一定含恶意的笑声中，她抿了抿嘴唇，矜持庄重地走下台来。是的，听烦了"豪言壮语"的学者对所有的宏图大志都持审慎态度。科学重在实践，不过，幻想是科学的先行。我特意站了起来给她让座，向她索取发言提纲。可是，她把头埋了下去。我懂，这节骨眼上，别碰她，别碰她……

发言就是发言。一个普通知识分子的发言的分量，在天平上占不占、占什么样的砝码，那就要看"国内的、国际的、区域性的、总体的、符合规律的——自然规律、经济规律、社会结构及发展规律——新的、动态的生态协调的需要"。以上，这位女生态学者的观点，所涉及的，都是她八竿子挨不着边的。她怎么没测测自己在社会生态环境中的位置？唉，在1979年百废待兴、万机初理的时刻。

当大会闭幕，代表们分别回返时，我不意在嘉陵江畔又遇上她。她戴着白帆布小圆帽，那是植物学者在野外活动必备的。猛一看，我还以为是少先队辅导员哩！我们并肩漫步。我兴致勃勃地说："这里的画面很有特色。彩色胶片偏黄些，就更显得深沉。"她锐利地盯了我一眼："还不够黄？江水多混浊！含沙量增加了，水位大大下降；下游的森林砍伐得太苦了，都'剃光头'了。生态失调的苦果……"三句话不离本行，彼此彼此。

"回西藏吗？"我问。

"回西藏。"她用力抿了抿嘴唇。

"……没有什么反响吗？"

"……"她明白我指的是她的发言。她看了看我，那双眼睛比话复杂。

我久久望着混浊的江水，心里打着旋涡。

"我希望……有一天到西藏去看望你。看望你的多美多美的林园。"我不能轻率允诺，许愿总要还愿。作为作家，我心里揣着个"踏中华"的小小念头。可是西藏从地理、风俗、语言、气候，从那使我们血管性头痛患者畏惧的海拔高度——按照我国规定：以黄海平均水面作为全国高程的基准面来测算，上海除西部残丘外，其余多为海拔五至十米左右。而拉萨是三千七百米，还是拉萨河下游谷地……我，我始终还没敢把它列入自己的行程。

她瞄了瞄我，笑了笑。我明白：她不相信我会去。她也不在意我去还是不去。

"我想，咱们会在西藏的森林里再见。"我伸出右手。

嘉陵江水在私语、在低唱、在啜泣。她的眼睛在探测我的目光。我们的手握在一起了。我赶紧倍儿脆地说了声："再见！"掉头跑了。

江水啊，你作证，你担保，可别让我失信？虽然我根本搞不清什么叫"定位站"！我……我只明白她想要一座小——木——屋。

滔滔的江水啊，提醒我，相信我，如果我有分身法，我愿追逐哟，追逐每一对专注的坚定的目光，追逐到江之源，天之边！

纸上我自做主

没有树。

拉萨、日喀则的几座"林卡（庄园）"除外，简直看不到林子。

山又水，行驶在山南、藏北，沿途往往多少小时，视线所及，没有一棵树！

在上海都市，人的视野通常只限制在一两百米内。住家的晾衣裳竹竿，可以伸向邻居的窗台。而在西藏的山头，人的视野可扩大到三百多公里。仰天，离我们有16.3和26.4光年的牛郎织女星，仿佛来到近在咫尺的电视屏幕上。只是，树……没有！

北京牌吉普在山路上跳着"迪斯科",沙石敲击车窗为它伴奏。一天,两天,车窗外是五颜六色的无尽的山峦,是无边的湖泽,是无际的草原以及和天野浑然一体的牧民、帐篷、牛羊。而那乌黑色的,是泥煤——草的古尸;那深褐色的是牛粪。牛粪作为燃料,要卖到每百斤七元钱。徐凤翔说的多么美多么美的大森林在哪儿?徐凤翔又在哪儿?

三年了。从1979年秋,到1982年秋。这是一个变革的年代。我听说,中华人民共和国林业部批准了徐凤翔的单项研究课题!即:她可以征得南京林学院同意,去西藏考察,经费以节约为原则……这种例子可不多——由国家部门直接支持一个知识分子的向往。徐凤翔不必再像蔡希陶(云南植物园的创始人),在旧社会先去种烟叶、卖烟叶……虽然她还属单飞的季候鸟,年年来西藏,还没"小木屋",也算得上时来运转的了。说不定哪一天,又一个贺老总,又一个周总理,像当年跑到蔡希陶面前那样,问徐凤翔:"你搞研究需要多少土地?这片山,够了吧?还需要什么条件?"于是,小木屋在林子里出现了……咦,我怎么也做起小木屋的梦?

"你认识徐凤翔吗?"我到处问。

"你问的是咕叽咕叽吧?"有人答。

"咕叽咕叽?"我疑惑地。

"是那位年过半百的女同志吧?"

"是过半百了吧,1979年,她48岁,可是像个少先队辅导员,戴着个小白帽。"

"是她,年年来,到处咕叽咕叽,人家叫她'咕叽教授'。"

"她怎么啦?"我以为她得了个不雅的绰号。

"咕叽,就是藏话'求求'的意思,咕叽个'熊掌牌'——就是在路边伸手拦车求捎脚;咕叽吃顿饭、借个宿;咕叽捎带标本;还从这个部到那个局咕叽建个什么站……""咕叽教授"——徐凤翔究竟在哪儿?

有人说:"听说她去了下察隅。"

"上个月,在樟木口岸看见她。"

"看见她在尼泊尔边境,傻看对岸的森林。"

"听说她打算去墨脱。那儿可只能步行，骑马都悬。"

那么，肯定她是在西藏。西藏土地面积一百二十多万平方公里，等于十二个浙江省，或者两个法国。出门就是山。我不能贴"寻人"告示；也不能"咕叽"公安部门"通缉"她。访问团离藏在即。看来前世少缘，今番我们要失之交臂了。

"黄老师，你打听徐凤翔老师吗？她就住在招待所南楼。"听到谁这样说了！我拔脚就往南楼跑，来不及看一眼、谢一声"传音天使"。

我下榻的北楼是住贵客和外宾的。南楼是普通客房。我匆匆穿过走廊挨门嚷嚷："徐凤翔！徐——凤——翔。"有的旅客好奇地打开门，我抱歉地："对不起，咕叽咕叽，我找……"

没找到徐凤翔，却找到了几位新交的老外。

来西藏的外国人可真多。几乎到哪儿都碰见外国人。日本的颇负盛名的电视导演牛山纯一先生的摄制组，正在西藏转。中法地质考察队和我们同楼居住。每天每天，我看见北京来的师傅发动吉普送他们出去，再带回大大小小石块来。有位法国地质学者，腿一瘸一瘸的，也拄着拐棍出野外。一天，我听到有人用藏语读佛经，原来是法国毛头小伙子！在赛马大会上，美国朋友茉莉女士，迎着奔跑的马抢镜头……罗伯特和他的同屋到我房里喝甜茶。茶是藏族朋友格里和敏吉用八磅热水瓶送来的。罗伯特是奥地利人。西安——拉萨的机舱里，我正好坐在他的邻座。三十岁不到的年纪，留了个恩格斯式大胡子。他一句中文也不会，却懂得许多关于西藏的历史、地理。他在大学教史地，攒了两年的钱，到中国来。签证上写有去我国二十四个城市的许可。途经青海格尔木，要在那里过夜。他语言不通，又来找我。我只好当了他的临时半通翻译。格尔木机场的同志安排他和中国旅客同吃同住，在国际上是当然如此的，在中国，一般都不是这规矩。到拉萨下飞机时，西藏文联的同志，向我们献哈达，他也得到一条，他高兴极了。其实，他的签证上没有日喀则城，他也去过了，穿着他那身旧了的圆领衫和蓝布工作服。他的同屋，三男一女，互不相识，都是节节省省地穷逛。你会常常碰到外国人灰头土脸地混在大卡车上头，那当然也是"熊掌牌"！我用小稿纸一裁二，当碟子，装上我从北京带来的花生米、糖、小点心。我们用混杂的语言和丰富的表情"谈"得无拘无束：

"你在找谁？也是电影明星吗？"

"只能说……可以是；应该是……应该成为我国银幕上的角色。"

"是什么人物？"

我想说生态学家，没学过这单词，"她是……森林的情人！"是的。"她疯狂地迷上了森林。整个中国，除了新疆和云南的西双版纳，大部分的森林她都到过。她用不着担心签证。"

外国朋友羡慕极了："你们是老朋友？"

"是的吧。一共说过三句半话。"

当我与徐凤翔故友重逢时，她正在汉族的、藏族的、修表的、开车的、烧饭的、钉鞋的、采购的、探亲的一群人中。小小的施舍客房里，她正闪着大眼睛向大伙讲森林。她对谁都只讲森林。树林神供在她的心龛中。她是树林神教的传教士，经她布道而成为该教信徒者不少。迷了，中魔了！

中魔了！唵嘛呢叭咪吽——南无阿弥陀佛哟！三年啦，也已经深深中了魔的我，怎么办？

唉。具体的设想和规划，让"咕叽教授"自己再去咕叽吧。为了来年的经费，她也得再去咕叽，何况她站着、醒着、睡着、活着（哪怕死着）都在做小木屋的梦呢！有一次，我问她："你是怎么决定学林的？"答："高中毕业后，我跟同学们到南京大学去玩，南大森林系是在一座小木屋里，美极了……"噫！就此许了终身。

我呢？我的好朋友曾送我一副对联："天下岂能由我，纸上我自做主"。思前想后：老者老矣，如侯学煜；死者死矣，如吴素萱；生者……虽说徐凤翔也只能再干半个云杉龄级——十年吧。果真有十年，也……满足了。让每个科学研究工作者能获得专心致志于专业的十年，我们的国家将焕然一新！于是，我决定先在绿格稿纸上，为她搭一座小木屋，以祈福禳灾。我把花灯笼挂在我的书桌前，点亮了心之光……

不醒的梦

才结凌的山道，最容易出事故。

当地驻军的领导同志们，心肠菩萨般的慈祥，几番劝阻、几番"恫吓"，软话"硬"话像连发的炮弹；徐凤翔全然不听，固执地非走川藏路不可，还非要走远而险的老公路线。

部队领导说："你们从波密往拉萨，只六百多公里。我们派专车送你们。到了拉萨，民航买不到机票，用军机送你们。"

飞机上是难以详测树木的。所以徐凤翔固执地要行一千八百三十八公里到成都："部队不是也在送老兵、迎新兵吗？战士能走这条路，我们为什么不能走呢？"徐反问。

"你们不同。"

"为什么不同？"徐凤翔是火箭也拉不回来了。

"那我们得请示上级。"

"别请示。我已经联系好车了。"

"昌都运输队吗？人家11月25日起也不发车了。"

"为我们发一辆！"

"又去咕叽了？"

在拉萨第一招待所，听徐凤翔讲树而中魔的司机冯随科，向运输站挂钩；经不起徐凤翔左咕叽、右咕叽，运输站领导答应放一辆车，并一叮咛、二嘱咐、三命令冯师傅——安全第一，绝对保证不出事故。天底下哪有绝对的事呢？

我呢？说实在的，我真想在波密待到明春雪化时节；路况实在是险。我在哪儿写作都一样。可今番……我……豁出去了。有权的帮权场，有人的帮人场。为了小木屋的梦，奉陪了。

部队又留了我们一阵子，为我们放映电影，请我们给战士作报告，还很不好意思地恳请林学工作者们为部队的苹果树会诊。剪枝行家朱老师第二次退了飞机票，在他的带领下，战士们学会并剪修了八百棵苹果。而徐老师又只身"闯"入波密县委会，要求给县委领导同志讲一讲森林生态。县委领导班子里只有一两位汉族，其余为藏族，还有一位僜人。可热情啦！徐凤翔开讲那天，县委会议室里笼起一小盆炭火，大家聚精会神地听着。徐凤翔又眼睛一闪一闪地，从开天辟地、森林与人类之起源，从全世界、全中国的森林讲了一遍，更深情夸赞波密的森林多么美、多么美，保护森林有多大的好处，破坏了森林将造成多大的灾难……县委领导们也中魔了！连续三天开车来接徐凤翔，带着她察看全县的森林，请她选"小木屋"的基址，并说："只要上级批下来……"啊，事实证明：我们的部队、我们的干部、我们的人民，不是不需要科学的！不是不欢迎科学家的啊！我……我不相信小木屋的梦不能实现，在我的社会主义的祖国。

徐凤翔和我终于坐在"解放"牌卡车的驾驶室里，带着部队炊事员起大早为我们蒸的馒头、炸的油饼上路了。

这部卡车呀，可真是老啦。历年所花费的修车钱，早够买两辆新车的了。它又刚刚"中修"过，漆得倒挺鲜亮，可是，在山路上一颠就露馅了：刹车不灵、离合器不灵、底盘的螺丝四个掉了仨、防滑链挂不上去。冯随科——也是命定要随着科学吧，在冰峰、雪岭、浓雾、月夜，他载着我们，险中有稳，稳中显险地驰过、蹭过、转过、溜过了大玛拉山、雀儿山、二郎山等一重又一重天险。险情就不说了，徐凤翔什么山道没走过？尤其这条道，她是熟路。可她一路手心常出汗，说："我不该让你和我一起走，出了事，我可怎么承担得起？"我说："我出事，你也出事了，谁也用不着承担。"冯师傅说："唉，我驮着总共120岁的两位知识分子，这回是超载了。"一路说说笑笑。徐凤翔兴致勃勃，一会儿叫停车，下去采标本；一会儿下去拍照；一会儿到河滩上取水样……冯师傅也不辞艰险地随着科学工作者攀岩、下谷、上树、涉水……

悬崖深壑之夜，是这般静、这般静。连会车也极少。车灯的光射出去，我们往往会发现；远远地，一个、两个、三五成群的小黑点。迎面一步一长跪、五体投地、叩着头走来。车近了，黑影站住。车过了，从反光镜中看到黑影又跪下了。有时有一群黑影，缩在岩边睡着。那是虔诚的朝佛者。他们就这样地向拉萨——神往的地方走去。走两个月、三个月、半年。如果有人因冻饿、疾病死在路上，会被欣慰地认为是被神接去。初进藏时，我第一次见到此情景，曾震慑地呆住了，并悄悄地落过眼泪……

"我不如他们虔诚……"徐喃喃地说，她的眼睛凝视前方，眸子里蕴蓄着内在的坚定。

我懂，我承认："……远远不如……"

我们——一个一个、一群一群、一批一批知识的苦力，智慧的信徒，科学与文化的"朝佛者"啊，我们也是一步一长跪地在险路上走着。任是怎样的遭遇，我们甘心情愿，情愿甘心。

《文汇月刊》1983年5期

强国梦

——当代中国体育的误区

赵 瑜

畸形的体育迷

昨天，我接触了一位老军人，他七十多岁了，身体状况不佳，患有多种慢性疾病。而他对体育却异常地热衷。虽然他未在体育界担任过什么职务，却每每随着中国体育代表团的战事沉浮或喜或悲。按说，他迷体育迷得出了奇，总该懂点行吧，不然，一概稀里糊涂。倘看排球，不知袁伟民为何人，除郎平外，其他运动员也尽数不识。或看足球，亦不知正在进行的是一项什么赛事，什么进军西班牙，进军洛杉矶，乃至最近的进军汉城之战，全然不晓。什么曾雪麟、高丰文、年维泗，什么容志行、古广明、贾秀全，他统统分不清。奇怪的是，他却时常因为赛场的胜负而严重地影响着一连数日的情绪。这不能不引起我的好奇：这算什么体育迷？

我稍做深入了解更加吃惊：凡国内比赛他绝不劳神儿观看，只看中外之战，而当他"督战"中国队时，却又只看图像，不要声音。倒不是因为人老耳聋不需要声音，而恰恰是怕声音，怕烦。无声的比赛在电视机的画面上进行，他仰靠沙发似睡非睡，以他独特的心情期待着比赛的结束。末了，儿孙们在一旁提个醒儿："完啦！"他便从沙发里撑起身子，指一指电视机，示意人们关掉。然后问："咋样？"原来他不重过程，只看结果。

儿孙们便禀报比分结果："赢啦。"

"噢，好好，不赖。"他嘟嘟囔囔地，面呈喜色，转身走向卧室，安然一觉东方白。

而有的时候，也许是更多的时候，中国队战败了。

"咋样?"他还是这老词儿。

儿孙们吞吞吐吐，拐弯抹角："今儿个雨太大，场地上全是水……球根本就弹不起来，咱们……咱们不大适应……"

老头儿登时气得直冲儿孙们瞪眼，粗暴地打断别人的话："饭桶! 大草包! 都他妈该撤换!"闹不清他这是冲谁。

原来，他关注的只是比赛的结果，准确地说，他需要的只是佳音——中国队必须胜利，不许失败。这成了他晚年生活的重要精神支柱。

使我久久不解的是，这样一位以反侵略战争为一生主要内容的老兵，置身今日的和平环境，体育同他究竟是一种什么关系? 体育本是一种充满了享受和趣味、特殊的文化的高尚的和平的文明的产物，何以在他却竟成了意气的宣泄?

我终于理解了这位老军人。当我上溯中国近代史—— 一部充满了中国人耻辱血泪的历史，一部中国人失败的纪录的时候，当我考察了现代体育运动恰恰也是在这个时刻即上世纪末本世纪初才传入中国的时候，我的思路才渐渐地清晰起来。是的，中国体育运动同世界体育的沟通，不过百年历史，而最初的沟通，正是在全民族忍受着巨大的外来屈辱和多次战争失败的历史条件下，痛苦地与世界体育汇流的。体育在中国一开始就变了形。是的，鸦片战争之后，屈辱的民族心理，低落的民族情绪，羸弱的民族体质，以致丑陋的民族外观——小脚女人，长辫阿Q，遗老遗少等，在长达一个世纪的岁月中，像浓重的阴云笼罩着世界上最大的人群。正是这些，整个民族在对外活动中期待着任何一种形式的胜利，不能容忍中国运动员的任何一次失败。越是屈辱的便越是脆弱的。中国运动员这一职业从诞生那天起，就肩负着同胞们无法用语言表述的深切的期望。于是，现代竞技运动在这样极其强烈的民族色彩的背景下，一开始就谱写着充满民族气节令人荡气回肠的"正气歌"。体坛上的胜利，极大地震撼着亿万国民的心灵。这一切，不可能不给中国体育事业在以后近一个世纪的发展进程中留下深刻烙印。换句话说，我们对待体育运动的态度，在很大程度上是一种民族忧患意识的转移，受压抑的民族心理得到宣泄得到安慰的最便当的形式，莫过于在直接的公开的相对平等的体育大赛中取得胜利了。

那位老军人的情绪，便是这样一种民族情感的凝聚。

在这种情绪的浓重氛围笼罩下，中国当代体育的发展就显得格外斑驳陆离。它怪诞畸形，它利弊混淆。爱它恨它，嬉笑怒骂，最难说清。

我虽然不敢说那位老军人的情绪是大多数中国体育观众的缩影，但是我敢肯定，只问胜负其他概不操心的中国观众确是大有人在。问题还在于，如果有关的领导人，也只是看重金牌与胜负，把"升国旗奏国歌"当成中国体育的唯一主要目的，那么，我们的运动员奔赴国际赛场，伴随而去的总是浓烈的超体育色彩。

泼一回凉水

法国《队报画刊》杂志在1986年公布了世界各国竞技体育实力的评比结果。他们采用了一种综合打分的新办法，使评比尽可能地接近真实。他们先从当代体育活动中选出20个具有代表性的项目，又根据这些项目的普及与影响程度，再划分成四个等级，对每一级赋予一个系数，然后把各国在这些项目中的得分乘以所属级别的系数，求总和，再以各国的总分数排出名次来。

一级运动项目有：田径、足球、篮球、排球和拳击。田径，我们没分。篮球我们排第九。排球我们排第八。足球和拳击我们没什么戏好唱。

二级运动项目有：游泳、网球、自行车、乒乓球、汽车和摩托车。这些项目中，我们仅可以在乒乓球上拿一项高分，其余均不上榜。

三级运动项目有：柔道、手球、舢板、体操和举重。我们的举重名列第五，体操可以拿些分。

四级运动项目有：橄榄球、滑雪、冰球、击剑和高尔夫球，我们几乎是零分。

可惜中华武术未能入项。

这样评完分之后，把各项得分加起来一排列，美国位居榜首，达

280分，苏联屈居第二，亦达270分。下来的座次是民主德国、英国、联邦德国、南斯拉夫、西班牙、意大利、法国和加拿大，日本、保加利亚和韩国得分也比我们多，排在我们前头。中国总分仅78分，排在第12位——如此评分办法让人好没脾气。

读者一定会拿出我们在第23届奥运会上具有历史性突破的辉煌战绩，例如15块金牌来反驳。但我认为这15块金牌并不能反映我们的真实地位。因为我们这些金牌是在苏联等东欧体育强国没有参赛的情况下获得的，那牌子的分量先自轻了。与洛杉矶奥运会同年，苏联人举办了一次专意同奥运会抗衡的大规模运动会，名为"84-友谊"运动会，参赛国众多，成绩优异。如果拿我们奥运会冠军的成绩与之相比一番，你也许会更客观一些。

举重。我们在洛杉矶夺取了4块金牌。试与"84-友谊"运动会同级别冠军的成绩相比：

中国		"友谊"	差距
曾国强	235公斤	252.5公斤	-17.5公斤
吴数德	267.5公斤	297.5公斤	-30公斤
陈伟强	282.5公斤	322.5公斤	-40公斤
姚景远	320公斤	337.5公斤	-17.5公斤

这样一比，差距出来了。如果"友谊"运动会的冠军参赛洛杉矶，我们这四块金牌很难到手。

跳水。小将周继红以435.51分的成绩，为中国夺取了一块金牌。而"84-友谊"运动会的冠军成绩为483.18分，相差47.67分。

射击。许海峰的枪声震开了中国在奥运会上的崭新历史。他和他的队友们在射击场上为中国夺回了3块金牌。我们试同"84-友谊"运动会的同类别冠军成绩比较：

中国		"友谊"	差距
许海峰	566环	578环	-12环

吴小旋 581环	583环	−2环
李玉伟 587环	592环	−5环

这样，举重、跳水、射击，一共8块金牌飞了。

再说体操。中国在奥运会上拿了5块金牌。试比较：

中国		"友谊"	差距
李宁	自由体操19.925分	19.875分	+0.05分
李宁	鞍马19.950分	19.925分	+0.25分
李宁	吊环19.850分	19.975分	−0.125分
楼云	跳马19.950分	19.9500分	0分
马艳红	高低杠19.950分	20.00分	−0.05分

你看，除李宁仍可保持两块金牌外，其他3块均不保险。这样总的比下来，我们在洛杉矶获得的15块金牌可以保留李宁两块、女排1块、栾菊杰女子花剑1块，一共才4块。算上楼云同"84-友谊"的跳马比赛得分相等的那块，也不过5块的样子。诚然，有内行的同志会提出，在跳水和体操比赛中存在着裁判的因素，这里且不去管它。我们必须承认的是，在那届奥运会以后不久举行的世界体操锦标赛的获奖者当中，有53%的人未去洛杉矶参赛；同时，世界举重锦标赛的全部冠军，也没有出现在洛杉矶赛场。据统计，那届奥运会的比赛水平仅仅是当年世界大赛水平的一半，也就是说，中国的15块金牌是在56%的世界冠军没有参赛的情况下获得的；再说"84-友谊"运动会，在可计量的93个项目中有51项超过了洛杉矶奥运会，并打破了48项世界纪录，而洛杉矶奥运会仅仅打破了11项。

这是夏季项目。

同一届奥运会的冬季项目，非常遗憾，中国一块金牌也没有拿到。

这才该是第23届奥运会的全部。

当然，那15块金牌的开创性的价值是巨大的，我这里只是在作广义上的实力分析。

我们再取一个国外经常使用而中国从来不用的角度，对这些金牌再作剖析。那就是金牌数同全国人口的比例。

姑且按照15块金牌计，中国有10亿人口，平均每6768万人才能分得一块金牌。这个将近7000万的人口数字，在世界上是个不小的国家呢。而这个比例数在该届奥运会夺取了金牌的24个国家中，我们排列在倒数第4位！甚至就亚洲而言，我们也排在日本和韩国之后。

在奥运会上夺取8块金牌的新西兰，人口只有上海市的三分之一（就是这样一个小国的足球队，曾将从一亿人中选一个足球队员的中国足球队挤出了世界杯大赛的决赛圈）。

唉，6700多万人才有一块金牌！

在这届奥运会的次年，即1985年，曾在奥运会上拿了4块金牌的中国举重队征战瑞典，参赛第39届世界举重锦标赛，仅获得两枚银牌、6枚铜牌。须知这还是我国参加世界举重锦标赛以来的最好成绩。

同样是在这届奥运会以后不久举行的第23届世界体操锦标赛上，一共17枚金牌，被苏联人夺走了11块。

少一点盲目的狂热，多一点科学的思索。

在一些人看来，我们的跳高似乎还不错。其实呢？60年代的倪志钦，在同世界强手的抗衡中就是孤军作战，到了80年代的朱建华，又是匹马单枪。中国在田径运动方面远不能形成水涨船高的局面。中国有史以来仅朱建华一棵独苗成绩在2米30以上，形单影只。跳过2米25者累计不过4人。近年来19岁以下的选手仅仅有1人跳过2米18的高度。而苏联，1984年即有8人超过2米30，20人跳过了2米25，征服2米18的多达63人，其中有6人是青少年。而我们的朱建华，成绩并不稳定，还没人能接上班。北京田径队十几年以后拿奖牌的还是1975年全运会上拿奖牌的那批人，他们一直"吃"到如今。新人顶不上去，徒唤奈何！李伟男拿了11年的铁饼金牌，张建英一直到1986年仍排在全国女子100米栏的前三名中，后继乏人。北京田径队现在选入一线的队员连过去三线队员的标准都达不到……围棋呢？像聂卫平这样的高手实在是太少了！

讨论金牌的多寡和专业运动队的水平高低，绝非我撰写这篇报告文学的本意。我只是想通过对我们的金牌和竞技运动真实水平的重新估价，使我们冷静下来，然后大家一道去探索那坚冰之下暗流的走向。

从刘长春到"一条龙"

简单回顾一下中国体育的近代历史，不禁令人唏嘘。在三四十年代，中国人参加了三次大型的国际比赛。头一次是1932年，在美国洛杉矶举行第十届奥林匹克运动会。大会前两个月，国民党政府以"时间仓促，准备不足"为由，正式宣布不参加。时值"九一八"事变不久，日伪"满洲国"政府却要刘长春、于希渭二人代表"满洲国"赴美参加奥运会，以骗取国际承认。消息传来，激起国内各界强烈反对，纷纷呼吁国民党政府正式派代表参加。7月1日，爱国将领张学良慷慨解囊，自愿资助。遂派遣刘长春及其教练前往参赛。而于希渭因在大连受日本人监视，未能脱身。开幕式上，中国健儿第一个走向世界的先驱刘长春，执大旗挺进，身后跟着四个人，其中三位居然是在美国临时招的。美国报界发表一篇题为《刘长春——代表四亿人的唯一运动员》的文章，对中国人大加讥讽。

新中国诞生之后，在百废待兴国力尚虚的建国初期，以国家全部包揽的大气魄，优先发展了现代体育中的竞技运动，并成立了中华人民共和国体育运动委员会。这是多么可以理解又值得欣慰的事啊！从50年代起，中国体育精英们不负众望，在强烈的民族色彩的大背景下，演出了一幕幕震撼世界、动人心魄的活剧。如今，我体育健儿终于取得262项世界冠军，在奥运会夺得32块奖牌，实现了历史性的突破，从而结束了中国人奥运会无金牌的屈辱历史。

中国当代体育运动始终与民族的解放事业，与民族的命运前途，保持着天然的血肉般的联系。应该说，共和国在诞生之初，为尽快洗刷耻辱，医治战争创伤，吸引国民投身体育锻炼，迅速提高全民族健康水平，振作民族精神，发展生产，所采取的国家包办体育以期尽快普及的做法，无疑是起到了积极的有效的作用的，也是非如此不可的，正同扫除文盲必须组织起来是一个道理。事实上，在建国之初实施那样的体育政策，效益显著，深得人心，我中华民族短时期内就取得了令世人瞩目的伟大成就。

38个春秋过去。形势变化了，往昔之利，有些却成今日之弊。曾经活泼生动的东西，而今可能僵化了。

在一些人看来，中国体育界似乎早已走在了其他行业的最前列，蛮先进的。

其实呢，中国体育界在整个中国的改革大潮中实实在在地落后了。

从表象看，我们现行的体育体制是所谓的"一条龙"。"龙"的尾巴伸到幼儿园，意在从娃娃抓起，开始做最初的选拔。然后，让这些苗子离开书桌放下书本，走入各地县的少年业余体校以及各省区市的中心少年体校或运动学校。经过一番比例极高的淘汰，再进入各省区市的体工队，算作"龙"的骨架。再经过淘汰，其中的尖子最终升到"龙头"即国家队，接受专门的长期的雕琢，代表中国出赛，直至运动生命的终结。当今我国著名运动员的经历几乎人人如此。还有的干脆从一丁点儿就直接吸收加入省队或者国家队，在严格的军事化的训练中长大，比如体操名将吴佳妮，就是十岁进入国家队，直接在国家队进行"小龙"式训练的。再有就是从解放军的八一队进入国家队，如篮球名将吴忻水、郑海霞等。而八一队内部，也基本上呈现"半条龙"结构，或从各地的"龙"身上招来一鳞半爪，进入"八一"后接着再练。中国的体育官员们喜欢把这样的训练体制称作"思想一盘棋，组织一条龙，训练一贯制"，或称"三线"训练管理体制。一线是国家队，二线是省队和各种类型的体育运动学校以及业余体校，三线是学校和基层体育队。而第三线连最基本的训练条件都很差，当然谈不上输送什么苗子，因此，中国体育目前实际上是以"两线、一条龙"为主。

对于10亿人口的中国来说，这是一个相当封闭的系统。它最显著的特点就是官办。自50年代而60年代，基本形成。历经"文化大革命"，到80年代进一步得到强化。

一切为了金牌。金牌就是"天下第一"，似乎是实行这样一个体育体制的目标。

而体育体制的封闭，埋没了大批有才华或有兴趣的人参加到运动员的行列中来，使体育运动失去了它应有的群众基础，导致我们不少项目无法形成金字塔，反而呈现倒三角形的奇怪现象。中国体育就像一个升在天空的热气球。

比如体操。1987年7月举行的北京市体操选拔赛，名为选拔赛，实际上全然无所谓选拔。因为只有市运动学校和东城区两个单位参加，而东城区仅仅五六名选手，从第一名到第八名，全部由市运动学校一家囊括，全部选拔赛也不过一二十名运动员参加。由此组成了北京队，参赛全国第六届全运会。北京尚且没有体操运动的基础，别的地方可想而知。各省运动队直至国家队，也只好从小把娃娃们包揽起来，八一队自然也不会有什么新招儿，只得如法炮制。八九岁就入伍参军干体操的绝非个别。这样小的孩子干个几年以后，发现不是苗子，不是材料，又该怎样处理？不过才十来岁呀！孩子的家长们纷纷要求保留军籍。于是，怪事出现了，穿着军装重新去上小学！稍大点儿的孩子呢，一旦退役亦不好办。上中学吧，家长认为太不合算；上大学吧，大学又一般不在部队招生；把人留在部队吧，部队的编制又没法做些弹性式的膨胀。那么，只有申请转业一条路，而转业，地方上又往往不要这类人。于是，就常常出现了退役运动员变成"待业军人"的尴尬局面，甚至连世界冠军马艳红也不能幸免。

就体操而言，一方面在奥运会上升国旗奏国歌，一方面又实在难以从基层招兵买马。基础不牢。名将李宁在一次回答《体育报》记者提问时，就不免流露出他的忧思。

记者："对于今后我国体操发展的动向，你有什么看法？"

李宁："第23届奥运会我国夺得5块体操金牌，占整个代表团金牌总数的三分之一，而现在我国练体操的人却越来越少，令人担忧。为了使我国体操长盛不衰，我希望更多的人来关心体操。"尽管李宁吞吞吐吐，但他的意思已很明白。

我不禁犯愁，体育体制不改革，更多的人怎样去关心体操？且不说竞技体操了，现在就连广播体操工间操，中国大地上又有多少家去关心去做呢？

这个倒三角——国家队队员比省队队员多，省队队员比区县队队员多，越往下越少。

母与子

在沈阳，一位名叫李闻的女性写了一篇题为《母亲的心》的文章。这是一位足球教练的妻子，却在儿子对体育对足球的选择上陷入了深刻的矛盾。

　　我不是球迷，直到现在我也搞不清什么叫"越位"。可是我这大半生却和足球缠在一起了。老实说，我恨足球。

　　哪个母亲不在自己儿子身上寄托着无限的希望？哪个母亲不在儿子的童年就编织着未来美好的梦？当我从照相馆取出儿子杨雷周岁的照片时，看着他虎头虎脑的神气，我不禁提起笔来，在他的照片背后写上："我的威风凛凛的将军。"儿子两岁了，穿着海军服，胸前挂着望远镜，鼻孔朝天地望着远方，我在他的照片背面写上："我的远洋船长。"儿子三岁了，抱着《看图识字》看得津津有味，我在他的照片背面写上："我未来的大学生。"

　　可是，当杨雷跌跌撞撞地闯入自己的少年时代以后，他却迷上了足球。我大失所望。我不愿让儿子踢球，骂过他，打过他。可是他眼泪还没有干，抱起球又跑向了足球场。

　　杨雷上学后，学习成绩是很好的。我一心想培养儿子成为一个大学生，而他却一心想踢好球。本来，两者应该是一致的、统一的。可是，实际上往往忽视运动员的文化学习，以致运动员不仅文化知识浅薄，作为文化组成部分的运动技术，也难以很快提高。目前运动员文化素质太差，也许这正是运动成绩不能突破的重要原因之一。足球发展到今天，无论是足球意识还是技术战术，都已达到了一个很高的境界，成为一种科学、艺术。而我国运动员的文化素质普遍较低，怎么能深刻领会教练意图？可以说，教练员和运动员的文化水平低，已经大大地影响了足球事业的发展。

　　我了解一些业余体校的现状，可以毫不隐讳地说，在那里踢球的孩子，大部分是学习不够好又比较淘气的。不少孩子进体校，并不是因为有良好的素质和优越条件，只因为他们不爱学习，才被家长送到体校找出路。有一个足球班孩子的成绩，平均18.3分！他们第一次外出比赛时，给家里写信的四个孩子，几天后又收到了自己写给家里的信——信封上的地址全写反了!
我常想,这些孩子也许本来不笨,他们有充沛的体力和精力,
如果有一种良好的环境和气氛,加上正确引导,也许不会造成
文化知识如此贫乏。

在十分矛盾的心情中,眼看着杨雷进了少年业余体校。从
此,他几乎成天泡在球场上,与文化学习的距离越拉越远……
我目击孩子进入球场,窗外的雨,像鞭子,无情地抽打我的心。
请看中国足坛,多少有志之士,抛弃了家庭,离别了妻子,牺
牲了健康,熬白了头发,可是足球,仍然毫不客气地开了他们
一个大大的玩笑。"5·19"的教训,还不够记一辈子吗?为绿
茵场献出青春和热血的一代又一代中华男儿,哪一个不是以终
生的遗憾而挂靴的?足球啊,你给男子汉带来了多少屈辱和痛
苦!作为母亲,我怎能眼睁睁地看着儿子去走这样一条布满荆
棘的路?

杨雷没有得到我的理解和支持,终于怀着痛苦和依恋的心
情,告别家乡沈阳,跑到遥远的江西去继续踢球。

杨雷来信说:"妈妈,您不认为人应该有点志气,有点抱负
吗?"读着儿子的信,我流泪了。我的二十五岁的儿子,至今没
有谈恋爱,没有为自己筹建安乐窝。他为的是什么?难道做母
亲的不该理解儿子的心吗?

可是母亲的心也是需要理解的啊。……我的心又酸又苦。
我的傻儿子,你踢的是乙级队啊,中国足球要翻身,难道能靠
你们乙级队吗?可是我的儿子仍然埋下头来不顾命地踢,像虎,
像牛。

然而,六届全运会之后,我的儿子就要退役了。他从十一
岁开始踢球,整整踢了十五年。这十五年,正是他生命中的黄
金时代,本应更多地吸取知识、充实头脑,可是却因为安排不
当而影响了他的文化学习和提高。最后留给他的只有深深的遗
憾。一些著名运动员退役之后,可以到大学去进修,可以得到
相应的文凭,但那毕竟只是极少数。为数众多的普通运动员,

那些乙级队、丙级队以及一般省市队的运动员退役以后，都有个去向安排的问题。他们不是明星，在通往冠军的道路上，他们只是一粒沙子，一块铺路石；他们不是体坛上的"王子""皇后"……每一个运动员的背后，都有一颗母亲的心，她们怎么能不为自己儿子的今天和明天操心呢？千万个母亲的情绪，难道不直接影响着运动员的军心吗？

我看着我的儿子，我知道他内心深藏着不可名状的苦恼。然而对这些为足球献身的男人，似乎还未更好地去关心……

多么伟大的母亲！她们为中国体育事业付出了何等的代价。

李闻同志的文章的真正价值，在于她提出了对每一个中国运动员最终归宿的忧虑。这忧虑当然不是怕社会主义国家使挂靴的运动员没饭吃，而是由于他们没有来得及具备生存最需要的文化知识而将一辈子只得混饭吃，这是他们所不甘心的。

为什么我们的体育事业要以无数母亲忧心忡忡的代价为前提而发展？为什么体育这项促进人类全面发展的有益活动，却导致了人的偏废？为什么我们的运动员就很难同时做一个有高度文化修养的人？

发达国家的优秀选手几乎全是受过全面教育并且有着自立职业的人，体育运动只能使他们变得更强，一生更辉煌。

我们的"一条龙"，尽管培养了一批批夺取金牌的运动员，但成千上万的普普通通的运动员，却失去了获取文化知识的最佳年龄。他们中的绝大部分人，从童年到少年直到青年，完全地被封闭起来，不知道这世界真实的样子。有一回，某围棋队到一家工厂去参观，一位队员见到工人劳动，非常惊讶："啊，原来工人是这样做工的呀！"——他不了解本国大多数人的生活状况，社会知识贫乏到可怜的程度，又怎样去摆正自己和社会的关系？

退役、淘汰，今后做什么？会做些什么？能做些什么？

中小学体育的极端落后，制造了无数的"半拉子人"。体育界的封闭正相反，对文化学习的极不重视，又制造了另一种"半拉子人"。头脑装货过多的，四肢虚弱；而四肢发达强壮的，又脑子空虚。

长此以往，体育工作怎么能取得父母们的信赖和支持？

在一份对北京市——包括教师、干部、工人、记者、服务员乃至体育工作者在内的215个家庭的调查中，不愿意让自己的孩子干体育的竟达214家！噢，毕竟还有一家乐意送孩子支持体育嘛，谁知道独此一家的父亲——这位在北京火车站工作的汉子，也不过是说了个活话："唉，就这么个儿子，如果他别的实在干不了，也只有让他去打球了。"

有的学校为了照顾家长们的情绪，干脆拒绝体育部门在本校招收有可能使全校提高"升学率"的学生。某学生不到"朽木不可雕"的地步，你体校就甭想招走。谁家的爹妈也不愿意让自己的宝贝疙瘩放弃"学而优则仕"的光明前途。这么一来，在我们国手云集的北京，少年体校招生还要花钱登广告。

不能片面地去埋怨这些家长，这种喜欢郎平、李宁，却坚决反对子女去争当郎平、李宁的社会现象，绝非偶然。我们不从中国体育的现实去找原因，去做大的改革，又怨得着哪一个？

退役的人们

中国体育体制的一个突出弊端，是运动员退役后的问题。文化素质不高的人，难以在生活中自立自强。因为绝大部分运动员成不了大明星，他们的出路成了问题。

曾经打入全国甲级队的山西女排，在退役队员中，我随便一问——小韩，身高1.76米，现在跑到铁路上一个工程处干了油漆工；许瑞苹，身高1.76米，在一家小旅店当服务员。这是她们当时唯一的出路了。眼下这阵势，哪儿不是人满为患？实在是找不到愿意接收的单位。

而正是一批又一批这样的运动员的出路和结局，被更多的爹妈看在眼里，记在心头了。谁还送自家的宝贝干体育？

在中国，每年被淘汰待分配的运动员有四五千人，有时竟多达五六千。

遗憾的是，这样大批大批的运动员，在选择出路时，宁肯去端盘子、刷油漆、打杂混饭，也不愿去当体育教师或继续从事基层的业余体育活动，因为体育教师的社会地位太低了。他们一旦转到其他行业，甚至不愿在人前提起自己曾经吃过体育饭。

共青团太原市委的干事陈红旗，是个退役的游泳运动员，山西省好几项游泳纪录的保持者。当我采访他时，他连连摇头，说："咱早就退下来了，您不要勾引我再提起那些伤心事。您是作家，最好能给咱们传授点儿对付这个社会的知识。"

极其被动的运动员出路问题与极其被动的运动员来源问题，是一回事，值得中国体育界和全社会共同思索。

不少地方的体育部门在这样困难的条件下，开办大中专班，以帮助退役运动员拿文凭，有的地方干脆搞成新的体育运动学校。当然这也可以缓和一下运动员渴望"文凭"的焦虑。但是，这是以体育界实行了更大的"一条龙"为代价的，体育界的包袱越来越沉重，体育界进一步走向封闭。这种治标不治本的方式，谈不上实质性的改革。

现在我们要说的是另一种退役现象。这是唯有那些极少数的明星才能享受的殊荣。

你看，六七十年代中国的乒乓球运动员当大官儿的半大官儿的就已屡见不鲜。到了80年代，排球运动员或教练员退役后担任各级领导职务的就更不稀罕。许多省体委在干部年轻化的"改革"中，也纷纷提拔有成绩的排球教练离开赛场去当体委的副主任。有的体育运动学校在提拔干部时，也当然地把搞过排球的人排在最前列。

这些中华民族优秀的体育精英，为国家为民族争过荣誉，功勋卓著，人民曾给予高度的评价，国家也给予了重奖，在国力富足之后即使给予更多更重的奖励亦不过分。其中有些人也确实是体育领导人的最佳人选。但是，难道就一定都要封官加爵吗？

一个好的运动员和教练员不一定就能成为一个好的领导人。这完全是两码事。硬要这样做的结果，可能给这些原先的运动员、现在的领导干部造成难以应付的压力，给他们自己特别是给工作，都带来意料之中的困难。当然，这是绝不能单单指责体育界的，事实上，我们早已习惯于把劳动模范战斗英雄学毛著积极分子勉强提拔到领导岗位上来，对由此带来的种种恶果，视若无睹。

退役的人们处在两极。

中国体育面临"断代"危机。

谁带着智慧的风采

著名球星、英格兰足球队队长基冈——"米奇老鼠",同时也是著名的歌星。他录制的《胜利属于你》《自由的比赛》等歌曲,使无数歌迷如醉如痴,伦敦电视台每周为其录制一次独唱节目。丹麦的门将尼里斯·波尔,居然是一位物理学家,当他所把守的大门前出现平静时,他一面监视着同伴们在场上的战事,一面就近在球门柱上计算复杂的方程式,潇洒至极。超级球星苏格拉底,这位大胡子恰恰是在圣保罗获得了医学博士学位以后,成为国家队主力的,人们称之为"足球博士"。

然而,我们这个10亿人口的大国所选用的任何一个项目的国手中,似乎还极少看到这样带着智慧风采的"知识分子"。试想,一个民族,倘能多出现一些既能从事英勇顽强的体育运动,又能创造高雅的文化艺术、发明或操纵精密的科学仪器,进行高深的学术研究的人,那才算一个"可怕"的民族,一个伟大的民族。

先从足球说起。

国外报刊曾一针见血地指出:"中国人是凭感情踢球,不是凭理智踢球。"这理智是啥?我想就是完整的足球意识吧。南美人把足球同绘画、雕塑、音乐并提,同视为艺术。欧洲人则把现代足球看作一门科学,十分强调智能、理性思维在训练中的作用。巴西人踢球,轻盈优美而潇洒自如,头脑冷静而视野开阔,他们机智灵活敏锐,打得节奏合理快慢相宜,看这些人踢球,如入艺术迷宫,给人美的享受。而我们,现代足球理论贫乏,必然带来技术落后,至今停留在"体能加技能"忽视"智能"的原始足球阶段。集中的反映,就是运动员的木讷和迟钝。

智能上不去,人的精神素质就上不去。在第14届世界大学生运动会上,中国男排在冠亚军决赛中迎战南斯拉夫队。论技术实力,我队并不亚于对手。此前我队在访南期间曾先后以3比0和3比1两胜南斯拉夫,并在决赛前专程两次赶去观看南队比赛,进行摸底。南队确非我们的对手。谁知在这种情况下，不期然南队在决赛中兴奋得很，打出了高水平，越打越勇。中国队明显地表现出缺乏思想准备、应变能力差的心理弱势，最后以连输三局的结果，惨败于南斯拉夫，丢掉了一次在世界大赛中拿冠军的极好机会。痛定思痛，中国男排在总结失败教训时说："为什么该赢的球却输了？问题在于我们虽有夺取冠军的技术实力，却缺乏夺取冠军的精神素质。"

可谓掷地有声，一语中的。

我们这种封闭型的训练体制，"一条龙"，造就了一批又一批的"半拉子人"，很难去提高精神素质。

这里以朱建华为例。按理说，他在奥运会比赛中的那次失败本不必指责，因为胜败乃兵家常事。但是那失败的根子以及后来的一系列失败，包括第六届全运会上他只是跃过了2.24米的高度，其原因却是值得深思的。请听上海市足球协会主席沈文彬的一番议论：

"朱建华现在没法离开教练胡鸿飞。如果讲比赛，两人总要同时到场，一个在看台边上，一个在场地上。朱建华在奥运会上成绩不理想，胡鸿飞回来讲，主要有两个问题。第一是朱建华的依赖性问题没有解决。以往在上海比赛，虽然规定教练员不可以进场，但胡鸿飞总是坐在离朱建华跳高最近的看台上，朱建华在场里跳的时候，先看看胡教练在不在。在，他的心就定了。可这次到洛杉矶，情况大变。虽然准备时间很长，朱建华比其他运动员还早去一个月呢。到那儿后人家问他怎么样。朱建华直到赛前都说一切正常。结果到比赛时却出了问题。为什么呢？他找不到教练胡鸿飞了！在洛杉矶，胡鸿飞不可能像在国内比赛那样，你愿意坐哪儿就坐哪儿。八九万人的体育场，观众哇哇叫，胡鸿飞坐哪儿？朱建华看不到，首先在心理上产生了压力，便不知所措。第二呢，朱建华在比赛中遇到困难以后，便忘记了自己的特长，只想到拼搏啊拼搏，不拿冠军回去交不了账啊。一拼，就把自己的特点长处拼掉了。据说，世界上跳过2米10以上的运动员的膝关节全有毛病，可朱建华没有，多好的条件啊！"

这位沈文彬，老体育了，虽是干足球的，但体育各项情理相通，他分析得好。

我们的"独苗"长年捧着，成了温室里的花朵。朱建华三创世界纪录的好成绩，都不是在国际大赛的严酷氛围中取得的，而国内的比赛又专为他制造了不少顺境。怨谁呢？苏联跳高专家奥尔洛夫在南京接受中国记者采访时说得好："朱建华有那么好的身体条件，现在成绩上不去，反而有所下降，我很难理解，看来是他自己患有头痛病！"他认为，一个运动员要有所突破，不在于别人如何如何，而恰恰在于他自己。一个头痛病患者显然是不可能有所造就的。可是，这病的起因又是什么？

除了朱建华之外，中国其他项目的运动员也有类似病症。有一篇很有见地的文章，议论我选手参加1987年第二届世界田径锦标赛的表现，发在《中国青年报》上。文章说："体育竞赛要求运动员具有敢于拼搏、勇于比赛和一上场就兴奋的心理状态，而中国有许多选手在这次大赛中却出现了人还没有上场身体就发软的状态，反映了平时心理训练太差。中国运动员像温室的花朵，这往往使有些运动员成为有名无实的人物，在世界大赛中无所作为。"

文章说出了许多人的共同感受。我们这样的体育体制，看起来在短期内似乎可以出成绩，而长此以往，是跟不上世界体育发展的步伐的。更为严重的是，在这样的体制下不仅培养了一批"头痛病"的人，而且还容易培养出"畸形儿"来。前中国乒乓球队主力、著名运动员韩玉珍，就是这样一个典型。

哈尔滨姑娘韩玉珍，1958年春天进入哈尔滨少年体校练乒乓球，后入选国家队。在第26届世界乒乓球锦标赛上，她与李富荣配合，获世界男女混合双打亚军；又与梁丽珍配合，获世界女子双打第3名。她本人获世界女子单打第8名，时年十九岁。

韩玉珍以稳固的防守、勇猛的扣杀和高大的身材，成为当时世界乒坛瞩目的新秀，被国际乒联公布为世界女子乒乓球第8号种子选手。

然而在她的心理上却潜伏着一颗不幸的种子。

1962年10月，中国乒乓球队访问日本。月底，中日在名古屋举行了首次团体赛。中国女队由韩玉珍、梁丽珍、王健出场，第一次战胜了第26届世乒赛团体冠军日本队。消息传来，国人鼓舞。

11月1日，中国女队到达东京。2日将同日本进行第二场比赛。就在到达东京的当天清晨，与韩玉珍同住一室的梁丽珍慌慌张张地跑进荣高棠的房间，报告说韩玉珍被刺了！

荣高棠等领导立即奔往现场。发现韩玉珍趴在地上，悲痛交加，说方才突然闯入一人，用刀将她的手刺破，又翻了梁丽珍的箱子，将梁的球拍搞破后，越窗而逃。

事发之后，日本警方展开调查。结果报告说，没有发现刺客任何迹象，疑为运动员自伤！我方经反复了解分析，亦认为被刺的根据不足。又经多次做工作，韩玉珍坦白了自己的错误，真相暴露于异国首都。原来，韩玉珍"深知这次比赛的重要，害怕万一输了，领导不让参加27届世乒赛，或参加了不被重用"，于是以刀自伤，临阵逃脱，并佯装遇刺，以躲避这场比赛。而她又怕别人上阵后压过自己，又将另两名主力王健和梁丽珍的球拍弄破。干出了害国、害人、害己的丑事，在东京大丢中国脸面。

此案揭晓，韩玉珍遂被提前遣返回国。党籍被开除，下放到北京南苑农场劳动。

三四个月之后，经贺龙、荣高棠、李梦华等高级领导同志对她帮助教育，韩玉珍得以重返国家队。

韩玉珍出赛首届新兴力量运动会，戴罪立功。

回国后参赛全国乒乓球赛，韩玉珍力克群英独占鳌头，再度名声大震。

国内比赛韩玉珍表现得十分出色。可是，不久在国际乒乓球邀请赛上，韩玉珍与日本深津尚子争夺冠军时，又一次显示了她精神素质的低劣。当深津尚子追上几分时，韩玉珍的意志又垮了下来，在2比0领先两局的情况下，反败给深津。以后一蹶不振，又败给深津一回。

她唯恐再输，影响参赛28届世乒赛，两次旧病复发，临阵脱逃，谎称患了阑尾炎，腹部剧痛难忍，企图回避比赛。又被人及时识破。

国家体委随即决定，调韩玉珍返回黑龙江，今后不准再参加国内和国际比赛。可惜人人认为条件优良的运动员——身材好，灵敏度高，技术过硬，却缺乏最宝贵的一个强者的心理素质，患得患失，极端个人主义。

故事并没有结束。韩玉珍返回黑龙江以后，在"文革"中被关进牛棚，接着是严刑逼供，人格侮辱，被打得皮开肉绽，遍体鳞伤。她本不是一张硬弓，哪里受得了这番折磨，一打便招，一审便供，不仅殃及自己，又殃及他人。她常常跑着跑着哭，跑着跑着笑，一会儿装狗叫，一会儿骂自己是叛徒特务假党员。她没有勇气活下去，跳过高塔，吃过火柴头，往自己心脏部位扎过缝衣针……

1978年，省体委给韩玉珍平了反，被正式批准为省体校教练员。一年以后，即1979年9月，韩玉珍在教练过程中突然腹部剧痛——这回可是真的，她大汗淋漓昏倒在地。

经过三天抢救，无效。37岁的中国一代著名选手韩玉珍溘然死去，诊断为爆发性肝坏死，直到死后，她心包上还有一根"文革"中自扎的缝衣针没有取出。

韩玉珍的一生，有理想，有痛悔；有光彩，有昏暗；有伤痕，有微笑；有屈辱，有罪过；有理智，有失常，让人无法评述。

我想到的，还是体制问题，还是文化素质问题，还是精神品质问题。体育运动是人类全面和谐发展的极其重要的组成部分，它的功能不仅仅在于培养类似动物那样的高超运动技能，而在于它影响着人类的精神世界、审美意识、价值观念、创造能力和生活方式。人类通过参与体育运动所塑造的活跃而舒展的人体，在物质和精神综合意义上的顶点表现便是美。如果我们的体育目的以及为这个目的服务的体育体制偏离了这种美，那是什么呢？

处在中间环节的中国教练

教练员，处在中国体育的中间环节，至为关键。忧虑之中，我采访了许多执教中国运动队的人，结果更使我忧虑。

在中国体育系统，受过高等教育者不足10％，又据对各省区市体工队中教员的来源调查发现，由运动员退转当教练的，达81.77％，各省运动学校的教练亦有76.61％来自运动员。在对全国23个运动队包括国家队的119名教练的统计中，初中乃至小学文化程度者，占80％以上。

再看一下世界体育强国，美国1977年全美大学生田径锦标赛期间担任教练的49人中，100％为大学以上文化程度。在苏联整个体育系统，受过高等教育的人达55％。

更加令人叹息的是，在全国3200名业余体校田径教练员文化考核中，有半数以上的人不及格，其中有10个省的平均分数在60分以下。这些教练，大多数也是由严重缺乏文化修养的运动员退转担任的。

青出于蓝本应胜于蓝，所忧者，青出于蓝反不如蓝。近亲繁殖在中国体育界已是普遍现象。你翻开中国足球队走马灯一般频频更换的诸多教练员的名单，再观照一下国内甲级队的诸多教练员，就不难发现，甲级队的教练全是主力队员退役后担任，国家队的教头则是挂靴的"国脚"。无一例外。教练员确应是谙熟技战术又具备实战经验的人，但是，作为教练，毕竟不是以他自己踢得好赖为标准的。纵观国际体坛，许多超一流的教练并非是一个赫赫有名的球星。球王贝利虽说技艺卓绝，却无人请他执教巴西队，因为他除非以连考五次的代价，首先拿到学位，然后才可问津教鞭；"恺撒大帝"贝肯鲍尔退役后，由于不曾接受必须具备的教练员学位教育，他只能以领队身份而不能以教练的身份出现在联邦德国；足球强国意大利的名队教练，上任前必须经历五个阶段的考核。

第一阶段：足球理论、解剖、生物化学、生物力学、生理卫生和心理学。及格后进入第二阶段：更深入地学习，然后由专家小组判定你有没有当教练的素质。这一下又淘汰一批人，剩下的进入第三阶段：必须到世界著名球队实习，并有写出该队一切工作计划、详细剖析该队的能力。经过再淘汰，进入第四阶段：必须参加足够的各种报告会、讲习会、讨论会以及与著名专家教练、记者会见的圆桌会议，意在考核一名教练的全部专业知识和宣传自己观点的能力。最后进入第五阶段：总体考试和论文答辩。只有全部合格，才能有被招聘的资格，招聘后还要先当助手，后执教鞭。如此"刺刀见红"的考核和淘汰制度，筛掉了不少虽然球技高超却不具备教练才能的"明星"。

特别有趣的是，美国著名游泳教练谢曼·查尔伏，是位具有非凡组织能力的人，他执教的美国男队曾获得过16枚奥运会金牌，他培养了一批又一批世界冠军，多次打破世界纪录。可是，这位在全世界泳坛有着重要地位的大名鼎鼎的教练，却不会游泳！有一回，他的游泳队在夺魁之后，队员们高兴地把他投入水中，以示恭贺；不料，这位世界第一流的游泳教练却狼狈地呛了几口水沉下去了，几乎葬身泳池。运动员们赶快跃入池中实行抢救。此后，他只要眼看着自己的队员稳操胜券，就赶紧悄悄溜掉，避开运动员们的恶作剧。

谢曼·查尔伏的例子说明了什么？

我们的教练员呢？虽不乏相当出色、成绩卓异者，但却有相当一部分人常常在尽职尽力当中只扮演了一名"领操员""示范员"的角色，甚至领操都领不出什么新招儿来。而一名真正优秀的教练员应该像一个工程师或者艺术家那样时时具有创新的欲望和活力。谢曼·查尔伏靠的不是简单的动作示范，他并不想为运动员制造什么样板，他靠的是科学，靠一整套独特的科学的博采众家之长的训练方法。

某省女排在国内要算不错的队伍了，而一名教练却不得不去求告一位具有高中文化的手下的队员为自己补课，以应付上级的文化考试。我们的一些教练员在执教中，依靠的仅仅是自己在过去当运动员时期的训练日记，然后照猫画虎抄下来。他们制订训练计划的思维方式无非是看去年，想今年，稀里糊涂迎新年，练一段，改一段，修修补补又一段。他们认为，舞文弄墨能提高水平出成绩？训练训练，就是连训带练，你不训他不练啊，师傅就是这样把我"训练"出来的！

这么着，我们的这类教练员在代代相传的"训练"中培养着国手。他们对上一代的经验，对他人的成功，知其然不知其所以然，往往邯郸学步，愣赶硬干。人家大运动量训练，咱也玩命干；人家无氧训练，咱也憋住气试试。于是，运动员练出毛病的，练伤的，练到稀里糊涂退役的，为数众多。最后他倒抱怨开了，说中国人干运动员先天就不行，人种就比人家差，不堪造就！果真如此么？前年我们请了联邦德国一位教练来华执教，他对我国两名普通田径运动员先是进行了全面测试，然后进行分析，选择出最佳训练程序，合理地安排运动量，改进了我们的教练视而不见的一些技术上的毛病，结果，只练了三个月，这两位运动员一位打破了亚洲纪录，一位打破了全国纪录。

如果一个教练员只懂得让运动员跳圈儿，蹲杠铃，翻来覆去重复那么几个动作，连最基本的运动生理、运动心理、运动营养都不懂，他手下的运动员凭什么出成绩？

这两年，体育界为了改进提高一下，让一些教练员上一两年大专班，借以改变教练员队伍的知识结构。这自然可以做一些弥补，可是，由于底子太薄，又缺乏系统性，加上有些培训进修流于形式，因此并不能从根本上解决问题，实质上，不过是领了一纸文凭而已。

我听说有这么一档子事情。1984年前后，中国的"文凭热"越刮越烈。国家体委为了满足广大教练员和一部分退役运动员的美好愿望，在天津体院特意开办了一个大专进修班，以期给大伙儿创造一个学习的机会。参加者有著名教练多人。在入学前，为照顾大家的基础，仅仅考试三门功课，即语文、数学和政治，考题也不难。万万没想到，在报考的几十位中国体育界的佼佼者当中，没有一人的考试成绩超过三门总分60分的，最高者三门加一块58分！有考30分的，有20分的，竟然还有考7分、8分的。在校专修期间，有些人并未置身课堂，仍然住在北京，只是在天津体院挂了个虚名。两载过去，每人一张大专文凭到手，"文凭发放所"胜利完成了任务。大伙儿今后就算是受过高等教育了。

这也难怪，要知道中国的各大体育院校和师范体育系，压根儿就没有什么教练系这一说。

由于我们无法像体育发达国家那样对教练员实行制度性的考核，所以我们对一名教练的优劣高低就无从做出科学判断。于是，最简便的方法也只有任人唯亲了。连锁反应是，真正有志气有能力有实力有创造性的新人，因为没有严格的评判考核标准而常常失宠，怀才不遇的新人越来越多，他们的命运由不得自己。他们无法摆脱那些惯于发号施令者的摆弄，无法以自身的实力去抗御瞎指挥。这样一来，一支运动队，既可能在一位天才教练的手中创造奇迹，也可能在一个平庸者的瞎指挥中屡遭不幸。

我无法想象，靠一支没有多少文化的队伍，怎样去实现体育强国的梦？

中国足球界在解放初期的50年代，文化程度反而比三十多年后的今天要高。像李凤楼、陈成达、苏永舜等，都是正牌的大学生，钱允庆是一名有声望的医生，年维泗也是一个文化较高的青年知识分子。你看，随着这支队伍文化程度的不断降低，我们的失败也越来越离奇：从1957年参加世界杯预选赛开始，先是败给印尼，接着是在首届新运会上败给乌拉圭大学生。80年代后，先后在重大比赛中失利于新加坡、新西兰、泰国，最后发展到输给中国香港。30年来一直行进在极其曲折痛苦的道路上。

现行体育体制降低了中国教练的水准。

想想我们足球的战略战术吧，50年代学习匈牙利的W.M阵式，60年代改学巴西的"四二四"，70年代又转而学习荷兰的全攻全守，到了80年代更没谱了，一会儿照搬巴西的攻势足球，一会儿又推崇意大利的稳守反击，一会儿又觉得法国的欧洲拉丁派地道……真是不遗余力，孜孜不倦，偏偏没有我们自己的东西。我们的国情是什么？我们的特色是什么？我们的长处和绝招儿是什么？怎样去开创一条扎扎实实的胜利之路？我的一位朋友告诉我，两年前，他在昆明海埂训练基地采访了一场高水平的足球赛。中国队对匈牙利劲旅维多顿队。当中国队以3比0战胜对手之后，对方教练吃惊非小，他忍不住问我们的一位国脚："你们怎么能踢得这样好？"这位国脚实话实说："就是因为没按教练的部署踢！"

这是多么耐人寻味的一句话呀。

各种技战术的背后，是完整的体育理论、足球理论，我们缺乏的正是这些。

我总是忘不了苏联举重队总教练换人的事情。里格尔特，是个非凡的人物。他曾被国际举重联合会主席肖德尔誉为"哪里出现里格尔特，哪里就出现新纪录"。他曾横跨三个级别，创造过63次世界纪录，是第21届奥运会金牌得主。他9次夺取欧洲冠军，6次夺取世界冠军。但是，苏联人看到他自1984年接任总教练以来却办法不多。拥有40多万举重运动员的苏联举重成绩在下降，屡屡败给拥有四千名举重健儿的保加利亚。1986年的世界举重锦标赛，10块金牌，保加利亚夺走7块，罗马尼亚1块，苏联只得两块。苏联的报界评论得好，说里格尔特不善于开动脑筋去研究新的训练方法，"今天大喊大叫'坚持住！'已经于事无补"。在这种情况下，苏联人通过竞选，撤去了虽说是一个伟大的运动员却不是一个够格的教练里格尔特，换上了专家梅德维杰夫。这位新的总教练1970

年至1974年曾经担任过国家队的总教练，但在当时他干得并不出色。而下野后他一直在莫斯科中央体育学院举重教研室深入研究举重理论并担任该室主任，著书立说，发表了许多高质量的研究论文，写过《多年训练计划》等著作。这次复出，堪称是经过了理论和科研的重新武装。苏联报纸评论说："关键不在于更换专家，而在于他们不同的思维。"果然，在梅德维杰夫上任后的第二年，即1987年的世界举重锦标赛上，苏联队的转机明显开始了，与保加利亚的差距迅即缩小，一举打破4项世界纪录，而保队却只打破两项。

这件事情给我很深的触动，其内涵是丰富的。伟大的里格尔特曾经63次改写了世界纪录，倘在中国，那还得了？如果这样的运动员退转后当了教练，不出成绩，我们会不会换掉？

需要提醒读者的是，绝大多数的中国各级教练的事业心与吃苦耐劳精神是无可挑剔的。无论是一个县一个市一个省的教练，还是国家队的教练，哪个不是呕心沥血？他们不顾及家庭，不顾及金钱，置个人荣辱于度外，表现了崇高的献身精神。在我个人的运动生涯中和后来的采访过程中，随时可以遇到这样的人。在一位姓万的教练家中，他告诉我，体育界同社会的各种矛盾，最集中地反映在家长和教练员身上。每当一批孩子耽误了学业却又没上成中专班或没有被省以上专业队选中的时候，你看吧，家长天天轮番找你，把孩子失去前程的责任一股脑推到教练头上。万教练只好含着眼泪躲起来。而你要知道，这些孩子之所以练了两三年没有干成专业，并不全是孩子们成绩不行，而是有关头头们急功近利，从外省"买"来了运动员占掉了这些当地孩子应有的名额，夺走了他们应有的机会。可这又没法怨领导，因为买一个成熟的运动员，要比你自己花钱培养一个孩子成熟起来，要省经费得多！头头们的口袋里也穷啊！于是，家长受打击，孩子受刺激，教练受抨击，领导干着急。而处在风口浪尖上的，还是教练。这位万教练的妻子也是一名田径教练，她和她的同事们每天必须三上班：早晨练，上午练，下午练。夏天日头暴晒，冬天寒风劲吹，一年四季天天如此，可是她们每天只能领到五毛钱的补贴，还不够家属院里的老太太打一圈麻将呢！前些年，教练们一两年总要发一身衣服，后来，有的地方改成三年发一身，风吹雨淋，早就烂了。而体委领导们为了向市里的干部们要点儿经费，就只好一套接一套地送，或者叫长期借穿吧。有的领导干部何止接受了两套三套！他穿得了吗？穿不了没关系，给老婆穿上进厨房，给孩子穿上去上学，还能给亲戚做人情嘛！中国教练员的苦衷三言两语是说不完的。比如评职称，地市一级的教练带队参加全国比赛的机会几乎没有，可有的地市评定职称的框框上定了，必须有队员直接参加了全国以上的比赛才算够分。注意，是直接参加，你输送的运动员后来省里又集训又参赛，对不起，这就不给算数了！倘是足球，又规定，必须输送了7名以上的队员在省里踢主力，这才行。天啊，你算吧，假如每个地市足球教练都要输送7名以上的队员打主力才给评这个教练职称，那么，一个省，最少也要有好几百个主力队员，我们才能都够教练的格！合理不？你放眼一看，许多老教练的学生后来到大学里都当了讲师什么的，而这些教练仍然还评不上个教练职称，还在操场上带着队伍干！

远离科学的人们

当今世界，仅靠教练员训练的时代已经结束，代之而起的是教练员、医生、科研人员和运动员的通力合作，实行总体科学训练。

然而，提起我们的体育科研，又是一番扫兴。在前些时候颁布的体育科技进步奖中，获一等奖的只有三项，其中仅有一项是有关运动员选材研究的，另外两项一个是饮料，一个是防治末端病。在1986年的汉城亚运会期间，中国的大小报刊倾其笔墨对金牌进行重点宣传，主要是围绕"升国旗、奏国歌"。但是，在同时同地举行的亚运会科学大会，我们却宣传得极少，鲜为人知。在这个有12项研究学科的大会上，韩国拿出了91篇论文，日本拿出了62篇，中国台北也拿出了19篇，咱们呢？说来令人汗颜，堂堂中国大陆，只拿出了两篇。

我们每当论及体育的成功之道，无非是"顽强拼搏""奋勇进取""为国争光"等等精神动力，似乎无须靠科学。这当然与我们曾经在相当长的时间里不尊重知识，排斥科学作为生产力的意识有关。这是宏观上的错误。而对体育本身，这种错误就更深刻。在众多人眼里，体育和科学是两个离得很遥远的概念。中国历史上的体育英豪们，无论是陆上的，水里的，空中的，腾挪跑跳游滑掷，总是归于一个"练"字；所谓功夫，全凭吃得下苦，多少年习演不辍。所以沿袭而下，认为体育者，不过是人高马大。"平时多流汗，赛时能夺冠"的指导思想贯穿始终。这里头还有一层缘由：体育科研并不能直接产生金牌，搞体育科技必定要有一定的时间，咱先抓了这阵子再说！这就致使体育科研长期以来在中国步履蹒跚。

我们一些教练不大懂得这一套的重要。他们似乎忘记了站在科学巨人的肩膀上自己便也会高大得多。就眼下情况看，各级体委的训练与同系统的科研所是两张皮。教练们觉得科研所这帮人又讨厌又碍事儿。而科研人员又怕得罪了教练员日后搞科研更难。国家体委一位老资历的科研所人员对我发了一大篇牢骚：

"甭提多作难啦！在别的地方搞科研那是吃香喝辣，你帮了农民的忙，除了虫害了，小枣变大枣了，老农民哪个不是千恩万谢的！可到了咱这儿，麻烦啦。你想验尿哩，想搞个什么测定哩，你瞧那个教练，绷起一张大黑脸，你就不要想动一指头运动员。你测动态，他说你影响训练计划；你测静态吧，他又说你影响运动员休息。要是科研人员发现这位教练在训练量或者强度的安排上有问题，对运动员不利，那你也不敢明着提建议。再说，运动员也烦，他也以为你给他添乱呢。这么着，一个科研项目总是拖拖拖，好不容易搞下来，你还得领人家教练的情，哈，倒成了是人家帮你完成任务啦！

"还是人家老外精。咱们花钱请来的外国教练，够高级了吧。可人家三天两头往科研所跑，依靠的就是个科研所，和咱们科研所搞得关系很好。像那个德国教练，每天训练都要参照咱科研所的数据，离了数据他不干。咱们的教练你求他去测试，他讨厌，可人家是主动带队来所里测试，人家还怕你马虎哩！老外说，他们在国外，动用科研单位是要花钱的，说社会主义好，不用花钱就办事。所以他就老跑科研所。咱们的那帮教练，你请都请不来。唉，反过来说，咱们的教练也不是不想依靠科学，他不想出成绩？实在不是他不乐意来，是他那点儿文化水平，来了也没用！就算交给他那些数据，他还是个稀里糊涂，睁眼瞎。

"提起科研所的事儿，我就气。要是拿回金牌来，你看领导上那个热闹劲儿，要是你的科研论文在国外获奖了，谁稀罕你？不管哪一茬的领导，精力就是集中在训练部门，集中在奖牌上。就这架势，建体育强国？难！"

人才的滞留

又是一个现今体育体制包括竞赛体制带来的大弊，不容回避。

尽管人们并不否认体育人才交流的重要，但若是真的试图去挪动他人领地一兵一卒，你非吃闭门羹不可。解放军队的教练在一次国内比赛后提出，能否从其他省区市代表队中每一个项目的第十名之外，调配给他们一些队员，结果遭到各地拒绝。十名以外也不行，赶明儿让你们给练好了出来打掉我呀？

1985年10月，美国应聘到我国执教的田径教练丹尼斯，在郑州青运会上遇到了他无论如何也搞不清楚的问题。那些在田径项目上夺得金牌的青少年运动员，在他看来大多缺少继续提高的条件，前途不大，而那些有着明显潜力的运动员，他们本省、本地区的教练又不肯把他们交给丹尼斯。这种尴尬的滋味丹尼斯并非第一次尝受，他在1984年一到中国不久就体味过了。

地方主义正是造成丹尼斯困惑的直接原因。以至于中国体育的后备力量非常不妙，人才滞留。

这里有一份某省体委于1986年3月下发的正式文件，严令禁止体育选手外流。文件先是通报了该省两个市的一些运动员被北京航空学院、北京体院竞技体校和八一队"私自招走"的情况，然后做出如下特殊规定：

> 一、凡外省、市、区、解放军、全国性产业体协到我省各级体校选招运动员，必须持有省市自治区体委或同级的介绍信，经省体委同意加盖公章后，在指定的地市县选招，如手续不全者，各地市县有权拒绝选招。
>
> 二、凡高等院校招收各级体校运动员，必须经当地体委同意，报省体委批准，并要严格按照招生手续，未经当地体委正

式推荐和省招生办同意，一律不准乱拉运动员。

三、（略）

四、对于不通过上述正常手续，乱拉运动员，各级体委要通过当地政府有关部门予以制止，并及时上报省体委。对于不听劝阻者，省体委直接向各省市、自治区、国家教委、总政治部等有关单位或部门提出交涉，必要时报请国家体委通报全国。对于各级体委中个别人搞私下交易，或知情不报者，一经查清，坚决追究有关领导责任。

五、……追回流失的运动员，并将追查情况上报省体委。

这个文件是3月下发的，到了5月，省教育厅和省体委又联合颁发了《关于严格控制体育运动人才外流的几项规定》，特意在原来基础上加了一条更厉害的：

对于各级各类体校中个别教练员私下搞交易，徇私舞弊，放走人才者，一经查清，根据情节，将降低、撤销或不予评定技术职称，直至调离教练工作岗位。如发现教育、公安等有关部门中个别人有类似情况，建议同样给予相应的纪律制裁。

看这文件，多具体。

中国在改革的时代，科技人才要流动，管理人才要流动，教学人才要流动，工农业各条战线的人才都可以流动，这是改革开放搞活的需要，所谓"树挪死，人挪活"是也。为什么最具有活力的体育人才无法流动？这不能不说是我们体育体制、竞赛体制带来的结果。

像这样严令禁止人才流动的，绝非一家，可以说，几乎家家如此。偌大的中国体育界，颇有些"人世难逢开口笑，上疆场彼此弯弓月"的味道。统统为了一个目的：金牌。

河北省自行车队1987年以来让人刮目相看，靠的就是人才的引进。6月，该队不满二十一岁的赵燚大幅度地提高了女子1000米计时赛的全国纪录，从而使中国诞生了第一个计时项目的自行车国际健将。7月，河北女队又创造了女子3000米团体追逐赛的全国新纪录。令人惊异的是，这支令全国同行和新闻界关注的劲旅，建队还不到三年，何来神力？原来，该队教练王振新，是从自行车运动的强省——山西步入运动生涯而后回归河北的。这个王振新在河北执教以来，又受到山西的热情关照——哥哥是山西体育科研所的领导，嫂嫂是山西省体委的副主任。这样，山西队几十年来的成败甘苦顺风逆境，在王振新那里全不成秘密。加上有了这层"血缘"关系，山西派出了一位最了解、最熟悉中国唯一在世界锦标赛中摘取过自行车奖牌的著名运动员周素英的人——周素英的未婚夫，前往河北助阵。结果，赵燚与周素英的风格竟十分相似。山西助阵的作用不言而喻。

这件事说明两重意思：河北队倘若没有借助山西的力量，站在巨人的肩头以助高，显然不会进步如此神速，说明人才交流之重要；但是，援助的契机，却是兄弟血缘。那么，倘若没有这层关系，山西的人才和智慧就极难交流到河北去。此事又反过来说明了中国体育人才交流的困难。

一家人才济济，内部消化不了，另一家人才奇缺，上下无法配套，这个现象实在不是唯体育界独有。而体育界由于自身体制所决定，又由于多了一个金牌的因素，金牌又直接关系到一个省、一个地区的体育官员的荣辱升迁，所以这现象就显得严重得多。整个体育界的人才浪费十分惊人。

还是山西省。这里从50年代就打下了雄厚的摩托车运动的基础，第四届全运会前后山西健儿曾铁骑出山，纵横驰骋在北中国，产生了一批健将级选手和国家特级摩托车手，群众非常爱戴。到了第五届全运会，由于大会没有设立这个项目的金牌，山西省体委断然将这个项目下马了（不排除经费困难的因素）。铁骑不再咆哮，铁流不再奔腾，军体大院里出现了少有的寂静。几十辆摩托车在库房里沉沉睡去，灰尘渐渐地覆盖了它们，锈迹毫不客气地在吞噬着它们。人呢？这是比那些赛车更宝贵的。这些摩托车运动健将和特级车手，带着一身老伤，作鸟兽散，各奔前程去了，有当卡车司机的，有干邮递员的……另有一批无路可走的骨干，留了下来，闲着，心里发慌，无事可干。好几年前我就常常在太原街头遇到健将小白，慢悠悠地开着个偏三轮，在菜铺子跟前讨价还价，然后拉上一篓子菜回去给更多的闲人做饭。而今，那辆偏三轮残破得气也喘不匀，一天天见老的健将小白还时而开着它跑菜铺。一晃间，六个春秋过去了。近七年来，这群热爱摩托车事业的闲人向省政府有关领导、向省体委打了多次报告（笔者本人还替他们向副省长的秘书转递过一回），要求领导上能够恢复这个项目。并提出，如果领导上经费确有困难，他们可以成立摩托车协会，自费办队，或民办公助。眼见得并州街头几千上万辆的民用摩托车奔驰而过，无数的年轻人对摩托车运动有着浓烈的兴奋，为什么我们这些人不可以把大家组织起来办摩托车事业？为什么不可以以车养车，一边搞为民服务的短训班，维修站，一边注意培养苗子，建立队伍，将来为山西、为中国效力？这样办，既为国家节省了资金，又为民族培养了人才，他们自身也产生了新的价值。这是一群身怀绝技的人才呀！

但这报告泥牛入海了。记得那位当年的摩托车教练，曾在车场上冲锋陷阵九死一生。那天他开着小白买菜的那辆车，拉着我跑省府大院，跑那份报告。希望——破灭之后，他怅然地驾驶着车，把油门松到最小，任车轮缓缓向前滚动。良久，这位征战沙场半辈子不曾低头的中年汉子，凄楚地对我说："只要他们让咱干成这个事业，活着别像个死人，咋都行！"

爱的压抑

近来，我又一次来到中国体育的中心地带：北京崇文区体育馆路，这里聚集了整个民族体育的精英。三杯老酒下肚，得到两则信息，也算小故事。

先是说起了羽坛两位宿将，女子张爱玲，几度叱咤风云，1981年首届世界运动会女单冠军、女双冠军，多次获得金牌荣誉；男子陈昌杰，亦是一条响当当的中国汉子，同样夺取了首届世界运动会男单冠军，多次在国内外获得过金牌荣誉。这两人，天生的一对，女的来自上海，男的来自东北，志同道合。你说，两人相爱，岂不是皆大欢喜？但是不，在中国体育界绝不那么简单。各个运动队的制度是非常明确的：不准往异性宿舍乱跑，男女授受不亲。男女羽毛球队的人并不是轻易能往来的，最多也不过是女队的姐妹们时而到男队的大宿舍听听教头训话而已。可爱情总是见缝插针的，就这么点机会，两人还是有了那个意思。时逢补习文化，这两位男女队的中国主力队员恰恰又分到了一个课桌，当然更妙，互补了那爱的毛毛雨。料不到，这件本是人之常情毫不过分的事情，却偏偏被抓住不放。这还了得？不管一管哪行！于是二人在集体会上少不了挨一顿点名批评。没有规矩，谈何军事化管理？谈何集中精力为国争光？但问题恰恰出在这里，你不批也罢，不公开点名还好，爱情这玩意儿，越批越来劲儿。二人干脆没了顾虑，想聊天聊天，想遛弯儿遛弯儿，明打明地上街逛去！——逼急了，张爱玲冲出一句："怎么啦，我俩就是真的好啦，你们要怎么的？"当时陈昌杰同韩健住一屋，时常倾诉心中块垒。好，等张爱玲一来，韩健就机灵地溜出去，给二人让个合适。

在一些人看来，这是犯了大忌的，倘不就地处理，成何体统？运动队不是公园，不是结婚证发放处！遂做出决定，二人虽是羽坛中坚，但为了老规矩，不能姑息，必须打发其中一人出队。

可是，要打发张爱玲，女队教练坚决不同意，张爱玲是功臣，是主力，她走了，女队不亏了吗？要打发陈昌杰收拾行李回大连，男队教练执意不从，国家培养一个陈昌杰不容易啊，好不容易顶个主力用了，哪能轻易打发回家？

事情悬了下来。龙潭湖畔中国体育精英聚集的大院里顿时沸扬开来，在1982年前后形成一个不大也不小的议论中心，说啥的都有。

干吗非要把我们拆开不可？张爱玲、陈昌杰的心头压上了两块沉重的大石，艰难得很。我们为什么没有爱的权利？

事情越闹越僵，中国男女羽毛球队的正常训练不由得受到影响，时逢国际大赛任务繁重，比赛日期日渐，问题必须解决。于是，官司直打到一位体委领导那里。张爱玲也豁出去了，除了找领导申诉不平，还投书《体育报》，希望得到舆论支持（最近我到该报寻找张爱玲的信，未能寻到，可惜不能令读者一读了）。爱情的苦闷最难煎熬，《体育报》却也一筹莫展。

那位领导经过认真考虑，做出裁决：二人恋爱事小，国际比赛事大，在此出国前夕，实应大局为重，团结一致，力夺金牌，要做好二人思想工作，胜利完成党交给羽毛球队的光荣任务。这么着，张爱玲和陈昌杰才算都没被打发走。

张、陈二人赌了一口气，下决心要在这次出国大赛中拼搏一番，夺个光彩回来。

非常可惜，由于赛前身心憔悴，压力太大，赛间坎坷不断，风云险阻，张、陈二人未能获得预想中超过以往的战绩，怏怏回国。

恰在此时，羽毛球队新人也渐次涌现，有关人士执意要打发这两人的决心更加坚定。过了不久，中国一代羽坛英豪张爱玲、陈昌杰先后离开了龙潭湖畔，同羽毛球队的伙伴们无语泪别。

据知情人披露，按当时张、陈二人的实力，完全可以再振雄威，为国效力，并不止两年三年。可惜中途落马，只为爱情故，过早地离去了。离队以后，张爱玲在上海，陈昌杰回大连，情丝未断，鸿雁传书，心坚似铁。后来果真结了婚，又调陈至沪，终成眷属。双双出任上海羽毛球队教头。

但是，他们的运动生命，却在多少人的哀叹之中早早地结束了。

这是一个已经过去的故事。另一个故事正在发展演变之中。

中国体操队主力、二十六岁的老将许志强，久有爱情饥渴，只因终日苦练，无暇顾及。到了1987年，许志强在国际赛事上扬眉吐气的时候，同时喜得爱情的滋润，有位澳大利亚姑娘爱上了他。爱得鲜活有趣，美不胜收。每每相遇，耳鬓厮磨，北京地面，偌大的去处，二人却难躲藏，时在体育馆路广阔的大道边携手漫步。说不公开，实已公开化了。这一化不要紧，就有"有关人士"前来劝导，晓之以理，动之以情，切盼浪子回头，迷途知返。而许志强却不是那种逃避爱情教化异变的人，一个男子汉，爱上了就是爱上了，为何不敢言爱，谈爱色变？因此，他向"有关人士"心平气和板有眼地提出了自己的要求：我决定结婚了，和这位澳大利亚女孩。一次要求不成，许志强又提，初衷不变，还是要求成婚。

许志强的要求，没有任何违法的不合道理的地方。

而"有关人士"却迟迟不便决定。须知，许志强是国家队主力，有战略性计划压身，怎敢贸然答复？

事情拖了下来，旷日持久。

这位中国的崇拜者、澳大利亚女孩儿不管那一套，凡有时间，必陪许志强，不惜在蓝天上飞来飞去，一直陪同前往广州第六届全运会，兼或照料许志强的训练和生活。

许志强还是那句话："我该结婚了。"

没办法，"有关人士"答复说："小许啊，我们没权决定哟，你虽在国家集训队练着，可你是从八一队来的，是现役军人，我们怎么好答应你呢？"

许志强当即向八一队提出申请，没别的：我该结婚了，如果上级不同意，我只好要求退役。虽然我非常热爱体操，留恋体操，但是，我该结婚了。

我觉得许志强的结婚要求是完全可以理解的，也完全合法。一个二十六岁的大小伙子，在别的地方早当爹了。

中国的运动员为什么不可以像正常人那样谈恋爱结婚？

在我们专业运动队内部，眼下实行的是近乎军事化的管理，严格得很。一旦发现运动员像常人那样随着年龄的增长对异性产生正常的慕恋，并以正常的形式表现了这种慕恋，就会给予批评、劝阻甚或严厉的制裁。除非你干得秘密，未曾暴露。多少年来，我们开除或调出了不少少男少女。对许志强，算是例外的温和了。

因此，许多中国运动员的心灵深处是有创伤的，其精神生活是空虚恍惚的。

不少体育专业队的领导和教练都在像防范洪水那样防范着爱情。大家采取种种措施，一系列的高招儿，来限制爱的萌芽，甚至不惜把男女运动员分别隔离开来。中国有多少运动员都不得不在爱情和退役、开除之间进行着痛苦的抉择。

打开1987年10月31日的《体育报》，可以看到张小鸽、周守瑾二人撰写的文章，记载着中国足球队所走过的道路，内中有这样的片段：

> 足球运动员的付出又岂止仅仅在赛场呢？中国队赴巴西训练比赛前夕，中锋马林郑重地递给我们一支烟，悄悄地说：这烟可是有意义的。什么意义？经反复盘问，他才吞吞吐吐地说他已经结婚了。说完又苦苦哀求我们千万别泄露出去。他说：

咱们中国有个习惯，好像结了婚就等于到了运动生命的终点站。如果球迷们知道我结了婚，我非挨骂不可。

这可真是个奇怪的逻辑，干吗非要把结婚和运动生命终点站连在一起呢？而我们的运动员却非得这么忍着。

我不了解中锋马林的爱情道路，不敢妄加评说。而今他能同昔日的湖南手球运动员李云惠结合，我倒觉得是马林的幸运。要知道，更多的中国运动员没有这个福气，甚至连想都不敢想。

这不能不说是中国体育的又一悲哀。由于专业队限制运动员的恋爱和结婚，而运动员一旦身体发育到一定阶段又不得不走上结婚成家的道路，所以造成了这样三种情况：一是运动员在训练期间人性的不舒展、压抑甚至变态；二是到年纪稍大时即不安心，厌恶训练生活，对将来忧虑重重；三是导致中国运动员成为全世界运动寿命最短暂的一群。

1987年夏末秋初，我曾到国家体委训练局所辖的训练基地采访。在这里，拥挤着中国体育界最宝贵的成百上千名国手。我先后到体操、跳水、乒乓球、羽毛球和女篮等几个队走了走，观察他们的训练生活。我发现了一个值得深思的现象，就是很多运动员的脸上没有笑意，脸上浮现着笑意的我仅仅发现两个人，一是李宁，这位体操"王子"在训练过程中走到长廊口接了个电话，笑了。另一位是女篮的郑海霞，她在训练中精神状态最佳，时有笑声。

大家干吗不快活些？

没有爱情的生活或有爱情不许释放的生活，是没法快活起来的。他们的生活也如同整个体育体制一样，是封闭的。

教练员们对这个问题的解释最主要的一条就是：恋爱影响训练，扰乱军心。而他们却不知道，限制的结果只能迫使少男少女们由正常的恋爱生活转入地下状态。他们偷偷摸摸，长夜难眠，这样恐怕更分心。正常的爱情生活才是人生进取的莫大动力！

纵观世界体坛，又免不了令人感慨：

在四十年前的伦敦奥运会上，三十岁的荷兰选手芬妮，作为当时年龄最大又是两个孩子的母亲的女运动员，一举夺得4项冠军，取得辉煌成就，震惊世界。

自芬妮之后，女运动员在生育以后运动成绩达到顶峰的不胜枚举。美国长跑选手史密斯做了妈妈，在四十岁那年，成为世界上第一个打破2小时30分马拉松纪录的女人；著名选手克里斯蒂安森，在生完孩子的五个月之后，即在1984年伦敦国际马拉松比赛中跑出了2小时24分多的好成绩，紧接着，她又打破了5000米的世界纪录；著名短跑选手胡克斯，生了孩子后，在1984年奥运会上一人独得200米、400米以及4×100米接力3块金牌，在获胜之际，她激动地抱着孩子绕场跑了一圈。这在中国是不可思议的。

科学家们认为，从生理学上讲，怀孕有如训练时负重25磅全速跑400米栏一样，一旦重量解除，已健壮了的肌肉会使跨栏选手的步伐加快。胡克斯抚摸着3块奥运会金牌，深情地说："我肯定，怀孩子使我更强壮了。他位于我腹部的最下端，甚至接近臀部位置，结果增加了我的屈肌力量。这组肌肉是否强健，决定了你是不是一名优秀的短跑选手。"最主要的是心理。怀孕使运动员心理上得到了极好的磨炼，使女人们更坚强。许多女选手生育后，情不自禁地说，生孩子比跑马拉松更艰辛。

限制恋爱和婚姻的另一个直接的后果，是导致中国运动员运动寿命普遍缩短。

国家体委国际联络司的楼大鹏曾做了一个很有意义的比较测定。他拿世界前10名田径选手同中国前10名选手年龄对比，发现前者最大年龄、最小年龄和平均年龄都高于我们。女子15个项目中，外国运动员有11项年龄超过30岁，而我国无一人超过。我们有9项最大年龄小于外国选手的平均年龄。而这些项目正是我们落后的项目，如100米、200米、400米、800米、1000米、1500百米、3000米、400米栏和马拉松跑（男子20项中，外国有12项超过30岁，我国仅有两项）。这样比下来看：

外国女子：短跑选手平均比我们大3-5岁。

中长跑选手平均比我们大6-8岁。

跳跃选手平均比我们大2-3岁。

投掷选手平均比我们大4-6岁。

外国男子：短跑选手平均比我们大1–3岁。

中长跑选手平均比我们大1–3岁。

跳跃选手平均比我们大3–5岁。

投掷选手平均比我们大3–7岁。

当然，中国运动员的运动寿命短暂还有其他诸多的原因，比如少年体校教练员急功近利，像挤牙膏一样迫使少年运动员出成绩，拔苗助长，导致过早淘汰，等等。但是，体育训练管理当中不准恋爱，没法结婚，则是毋庸掩盖的一个大原因。

田径也好，足球也好，篮球也好，越是成熟的运动项目，越需要成熟的人才能完成。这里面有一种稚嫩的青少年不可取代的成熟美。

如果我们承认那些运动员是非常可爱的，那么，可爱的人为什么不可以去爱和被爱？

尼采说："我们真正的困境在于，出于对人的恐惧，我们已丧失了对人的爱、对人的肯定和成为一个人的意志。"

中国体育理应引导无数青少年走上健康向上的爱的道路。简单地禁欲，粗暴地阻挠，同整个中国发展中的精神文明建设是不合拍的。

而这实在是一个关于人道的大问题。

急剧弥散的病毒

是的，病毒正在体育界内部急剧弥散。

近些年来，中国体坛上的赛风大有偏离体育精神的趋向。各个体工队，以及他们的领导，都把夺取金牌的多寡作为鉴定自己工作实绩的最高标准，以便向更上级领导汇报和邀功。体育界有些人做事，只是为上级看好，所谓"抓了几个人，丢了一省人"的批评非常概括。他们认为只有竞技运动的成绩才是自身成败仕途升迁的重要标志或唯一标志。为了这个目的，那么好输不如赖赢，管它什么手段？

比赛中的卑劣把戏已有所揭露。一些人有时玩弄比赛把戏就像玩弄七巧板。赛场上，曾经出现过69比0甚至92比0的奇特的足球纪录，也出现过争相往自己家篮里投篮以期避开下一组强手的篮球公开赛。还有执法人——裁判员们的所谓"君子协定"。贿赂之风也已开始向体育赛场渗透。所有这些，都是那些地方主义者、本位主义者导演的丑剧，他们使体育竞赛和金牌变成了捞取某些个人利益的手段以及资本，进而践踏了体育，践踏了观众。我们必须正视中国体育赛场上的此类表演。

绿茵场上，烽火狼烟。

一年一度的全国甲级联赛是中国足球较高水平的角逐，于是那"病毒"的渗透就格外可怖。在1985年全国甲级联赛的最后一轮比赛中，山东队与解放军B部队队总进球积分相等，两队各剩一场比赛，赛完后即显出积分差别，必有一队要同其他三队一道，按惯例降级为乙级队。谁愿意降级？降下去怎么向领导交代？这就使两个队的兵兵将将们颇费精神。单靠实力和技术是很不保险的，必须另辟蹊径。

双方一看各自将要碰面的对手，嗬，一个叫妙，一个喊绝了：B部队队的最后一场将遇到另一支部队队，妙就妙在这场球的输赢对那支兄弟部队队的前途并无影响。B部队队喜出望外，这下有招了，赢它多少都无妨。比赛在蚌埠举行，时间是上午；那么山东队呢，比赛在南京举行，时间是下午。绝就绝在其对手是多年的老朋友大连队，输赢亦不影响大连队的甲级队地位。

好，双方为争取总进球数领先的决战开局了。

先是上午在蚌埠，B部队队与兄弟部队队演练，以5比0的高分"胜"了兄弟部队队，结束了这场洋溢着友谊气氛的比赛。这样B部队队的手里多了5分，看来山东队与大连队交战，够他吃的。有这5分在手，B部队队似乎可以保住自己不降到乙级队去。然而，B部队队的教头，却是深知中国足坛之道的，他放心不下，于比赛结束后立即从蚌埠飞车南下金陵，要观一观山东队同大连队的战事。

下午，山东与大连"战幕"拉开，你来我往，双方攻防有致，踢得倒很热闹，两队互有建树，观众看得也不算失望，比分交替上升，常常踢出非常漂亮的球来。

那B部队队的教头一看，心说完了，踢得越漂亮，这里头越有"猫腻"。并且，山东队竟以头球和角球得分（天啊，要知道在统计总进球数时，头球和角球是一球算两球的）。临终场，这位教头担心的事到底还是发生了——山东队与大连队的"巧战"以5比5的平局握手言欢。这意味着，B部队队虽然在上午捞了5分，却敌不过山东队这5分，头球角球要加倍，等于7分。山东队的总积分显然超过了B部队队。

这真是山外青山楼外楼，强中更有强中手！

B部队队教头急了，当场提出强烈抗议。而这抗议的力量太小了，人们在同情的同时并不注重这教头的呼喊。谁不明白，你上午那5个球，咋就进得那么顺当？

到底，山东队以两分优势，保住了甲级队的地位，将B部队队挤出了全国"第一流"。由于这两场球实在是不大光彩，干脆没把比赛结果向外界公布。

我们不禁联想到，1981年世界杯外围赛上，新西兰与沙特的那场令人气愤的比赛，也是5比0！

如此竞赛，中国足球谈何提高？我们再举一例。也是在中国足球最高水平的甲级大赛中，湖北队与××队比赛，观众趋之若鹜，都想一饱眼福。不料想，战幕拉开，双方竟毫无赛意，谁也不抖精神，不卖力气。观众甚为不满，大喝倒彩，更悟到两家又是内定了什么"猫腻"。果然，上半场30分钟时，一方队员竟当着裁判员的面，向对方嚷嚷："嘿，快进球哇！你们进完了，我们好进！"裁判一听，当场气极。偏偏这位执法官又是国际级足球裁判、足坛有名的张大樵。张大樵耳听队员们的嚷嚷，气愤之余，他当场宣布罢吹！比赛只好暂停。张大樵是出于无奈，他唯有以这种非常的方式，去整治赛风，去表示自己的义愤。一直到双方都向观众们保证认真比赛，检查了错误，裁判才重新执法。

足球场上的法制必须健全。

在保加利亚，他们面临世界杯的特级战争，不惜牺牲国家队的实力，在国内甲级联赛中，执法如山，严厉制裁了包括五名国手在内的舞弊者，课以长时间的停赛惩罚，某甲级劲旅在法制面前被强令解散，名次被取消；就连超级巨星马拉多纳等许多最高贵值钱的选手，在各种大赛中也都受到过严厉的惩处。

我们却极难做到法律面前人人平等。是不是我们各界的官僚主义混蛋事儿太多早已司空见惯了，所以足球场上的营私舞弊也不足为奇、法不责众呢！

1987年10月18日，第六届全运会自行车赛女子70公里决赛在上海拉开战幕。中国最优秀的自行车姑娘们披挂上阵。在此之前，为提高中国自行车运动的水平，国家体委有关部门明确规定，在国内自行车比赛中平均时速不得低于每小时35公里，否则即算违例，比赛结果无效，运动员不计成绩。18日这一天，上海天气阴冷有风，全运会组织者根据天气和路况决定，将平均时速必达35公里，降低为34公里，以有利于运动员的安全。不达34公里平均时速者，无夺取金牌资格。此决定从教练到队员无人不晓。

枪声响处，几十名运动员踏上了70公里的征程。出乎所有人意料的是，赛场上并没有出现人们所期待的那种奋勇争先的局面。相反，倒是争后恐先，人人退缩，谁也不愿意率先领骑。这是因为领骑的人将受到空气的阻力而担心消耗自己的体力，跟在别人屁股后头骑行是顺风前进，当然省力气，最后争夺就不吃亏啦。在这种"跟"的战术思想指导下，我们可爱的自行车姑娘挤作一堆，以中国人混吃大锅饭的心情，以不及平时训练快的速度，悠然前进。比赛的组织者们发现这种情况后不断地通过广播，提醒运动员们时速未达标准，催促她们奋勇拼搏，加油快进。可惜，广播反复多次，不见效果。姐妹们依然裹作一团，谁也不当出头之鸟，心说要罚都罚，要没资格领金牌，咱就都不要领，我得不着，你们也甭想……尽管广播员在焦虑地呼叫着，重复着，也无济于事，整个车队的时速依然很慢，也没有拉开。有的运动员因车子出故障而耽误了时间，也很快追上了大队。自行车姑娘们就这样骑完了70公里全程。

测定结果出来了，她们的平均时速只有32公里多。她们集体违例了，统统不达标，没有一个人有领取金牌的资格。普通老百姓也不愁跑不出这个速度啊！

一块金光闪闪的奖牌，就这样上交国家体委了。最严肃最庄重的全国运动会，能赛成这个样子，金牌居然废了，这算什么问题？人民的期望那么高，那么热忱，而第六届全运会的自行车赛，却没有打破一项全国纪录或刷新一项全国最好成绩，是以往历届全运会从未有过的现象。

多么令人伤感的赛事！然而这类现象却非绝无仅有。近年来，中国泳坛上刮起了一股弃权风。一些运动员一看强手登台，夺标无望，便以种种理由弃权。弄得有时满池碧水空空荡荡，少数参赛者缺少竞争对手，成绩难以突破。

观众怎不叹息，中国运动员志气何在？

责备运动员？责备教练员？这问题的根子在哪里？高尚的体育竞赛何以变得如此鄙俗？

山西第七届省运会，出现了更糟糕的局面。参加这个运动会的18个代表团，差不多家家都有用票子"买"来的或"租"来的运动员。有的项目干脆是把外省的整个队伍搬来参赛。观众戏称这里举行的是"18省市运动会"。像晋东南地区，这里曾经是一个培养出篮球健将、自行车健将、射击健将、水上摩托及女子跳伞全运会冠军的地方。有一年，一次就向省以上代表队输送过42名运动员，参加全运会的本区运动员也曾一次达到过28个项目。《人民日报》曾以头版头条发表过《太行山体育工作在跃进中》的表扬文章。贺龙、罗荣桓、聂荣臻三位老帅曾经同时亲临山西参加体育工作会议，高度赞扬太行山的体育事业……就是这样一个具有雄厚的群众体育基础的地区，如今，连参加第七届省运会的男女篮球，都派不出代表队，不得不以重金"租"来驻河南的部队男篮和空军的女篮赴省参赛。许多代表这个地区参赛省运会的外地运动员，从始至终，根本不知道这个地区的体委大门朝哪儿开。他们从各自的省市出发，直奔大同参赛，接着就是为钱而"拼搏"，一只手把牌子往外一交，另一只手接过票子，唰唰一点，往怀里一揣，直接从大同赛区登车回家。在这届省运会上，山西的观众们是这样给运动员"助威"的：

"河北队——加油！"

"河南队——加油！"

好令人寒心的啦啦队！他们还不知道，这届省运会，山西花掉了500万元人民币，否则一定会更加气愤。

事后，正直的山西体育工作者们一边表示自己的痛心，一边长叹："唉，不这么干不行啊！"

是的，为了名次和金牌，在各地，体育作弊案时有发生，冒名顶替的，谎报年龄的，吃兴奋剂的，行贿受贿的，坑害他人的，伪造户口的，直至借助暴力……单说谎报年龄问题，真是屡禁不绝。为此，国家体委不得不以正式文件，公开制止，采取新的措施：

> 近年来，在全国各级业余体校比赛中，不断发生隐瞒年龄弄虚作假的不正之风。……从1984年7月开始，凡参加全国性业余体校比赛的报告表，必须由参加单位主管业余训练工作的处级负责人签名，否则无效；各赛区从每队抽二至三名运动员，拍摄骨龄照片。对骨龄超龄的运动员，请有关省、自治区、直辖市体委认真调查核实，将调查结果报我委群体司。国家体委也将派人抽查。如再发生隐瞒年龄弄虚作假问题，由派出单位签名人和运动员所在体校负责，根据情节轻重，采取通报全国，停止该单位参加下一年度该项比赛资格，直至建议当地行政机关给予纪律处分……

这个文件是国家体委1984年5月19日下发的。几年过去，各地虽有所收敛，却不能根除，仍有许多人铤而走险。在1987年山西省少年田径运动会上，因为断然采用了骨龄验测的手段，使原先在户口上做手脚的传统一套失效了，大批超龄的"少年"运动员被查出来，以致太原市、晋城市等代表队几乎全军覆没。真是户口失灵，骨测显圣。而查人的骨龄，就像查树木的年轮，一查一个准，是很靠得住的。

唔，靠骨龄检测，可以限制年龄作弊，而靠什么良药，才能消除整个体坛的病毒呢？

结束神话的时代

长期以来，中国的宣传舆论为体育界抹上了一层神话般的色彩，使他们以民族的榜样出现。我以为打破这神话是很有意义的。革命领袖神一般的形象一旦返璞归真，中国就受益匪浅。要改革中国体育，神话亦急需破除。一个行业被神化以后，民主的空气必然稀薄，社会对它的监督相对减弱了，放松了，那污泥浊水就会多起来。是的，干体育的人，和其他的中国同胞怎么会两样？他们身上既有正直善良美好的一面，也可能有非正直善良美好的一面。因为同样有着山一般沉重的历史重负和社会的落后因素，谁能比谁超脱到哪里去？

《合肥晚报》曾经登载一篇专访，介绍了一位著名教练对体育界内耗现象的看法。这位教练认为，体育界不是真空地带，复杂得很，内耗严重，他举了个例子：有一次，女排在日本输了球，电视一转播，机关里立刻就有人高喊，报告大家一个好消息，中国女排以2比3战胜了日本队！这显然是一种幸灾乐祸的态度。

后来我听说，有领导找这位教练谈了，批评他不该乱发议论，这位教练则矢口否认自己有过上述的谈话。不论是谁说的吧，问题在于这篇专访所指出的现象，引发了人们的思索。实在是这类文章太少了，偶尔披露，倒成了稀罕事。

我们多么渴望知道生活的全部啊，不是全部的，就不是真实的。我们既想知道金灿灿的金牌，我们也想知道金牌的背后。

毫不客气地说，现今中国体坛，其精神风貌远远不及50年代、60年代。且不论我是否也犯了"怀旧"的毛病，但我的职业使我更多地面对现实。你知道吗，有些运动员一说这场比赛没奖金，他的肚子就疼开了；有的运动员出了成绩别的不问，先问奖金多少；要是打非正式比赛，伸手就要"表演费"和纪念品，否则浑身没劲儿。金钱至上，铜臭熏天。还有，××柔道队的运动员住了宾馆，居然大笔一挥，往洁白的被套上乱写"××柔道队到此一游"字样，生怕人家不知道他们是精神文明代表队。有的运动队，在内部管理中别的招儿没有，就知道个罚款，早晨不出操，罚款五毛，站队迟到罚款三毛，无故外出罚款一块……逾假不归，罚；串异性宿舍，罚；乱骑教练摩托，罚；泄露军机，罚；说教练坏话，罚；罚罚罚！罚到头来，运动员倒有了点子：头天晚上向教练预交罚款五毛，第二天早操我不出了，干脆你们就甭叫醒我！

有的裁判员不能秉公执法，怀里揣了点儿好处费就乱吹歪哨，在比赛中甘愿扮演不光彩的角色。有一位裁判员就因为没得到一个"唐三彩"，当即罢吹，管你什么比赛不比赛；有的教练员到基层招运动员，大捞物质好处，却不管是棵什么苗子。在如今的中国体坛上，索要高价的事屡有发生。至于赛场内外发生的种种斗殴事件，更是屡禁不绝。还有公然违法乱纪杀人作案的事。

据三个省统计，在打击刑事犯罪活动中，被拘留和判刑的运动员教练员竟达28人之多。

四川省二十一岁的举重健将邹远春，是个法盲。有哥儿们蒋锡斌跑来找他："帮帮忙，我杀了人。"于是我们的健将对杀人犯盛情接待，然后替罪犯窝藏了凶器、赃物，借好钱，写好信，为罪犯换了衣裤帮助伪装，送蒋去青海避风。不期风声更紧，杀人犯重潜成都找到邹远春求助，邹再次借钱协助凶手脱逃（后二人被绳之以法）。而正是这位邹某，在事前不久的法律知识考试中，竟得了95.5的高分。真不可思议。

运动员不知法，犯法可怜。而一些体育工作的领导者知法犯法，则可恨。

1987年10月，河北省体委党组书记、主任张瑄，因贪污被开除党籍，撤销职务。这个河北省体育工作的一把手和该省体委训练处处长张某以及省体育服务公司副经理等人应邀出访归国后，在未曾付给外国人任何费用的情况下，居然大报其花账，报住宿、报膳食、报交通、报工杂，以此贪污3600元私分。说实话，这个数目倒不惊人，严重的是，他们在问题暴露之后，竟然去找外国人开假票据，出假证明！在这帮人领导下，河北省体育服务公司严重违法乱纪，犯罪活动猖獗，12名干部职工中，就有5人被检察机关立案侦查，4人被依法逮捕，造成了极坏影响。

受聘前来国家游泳队任教的民主德国著名教练克劳斯，看着中国运动员头疼，"告状"告到国家体委有关部门负责人那里，对他的中国学生提出了尖锐的批评。他摇着头："我当了这么多年的教练，从来没碰到在中国这段时间遇到的问题。"他真不理解，"我按时到了训练场地，但你们的教练没到，队员也不齐，有的还在看电视。上训练课，有的队员居然熨衣服，看医生。有的队员到了训练时间，还在睡大觉。有的队员不来训练，也不提前报告。你们的教练不积极执行制订的计划，反而迁就队员，为他们开脱，说什么太累。用两个星期出国比赛一次，回来还要休整。有的运动员自以为了不起，高高在上，有的队员的训练成绩有欺骗现象，这样的队员成绩再好，在民主德国是要开除的！他们不珍惜国家为运动员创造的条件，忘记了其他中国人是在什么条件下生活，不懂得有现在这样的训练条件多么不容易……"

还有一个现象颇值得国人思量：当无数善良的中国老百姓以那些英雄式的运动员为契机，尽情地抒发心底的爱国热忱的时候，而他们——英雄的中国运动员中的某些人却并不见得比人们更眷恋这块贫困的国土。老鸟一口一口地把小鸟哺育大了，小鸟要飞了。他们带着祖国给予的荣誉，远涉重洋，投奔异国而去。

中国不可爱么？

诚然，我并不想说出洋就是不爱国，爱国不分内外。只是何必太急？中国更需要他们！

这里要说明：大量中国名将的出洋，并不属于国际间正常交往派出执教的援外人员，都不是。他们有的是自费留学，有的是以探亲之名，有的呢，只是到美国陪读而已。

出去以后，还想着回来，却不多。

出去以后，不想回来的却不少。

中国，为了培养他们，也算得上勒紧裤腰带了。我们的体育体制就这点儿不含糊：从小到大，从默默无闻到名扬四海，用不着你私人掏腰包，国家全包全揽！

有本事你自个儿花银子练嘛！多少国家的运动员不是这样？—— 一位业余体育家这样说。

还是那句话，怨不着运动员，不怨他们。我只是想打破那神话，弄清楚是超人还是凡人罢了。几番风风雨雨，在今日中国，树立任何神话般的光辉榜样都不是明智之举。

艰难的"体育热"

会有一批读者要责问我，说你咋尽看的是这些东西？你咋就看不见中国竞技体育运动的腾飞极大地振奋了民族精神？难道你不曾看到我们通过体坛上的成就，早已向全世界宣告中国人甩掉了"东亚病夫"的耻辱帽子？难道我们在国际赛场上一次又一次的胜利，你就视若不见，听若不闻？

我接受这样的责备，并且这责备也是有力量的。然而，纵向的比较总是最省事，如果真正热爱中国体育，就不应沉湎于自我安慰。

不错，金牌是有200来块，搞得国人乐不可支。可惜只是流于观赏了，它们很难起到推动全民族体育事业发展和增强人民体质的应有作用。绝大多数中国人只有"看"的机会，却无"干"的场合。金牌的意义何在？

在中国，无论走到哪一座城市，你都不难看到，在川流不息疾驶飞奔的汽车旁边，在迷蒙昏暗的路灯下，少年在挥舞着羽毛球拍。我以为这是冒着生命危险的，他们在马路上的娱乐，绝不会引起汽车驾驶员格外的关照。孩子们冒险的行为当然不会激发更多的人来参与此类无知的运动。意味深长的是，这个常见的镜头说明了中国人身上潜在的运动才能和体育精神，被我们极端稀少的体育场地和残破的体育设施所钳制、埋没。

你若到乡间去，打谷场上，不难见到像一个大牌子似的独木篮球架。正面的木板已不齐全，想来是被精力过剩的剽悍后生用球砸断。大牌子寂寞地戳在谷场上，上头依稀可辨四个大字：农村体育。

夏日里，我常到山西省政治文化中心太原市去。这个城市即使拿到世界上也不能说小了。然而在1984年以前，这里仅有一个游泳池，池中比煮饺子还挤。太原是这样，济南、郑州、石家庄、兰州、沈阳、昆明、南京、成都、重庆、广州、上海、天津、北京，哪个大都市不是如此呢？

即便是那些为数很少的体育场馆，一般也不对普通老百姓开放，那是专为拿金牌的人设立的。不幸得很，郎平的铁掌并不能促进群众性球类运动的开展，李宁的托马斯全旋也无助于全国体操运动的普及。

甘当观众的人还是大多数。大批体育爱好者由于各种各样的原因，其积极性正在被挫伤。

从你身边看吧。中国到底有多少人参加体育锻炼？就是说，我们的体育人口究竟有多少？正式的报道说是3亿人，那么这意味着在我们周围，在任何一个家属大院，每10个中国人当中，长期从事体育活动的人当有3位。而在此黎明时分，我站在阳台上，看着远远近近在各自的炉灶边忙乱的邻居们，那么多尚未梳洗的蓬头女人或叼着烟卷的男人，在紧张地操作着，准备早餐。又有多少家庭的夫妇争夺过外出运动的权利？而无数的单身职工，不睡至上班迟到的临界时刻，是绝不会从被窝里起身的。他们一边啃着早点，一边匆忙地奔驰在上班的道路上。

倒不如这样说：在10个中国人当中，有两三个人曾经——是曾经，参加过体育活动。那是在漫长的人生道路上早期的某个环节，例如在校园里。中国人一旦当了爸爸妈妈或者当了干部什么的，就极少再去蹦蹦跳跳，因为那样会让人讥为不稳重，那毛手毛脚的样子显得很不深沉。中国文化深层的东西要紧的是精神修炼，心气平和，吃亏让人，不偏不倚，谁教你到运动场上争强斗勇、大呼小叫去啦？

我们有3亿体育人口一说，实在靠不住。姑且按中国经常参加体育活动的人数确是3亿，也不到总人口的30％，而联邦德国体育人口为全国人口的61％，美国占64％，挪威占67％，加拿大占59％。就拿中国的强项举重来说，连专业带业余一股脑儿加上，不过两三千人，而苏联举重运动员的人数达40万到45万人，经常保持的世界纪录在15项左右。谁能想到，他们在1964年和1968年奥运会上两度蝉联重量级冠军的选手，竟是一位专业作家——列昂尼德·扎鲍金斯基。

英国和瑞典的女子足球参加者都在10万人以上，联邦德国达到40万人，美国超过100万人，而我们的普通劳动妇女中，有几个踢足球的？男子足球就更不好比，苏联在不到3亿人口中，拥有450万足球运动员；联邦德国在6000多万人口中，就有420万足球运动员，平均每15位居民中就有1人；罗马尼亚仅有2000万人，就有16万人踢足球。这样一个小国，派出一支"希望"队，在1987年5月27日晚，以1比0击败了堂堂的中国二队，取得了长城杯和三菱国际足球锦标赛的决赛权。顺便说一句，诸国如此众多的运动员可不是像我们似的吃官饭拿官饷的，是民间自办或院校学生队，绝非我们可比。

马拉松运动。仅有200万人口的新加坡，竟有上万人参加马拉松大赛。美国和日本也常常是上万人参加、数百万人观战。我们呢？不过是几十人、百把人跑，观众也不踊跃。人口居全国首位的四川省，1981年在全国马拉松比赛中竟没有一人参加。

我们的整个社会体育水平、社会团体对运动竞赛的组织能力，也非常低。绝大多数国家参加世界性大赛的选手是真正的业余，直接来自院校或各自的谋生岗位，像刘易斯、摩西等超级明星就是学生。我们呢？官办专业队，打世界杯是这帮人，打奥运会是这帮人，打青年杯是这帮人，打大学生运动会还是这帮人。由社会上自己组织较大的运动竞赛，我们几乎办不到。

在第23届奥运会前后，中国的游泳池计有1394个，属于中小学的室内池全中国只有1个。而苏联具备42个游泳中心，外加两千多个游泳池；法国的游泳池达到4626个；联邦德国达到6500个；日本更可观，竟有31000个游泳池！

一个拥有2566个市县的堂堂中国，到1982年，才仅仅有41个市县达到了建有"两场（体育场和带看台的灯光球场）、一池（游泳池）、一房（健身房）"的起码要求，到1985年，才增加到84个市县具备这"两场一池一房"。

北京是不是好点儿？也不，在4个城区的471所中小学中，60%以上没有体育场地。上千万人口的北京市，合30万人挤一处体育设施。而东邻日本，平均每2600人即有一座运动场，每3200人即有一座体育馆，几乎是北京市的100倍。

全国平均，每位中国人仅有运动场地0.22平方米，只占民主德国的1/18，美国的1/60。

金牌尽管好看，却没有带动民众练起来。

我们的全国工人运动会，从1955年到1985年，中断了30个年头！职工体育活动开展如何，可见一斑。从1949年到1985年，36年间，我们没有举办过一届全国青少年运动会。全国农民田径运动会，也是在1985年才举办第一届。工人、青少年、农民这三个事关重大的运动会，都是在党中央于1984年10月发出《关于进一步发展体育运动的通知》以后，才于次年举办的。

有人说，啥也甭怨，只因为咱中国太穷。是穷，钱不多是真的；有点儿钱也只重金牌、不重视全民体育投资，也是真的。长期以来，我国体育投资同国民经济的比例严重失调，到1982年为止，体育基建投资仅占国家基建总投资的0.09%，又拿什么去发展各种体育设施？而体育事业费，也仅占国家财政总支出的0.16%，人均一角钱。瑞士，这个比例数为4.3%，人均95元；民主德国为3.6%，人均两百多元。

即使按照我们在1984年以后增加到人均体育经费4角钱计算，日本仍比我们高50倍，民主德国比我们高500倍，苏联比我们高出了600倍——中国体育"热"得起来吗？

然而就这4角钱，到头来也不剩多少服务于群众。要知道养活一个省级的专业运动员，一年最少需要两千元，一个国家队员最少要4000元。没了他们，靠什么去夺金牌？

学者总是说："体育乃是一个文明国家进行全民教育的重要内容。民族素质的内核是三大项——民族体质、民族智力和民族性格，而体质当推首位。"那么，我们发展体育运动的终极目的，究竟是夺取金牌呢，还是强化民族体质进而提高民族素质？我们千万不能把全民体育与竞技运动混同起来，因为前头说过竞技运动只不过是体育中的一项，其作用不外乎观赏而已。

从一个国家整体看，真正从事竞技运动的只是极少数人。问题就在于，我们恰恰过于偏重竞技运动并在很大程度上把它与体育的概念混同甚至以此取代了体育。

如果说，我们忽视竞技运动就失掉了国际比赛中的金牌，那么，我们忽视全民体育就会失掉整个民族的健康！

民族的不幸

一些专家对民众体质的忧虑尽管每每寝食不安，可他们自己呢？如果我们看一看专家们自身的体质状况，那才是真正的可悲。罗健夫、蒋筑英等人年华早逝，已是尽人皆知，不幸的是罗和蒋的命运，却在更多专家身上不断重演。

中国科学院在京研究所的体育活动场所本就奇缺，而今被侵占的现象又十分严重。如电子所，原有4个篮球场，现在一个也没有了。声学所、力学所、化冶所工厂、生物物理所和发育所等单位的体育场地，而今也被占光占尽。君不见科学城内，楼房越盖越高，空地越挤越小，又如何锻炼身体?

当我们为体育精英获得金牌而欢呼的时候,可曾有人想到过另一批"国宝"的健康?

列夫·托尔斯泰曾说:"一个埋头脑力劳动的人,如果不经常活动四肢,那是一件极其痛苦的事情啊!"

蒋筑英、罗健夫、栾福,当他们过早地告别尘世的时候,我们只是给予他们同疾病顽强斗争的精神、抱病工作的热忱以赞美词,却很少有人想到,那疾病本可以靠体育加以预防的。

每一个正直的中国人都应该记住这些数字:

北京。据国家体委科研所李力研对教学、科研等11个单位的10590名中年知识分子调查,患病率高达81.6%,这就是说,每万名中年知识分子中,有8000名以上在病痛的折磨中。

上海。抽查3714名中年知识分子,患病率亦达67.8%。复旦大学仅1986年元月一个月,竟有2300名教师到医院就诊……

每当我翻看这些数字,我的眼前就映现出一张张脸:戴着厚重的眼镜,黄蜡蜡的面皮,瘦干干的面颊,细长的脖子硬挺着。

无论如何不能相信,在全世界的科学家胜利完成了第一次预防医学革命之后,在中国,这些献身科学的人却成了最容易发生心血管疾病的人群。他们之中许多人一个紧接一个地倒下去了。

经对北京大学、清华大学、四川大学、复旦大学、浙江大学、武汉大学、中山大学、华中工学院、洛阳工学院、同济大学、南京大学等院校调查,近年来去世的270位中高级知识分子平均年龄不足58岁。

在中国科学院这座中国最高的科学殿堂,1986年以来,竟有94次奏响了哀乐——

著名地质学家曾庆丰,终年54岁。

著名数学家董泽清,终于51岁。

著名声学家施仲坚,终年50岁。

著名数学家张广厚,终年50岁。

著名数学家钟家庆,终于49岁。

……

回顾他们短暂的一生，受教育的时间几乎占去一半，继而浩劫十年；而今，他们刚刚劳作了数度春秋，却永别了自己心爱的事业。

雄图未竟身先死，怎不遗恨后来人！

试想，倘在疾病因子侵入他们身体之前，我们能够在他们中积极推行体育活动，强身锻炼，日增体魄，再辅之以医疗保健又何至于此！

前人有道："一身动，则一身强；一家动，则一家强；一国动，则一国强；天下动，则天下强。"

在这里，我很想谈及一件使人困惑的事情。

自1987年夏季以来，京城里的"气功热"一浪高过一浪。据友人介绍，中华气功已有138个门派人员下山而来。大师们个个身怀绝技。有些报刊誉此为"名手蜂起，流派纷呈，气功从山林走向社会"。而气功师们下山入世的一个大任务，则是"普度民族的精英于苦难，拯救中国知识分子于衰亡"。有关材料说，大师们的出山，"赢得了首都知识界的热烈欢迎"，已有中国科学院、北京大学、清华大学、新华社、人民日报社、中国青年报社等，包括30多所高等院校、20多所科研单位以及首都新闻界、文艺界等6000多位"道友"，踊跃参加了各种以气功健身的速成班，聆听气功师们传功授课。大师们在这些无神论的"圣地"，可谓所向披靡。五个月之内，欣然接受气功治病者已达5000人次。此"热"一直越过1988年年关，仍以持续发展的势头席卷神州，大大超过了以往出现的争练"大雁功""鹤翔桩功"的热度。

一个寒风凛冽的下午，我抱着久已有之的好奇心，奔赴一个专为首都新闻界、文艺界举办的气功速成班观瞻，地点在东城区的一个小胡同里。当我将要接近胡同中间的那个大院时，但见窄小的胡同已被诸多的小轿车所挤满。同行者抱怨我说："入班学习是不兴迟到的，你瞅瞅，"他指着那些轿车，"人家前辈名流，早早就到了！"我们的脚步不由加快。

进得院来，到了小礼堂门口，静悄悄的。我踮起脚尖，款款地推门，轻轻地挤进了那静谧的小礼堂，里头早已挤满了数百名绝非普通百姓的"同道"，大家都在认真听讲。

大师正在讲课。有人说，这位年轻的气功师当前在北京各大门派中独占鳌头，是最有名气的。他年约二十六七岁，衣衫整洁，身板看不出有什么强健，操着东北口音，生得很像我小学时班上一位腼腆的男同学。

听了一阵子，只觉得大师所讲的内容实不难懂，也并不引人入胜。而引起我关注的倒是另外一些人：中国最著名的大诗人、大作家、大记者和大学问家，还有曾经极其走红的歌唱家等一干人，正端坐前面几排，面容肃穆，专心恭听着这位青年的讲述。仅这一次前来听课的中华高级人才，就足足可以开出一长串震撼海内外的名单来。

正迷惑处，发现周围有人打瞌睡，且发出了鼾声，我想到以赶时髦、满足好奇心而前来的听众还是不少，也未必人人对气功都那么虔诚。只是"同道"们相互询问起是否已具备功力，是否能够发气，是否打通了"小周天"时，想必会有不少人由于生怕被讥为"肉身凡胎"而随声附和道："还行，有感觉，呀，真的!"——免得被人戴上"气功盲"的帽子。因而这"气功热"便也传播得更快。

我漫步在京都的大道上，慢慢想着，渐渐又觉得单单把"气功热"归结为社会心理之传染未免浅薄，这中间必有其社会基础或物质基础。试想，真要有随处便宜的各种体育设施，恐怕这"气功热"的吸引力就不会太大。再说，气功原也同体育的竞争与开放精神格格不入，前者实属传统儒术之故技，后者才更具备现代社会现代人之风采。要说物质基础，无非是诸贤多在病中挣扎，又无体育关照，打针吃药于事无补，且强身益寿心切，无奈便想从"大师"那里寻求养生之道；也不排除还有一些人长期以来有着"减去十岁"那种心态。但那也毕竟是先病而后求诸于法。诸贤若多雄健，想它在知识界"热"起来就难。这一"热"中，我更多地想到了我们现代大众体育之不兴，想到我们弘扬体育真谛、振奋民族精神之迫切。

自夏日里采访以来，一种复杂的心绪总难排遣。

太阳像往常那样出现，今天比以往上升得更严肃。

《当代》1988年2期

伐木者，醒来！

徐 刚

一

在大都市，高楼和水泥预制板把人们互相隔绝着，习惯带来的惰性使我们对远离大自然，对听不见鸟叫看不见树林已视为平常，负离子发生器的出现使人们更加麻木，以为从此以后在自己的斗室里空气便会永远清新。大自然是不能再造的，可以再造的就一定不是大自然。

孩子的天性使他们的目光里充满了渴求。他们在两平方米的阳台上孤独地看着天空，盼着群楼中间那几棵长不大的小树能给他们一点绿色；把雪白的大米撒在阳台上，期待着麻雀来啄食，他们以为麻雀在这个世界上几乎是唯一最美丽的小鸟。

3月植树节给人带来的短暂的喜悦已经过去，这些小树很少有人关心它能否成活，因而能活下来的只有三分之一。当人类在没有把自己的生命和树木的生命联系在一起之前，而仅仅把植树当作是摊派的任务时，人与树之间的距离和隔膜是无法消除的。通过电视媒介人们还发现，就在这一天有很多人没有去种树，而是去拍照，十几个、几十个镜头对着一棵树，前呼后拥的人把刚种下的树周围的松土踩得结结实实。人们对于自己上镜头或者把别人送入镜头，要比种树有兴趣得多。

二

也许就在植树节的那一天，或者是刚刚过去之后的春天的某日，当大自然又把一年一度的新绿送到人间时，忽然发现，那种朴实的对春的期盼和歌的轻柔已不复存在，春风一样的林中散步，贝多芬在维也纳郊外的小森林里对每一片叶子每一只小鸟的倾心相诉，已成为遥远的过去。中国人不认识贝多芬，很少有人知道他的这句名言"我爱一棵树甚于爱一个人"，在他最痛苦的时候只要想到树木，旷野，他就会重新激发生活的热情，田园，在他的每一个音符里延伸着希望⋯⋯

代之而起的是什么呢？

无论在阳光下还是月光下，只要屏息静听，就会听见从四面八方传来的中国的滥伐之声，正是这种滥伐的无情、冷酷、自私组成了中国土地上生态破坏的恶性循环：越穷越开山，越开山越穷，越穷越砍树，越砍树越穷！

三

1987年3月，广西南丹县国营林场被哄抢，一米多高的树根上至今斧痕累累，一片荒芜连着一片萧条，谁能想到这里曾是面积为19万亩的浩瀚森林！

1984年以来，乡民结伙哄抢、盗伐这个林场的林木，在兰店堂、马老门等处，约1000亩成材林被盗伐一空，又将八腊坡等地的400亩森林砍光伐尽，1987年春节，在爆炸声中长湾站的150亩林木顷刻倒地。有一些人尚觉得砍树拉树太累，干脆哄抢已由国家按计划砍伐好的成堆木材，两年多来，这个年伐木量1万立方米的林场被盗伐15000立方米，合人民币400多万元！

那里的万元户很多。

那里的万元户当得很容易，只要敢偷敢抢。

那里的万元户愈多，南丹县的森林就会愈少。

4月，距广西山口林场盗伐不到一个月，贵州黎平县的很多村寨都堆放着木材，德顺村一个村民组的33户人家门前，所堆放的木材计有1000多立方米，以致桶竹林场附近的公路两旁，堆放的无证采伐的木材长达几公里，木材堆积1万多立方米！

这些数字可观的从国有林中砍伐的木材转眼之间已经不是属于国家的了，而属于那些已经富起来和将要富起来的万元户！

一切都是轻而易举的。洪州区以更新国有林为名，向县政府报告要求砍伐摩天岭国有森林。县里同意砍伐500立方米木材，区政府将指标承包给5个人，因为这5个人砍伐了993立方米，便引起一些群众的哄抢滥伐——要富一起富、要穷一起穷的结果是大伙儿上山一起砍，中国人在需要主持正义的时候总是十分成熟稳健犹豫踌躇，可是为一己之利而去破坏的时候却倒是无所畏惧的——摩天岭国有林计3000亩，无数栋梁莽苍苍一片毁于一旦！

这个县的水口区林场有林面积5700亩，1985年区里将领导权下放给水口镇，水口镇党政机关修办公楼缺乏资金，县人民政府同意从林场里伐木200立方米收入5万元。结果办公楼和卖木材的钱都无影无踪。

水口镇的负责人还带头砍树造房，群众跟着砍，盗伐事件接连不断，白天砍不够晚上接着砍，一个国营林场，5700亩森林被活活砍去80%！

靠近县城的国营花坡林场，国家投资200多万元，有林面积63000亩，就在县委、县人民政府的鼻子底下，干部、农民哄抢林木已成家常便饭，现已查明有20000多亩森林被砍被偷被抢——被毁！

这个县的县太爷们坐得住吗？

几次大规模的砍伐国有林均先由县人民政府同意，然后严重失控，大片森林被砍倒。

更使人惊讶的是，仅1986年，由这个县的领导人批条子被砍伐的木材达10万多立方米。

批条子也是中国的特产，一个权势者的一句话一张巴掌大的纸条几个歪歪扭扭的字，其实效超过了多少法律、法令、通告、布告之类。从黑龙江德惠县的45万斤瘟猪肉到贵州梨平县的10万多立方米木材，无不如此。而人民不堪重负的是，在封建社会知县只一个，管的事儿还不少，就算他也批条子不就他一个县官吗？现在的县里光正副县委书记、正副县长至少不下十个，无怪乎这条子变得越来越沉重了！

可以肯定的是，在这种地方《森林法》《森林法实施细则》尽管已颁布多年，违法犯罪者是不会得到严厉制裁的，因为上梁不正下梁歪。

在有林场的地方，生财之道也是五花八门的，起主要作用的"杠杆"是权和利。黎平县采伐证的发放权都控制在县、区、乡、镇政府手中，按规定每张采伐证应收工本费0.50元，但有的乡镇政府规定：每采伐1立方米木材收款15-30元不等。一些不法分子乘机贩卖采伐证、伪造公章、伪造运单，内外勾结大发森林财。

森林，就在这样的重重包围之中！

四

一个"钱"字，使社会、使人生出了多少困惑！

当中国人好不容易把"钱"与万恶不赦区分开——其实在这之前，无产阶级也没有离开过钱，而不择手段的发财致富已经从缺斤短两、假、冒、劣、次的坑害人发展成了对自然资源的严重破坏，不惜损害国家利益、掠夺子孙后代！

今天的一部分人富了，明天面对的却是一片荒野秃岭，从长远来说其实比过去更穷了！

福建安溪县以出产铁观音茶闻名，这几年铁观音茶和观音菩萨一起时来运转，销路大增，为此而发财的不少。于是毁林毁地种茶成风，短短三五年时间，水土流失已经显而易见。这种现象如成为恶性循环，失去了生长铁观音茶的高山竹园所特有的环境及气候条件，到时候农田既毁，树木已不复存在，而茶园也势必凋敝，山民何以为生？子孙何以为业？留下的也许只是现在到处流行的一纸关于铁观音茶的广告——

安溪铁观音茶是我国乌龙茶中的极品。竹园地处安溪高山，自然气候条件得天独厚，其特殊的采制加工技术历史悠久，所出品的铁观音茶，香气清郁，滋味甘醇。以独特的铁观音韵味而驰名中外。饮后回甘，去暑解热，消食利尿，杀菌疗疾，提神醒酒，消肥降压，还能防牙蛀、抗辐射、防癌，是当今原子时代的高级饮料。

　　这一篇广告全文是笔者从一盒铁观音茶的包装盒中得到而实录的。铁观音驰名中外此话不假，从防牙蛀到防癌抗辐射，广告已做绝，笔者也不敢怀疑，无限感慨的只是：后人将怎样品味我们？历史将怎样品味今天？

　　使福建省林业部门大为不安的还有，如很能赚钱的食用菌——白木耳、香菇等是以砍伐后的阔叶树作为主要原料的，为着赚钱而不惜砍树，赚小钱而失去了本应造大福于今人和后人的森林，令人不寒而栗！古田县以古田银耳闻名，在消耗了大量森林资源后，现在全县仅剩下阔叶林蓄积18万立方米，老树所剩无多，从今年起砍伐幼林。闽侯县的三个乡，在1986年因生产食用菌便砍伐了2万多立方米的木材！

　　食用菌何以如此风行？原因是周期短，投资少，效益高，许多贫困乡都把生产食用菌作为扶贫致富的主要手段。而贫困乡几乎一律都是森林少，土地薄，于是在把自己的树木砍光之后又去邻乡邻县购买、偷伐。

　　1986年，福建省为生产食用菌而消耗阔叶树木材138万立方米，全省现有的阔叶林蓄积量已锐减至1.3亿立方米！

　　阔叶树造林不易，成林更难，而且生产周期长，有关专家已经发出了福建省阔叶林资源即将枯竭的呼吁，我们还要啃祖宗的骨头，吃子孙的种子吗？

　　我们并不否认在耗去了如此众多的森林之后，铁观音和白木耳能使一部分农民脱贫，然而由此付出的代价却是留下了一处处脱血的荒山和田野！

　　城市也不甘落后。为了美化城市的有之，为了弄钱的也有之，于是大家都往山上跑，有消息说，地处我国"三北"地区的青海西宁，从六盘山、贺兰山移植常青树、花、灌木达二十余种，包括青海云杉等野生植物14万余株。而"三北"地区的森林覆盖率是最低的，仅达5.9%。这样大规模地到山上挖掘野生植物，或移栽以为城里人观赏或制作盆景高价出售，结果是越有开发利用价值的野生花卉植物、越是森林植被较好的地区，遭到破坏与灭绝的危险性就越大越快！近两年来，名贵观赏植物如苏铁、山茶、杜鹃、兰花、百合等野生资源已大大减少，有的濒临绝迹！

而距崂山海岸20公里处的长门岩岛上，我国北方唯一的十分珍贵的观赏植物——野生茶正面临灭绝。这种原始物种是常绿阔叶树，于冬春之交开花，群体花期达半年之久。蒲松龄笔下太清宫山茶花化为花仙降雪的故事，更是流传天下。太清宫位于崂山，山茶花即长门岩野生茶。当地人民一直把山茶花当作仙花，野生茶长期以来一直覆盖着大半个海岛。时至今日，崂山陆地野生山茶已经绝迹，只有长门岩岛上尚存549株，且已衰败。这种绝不容易生长、保存的原始植物，被人们毁于一旦时却并不费力：一些渔民、花贩子，折花挖树采种掘苗无所不为，不到三年时间，连同一个美丽的神话，我们将最后失去！

人类至今还不懂得这样一个道理：当他们使生存在这个地球上的森林及别的野生植物陷于困境的时候，最大的受害者是人类自己；人类必须从自私的心态中解放出来，学会和它们和睦相处；当人类以爱心对待一株树一根草的时候，这一株树这一根草也同样会以爱心关照人类。

一个曾使我们很多人惶惑不解的例子是：那些被人们小心翼翼地从山上挖掘回来，并珍养于花盆中、阳台上，日日施肥浇水的野生的植物却终于养不活而枯死了！

两年前，美国一个植物学家做了这样一次实验：让一个人当着一根植物的面折断了另一根植物。然后由一队人在没有被折断的植物面前经过，仪器表明：当那一个扼杀另一根植物的"凶手"经过时，它的同类发出了呼救的信号！

人不可能占有一切。

人的狂妄、自私与愚昧如果不是因为大自然的及时的惩罚而稍有挫折的话，人类毁灭自己的速度将会更快！

在人们通常提及文化素养、文明程度这些名词时，我们时常忘记了对大自然的古老文明的崇敬、爱戴、珍惜。我们作为家教对孩子的教育是爱惜每一分钱，绝不是爱惜每一根草；我们习惯于把心灵锁闭在很窄小的天地中，而不是去展开想象的翅膀：我们无疑应该爱护老人，但我们为什么不去帮助老树？

五

1979年春天，笔者曾有海南岛之行，一路上风光秀丽绿树成荫自不必说，在踏访五指山时却为扑面而来的浓烟滚滚所挡，询问之后才知道这是山民在烧山，从每年春节到5月是这里群众烧山的季节，刀耕火种，原来如此。

往浓烟深处走去，烟雾时浓时淡忽远忽近，在树木间飘忽，火光里一棵棵大树小树先是被浓烟吞没，继而是一树绿色变成焦炭状，然后小一些的树成为枯木倒下了，大树们则虽死犹立，必须再砍几刀才会倒下。

去年5月，有朋友从海南岛归来说及那边刀耕火种的情况，他所亲见的一如当年我所见到的，更令人不安的是盗伐森林的现象也日趋严重。刀耕火种是当地人民——尤其是黎、苗族少数民族的几千年的习惯，借以获得粮食而谋生的；盗伐者却不一样了，就是为了发大财，而全然不顾一些珍贵树木的珍赏价值，窃为己有。我们谈到有待开发的海南岛，尽管闭塞、落后，自然资源却是十分富饶的，这一片片绿色便是难得的宝库啊！解放以来，海南岛上除了天然的森林以外，又种植了大量的以木麻黄、相思树为主的防护林带，抗风防沙，作为岛上自然森林植被的第一道防线，海南岛的海水蓝树木青花朵美无不与此血肉相关。

不可想象的是：海南岛上的绿色日渐见少，它将意味着什么？

关于海南岛烧荒开山破坏自然资源的最近一篇报道，我见于《中国法制报》1987年5月26日第3版上，读后，八年前的浓烟烈火久久地困扰着我，不得安宁，现将此文实录于后——

五指山位于海南岛中部。五指山脉绵延百里，珍贵的野生动植物资源十分丰富，是个闻名的绿色王国。4月上旬的一天，我们驱车向五指山的主峰驶去。

汽车在盘山公路上行驶，窗外的景色迷人，奇花异草、古树枯藤满山皆是。丛林中隐约可见一处处苗、黎族人的低矮茅舍。行进中，眼前突然出现了奇怪的景象，那一面面绿坡上，出现了一块块光秃秃像鳞甲般的焦土，小的几亩，大的数十亩。一股焦煳味涌进车窗。这时司机告诉我们："这是当地群众在烧荒，每年春节到5月都要烧，阻也阻不住，你们看到的光秃秃的土地是已经被烧过的。闻这味儿，前面正在烧。"

"烧了林子干什么用？"

"种山兰稻、玉米、木薯等经济作物。这就是刀耕火种落后的生产方式。"

山谷中出现了一股股迷雾。不，不是雾！是烟。烟呛得人喘不过气来。果然，透过"烟雾"，我们看到了对面山坡上熊熊的火苗，一处……两处……三处……数不胜数。山谷中狼烟四起。忽然山路右侧的坡下腾起火苗，火舌舔着我们的车身。司机只好加速闯了过去。刚闯过一处火场，左侧山坡上又传来哔哔剥剥的声音，一股热浪迎面扑来。左侧山坡上也在燃烧！我们从山口进山大约走了15公里，这种状况举目可见，岂止大煞风景，简直令人心痛。这里是琼中县所辖的毛阳乡。

我们当日驱车赶到琼中县，县林业局副局长李鸿云接待了我们。我们谈到五指山之行所见到的情形，李鸿云说："这个问题很严重。他们每年砍山烧荒，种植山兰稻、玉米，两三年后肥力不足了，就再换个地方砍山烧荒。过去每年要烧掉上万亩山林。现在这种现象已经减少了，但每年也达到数千亩。"

"你们没有采取过制止措施吗？"

"我们搞过宣传，出过布告，也抓过人。今年就已经逮捕了十多人，可就是制止不住。"

"这种现象从来没有杜绝过吗？"

"杜绝过。那是1956年到1958年的三年间。"

"那时为什么能杜绝呢？"

他沉思了半天，才吐出这么几个字："我个人的看法，那时政府管得严。"

这倒是个十分令人深思的问题。如今已到了80年代，人们的文化生活水平在不断提高，我国又有了《森林法》，而这种愚昧的行为，竟然制止不住，这是为什么呢？

这个问题还是让当地政府去考虑和解答吧！

海南岛的忧虑不只是琼中县。

保亭县位于五指山南麓，日照长，湿度高，植被繁茂。解放初期，保亭县有热带天然林112万多亩，森林覆盖率达41%。到了60年代，因为乱砍滥伐，112万多亩的热带天然林已消失近一半，剩下69万亩，森林覆盖率下降到25%。随着日历的一张一张被撕下，这些数字还在一点一点地下降，这种逆反趋向的后果又是什么呢？

这一个县的统计资料表明：大自然在森林遭到破坏的时候，它对人类也绝不是以宽大为怀的，相反，报复非常及时。

保亭县的老人都说：这天变了，气候变了，雨也少了！保亭地区的冬春年降雨量，在50年代平均为433.6毫米，60年代为389.6毫米，70年代平均为319.7毫米。雨量的减少还造成了雾与雾日的减少，50年代是102天，60年代下降到81天，70年代仅77天，这就是温度上升湿度下降旱灾严重的主要原因。保亭县的热带天然林曾经阻挡了南海中的一次次暴风骤雨，保护了山山水水，到60年代保亭县的平均风速还只是0.9米/秒，70年代增大到1.4米/秒，1981年5号强台风在海南岛登陆，原来列阵布防使强大台风望而却步的森林已毁去大半，于是风卷残木，在保亭转瞬间摧毁了全县半数的橡胶林。橡胶虽可赚钱，奈何飓风折之！

一亩地的森林可比无林地多蓄积20立方米的水，破坏森林也就是破坏水源。春雷水电站50年代发电量为2500千瓦，现在仅为1000千瓦，不是机器陈旧而是水源不足，50年代全县有自然水灌溉的农田1万余亩，到了80年代仅剩1千亩！

在森林被砍伐之后，我们所面临的沙漠、暴风、干旱、饥渴的危机，有的已经尝到了苦果，有的已经迫在眉睫！

开发海南岛的呼声不绝于耳，在这一块宝岛上我们自然可以做很多事情，笔者以为最紧要的应是保护森林，最大限度地植树造林，然后才是别的项目的开发和建设！

保护海南的热带森林已属刻不容缓，盗伐之声放火烧荒应该休矣！

六

毫不夸张地说，阳光下和月光下的砍伐之声，遍布了中国的每一个角落，我们的同胞砍杀的是我们民族赖以生存的肌体、血管，从这个意义上说，中国是一个天天在流血的国家……

让我们把目光从海南岛投向新疆，那里的大漠与绿洲，我们不要再歌颂沙漠了，那正是因为砍伐森林流血过多所造成的一大片又一大片应该训诫后人的不毛之地，还有骆驼队，谁愿意来世也变个骆驼，去踏出一条新的丝绸之路？

新疆也有绿洲，我们吃的哈密瓜一定不是沙漠的产物而是在绿洲里培育出来的。一条条防护林带小心翼翼地保护着绿地面对着沙漠。应该说新疆、青海等地是处于人类和沙漠对峙的最前沿，沙漠之害也是亲眼所见的，可是在这样的地方，那些应视为生命一般重要的、为了人类的安宁而始终屹立着与咫尺之遥的风沙搏斗了多少年的胡杨林，河谷林，坚硬、矮小、生命力极强的红柳、梭梭等荒漠灌木林，却面临着被砍被毁的危险。据《新疆日报》去年5月12日透露，阿瓦提县每天在胡杨林拉柴的马车驴车竟达1200多辆。和田地区以烧柴为主的砖窑、石灰窑有200余座，每年烧掉胡杨、红柳1000多万公斤，如以一亩地产5000公斤柴计算，光是和田地区的这200多座窑的烧柴，每年就毁林2000亩！

新疆一些地区同时又面临着农田沙化、草场退化、人退沙进的灾难。

沙漠正在前进！

青海乌兰克县什克乡赛什克村的村委会，在1987年4月7日早晨做出了一个惊人的决定：动员村民砍伐村北防护林带的青杨树，70多名手执斧头、十字镐的青年人和中年人一起甩开膀子砍树。这个一向寂静的乡村顿时伐木之声遍野。乡党委书记发现后立即制止，真是说时迟那时快，村民已伐下青杨208棵，毁坏林带一百多米，不折不扣的百米防护林毁于一旦！

七

最使笔者难忘的是三峡之行。谁都知道三峡是惊险而美丽的，长江是富饶而绵长的。即使仅仅是作为游客，李白笔下的"两岸猿声啼不住"，如今已无猿可见无声可循了；至于杜甫吟哦的"无边落木萧萧下"更使人失望，两岸的山岭岩石裸露，灌木稀疏。诗，总是有夸张，可是从地理位置来说，三峡上接巴蜀天府之国，下连两湖鱼米之乡不假，而据史书记载，三峡两岸森林茂密草木繁多，上百种动物出没其间。只是到了近代，盲目地毁林开荒使生态环境急剧恶化，从50年代到80年代的30多年中，各县森林面积减少了一半。如奉节县森林覆盖率由32.3%下降到了17.4%，巫山县由24.6%下降到了11.7%。森林的减少使野生动物无处藏身，再加上人类的过量捕杀，梅花鹿、白鹤、天鹅、金雕等珍稀动物已明显减少。云豹与金丝猴只能在高山上人烟不见处才能偶尔露出一面，华南虎几乎绝迹！农民的耕地大部分是坡耕地，而且都是毁林开荒所得，水土流失日甚一日，土地肥力下降，每亩粮食单产只有100斤到200斤左右。川东、鄂西的人均粮食只有600斤，比全国少三分之一。

三峡上游的万县，竟出现土层完全冲光的光板田6000多亩，水土流失之严重实为罕闻罕见！

三峡如此之富又是如此之穷！

三峡如此之美又是如此之丑！

三峡之富之美均在于独得山水之天然，有"山水画廊"之称，三峡之穷之丑从根本上说是因为对天然森林的破坏导致水土流失田穷地薄，再加上治理和管理不当、无力所致。

三峡的城镇本来依山傍水，多数分布于长江沿岸和支流的汇合口，本应有的山城之美实难寻觅，满眼都是零乱、垃圾，几乎看不见像样的绿地和行道树。商店、摊贩、行人、大小车辆一起拥挤在又脏又窄的街道上，噪声之大不下于北京或上海！沿江排放的工业废水极大部分未经处理，城镇垃圾普遍向长江中倾倒，长江是中国的命脉，也是中国容量最大的流动垃圾场，可是垃圾的日积月累眼下颇有岿然不动之势，有的巨大的锥状垃圾堆，就连洪水季节也难以冲走。

加上源源不断的泥沙，因森林植被破坏被冲洗而下。据宜昌测报，长江上游的多年平均输沙量高达5.3亿吨，三峡区间的输沙量为1000吨/平方公里，就这样，祖国的肥田沃土由滔滔江水里挟流进了茫茫东海！

三峡地区又是长江沿岸崩塌滑坡集中分布地区，近年来滑坡事件不断，云阳鸡扒子滑坡，新滩滑坡达1000立方米以上，去年9月1日巫溪县城附近大滑坡丧生的近百人，巨大悬岩随时都会崩坍。正在活动的尚有黄腊石滑坡、链子崖滑坡。所有滑坡的地方森林资源均被破坏，几乎没有植被保护，再加上开山挖石或挖矿，而人们最担心的是一旦滑坡带来的滚滚乱石倾泻长江，后果又将如何？

然而，巫溪滑坡中的受难者还在病床上挣扎，三峡仅剩的一点森林中的砍伐便又开始了，从上游到下游，长江所面对的是递增的人口，递增的泥沙，递增的垃圾以及唯一能使长江得到保护和温暖的森林的减少！

一切都有极限。

长江的吞吐以及负荷量也是如此，这也就是长江如不及时加以治理而必将会成为第二条黄河的道理之所在！

长江两岸应该有人们悉心培植的防护林带，在不宜种树的地方则种草，无论什么草，只要有成片的绿色就能起到保护水土的作用。

长江岸边的芦苇荡，尤其在下游的江滩上，是特色独具的，它并不粗壮耐水耐风自有纤纤风骨，而且芦根纵横交错，繁殖极快。笔者从小与芦苇结伴度过了清苦而富于想象的童年，现在笔者被告之随着始于20年前的围垦以及近几年芦苇经济价值的被发现，芦苇日渐见少，大片的芦苇荡更加不易寻觅。

我不禁想起了芦叶船伴我度过的孩提时代，这一只载走了我最初的想象的绿色的小船，还会属于现在和以后的江南水乡的孩子们吗？

八

就在笔者从福建、浙江的林海中走出来，在上海写这一篇报告文学的初稿时，《解放日报》在去年10月11日载文，呼吁：上海经济区农业生态环境日趋恶化！

这种恶化的趋势在中国显然不是独此一家，其原因却毫无二致：都是因为向大自然过多地索取，造成自然资源短缺和破坏，从而，水土流失，耕地减少，森林覆盖率下降。上海经济区所面临的另外一些问题较别的地区更加突出，如乡镇企业对农村绿地的污染、基本建设用地等。江苏省人均耕地仅1.1亩，是全国最少的一个省。可是基本建设用地惊人，使全省耕地面积以每年0.8％的速度递减。南京市在1985年减少耕地2680公顷，其中农民盖房就占去371公顷，若每年以这种速度减少，100年后南京将无地可耕！呜呼，金陵古地，石头城外，后人将何以为生？

几天后，上海的《新民晚报》又有报道，称某处街道的几株路树因保护不当正在死去。这一条简短的消息使我抬起头来，认真地看了一番上海的树，显然不是枝茂叶盛的，在上海这块土地上这片天空中站立着，到了春夏能多少有一点绿色已属不易了，苏州河黄浦江的水怎么能使它们根深叶茂呢？

在我身旁，有一群幼儿园的孩子正在阿姨的带领下穿过马路，他们是走向大自然的吗？

恍惚中，他们长大了，并且大声地呼唤：还我绿色的童年！还我蔚蓝的天空！

我们死了，我们的灵魂将不得安宁。

我们的骨灰盒前没有鲜花没有青草。

我们也将不再有清明节。

九

阳光下和月光下的盗伐与破坏又何止于此？

清晨，在武夷山，一个挖掘树根的人在先于游人上山之前，已经满载而归了！

也是武夷山，仙游峰下的方竹上，用刀片刻上了各地的各种游客的大名——“到此一游”！笔者对此深恶痛绝之余还想道：假如我们有更多的留言簿满足游览者抒发一番感慨的心态，也许强行在方竹上树上古建筑上刻画留名的会少一些。

武夷山云窝，相传当年李商隐读书的山洞里，一支新竹从石头上站立，又从洞口斜长着伸出去，它的扭曲自己是为了最终能接引蓝天。陪同的朋友说不远处今春还有一根竹长得更加奇妙——先在一块岩石上绕了一圈，然后亭亭玉立，就在一个夜晚，这一根新生的奇竹被盗伐而去！

云窝下是一个山洞，相传是云雾的聚积之地，当年从来看不见洞的深浅，现在云散雾开，洞底的一切历历在目：除了废纸、酒瓶外，还有大便。

泰山，早晨的进香者总是一批老太太，她们的头上插着泰山的松枝，有的手里还拿着一小把。待落日余晖下，她们下山时，头上插的已换成玉皇顶上并不众多的山花，喜气洋洋地踏上了归程。

泰山松本来就少得可怜，历历可数，经得起这番折腾吗？

我曾在雁荡山上见到过好几对恋人，从山下到山上一路摘花折草，恋情与花草总是分不开的，可是花草一旦离开土地又干死得很快，于是便丢弃再去摘新的，这样对待大自然中如此美又如此小的草木生命，岂不是太残酷了吗？

几年前，我见到的黄山迎客松已经左牵右绑岌岌可危哉了，最近听说迎客松的躯干上已包了保护物——铁皮之类的——大自然不得不以盔甲面对人类……

十

我曾读到过一篇激动人心的报道，记者告诉人们，1979年在湖南省城步苗族自治县境内发现了58棵银杉，这是我国独有的珍稀树种，是一亿年前生存下来的植物王国的"活化石"，人称"植物世界的大熊猫"，世界将为之侧目。然而，正如很多有识之士在电视机前看到某地发现一个新的风景区时所担心的那样，发现便意味着被践踏、被破坏，而破坏的速度是如此之快，破坏的花样又是如此之多！58棵银杉一经发现，谁都想将这些国宝置于自己的管辖之下以便发财，于是为权属纠纷，新宁县和城步苗族自治县打了整整6年的官司，直到1986年邵阳地区做出裁决：银杉所在地沙角洞周围8200亩山林归城步苗族自治县管理。

有一些人的一个信条是：我活不好，也不能让你活好；我得不到，也不能让你得到！

从此，新宁县一伙人以58棵银杉为敌对目标，斧砍刀挖，大肆破坏。有一次竟出动130多人，将城步苗族自治县建立的保护区管理所全部砸毁。不得解恨之余，他们先后在9棵银杉树上刮皮，挖洞，有一棵属国家一类保护植物的长苞铁杉被烧后倒伏，压在一棵银杉树上。到此仍不为止，剥皮打洞之余又拔走野生的银杉树苗，将结有果实的银杉枝剪走，扒走银杉树下的表土，真是非欲斩草除根置之死地而后快了！

他们想到过这是国家的财富人类的瑰宝吗？

如果说山民不知此理，那么新宁县的书记们长官们呢？他们的手里有红头文件，天天说要为人民服务，他们理应是知法、学法、守法的吧？他们在干什么？

为了充分显示野蛮和丑陋，这些人不仅破坏银杉，自去年7月以来，在银杉保护区内剥光了150棵桂树的树皮，120棵桑树被连根刨倒，5棵樟木被砍，还推倒了保护区内修建的8座木桥。至此，国家银杉的生存环境被破坏到何等程度，读者已可想而知了！

笔者不能理解的是：盗走秦兵马俑的头与剥国宝银杉的皮，就其性质而言有何不同？谁更严重？

只有杀人，才算凶手吗？

倘若阳光下的罪恶中不包括这一伙人，那么，我们的太阳一定出了什么毛病，不是黑子太多就是遮挡阳光的乌云太厚！

不能不补记的是：新宁县一伙人的胡作非为是受着新宁县林业局个别领导人的指使的，并拨有专款为他们发工资。1986年8月10日打砸银杉保护区气象站前，曾有"紧急通知"下发到界福村村民小组——"接县里指示，于明天（8月10日）北京夏令时间下午1时，十八岁以上的青年劳力全部到王友群家集合，来时请带菜刀、锤子、钢钎，工资问题请大家放心……"

破坏银杉的组织者指挥者是手中握有权力的人，如果真的依法办事何难之有？

冬天了，被剥了皮的银杉你冷吗？被打了洞的银杉你疼吗？

一亿年之前，因为第四纪大陆冰川的袭击，世人以为绝迹的银杉在中国发现了，那些残留着冰川撞击伤痕却又留恋着中国大地的银杉的根须，被砍断挖走了！

从保护森林来说，我们可以自豪的东西还能剩下多少？

十一

中国人是怕别人掘自己的祖坟的。但我们时常忘记我们的最早的老祖宗便是从森林中站立并走出来的，作为生命的摇篮，森林在人类的文明史上是最初也是最美丽的一章，对森林的顶礼膜拜曾经产生了多少美丽的神话和传说！可悲的是人类越是进化，越是远离森林，越是不了解森林。正是这一种断裂产生了人与自然的全面对抗。

距今3.75亿年的时候，植物登陆全面成功，它们的原始茎开始分工，分别起着根和叶的作用，最先长出的木质细胞使它们能得以站立并长高。地球此时，辽远而宁静，一片无声无息的世界，色彩也是单调的，有花的植物还没有出现，活着的植物一律是绿色，枯死和腐朽的植物全是黄褐色，还没有鸟兽，只有几种昆虫和蜘蛛的祖先已爬上岸来，惶惑地看着这陌生的世界，如同所有真正的开拓者一样，它们丝毫也不知道它们自己就是后来布满地球使地球有声有色的动物大军的先锋。

森林就是这样形成的：从单细胞藻类发展到高大树木，从细胞之间没有分工的低等植物发展到花、叶繁多的高等植物，从水中登陆到地上。这样的过程现今的文字不难表达，在今天的任何一片森林中行走几十米就能看到这纷繁复杂的变化的某些过程，然而它却是植物在几亿年演变着的道路上反复摸索、出生入死的经过。它给人类的丰富启示在人类毁灭之前是真正永恒的——许多新的发展途径在尝试之后又被放弃；为了生存发展就必须要有大勇气冒险；各种结构的不断增加、减少、再增加；有的植物整科遭到毁灭，只留下化石作为见证；同样的植物在一个时期是森林中的主宰，而在另一个时期却是大树下矮小的臣民！

美国著名作家、博物学家彼得·法布在他的著作中，把地球上植物的发生、发展过程浓缩在一天24小时之内，所得到的数据是饶有兴味的，足以使现代人三思三省。

以最早的微生物发生于午夜为起点，到下午8时以后——也就是一天的时间过去六分之五以后，海洋中的生物才繁殖旺盛。在下午9时以前，植物登上陆地；9时50分，石炭期的森林达到全盛时代。到下午11时以后，近代开花植物开出第一朵花。直到午夜完结前仅剩下十分之一秒的时候，人类有记载的历史才告开始！

远在人类出现之前，森林就为他们搭起了绿色的帐篷，空气清新而湿润，林地是柔软的，并且有了无名的小花，微笑着，像森林的公主一样迎接人类的到来。古人类在树上攀缘，在藤条上荡秋千，从各种野果的浆汁中获取营养，有野兽可供食用。茹毛饮血在现在听来是可怕的，在亿万年前却是森林中最美好的野餐……

我们现在的所有人的祖坟都在森林中。

我们以后的所有的后人的生命之摇篮仍然在森林中。

让我们放下斧子！

人啊，你应该忏悔！

　　注：本文为《伐木者，醒来！》中的一章，原题为《在阳光下和月光下，中国的盗伐之声》。

《当代》1988年2期

初见端倪

王宏甲

谨以此文献给中国高校、中国企业

献给一千八百万科技人员，献给几亿中华学子

这是什么？

$$Y = \pm\left[x\sqrt{\sqrt[3]{(\frac{a}{x})^2 - 1}} + \sqrt{\dfrac{\sqrt[3]{(\frac{a}{x})^2 - 1}}{-\sqrt[3]{\frac{a}{x}}}} \right]$$

这是北大方正激光照排系统的基础。

这是知识。

1975年的那个冬天，王选趴在冰凉的桌面上苦思苦算，虽有无限"数学想象"，也不会想到，在这种"算式"的基础上生长起来的高技术，会使他在1982年成为中国大陆第一个获得欧洲专利的人。

应该高兴？应该惭愧？

不管怎么说，自从西方进入工业社会以来，这是中国大陆科学家的发明创造首次在欧洲登陆。可以看作一个信号、一种开端。

23年前那个冬天，王选趴在冰凉的桌面上算啊算……纵有无限想象，也不会想到，以此种"知识"为基础形成的产业，在1996年会使北大方正获得近40亿元的年产值。

《人民日报》载文说，这"近40亿元的科工贸总收入，几乎是以清华、浙江大学、上海交大、西安交大组成的第二方阵总和的两倍"。

1997年，北大方正的年产值再跃升到近60亿元。

从知识到经济，北大方正，不但在中国高校的高科技企业中是一个令人惊叹的奇迹，在全国，也是一个曲高和寡的神话。

1999年，这就是20世纪最后一年了。在这个世纪将要过去之时，我们能通过解读王选的故事，来感受中国知识分子、中国人在20世纪的寻索与追求、失落与收获、毅力和尊严、忧伤和欢乐，这真是一件可能使我们眼界开阔，少走弯路，并在欣赏和遥望中心旷神怡的事情。

王选是北大教授，好像有某种神秘的使命，要求他在20世纪，在西方信息科学迅猛发展、我国遭遇严峻挑战的时期，必须对曾经发明了印刷术的祖国做出贡献。他领导着一群中华英才，果真做了出来。

请注意，他的贡献不只是在技术方面。在为自己先进的科学技术开辟道路的岁月中，这位戴眼镜的教授不得不去"攀登"产业和市场——我之所以使用"攀登"一词，是因为要把技术转化为产品，事实上比科研更难。

今天，"知识经济"的概念正在全球迅速传开。何谓"知识经济"？王选，以及与他共事的一群知识分子，很早就开始的"九死一生"的攀登，能对我国几亿学生以巨大鼓舞，也能给我国困境中的企业以启示。

然而，要真正认识王选，还得首先忘掉他的成就和荣誉。1954年的秋风吹动了未名湖畔的树叶，吹起了王选的白衬衫，刚从南方考进北大的王选，还是个17岁的学生青年……

远大的前程从哪里起步

高考前填志愿，王选填了3个：北京大学数学系、南京大学数学系、东北人民大学数学系。家在上海，没有一个志愿填上海。你可听见，50年代青年的心声……那是一个对新中国无限憧憬的时代，胸怀祖国，奔赴远大的前程，是许多人心中真正的志愿。

来到北大，王选很快发现自己并不出众。这年北大数学力学系共招收200多名新生，都是全国各地的数学尖子。王选说："有一批同学的数学才华比我高，有的不是高一点，高很多。"

你第一次如此强烈地感到，这是北大！

一间大屋住24位同学，冬天没暖气，你依然感到这是一片阳光岁月。新中国人才济济的景象，同样呈现在这摇篮般的陋室。

"我一生中第一次大的抉择，发生在大学二年级下期。因为，我要选择专业了。"王选说。

我不怀疑，这是决定一个19岁的青年将来干什么的重大抉择。当时，班上最热门的选择是纯数学，力学次之。

纯数学，真的很迷人。这恐怕要追溯到马寅初校长非常重视基础课。"江泽函、程民德、丁石孙等一流的教授和讲师来教我们的基础课。"老师说。在西方，有人讲："上帝是按照数学语言来创世的。"恩格斯则写道："数学在一门科学中应用的程度，标志着这门科学的成熟程度。"总之，纯数学的光芒可以照耀一切科技领域。至于力学，牛顿建立了经典力学的基本体系也有近300年了。

计算数学，是一个分支学科，北大刚有这门专业，连教材都还缺乏，可称冷清而荒凉。当学生的，谁不想多学点东西？王选就选了这个"冷门"。你会不会问，为什么？

多年后，王选看到一位美国心理学家写的一个公式：

$$I + we = fully \ I$$

眼前突然一亮，他觉得这个美国人把他多年来抉择前程的一种方式"抽象"出来了。在这个式子中。I代表我，we代表我们，相加之和就等于"完整的我"。

他说他选择计算数学是看了我国1956年1月刚刚制订的十二年科学发展远景规划，看到规划中把原子能、自动控制、计算技术列为重点发展学科。周恩来总理也说，计算技术，是我国迫切需要的重点科研项目……19岁的抉择就这样选定。看起来没多少他"个人的意志"，只是听从了"国家的需要"。

其实，这次选择，真正的收获是，知道把"我"去与时代、与国家的迫切需要相结合，这将使他在"天时""地利"上都更得到好处。此外，当我们把"需要"抽象出来认识，还可以注意到，在社会的、公众的需要中，永远蕴藏着人生的大好前程。多年后，王选就深切地体会到："市场的需求"，以及现有技术的"不足"，这就是"科技创新的源泉"。

至于"冷清与荒凉"，那才是更容易出彩的地方，没有那么多高大建筑，阳光会更直接地照耀在你的身上。

没有什么比跨领域研究更能为前途开辟道路

就在他选择"计算数学"后仅一年，苏联于1957年凭借电子计算机技术把人类第一颗人造卫星送入太空，北大校园的歌声也飞翔着自豪……然而，也在这一年，王选的父亲在上海戴上了"右派"帽子。

1958年王选大学毕业，时值我国掀起研制计算机的热潮，由于计算机人才奇缺，王选当初选择的正是这个专业，学校正需要用人，这使王选未受"父亲问题"株连而被留校当助教，并成为设计硬件的主力之一。这大约是王选首次从自己的人生选择中收获到好处。

为研制中型电子计算机"红旗机"，北大成立了"红旗营"，曾担任王选计算机课的张世龙老师还不到30岁，已算得上我国研制计算机的先驱之一，他被任命为红旗营营长。1959年夏，王选刚刚完成红旗机的逻辑设计，张世龙老师被定为"右倾分子"，下放农村。

老师要走了。老师把一只手放在他的肩上，说不出什么。王选感到一个重担已经压在肩上。这个秋天，秋风依然吹动未名湖畔的树叶，吹起王选的白衬衫，他比任何时候都更加感到了自己的渺小，非常渺小。

这使他拼命地想把"我"融化到"我们"中去。他似乎成功地钻进"红旗机"里去了。1961年他作出了成年后的第二次抉择："从硬件转向软件，但不放弃硬件，而是从事软硬件相结合的研究。"

24岁的王选很快看到了这次抉择所带来的好处。"我已经搞了3年计算机，如果谁说我不懂计算机，我能同意吗？可是现在，我忽然发现，只有了解了软件，才真正懂得计算机。"

　　这其实是选择了"跨领域"研究。多年后我们也可能发现，这好处远远不只是在计算机领域。我们搞了几十年的社会主义，原以为我们是懂社会主义的，但在改革开放后，当我们更多地了解了资本主义的经济体系，才可能更全面地认识世界和认识我们自己。

　　更广义地说，如同阴阳结合分娩出生命，没有"跨领域"就没有创新。世界上第一台电子计算机是1946年问世的，那就是数学和电子技术相结合的产物，发明人埃克特和毛奇利也都得益于既懂数学又懂电子技术。当200多年的工业经济使世界朝能源危机、资源耗竭的方向发展，20世纪后半期一批低耗高效的高技术，都是从跨领域的研究中诞生，从而为人类的前途开辟道路。没有"跨领域"研究，王选就不会是今天的王选，所以他把这次抉择看作："这是我一生中最重要的抉择。"

　　他还说：我当时有种"茅塞顿开"之感。人生处在这样的时刻，就是处在将要做出大的发明创造的前夜了。没想到就在这年夏天，连续的劳累终于把他击倒。

　　为了证明自己爱祖国爱人民，他算得上把青春和生命都投入了"红旗机"的研究，不管身体有怎样的不舒服，他都挺着、熬着，没想到生命比想象的脆弱……他的病辗转首都几家医院，持续一年，久治不愈，生命一天天微弱，他不断地想起母亲……王选1937年2月5日生于上海，1962年才25岁，6月，同事和朋友把他从医院护送上列车，列车长鸣着把王选带走了，不少人感到好像经历了一场诀别。

在生命最微弱的日子里

　　母亲在上海站见到儿子，泪水掉下来。

　　但母亲马上说："没事，会好的！"

　　母亲姓周名邈清，生于1901年。外祖父曾留学日本，归国后在晚清的学堂里教过化学。外祖父在清政府尚存时就为她取的"邈清"这名，似乎真赋予她某种东西，母亲一生都坚强而凛然。现在，母亲开始竭尽全力地拯救儿子。

儿子已熬出多种疑难重病，在上海治疗仍然未见寸功。

母亲从未失去半寸信心。

母亲从小就没有裹脚，62岁的母亲脚步匆匆，出门请医、寻药、回来煎药，一碗碗送到儿子唇边……王选躺在床上，体验着母亲夏去秋来的努力，感到生命力在很深很深的地方被一丝一毫地召唤回来。每个人都有母亲，世上还有什么比母亲更无私更让人感动的呢！在母亲的身上，实际上还有留洋归来的外祖父的理想，白发皤然的母亲，把顽强、把坚韧不拔的毅力和爱，一点一点地喂给儿子……在王选生命最微弱的日子里，母亲不啻是他真正的保护神，这样的哺育，是会造就出伟大的生命的！

隆冬过后是春天，王选的生命出现转机，他可以下床走动了。在母亲身边10个月，王选犹如再次体验了诞生。

未名湖畔的绿树，现在又生机盎然地回到记忆，生命如同一只重新长出羽毛的鸟，渴望飞翔……一个念头冒出来：他想搞一个计算机高级语言编辑系统。

这是一个近乎妄想的念头。可供研究的资料在国内外都少得有如晨星。纵然想飞，一只病中的孤雁……可思议吗？

但是，这是坚定地朝他选定的"跨领域研究"挺进！

他开始四处托人搜集资料。有人理解他这个近乎"飞天"之想吗？一天，有人给他带来了一本《ALGOL60修改报告》。王选翻进去，"像看天书"，但是，他已经知道，这是当时极其珍贵、极其难得的国外计算机高级语言。

"谁托你带来的？"

"陈堃铼老师。"

陈堃铼就是北大计算数学专业的青年女教师。王选不是一只孤雁。此后几年，他就在上海家中，以惊人的毅力、卓越的总体设计，与北大许卓群、陈堃铼、朱万森等人一起向这个难题进军。

1965年夏，母亲为王选整理行装的情景，让我再一次想起保尔·柯察金要归队时母亲为他整理行装那一幕……孩子长大，一个个都飞走了，只有负伤或生病时，才会回到母亲身边，刚好点儿，又要走了……"妈妈，学校把我们搞的'系统'列入了北大的科研计划，我该回校了。"

是的，孩子是国家的。65岁的母亲再一次把他送上火车，母亲怎么也不会想到，儿子这一去，还将经历另一次劫难……

王选回来了。

就像一尾鱼回到大海，有了更多同仁的合作和帮助，这个项目终于开花结果，为我国推广计算机高级语言做出了宝贵的贡献。这一贡献被载入了中国电子计算机发展史。

知识像理想的那样增长，前途像抉择的那样光明，突然，一夜之间……王选看到自己的名字被涂写到墙上、踩到地下。他不是因言获罪，因"听"获罪。为锻炼听力，他曾每天收听英国广播公司BBC的英语广播。他的罪名是"收听敌台"，他在下乡劳动的途中病倒，1961年的病症全部卷土重来。

北大变得令他不认识了。再回上海养病？上海的家被抄了，父亲又多了一顶"反革命"帽子，他甚至不敢把自己旧病复发的消息告诉母亲……而且，列车上，连行李架上下都挤满了大串联的红卫兵，他的病躯哪里经得起折腾？

回家的路断了。

他搬到京郊十三陵分校。这儿根本没有医疗条件，失去医疗，王选就如同被抛到岸上的一尾鱼。病情日趋恶化……此时，北大还会来看他的人只有陈堃俅。

"王选，你不能在这里等死。"陈堃俅说。

王选不知道有什么办法。

陈堃俅说："回北京，我照顾你。"

阳光洒落肩头，有一支歌向前途轻轻飞去

此后10年，是王选在病中顽强地活下来的10年。

1975年，他38岁了，仍"病休在家"。人生还能做些什么？就在这年，他作出了一生中第三次重大抉择。

这是一件同每个中国人都有关系的事。

中国是印刷术的故乡。印刷，在我国出现的时间比西方许多人以为的都要早很多。印章，在春秋战国已广泛使用。秦始皇焚书388年后，东汉灵帝于公元175年下令把儒家经典刻在46块石碑上，供世代抄录，后人为了免除抄写的辛劳和错漏，就发明了从碑石上拓字的办法。这拓字与盖印相结合，便诞生出雕版印刷术。世界上现存最早的印刷品是公元868年我国印刷的《金刚经》。毕昇约在11世纪40年代发明了活字印刷术，第一代产品是用细胶泥刻烧成的泥字，后人又搞了木字、铜字、铅字，活字印刷，已有近千年的历史。

如今，随着电子计算机和光学技术的发展，西方结束了由我国毕昇发端的活字印刷术，采用了"照排技术"。当代印刷技术发生的革命性变化，将比过去一千年里产生过的作用更加显著，我国如果仍停留在铅印阶段，怎能跟上世界步伐？

1974年8月，经周恩来总理批准，我国开始了一项被命名为"748工程"的科研，这项科研分3个子项目：汉字通信、汉字情报检索和汉字精密照排。

当王选听说"748工程"时，已是1975年，他最感兴趣的"汉字精密照排"，国内也已经有5家在研制，都是实力雄厚的单位。王选此时正"病休"在家，能做什么？

他动员起自己还很虚弱的身体，日复一日地挤公共汽车去中国科技情报所查阅外文杂志。从北大到地处和平街的情报所车费3毛钱，少坐一站可节省5分，王选总是选择少坐一站。病休，连续10年只拿每月40多元的劳保工资。现在的奔波不是组织派的，是他"自选"的，没有任何经费。面对许多资料，能抄的尽量手抄，抄不了的就复印，要付复印费……此时，这位中国优秀的发明家，生活贫困度已经到了节省5分钱就非常有意义的田地。

但是，没有关系。1975年的春天在首都街头的树枝上发芽，王选在和平西街就下车，阳光洒落肩头，你可听见，有一支歌，正穿过街市，向前途轻轻飞去……走到情报所，王选就该使劲喘气了，但资料上的海外消息，像氧气那样可供他呼吸……"我常常发现，我是那些杂志的第一个借阅者。"

他看到，世界上第一台照排机是"手动式"的，1946年在美国问世。20世纪50年代，美国发展了"光学机械式"二代机。1965年德国推出"阴极射线管"三代机。1975年英国正在研制的"激光照排"四代机即将问世。

再看我国，正在研制照排系统的5家，分别选择了二代机和三代机。"我怎么选择？"王选选择了越过二代机和三代机，直接研制西方还没有产品的第四代激光照排系统。

他的选择似有凌云气概，可是，这有可能做成吗？

多年后，王选得知这样一个故事：钱学森回国时，苏联和美国的洲际导弹都还没有过关，钱学森建议，我国应该先搞导弹，"搞导弹容易，搞飞机难。"因为飞机上天要保证安全，材料的难题非常尖锐，中国的基础工业不过关，我们需要一个很长的周期来解决。而搞导弹，材料上是一次性的损耗。国外感到搞导弹最难的是制导技术。"制导"主要靠计算，通过"电子"来实现，在钱学森看来，这些从大脑里产生的计算的办法，中国人有办法……结果证明钱学森是对的。

王选听这故事，立刻领会其中奥妙，因为当年自己选择"激光精密照排"，也是基于相似的原因。

由于我国基础工业落后，搞二代机，将有一系列的精密机械动作严重限制我们。三代机的模拟存储方式也很难过关。西方搞照排，西文只有26个字母，汉字多达数万个，常用字也有3000多个，汉字字形存储量就是一个尖锐问题。如果不另选道路，即使搞出二代机、三代机也是落后的。

新的道路在哪儿？王选其实是以别无选择的方式向自己的大脑要出路。

难，非常难。如果走四代机激光照排的道路，"汉字存储问题"将更尖锐，因为三代机的阴极射线管可以瞬间改变光点直径和焦距，激光却不能，如果把印刷所需的汉字全部变成能适应激光照排的点阵信息，则需要几百亿字节的存储量，简直不可想象……怎么办？

能不能直接搞四代机，不是你气魄大就能实现的，有一系列的数学问题需要解决，王选需要通过计算来求解。

是的，能不能实现，可以先用数学算出来。

王选以数月苦算，总算提出了一套方案，这套"数学方案"，可以使机械部分变得简单，并能肯定，性能将是最优越的。这已经是个璀璨的"阶段性成果"。只是，有没有人能识别呢？

王选毕竟在北大。数学系首先辨认出了"王选方案"的价值，把当时隶属无线电系的"王选方案"打印上报。不久，该方案被列为北大的科研项目。王选随后参加了当年11月在北京"北纬旅馆"召开的汉字照排系统论证会。

这是一次群英会，国内那5家和北大，都将在会上介绍各自的方案。轮到王选，他身体虚弱得连说话的气力都不够，只好由陈堃俅介绍。

北大方案因特别新颖曾让大家为之一振，但最后被认为是"数学游戏""梦想一步登天"，被淘汰了。

被淘汰，就不可能得到国家的科研经费，像这样的高科技项目，北大本身没有经费来支撑，那么节省"5分钱"就很有意义的王选，还能搞下去吗？这个冬天，王选怎么过来的呢？

王选依然每天趴在冰凉的桌面上算啊算……此时的王选，除了尚可绞尽脑汁，没有别的办法。

就在1975年12月，王选终于开创性地以"轮廓加参数"的描述方法和一系列新算法，研究出一整套高倍率汉字信息压缩、还原、变倍技术，从而使进取"激光精密照排"成为可能。

西方在80年代中期才开始采用"轮廓加参数"的描述法，王选是世界上使用这种办法的第一人。此项发明的先进性，使王选于1982年在欧洲取得了这项发明的专利。

此时，人们发现，他是中国大陆第一个获得欧洲专利的人。应该高兴？应该惭愧？不管怎么说，自从西方进入工业社会以来，这是中国大陆科学家的发明创造首次在欧洲登陆，可以看作一种信号，一个新的开端。

但是，不要忘记，这还是1976年。王选的方案仍处在被淘汰的境遇。曲高和寡。他的高超办法，依然在期待知音，期待扶助。

所幸的是，"748工程"办公室的张淞芝没有轻易放过王选的"数学游戏"，主持"748工程"的电子工业部计算机局局长郭平欣是个电脑专家，他听了张淞芝的报告后，立刻决定对王选方案进行深入考察。这个项目终于在1976年9月8日被正式认可。

　　由于王选的选择曾被认为是"梦想一步登天"，这使他想起"顶天立地"一词，后来的实践则使他越来越看到，当代科研开发，就应该尽可能选择"顶天"的技术。欲顶天，就得选择技术上的跨越。因此，王选人生中"第三次选择"最宝贵的地方，亦即具普遍意义的所在，不在于选择了"第四代激光照排系统"，而是选择了"技术上的跨越"。

　　然而，在20世纪70年代中期，绝大多数中国人要理解"选择技术上的跨越"，对中国发展所具有的多么大的意义，还要再过10年、20年。即使今天，你已经读到这里了，你已经看到如此强调的提示了，要真正看见这"选择跨越"对今日中国发展仍然存在的巨大意义，也很有可能还要继续读下去，才会看见。

　　1976年，唐山大地震后，王选在抗震棚里继续把他的科研推向前进。接踵而至的难题是，要把"顶天"的技术变成产品，尤其是到世界上去占有一席之地，就难乎其难了。

　　多年后，钱学森曾这样表述："使中国高科技产业在世界上有一席之地，其难度不亚于当年搞两弹一星。"

九死一生的历程

　　10月到来。前景日益光明。北大许多人都羡慕地感到，能参加"748工程"真好啊！不料，到1979年，情况突变。

　　国门刚刚打开，西方人来了。最早到来的就是世界上最先发明了第四代激光照排机的英国蒙纳公司，他们定于1979年夏在北京、上海展示英国制造的"汉字激光照排系统"。不久，日本人、美国人搞的汉字照排系统也接踵而至。

　　早先，王选一心只想努力研制出好设备，就能为祖国、为社会所用……现在看到，国门一开，世界突然就顶到你的鼻子前面来了。就像一觉醒来，发现英国人、日本人都端着先进武器堵在你的房门口了。如果你的技术不能尽快变成产品，就会变成废物，根本无法进入应用。

"1979年，我一下子被打晕了。"王选说。

他渴望有更多的才华卓越者来相助。可是，出国潮开始了……王选比任何时候都更加钦佩、羡慕钱学森那一代人，当年，他们是冲破重重阻挠，想方设法从国外归来，并在那么艰苦的条件下集结了一大批英才。如今，许多有才华的人则在踊跃"出去"。

没走的当然是多数，但是，此时国内热门的是著书、写论文……1978年年底开始恢复职称评定，评职称主要看论文。王选说："我们搞的实际上是科研和开发一体的项目，需要耗费很多精力解决十分具体和烦琐的技术问题，没时间写论文。"

在北大，人说评上教授不算啥，但评不上，可就啥都不算。职称联系着晋升、调资、住房……王选努力多年争取来这个项目，似乎只是争取来一个干活儿的资格。没时间去写论文，评职称排不上号，这个项目组就变得没有吸引力了。

王选怎么也没有想到，偌大一个北大，他要维持住一支攻关队伍，竟在"科学的春天"到来之日，遇到未曾料到的困难。

但是，还是有一批业务能力很强的中年教师留下来，与王选并肩战斗。也在这时，王选作出了他一生中第四次重大抉择：决战市场。

此时，王选尚存的优势，就是他发明的高倍率汉字信息压缩技术。西文只有26个字母，汉字多达数万，常用字也有3000多个。王选的"数学方法"可以使如此复杂多样、浩浩荡荡的汉字自由地进入电脑，自由地变倍。英国人用他们的办法可以灵巧地对付26个字母，但要驾驭浩大的汉字方阵，还很难做到快捷轻便。祖先发明的汉字，在这时，似乎成为我们抵挡英国人、美国人的最后一道天然屏障，一道汉字组成的万里长城。

但是，我们还可以利用这道屏障的时间已经不多了。

春天在未名湖畔茂盛地生长，夏天就要追着脚后跟来了。我们似乎一分钟都没法歇息了。留下来的人每天都是上午、下午、晚上三段满负荷上班。英国"蒙纳系统"用的是大规模集成电路……王选攻关组还在搞的是小规模集成电路，软、硬件开发条件都非常差，由于所用的国产集成电路质量很差，每次关机、开机都会损坏一些芯片，严重影响进度，这使他们不得不采取不关机通宵值班的办法……就这样的现实条件，即使日夜不停地干下去，能赢吗？

1979年8月11日，《光明日报》头版头条以通栏大标题赫然登出："汉字信息处理技术的研究和应用获重大突破"，并加副题："我国自行设计的计算机——激光汉字编辑排版系统主体工程研制成功"。同时发表评论员文章，还配发了一幅该系统排出的"报纸样张"照片。

这篇报道像一颗炸弹，在我国新闻出版界和印刷行业、在国内外同行中，都引起了强烈反响。

《光明日报》所登的"报样"照片，国内外的研究者都可以用高倍放大镜从中看出，中国照排系统输出的汉字清晰优美，无懈可击。这"样报"是7月27日在北大输出来的。第二天上午，方毅副总理亲自到北大来参观，给科研人员以很大的鼓励。但这张样报，是出了几十次，才得到一次正确的可供参观的。由于整个系统尚未完成，原理性样机硬件刚调出，还很不稳定，当时新闻界认为这一成果还很不成熟，不宜报道，也是有道理的。后来，北大748科研组因被报道为"获重大突破"而名声大振，如果有人去写出"北大样报真相""原理性样机内幕"，写出该设备其实还怎么怎么落后，也会引起另一种轰动的。所幸是1979年，还没有这样的人。1979年，科学的春天真的在许许多多中国人心中春光明媚。《光明日报》在总编辑的支持下，由记者朱军写了上述热情洋溢的文章。这篇文章不仅对研制者起了很大的鼓舞作用，也广泛地鼓舞了新时期的中国人心。

中国人说"一寸光阴一寸金"，《光明日报》的这篇报道，也在一定程度上为我国研制的照排系统与外国"系统"争夺中国市场争取了金子般宝贵的时间。

特别宝贵的是，就在排出那张样报时，王选心里比谁都清醒："我们决定见好就收，不再致力于这种样机的试制和生产，而只是对付鉴定会。"

这不啻是惊世骇俗的决定。"从1979年9月起，我把主要精力放在

Ⅱ型机上。"这是他迈向市场的一大步,他把这称作"内外交困中启动的Ⅱ型机",把通往市场的道路称为"九死一生的历程"。

1979年秋天的阳光,正从窗外照进来,照在那张《光明日报》和王选决定放弃的样机上,宛如一种仪式、一种告别,王选对大家说:"我们要对得起这篇报道,要用今后的事实,证明这确实是重大突破,证明这报道是及时和完全如实的。"

正当梨花开遍了天涯

英国蒙纳公司延至10月,到底在京沪两地召开了展示会。我国政府有关部门把是否引进"蒙纳系统"的问题摆上议事日程,有关会议一个接一个召开。王选也被邀请参加讨论。郭平欣、张淞芝在一切场合反对"整套引进",并阻止电子部下属单位介入引进,防止在"引进"的名目下成为外商的"买办"。国家计委、科委、电子部和教育部的一些领导均赞成扶持国内系统。

此时,另一项艰巨的任务就是设计和调试软件。这项工作一直是由陈堃俅负责。当时没有软盘,没有显示器,总量达10多万行的程序全用汇编语言写出,其艰难是今天从事软件开发的青年们难以想象的。终于在1980年9月15日上午排出了《伍豪之剑》,这是中国在告别铅字的历程中排出的第一本书,这是检验照排系统功能的一个重要标志。

1981年7月,他们研制的样机通过了部级鉴定,大家都很高兴,王选对大家说:"我们的成果是零。"

这年初夏,陈堃俅发现自己便血,以为是痔疮,继续忙于软件调试没去医院。鉴定会后是暑假,她本该有时间休息的,可是……至少6年来,她都放弃了节假日休息,这个暑假,她又忙于Ⅱ型机整个软件的换代工作,直到10月5日才抽空去医院看病。6日,陈堃俅被确诊为直肠癌!

手术前夕,王选去看她,大家也去看她,还没走进病房,听到她与同室病友一起在唱20世纪50年代的苏联歌曲:

正当梨花开遍了天涯

河上飘着柔曼的轻纱

喀秋莎站在峻峭的岸上

歌声好像明媚的春光

为自己的优秀下泪

这似乎注定是一项悲壮的事业。中国人与西方人争夺中国市场的故事，其实已有一百多年。

1984年，中国以更坚决的步伐把改革开放又推进了一大步。松下电器、奔驰汽车、IBM电脑等大量舶来品潮水般涌来中国。美、英、日等国研制的汉字照排系统，也以比从前更进步的技术，形成"联军"似的战斗力，向中国的报社、出版社、印刷厂发起进攻。

来自日本的公司就叫"写研"，写研公司以汉字照排三代机就攻下了《人民日报》海外版，不久，他们的在华努力已使中国出版、印刷界"言必称写研"。

此时，"748工程"10年了。该是到了与多国公司决战的时日，王选研制组却几乎没有招架之力。

虽然，他早于1979年就选择了逐鹿市场，他发明的"轮廓加参数"描述法，还使他在1982年成为中国大陆第一个获得欧洲专利的人，这项专利可证欧洲人处理汉字照排技术没有超过王选的。拥有世界领先技术，却眼睁睁看着外国系统在我国长驱直入……这是什么现实？

最前沿的实践在帮他开阔眼界……他看见那些"集团"了，他面对的是一个个外国集团，自己这一方算什么呢？

虽然协作单位有潍坊计算机厂、杭州通讯设备厂、长春光机研究所等，这仍然是科研部门和生产厂家组成的松散的研制组。一个松散的研制组，要同多国集团鏖战市场，难不难？

时间分秒前进的声音已有如大军开进的脚步……转眼间，我国有几十家出版社、报社、印刷厂购进了5种不同品牌的美、英、日照排系统，其中，人民日报社引进了美国HTS公司的产品……国内照排系统似乎大势已去，参加北大"748工程"的协作单位，也有提出撤走协作人员的，王选的硬件组从最初热热闹闹的9人，走得只剩下王选和吕之敏俩人……是在这一时期，王选对自己的"第四次抉择"有了更深入的认识，这注定了他必将在此产生又一个重大抉择。

虽然我们还没有集团公司，但我们应该有"团队精神"。

"吕之敏的电路功底比我好得多，动手能力也强，加上思维清晰，认真细微……"今天，王选还能如数家珍地讲出张合义、李新章、汤玉海、向阳、付国泰、顾小凤、毛德行、宋再生、杨孔泉等许多合作者，谁谁哪方面比他强，"他们每个人都有比我强的地方。"你可以听出，在那最困难的日子里，他是怎样依靠了他人之长，把许多人的长处凝聚成"我们"的力量。正是因有这样一群知识英才，纵然非常困难，他们毕竟是在黎明前了。

华光，华光，在最艰难的日子里，他们为自己的产品命名"华光"，意为中华之光。

1985年，随着春节的爆竹燃响，华光系统经千淘万漉，终于在新华社正常运行。5月，通过国家级技术鉴定。我国计算机界、新闻出版界参加这个鉴定会的专家和其他人士有100多人，如同一个盛会。

但会后，王选就决定放弃Ⅱ型机，向更先进的机型挺进。

此后，华光系统被评为1985年中国十大科技成就之一，1986年获日内瓦国际发明展览金牌，1987年获国家科技进步一等奖。王选心中仍不踏实，他说自己有一种"负债心理"，感觉不到有什么成就。

"我经常反问自己，我们到底对国家是有功还是有过？我们得了这么多奖，如果将来市场都被外国产品占领了，那么你的功劳在哪儿呢？国家投资到哪儿去了呢？"

1987年，《经济日报》成为我国第一家勇试华光Ⅲ型机的报纸，完成该系统的总承厂是山东潍坊计算机厂。《经济日报》因此一举成为全国最漂亮，出版速度最快的报纸。

第二年，经济日报社印刷厂卖掉了全部铅字，成为世界上第一家彻底废除了中文铅字的印刷厂。并因装备了华光系统，厂房面积减少2/3，耗电量减少2/3强，成本下降1/4以上。增加知识含量，减少能源消耗，提高效益，这就是人类正在努力的知识经济的典型特征。

这仅仅是一家印刷厂，中国还有什么厂比印刷厂更多呢？

熔化铅字的曙光亮起来了，一场必将引发的我国印刷术第二次革命，很快就要在中国大地成燎原之势。1987年我国首次设立印刷业个人最高荣誉奖——毕昇奖，这一崇高奖项差不多就像是为王选而设的，王选获得了这一最高荣誉奖。

此时，可以松一口气了吗？没有。向Ⅳ型机出击的日夜早于1984年末就出发了。

人民日报社买的两套美国HTS照排系统，到1989年，经该公司长期调试，仍故障频频，效率太低，无法使用，最终成为"死机"。美国HTS系统的价格是当时华光系统的15倍，如此昂贵的设备竟是这样一个结果，谁也没有料到。

王选伸出了援助之手，带领若干技术骨干到人民日报社，对美国HTS系统进行改造，将"死机"救活。

美国HTS公司的总裁在离开中国前，向中方表达了他对中国人的杰出发明的尊敬，并说：为搞中文激光照排系统，他们付出了惨重的代价。"今后，地球上再没有HTS公司了。"

王选还来不及想到自己的努力会使美国的HTS计算机公司破产，仿佛有一种怜悯来到王选心中，他以同样的心情，向美国人也曾为中文激光照排付出的艰苦努力表示敬意！

1989年，华光Ⅳ型机开始在国内新闻、出版、印刷业波澜壮阔地前进。这年年底，所有来华的研制照排系统的外国公司，全部退出中国大陆市场。

胜利的到来，仿佛是一夜之间，体验胜利，欣赏胜利，是不是很愉快呢？一天，吕之敏告诉王选："我要走了。"

"去哪儿？"

"澳大利亚。"

吕之敏正是1978年王选组织队伍最困难的时候来到这个项目组的，她在这儿笑声朗朗地奋斗了12年，在看到华光系统进入香港市场的1990年，才说要随丈夫去澳大利亚。

临走之前，吕之敏突然泪不能禁，大哭一场……因为这项工程太难太难，因为过去的十多年太珍贵，那就哭吧，为我们曾经义无反顾地为祖国效力下泪，为我们自己的优秀下泪。这是深深地被自己感动、被互相感动的眼泪，这是高贵的眼泪！

面对人生第五次抉择

也许，我们这个民族艰难得太久了，我们有在艰难中创造奇迹的本领。如何对待成功，恐怕是更大的难题。

潍坊计算机公司作为"华光系统"的总承厂，曾经是"独此一家"，王选、陈坤侽、吕之敏等人一次次去到潍坊，是一次次把高技术送到这个厂去，潍坊厂正一步步成为前程远大的一家高技术公司。遗憾的是这种合作后来中断了。

"北大"与潍坊计算机公司的合作，是一种技术转让关系。在一台照排系统售价近百万元的时候，后者付给前者的技术转让费是每售一台给一万元，这已经是很低的价格了，后来连这点钱也迟迟不支付，以至发展到北大方面不得不诉诸法律，通过法庭来解决。

可以说，潍坊计算机公司确实失去了一个万分宝贵的机会。我讲这个故事，没有要论谁是谁非的意思。一个人或一个民族，常常是从丧失中获得智慧。由于历史的原因，我国的科研力量主要集中在高校和科研院所，绝大多数企业的科研能力都很弱，如何与高校和科研院所合作，获得科技创新能力，是当前都必须去走的历史性道路。我们有理由认为，"潍坊厂"早于20世纪70年代就勇于在高技术领域吸收"尚未成熟的科技成果"，并做出重要贡献永远值得人们尊敬。在这期间，他们也注重培养自己的科研开发人员，这都是比许多企业先进的地方。他们的损失中则包含着一个由来已久的时期对他们不知不觉的影响，主要是对知识的价值仍然认识不够，对高科技领域的深邃、丰富，以及需要不断创新也认识不够。

这并非他们独有的缺欠。王选曾这样写道："有人对高校与企业的合作做过一个统计，凡只有技术合作和转让合同而没有经济实体的，最后大多数都'离婚'，原因之一是知识和技术的价值未得到应有的体现。"

当北大成立新技术公司，与王选领导的计算机研究所合作，双方都隶属北大，知识分子与知识分子合作，是不是更懂得珍重知识的价值呢？

与潍坊厂分手后，王选于1991年给最新推出的第五代照排系统命名为"方正"。与北大新技术公司的合作，仍然采取"技术转让"方式，讲"亲兄弟，明算账"。然而，研究所只得到每套系统3500元的转让费，这是比潍坊方面所给的更低的价格。公司方面还要压低，因为公司内部"少数人"认为，研究所提供的技术，公司招收科研开发人员也可以做，并陆续组建了第二开发部，以取代研究所。王选又处于一个非常尴尬的境地。

此时，北大已涌现不少"系办公司"，王选领导的研究所里已有一大批博士、硕士，其中不乏有市场眼光者，纷纷发问：我们为什么不自办公司？

我国科研与生产的脱节，以至企业生产力落后，是我国企业困难的根本性问题。现在，王选与"潍坊"，与北大新技术公司的合作，都让我们看到了一个更为深入的问题：我国科研力量与企业力量的结合，为什么这么难？

王选不得不面对着他人生中的第五次重大抉择。

就在这一年，他的"第五次抉择"未见端倪，又突然面对着他人生中的第六次重大抉择。

让年轻人的思想开出鲜花

1993年春节前夕，像往年一样，王选闭门搞设计。年后，他的一位硕士研究生回来，王选把设计给他看。

"王老师，你设计的这些都没有用。"学生刘志红25岁，看过后对导师说，"IBM的PC机主线上有一条线，你可以检测这个信号。"

王选愣住。因为他明白了，自己苦苦钻研了两个星期的设计，被学生一句话否定了。

这是王选一生中极其重要的一个事件。

"本来，我以为自己做一线的工作可以做到60岁。"现在，犹如看见一个海边的黄昏，往事潮水般在夕照中涌来……从投身这项科研至今，18年了，他奉献了所有的寒暑假、所有的节假日，"18年来可以说一口气都没有歇过"。他为自己始终能站在这个领域的最前沿感到自豪。可是，"今天，我看到，在我自己最熟悉的领域，我已经不如年轻人了。在我不那么熟悉的领域，岂不是更差！"

这似乎是一件残酷的事情，"我已经是黄昏的太阳了。"

但是，犹如一声棒喝，王选在56岁获得了一个"觉悟"。

他作出了一生中第六次重大抉择：让年轻人来干！

他表扬了刘志红："你这个主意非常好。"接着也批评他，"你这好主意，为什么自己出不来，非要我花两个星期，用一个馊主意才把你的好主意逼出来呢？"

这是非常有力的一问，这更像是一句对自己的追问。这是由于你还没有把他放到一个担负重任的位置上去，你自己还在扛着，他的大脑中就不容易产生出新思想，新方案。

王选的抉择在这一问之后，发生了裂变！一个特别宝贵的亮光出现，这亮光——不在于发现自己做一线的工作已不如年轻人，今后可由自己出思想，年轻人出干劲，自己全力扶持年轻人去干出成绩。不，不是这样。而是应该创造一种氛围、一种气候，这种气候要能让年轻人自己的思想里不断开出鲜花来，才会硕果累累。

是的，恐怕没有什么比这更重要了。一个人，只有当他的主体意识、他的心愿与心情、他的精神与体力都活跃起来时，他才是一个完整的人，一个生机勃勃的富有创造力的人、一个主人。

他在告诫自己，千万不要因为自己拥有成就，而不幸扮演一个对年轻人可能构成限制、控制或压制的角色。

就在这一年，王选把几位不同年龄段的年轻人同时推上研究室主任的位子，可证他实施这一抉择开始迈出大步。

肖建国（36岁）任彩色系统研究室主任。阳振坤（27岁）任栅格图像研究室主任。汤帜（27岁）任文字处理研究室主任。

值得看一看他的学生，如果说王选从前研制的主要成果是照排设备，今后的成果是"人"，能创造高科技成果的人。

肖建国28岁就读于北大计算机系研究生班，王选发现了他的创造力，在当时主管北大教师聘任工作的副校长陈佳洱的鼎力帮助下，留下了他，并竭力扶持他，使他先后主持完成了大屏幕中文报纸组版系统和彩色照排系统的软件设计。被任命为彩色系统研究室主任后，他又主持完成了彩色调频挂网算法并实现高保真彩色印刷，从而实现了彩色技术的又一重大突破。今天，肖建国已是博士生导师、方正技术研究院常务副院长。王选还总是这样向人介绍："现在研究院的技术总管不是我，是肖建国。他在技术管理以及同经营部门配合方面都比我做得好，上了一个新台阶。"

阳振坤生于湖北一个被称为雷场的村庄，18岁考入北大数学系，才读了3年就提前毕业并考上硕士研究生。24岁成为王选的博士生，王选把一个研制新一代栅格图像处理器的博士论文题目交给了他。这使阳振坤很惊讶，栅格图像处理器的英文缩写是RIP，前五代RIP都是王选老师亲自主持研制的，作为照排系统的"心脏"，那是我国照排系统取得辉煌成功的关键，现在，阳振坤是个刚刚进门的博士生，王选为他选择的课题是要他来超越王选……这可能吗？

阳振坤成功了。1994年，阳振坤的大脑里突然萌生出奇想：能不能开发纯软件RIP呢？

"王老师，"他对导师说，"我还没有足够的理由来说服您同意，但我有一个直觉，纯软件RIP将会成为未来的主流。"

彻底抛弃RIP里的硬件，完全由软件来支撑，这不啻一个非常大胆的奇想，意味着对王选"欧洲专利"的彻底超越。

是惊，是喜？王选曾期望年轻人思想开花，现在，他终于看到了奇景，听到了花开的声音。自己所该做的就是：支持。

汤帜是王选的硕士生，也是他的博士生。诚如王选所期望的，正是汤帜提出并成功地主持研制出"面向对象技术"的飞腾排版软件，进而再次提出并实现了"软插件"体系，这一技术被王选誉为"我们打开日本市场的一张王牌"。

这些新技术均得益于年轻人在第一线能随时随地积极地思想。当年轻人能确切地感到、看到自己是在为国争光，是在创造历史，焕发出的创造力，是别的报偿不能替代的。

我们看到，王选人生中的第五次抉择尚未见分晓，但已经可以肯定，在他感到不如年轻人的时候，作出的人生第六次抉择，是他人生中最灿烂的抉择。1993年，他还有些什么举动？

不要忽略这知识资本

作为教授，王选已是中国科学院院士（1991年）、第三世界科学院院士（1993年）、中国工程院院士（1994年）。他说："我忽然成为计算机界的权威。一年戴一顶院士桂冠，一下子成了三院士。这时我57岁了。可惜，在我年轻最需要的时候，没有得到承认。在高新技术领域，年轻人有明显的优势，55岁以上的专家创造的高峰期绝对已经过去了，哪里有57岁的权威呢？"

王选似乎一生都没有得到一个骄傲的机会，或者说，他终于获得了一个可以谦虚的资格。不管怎么说，我们能感觉到，王选几乎在一切可能的地方，都用心于为年轻人的成长创造舆论，创造条件。另外，我们也能看到，一个人，当他不需要时，才是真正的富有。

"当然，"他说，"要找60岁左右、像我这种年龄犯错误的可以找出一批来。"然后他讲到其中最著名的"三位赫赫有名的伟大的发明家"，第一位就是美籍华裔电脑巨匠王安，另两位是曾被誉为"巨型计算机之父"的克雷和创办了"小型机王国"公司的奥尔森，他们都在60岁左右因自己曾有巨大的成就而犯了同样大的错误，使公司从辉煌跌入困境。

他也想到了曹操50多岁作《龟虽寿》，那"烈士暮年，壮心不已"的诗句曾激励不少老骥，使人总想在晚年继续做出重要贡献。他说这种心态是好的，是可以理解的，但是，"我以为，伏枥老骥最好用'扶持新秀，甘为人梯'实现自己志在千里的雄心壮志。"

王选与年轻人的共同语言越来越多，生命就在自己的身心依然绿油油地生长，而不是变成那种人称的"泰斗"。从前苏东坡说："不信人生无再少，门前流水尚能西。"我发现56岁以后的王选在往年轻的方向活，这是一种让时光倒流的活法，非常高妙。

王选还说："就科学技术而论，对原子弹贡献最大的是周光召，对氢弹贡献最大的是于敏。我觉得，两弹元勋邓稼先之伟大在于，不仅自己有才华，而且能够让他手下比他更出众的人充分施展才华。"

从王选这些话中，我们能丝丝缕缕地感觉到，王选在把自己一生中经验的精华都尽量传递给学生，不仅致力于使学生创造出科技成就，更用心于使学生能继承老一辈科学家伟大的品格。这种品格实实在在是能孕育出一流成果的永恒的财富。

1994年是748工程20周年，4月22日，《西藏日报》由方正系统印出，至此，全国所有省级报纸均"告别铅与火"，北大开创的这项高技术产品拥有了全国内地99%的报业市场。

这样，我们看到，我国内地的报业、印刷厂，没有经历过第二代、第三代照排机的历程，从当今最落后的铅排，一下子跳到具世界先进水平的激光照排，真的实现了"一步登天"。

现在，我们可以来看看，王选20年前选择"技术上的跨越"，意义究竟有多大。

你知道王选曾说，从科研走向市场的过程堪称"九死一生"。我看这"九死一生"还可以读作：我国大部分科技成果没有成活。比如，过去20年，我国彩色出版领域一直是由外国彩色电子分色机垄断，我国花了近20年时间仿制，仿制出一代，马上被国外的新一代所淘汰，始终未能进入市场。

再比如，比王选更早开始研制照排系统的5个单位，哪一家都不是技术力量差，也不是不努力，仅仅是由于选择了重复研究国外已有的技术，最后不得不全军覆没。

类似的情况发生在科研各领域，许多科技成果，尽管鉴定会上可以得到诸如"国内首创""填补了国内空白"之类的好评价，可是，中国的市场已经国际化了，在我国的柜台里分明陈列着国外先进的同类产品——柜台内不空白，成果鉴定书上写着"填补了国内空白"有什么意义呢？所以，有人把成果鉴定书称为成果的"死亡判决书"。看到这些，我们也就能够理解，为什么我国多年来有90%以上的科技成果未能转化。这确实是非常严酷的"九死一生"。

其实，有着数千年报国传统的中国知识分子谁不希望自己为国家做出大贡献呢？遗憾的是，我们许许多多的科研，并非研究多年之后终于失败，而是败于兵马未动之先。是一开始就注定了永无转化之日。

我国原本就不富裕，许多科研投入大量经费而没有丝毫回报，所谓"交学费"。更大的浪费是科研人才的浪费。但如果不被浪费，则中国的潜力巨大。我们能怎样挖潜呢？

至此，我们已能看到，王选及其同仁艰苦卓绝的创业历程，对我国千千万万的科研人员、几亿学生，乃至许多领导者来说，已不仅是一笔"精神财富"，而且是一种"知识资源"，去读解，去认识，你就在拥有一种极宝贵的知识资本。

我国的优秀人才是很多的，以王选的学生为例，在搞彩色出版系统时，他指导学生再次选择了"跨越"——跨过国外彩色电子分色机的技术路线，直接研制开放的彩色系统——他的学生同样获得成功，从而把垄断我国彩印市场20多年的外国电子分色机全部淘汰。

这样，我国出版系统不但"一步登天"跨入激光照排；也以相同的方式，直接过渡到先进的图文合一编排彩报；电子"远程传版"技术，则使我国各大报在没有广泛采用传真机远传"报版"的情况下，得以直接使用"照排系统"及时远传到各大城市的印刷点同时出报……所有这些，都因为王选选择了"顶天的技术"，或说"技术上的跨越"，从而使整个民族的新闻出版业、印刷业全面实现了划时代的跨越。

请想想，印刷厂是我国最多的工厂之一，课本、文件、广告、佛经、钞票、发票……人们生活的一切领域每天都离不开对印刷品的使用。当告别了"铅与火"，印刷厂所需的能源消耗均可下降2/3以上；远程传版，可极大地减少各大报每天远程运载报纸的能耗物耗……我们如何能估量王选的贡献！

王选的方式，在中共十五大报告中的表述是："我国是发展中国家，应该更加重视运用最新技术成果，实现技术发展的跨越。"

1995年全国科技大会召开，媒体报道说，我国科技队伍已经拥有一千八百万人。试想，一个王选，紧紧把握住了"跨越"和"创新"，就有了如此景观，如果我国众多科技人员在科研选题立项之时，都能真正认识到"顶天""跨越""创新"对自己科研的前途有着怎样事关成败的重大意义，则不仅可能避免许多无效劳动，大部分人的成功将会多么了不起！

立地难于顶天

1994年3月，王选到台湾访问，参观了国民党某日报社，看到他们的设备，不禁问："这不是蒙纳系统吗？"

对方说："是的。是英国产品。"

王选就知道：我们也可以在台湾的出版领域"收复失地"。

国民党的这家日报社要用大陆的设备，毕竟是不容易的。但是，他们决定用了。

此后王选再去台湾，台湾这家日报社的一位负责人一见面就告诉王选："你知道吗，用方正的远程传版技术，我们传到洛杉矶，第二天一早印出来的报纸比在台湾印出来的还清晰。"

当港、澳、台都用上方正彩色系统，可以说，在汉字照排印刷领域，收复失地的奋斗，实现了"全国山河一片红"。

在这同时，方正系统又挺进到了马来西亚的《亚洲时报》《光华日报》《星洲日报》《南洋商报》，以及美国《世界日报》《星岛日报》等华文出版业，方正系统正以无比锐利的先进技术将挺进到全球一切华文世界……王选的声誉正使他走到哪儿都是一个著名的活广告。此时，研究所与方正集团仍处于"分立"状态，王选如果听从所里年轻人的要求，自办公司有一定的优势。可是，王选为什么就不肯自办公司呢？

"我不善于搞经营。"王选说。他并且认为，他领导下的研究所的骨干也不善于搞经营。开拓市场并不比开发技术容易。方正集团有一批人精于此道。方正系统拥有广阔的市场，同时是方正集团内企业家和众多经营能手开拓市场的结果。"只有两者紧密结合并最终走向一体化，才是正确的选择。"

这一时期，王选曾这样写道："美国华人中流传着一种比喻：用下围棋形容日本人的做事方式，用打桥牌形容美国人的风格，用打麻将形容某些中国人的作风。"进而论及：下围棋是从全局出发，为了最后的胜利可以牺牲局部的棋子；打桥牌是与对方紧密合作去夺取胜利；打麻将则是"孤军作战，看住上家，防住下家，盯住对家，自己和不了，也不让别人和"。

王选教授把以上论述写成《众人拾柴火焰高》一文，发表于1995年5月12日的《人民日报》，表达了他的情感和心迹。

1995年6月，张玉峰出任方正集团公司总裁，一个新的局面出现。王选建议研究所全员汇入公司——这就是王选人生中的第五次抉择。"方正技术研究院"成立于7月1日，这是王选与张玉峰精诚合作办成的一件大事。至此，研究所与公司两支队伍胜利会师。

王选有一个说法，叫"顶天立地模式和一条龙体制"。如果说王选搞748工程一开始就选择了在技术上要追求"顶天"，他渴求"立地"的愿望并不仅仅是泛指走向市场。如果把市场比作海，你得为自己的技术找到一艘船，才能远航。否则，你虽有先进的技术和远大的抱负，也会无立锥之地。

再看王选领导的北大计算机科学技术研究所是国家重点实验室，硕士点与博士点、博士后流动站，以及国家工程研究中心，堪称"四星级"单位，这"四星"均属"顶天"范畴，加上"集团公司"才真正做到"顶天立地"。前述的"四星"汇入方正集团，北大方正就成了所谓"五星级企业"，建成这种从尖端科研到售后服务都浑然一体的一条龙体制，就有了飞腾之势。他们随后推出的一个排版软件就叫"飞腾"。

如果想想，王选渴望"立地"到1995年才实现，比他取得欧洲专利花去的时间更多得多，我们恐怕应该深刻认识到：要真正站稳市场，比科研更难。换言之：立地难于顶天。

在"企业"这个命题中，还潜藏着许多亟待我们去认识的知识。因为我们有太多太多的人只知科研很难很重要，不知开发和使用科技创造的成果以及在使用过程中所从事的所有其他活动比科研更难更重要。科学技术在没有开发为社会化的产品之前，无论多么高新，都只是知识形态的生产力，而不是现实的生产力。企业缺乏现实的先进生产力，就会在激烈的国际性竞争中失去运转，职工下岗。这一切都非常现实。

一个国家科研水平高，国家不一定富强。一个国家的企业发达，则表明对科技的研究开发和使用能力已达到无可置疑的高水平。

由于王选是"三院士"，是杰出的科学家，他的成功非常容易被看成科技方面的成功。其实，我们只有看到王选对企业的重视和贡献，才算真正看见王选。

因为我国企业的功能至今也是很不完全的。王选始终没有把自己封闭在"经院"，同时又是在缺少成熟企业帮助的情况下，靠自己的摸索，"九死一生"地把发明创造推向产业化。更可贵的是，在他58岁时，以自己跋涉一生的经验和认识，率领着一群有着非凡创造力的年轻人，全部投身到企业。因而，比他主持创造了激光照排系统更了不起的创造是，他倾毕生之努力去促进我国高科技企业的成熟……能不为之感动！

张玉峰原是方正（香港）有限公司的董事局主席，张玉峰辞去主席一职，请王选来当上市公司的董事局主席。

方正在香港上市的那一天，在张玉峰的记忆中也特别难忘。他说，那是1995年12月21日上午9时50分，香港联交所交易大厅，一排穿红马甲的交易员端然正坐，交易所的总裁、副总裁手举酒杯，王选教授站在交易所大厅中央的红地毯上，发表他对方正美好前景的演讲。

王选说："我们从来不把中文出版系统进入海外市场看作走向国际的标志。只有非中文领域的产品大量进入发达国家市场，才算真正的国际化。"

全场掌声雷动。

如果说拿破仑讲他跺一下脚就能让阿尔卑斯山震动，那是因为迎风飞舞的鹫旗下，列队站好了他的士兵。

这天，王选站在这红地毯上，手举酒杯，从容地向世界宣布："再过一年，我们就要打开日本市场。"这是由于他身后拥有一大批年轻人，还拥有一个方正集团。

张玉峰说："当时，泪水模糊了我的视线。"从内心由衷地涌出来的一句话是，"王选，是真正的民族英雄啊！"

一年后，方正集团果然成功地打开了日本市场。

只要想想我国绝大多数企业迄今还很缺乏科技创新能力，我国高校、科研院所则有大部分的科研成果没有转化为现实的生产力，王选以"顶天"的技术去寻求"立地"的故事，北大科研力量与企业力量会师的故事，对我国高校、科研院所和企业，都有巨大的示范意义。

他们的故事正以雄健的强音告诉我们：我国的科研力量与企业力量，只有实现"伟大的会师"，中华民族才能真正走出贫困，顶天立地站起来！

最有希望的亮点

很久以来，人们都很熟悉这句话："搞原子弹的不如卖茶叶蛋的。"然而，我们或许需要从另一个方面来接受这句话的真理性，即：这符合市场法则，卖茶叶蛋的直接面对市场。

北大校办产业管理委员会主任即今北大党委书记任彦申，他说："大学和科研院所，不少人认为，搞了技术开发就影响了科技水平的提高，把二者对立起来。王选不一样，他既敢于占领科技的制高点，又敢于占领市场的制高点，把这两个制高点都占领了，才实现了水平和效益的统一。"

王选曾在《如何使研究生作出一流成果》的文章中写道："研究生大多希望自己的研究工作有好的结果：从事基础理论或应用基础研究的，追求文章发表在权威刊物上，并得到别人引用；从事应用方向的则渴望最终得到广泛推广，真正在国民经济中发挥作用。达不到上述目标，被称为'不上不下'。"

这种"不上不下"，正是科教同企业相脱节在我国高校内的一种反映，结果常常是培育出"盆景"似的成果，无法真正"成材"。为了避免这种"不上不下"，王选身体力行，做出的努力和取得的成就都是十分显著的。

我们可以继续看看那个脑袋里冒出奇想来的阳振坤。他刚来读王选的研究生，王选就把一个主持研制第六代RIP的论文题目交给他。这不是做文章，是要搞出产品来。他成功了。接着就想搞纯软件RIP。他又成功了。

1997年7月18日，北京中国大饭店，王选向新闻界、学术界报告了他的学生阳振坤主持完成的这一重大发明："23年来我们研制了七代RIP，每一代差不多全部重新设计。前五代是在我主持下研制的，后两代是在年轻的阳振坤博士主持下完成的。其中第七代是纯软件RIP，代码几乎没有任何继承。"又说，"今天，我们可以宣布，新一代RIP的高技术水平，已经进入世界最先进行列，所以我们郑重地把它命名为：方正世纪RIP。"

全场报以热烈的掌声。

今天，阳振坤已是方正技术研究院副院长，一个前途远大的栋梁之材。

1993年3月4日，北大推倒了校园临街的虎皮斑石墙，开建南街企业工程，是北大走产学研相结合道路的一个重大举措。任彦申当年主抓这项工程，被海内外报道为"推倒南墙的人"。他对王选的认识之深，恐怕还因为他们有着相同的眼光。他还说："王选的实践，也可以证明恩格斯在上一个世纪说过的一句话是非常正确的，即社会一旦有技术上的需求，比十所大学更能把科学推向前进。"

他认为王选踩出了一条道路，开创了一种模式。"王选把知识的创新、知识的应用到知识的传播融为一体；把科学研究、技术开发、人才培养和为社会服务融为一体。"他还讲道，大学办产业，"起初有人把它看成校长或系主任腰里拴着的一个宝葫芦，没钱就晃它，摇出几个小钱儿来。王选的道路，给北大带来了一种观念的变化。"今北大校办产业已连续6年获全国高校第一名。中共十五大的报告里已经写入"走产学研相结合的道路"。任彦申认为："王选是我国产学研结合的一个开拓者。"

任彦申对王选的慷慨赞誉，很让我感佩，也让我一再感到，这毕竟是北大……百年前，中国何以要办京师大学堂？如果不从"生产力"三字去认识，就不可能找到真正的答案。1840年"中华骤遇千古未有之变局"，归根结底是生产力严重落后所致。"师夷之长技"的呼声则历时半个多世纪才得以用"办大学"的方式去实践。其时所迫切需要的新学就是西方发展了的现代数、理、化等理工学科。1902年，蔡元培创立中国教育会，设教育部、出版部，还有实业部，足见这些先贤并非为教育而教育，而是为中华实业之进步，生产力之进步而教育。如今北大校办产业蔚为大观，"产学研"相结合，把"产"放在第一位，这是真正高明的所在。

任彦申进一步说："产学研结合，中国走这条路，是领先的，这是中国最有希望的一个亮点。"我心中不禁为之一亮，悟到，这不仅是由于我国企业科研能力落后，像北大方正这样的高科技企业，只能产生在高校，而且是，我国知识经济的曙光，首先在北大这样的地方，向我们报到一个新世纪的黎明。

王选已经在向他的学生介绍，德国《明镜》周刊以《这里创造未来》为题报道："麻省理工学院是美国最富创造力的发明家大学，学院的师生走在现代科学的最前沿，他们在这里创造美国公司赖以占领未来市场的科学知识。"还写道，"和邻近的哈佛大学不同，麻省理工学院的研究人员和工业生产之间没有隔阂。几乎没有任何一所大学能像它那样把科研和市场营销，学术上的远大抱负和追求利润紧密地联系在一起。"

由于高技术产业不是以消耗大量有限资源为代价，同时又需要大量的科技创新力量来支持，高技术产业易从大学里直接产生，是当今世界知识经济的特征之一。上述德国报道的时间是1997年1月6日，我们可以看作，麻省理工学院在这方面成就斐然，但哈佛大学还不是这样。其文章题为《这里创造未来》，含意应该被读作：这是在提示，未来的社会和大学将会这样。

1998年1月20日，国务委员、国家科委主任宋健在一份报李岚清和吴邦国副总理的文中写道："今天我接待了法国《科学研究》杂志（该杂志与英国《Nature》和美国《Science》并列为世界三大科学刊物）主编纳雄，他昨天去北大、清华，去看了方正。他对校办产业方针和效果极力赞扬，认为是中国的创举。他说，法国的大学应向北大、清华学习，克服历史传统上的保守倾向，云云。"

以上文字同样可证世界正对高校办产业高度重视，而中国的"产学研相结合"的模式，是世界知识经济大趋势中一个先进的亮点，正如任彦申所说："是中国最有希望的一个亮点。"

再不能错过这个"初见端倪"的时代

何谓"知识经济"？中共十五大报告中写到的要"实施科教兴国战略和可持续发展战略"，就是对发展我国知识经济所作的表述。

王选曾以四字概括知识经济的特征："低耗高效。"因为以物质资源的高消耗为基础的传统工业正在导致全球能源枯竭——是不可持续发展的经济。以"低耗高效"为特征的高技术，是以较为理智的方法，此前200多年来的工业经济将把世界推向穷途末路的时代，人类在悬崖上开始拯救自己。

不要以为知识经济只是高技术企业的事，或者离我们还很远。"铅与火"的印刷业是工业经济时代的产物，由于王选的努力，已使我国新闻、出版、印刷行业的许多人在不知有"知识经济"一说时，全部向"低耗高效"的知识经济形态跨越。

知识经济的伟大作用并不是自身所耗的资源很少。"未来经济发展有两条路，一是传统型的，二是知识型的。"对前者，王选说，"要给老企业注入新的活力。"怎么注呢？他们今日的贡献，已不只是在照排系统。

今日方正，还为银行、政府、企业、商场提供系统集成业务，其中全国已有1/3的省政府采用了方正的办公自动化系统。1996年全国优秀系统集成商评比中，方正名列第一。随后，又为我国中小企业提供了我国第一个整体解决方案——方正协作天使。

王选对以上工作的积极作用的认识，可见于他如下表述："由于微电子技术、信息技术等在传统产业的广泛应用，可大大降低生产过程中的物耗和能耗。"你可感觉到，像王选这样有意识地做的一系列事情，并非他们自身是知识经济的"载体"而已，更像知识经济的"母体"，在我们许许多多人对知识经济尚无感觉之时，他们已经卓越地为我国不少传统企业哺以知识经济的乳汁，你会为之感佩吗？

1995年6月，一个叫邹维的年轻人来投奔王选。他曾经获过国家科技进步二等奖，由于无法转化为社会化的产品，他从中国科学院辞职去到美国ORACLE公司设在北京的"外企"，在那里从事美国产品的汉化工作，换句话说，是替美国产品搞"转化"来了，由此将美国产品打入中国市场，并将中国的同类产品打垮。不久，他感到这样的工作虽然工资很高，但心里太难受。

王选收下了他。9月，王选交给他一个选题。这个选题最初出自国务院李岚清副总理的一个建议，即建议中央电视台与北大方正合作研究，用计算机制作动画，"以提高制作效率，降低成本，提高质量"，为我国儿童"提供更多更好的国产动画片"。

历时一年半，卡通动画制作系统终于开发成功，取名"点睛"，整体性能一举超过了美国同类软件。中央电视台、上海东方台、北京电影学院等影视部门率先使用这套系统，并开始为西班牙的动画片制作所用。这是邹维第一次看到自己主持的科研直接变成了中国自主品牌的社会产品，中间根本没有"转化"一说。

这仅仅是一个涉足电视行业的开端。

1998年邹维成为方正技术研究院数字视频技术研究室主任，同年又成为数字媒体研究所所长，这是一个必将再次惊动全国的科研开发领域，在王选的策动下由邹维领导着早两年就开端了。

何谓数字视频、数字媒体？如果有人告诉我，"知识经济"即"数学经济"，我将不会吃惊。今天，全球范围面临着一次数字革命。"在电视领域，"邹维告诉我，"继电视产生之后，从黑白到彩电，是一次大的变革。现在又面临一次新的变革。报上也说到的数字彩电，只是其中一点点。"

不能怀疑此种变革必将给人类带来的好处，但可以先忽略那些尚未到来的"现代神话"，直接听一听来自美国的消息。

克林顿总统在1998年的国情咨文中谈美国未来的发展，明确讲道：美国的飞机制造业是美国经济的牵引车，而数字视频将成为美国新的经济增长点。

美国由于经济基础好，科研发达，美国政府已经做出了有关时间表。1998年年底，美国十大城市将开始数字广播（美国把电台广播和电视统称为广播）。到2006年，美国将在全美全面实现数字广播。就这一转换，在6年时间，会给美国本土带来1700亿美元的市场。

1997年香港回归祖国，邹维领导的科研队伍开始首先在香港亚洲电视台承担"数字视频"项目。王选说："一般电视台都是从模拟代到数字代，从数字代再到视频服务器、电脑系统……我们在亚洲电视台搞，走跨越式的发展道路，跳过了初级阶段，一下子就跨越到了第三代。"

你一定注意到了，这是王选当初选择激光照排，一步跨越到了四代机的方式在"数字视频"领域的再现。1998年，又与北京电视台、南京电视台签约，将帮助他们实现这一世纪性的跨越。

你是不是也注意到了，这又是一个多么大的天地啊！

广播电视行业，是一个一点儿也不比新闻出版行业小的极大领域。尽管我国的经济和科技都落后于美国很多，但是，在"数字视频"这个高技术领域，在许多人都还闻所未闻的情况下，王选部署的出征，早已开始。

尤为可贵的是，他是在自己年近六旬，深感"我已经是黄昏五六点钟的太阳"时，倾全力扶持年轻人来做这些切切实实能使祖国跟上世界强国步伐的工作。

"可持续发展"，是联合国教科文组织首先提出来的。1995年11月6日晚6时30分，联合国教科文组织在巴黎把该年度"科学奖"授予中国王选，以表彰他在中文出版印刷领域做出的具人类意义的卓越贡献。

王选在信息技术领域，为我国从工业经济向知识经济迈进已经做出的"初步贡献"，恐怕在中国还没有第二人比他更典型。人类为拯救自己，在下一个世纪，知识经济必蔚为大观。到那时，蓦然回首，我们会发现，王选是中国20世纪知识经济伟大的先驱者之一。

一个以数学技术为基础的数字化时代，一个以芯片技术取代齿轮的高技术时代，已初见端倪，我们再不能错过这个"初见端倪"的时代。

何谓前途，青年就是前途

20年前，陈景润的故事出在中科院，今天，王选的故事出在北大。从陈景润到王选，我们能清清楚楚地看到，中国改革开放已经取得了多么大的进步，中国的知识分子已经取得了多么大的进步！

陈景润的故事20年来，鼓舞、激励了许许多多的中国青年。王选的故事能不能由我国的媒体，真正深入地传播到家喻户晓，变成中国几亿学子，乃至壮心不已的"老骥"们创造前程的知识资本呢！

王选看到，在美国硅谷集结着一大批毕业于中国高校的杰出人才，以至硅谷"公司中没有美国人并不稀奇，而没有中国人的高科技公司则是罕见的"。王选曾这样描述道，"一大批优秀的中国人把黄金年华贡献给了美国企业。"

这是王选的一桩心事。今天方正集团的总裁是张兆东，他介绍说："这么多年，我们没卡过一个想出国或想调动的年轻人。我们曾预计人才流动率在10％左右，结果1％还不到。"

今天，方正集团已经在国外成立了5个海外公司：日本方正、美国方正、加拿大方正、新加坡方正、马来西亚方正。在非汉文方面，已进入日本市场，并将于1999年启动韩文和阿拉伯文的开发。

1997年中共十五大后，方正集团被国家经贸委定为全国首批6家技术创新试点企业之一，是其中唯一的信息产业。这6家被认为是中国进军世界500强的六大先遣主力。

在方正技术研究院，国际奥林匹克数学、物理学竞赛奖杯得主有3人，当他们和研究院的博士、硕士们被外国记者问及：为什么不去美国？比较一致的回答大致可归纳如下：

不是不想高薪，我们想离开方正，想去哪儿，随时都可以去，问题是还没有想去。为什么？我们从小就只看到中国人用日本人、德国人、美国人的产品，没见过外国人用中国人的高技术产品，现在，从我们这一代开始，我们看到自己研制的产品进入日本市场、美国市场，心里太舒服了！

1997年夏，方正还和微软、西门子、迪吉多等世界著名公司一起投资在马来西亚建造多媒体超级走廊，这是全球最大的信息技术发展计划之一。同年11月21日，方正又与美国IBM公司在北京人民大会堂签署软件开发及全球合作协议。IBM是信息产业的世界级巨人。用王选的话说就是：要学会跟美国的世界级巨人联手打桥牌。

杨振宁曾说："中国已经掌握世界上最先进最复杂的技术，如卫星和火箭技术。中国最失败的地方，是没有学会怎么把科技改变成有经济效益的生产办法。"

方正的年轻人正在用自己杰出的创造，改写历史。

何谓前途？青年就是前途。

一切事业，如果失去青年，就没有前途。

北大方正技术研究院今有近600人，博士、硕士占50%以上，平均年龄28岁。作为北大计算机研究所，国家所给的编制只有72人。到2000年，研究院还将增加到约1000人。如不是有一个集团公司，要集结起这么多人才是不可思议的。

北大方正集团今有3000多人，平均年龄不到30岁。到2000年，全员将增至4000人，平均年龄仍将不到30岁。年华如此青春，知识含量如此之高，一支朝气蓬勃的大军集结在这里，真是世所罕见。

这位花甲教授，已经用了最大的力气来集结中国一流的学子，能不感动你的中国心！

比科技更宝贵的

王选的故事已经很让人敬佩了，有一个人可以与他比肩。

还记得陈坤侠吗？那一年在病房里唱"正当梨花开遍了天涯"……手术后，医生说她体质太弱，癌细胞都没有力气扩散。她休息了一年，又继续一直工作到今天。我至今没有能够采访她，因为她不愿意。但是这并不能阻止我对她的尊敬。

那一年，她去十三陵分校，看望病情日趋严重的王选，对他说："你不能在这里等死。"然后把完全无助的王选带回北大，跟王选结婚，作为妻子，才可以照顾这个岌岌可危的生命。

王选渴望阳光，他害怕总躺着。新娘每天就在椅子上铺一床棉被，让棉被搭在椅背上，然后把王选安置在椅子上，王选就倚靠在椅背上面对阳光喘息……什么叫爱情？看不见王选将来还能有什么成就，甚至不知道这个生命能坚持多久，只知道应该爱惜这个生命。非常爱惜这个生命，这算不算爱情？

"那时，看不见事业的前途，也看不见身体的前途。"王选告诉我，"如果仅仅是看不见事业的前途，身体好，可能还好办。但是，身体的前途也看不见。如果没有陈堃銶，我扛不过来，真的扛不过来。"

　　20世纪90年代以前，这一对夫妻填表，在政治面貌那一栏，填的都是"群众"。如今，王选是全国人大常委会委员、九三学社中央副主席、中国科协副主席，有许多繁忙的社会工作。陈堃銶仍是"群众"，并经常为王选的太忙、缺少休息心疼。

　　你知道王选早年是学硬件的，陈堃銶则是学软件的。她一直是华光系统和方正系统软件总负责人。国家科技进步一等奖获得者，博士生导师，某项英国专利的发明人之一。肖建国是她的研究生。作为我国计算机软件的先驱者之一，陈堃銶在事业上的贡献也是有目共睹的、巨大的！

　　她的一位叫尹伟强的博士生告诉我："陈老师退下来后，许多事儿交给别人去管了，唯独还负责研究生的培养。"尹伟强说，计算机这一行其实很辛苦，编程序有时连续加班加点，有一次陈老师在机房说："唉，我就是身体不行了，不然我可以给你们做饭吃。"

　　无论是王选还在为国家大事操心操劳，还是陈堃銶会想着要是能给学生做饭就好了……他们的故事，不但让我们看到成就，更让人看到境界。人生能从世人追求的有逐渐化为无，就是真正的升华和高尚了。

　　我坚信，世上有比科技更宝贵的东西。在这里，我想引用爱因斯坦在20世纪30年代给他所钦佩的一位长者的信中的话，献给王选老师和陈堃銶老师，以表达我真诚的尊敬。

　　　我怀着无比敬仰和爱戴之情紧紧地同您握手。没有人能像您这样，把如此深奥渊博的知识、才能，同严于律己的自我克制精神融为一体，在默默无声地为社会服务之中寻求自己生活的真正乐趣。我们大家衷心地感谢您，不仅因为您所取得的成就。人类真正的进步的取得，依赖于发明创造的并不多，而更多的是依赖于像您这样的人的良知良能。

《人民文学》1999年1期

只有一个孩子

——中国独生子女意外伤害悲情报告

杨晓升

我一向认为，揭人家的伤痛是一件极不人道的事情，也是一件极其艰难的事情。

但这一次，我不得不去做有生以来第一件违背自己本意的事情，因为这绝不是一般意义上的事情，不像那些天生好奇的人那样只满足于寻找街谈巷议的佐料而不惜幸灾乐祸地去窥探人家的隐私。我所要做的这件事情，绝不仅仅牵涉到那些不幸遭到意外伤害的独生子女家庭，而是关系到当今中国所有的独生子女家庭，乃至中华民族自身的生态现状以及中国的未来。所以，即使我认为不应该去揭人家的伤痛，即使这件事情做起来极其艰难甚至艰苦卓绝，但我还是决定要做。

我下这么大的决心，其实已经不只是两三年的事了。我这个被朋友和同事认为很有社会责任感的人其实首先是一个地地道道的俗人，我的血脉里天生涌动着与绝大多数人一样的七情六欲。我热爱生命，热爱生活。我尤其喜欢孩子，每每见到那些憨态可掬或天真无邪的孩子，总会不由自主地放慢脚步，频频注目，胸间无限温柔地涌动着欣喜与怜爱之情。

记得还在恋爱阶段的时候，有一次与女朋友上街，途经一家幼儿园时，我对隔栏而望的一群孩子喜不自禁，默默注视，流连忘返，几乎忘了身边期待陪伴的女朋友。可令我意想不到的是，这件事不仅丝毫没有影响她对我的爱恋，我喜欢孩子的特点反而更坚定地促成了我俩之间的婚姻。待到我们有了自己聪明伶俐、漂亮可爱的女儿，我更是无可救药地父爱泛滥。只要一到下班时间，我恨不能早一点回家，与女儿一同嬉戏玩耍。堂堂的七尺男儿，竟然如此儿女情长，这在如今我的许多同龄人看来很不可思议，甚至很没出息的事情，对我来说却纯属生性使然。而"爱孩子"这一点，在妻子看来却偏偏成为我身上最大的优点，用她的话说，"这才有人情味儿"，所以她当初坚定地选择了我。

然而，毕竟搞文学的人喜欢胡思乱想。当我们像中国繁华都市里许许多多三口之家那样，充分享受天伦之乐的时候，忽然间却害怕失去什么。以至于后来，当我接二连三地从媒体上获悉某某地方的独生子女不幸夭折的消息时，我内心深处随之感觉到难以言状的颤抖与痛楚。联想到街头随处可见的"只生一个好"的计划生育公益广告，看着广告上那对年轻夫妇那么忘情、那么心花怒放地呵护着怀里那唯一的掌上明珠时，我不知怎么的就生出一个极不应该，甚至大逆不道的假设：假如将来的某一天因为某种不可预测的因素，某种无法抗拒的外力的摧残，他们不幸地如花一样夭折、似玉一样破碎，这对原本无比幸福的夫妇将如何面对这种灾难性的打击？假若这对夫妇因为年龄或健康的原因从此不能再行生育，他们又将如何面对生老病死，度过那风烛残年的余生呢？

我为自己这种近乎荒唐的设想不寒而栗！

但在中国，自古就有"天有不测风云，人有旦夕祸福"之说——谁能否认我这种近乎荒唐的假设存在着变成现实的可能？所有追求幸福、祈求平安的人们，哪怕是达官显贵，又有谁能保证自己完全能够把握住自己的命运不受天灾人祸的随时袭击呢？

没有，从来没有。

所以，面对那不幸遭受灾难的家庭，我无比痛心，也充满同情。我不忍心触痛他们，可同时又渴望走近他们，甚至带着一种不知从何而来的悲天悯人的情怀渴望着进入他们的生活，以自己多少有些不自量力的关心、同情与开导去抚慰他们那受伤的、至今仍汩汩滴血的心灵。我想从他们所经受的打击、所面临的困境中考察当今中国普遍存在的一家三口、"只有一个孩子"的家庭模式的血缘生态现状，乃至由此带来的对中国社会、对中华民族现在与未来的影响。

所以，我想对那些我渴望采访、被我无意中触痛的家庭和当事人说：

原谅我吧，我走近你们，不仅是为完成我自己认为此生不得不做的一项社会使命，更为了你、我、他——我们中华民族的每一个家庭，从现在开始直至未来，能生活得更加美好！

第一章　张晔：眼看着就要上大学却梦断车祸

17岁，豆蔻年华。正在读高中二年级、一年后准备考大学的北京女孩张晔，一如含苞待放鲜艳欲滴的美丽花朵，在冬天里的一个早晨却突然血溅街头，永远地凋谢了。父母那整日充得满满的人生希望、那寄托在女儿身上的无限梦想，随之像肥皂泡一样在最美丽的时刻异常残酷地彻底破灭……

1. 血色清晨

1999年元月19日的那个早晨，北京的冬天一如往年日短夜长。

已经是6点半了，但天仍灰蒙蒙的。正在上高二的女孩张晔像往日一样推起自行车走出家门，与邻居的另一位女同学一道冒着瑟瑟寒风，骑自行车去上学。今天，是学校期末考试的第一天，身为学习委员、成绩一直在班里名列前茅的张晔已经做好了一切准备，她对这次考试充满了信心。

天空的东边，朝霞如血。街道的中央，人影幢幢，你来我往。

张晔与同伴一前一后、一路说笑地朝学校的方向驶去。行至离家不远的拐弯处，一辆面包车突然如脱缰的野马从侧面疾驰而来，两位如花少女还来不及躲闪，便先后被撞倒在地，血溅街头。

这真是一个地地道道的血色早晨。两位少女的青春热血染红了北京的街头。这骇人的血色透过氤氲朦胧的晨色，与天边的如血朝霞渐渐融成一体。天地间顿时红成一片，空气中霎时间弥漫着血腥的味道。各种路过的机动车不约而同"呜呜"地发出凄然的哀鸣。

在两位少女的出事地点——北京南郊南苑机场附近的那条依旧昏暗的小街上，过往的路人被眼前这突如其来的事故惊呆了，人们纷纷停止赶路，有的惊呼，有的哭喊，有的观望，有的则焦急地张罗着打110报警。

肇事司机，经过一夜的疲劳驾驶，困顿麻木的神经也被这突如其来的事故震醒了。面对众人的围困和指责，他别无选择地在好心人的督促和协助下，将两位鲜血淋漓的少女匆匆地送到附近的七一一医院。

父亲张立军是在女儿被送到七一一医院抢救之后才得到消息的。

事实上，女儿出事的地点距离自己的家门口也就几百米远，可张立军和妻子刘俊玲对此一无所知。女儿离开家门之后，张立军也上班去了。妻子刘俊玲下岗在家。张立军大约在八九点钟的时候才得知女儿出事的消息。当他得知这一消息的时候，才想起早上刚上班时，有一同事说起早晨距家门口不远处发生的那桩车祸。但那时候晨色微曦，那位同事并未看清被撞者。张立军也没太在意，就如报纸和电视新闻上时常报道的车祸新闻一样，听起来虽然令人伤心，但毕竟与己无关。可能每个人都会觉得，那样的不幸事件离自己毕竟很远很远。而现在，张立军做梦也没有想到，这种以往看似遥远的不幸已经降临到自己的头上。当他的另一位同事、好友马秀魁将消息告诉他时，张立军心一沉，忽然间便有了一种不祥之兆。

其实，马秀魁在将这一不幸消息告诉张立军的时候，竭力控制着自己的情绪。作为张立军多年来最好的同事和朋友，马秀魁知道张立军患有心脏病，经不起外来的严重刺激。所以，搜索着适当的词句，尽量地轻描淡写。

"立军，听说你女儿让车给撞了，咱们赶快去医院看看吧。"

张立军隐隐约约感觉到大祸临头，但同时还心存侥幸。他想：不见得会那么严重吧？

张立军是被马秀魁架着走进医院的。一路上尽管他尽量往好处想，但仍然感觉到内心发慌、两腿发软，以至于无力爬医院的楼梯。马秀魁架着张立军坐上了电梯，到了医院的急救室。妻子刘俊玲这时候已先他一步赶来了，是街坊告诉她的消息。

情况比张立军想象的要严重得多。

张晔出事至今虽然已经过去几年，但张立军的另一位同事和好友余小云在向我描述车祸的惨状时，仍感到毛骨悚然："这孩子满脸是血，头发全撇了，脑浆汩汩地往外淌。我一看都傻眼了。立军的同事好友几乎都赶到医院来了，见这阵势都纷纷恳求医生，说不管花多少钱，都要把孩子救下来！"

同事和好友都没敢让张立军夫妇进急救用的隔离室，怕他俩受不了。

直到医生让看拍出来的X光片子，张立军夫妇才知道女儿已经在病危状态。医生尽可能平静，同时也明白无误地说，"张晔的生命最多能维持三天"。但夫妇俩仍声泪俱下地恳求医生全力抢救，说哪怕是个植物人也要留下，因为张晔是他们唯一的孩子啊！这个已经长到17岁的"唯一"如果都没了，自己这一辈子还会有什么指望呢？

七一一医院的医生是善良而负责任的。这所远离闹市、位于京城南郊、平时并不为京城多数人所知道的医院，无论是普通护士、医生，还是科室主任乃至院里的领导，都对张晔这朵行将凋谢的少女之花以及她的父母投以深深的同情，他们有什么理由不进行全力抢救呢？

手术与护理在这所医院紧张而又有条不紊地进行着，医护人员以高度的责任感和崇高的人道主义精神，全力投入了对张晔的救护行动。

一天，两天，三天……张晔的生命之火在风雨飘摇中顽强地燃烧着，所有的人都全神贯注、满怀希望地祈祷着这羸弱的生命之火能持续下去，期待着这无限宝贵的青春生命能在医护人员的精心呵护下发生奇迹重获新生，这种祈祷与期待一直进行了9天。当第9天的如血朝霞照常映现蓝天的时候，张晔这盏燃烧了17年零265天的生命之火，还是无情地、令人痛惜地彻底熄灭了。

与张晔一同被撞倒的那位同学却相对幸运，虽然留下终身残疾，但毕竟保住了生命。

2. 假如不发生意外，这是一个幸福的三口之家

我是在距离张晔出车祸的数年之后才开始对她的家庭及亲友进行采访的。实际上，张晔1999年元月19日早晨出车祸之后，我便在同年3月29日的《北京青年报》上读到了车祸的简短消息。我之所以留意这则简

短消息并且小心翼翼地保存下来，是因为我早就开始了对独生子女意外伤害事件的关注以及与此相关的一系列思考。

从开始关注到进行实质性的采访，为什么有那么长的时间距离呢？

我想除了公务缠身，其他的原因也不言而喻。与记忆中一部文艺作品的篇名《不要惊醒死者》意思截然相反，我内心深处一直是诚惶诚恐地不忍惊扰生者的。我这里所说的生者，当然是指那些遭受磨难的家属。我所说的不忍惊扰，则是指不忍心早早地惊扰——当家属伤痛未愈的时候，有谁忍心再去触痛他们心头的创伤呢？

几年过去之后的2002年元月的某一天，我却不得不进行这项对任何一位报告文学作家来说都将是极其艰难的采访。

当我多少有些忐忑不安地按照从114查号台得到的号码拨通北京电器元件厂的电话，期望查阅到张晔父母张立军和刘俊玲联系方式的时候，不想事情进行得比我预想的顺利得多，因为接电话的恰好是张立军的同事和好友余小云先生。余小云听我说明意图，其所流露出来的热情令我意外。他说您想了解张晔车祸事件的来龙去脉，那好啊，我们正在忙着帮助她父亲张立军打官司呢！余小云立马向我介绍了他的另一位同事、同样是张立军好友的马秀魁。他们仁都是同事和好朋友，现在工厂不景气，三人都下岗了，自己都在外面找活路。余小云说马秀魁更了解张立军一家目前的情况，而且能说会道。余小云还自告奋勇地说："我跟马秀魁打个招呼吧，让他安排个时间接受您的采访。"我说："我想和你们两人一块儿聊聊。"余小云爽快地满口答应。

两天后的一个下午，两位中年男子应邀来到我的办公室。从外表上看，余小云清瘦，马秀魁魁梧，两人都古道热肠。说起张立军的事，两人你一言我一语，既痛心惋惜，又愤愤不平。几年前张晔出车祸被送进医院救治的那段日子，余小云和马秀魁都极其仗义，他俩自始至终奔前忙后。时至今日，他俩还在为张立军打官司的事打抱不平并忙碌着。

说起张晔的夭折，两人都痛惜不已。

马秀魁说："张晔那孩子学习可优秀啦，每学期考试成绩在她学校的同年级中都能进入前十名。那孩子一米七二的个儿，大眼睛双眼皮，唉！太可惜了……"

不过要说张晔的学习成绩，余小云更有发言权，因为他儿子是张晔的同学。

余小云承认："张晔学习成绩真的是好，比我儿子好多了。这么说吧，要是张晔考590分，我儿子顶多能考580分。她原本是要上清华附中的，就是差那么一分两分的没考上，最终上的十八中也非常不错。我儿子成绩都不如张晔，可现在已是北京工业大学二年级学生了。张晔要是不出车祸，现在也该是名牌大学二年级的学生啊！唉……"说着，他不住地叹息、摇头。

马秀魁接着说："张晔这孩子真的是很灵气，很懂事，干什么都很有热情。那年放暑假，她去推销化妆品，干得蛮像回事。有一次她去我家，跟我女儿一起唱卡拉OK，嘿——我发现她唱得很不错！她的书也看了不少，一部美国小说《飘》她看得很入迷，看完了还津津乐道地向大伙儿讲那小说写得如何如何好。"

我问马秀魁："你女儿也是张晔的同学吗？"

马秀魁答："不是。我女儿比张晔大多了，现在在《电子时报》工作。"

听着他俩的描述，张晔的形象逐渐在我的眼前清晰起来：张晔从小就是一个乖孩子，不但形象挺拔出众，而且从小学到高中，学习成绩一直名列前茅。就是在出车祸前的高二那个学期，张晔既是班里的学习委员，又是学校里的升旗手。她的人缘很好，学校得知张晔被撞的事后，组织学生捐款一万多元。同时，张晔从小学到中学的同学纷纷前往医院探视，为张晔叠了一千只纸鹤，为她祈求平安……可想而知，这样一位风华正茂、前程似锦的17岁少女，做父母的在她身上寄托着多少希望和梦想啊！

张立军是知青出身，属于人们说的老三届初中毕业生。他父亲是搞技术的，在市政公司工作，修过天安门和北京站广场，"文革"时也挨过斗。他母亲是家庭妇女。张立军那时兄弟姐妹一共6个，全靠父亲一个人的工资养大。

1968年12月底，张立军刚满16岁，就跟着他哥哥到山西太谷县农村插队，在农村整整干了14年，回城时已经30岁了。刘俊玲也已28岁。

刘俊玲的家境比张立军好些，她兄弟姐妹4人，父亲在建筑公司工作，母亲则在外贸公司任职，刘俊玲在家里排行最小。张立军和刘俊玲是回城后在工厂里认识并自由恋爱的，1980年结婚。1982年4月29日，张晔出生。张晔出生时脐带盘在脖子上，差点儿出了危险。但老辈人说，小孩出生时脐带盘上脖子，那是背着书包呢，长大了一定是一个读书人，而且是一个出色的读书人。这虽然有点迷信之嫌，但张晔的成长历程又多多少少印证着老辈人的这种说法。假若不发生意外，张晔是能够顺利考上大学，毕业后找份不错的工作的。两位被"文革"耽误、都没有机会上大学的中年父母，平日里恩恩爱爱，不玩牌不吸烟，满心欢喜全身心地将全部希望寄托在这唯一的孩子身上，指望着这唯一的女儿一年多后能顺顺利利考上大学。

可天有不测风云，谁曾想到这样一个对未来充满憧憬、和睦幸福的三口之家，会被一场飞来的横祸无情粉碎呢？

如此沉重的打击，对任何一个三口之家来说都是致命的。

马秀魁讲："出事那天，我在医院一直守着张立军，怕他受不了打击，因为他有心脏病。孩子就在医院的隔离室中抢救，他想见又不能见，也不敢见。临告别时才看了一眼。那时医生已给张晔整了容，不然张晔那血淋淋的惨状，直到现在我回想起来都受不了，何况她的父母？"

马秀魁叹了口气，又接着说："张晔的丧葬和骨灰的安放也费了一番周折。火化时我们都没让张立军他们夫妇去，那时他俩都哭成了泪人，本身身体又都不好，再有个三长两短可受不了。我们只让他外甥去帮着料理，张晔的同学来了一百多个，也都跟着去参加告别仪式。对于骨灰的处置，他们夫妇俩开始坚决不留，既想空（航空）撒又想海（大海）撒。但那时他们精神都处于非常状态，我们怕他们将来反悔，就悄悄留了下来。后来他们也明白了，就先寄存在张晔的姥爷那儿，因为她姥爷信基督教。第二年她姥爷去世了，她姥姥说放在一块儿吧，最后张晔的骨灰和她姥爷的骨灰一起安放在西北望一块基督教的地上……"

3. 谁在往他们的伤口上撒盐

张晔车祸的肇事司机叫朱银友，是安徽省来京打工的农民。出事的那天早晨，他是疲劳驾驶，在出事前的那一瞬间由于打盹儿，将急刹车错踩到油门上酿成了惨祸。

在路人的督促下，朱银友还算知趣，他在众人的帮助下将两位被撞少女送进了附近的七一一医院，还主动拿来了1万元医药费帮助救治。

交通大队的调查结论是：司机应负全部的责任。他们将朱银友开的那辆白色小面包车扣在了交通大队。

那时候张立军和刘俊玲夫妇悲恸欲绝，他们在亲友和同事的帮助下全身心投入到对女儿的救治上。由于交通大队已介入处理车祸事件，车祸刚发生时司机也在配合救治，所以他们并未意识到肇事者在经济赔偿上会发生什么意外。

可意外还是发生了。张晔17岁的生命之火彻底熄灭之后，在张立军和刘俊玲夫妇仍难以在丧女的悲痛中解脱出来时，却发现肇事司机朱银友不但再也没有露面，而且已经跑得无影无踪了。

为抢救女儿，张立军夫妇倾尽了一辈子的积蓄，将家里的三四万元全花光了。这区区的三四万元当然不够，张立军的哥哥给拿了2万元，山东的一位朋友送来了1万元，加上肇事司机拿来的1万元，还不够，七一一医院出于人道与同情，也减免了一些医药费。

实际上，张立军不是那种不明事理、得理不饶人的人。相反，他是一位心地善良的好人。尽管女儿的不幸夭折给他带来无尽的创痛，但他并不想对肇事者做过分的纠缠和苛求。他认为孩子既然死了，再不能复生，对方该怎么赔偿，都按法律认定的办。肇事司机是外地来京的打工者，生存也不容易，"咱也别讹人家"。他还将女儿学校从学生中募捐送来的1万余元的捐款送回学校，执意让老师们退还给学生。他说大伙儿活得都挺不容易的，"咱干吗去增加人家的负担?"

然而，面对逃匿的肇事司机，张立军无法沉默。一纸诉状送到了北京丰台区人民法院，丰台区法院也受理了此案。

一审判张立军胜诉，由肇事司机朱银友和车主李秀华共同赔偿车祸并医疗费及家属精神损失费，共计人民币11万余元。李秀华是北京大兴人，他因做熟肉生意与朱银友成为朋友。据李秀华讲，朱银友是借他的身份证买的车，法院根据法律判11万余元由肇事司机与车主共同赔偿。

李秀华不服，他说我没撞人，凭啥要我赔偿？为此，他上诉到了北京市第二中级人民法院。中院经调查，二审维持了原判，但也略有调整，因为肇事司机朱银友畏罪跑了，判车主李秀华先代为垫付赔偿金。但车主拒不执行。

张立军花了数百元手续费，向法院申请强制执行。两三个月后，张立军和朋友马秀魁、余小云等跟着法警，驱车来到位于京郊的大兴县李秀华的居住地，但李秀华已人去房空。周围的人都说，已经好长时间没看到李秀华了，他也没回来。显然，他是负案逃匿了。

望着那空空如也的房屋，张立军的心如行将下雨的天一般，霎时间阴沉下来。这种郁闷的心情与丧女的悲伤夹杂在一起，一直萦绕于胸。

直到2000年，法院的法警才在青海抓住了肇事司机朱银友。朱银友身无分文，但他拿出了购车保险单，交给了交通大队。按保险单上的保额，保险公司最高能赔5万元。张立军心想这保险额连同那辆肇事白色面包车的价值，这回有希望拿到赔偿金了。于是，他随朱银友拿着保险单到北京的中国人民保险公司索赔。但人家拿过保单一看，说这不是北京的保单，是天津市宝坻县（后改为宝坻区）中保公司下属一家营业公司开的保单。经查询方知，1998年该公司在北京中保大厦租了一间办公室，前后也就一个多月，弄了些保费走掉了。北京的中保公司还告诉了天津市宝坻县中保公司的联系电话。打电话一问，人家承认有这回事，但说办保单的那个机构解散了，那些人都不在了。显然这不是理由，跑得了和尚跑不了庙，反正这保单是你们中保公司的。法院负责此案的法官来到天津宝坻县中保公司，但对方说必须是当事人、车主李秀华，而且说那张保单的有效期是一年，现在已经失效，即使有特殊情况需要理赔，也须由车主本人经办。可车主不在呀，连影儿都找不着！很显然，保险理赔是没希望了。一行人毫无办法，一脸的怨恨，一脸的沮丧。最令他们不解的是，外地的保险公司怎么可以易地到北京来开办保险业务呢？这样做理赔能有什么保障呢?！

保险理赔的路看来被堵死了。张立军心想先将那辆白色面包车卖了吧，那11万元的赔偿金能先拿回一点算一点。回到北京，他去找交通大队，说明来意。但交通大队的说法让张立军一下又傻了眼：凡交通大队扣押的车辆，按规定每天须交纳30元的存车费，那辆白色面包车已经被扣了两年多的时间，须交给交通大队的存车费少说也得2万多元吧？可那辆白色面包车买的时候车价也就是4万余元，加上折旧，扣除交通大队2万多元的扣车费，这车还能卖几个钱呢？

无奈之中，张立军又找到法院，要求进一步对车主李秀华强制执行。但接待他的法官说，不是去过一次了吗？他人不在，我们也没办法。你能找到他吗？找不到怎么执行呀？

张立军一听，如鲠在喉。他从没打过官司，从不知道打官司这么艰难。自己是打赢了官司的呀，可执行起来怎么这么难呢？判决执行不下去，这责任难道只能让当事人自己去想办法、自己去负责任了吗？张立军怎么也想不通。

时至今日，张立军打赢的官司仍搁在那里，能否执行遥遥无期。判决书上那白纸黑字写的11万余元的赔偿金，张立军仍一无所获。女儿车祸致死花去的那笔巨额救治费、丧葬费，至今仍分文无补。

人到了倒霉的时候，真的是一路不通便路路不通，干什么都不顺啊！

丧女的痛楚，打官司不断奔波的辛苦，索赔不成带来的无尽烦恼……这一切的一切几乎是席卷而来，一股脑儿地落到张立军和刘俊玲这对中年夫妇身上。他们感觉自己眼前的生活如雪上加霜，异常灰暗，冷入骨髓；自身的伤口像被谁又撒了把盐，阵阵抽搐，疼痛难忍……

4. 难以解脱的噩梦

我是在马秀魁和余小云的热心帮助下才采访到张立军的。那天我在办公室采访完他俩，便提出请他们帮助与张立军联系一下，讲明我的意图。我若自己找张立军，怕太冒失了，希望马、余两人同张立军事先沟通一下，让他有个思想准备。毕竟他仨都是好朋友，自打张晔出事，马、余两人为张立军奔前忙后，直到现在还在为张立军打官司索赔的事奔忙操心。

腊月里，北京的天异常寒冷。寒风冷飕飕的，不时裹挟着混浊的尘埃，在孤寂落寞的胡同里窜荡，让人感觉到人生的几分凄凉。

张立军和刘俊玲夫妇，居住在宣武区距离长安街不远的一个大杂院里。这处约莫20平方米的平房分里外两间，是刘俊玲的嫂子暂借给刘俊玲住的。

痛失张晔这唯一的孩子之后，张立军和刘俊玲夫妇俩宛若惨遭严寒摧残的庄稼，原本生机勃发、挺拔昂扬的两人一下全蔫了下来，精神的支柱几乎全垮了。

尤其是刘俊玲，多少次哭得死去活来，多少个日日夜夜以泪洗面、噩梦重重。她怎么也不相信自己那如花似玉的女儿，那眼看着就要上大学的女儿忽然间便没了身影，永远回不来了。所以，只要一回到南郊自己那套原本与女儿朝夕相处的楼房里，她便精神恍惚。她一会儿觉得女儿正在水房洗脸，那洗漱的水声清晰入耳；一会儿，她又仿佛见到女儿在写字台前学习功课的身影……这样的错觉日夜出现，让刘俊玲一直精神恍惚，似梦非梦，亦真亦幻。这种状况连续不断，使刘俊玲无法自已。往日贤惠利索、精神清爽的她忽然间像变了个人似的，只要一回到屋里就时常发呆，寝食不安，神经兮兮的，精神几近崩溃。这种状况持续下去，挥、挥不去，赶、赶不走，不仅使丈夫张立军日夜担心，就连刘俊玲自己也不免害怕。亲戚朋友看她这个样子，也都伸出关爱之手，劝他们俩不如暂时离开那个环境，到外边散散心。夫妻俩一商量，觉得在理，便搬到市中心的这处简陋狭窄的平房来了。春节的时候，夫妻俩还应表姐之邀到河北保定一带散了散心。

虽然住到了市中心，夫妻俩却时常要回到南郊的那套两居室的楼房去看看。为了纪念女儿，将女儿的音容笑貌永远地留住，那套楼房中女儿专用的书房，所有的用物、陈设，至今都纹丝未动。那张床、那张桌、那盏灯、那个书包、那些书和笔，以及女儿生前喜欢听的录音机和歌曲磁带……这一切的一切，让做父母的一见之下，就仿佛又见到了女儿，眼前又满是女儿的音容笑貌。因此，虽然女儿早已一去不返，但张立军和刘俊玲却都不约而同地选择了沉默，谁也不忍心去动女儿的那些东西，唯恐惊动女儿那渐渐安息的灵魂。每次打开女儿的房门，夫妻俩只是默默地看一会儿，然后各自拿一块干净的抹布，小心翼翼地擦去女儿遗物上的那些尘埃……

虽然住到了市中心，但女儿生前的同学好友仍时不时前来探望张立军和刘俊玲这两位长辈。夫妻俩也很喜欢这些孩子，每次见到他们，就像见到自己的亲生孩子一样倍觉亲切。张晔的这些同学好友，有的后来到城里来上高中，上下学路途遥远，张立军和刘俊玲就让他们住到自己家里来，一直送他们上了大学……

在他们现在住的那套平房里，张立军一个人接待了我。由于工厂不景气，刘俊玲提前退休之后在外面找了一份零工，那天都到傍晚6点多钟了，可她还未回家。张立军自己几年前下岗之后，跟着一同下岗的好友马秀魁在外面打零工，帮人家推销低压电器产品。两人的收入加起来，勉强能够度日。

眼前的张立军跟我想象的差不多：宽肩大脸，典型的北京汉子。丧女的打击和岁月的磨砺，使刚过半百的他容貌上罩着一层淡淡的忧郁。面对我的来访，早有准备的他仍愁云满面、心事重重。

问及小时候的张晔，张立军的声音缓慢而低沉——

"张晔这孩子刚出生时瘦长瘦长的，几乎是皮贴着骨头。我还担心，这么瘦弱的孩子不知该怎么长大呢，可没想到一转眼十几年过去，孩子说长大就长大了，而且还很聪明，成绩一直很好。小学四年级时，老师就让她上讲台给别的同学讲数学。她还喜欢绘画，后来因为学习紧张，就没什么时间了。让我们感到欣慰的是，这孩子学习从来不用我们操心，特自觉，我们都看好她考大学。这孩子性格开朗，爱说爱笑，人缘还特好。出事后同学纷纷来看望她，都以为能救活，都想看上她一眼。

"唉！发生这事儿，要说起来还有点儿迷信色彩呢。出事的前一天，她骑的那辆自行车脚蹬莫名其妙地折了轴，我给她修好了。头一天晚上，她去同学家帮助复习，很晚才回来，我和她一块儿等她妈妈回来吃饭，饭菜我都做好了。她妈妈从姥姥家回来时，饭桌上三副碗筷都摆好了，叫她妈吃她妈不吃，过来把其中的一副碗筷收了，不想刚拿过手就掉到地上，那碗碎了。当时我觉得心里哪儿好像不太对劲，可也没吭声。到了晚上，张晔进了里屋，说妈今晚我跟你一块儿睡吧，平时她都是自个儿在她的房间睡的，我见此状便说行，我到外边去睡。

"张晔她姥姥信基督教，平时她家里的人都爱跟着戴十字架。考试前的那天晚上，张晔说妈你那个十字架给我戴着，明天我考试考好点儿——嗨，怎么说呢，这些事说起来是有点儿迷信，但回想起来，似乎又都是前兆……"

回想起女儿的车祸，张立军依然是满脸的懊悔。

据张立军讲，张晔出生于1982年4月29日，6岁时她开始上学。

我问："张晔以前上学，你们做父母的接送吗？"

"小学时当然要接送，后来大了，就不怎么接送了。上初中她自己骑自行车。上了高中，因十八中路比较远，开始我们也不放心，接送了一段时间。我先骑车送她到南苑，然后坐我们厂里的班车去上学。再到后来，她自己就骑自行车了。"

"你们原来对女儿有什么期望呢？"

"我对孩子的要求是学习要好，将来做一个对国家有用的人。她从小特佩服周恩来总理，说将来我也要出国留学，想当教师或者律师。可真的是没想到……唉！现在说什么也没用了。"

张立军不住摇头，感慨良多：

"我与俊玲相爱的时候，她的父母并不乐意，原因是我家庭出身的成分高。她父亲出身虽然也不算好，但他们毕竟怕女儿将来吃苦。那时候家庭出身不好，在社会上就抬不起头来，哪想到社会能发展到今天这样啊。

"孩子出生后一直住在她姥姥家，因为她家有房，宽敞。孩子11个月时我住在她家，因为生活上的小事我被她父母打了出来。我这人脾气不好，到现在我都不去她家。那次被他们打出来后我半年多没见到孩子，待到元旦的时候我爱人才抱着孩子到厂里看望我。后来，孩子基本上是在她家长大的。所以孩子跟她姥姥姥爷都有感情。姥爷现在不在了，可姥姥还在。张晔出事之后，我们好长时间都没敢让双方老人知道，怕他们都受不了。

"打击真是太大了，好长时间我俩都没缓过劲来。尤其是我媳妇，精神都快崩溃了！所以我特别紧张，生怕家里再出什么事。她受打击到了何种程度呢？她能说我到我妈那儿去，我说大冬天的咱们这里有暖气，他们那里没暖气呀？她说我就得去、我就得去！没办法，我只得找一位开车的朋友送她去。可到了那儿刚进屋门，她又会打电话来说你快来接我吧，你快来接我吧——她真的是精神恍惚、六神无主了！在原来的那套楼房里住，我们老有错觉，一进家门就总感觉到孩子就在跟前。尤其她，老觉得眼前有女儿洗脸的动作，要么就是发现女儿在跟前看电视。到了晚上更是睡不着觉。

"夜深人静的时候，我们俩躺在床上老想着将来老了该怎么办呀？想得浑身发紧，因为想到老了要是病倒在床上，行动不方便了，拉一裤兜子屎啊尿的都没人给洗，那时候可就惨了……"

张立军哽噎起来，几乎没能再往下说。我心头一时也掠过阵阵凄凉。因为他们只有一个孩子，可这唯一的孩子眼下却没了，永远不可能复生。他们的晚年能有真正的幸福吗？

5. 迟到的孩子梦

张立军和刘俊玲也曾想过重新要个孩子。那年刘俊玲45岁，觉得还不大呢，再生孩子没准儿还行。孩子的名字也都想好了，还叫张晔。

张立军说："政策要许可当初我们就会多要一个孩子，因为张晔的姥爷姥姥都喜欢孩子，我爱人什么花呀鱼呀狗呀猫呀的，一概不喜欢，就是喜欢小孩。"

张立军说着摇了摇头，艰难地咽下一口唾液，语调充满懊丧："唉！现在想要孩子，真的想极了，但毕竟年龄不饶人。我俩都一样，身体状况不行。前几年我心脏病时恨不得每分钟才跳十几下。孩子在时我能辅导她到初一。我上学时数学比较好，我父亲不是也搞技术吗？所以我一直辅导她数学。"

说到能否再要孩子的问题，张立军似乎酸甜苦辣一下子全涌上心头，话儿又多了起来。其实，那天采访他的好友余小云和马秀魁，他俩就讲了张立军和刘俊玲夫妇在女儿去世之后，想重新要一个孩子所做出的种种努力。

大约是张晔不在了两三个月之后，他们想，试试看能否再要个孩子。这一念头冒出来之后，他们便开始身体力行，日夜盼着能重新怀上一个孩子。遗憾的是，他俩的愿望一而再，再而三地落空，一年过去，两年过去，盼子的愿望不断折磨着这对年近50的夫妇。夫妇俩弄不清这到底是什么原因。按说，张立军身体还行，刘俊玲的身体经历了丧女的打击之后，大伤元气，整天病恹恹的，总是提不起精神。但每月还是来例假的，只不过不太正常，经常提前，最多的时候能提前7天。问题会不会出在这里呢？

夫妇俩于是到中医医院检查，结论是子宫内膜脱落。医生的解释是，例假周期准是因为有排卵期的支撑。没有排卵期的支撑，例假周期自然不准。这种情况可以服药调理，但能否彻底调理好，各人有各人的身体状况，只能试试看。

刘俊玲满心虔诚地从医生那里买回了药，一心一意地服着，只是总不见效果。于是，刘俊玲情绪低落，天天郁闷。

这期间，刘俊玲从晚报上看到一条消息，说海淀区某医院有一大夫，治妇女不育症很灵验，人称"送子观音"。这消息霎时点燃了刘俊玲内心的希望，她如获至宝地将这个消息告诉了丈夫，并迫不及待地提出去那家医院看看。张立军将信将疑，不太支持妻子去。但妻子死活要去。自打医生查出是她自己的问题，她内心总是充满内疚。其实，在孩子的问题上，丈夫并没有责怪她，还安慰她说不能要就不要了吧，可她比丈夫更迫切。结果她自己先跑了一趟，回来时面带喜色地告诉丈夫："那大夫说行！你跟我去吧。"

张立军蹙了蹙眉，还是不大相信。他将这事告诉了好友余小云，余小云很仗义地一挥手，说："嗨，不妨去瞧瞧呗！"于是，他陪着张立军一块儿去探了个究竟。结果，两人都认定那个所谓的"送子观音"是个骗子。因为那大夫开一个月的药就得1500元，还不知道管不管用。张立军一听头都大了，内心一细想，说算了吧，咱一个月才挣多少钱呀？后来有朋友告诉他，那个"送子观音"的药实际上真不管用，听说没多久就被抄了。

这期间，夫妇俩还一同到妇产医院询问能否申请试管婴儿。医生向他们解释说，试管婴儿是35岁以下还没孩子的夫妇才合适，到你们这种年龄啊，成功率低，医院也不愿意干，因为要是失败就影响了原有的成功指标。再者费用也高，得3次取精、授精，每次2万元，3次就得花6万元——哪儿来这么多钱呀？夫妻俩基本死了心。

张立军的另一位同事对他说，护国寺中医医院有一老太太，是治疗妇女不育症的专家，像刘俊玲这样的症状她能够治好。于是，刘俊玲又开始到那所医院看那位专家，并开始吃药。

总之，为了能再生一个孩子，张立军和刘俊玲夫妇几年来东奔西跑，四处求医，心操了不少，钱花了不少，可时至今日仍不见成效，夫妇俩于是心灰意冷。刘俊玲更是大受打击，整天情绪低落，郁郁寡欢。自打女儿离去，没几年时间，原本身体壮实的她仿佛一下子老了10岁。白头发添了很多，笑容不见了，皱纹爬满双颊。尤其是那层无尽的忧郁，像一层瘟疫，顽固地罩在她那原本精力充沛、满是笑容的脸上，想挥挥不去，想赶赶不走。张立军看在眼里，疼在心中。尽管女儿的离去也给他带来了刻骨铭心的痛苦，但他毕竟是男人，男人天生要比女人坚强。要说盼望能有个孩子，张立军心情甚。只是相比于妻子，他更内敛些，碰了钉子也更想得开些。他总是想，要不了就不要了吧，想也没用，急更没用，还是顺其自然吧。他这样想，也这样去开导妻子。眼看丈夫如此豁达，刘俊玲虽心存感激，但也依然内疚、依然忧郁……

2001年夏天的一天，张立军应朋友之邀在南苑的一家饭店吃饭。

刚落座，女服务员走了过来，张立军抬头一看，忽然眼前一亮，这位女服务员挺像自己那已经不在人世的女儿。他心头不由一热，一股暖流涌了上来。席间，朋友们劝酒说笑，异常热闹，张立军一个人却心神不定，眼睛总是瞅准机会左右端详那位服务员。

回到了家，张立军将这事跟刘俊玲说了。俊玲一听，也按捺不住好奇，非要丈夫带她去瞧一瞧。张立军经不住妻子动员，就带她去了。

到了饭店，夫妻俩前寻后觅、左瞅右瞧，终于找到了那位女服务员。

四只眼睛齐刷刷地盯住了她，盯得那服务员不得不开口说话："叔叔，阿姨，你们俩是不是有什么事呀？"不说还好，这一说，倒让两位长辈不好意思起来。

张立军的头霎时摇得像拨浪鼓，一个劲儿地说："没事，没事。"话一出口，又觉得心存不甘，禁不住又补了一句，"实话跟你说，我们觉得你有些像我们的孩子。"

女服务员纯真地笑："是吗？"再一转眼，却发现眼前的这位阿姨已经低下头哭泣。女服务员那笑僵住了，转而蹙了蹙眉。

张立军见这阵势，只好如实将女儿已经不在人世的情况告诉给眼前的这位女孩。

女孩听罢，出乎意料地说："阿姨您别哭，要不我给您俩当孩子？"显然，这孩子很善解人意，她是想安慰眼前这对失去孩子的父母。但这话说得张立军和刘俊玲夫妇俩心里热乎乎的，而且不约而同地萌发出一种从未有过的希冀：这孩子长得这么像张晔，她要是真能做咱们的孩子，那该有多好！

刘俊玲抹了抹眼泪，试探着问女孩："你——你说的当真？"

女孩望着两位伤心的长辈，眨了眨眼，抿了抿嘴，最终笑了："您二位要不嫌弃，我可以考虑考虑。"刘俊玲破涕为笑，夫妇俩紧紧拉着女孩的手，你一言我一语，竟然把事情给说成真的了——女孩愿意当他俩的女儿。

女孩叫刘红兰，家在东北农村。事情说成之后，她的父母还特意来北京与张立军刘俊玲夫妇见了面，因为他们家里还有其他孩子，所以对刘红兰给他们当女儿的事也表示认同。张立军和刘俊玲夫妇喜出望外，当时就让刘红兰辞掉了工作，跟着到市中心这边来住，并且专门给她腾出平房中的里屋，还买来了一台电脑，让她参加电脑班。衣食住行，夫妇俩对她也都百般呵护。很显然，他们一开始就将刘红兰当作自己的女儿，对她也投入了全部的爱心。刘红兰也感受到了来北京之后从未有过的温暖，她把这个家当成自己的家，把张立军和刘俊玲当作自己的父母，"爸"前"妈"后叫得很亲切。张家的日子忽然间又恢复了生机。

然而，随着时间的流逝，日子又渐渐平淡起来。才两个多月的时间，刘俊玲脸上那难得的笑容又逐渐暗淡下来。自打刘红兰走进这个家，她便将她完完全全等同于自己那已经不在人世的亲生女儿张晔，她将刘红兰看成张晔的再生。刘红兰的一举一动、一笑一颦，刘俊玲都要拿她与张晔作对比。这样的一种心态和对比，使刘俊玲对刘红兰越看越觉得不对劲，越看越觉得不顺眼，越看越觉得刘红兰处处都不如自己的亲生女儿张晔。

实事求是地讲，刘红兰许多方面的确不如张晔。她毕竟从小生长在农村，书也只读到初中，而且是乡村里的初中，无论是教育水平、生活水平还是文化环境都没法与北京相比。但就身体和智力而言，小刘也不笨不傻，电脑学了两个多月之后，她打字的速度每分钟都已达到了七八十个，这对一个从小受教育程度不高的农村女孩来说已经很不容易了。这一点，张立军看得比较清楚，可妻子刘俊玲却不然，渐渐地，刘俊玲开始从内心拒绝刘红兰，对她的爱和呵护渐渐冷淡下来，她也开始在丈夫张立军面前发泄对小刘的各种不满。而在怎样看待小刘的问题上，张立军却显得比较理智客观，他不同意妻子总拿小刘与张晔比。他希望妻子对小刘能多一些包容，但妻子总听不进去。为此，两人没少争辩、没少争吵。妻子在这个问题上的固执是惊人的，这种固执让张立军异常苦恼。张立军的心情也渐渐烦躁起来，脸上那好不容易恢复的笑容也日渐消失。到了后来，张立军也不与妻子争论这个问题，他想：爱怎么着就怎么着吧，但他不希望让刘红兰走。

刘俊玲的态度却早已让刘红兰看在眼里，她开始苦恼起来。自打来到张家，她感受到了家庭的温暖，作为农村来的孩子，她当然希望能在北京的这个家生活下去，希望北京的这对父母能一直对她好，自己也愿意作为他们的女儿，将来尽职责和孝心。但现在，她已看出刘俊玲对自己的冷淡，也已看出张立军与刘俊玲之间的分歧，她不想勉强，不想让他们尴尬和为难。留与走的思想斗争一直困扰着这位农村来的女孩。

终于有一天，当张立军和刘俊玲都不在家的时候，刘红兰给张立军留下一封信，走了。严格地讲，刘红兰留下的不是封信而是一张字条，那字条简简单单地写道——

爸爸：

　　我走了。我花你们的钱以后会还给你们。

刘红兰

　　张立军回家发现字条，内心"咯噔"一下，酸溜溜的，说不清是什么滋味，他极其难受。毕竟当初是自己主动让人家来的，还让人家辞了工作，现在刘俊玲内心却又拒绝人家，怎么说他都觉得有些对不起这位农村女孩。这么想着他内心火儿了，冲妻子大声嚷嚷，夫妻俩为此又吵了一架，都在怄气。但事已至此，张立军也没有要主动再找回刘红兰的意思，他觉得妻子这个样子，留是留不住人家的。他又想刘红兰都这么大了，在北京也都有过工作，现在又学了电脑，她不至于找不到工作吧？

　　自此以后，刘红兰再没回来过，甚至连电话也没打过。刘红兰的父母倒是给张立军来过电话，说要劝刘红兰回到张家。张立军回答说，她要有意回来就回来吧，不就添一口饭吗？从内心上讲，张立军是希望刘红兰回来的。毕竟，他们渴望着能有一个孩子啊！

　　刘红兰在张家的几个月，张家在刘红兰身上花了数千元钱，这是张家当时为数不多的一点积蓄。虽说刘红兰自己说以后会还，但张立军并不希望这样。

　　现在，下岗和提前退休的张立军和刘俊玲夫妇都在外面找活路，打打工挣点钱。这一方面是为了糊口过日子；另一方面是为了再攒点钱，过些年干不动活了，生活能有所依托。经历了如此大的打击和生活变故，他们几乎已经一无所有。

　　对于能否再生孩子，张立军的态度是能有更好，碰上就要；碰不上，急也没用，一切顺其自然。至于收养，刘俊玲是绝对不要了。对此，张立军是一脸无奈："认命吧，还有那么多人结了婚不要孩子呢！"他苦笑，摇头。

　　让张立军和刘俊玲伤心的是，张晔车祸的赔偿金，法院判决已经过去那么多年，时至今日却仍未拿到。说到如今的法院执行难，张立军愤愤不平："被判赔偿的车主真的找不到吗？他不是有身份证吗？当地不是有派出所吗？公检法在中国难道是铁路警察——各管一段吗？"所以，他认为不是执行难的问题，而是想不想执行的问题。如此下去，中国的法律能有什么威信呢？

张立军的话当然是值得沉思的。执行难在中国如果任其成为顽症，且不说这样下去法律没有权威可言，对于像张立军和刘俊玲这样失去唯一孩子、生活遭受惨重损失的夫妇来说，其打击却更为实际也可能极其致命。因为他们晚年赖以生存的根基异常单薄和脆弱，没有足够的积蓄，谁来支撑他们风烛残年的晚年生活呢？！

第二章　郭宝臣：厄运撞得他的晚年如此凄凉

命运是什么？是永远让人捉摸不透的神灵，还是可以任由自己把握的方舟？似乎都是，也似乎都不是。有时候，人是可以把握自己的命运的。但有时候，人又是显得那么的渺小、脆弱，那么的无足轻重和无能为力。比方当厄运降临的时候，恐怕任何人都会猝不及防并最终徒叹命运的乖张……

1. 生命曾经如此辉煌

在文学界，郭宝臣的名字许多人都不陌生，因为他是著名大型文学期刊《当代》的资深编辑。假如再追溯到"文革"刚刚结束之后新时期文学那一次次的轰动效应，你肯定会记住郭宝臣这个名字。因为他与杨匡满合作采写的长篇报告文学《命运》，发表在《当代》创刊后的第二期杂志上，并由人民文学出版社出版了单行本，在全国激起强烈反响，一时间"洛阳纸贵"，一印再印。这部报告文学一举夺得1979年度全国优秀报告文学奖。掌声与鲜花，名誉与光环，一下子从四面八方聚焦到两位作者的身上。

郭宝臣是一个平静的男子，平静得像一滴水，波澜不惊，泰然自若。这位20世纪50年代从河北农村走出来的男子，1965年从河北大学中文系毕业，被分配到中华人民共和国文化部艺术局工作，不但成了令人羡慕的北京人，而且是国务院直属部委机关的干部。不过从性格上讲，郭宝臣秉承了中国传统农民那种内敛、老实的基因。他身材不高，瘦削，戴一副眼镜，见人总是谦和地笑，一副与人为善、与世无争的样子。当然，这些并非郭宝臣性格的全部，他还勤奋、内秀，写作、书法、绘画样样都会，而且大都是无师自通、自学成才的。

作为一位优秀编辑，郭宝臣在组织每一篇作品、培养每一位作者的背后，有多少类似的故事呢？性格内敛的郭宝臣不愿意向我讲述。但郭宝臣所有那些已为人知的业绩，已使他在同事中赢得了广泛的认可和尊敬。这种认可和尊敬，使得他在1996年申请评聘编辑系列中的最高级技术职称——编审中，获得了评审委员会的通过。这一年已经54岁的郭宝臣，眼看着就要走向本职工作的顶峰，完成此生业务工作中的一项夙愿。

出乎意料的是，郭宝臣最终却没有如愿。对此他没有料到，他的许多同事也没有料到。获悉此一情况，生性内敛的他从此开始郁郁寡欢，一蹶不振……

2. 屋漏偏遭天不测

郭宝臣原本有一个幸福的家庭。妻子芦秀珍在北京某绣花厂工作，是典型的北京人，生性开朗泼辣、贤惠能干。也就是在郭宝臣编审职称的评聘被行政否决的那一年，女儿郭缨已26岁，早已参加了工作。

郭缨上的是中专，学的是机械制造。虽然没有上大学，但她的性格像她的母亲，开朗活泼，干什么都不肯服输。中专毕业后，因为不甘满足于现状，为图谋更好的发展，她先后换了好几个单位，学过电脑，干过文秘。她最后选择的是一家房地产公司，干的是推销。尽管她干得不错、薪水不菲，却还是不满足于现状。她渴望继续深造，向领导提出要报名参加外语学习班，不想这一要求未得到领导的认可。郭缨陷入了苦恼，一气之下，生性要强的她又辞掉了工作，在外面报了个英语培训班，专心学习起外语。

郭宝臣有两处房子，一处在东城区朝阳门内大街，离人民文学出版社很近，是北京旧式的两居室，一大一小，没有厅，只有狭窄的过道，所以总面积不大，顶多只有40来平方米。对于工龄很长、资历很深的郭宝臣来说，居住这种面积的房子当然是委屈了他。按规定，出版社后来又在分配新一批职工住房时，为郭宝臣补了一间，格局也是两居室，但与别人合住，厨房、厕所与别人共用，地点位于朝阳区东二环路十条立交桥东北角的东中街。

有了这处房子，郭宝臣便将书房搬来，读书、写作、看稿、编稿、绘画和练习书法，这一切活动都在这里进行。与此同时，这里还成了与同事们聚会的好去处。闲暇时间，《当代》编辑部的许多同事总要会聚到这里来，聊聊天，打打牌，说笑闲谈，气氛十分融洽。郭宝臣原本沉默寡言的性格，在这样的氛围中也潜移默化，稍稍地发生了变化，稍稍地活跃起来。他留恋这样的氛围，从中他充分享受到了工作之外的乐趣，感受到了同事之间人际关系的亲切与融洽。

可自打编审职称评聘受挫，原本已经开朗的性格又回归沉默。他郁郁寡欢，自我封闭。他不再到朝阳区东中街的这处房子来了，再也没有心情与同事们一起说笑聊天、打牌下棋。除了上班，其余时间他都闭门不出，将自己禁闭在东城区朝阳门内大街距离单位不远处的那套旧式居民楼里，默默地品尝自参加工作以来自己在人生道路上的第一次挫折和由此所带来的苦恼。

这段时间，女儿郭缨在抓紧学习外语。她见父亲心情压抑、足不出户，便提出自己要到朝阳区东中街的那处房子去住。女儿的理由很充分：其一，那里安静，有利于专心学习；其二，我已经长大了，该有自己独处的地方；其三，反正现在爸爸也不去那儿。这三条理由，父母当然没有理由否决。毕竟，女儿已经26岁了，而且已经有了男朋友，她当然不愿意总挤在家里这狭窄的空间里。

于是，郭缨离开家里，一个人住到朝阳区东中街的这处房子来。平时郭缨很少回家，至多三天五天地往家里打个电话。一般情况下，她每周才回一趟家看看父母。

作为父亲，郭宝臣过去是很关心女儿的学习的。特别是她小时候，他教她写作文，辅导她学绘画，即使是她长大之后，他也时常与她聊天，过问她的工作与学习。女儿辞职学外语，也事先征求了父亲的意见，并得到父亲支持的。但现在，因为职称问题受挫，郭宝臣自顾不暇，苦恼不已。此种状态，使他不知不觉中疏于了和女儿的沟通，也很少过问女儿的事了。

女儿长大了，他对女儿也比较放心，何况女儿总是三天两头地打电话回家，询问爸爸妈妈的情况。但现在这段时间，记不清是多少天了，却总不见女儿来电话，更不见她的人影。芦秀珍觉得蹊跷，她有些坐不住了，不断往女儿的住处打电话，电话却总没有人接；不断打女儿的呼机，也总是得不到回应。

一种不祥之兆倏忽间涌上心头，老两口开始不安起来。

事实上，悲剧早已发生。时间是1997年3月25日。

自打郭缨辞职之后，她的心情也一直不舒畅。因为她本来是希望能在职学习的，现在辞职，她是被迫无奈、万不得已。毕竟自己已经长大了，辞了工作，自然没有工资收入。郭缨原本就有轻度先天性心脏病，医生说这种病不应该喝酒。但那一天，心情不舒畅的郭缨偏偏独自一人喝了点酒，然后走进安装有煤气热水器的公用厕所洗澡（那时候合住的邻居也不在屋里）。由于洗澡时没有打开排风扇，迷迷糊糊的她于是在热气、雾气和一氧化碳交织升腾的空间里，渐渐地丧失了知觉……

阳春三月，金黄的迎春花、洁白的玉兰花已经争先恐后地在北京的街头上稍稍绽放。可悲的是，郭缨——这朵正芬芳四溢、灿然开放的生命之花，却在这个春天永远地凋谢了！

悲剧发生之后，首先是同住一楼的居民发现的。最初是有人上下楼经过郭缨住的那套房间时，透过虚掩的房门，发现衣冠不整的郭缨趴在房间的过道上艰难地蠕动。但由于是衣不遮体的女孩子，路过的人又不明实情，不便上前看个究竟。后来时间久了，郭缨仍一动不动，大家都觉得不太对劲，便前去探个究竟。可惜一切都晚了，从发现到报警，再到将郭缨送进医院抢救，所有的努力都已无济于事。

最初的时候，邻居不敢将事情告诉郭宝臣夫妇，怕他们经受不了这种致命的打击。待到不得不将真相告诉他们时，这个原本幸福安宁的三口之家一如天塌地陷、天旋地转，老两口精神和身体全线崩溃，一下子都不省人事。芦秀珍的亲戚，郭宝臣在《当代》编辑部的那些好心的领导、同事，将老两口送到医院。医生说，这是精神受到高度刺激之后，压抑和痛苦相互交织所产生的一种半昏迷状态。

没有经历过的人，当然是很难想象人在遭受这种惨痛打击之后精神上的那种惨状的。

汪兆骞是文学界知名的资深编辑、《当代》杂志原副主编，当时是他与《当代》的常务副主编何启治一同将郭宝臣夫妇送到医院的。说起当时的情景，比郭宝臣年长两岁、一直共事的汪先生如今仍心有余悸。

"那情景确实太惨了，他迷迷瞪瞪的，一下子变得谁都不认识了，而且不说话，我跟他说话他一句都不回应。我心想他不至于听不到我说话吧？于是我安慰他，跟他说你现在最要紧的是保重好自己的身体，千万不能把身体搞垮了，搞垮了又会造成新的悲剧，毕竟事情已经改变不了……"这么说着，就听郭宝臣突然间"哇哇"地哭出声来，哭声异常凄凉，几乎是声嘶力竭。这么把年纪这么个哭法，汪兆骞还从来没有经历过。以致后来的日子里，汪兆骞都不敢去医院看他了，他承受不了那种凄凉的哭声。

哀莫大于临近晚年失去孩子。

郭缨的死对郭宝臣夫妇的打击实在是太大了，其精神上的惨状难以言状。那些日子，他们俩一直住院，而且一住就是几十天。后来虽勉强出院，但精神的支柱全垮了。

那年，郭宝臣55岁，远未到退休年龄。可他痛不欲生，精神恍惚，已经无法上班。单位领导考虑到他的实际情况，同意他提前退休。

那年，妻子芦秀珍也55岁，刚好退休。开朗的性格、硬朗的身体，使她原本打算再找份工作做，但突如其来的打击，却无情地将她美好的一切彻底粉碎。她一病不起，身体出现半身不遂，而且终日以泪洗面，时至今日，日夜唠叨着要见女儿郭缨……

3. 风烛残年，谁解孤苦滋味

我与郭宝臣的相识，其实也很多年了。当然论年龄，我同他是两代人，该称他老师的。那时候，我还在《中国青年》杂志工作，一次到《当代》编辑部串门，偶然间见到郭宝臣的毛笔字写得很是悦目，便请其为《中国青年》杂志的标题题字。后来我们之间的联系也增多了。

听到郭宝臣女儿出事的消息，我先是感到意外和震惊，继而是深深的同情与哀痛。无论如何，我是最听不得善良的人遭受不幸的，更何况是我原本认识的人呢。

可除了内心的同情与悲哀，我并未去看望郭宝臣，甚至连打电话都没有勇气。因为我除了能像别人那样说几句安慰的话，别的都无法给予。而人在悲恸欲绝的时候，任何安慰的话对他来说都苍白无力。所以，几年的时间，我未去打扰他，只是从内心深处给予他和老伴儿默默的祝福。

2002年春节到来之前，我才决意要去探望他。我已从《当代》编辑部的朋友们那里，知道郭宝臣经过几年炼狱般的情感煎熬，其情绪已渐渐从痛苦中走出来，还时不时地到编辑部来。正巧我那天给《当代》打电话时，朋友告知郭宝臣也在。于是我与郭宝臣直接通了电话说明意图，并约好上他家去看望，与他聊聊。

冬日的下午，我提前离开办公室，前往位于朝内大街203号大院内南楼郭宝臣的家。

眼前的居民楼，六层老式楼房，虽然外面粉刷一新，却难以掩盖楼道里的昏暗破旧，像20世纪五六十年代盖起来的。郭宝臣生命中的大部分历程，就是在这栋楼里度过的吧？

尽管是事先约好见面的，但敲门的时候，我还是有几分忐忑。因为我听说郭宝臣的老伴儿芦秀珍至今仍未从噩梦中解脱，而且身体异常糟糕。在我的想象中，她的身体也许就像年代久远却又遭遇一次地震打击的大厦，虽未倒塌却摇摇欲倾，经不起哪怕是一丁点儿的惊扰与撞击。幸好开门的是郭宝臣，他动作敏捷，蹑手蹑脚地将我引入他的书房，然后一转身，迅速将老伴儿的房门关上，反身又将自己书房的门关上。

尽管如此，我进门时还是见到了他老伴儿芦秀珍的身影。那是一位满脸皱褶与愁容的老太太。她身材不小，却浑身乏力，走起路来一瘸一拐，其中的一只手还随着挪步的节奏不时画着圆圈儿。那样子，看着都让人揪心。

郭宝臣歉意地对我说："她身体太糟了，不能……"他说话的声音低沉、沙哑，令我感到他此时内心的苦楚。

我明白他的意思，便问："她以前身体怎么样？"

"可硬朗了！"郭宝臣说，"以前家里的什么活都是她干，就连单位分东西都是她扛回家的，哪儿用得着我呀？可现在，她的身体全垮了，右手都不能动。买菜，做饭，洗洗涮涮什么的，全倒过来了，都得靠我。"老郭说这些的时候，蹙着眉，苦着脸，发音时不断地漏气。这时候我才注意到，经历了一系列生活变故的他，门牙都掉没了，满脸皱纹与沧桑，活脱脱一位风烛残年的小老头儿！

从他断断续续、语无伦次的讲述中，我慢慢了解到，他们老两口得知女儿出事之后，精神和身体霎时间全线崩溃，很快都被送进医院。郭宝臣住了一个多月，芦秀珍住了两个多月。好在芦秀珍是北京人，兄弟姐妹一共9个，6女3男，芦秀珍排行第二，郭缨的后事和照顾郭宝臣、芦秀珍夫妇住院的事，大都是芦秀珍兄弟姐妹和亲戚张罗着操办的。出事的时候，郭宝臣在石家庄市的两个姐姐、一个哥哥全过来了，甚至连侄子都过来了。

——真是患难之际，方显骨肉亲情！从这一点上讲，遭遇不幸的郭宝臣一家还应该算是万幸的。设想一下中国将来众多的独生子女家庭吧：如果谁遭遇像郭宝臣一家这样的不幸，一人毙命全家瘫倒，那时候又有什么骨肉亲情可以接济呢？！

晚年丧女，真是苦不堪言。

如果郭缨不出事，她现在也该结婚生子了（据说郭缨的男朋友在北京市政府工作）。而郭宝臣和芦秀珍老两口现在也该是帮助带带外孙子、充分享受天伦之乐的时候。谁承想眼前的这老两口，如今会如此孤苦伶仃？

事实上，郭宝臣这个年龄的人，当时还不受独生子女政策的限制，是可以生二胎的。之所以没有生第二胎，郭宝臣说是因为经济上的限制，因为夫妻双方家庭和父母都需要接济。相比之下，他的同事汪兆骞就生了一男一女，而且都已成家立业，他们一家可尽情地享受天伦之乐。现在想来，郭宝臣当然是既羡慕人家，又对自己当时未生第二胎不免后悔。假如有两个孩子，他们的晚年又何至于如此凄凉呢？

郭宝臣说，他们老两口勉强出院之后，精神和身体一如被瘟疫所缠绕，一直陷入悲痛的泥淖之中不能自拔，可以说万念俱灰，而且总是浑身乏力打不起精神，甚至连生活都快不能自理了。以至于有一段时间不得不请来保姆，打理他们的起居饮食。

这样的时间一直持续了两年多。有一天，痛苦与沮丧的郭宝臣才忽然间猛醒过来："女儿没了，只有我们两人相依为命了，我们不能倒下，我们要倒下了就全完了！"尤其是看到老伴儿半瘫的身体，他开始感到后怕，感到责任的重大。

他强迫自己，必须尽快从痛苦中解脱出来。

老伴儿仍卧病在床。他辞掉保姆，一个人打起精神去买菜、做饭、洗洗涮涮，他必须照顾身体已远不如自己的老伴儿。此外，他也强迫自己转移注意力，闲下来的时候，他开始写字、绘画，甚至开始看书、写作。他还走出家门，三天两头地到《当代》编辑部看书看报，与年轻同事聊聊天。到了后来，他还在《作家文摘》报社找到了一份事做，帮助他们看稿编稿。这主要是想找一份精神寄托，让生活充实起来。他想以此种状态来延缓自己生命的衰老，更想以此去影响精神和身体至今仍一蹶不振的老伴儿。

经济上，他们老两口倒没有后顾之忧，因为双方都有退休金，虽然数额不多，但还是够养老的。毕竟作为老年人，他们生活简朴，没有更高要求。而且因为发生了不幸，双方单位对他们一直是比较照顾的，尤其是在医药费的报销上，仅芦秀珍一人，每次看病开药，少则数百，多则上千，单位能给报销90%。这一点，老两口都感到欣慰，也感到庆幸。

如今最让郭宝臣担忧的是老伴儿的精神和身体。虽然女儿离开已经满5年时间了，虽然郭宝臣在强迫自己振作起来之后也不断地开导老伴儿，可老伴儿就是无法从噩梦中解脱出来。毕竟女儿是从这套房间长大成人的，半身不遂的老伴儿如今又无法走出这套房间。在自己这个熟悉的环境里，只要一闭上眼睛，女儿的音容笑貌、女儿的喜怒哀乐便都会不约而来，历历在目。

郭宝臣又不禁满脸苦楚，连连摇头。他声音沙哑，语调低沉："老伴儿做梦都在想她。平时只要是我跟她在一块儿，她都免不了要唠叨，说女儿怎么怎么的……"

不难想象，丧女的悲痛与绝望，已深深地刻进这对老年人生命的最后岁月，驱，驱不走；抹，抹不掉。尤其是芦秀珍，每天蜗居在屋里，在生命的风烛残年中咀嚼着命运不幸所带来的无限苦涩……

好在郭宝臣自己现在的精神状态和身体状态尚可，两人平时的饮食起居都由他打理。但假若有一天他真的老了，身体和精神都垮了，两人双双活动不便甚至都不能动弹的时候，谁来支撑起他们的这个家？谁来照顾他们的饮食起居、吃喝拉撒？——亲戚？保姆？单位抑或是什么社会福利机构？

我不敢往下想。在与郭宝臣告别的时候，我只能在心底默默地祝福他们——愿这老两口能平平安安、健康长寿，好好地多活些日子……

第三章　林为忠：补生孩子的艰辛

聪明懂事的儿子长到16岁时，却在上学的路上被一场意外的车祸无情地夺走了年轻的生命——像当今中国都市里许许多多的夫妇那样，儿子可是这对普通夫妇唯一的生命延续啊！如今，抚养了16年的儿子却突然夭折了，16年总共5840个日日夜夜所有的艰辛、所有的希望通通付诸东流，痛定思痛，思儿心切的这对中年夫妇决意要重新生一个孩子。

费尽周折，他们如愿以偿地重新生下了一个儿子，却不是一个完全健康的儿子。身为人父、身为人母，所有的艰辛、所有的付出又无可奈何地重新开始，又进入一个新的重复与轮回——个中滋味、此间艰辛，又有谁能够真正体味到呢？

1. 世纪之交，16岁的儿子却突然夭折

没有人不憧憬希望，没有人不祈盼新生。

当时间的车轮缓缓地碾过了20世纪的漫漫征程、眼看就要跨入21世纪的旅途时，地球上所有的人都满怀喜悦的心情期待着新世纪和又一个千禧年的翩翩来临。然而，偏偏就是在世纪之交的前一天——1999年12月30日，在中国的首都北京，一个风华正茂的高中一年级学生、一个16

岁的年轻生命，在这个阳光灿烂的早晨却被一场意外的车祸无情地毁于一旦，中国又一个普通的三口之家宣告支离破碎、陷入生离死别的痛苦之中……

儿子的母亲刘春华女士至今仍清楚地记得，那一天，天气异常地冷。一大早，儿子林为华像往常一样紧紧随母亲起床、洗漱，吃完母亲为他准备的早餐之后便准备前去上学。离家前，儿子习惯性地向母亲打了个招呼，也习惯性地走进父亲的房间，对已经醒来躺在床上看电视的父亲说了声"爸，我走了"，然后匆匆地离开家门。儿子长得白白净净，人高马大，聪明懂事，每次离家上学前，总会礼貌地向爸爸妈妈打招呼，而爸爸妈妈也会一如既往地吩咐儿子："路上小心。"

然而，做父母的怎么也没有想到，儿子那天那次很平常的招呼，竟然会成为此生此世他们两代人之间的最后诀别！

大约在儿子离家20几分钟之后，母亲刘春华也走出家门，推起自行车前去上班。刘春华上班骑车的路线与儿子上学的路线大致相同：他们的家住在北京城西南位置的广安门地区，而她上班的单位和儿子所在的学校，则位于北京市中心偏西一点西单至官园一带。刘春华冒着飕飕寒风，骑车朝着东北的西便门方向，急急前行。过了天宁寺立交桥，刘春华发现前方的国家经济贸易委员会大楼下面的拐弯处堵车了，过往的行人沸沸扬扬，将本来就不宽敞的单行道堵了个水泄不通。刘春华这时只听到有人在惊呼："前边出交通事故，撞死人了！"刘春华下意识地停下来，推着车穿过人丛，想上前看个究竟。这一看不要紧，她那张原本还算平和的脸瞬间扭曲了——这是我的儿子、我的儿子呀！随着这一声撕心裂肺的惨叫，只见她一把将自己的自行车推倒在路旁，连叫带哭疯狂地扑了过去、疯狂地扒拉着人群、疯狂地搂住了早已倒在血泊中的儿子……

这时候，闻讯赶来处理事故的交通警察已经护住了现场，急救中心前来抢救的医生也正忙前忙后，紧张地察看着刘春华儿子的伤情。然而，儿子那毫无表情的脸庞、那冷若冰霜的肌肤、那已经停止跳动的心脏、那已经悄无声息的各项生命指标……这一切的一切，都已明白无误地告诉着在场所有的人，这个16岁的年轻生命，已经毫无挽回的余地。面对如此残酷的现实，刘春华一时间感觉到心痛欲裂、天旋地转……

那时候，儿子的父亲林为忠还未去单位上班，他还在家里看新闻。当家里的电话铃声猛然响起的时候，他丝毫也没有意识到灾难已经降临到他的头上、他心爱的儿子早已到了另外的一个世界。甚至当他明白电话是来自交通大队、告诉他儿子发生了车祸时，他也没有意识到事情远比他所想象的要严重得多。当然，为了避免一下子给他太突然的刺激，打电话的交通警察并没有马上告诉他事情的真相，而是尽可能轻描淡写地对他说："你是林为忠吗？我是交通大队的。"

林为忠皱一皱眉，答："我是，你有什么事？"

"你儿子出了交通事故，让人撞了一下。"

林为忠只是有些惊诧地问："严重吗？"

交警说："你赶快到交通大队来一下吧，来了你就知道了。"

林为忠听罢，迅速出门。他骑着车，忐忑不安、将信将疑地匆匆赶到了交通大队，发现妻子已经在这里。只是这时候的妻子与早晨出门时的那个妻子已经是判若两人，当他出现在妻子的面前时，原本精神焕发的妻子像忽然间被抽走了全部精气神。见到丈夫，她泪痕满面、有气无力地说："为忠，你……怎么才来啊，咱……咱小宝都没了呜……呜……"妻子有气无力，哭得都快没有声了。

林为忠一下子就蒙了。内心却刹那间翻江倒海，但腾起的不是浪花而是串串疑团——这怎么可能、这怎么可能呢？与此同时，他的脑子浮现起那条熟悉的路、那条儿子上学的路。儿子刚刚考上那所学校——北京西城区二龙路中学那阵，林为忠还陪儿子走过一段时间里，每天早出晚归、风雨无阻，那条路不算窄呀！噢，对了，就国家经贸委办公楼前那处拐弯的立交桥下路窄，儿子偏偏就是在那里出的事！

据负责处理这次交通事故的警察讲，儿子林为华是在骑车到那个拐弯处，被国家航天部下属的某研究所从后面开来的班车拐弯时、由车体的后半部撞倒的。由于拐弯处路窄，车体很长，班车拐弯时车体后部向右一甩，强大的离心力挤住并击倒了路右边并行且同样准备拐弯的林为华，让林为华猝不及防，他连车带人重重地摔倒在地上。要命的是他脑袋着地，造成严重的颅内伤。开车的司机是一个小伙子，冬天起床可能早了点，迷迷糊糊的，撞人后都没有什么感觉，开着车仍继续前行，直至听到后面有人追上来"咚咚"地捶打着车门、一声接一声地高喊"你的车撞人啦、你的车撞人啦"，他才懵懵懂懂地将车停了下来。警察在出事后问司机："你看见人了吗?"他竟然说："没有。"

林为忠在确认儿子真的去往另一个世界的那一刻，痛苦地沉默了好半天。他紧紧地咬紧牙关，脸颊上的肌肉一上一下、不断蠕动。末了他强忍悲伤，对站在他跟前的交通大队的一位科长说："谢谢你……"又转过身使劲搂住自己的妻子，用低沉的、略带哽咽的声音说，"春华，咱们小宝真的没了……咱俩，就互相保重！我不希望再有其他什么事情……"

妻子也知道丈夫的身体不好，他患有先天性心脏病，他经不起更大的打击，所以她强忍着巨大的悲痛，冲丈夫点了点头。

这是一对恩恩爱爱、能够同甘共苦的夫妻。丈夫出生于1958年，妻子出生于1956年、比丈夫还大两岁。那时候他俩在同一个单位工作，刘春华是厂里的团支部书记，活跃开朗，能说会道；林为忠一心一意搞技术，勤奋好学。可能是由于两人在一块儿有着更多的共同语言的缘故，他俩在工作中慢慢地相识、相知并相爱了。

林为忠从小患有心脏病，心房间隔缺损。母亲带他前去医院检查的时候，某医院的医生跟她说："你这孩子恐怕活不过40岁。"母亲见医生一点都不像是开玩笑，原本沉郁的脸上不由自主地又多了一抹愁云。她知道自己的这个儿子心律并不正常、时常感觉憋气，不像同龄的孩子那样可以活蹦乱跳进行激烈的运动，面对医生的判断，她只能从内心一遍又一遍地祈求上苍保佑、能让自己的儿子多活上一些年月。由于自觉身体不好，林为忠也知道自己寿命不长，所以倍加珍惜自己有限的生活和生命。1982年，25岁的他提出与相爱多年的刘春华结婚，双方周围的人都极力反对，一方是因为男方身体不好，另一方是因为女方比男方大了两岁。到单位开结婚介绍信的时候，他们也遭到了单位的阻拦，理由是林为忠还不到当时北京许多单位提倡晚婚的规定年龄：28岁。林为忠一下火儿了，当即与人家吵了一架。他的理由当然也很充分："我有心脏病，医生说我短命，我必须尽快结婚享受生活；我已经到了国家法定的结婚年龄，何况女友都快28岁了，比我大，为什么就不能结婚？"

或许是林为忠的据理力争，或许是考虑到林为忠与刘春华这对恋人的实际情况，他们所在的单位最终还是给他俩开出了结婚证明，使得这对恋人在1982年8月结成了秦晋之好。

　　一年之后的1983年夏天，他们的爱情之花结出了硕果——儿子出生了，爷爷从孩子的父母双方的姓名中各取一字，给起名叫林为华。

　　林为华的降生给他们带来了无限的快乐。那几年，林为忠工作之余一直忙于上电大，妻子刘春华便自然而然承担起了照顾孩子和家庭的重担，全身心投入到儿子的抚养与培育之中。由于长时间围着孩子和家庭转，曾经是团支部书记的刘春华原来开朗活泼的性格也慢慢地改变了，变得矜持沉稳、文静贤惠，完完全全变成了一个家庭主妇。以至于丈夫林为忠一直都倍感幸福，同时又感觉心存内疚。

　　好在他们俩对孩子的教育持相同态度：因势利导，顺其自然；未强迫他一定要去学什么，但一定要注重对孩子健康人格的培养。

　　对待孩子，林为忠主张该管的管、该松的松，要给孩子一定的空间。相比之下，妻子刘春华对儿子要求严些，但与此同时，她与儿子的沟通要比丈夫多，以至于儿子许多方面显得更像母亲。他也比较听母亲的话，母亲的一举一动、一颦一笑，甚至要告诉儿子什么，哪怕只是简简单单的几句，儿子很快就会明白。有时候父亲冲儿子发火儿，母亲会劝儿子："小宝，你爸工作压力大，再说你确实也有不对的地方，你去跟他认个错吧。"第二天上学前，儿子会来到父亲床前，对着已经醒来但未起床的父亲说："爸爸，昨天晚上确实是我做得不对，错了，您别生气。"寥寥数语，立刻会使父亲内心烟消云散、风和日丽。

　　所以在父母眼里，儿子一向很懂事。尽管学习紧张，但儿子时不时帮助干些家务，比如洗碗、拖地什么的。不过每次父母都要给他一点劳务费，为的是想从小培养他靠劳动自食其力、自力更生的品格，不让他坐享其成。以前给儿子钱，儿子总是拿过手就买零食，后来给劳务费，儿子就用于买书或新的电脑软件。

　　儿子还喜欢助人为乐。还记得儿子上初中的时候，有一次放学后在楼下踢球，儿子捡到了一个钱包，里面有一千多元现金。回到家他问父亲："爸爸，您看这钱该怎么处理？"父亲却故意测试儿子的道德水准，反问他："你看呢?"儿子不假思索地说："交出去。"父亲又问："交给谁?"儿子的回答令父亲都感到意外："您带我去找希望工程办公室，我想这钱最好用于贫困地区的孩子助学。"考虑到钱包里没有任何证件，难以找到失主，父亲立即说："行。"星期天，父亲领着孩子一路骑车，找到位于东城区的中国青少年发展基金会，将钱如数交了出去。完了之后，父亲问儿子："为什么不拿那些钱去为自己买点东西?"儿子立刻睁圆眼睛："那钱又不是我的呀!"父亲又问："为什么不交给学校?"儿子回答："要那样，学校肯定会轰轰烈烈表扬一通，我可不想出风头。"父亲听罢，放心了，心情立时舒坦开来。他觉得对于儿子的道德培养，自己和妻子是成功的。

相比而言，在智育方面，林为忠和刘春华夫妇并未对儿子施加更大压力，对他没有明确的设计。因为父亲是搞音响工程的，长期在音乐中熏陶，所以按照家庭环境和家庭条件，父亲希望儿子学音乐。但这种希望仅仅是停留在希望上，父亲并未付诸行动，他没有发现儿子有这方面的爱好，所以没有强迫他。大概是因为意识到自己身体先天不足的缘故，做父亲的林为忠觉得无论如何，身体好更为重要，身体好将来不管怎么样都能够挣口饭吃。相反，身体不好干什么都难。所以对于儿子学什么、将来干什么，林为忠和刘春华夫妇俩一致认为应当顺其自然，家长不要过分给他加大压力，而打算根据儿子的兴趣让其自由发展。

所以，儿子从小学、初中到高中，学习成绩虽然不是特别拔尖，却有其特殊的爱好和专长，比如说他喜欢理科，而且数学成绩比较突出；又比如他喜欢电脑、爱玩游戏机，林为忠见状便因势利导，很快给儿子买来中华学习机，尽管当时儿子还小，尽管当时他这位父亲的月收入才仅仅四十七块五角，但为了顺应儿子兴趣的发展和培养，夫妻俩真可谓"在所不惜"。到后来，夫妻俩又"在所不惜"地为儿子买来了计算机。也正是这种"不惜代价"式的付出，儿子的动手能力从小得到了很好的培养。虽然开始儿子仅仅是利用计算机玩游戏，但玩游戏的儿子遇到问题自己就翻书看书，以至于后来他的电脑学得很好。到了高中一年级时他还成为计算机的科代表，自己已经能够制作电脑主页了。更重要的是，孩子在这种因势利导的教育中培养了自主学习的能力。小学三年级之前，儿子还需要父母的督促、辅导，后来就用不着父母操心了。三年级以后的儿子学习一直比较自觉，父亲只告诉他老师要求的必须学，尤其是上课的时候要集中注意力，别走神，这样学的东西容易记住。父亲还告诉儿子，有时间自己也要多学、多动脑子。所有这些儿子是否都听进去了，做父亲的也不敢断定。父亲能够断定的是，儿子的学习已经不用他操心了。

相比而言，儿子跟母亲交流更多些。有话也更愿意跟他妈妈说，而且跟妈妈说起话来无拘无束。究其原因，林为忠觉得可能是自己的性格急，有时候说话爱急，缺乏足够的耐心。所以妻子刘春华嗔怪丈夫，说儿子开朗的性格让你给压抑住了。对于这一点，林为忠也不得不承认，因为他发现儿子回到家里都跟他妈妈亲。他妈妈有时用电脑打资料，儿子见状说妈我给你打，"嗒嗒嗒……"，不一会儿工夫，儿子便替妈妈打完了。儿子的电脑确实学得好，在班里也是拔尖的。他能自己设计电脑桌面和屏幕保护，能把自己的照片和名字制作在屏幕上，甚至能设计电脑密码，以至于父亲用电脑时都进不去。在学校，儿子更是用电脑给班里设计课表和其他的公用表格。上电脑课，老师一般都提问他，因为老师知道他计算机学得比别人好。所以进入高中之后，儿子已经明显地表示考大学要考计算机专业，并且表示大学毕业后再去日本留学，将来要干计算机。总之，对于自己的未来，儿子自己都设计好了，而且显得雄心勃勃。

可谁能料到，这场意外的车祸不但将这位风华少年的勃勃雄心毁于一旦，更是将他父母人生的蓝图彻底撕碎，将他们赖以延续的血脉拦腰斩断！

2. 痛失儿子的日子到底有多难

原本，他们就只有一个孩子。而现在，他们连这唯一的一个孩子也没有了。

白发人送黑发人，这是怎样的一种人生滋味呢？一个生龙活虎的青春少年从此便在他的亲生父母跟前永远地消逝了，这样的一个家庭，生活中还有什么能够支撑他们去完成生命的旅程呢？

林为忠出生在一个军人家庭。父亲是陕西人，母亲是山西人。他们一共有3个孩子，林为忠在家里排行老二，上有哥哥、下有妹妹。小时候，因为哥哥妹妹都跟着姥姥，父母身边只有林为忠，所以军人出身的妈妈在身边这唯一的一个孩子身上倾注了无限的爱怜，母亲最疼爱他。令林为忠心痛的是，由于患严重的糖尿病，1990年，年仅50岁的母亲不幸早逝了。林为忠的父亲虽然儿孙绕膝，但过早失去老伴儿，郁郁寡欢、情绪低落，似乎一下子老了许多。

林为忠的儿子林为华出事之后，承受不了打击的首先是林为忠的父亲。孙子的意外夭折，让这位军人出身的老人病倒了，被送进了医院。但不管怎样，老人还有其他的孙子和外孙，他打击再大也还有其他的精神依托，满堂的儿孙儿媳、女儿女婿也都纷纷围拢过来，忙前忙后地前来看望他、照顾他。

相比之下，失去外孙的姥姥姥爷所受到的打击要严重得多。因为原本他们就没有自己的亲生骨肉，唯一的女儿刘春华还是从弟弟那里抱养来的。虽然是抱养的，他们对刘春华的爱却甚于对待自己的亲生女儿，而且他们也同样对林为华这个唯一的外孙投入了无限的爱。虽然刘春华结婚之后没有与老人生活在一起，但每逢周末或节假日，刘春华总要带着丈夫和孩子到姥姥姥爷那里团聚。儿子出事之前，原本他们就说好元旦那天到姥姥姥爷那里团聚的，眼看差一天就能见到女儿、女婿和外孙，谁能想到临近元旦，厄运却降临到他们的头上，两位老人永远也见不到心爱的外孙了——这个消息如同晴天霹雳，姥姥姥爷一下子被击垮了，两人双双病倒在床上，晚上闭不了眼睛，怎么都睡不了觉，眼前尽是外孙生前的身影，耳边全是出车祸时外孙绝望的惨叫。姥爷虽然八十多岁了，但原本身体还很硬朗，天天与老伴儿一同到外面遛弯，到自由市场买菜，可外孙的突然夭折给了他重重一击，从此一病不起，不到半年时间就不幸去世了。

那一阵子，林为忠只感觉到后背总是发凉，心脏每天都像被压上了一块大石，他感觉到呼吸困难，几乎要透不过气来，他感觉到人生的无助和生活的沉重。现在回想起来，他都说不清那阵子妻子是怎么撑过来的，反正他自己都自顾不暇。不过，他能想象妻子内心所经历的痛苦。事实上，为了减轻这种痛苦，当警察让他看儿子车祸现场的照片时，林为忠谢绝了，也不让妻子看。他不让自己和妻子去目睹儿子出事时那种血淋淋的场面，他要让儿子的美好形象永远留在夫妻俩的记忆之中。

失去儿子的日子，他们的生活没有一丝阳光，他们所有的亲人，心头弥漫着的是一种久久不能驱散的绝望和悲痛。

事故的处理也让林为忠身心疲惫。

根据警方对事故现场的调查，认定车祸的责任由司机负全责，尽管是后轱辘撞倒林为华的，但按规定机动车与非机动车并排行驶时，机动车应留给非机动车1.2米的距离，可林为华出事时车脚蹬在地上划出的痕迹在1.2米以内。

班车所在的航天部下属的某研究院是一个事业单位，但班车的管理方式是承包性质的。如果按单位出重大交通事故处理，单位受罚款的数额很高。开始的时候他们强调是后轱辘撞的人，千方百计想推卸事故责任。到后来交通大队认定了事故责任，他们的领导很快来找林为忠，提出"私了"。

那时候林为忠还没有从痛苦中解脱出来，不过他是个理智的人，他对来人说："出这么大的事，主要还不是赔钱的问题，人都没了，钱有何用？关键是要认真吸取教训。同时，我也不希望司机承受他难以承受的惩罚，毕竟他不是故意伤人。如果你们把所有责任都推到他一个人身上，他不但经济上承担不起，甚至还得坐牢。我的家庭已经受到这么大的伤害，主观上我不希望再去伤害另一个家庭。"

林为忠已经了解到，肇事司机是个年轻的小伙子，也是个老实人，开车时间不长，还未成家，家里只有一个老母亲，他一直与母亲相依为命。对于他的肇事，林为忠一方面恨其鲁莽无知，另一方面又同情他的家庭背景。他想如果小伙子因此而坐牢，被罚款罚得老母亲都无法生存，自己确实又于心不忍。毕竟他不是故意的，更无恶意，所以警察征询林为忠对司机的处理意见时，林为忠痛苦而又心生恻隐之心。他强忍着无限的痛苦和怨恨对警察说："这样吧，定性时，可以尽量减轻对司机的处罚，尽量不去追究刑事责任。"一句话，让眼前的交警蹙起眉，疑惑的眼睁睁圆了大半天，因为碰上如此通情达理的受害者家属，他还是头一回。

感动之余，交警对肇事司机猛一阵奚落："你就是给人家跪下个一百遍赔罪都不够，你小子好好吸取教训吧！"并对司机所在单位的领导说，"你们上哪儿去找那么通情达理的受害家属？你们一定要实事求是，深刻反思、吸取教训，千万不要再推卸责任了。哪怕多赔人家些钱，事情也好办。"

司机要上门向林为忠赔罪，林为忠回绝了，因为那时候他住在父亲那里，怕司机来了老人受不了。他对司机的态度是：责任是你的，但单位处理你时我会跟你们领导说不要将你置之死地，毕竟你和你母亲还得生活。

后来在赔偿的事情上，林为忠依然通情达理。他跟对方领导说："赔偿只要按照法律规定，照章办事，你们负全责赔偿，我不会多要你们一分钱。定这个鉴定处理书时你们可以辩解，但鉴定书下达后就得按照规定办，赔偿的钱我也不会多要一分。"如此通情达理，让对方一下子无话可说，而交通大队对这起车祸的善后处理也比较顺利。

表面上看，林为忠在车祸的善后处理上显得比较理智，也比较通情达理。然而，没有人知道他与他的妻子内心深处却一直经受着难以言状的痛苦。以至于儿子出事之后，夫妻俩一直没能回到自己的家。因为那天清晨，儿子上学前最后一次与他们告别，儿子那最后的一次音容笑貌，对于他们夫妻俩是那样的难以忘怀、那样的刻骨铭心！尤其是妻子刘春华，只要一进家门，家里的任何一样物品，都可能勾起她对儿子的强烈思念和清晰的回忆，这样子弄得她终日心神不定，寝食不安，愁容满面，根本就无法过正常的生活。

出于对身体的考虑，林为忠决定离开自己的家门，搬到别的地方去住。

先是在林为忠的父亲那边住。但后来发现还是不行，因为一到周末，林为忠的哥哥、妹妹都把孩子带来见爷爷了，热闹倒是热闹了，无意间却刺激了林为忠的妻子刘春华，让刘春华见到别的孩子便触景生情。尤其是儿子出事后过的第一个春节，除夕之夜大伙儿都聚集到老人这儿来吃团圆饭，待到大伙儿都端起碗筷时，忽然间发现与去年相比，这个除夕夜缺少了林为华这个孩子。一股凄凉的、强烈的思子之情瞬间攥住了林为忠夫妇，并很快影响到全家，团圆饭没有团圆下去，本该欢乐的除夕夜成了悲戚凄凉之夜。

林为忠的叔叔后来知道了他们的这种状况，说这样下去可不行，遂提议搬到他那里去住，因为他有两套房子，两套房子还是紧挨在一起的，家里又只有老两口和一个尚未成家的儿子，可以让出一套供林为忠夫妇俩暂时居住。林为忠的叔叔是中央某艺术团团长，性格开朗，而且是搞文艺的，考虑到这样的环境有利于身体的恢复，林为忠于是听从了叔叔的安排。

再到后来，单位为照顾他们，重新给他们调换了一套两居室，地址位于西城区，距离官园不远。为了不使妻子触景生情，搬家的时候林为忠有意把原来的家具统统都处理掉了，只留下一个电视机，其他家具全换了新的。

尽管如此，经受致命打击之后的刘春华，身体还是元气大伤。虽然她身体向来单薄、比较瘦弱，但儿子出事前也没有什么病，精神状态一直很好。儿子出事后她的精神一下子垮了，整天萎靡不振，一直上不了班。同事或朋友出于关心，纷纷前来看望她，她强打精神跟人家说话，却总是有气无力。本来她睡眠就不是很好，儿子出事后她简直就是睡不着觉，甚至吃了安眠药都不管用。饮食也不好，吃不下东西，一小碗米粥她都吃不了几口。眼看着她一天天消瘦下去，林为忠看在眼里、疼在心头。尽管儿子的意外夭折给他带来了同样的痛苦，可他毕竟是男人，是一家之主，他觉得再难也要挺过这道关，否则连夫妇俩身体都垮了，生活就更没有什么指望了。所以他一点点、一天天开导、护理着妻子，过完2000年春节，他还特意带妻子到西安的亲戚那里去散了散心。

功夫不负苦心人，林为忠的这种努力，使妻子渐渐地又恢复了气色。那样子一如经历严冬之后的枯树，在春风春雨的抚慰下渐渐地恢复了生机……

3. 人到中年，他们决意重新生一个孩子

2000年，刘春华的思子之情伴随着夏天的来临而日渐强烈。半年多的思子之情没有让她追索回那一去不返的儿子，当她明白过来并逐渐回归理智时，她又心有不甘——难道这辈子就注定再也没有孩子吗？难道自己注定要像养父养母那样，只能去抱养别人的孩子吗？这种疑问反复无常地缠绕在她的心头，时常让她彻夜难眠。与此同时，一个强烈的愿望如同春天播撒的种子，落在她那经过半年多的调整之后日渐滋润的心田里，逐渐地发芽、生根——她想重新生一个孩子！

有一天，刘春华带着几分激动、几分喜悦和几分羞涩，将自己的这个愿望悄悄地告诉了丈夫林为忠。林为忠听罢，久久地凝视着眼前与自己相濡以沫已经二十几年的爱妻，仿佛从来就不认识似的。只见他的眉头悄悄一扬，紧紧地搂住自己的爱妻，眼睛里不停地跳动着的闪亮的光斑。很快，那跳动的光斑又平静下来，他内心深处却翻腾开了。

林为忠何曾不希望有自己的孩子？正是因为喜欢孩子，他才那样迫切地选择"早婚早育"。但养育一个孩子，要经历千辛万苦，要有那么多心血和时间的付出，要有那么多的经济投入，眼看着自己和妻子十几年的艰辛付出随着儿子的意外夭折而付诸东流，如今若重新生一个孩子，这就意味着所有的付出、所有的投入就要重新来一个轮回，而自己和妻子的生命资源又要在这种轮回中再消耗一次……这一切的一切，想起来是多么的沉重、多么的漫长啊！何况，自己与妻子都已步入中年，妻子已经44岁。何况，她刚刚经历了痛失儿子的劫难，身体、精力和财力，这一切都许可吗？林为忠不能不有所考虑，也不能不有所顾虑。

然而生命对谁来说都只有一次，不赶在自己的生育年龄期间补生一个孩子，过了这个年龄，一切都无从谈起，再生一个孩子的愿望更不可能实现——有什么理由不在自己的有生之年夺回自己的损失？有什么理由不满足自己拥有亲生孩子的愿望，从而不给自己的生命留下遗憾？身为女人的刘春华一直被这种愿望纠缠着，而且越纠缠就越发强烈。她将这种强烈的愿望和决心向丈夫袒露了，为了说服丈夫，她还将这种愿望

跟住在对门的林为忠的叔叔他们说过。而面对妻子的这种迫切心情，丈夫也不得不认真考虑起妻子的这种要求了。

林为忠温和地对妻子说："这样吧，你得先恢复身体，等精神状态好了，咱们再考虑这件事。实在不行，咱们可以抱养一个孩子。"

妻子执著地说："我还是希望要自己的孩子。"

丈夫说："我考虑考虑吧。"

丈夫这么说，并不是缓兵之计，也不是不同意妻子重新生一个孩子的要求。作为男人，他是理性的。作为丈夫，生孩子不是件小事，而是夫妻生活中的一件大事，他不能草率行事。一旦确定，他必须肩负起对妻子和孩子的责任。所以，他首先考虑到的，是必须去找大夫、找专家咨询。毕竟，妻子这么大年龄了。毕竟，她刚刚经历痛失儿子的情感劫难。她的这种年龄，她的这种身体状况，到底能不能生孩子、适不适合生孩子、影响不影响孩子将来的智力和发育？这一切他都必须慎重考虑。

实际上，对于他们这对夫妻来说，许许多多的实际问题已经摆在他们的面前。从身体的角度讲，林为忠的寿命已经超越当初某医生"至多只能活到40岁"的预言。虽然他眼下已经42岁，但并不意味他的心脏病已经不了了之，不是。相反，他的心脏依然不好，而且毕竟已经人到中年，工作等方面都要承受更大的压力。他是学无线电、搞弱电电器工程的，虽然没有上过正式的大学、不是科班出身，但靠着勤奋的自学，他掌握了一技之长。1990年，他从某兵工厂调到国家广播电影电视部（现国家广播电影电视局）机要处工作，负责国家大型活动的音响调控和录音工作。这个工作保密性强，服务的对象都是人大副委员长、副总理、政协副主席以上党和国家的高层领导人的活动、讲话录音。开始，林为忠主要是从事音响设备的操作控制，后来又掌握了音响设备的设计和维修，成了单位里技术上出类拔萃的调音师。他曾主持了人民大会堂许多大型活动的转播。纪念毛泽东主席诞辰100周年的活动，军乐团都点名要林为忠主持音响调控。就在他儿子尚未出事的3个月前，中华人民共和国成立50周年大庆，天安门广场上大型的阅兵仪式，多达两千多人的大型军乐队的音响效果，阅兵指挥部都指名要林为忠负责调音。所以尽管林为忠身体状况一直不好，但靠着顽强的毅力战胜了自己，又靠着自己的勤奋和努力，使得自己在所从事的工作领域如鱼得水。人到中年的时候，他更渴望建功立业，渴望在自己的有生之年多做些事情。可谁能想到就在这个节骨眼上，他的儿子却遭受如此致命的意外伤害，这伤害不但无情地夺走了他儿子的宝贵生命、给他的精神造成了致命的打击，而且给他正如日中天的工作和事业造成了难以挽回的损失。仅仅就建国50周年大庆而言，他所负责的大型录音活动过后，原本打算抽时间写出总结论文的，但由于工作忙而一拖再拖，及至儿子出事之后，他的精神遭受严重创伤，且又忙于处理后事，写论文的事也就不了了之。眼下，随着身体和精神状况的逐渐恢复，他希望能够弥补痛失儿子之后工作上造成的损失，更渴望在有生之年抓紧时间，多干些工作，使自己的事业再上一个台阶。然而，假如妻子重新生一个孩子，自己的精力和时间允许么？

然而，婚姻便意味着责任。为了精心抚养儿子，十几年来妻子为此牺牲了自己的事业，把她原本的一切都奉献给了家庭，她付出得太多，也牺牲得太多了。作为精神支柱，当妻子赖以寄托的儿子不幸离她而去，而她又强烈地渴望重树精神支柱时，作为丈夫，他能够断然拒绝么？显然不能。更何况在儿子痛失之后，林为忠自己也不是不渴望能重新有一个自己的孩子。既然妻子那么喜欢孩子，渴望重新生一个孩子，自己也喜欢孩子，那么有什么理由不支持妻子的选择呢？

思虑再三，林为忠终于同意了妻子的要求。

他独自一个人来到协和医院，挂了个妇科的专家号，就自己担心的有关问题一一请教了专家。专家说没事，你妻子的这种年龄可以重新生一个孩子。林为忠听罢专家的回答，内心一如夏日里掠过一缕清风，心头忽然间舒坦开来。他重新燃起了生活的希望，当天便揣着那一丝外人不易察觉的喜悦匆匆回家。

他把去协和医院咨询专家的事情原原本本告诉了妻子，并郑重其事地对妻子说："既然专家都说可以再要个孩子，那就这样——我支持你、下决心要。但什么时候要，要看咱们俩的精神状态和身体状况。我的意见是要顺其自然，有，咱们好好养育并承担相应的责任；没有，咱们再说。但有一点，你想要孩子，就必须从现在起恢复体质和精神状态。"

丈夫的一番话，让刘春华喜不自禁，一股久违的兴奋在她本已憔悴的脸上荡漾开来……

有了丈夫的支持，刘春华既像吃下了一颗期盼已久的定心丸，又像服下了一粒久违的兴奋剂，她仿佛是一夜之间变了个人似的来了精神头，从原本病恹恹的萎靡状态一下子变得精神焕发、神采飞扬。尽管她的脸上仍滞留着明显的、刚刚经历情感劫难的憔悴痕迹，但心生希望的她更是明显地掩饰不住脸上对孩子、对新的生活、对未来的强烈向往，那样子就如刚刚经历严寒拷打却傲然挺立的梅花一样，以自己特有的信心和顽强的生命力呼唤春天的来临，向世界证明自己活着的价值。

心中有了目标，生活中便有了热情和动力。刘春华开始一点一滴地调养自己的身体，原本她不想吃东西、吃不下东西，现在她强迫自己多吃一点、吃好一点；原本她病恹恹地打不起精神，整天蜗居在家里足不出户，现在她每天在丈夫的陪同下走出户外，呼吸清新的空气，活动活动腰肢、舒展舒展筋骨。

林为忠还时不时带她去检查身体，去各大医院看知名的妇科医生，先看西医再看中医。看西医是因为生第一个儿子后一直执行着国家的计划生育政策，一直戴着节育环而且一戴就是15年，现在决定重新要孩子，就得先把节育环摘了，让她慢慢恢复正常。一段时间之后，丈夫又陪着她到医院全面检查，看身体各方面的指标是否正常。在得到正常的结果之后，他又带着她到广安门医院挂了个著名的妇科专家号，每次仅专家的挂号费就得花100块钱，但为了未来的孩子，他必须舍得花这些钱，请专家给开中药慢慢调理。

如此这般，持之以恒，经过这所有的一系列努力，刘春华的元气逐渐得到了恢复，她的脸色逐渐红润，她的眼光、她的笑容也逐渐恢复了早年间那股动人的神韵。丈夫从她的这股神韵中，看到重新生孩子的希望，看到了开始新的生活的信心……

转眼间到了2001年4月，刘春华在丈夫的陪同下到医院做妊娠检查，尿检结果呈现阳性，也就是说：刘春华怀孕了。经过进一步检查，医生说她的身体状况一切正常。这个消息对这对经历坎坷的中年夫妻来说，一如久旱之后迎来的一场甘霖，让他们兴奋不已。尤其是盼子心切的刘春华，内心的喜悦更是情不自禁地溢于言表。

4. 新生儿带来的新问题

怀孕给刘春华带来的也不仅是喜悦，同时也给她——不，包括她和丈夫——带来了一场严峻的、前所未有的挑战。

由于已经是45岁的高龄，也由于怀第一胎的时间与怀现在这个第二胎的时间间隔长达十七八年，刘春华的子宫已经出现老化甚至退化。所以在她怀孕半年之后，便出现了严重的宫缩——这是早产或自然流产的先兆——而且宫缩的频率还很高。情况不妙，医生告诉她，必须全力保胎，医生给她开了大量的保胎药。但光吃药还不行，医生说她还必须长时间躺着，轻易不能行走。夫妻俩一听头都大了，原本兴致盎然的刘春华更是感觉到毛骨悚然。原因显而易见：因为距离预产期时间还长达4个月啊，这4个月长达120多天的时间，难道就能天天躺在家里吗？医生说是的，这是最安全的办法了，别无他途。刘春华听罢，不再言语。为了保住未来的孩子，没说的，她什么都可以付出，她愿意迎接挑战。

回想起来，那可真是一场异常艰苦卓绝的抗争啊！那120多个日日夜夜，原本应该增加户外活动的孕妇刘春华，却不得不足不出户，日日夜夜都龟缩在屋里，日日夜夜都躺在那张长不过两米、宽不过1米的床上。吃饭、喝水她都只能端到床前，半躺在床上请别人侍候。就连上厕所，她也只能瞅准宫缩的间隙，钻空让别人扶着，亦步亦趋、小心翼翼地前去方便。这种情形，使得他们不得不去家政服务公司请来保姆，日夜陪伴、专职侍候。即便如此，狭窄的空间，单调的生活，仍然让刘春华感觉寂寞难耐、异常难受。

好在她的内心深处，有一种强烈的信念支撑着她，有一种憧憬让她时常感觉到激情的涌动，有一种向往让她时常感觉到心潮澎湃，有一种冲动让她感觉到生命的价值和生活的意义——那就是为了即将出生的孩子。

正是内心的这种感觉、这种激情，使得刘春华眼前的生活境界豁然开朗，她的眼前再也不是狭窄的空间、单调的鲜花，而是蓝天白云、绿水青山、鸟语花香，是草原，是大海，是蓝天，是美好的生活，是阳光明媚的春天……

正是这种良好的内心感觉，刘春华的精神状态一直保持得不错，她战胜了寂寞、战胜了自我。以惊人的毅力支撑自己，安全地度过了那艰苦卓绝的120多个日日夜夜。

2001年12月27日，再差两天就是第一个儿子不幸夭折整两周年的这个日子，林为忠和刘春华这对中年夫妇历尽千辛万苦，终于重新生下了自己的第二个孩子，而且依然是个儿子。预产期本来是12月25日，结果比预产期推迟了两天。

新生儿虽然出生了，但降生的过程也历尽艰难。

为防止出意外，生孩子时他们选择在离家不远的人民医院。那时候，经历过4个月保胎期的刘春华体质已经十分虚弱，她已经无力自然生产，只能剖腹产。在医生的全力护理下，孩子总算生下来了，体重六斤半，身体各方面的情况还算正常。

第二天，儿科大夫却发现孩子吃母乳时很费劲，裹不了奶，老哭。后来儿科专家来了，发现婴儿嘴上的软腭是裂的。正常情况，软腭与鼻腔之间应该是隔着的，可这孩子不是，裹奶的时候漏风、力量不够，效率低下。正常的婴儿，嘬奶可能一口是5毫升，而这孩子嘬一口可能只有1毫升。孩子饿了却吃不了奶，所以老哭。

再进一步检查，又发现这孩子眼肌无力，有一只眼睛睁开时总是很费劲，而且心脏也不好，有心房间隔缺损。

那天检查时，林为忠并没有在场，大夫也没敢直接告诉孩子的母亲刘春华。大夫打电话让林为忠赶紧到医院来，将检查结果告诉了他。大夫进一步帮助他分析说，你爱人可能是怀孕8—10周时受到不良的影响。什么原因？尚待研究。但据说，哪怕是从睡梦中惊醒，或者不经意间遭受到一点点的恐吓，都有可能对孩子造成不良的影响。当然，也不排除有遗传的影响。但更主要的原因，可能是长时间不生孩子的高龄怀孕所致。与年轻孕妇相比，高龄孕妇由于体质和身体机能等各方面的差距，尤其是长时间不生孩子的高龄孕妇，往往会一定程度上影响婴儿的正常发育。从肌体上来说，以前的母亲一直生，时间间隔不长，因为有连续性，一般都不会有问题，一直到五十几岁都可以顺利生子。但像刘春华这种情况，已经间隔十七八年，已经过了生育的旺盛期，胎盘都已经老化……

对于孩子出现的这些情况，儿科主任告诫林为忠：不要跟你爱人说，月子里的女人最忌讳受刺激。而事实上，儿科主任的这种告诫对林为忠来说纯属多余，因为他是一个理智的、成熟的男人了，除了妻子目力所及的外，他当然不会将孩子全部的健康情况告诉产后仍体弱的妻子。

对于儿科大夫说的这些情况，林为忠对此似乎已经有思想准备，他显得比较冷静。由于自己的身体原因，他对这一切有一些基本的了解和判断。一般来说，软腭不好的孩子多半心脏也不好。他对儿科主任说："孩子既然生下来了，怎么着我都得养，你说什么我都能够接受。我跟我爱人确定生这个孩子的时候就已认定，只要是我们俩的孩子，哪怕是残疾、失聪，我们都得承受、都得想办法全力把他养大。"

出月子之后，林为忠带着妻子和新生儿回到了家里。妻子对新生的孩子充满怜爱，她叫他小名乖乖，给他起名林冬冉，其间有两层含意：冬天里出生的，冬冉即冬天过去、希望升起；再一层意思是孩子属蛇，冬冉的"冉"取于蟒蚺的"蚺"，"冉"字左边加个"虫"就是蚺，林冬冉就是冬天里降生的蛇，而且是一条充满灵性、像巨龙一般期待飞腾的蛇……

新生儿同样给林为忠带来了久违的快乐，林为忠也像妻子那样喜欢自己的这个新生孩子。只要一回到家里，他就迫不及待地来到孩子跟前，逗他哄他，亲他抱他，其乐融融。

面对嗷嗷待哺的儿子，他也再一次感觉到作为父亲肩上的重任。他在考虑如何将孩子的健康情况告诉妻子。也许是为了给妻子打"预防针"、让她对眼前的这个新生儿的健康状况有些思想准备。所以他不断地鼓励妻子：既然已经生下来了，他就是我们的孩子，我们要全力抚养、精心护理，不能给乖乖带来任何不利的影响。

林为忠对孩子的爱不仅停留在口头，很快还付诸行动。价格高昂、月薪高达两千元的月嫂（在妇产医院经过专门培训、具备相当的婴儿护理知识和护理经验的护士），一般人都请不起或不敢请，请了一般也只请一个月，林为忠却一请两个月。绝不是因为林为忠比别人有钱——他在单位的月薪只有两千多块钱，妻子的月薪则仅有一千多元——而是因为他们的这个新生儿健康情况并不正常，而妻子体质又过于虚弱、恢复得慢，护理孩子力不从心的缘故。仅就喂养孩子而言，由于孩子软腭裂的原因，吃不了母乳，必须冲进口奶粉。即使如此，正常的孩子可能15分钟能够喂完，可这孩子却需要喂上一个小时。这一来累还不说，冲好了的奶粉喂着喂着一会儿就凉了，又得重新热一下再接着喂，反复几次。而妻子刘春华由于体质虚弱、手臂无力，抱一会儿孩子手就酸得不行，抱不住……如此的种种情况，不请月嫂显然是不行的。

不但请了月嫂，第二个月的时候林为忠还请来了保姆。因为月嫂只管孩子的护理，不管做家务。而买菜做饭搞卫生，尤其是给婴儿洗尿布屎布等脏活累活，仅靠林为忠一个人显然也是不行的。即便如此，忙于上班的林为忠每天人虽然在单位，心却时常牵挂着家里的妻儿，一旦下班就急匆匆赶到市场采购，回到家里又忙里忙外地干活。以至于他对同事自嘲说："我家里请了一个半保姆。"那半个保姆，指的就是他自己。

5. 补生孩子的代价到底有多大

我大概是在2002年4月、夏天到来之前采访到林为忠的。在此，我要特别感谢向我引荐、帮助我联系到与林为忠见面机会的全国政协提案处的处长李蓉女士。由于工作关系，李蓉与林为忠认识并且还比较熟悉，而我与李蓉多年前住在北京三里屯的时候又曾经是邻居。

那一天，吃过午饭，我骑着车从自己单位所在的和平门来到位于西城区太平桥街的全国政协大楼，在李蓉那宽敞明亮的办公室见到为了孩子而历尽坎坷和艰辛的林为忠。

时值中午的休息时间，灿烂的阳光透过窗户，将明媚的春光带到了屋里，让那间本已明亮的办公室蓬荜生辉，温暖舒适，春光融融。

这是一个皮肤白净的中年男子，宽厚的脸已不乏皱纹，却依然饱满且充满光泽，一看便知道是从事非体力劳动的、善于自我保养的都市一族。只是他茂密的头发上黑白相间的发丝，看上去很不协调，那已经不容易数清的白发会让人不由自主地联想到他人生路上那刚刚经历过的沧桑。

因为事先我已经将见面的意图传真，由李蓉女士转交给了他。所以没寒暄几句，我们就进入正题。他坐在沙发上，面对透窗而进的和暖阳光，眯眼蹙眉，用一种缓慢、低沉的音调，将我和在场的李蓉带回他刚刚走过的那些沧桑岁月。

他讲他的少年时代、青年时代，讲他如何在工作中与刘春华相识、相爱并顶着各方面的压力结为夫妻。他讲他的大儿子，讲他大儿子生前的学习、兴趣和爱好，描述大儿子生前的言谈举止和音容笑貌。接着，他按照我的询问，讲了他大儿子出车祸时的详情以及善后处理的详细过程。再接着，他又讲了他与妻子如何商定要生第二个孩子、这第二个孩子怀孕过程和生育过程以及生育之后所经历的种种艰辛……他讲这些的时候，情绪低落，表情凝重，而声音一直很低沉。他那白净宽厚的脸庞上，没有和风丽日，只有黑云压城般的那种沉郁，让人感觉人生的艰难与沉重。讲到伤心处，他停下来，竭力控制自己那已经哽咽的声音，待自己的情绪缓缓平静下来，再接着讲。

对于他重新得到的第二个儿子，我向他表示祝贺，并用我已经采访过的那些不幸家庭与其相比，告诉他："相比之下，你和你妻子很幸运，因为虽然也历尽艰辛，但毕竟又有了自己的孩子。"

面对我的吉言，他说了声"谢谢"，却没有半点的喜形于色，相反是一声长长的叹息，那样子如同刚刚完成了马拉松式的一次长跑。

林为忠向我细数起他第二个孩子的成本：

"你看，从一开始怀他时一次次咨询、检查、调理，光到右安门医院看专家，每次光挂号费就得一百元；吃中药，一礼拜开一次，再有别人介绍的名医、专家，也都去看过，去的这些医院都不是单位的合同医院，所有医药费都得自理，到底花了多少我都数不清了。而且与生第一个孩子比，现在的各种费用都比以前高得多，就说配方奶粉吧，我现在的这个孩子喝不了母乳，只能给买配方奶粉。可配方奶粉价格又高，我还没敢买桶装进口的，只买国产袋装的，一袋也得28元，吃3天，每个月就得花个三百来块，还不算别的。

"我们俩的收入都不高。她现在所在单位是我们部机关直属的幼儿园，经济上属于独立核算单位，她又不上班，一个月也就能拿一千来块钱。我呢，在机关里搞技术，不当官，满打满算每月也就是两千多块钱。那天我算了一下：一袋奶粉吃3天，每月就得三百来块；请一个保姆，管吃管住还得给她五百块，这些加起来就已经小1000元了。水电费也高，因为有孩子，我们用得比别人都多，物业对我们都有意见了，尤其是电用得多。我说是啊，我电热水器老得开着，因为孩子随时都得洗呀涮的；空调也老得开着，尤其是冬天没来暖气或暖气不足的时候。

"经济上的就不说了，重要的是我们俩都这么大年龄，养这么一个孩子，身体和精力远不如从前。现在的这种付出、这种代价，都是年轻时所不能比的。"

要不是第一个儿子出事，他们当然不会再有这种艰辛的付出——这一点，林为忠自己没说出来，我却立即意识到了。我知道他们现在的这种付出完全是出于一种无奈，而无奈的付出，其代价自然更高。

林为忠说："好在我爱人现在的心情不错。但为了孩子，她确实又付出、牺牲得太多。她半年的产假眼看就要到了，我已经跟他们幼儿园的领导提出申请，要求让她提前退休，因为有了这个孩子，上班比在家里累，她是个工作很认真的人，可人在单位心在家里也干不了什么活儿。对于提前退休，她也能够接受，因为一切都为了孩子。我跟她说咱们的乖乖交给保姆不放心，因为孩子软腭裂，喂东西怕呛，要是呛到肺里容易得肺炎、发烧，所以得当心、精心点儿，我又比较忙，所以为了孩子得有一个人牺牲自己的事业。这些我爱人都明白，也能够接受。"

林为忠说他有一个同事因为孩子的腿要做手术，情绪低落，他就劝那位同事："我的打击比你大得多，且不说我那个已经失去的大儿子，就是我们现在的这个小儿子乖乖身体也不好，五月份还得去阜外医院检查他的心脏到底什么时候做手术；另一个手术是软腭裂的修补，一两岁会说话前得把修补手术做了，否则将来影响发音；再一个手术就是眼睛的肌无力。所以，我起码得面临孩子的3次手术、3次签字。谁都知道手术不都是万无一失的，尤其是婴儿，麻醉有可能醒不过来，输血有可能感染。这些你都没办法，可你也只能相信医学，你将孩子交给医生，要是赶上有什么不测，手术失败了，也只能算你倒霉，这东西就是这样。可你不做手术，也不行。毕竟现在绝大多数夫妇只有一个孩子，你必须全力抚养他，因为你输不起、你别无选择。"

林为忠说，他大儿子6岁的时候，他爱人曾跟他开玩笑："咱们再要一个孩子吧？"他也笑着响应："那是不是要个女孩呀？"爱人只是会心一笑，不再言语。虽然这只是夫妻间一次不经意的玩笑，却反映了夫妻俩当时的真实心态：儿子已经6岁，相隔6年，时间很合适，要能让生第二个孩子，那该有多好！现在想来，如果那时候生第二胎，他们现在也不至于碰上这么多问题、受这么多的累啊！但这只能是一种假设。虽然他们心里都想要，但毕竟政策不容许呀！

围绕只有一个孩子的问题，林为忠的话题很快落到当今都市人的生活压力上。

林为忠扳着手指，又列举起独生子女带来的诸多问题：

"因为只有一个孩子，你只能把所有希望，尤其是考上大学的希望全都寄托在自己这唯一的一个孩子身上。为什么大家打破头都想奔大学去呢？社会竞争逼的呀！平常我们都说农民最苦，没什么保障。其实城市里也一样，你说有什么保障？过去供应口粮，有各种定额的供应票，现在有啥？过去没考上大学也有出路，国家给安排工作，现在有吗？现在考不上大学几乎没有出路，因为招聘的工作多数都要求大学本科以上的文凭，逼得家长只能逼自己唯一的孩子上大学。所以从小学到中学、大学谁不抢着上好学校，赞助费少则一两万元，多则八万十万。我儿子中考差两分可以上市重点，但儿子对我说'爸，咱不花钱，咱上二类学校也行。我不会花这个钱的，考上什么上什么'。我儿子在小学一直是课代表，到初中时入团、当班干部。到高中也是班干部，是团支部书记，老师都很喜欢他，参加过市里的团支部书记培训班。他属于比较懂事、心态比较正常的孩子。但有些孩子可不是这样，因为父母给他们的压力太大，可小孩压力越大，逆反心理就越强；他的成长没有宽松环境，就可能出现畸形，出现承受不了的心理变态、自杀或杀父母等。过去有这种情况吗？没有。每对父母都有两三个孩子，将来孩子干什么、有没有出息，父母一般不急，放养就行，他可以把尺子放宽，不会把所有精力、要求全放到一个孩子身上。东方不亮西方亮，反正几个孩子总会有一个两个能成气候。这种宽松的家庭教育环境，孩子反而学习更自觉。这让我受到启发，虽然只有一个孩子，我也不逼他，顺其自然。所以孩子的老师有时说我，说你这个家长真怪，你没有鼓励孩子做什么事都要拔尖！我说没有，我比较放任，他反而比较自觉。以前我们俩天天督促他，后来老师叫家长签字，可他做没做完作业我都签。我对老师说我的孩子很诚实，做完没做完作业都给我说了。但做完没做完是他自己的事，我签字是因为他的诚实。老师说那你不检查他做得对不对？我说他抄我都不管，我就是这样惯着他。你没看现在的孩子报这个班那个班，大都是他们的家长逼的。开始时我也一样，我给他报了个英语班，可孩子喜欢的是数学，我就顺着他的兴趣，给他报了个奥林匹克数学班。孩子后来的学习很自觉，我们都用不着怎么操心。

"现在的孩子为什么早恋，许多人都说是因为现在的孩子早熟、从电视剧和电影里学的，可我不完全这么看。依我看，有一个原因一直被忽视，那就是现在的独生子女在家里压力大，与家长没有沟通甚至内心有些对立，家里又没有其他兄弟姐妹，怎么办？他们只有到外面找同学、找朋友。因为年龄、心理相近，又有共同语言，孩子与孩子之间能得到最好的沟通，甚至能从异性朋友那里找到一点儿母爱或父爱、找到爱抚。你说他们懂什么恋爱？教育其实是个大工厂，它跟家庭、学校乃至整个社会都有关系。学历至上，是社会大环境造成的，所以家长一味逼着孩子考大学，省吃俭用也要挤出钱来上高价学校。孩子在学校一切都是为了考试、为了升学，而家长也围着孩子的这一切转，千方百计地侍候他，长此以往，孩子将来到社会上的实际工作能力又如何呢？依我说，这也是只有一个孩子才会这样。

"独生子女还促进了高消费。举个例子，两个孩子时的消费、浪费程度反而不会那么大，如衣服，老大穿完可以老二穿；吃饭至多是添双筷添个碗，饭菜增加不了多少，孩子还不至于挑食。只有一个孩子，穿衣吃饭你可能都得惯着他，他的健康上你不敢有任何闪失，视若宝贝。我那孩子出事之后，影响可大了。我们住的那栋楼，所有孩子还在上学的家庭，家长都如临大敌，原本单独骑车上学的，家长再也不让了，再忙也要亲自接送孩子上学放学。这是没办法的事，谁还敢拿孩子的生命当儿戏啊？"

对于国家现行的计划生育政策，林为忠表示支持和理解。但他又说："应该适当放宽高素质的人的生育权。即使放宽，撑死了他也只生两个，多了养育不起，因为投资太多。可现在是倒着来，城市的控制死了，农村的许多地方却还是控制不住。我老家那边的农村，生得多的三四胎都有，超生怎么办呢？变通，民政部门办个手续，算你们抱养了一个孩子，给他们交点钱，其他关节都交点钱，最终都能办到户口。当地计划生育部门也愿意这么处理，因为这样做计划生育率并未超高，还能收到钱。所以我说，这样下去不行，应该严格限制农村非法生育，同时建议国家为了提高人口的总体素质，生一胎还是生二胎也来个优胜劣汰。"

6. 谁能感知生命中真正的疼痛与危机

林为忠与妻子痛失儿子，历尽艰辛又抢在妻子的生育年龄结束之前重新生下了自己的儿子，相比于我以前采访的不幸家庭，他们确实是幸运的。

但经历了太多艰难与磨难的林为忠，并未在我的面前显露出丝毫的轻松，相反，此刻他在我面前显露出来的沉静与冷峻、伤感与无奈，让我强烈地感受到人生的沧桑与无助、生命的苍凉与悲壮……

林为忠向我讲述了痛失儿子之后，生活中和心灵深处那难以抚平的创伤。

他和妻子都是生活在社会中的人，他们在这个社会中都有各种同事、朋友、同学，更有带血缘关系的兄弟姐妹和各种近亲远亲。每每与人家见面，对方出于关心和同情，都要询问几句安慰几句，每每却都会勾起他们的伤感、对那已经一去不返的好儿子的无限思念。

即使是夫妻俩单独相处的时候，那已经永远失去的儿子其实也仍然永久地装在他们的心上。逢年过节，他们忘不了他。他的生日，他们也无法忘记。随着时间的渐渐推移，同事也开始注意到这个问题，一般都不会提林为忠那失去的儿子了，他们怕勾起林为忠的伤心……

林为忠接着向我讲起儿子后事的处理情况，声音仍然低沉、缓慢。

"孩子去世后，骨灰搁八宝山了。但有年限问题，只放3年，3年以后按要求必须找地方安放。我跟爱人商量以后怎么处理。我说现在咱们有乖乖，你要合力精心抚养他，不要再老去想大儿子。不是说咱们不在乎大儿子，绝不是，小宝是咱们永远美好的记忆，但现在先不要去想得太多，抚养乖乖要紧。每年清明节或节假日，咱们有时间去扫扫墓、看看他。我说我想他了，自己会抽时间去，跟他说……说点儿心里话……"说到这儿，林为忠再也无法抑制自己的情感，禁不住哽咽起来，泪水也夺眶而出。我的心也像被冷不丁撞了一下，只感觉内心酸溜溜的，有一股温热的东西在胸间涌动，我感觉自己的眼眶刹那间也温热了、潮湿了……

沉默。我将脸转向在一旁一直旁听的李蓉，发现这位全国政协提案处处长也正哽咽着，不时地用手抹着眼泪。

林为忠此时掏出手绢，擦着泪。自打我对他的采访开始，他一直竭力地控制着自己的情绪，而现在，他内心深处情感的波涛显然已经难以抑制。

时间大约是过了几分钟——不，也许已经过去了几年——林为忠的情感恢复了平静。他清了清嗓子，眨了眨眼睛，说了声"对不起"，用喑哑低沉的声音，断断续续地继续讲：

"……男同志啊，有时有话，压在心底里太久了，也不行。有时礼拜六，我一个人外出，对我爱人撒个谎，说是单位加班，出了家门却独自坐车去八宝山看小宝……"他又哽咽起来，讲不下去。待强制自己平静下来，才继续说，"所以呢，我说我们现在身体还行，每年都还能抽出时间去看他，想看就去看，一般是他的生日、清明啊或是天气好的时候。……刚开始的时候，去得比较多，第二年少些。她去的时候我也去，我一个人去的时候她不知道，到现在也不知道。我不让她知道，是希望她身体好、不分心，全力抚养乖乖。……我也知道她爱我，喜欢我。我的目的是倾心照顾她，让她精神愉快，其他的事，我自己承受。开始处理车祸时，我也是这样。包括法医鉴定完了，给孩子整整容，我都没沾边儿，全权委托我哥和我妹妹。我陪着我爱人，没让她去，坚决不让她去——为什么？我说咱们把宝宝美好的印象留在脑海……所以，儿子至今在我的脑子里就是他那天早上离家前同我打招呼的那个形象，留在我爱人脑海中的则是那天早上离家上学的形象……"

对于儿子骨灰的安放，林为忠也经历了艰难的选择和情感的折磨。

夫妻俩每次去八宝山看望儿子，都得尽可能不让双方的老人知道，否则老人会触景伤情，毕竟是白发人记挂早逝的黑发人，想起来都会令人伤心、唏嘘感慨啊！不仅如此，每次看望儿子之前，夫妻俩都无一例外地要到专门卖祭品的商店去买些祭品，每一次，卖主都要无一例外地热情推荐："去看老人，买些寿桃吧！"这种招徕，虽是无意，却字字如针，针针扎在林为忠和刘春华夫妻的心上，令他们阵阵颤痛，令他们伤心难抑。每次如是，让他们疼痛不已、伤心不已。他们被迫无奈，开始考虑儿子骨灰到底该怎么安放，毕竟按照惯例，八宝山只能给存放3年。

夫妻俩考虑再三，觉得最佳的方式还是撒海。至于撒海怎么办理，林为忠都打听好了：目前北京市每年春、秋各有一次，费用是每去1人380元。

为什么要选择撒海的方式呢？

林为忠说："这样以后我们在家里悼念他就可以了，这跟到具体的某一个地方去悼念不一样。比如我母亲，每年清明节我都要去一次，但那是老人，心情不一样；虽然儿子也是亲人，但那种悲痛不一样，那种悲痛让你有些受不了，因为毕竟是非正常死亡。而且，随着我岁数的逐年增加，加上我本身的心脏病，我也越来越有些受不了。每去一次回来，我的心脏、我的心情、我的体力，都得缓和好几天才能恢复。每次去，我想得都很多，包括我自身的生命……"他的伤心又一次阻止他说下去。但看得出，他在考虑自己一旦不在人世，包括他的妻子百年之后，到那时候，如果儿子还是安放在固定的某一个地方，还会有谁再去看望他呢？儿子毕竟没有后续的生命啊……想到这里，我的眼前不由自主地浮现出凄风苦雨、孤冢枯树的惨景，一种生命的无助和悲怆感瞬间攫住我的心头。

是的，生活是那么的美好。而在追求美好的过程中，每一个生命又是那样无一例外地充满了艰辛与磨难。尤其是面对疾病、面对突如其来的天灾人祸之时，生命是那样的渺小、那样的孤立无助。

但经历了诸多磨难的林为忠，此刻在我的面前似乎已经少了一些悲伤，多了几分沧桑与从容。面对生活和磨难，他感慨道："我之所以同意接受你的采访，是希望这事对你写作有用，能为你提供一点素材。我想，每个人有每个人的心理历程，我经历过磨难，我希望我的处理方式能给别人带来一些启发、警示或者帮助。说实在的，人都是高级动物，许多东西都是后天学的，包括遇到打击之后，你应对打击的方法。不同的人采取的方法不同，各有利弊。还有，每一个人所处的环境也不一样，如何对待打击，采取的方式当然也不一样。旧的困难克服了，新的问题可能又来了。只有生命终结了，你闭上眼睛了，你才会有安稳的时候。只要你活一天，几乎任何一天都会有新的事来打扰你……"

我发现林为忠说这番话的时候，他的心情已经趋于平静，脸上真的是饱经沧桑之后的那种从容。他甚至还告诉我："我不希望将我的经历写得那么悲伤，相反，我希望人们通过我的经历，能从容地面对生活和生命随时都可能出现的磨难，要多几分信心、多几分坚强。"

这当然是林为忠对世人的美好愿望和善良之言。

但世间的许多事情，毕竟不是以人的主观意志为转移的。尤其是面对灾难，生命中的危机、脆弱和疼痛，到底有多少人能够坚强、从容地应对与承受呢？

我再一次审视眼前这位从磨难中走过来的、如今已头发斑白的中年男子。

林为忠说，自己现在的满头白发，大都是孩子出事之后出现的。这些白发，似乎是在刻意记载刚刚经历过的那些磨难。他自我总结，同时又感慨道："唉，人这一生啊，坎坷真是太多了！有时你真的是感觉自己快过不去（这道坎）了。生活往往是那样的无助，别人只能从侧面帮一点儿，但主要的你只能靠自己解决。"

我又一次安慰他："你是不幸中的幸运者，我采访过的家庭中有的与你们夫妻俩的年龄相当，痛失孩子之后，他们也渴望能重新生一个孩子，遗憾的是已经生不了孩子。"

林为忠说："这事只能顺其自然。我跟爱人说过，实在咱们要生不了，就想办法搞个试管婴儿，费用当然很高，得28000元。不管是试管婴儿还是用药物调理之后正常的生育，都应该有各种思想准备，就像我现在的这个孩子，出现这些问题以前完全没有想到。所以，孩子刚怀上时，我就考虑出生时要留脐带血，以备将来孩子万一身体不好时所需，孩子将来要没有什么事，脐带血也可以贡献。比如患白血病，治疗的最好办法是干细胞移植，而非血缘关系干细胞的合适配型概率只有十万分之一。脐带血中含有大量的干细胞，我的理解是留脐带血等于留了另一把生命的钥匙。这样生命就有了两把钥匙，万一其中的一把丢了，另一把还可以用上，生命还可以继续。留脐带血时，我找的是人民医院，他们在亦庄有一个内部血库。因为我爱人身体弱，只留了70毫升，正常应该是留一百毫升至120毫升，检查合格才能留，每年需要给医院缴纳500元的脐带血保存费。在我留脐带血之前，有人劝我说给孩子买保险，我说保险除了经济上的补偿外，其他无济于事。"

林为忠能留住孩子的脐带血，这让我感到很惊讶，觉得他很敏感、思想很超前。因为那一阵子，我刚刚组织了一篇关于这方面的报告文学，题为《中国呼唤建立大规模的生命银行——一个为挽救千百万鲜活生命的艰难传奇》，讲的是中国目前千百万白血病患者由于国内干细胞严重匮缺所面临的治疗危机，呼唤中国建立大规模的干细胞血库。这篇报告文学，我正打算在我主编的《北京文学》杂志2002年第6期上发表。由于组织这篇报告文学，我对干细胞和脐带血的重要性刚刚有了了解，而孩子出生时在医院的帮助下贮存脐带血，这种意识在全国来说还是很超前的，有这种意识的人在全国也还很少很少。林为忠有这种超前的意识，非常之好，但很显然，他的这种意识是在他痛失孩子之后才有的，他已经深刻体会到生命的脆弱和随时深藏着的巨大危机。而为了应对这种危机，他先于常人捕捉到了应对危机的方法，在了解了这方面的知识之后，果断留下了新生儿的脐带血——尽管保存脐带血每年要付出500元的费用，但我认为非常值得，我为他的这明智决策感到欣慰……

然而，对于中国目前的绝大多数人来说，在他们的生命和生活没有遭受病魔和天灾人祸的侵袭的时候，在他们仍然尽情地、毫无危机感地享受着健康和平安带来的快乐时，他们当中有多少人会真正地居安思危？又有多少人会懂得在自己的孩子出生之时千方百计地留下生命的另一把钥匙？

没有。生活中绝大多数人在平安和健康的时候，是很难有这种超前的防患意识的。而只有在经历病魔或灾难之后，他们才可能忽然醒悟，并竭尽全力地亡羊补牢。

然而，世间的许多事情，偏偏是不以人的意志为转移的，"亡羊"之后也并非都可以"补牢"，比如生命的毁灭。

而像我等已身为人父或身为人母之辈，在按政策规定只能生一个孩子的我们这个时代，即使没有经历生命的磨难但已经从别人那里知道保存孩子的脐带血、留下生命的另一把钥匙的重要性时，却已经失去机会了——这对于我们来说真是异常残酷！然而，我们除了徒叹无奈，除了感叹生不逢时，我们还能做何选择呢？唯一的选择，恐怕只能祈求上苍的保佑，让我们这些无辜的生命多一些平安、再多一些平安吧！除此之外，我们几乎孤立无助，我们真的别无选择！

对于我面前不幸之中又比较幸运的林为忠，我依然要发自内心地为他、他的妻子、他的新生儿林冬冉致以深深的祝福。我对他说："你能够走到今天，真的很不容易，我发自内心地保佑你和你的家人，从此平平安安、快快乐乐……"

林为忠打断我的话说："谢谢你，这都只是吉利话。其实，生命中的状态与祸福，绝不是以人的主观意志为转移的。对于命运，我迷信，但也不迷信。怎么说呢？我十几年前出差去无锡，对方单位是搞半导体的，他们的一个总工程师负责接待我。这位总工认得一个算命先生，闲谈中，他让那位算命先生给我算了一卦。那位算命先生说我这一生有几个坎，现在回过头来看，他说得有些对。他说我生命中有3个孩子，没有女孩，寿命活不过78岁，这当然还难以完全证实。但另一些地方他说对了：比如他说我32岁时要失去一个亲人，而我的确失去了母亲；再后面是我孩子，但我绝没有想到失去的是他——我那都已经16岁的儿子；再后来我又失去了岳父……"

人在遭受失意和挫折的时候，往往会或多或少地追溯到命、相信命甚至认命，看得出，经历过磨难的林为忠此时也有些相信命了。只不过，他是用经历和已经发生的事实来印证那位算命先生的推断。

痛失外孙的打击，夺走了姥爷的生命，剩下姥姥孤身一人，今年已经83岁的高龄了，现在不得已与一位远房外甥一块儿生活、让他帮助照应，以保证老人正常的饮食起居。林为忠说："我们也常常去看她，有时老人也过来。自从有了乖乖，双方老人心情也都好多了，毕竟生命中又有了新的希望。但现在我们活得累啊，自从新的孩子降生，我们在孩子身上的劳累又得开始一个新的轮回。所以，现在我们把自己的身体看得非常重要，不为别的，主要是为抚养孩子。要是小宝（指已经失去的大儿子）在，我即使倒下了也有人接班。所以我有时候跟我爱人说，咱们要都走了，那天可就都塌下了！为什么？我说，如果我走了，你孤儿寡母；如果是你走了，我一个人带孩子也承受不了。所以，为了乖乖，我们俩要相依为命……"看得出来，林为忠现在生命的危机感很强，而且已经深深地扎根于心灵深处。尽管重新获得了孩子，却时刻关心着孩子和家庭的安危和未来。

我关切地问："你的心脏现在怎么样？"

林为忠抿了抿嘴，摇了摇头："嗨，维持。心脏手术，我小的时候，成功率是3/10，中国外国都一样。现在的成功率比以前高，但我也没有做，主要是考虑做完手术，自己的日常生活能不能适应？这一关你也得过。但没做手术，将来可能心衰，现在只能是自己多注意一些。"

"好在你现在的心态调整得不错。"

"我必须这样。我跟我爱人说，事情发生了，你自己难受，亲人更替你难受，而周围的人是麻木的——开始发生的时候，人家可能有同情心，可你自己老是悲悲戚戚地提不起精神来，人家也就麻木了。"

说到那些痛失独生子女的父母目前所面临的困境，有着相同遭遇和切肤之痛的林为忠提出了令人值得注意的设想。他说："对于此类家庭，我个人觉得应该由政府出面，成立一个基金会，以救济、扶助、抚慰痛失唯一的孩子之后，其父母所面临的物质和精神上的困境。因为这些父母响应国家'只生一个孩子'的号召，做出了牺牲，国家应该对其造成的损失负责任，毕竟只生一个孩子不是他们自己的意愿。"

我问："你的大儿子出事之后，责任方赔偿了多少？处理后事又花了多少？"

林为忠说："交通大队最后判赔8万块钱，这笔钱是按高险种判赔的受害者的赔偿金。出交通事故后事处理费用，受害方按规定国家也给800块钱。但这点钱怎么够啊？我买个骨灰盒就得1200块钱，还牵涉了那么多精力，光处理后事前后就花了20多天。法医鉴定时，停尸每天费用就得八九十块钱；孩子整容是5000多块，等等，花费不少。当然，这些费用都是对方单位支付的，共花多少钱我也不知道，他们用支票结的账。但我也原谅了对方，没让交通队给对方单位挂交通严重违规的牌。"

林为忠说的这些，当然只是经济方面的。实际上，类似他这样痛失爱子的父母，精神上造成的损失与创伤到底有多大？当然是难以估量的。何况对于痛失唯一的孩子之后，从此断子绝孙，风烛残年之时却无子女赡养，甚至没有子女看望的人来说，他们所面临的经济上和精神上的所有困境，与独生子女政策不无关系。所以，林为忠关于国家和政府需要救济、扶助、抚慰这一类家庭的父母的建议，显然也不是过分的要求，而有其合理的成分。

第四章　意外伤害，悬在独生子女家庭头上的利剑

·我国0—14岁儿童意外死亡专项调查显示：在各种死亡原因中，意外死亡已占第一位，占总死亡人数的31.3%。

·据推算，我国15岁以下儿童每年因意外伤害引起的死亡竟有40万—50万人之多。

·据不完全统计，2000年我国有16000多名中小学因食物中毒、溺水、交通事故、自杀等非正常原因死亡，平均每天有一个班的学生因意外事故而早早地离开了人世。

·我国儿童意外伤害死亡率为发达国家的3—11倍，由此造成的各种损失可想而知。

1. 花季年华，有多少生命如花瓶那般易碎

珍爱生命，是人的本能。只要是心理健康，任何一个人都会珍爱生命，热爱生活。

生命是那么的宝贵。唯其如此，生命又是那样的脆弱。

我们时常会将"花样年华""花季少年"之类的美好词汇赋予风华正茂的青少年儿童，殊不知支撑那片明媚春光的，是他们那花瓶般的生命。

花瓶易碎，生命同样如此。

自从我10年前开始关注失独家庭这个特殊群体，工作之余，我都无一例外、不由自主地要开始关注我周围的生命。每每走在大街上，我都要不由自主注视、观察那熙来攘往的陌生路人，他们或行色匆匆或一路谈笑，或意气风发或心事重重。然而，无论他们是什么神态，无论他们是男是女，或老或少，他们都按照自己的生活轨道怡然自得地生活在这个多彩的世界上。

生活是那样的美好。无论是清贫还是富足，无论是得意还是失意，有一份更重要的共同祈求无时不存在于每一个人的内心深处，那就是——健康，平安。

"没什么别没钱，有什么别有病。"这句话的后半句，正是这种共同祈求的真实写照。

然而，人世间并非所有的祈愿都能得到满足，也并非所有的主观愿望都能成为现实。天有不测风云，人有旦夕祸福。不幸与伤害，实际上时时存在于这个世界上，随时都可能威胁我们每一个生命的个体，尤其是我们的青少年儿童，他们当中绝大多数可都是独生子女啊！"独生"意味着唯一，而唯一是经不起伤害，更经不起毁灭的，因为对于只有一个孩子的父母来说，当他们已经过了生育年龄，这唯一的孩子的毁灭便无可代替。

独生子女，如今是当代中国绝大多数家庭的基石。如果有那么一天，活蹦乱跳的孩子突然由于意外事故而丧失了生命，永远离父母而去；或

者原本健康活泼的小天使，由于意外伤害致残，这样的情景对于父母、亲人和整个家庭的打击，不啻大祸天降。

"祸兮福所倚，福兮祸所伏。"人世间，即使是你春风得意的时候，芸芸众生，无论贵贱，有谁能绝对避免天灾或人祸的突然降临呢？

即使是环视我们生活的周围，不幸说来也就来了。

2001年5月7日中午1时左右，就在距我居住的居民小区不远处的北京朝阳区松榆里32号楼，一个12岁女孩不幸坠楼身亡。

我是在第二天的《北京青年报》"读者热线"上得知这一消息之后，赶到出事地了解情况的，那时候我刚刚断断续续地进入这个报告文学的前期采访。当我赶到时，那里早已是事终人尽，周围的一切平静得跟什么事都没有发生一样。几经打听，一位在32号楼前乘凉的老太太才断断续续、不甚情愿地告诉我，那个女孩是602室家的独生女，今年12岁，性格很开朗，正在读初中一年级。楼内小伙伴们听说她从楼上摔下来，都特别吃惊。女孩摔下来时，她的父母都不在家，到下午3点时，才相继从工作单位回来。得知女儿死讯，夫妻俩都哭得死去活来。

老太太的话，字字句句像针一样扎进我的心脏，我能想象出那夫妻俩痛失爱女的惨状。我想再从老太太那儿了解女孩的死因和这个不幸家庭的其他情况，老太太却并不知晓。

走出铁栅围筑的小区，来到临街的松榆里32号楼东头，我心情沉重地寻找着那个12岁女孩灵魂的踪影。眼前的这栋砖楼，高6层。临街一位做小买卖的年轻店主告诉我，女孩的家就住在最高的6层，昨天中午，女孩就是从她家的南面阳台上掉下来的，至于什么原因，至今一无所知。我抬起头，默默地注视着靠东朝南的那个阳台。阳台不大，是铁栅围成的。铁栅不高，看样子也就大人的半身高吧？那个年少美丽的生命，怎么会从眼前这个阳台上陨落呢——是他杀？自杀？抑或是不慎摔落？周围的人都说不知道。反正出事的时候，这里密密麻麻挤满了围观的人，警察也开着警车前来调查处理了，但女孩坠楼到底是什么原因，至今仍没有一个明确的说法。

我注意阳台的周围，杨树、槐树和一些不知名的灌木郁郁葱葱，杨树和槐树高大的树冠撑起的绿荫，衬托出这里的安详静谧。而前一天出事的时候，这里可是人声鼎沸、一派喧哗呀！难道生命的消失，真如流星那样，亮光闪过的刹那之后，就注定要悄无声息了吗？那对痛失爱女的父母，他们的心境和生活，又如何能够平静呢？

我很想走进眼前这栋楼的602室，去抚慰那对痛失爱女的夫妻那鲜血淋漓的心灵，同时也寻找出女孩生命消逝的缘由。但犹豫再三，最终我还是丧失了勇气。原因不言而喻：在人家还痛不欲生的时候，怎么能够接受一位陌生来访者呢？

同样是在2001年，进入冬天的时候，另一桩惨剧更是近在咫尺地震撼、刺激着我。

那天傍晚，我刚下班回来，推着自行车进入我所居住的小区大门时，院里停着一辆警车，四周密密麻麻地围满了人。我顿觉疑惑，预感可能出什么事了。细一打听，本小区居委会的一个中年妇女忧心忡忡地告诉我，有人跳楼了，在17号楼的西侧。我内心一惊，心情沉重起来。17号楼正是我居住的楼。我快速支起自行车，锁上，然后快速挤过人丛，绕到17号楼的西侧。我伸长脖子一看，发现距离我十来米远的水泥地上躺着一个年轻女子。在她的附近，有几个警察正叽里咕噜地商量着什么。我向身边的人打听详情，才知道那年轻女子是从21层的那个窗口跳下来的。从这么高的楼上摔下来，她的生命显然已经不可能有挽回的余地。身边的一个人说，那女子从高空摔落在地上的声音，是"噗"的一声，闷闷的，就像沙袋坠地的那种声音。虽然没有那种骇人的惨叫，但可以断定，她肌体里面，内脏和骨骼大都已经粉身碎骨，就像沙袋里那本来就已经是粉碎的散沙一样。

我忽然感觉全身毛骨悚然。然而，我还是大着胆子往前走，想继续看个究竟。死者的尸体是侧趴着的，而且面部朝着墙的那边，我看不清她的容貌，只能看到她黑亮茂密的秀发，被白色手绢扎成蓬松的马尾辫，身上是花格上衣和深蓝色牛仔裤。这种发型和装束，不难想象她生命中曾经洋溢出来的青春气息。可惜此时此刻，她的这种生命气息已经毁于一旦。她身下那冰冷的水泥地上，是一摊猩红的血，虽然那摊血在眼下这寒冷的天气中已经有些凝固，但仍然依稀可见那摊血要往外流淌的痕迹……

这时候，有一位警察走到死者身边，将一只手伸至死者的鼻腔前，显然是想试探她是否还有生命的气息。结果，警察还是摇了摇头，跟另一位警察说着什么，接着又用对讲机向谁报告着案情。

——究竟是什么使眼前这个原本美丽的生命毁于一旦呢？

从围观人群喋喋不休的议论中，我慢慢了解到有关死者的一点点情况：女孩是吉林人，到北京来谋求发展，与北京籍的男朋友在这里租房同居，她的自杀是因为与男朋友出现情感危机……至于死者的其他情况，大家都不甚了解，警方也正介入调查。

情况虽然简单，我的内心却一直翻江倒海难以平静：多么可惜的一个生命！多么可悲的一种选择！仅仅是一念之差，原本美丽的生命就瞬间毁灭，永远不可能挽回——她是独生女吗？她那远在吉林的父母、家庭，将如何承受这灭顶之灾般的打击呢？

2001年冬天，那个寒冷的血腥的傍晚，那个触目惊心的悲剧，那个美丽的却已经彻底毁灭的年轻生命，让我再一次痛切地感受到了世态的炎凉、生活的艰难和生命的脆弱！

在灾难和死亡面前，我们提倡坚强，赞美勇敢，呼唤新生，然而，所有的这一切，只能鼓励人们尽快医治创伤，忘掉疼痛，却无法避免不幸与灾难的不期而遇。在我生活的周围，活生生的现实尚且如此，放眼全国，独生子女的意外伤害事件更是此起彼伏、数不胜数。

我不忍心再将所有的悲剧，如此血淋淋地一一向读者诸君展示。因为每一则带血的新闻，就是花季生命的一次毁灭。而花季生命的每一次毁灭，就是人世间喷溅的又一次血泪，不幸家属一次撕心裂肺久久难以愈合的心灵创痛。

面对这些，我们的心在战栗，在哭泣，在淌血……

然而，现实又是如此的残酷，灾难又时时让你如此地猝不及防。对于我们每一个善良的人来说，你祈求生活的幸福，渴望生命的健康和平安，有时候灾难与祸害却偏偏与你作对。最要命的是，有时候灾难降临的不仅是生命的一个个体，而且是生命的一个个的群体，让你猝不及防，倍感绝望；让你无法承受，难以面对。

2. 触目惊心的数字

2001年4月，北京市儿科研究所丁宗一教授在接受媒体记者采访时说："我国还没有系统的关于儿童意外伤害的全国监测网，但是根据妇幼卫生项目县的局部抽样调查，意外伤害已占0—14岁儿童死亡的第一位，据统计，意外死亡率已占我国儿童总死亡率的26.1％。"

60岁的丁宗一教授从20世纪80年代开始从事儿童意外伤害研究，是我国少数几位对儿童意外伤害有专门研究和著述的专家之一。

2002年6月，已经同时兼任地点设在北京儿童医院的中澳儿童意外伤害防治中心主任的丁宗一教授，进一步向媒体公布了该中心一项全国性的调查结果：儿童营养不良性疾病和感染性疾病发病率逐年下降，意外伤害在致使儿童死亡因素中则已经占到40%左右。

为什么意外伤害竟会成为儿童致死的首位原因呢？丁宗一教授认为，由于生活水平逐渐提高，科学技术不断进步，社会环境、家庭环境都比原来复杂了许多。例如，现在的家庭都配备有各式电器、电插座；马路上各种交通工具日渐增多，路况更加复杂；还有的家庭开始驯养宠物。电器多了，难免孩子会因为好奇乱碰乱摸；马路上车多了，交通事故的数量也会增加；家有宠物，如有不慎就可能伤害幼儿。所有这些因素都直接导致儿童意外伤害发生率不断上升。

来自全国死亡监测网的报告显示，无论城市或农村，意外死亡均为1—4岁儿童的第一位死因，死亡率高达685—941人／10万人，边远地区5岁以下儿童意外死亡率甚至达到1056人／10万人。意外死亡与损伤的比例为16∶11，显示出我国儿童意外伤害来势凶猛。

21世纪初，北京儿童医院外科曾对时间跨度为5年的24665例住院患儿做过调查，发现意外伤害患儿共1268例，占5.14%，其死亡率达到同期医院先天性畸形及肿瘤死亡人数的总和。意外伤害中以气管异物、烧烫伤、车祸、意外坠落、宠物咬伤为常见。

20世纪80年代以前，导致儿童死亡的第一位原因常常是传染病或呼吸道疾病。

1987年全国调查显示，0—4岁儿童因意外伤害而致残的占0.1%—0.3%；5—14岁的占0.6%—0.7%，从婴儿到10—14岁增长7倍。据推算，全国因意外伤害造成后天伤残的约175万名儿童，其中肢体伤残的占60%。因为一次意外事件，导致儿童终身残疾，他们无法过正常人的生活，无法从事正常工作，严重者甚至连生活都不能自理。对于他们这将是一件多么残忍的事实，而对于家庭和社会，又会增加多少不必要的负担。

随着生活水平的提高和医疗卫生条件的改善，儿童传染病和感染性疾病发病率逐年降低，病死率越来越少，但意外伤害引起的死亡不降反升，逐渐成为儿童死亡的第一位原因。

在1—4岁死亡儿童中意外死亡占56%，在5—9岁中占65%，在10—14岁中占60%。也就是说，在0—14岁死亡儿童中，有近1/3由意外伤害引起；而在10—14岁死亡儿童中一半以上是由意外伤害引起。

自杀、他杀——更是主要发生在青少年身上，或由心理压力过大造成，或因校园暴力引发。国家疾控中心近日发布数据称，在过去的半个世纪里，我国自杀率上升了60%，其中75%的自杀发生在农村，是城市的3倍。据统计，我国平均每年有28.7万人死于自杀，每两分钟就自杀身亡一人，自杀已成为15—34岁人群的首位死因。

早在2002年12月11日，北京心理危机与干预中心主任曹连元就指出："自杀与心理危机已经成为中国一个重要的公共卫生问题。"

据此，媒体（比如同一天的中新社电讯）还进一步披露，中国是世界上自杀率最高的国家之一，为23人/10万人，而国际平均自杀率仅为10人/10万人，中国自杀率是国际平均数的2.3倍。调查显示，中国独立的自杀危险因素依次为：抑郁程度重、有自杀未遂史、死亡当时急性应激强度大、生命质量低、慢性心理压力大、死前两天有严重的人际关系冲突、有血缘关系的人有过自杀行为、朋友或熟人有自杀行为。在中国，许多自杀者并没有精神疾病，其自杀是在遇到强烈人际关系冲突之后迅速出现的冲动行为。70%左右的自杀死亡或自杀未遂者从来没有因为其问题寻求过任何形式的帮助；60%的自杀死亡者和40%的自杀未遂者在自杀当时有严重精神疾病；全国的综合医院每年有200万名急诊自杀未遂病人，但在其急诊治疗期间接受过精神科评估或治疗的不到1%。而在国外自杀案例中的精神疾病患病率达90%以上。

　　据2003年5月9日新浪网"新浪观察"评论员陈栋的文章,《中国青年报》报道,今年开学以来,武汉市高等院校学生自杀事件频发,到16日为止,共发生学生自杀事件12起,其中10人死亡、2人获救。湖北省教育厅有关部门负责人今天在向记者透露上述消息时承认,学生自杀事件越来越多。其实像这样的事情还真不少。近日,北京师范大学的一名研究生自杀(见《北京娱乐信报》);某大学新生不适应环境,进校两天就跳楼身亡;因为感情学业不顺,大三男生不顾朋友劝告夜投珠江;暨南大学生物系3年级学生黄毅(化名)留下遗书之后,在自家的楼上坠身而下,结束了自己年轻的生命(见《广州日报》);14日上午9点40分左右,一个21岁的大学女生从其就读的沈阳师范大学一教学楼上坠下,经过739医院近5个小时的抢救,坠楼者终因伤势过重死亡;20日,长沙林学院一名女学生跳楼自杀,当场身亡(见"红网"新闻)。大学生自杀从南到北、从东到西,似乎成了"一波未平,一波又起"的严重态势,并且自杀者的学历在逐步提高。

　　据《中国青年报》2007年5月22日报道,2007年5月5日至17日,短短十几天内北京相继有5名大学生坠楼身亡。有统计数据表明,2000年以来,北京高校发生类似事件导致学生死亡人数平均每年都在两位数以上。

　　中国社会调查所曾经对北京、上海、广州、南京、武汉等地高校1000名大学生展开了一项针对"大学生心理"方面的问卷调查,结果显示,超过1/4的被访者表示,曾经有过自杀念头。

　　大学生自杀本身是一件悲惨的事情,给家人、亲人、老师、同学、朋友都带来了极大的悲痛与伤害,也给学校、社会造成了不良的影响。大学生自杀主要是由于个人心理承受能力和客观的社会环境引起的。相对来说,大学生是一个比较理性、素质也比较高的群体。然而有研究资料表明,在高校自杀率统计中,大学生高于一般青年,重点大学高于一般大学,研究生高于本科生;同时,自杀占到了20—30岁年轻人死亡原因的首位……

　　所有这些,对于对自己的独生子女寄予厚望并含辛茹苦将其送进大学的天下父母来说，不能不说是一种危险信息，它提醒我们：智力的发展并非孩子成长的全部，健康的心理和人格更为重要。只不过谁都不能否认，面对"只有一个孩子"的现实，面对"分数就是一切"的教育现状，独生子女的家长们想两全其美的确是太难了。

与自杀相比，校园里外来的伤害更难以防范。

据《作家文摘》2002年11月29日《谁来守护校园安全》一文刊载的数据：教育部透露，全国中小学生每年因意外伤害受伤或死亡的有14000余人，校园暴力和校园安全已经成为一个沉重的社会问题。

当今中国，在普遍"只有一个孩子"的城市独生子女家庭，儿童意外伤害带给社会、带给家庭、带给个人生理和心理上的严重损伤，往往永远无法愈合。因此，儿童意外伤害，已被许多学者视为当今最严重的社会、经济、医疗和公共卫生问题之一。

中国独生子女意外死亡的风险有多大？有一些人口学家根据全国第五次人口普查资料建立的生命表推算得出如下结果：大约有3.91%的人活不到18岁，有5.1%的人活不到30岁，其中1.17%是18-29岁死亡的。虽然比率并不是很高，但绝对数量并不少。

中国社会科学院一项研究称，中国目前已有100多万个失去独生子女的家庭。卫生部的数据显示，我国每年新增失独家庭7.6万个。2012年，据人口学专家、《大国空巢》作者易富贤根据人口普查数据推断：中国现有的2.18亿名独生子女，会有1009万人在或将在25岁之前离世。这意味着不久之后的中国，将有1000万个家庭成为失独家庭。

意外伤害，犹如悬在儿童及青少年头上的一把利剑，随时都有可能夺去他们的生命和健康！而如果这种危及生命的伤害降落到已经长到16岁以上的独生子女身上，无疑就将已经丧失生育能力的中年父母们也置于生命和生活的绝境。

生老病死，是自然规律。无论你是达官显贵还是平民百姓，生老病死都是一样的，谁都不能逃脱生命的衰老和结束。所以，中国传统中的"养儿防老"观念根深蒂固，"多子多福"几千年来也深入人心。虽然时代在发展，社会在进步，发达国家早已经拥有的养老保障或许会在未来的中国社会中逐渐实现，但就中国的现实而言，养老保障对大多数中国人来说依然如雾中花水中月，可望而不可即。不言而喻，风烛残年之际，生命的呵护靠谁呢？当然是自己的孩子。可如果没有孩子，孤苦无助之时，该怎么办？

《报告文学》2003年12期

永远的红树林

何建明

一

那是什么？远处的一条江河入海处，生长着一片茂密的小树林，郁郁葱葱，生机盎然。

"这是红树林。你折一根看看它们的芯，红的吧！它因此得名红树林。别的地方不会有的，红树林只能生长在海陆交界处、海岸低潮线和高潮线之间，大多集中在淡水和海水交汇的地方。可别小看这其貌不扬的红树林，它对保持大陆架免受海水侵袭的作用可不一般哪！"

原来，汹涌的大海与葱郁的大陆之间能够保持如此的和谐与平衡，竟然是红树林的功劳啊！"边缘地带"的学科为什么总能推动我们这个星球往前？奥妙也许就在于此。青年学者梁言顺激动了，他为这观海中不经意的发现而激动。

1993年，一位青年学者走到我国著名经济学家苏星教授的身边，成为苏教授的博士生。苏星教授在中国的理论界无人不晓，他在20世纪60年代初与另一位著名经济学家于光远一起主编了《政治经济学》（资本主义部分），影响和教育过几代中国学者。苏教授这一年收录的博士生姓梁名言顺，山东泰安人，刚从辽宁大学毕业一年的世界经济专业硕士。

"苏老师，你说我该选择什么样的研究方向呀？我查阅了自己所能接触到的全部经济理论，几乎所有的课题都有人研究了，经济学已没有空白地带。"学生有些疲惫和迷茫地问导师。

苏教授举起右手，摸了摸他那颗"列宁头"，一副笑眯眯的样子看着自己的学生："经济学是致用之学，研究经济学要从现实出发，关注现实，而不要从概念出发。"应该关注什么现实呢？梁言顺的思维在飞旋！

　　"好兄弟，求你救救我的孩子，救救我的村庄吧！"这是梁言顺的一位挚友在临终前发出的最后呼救。挚友是一位在当地颇有名气的青年实业家，为了改变家乡落后面貌，他竭尽全力引资建起了一座颇具规模的现代化化工企业，父老乡亲很快因此而富裕起来。但很快问题也来了，村上的人接二连三、不明不白地得上一种怪病，甚至连吃奶没几个月的孩子也没能逃脱噩运。后来发现，使人们富起来的化工厂导致了周围水和环境的严重污染，人们在点钞票的同时也在吮吸着毒汁。乡亲们开始把存款提出来改造湖泊与河江，但存款用光了，疾病仍然如魔地袭击着他们的生命。乡亲们愤怒了，终于有一天举起锄头，将家园边的那座化工厂一扫而平。当他们再拾起锄头回到地头种植活命的稻粮时，却发现那地、那河早已飘不出原有的稻谷香了。他们转身找到铁门高楼里的厂主，谁知厂主的家里正在为13岁的独生子举行葬礼，厂主自己也得了与儿子同样的不治之症，他在床头痛心疾首地喊着："你们杀了我吧！别让我受折磨了，快杀了我吧！杀了我吧……"乡亲们看着这一景，不由得都痛哭起来。

　　挚友的绝望呼救和乞求，如铁钩般扎在梁言顺的心头。他感到彻骨入髓的痛。

　　海陆之间，梁言顺的思绪如潮汛般起伏激荡。"啊喔，啊喔——"一群海鸥在头顶飞翔而过。

　　"代价，代价——"一个名词在梁言顺的脑海里蹦出。挚友无可挽回的惨痛例证和眼前红树林的生长现象，让梁言顺迷乱的心空豁然晴朗。代价，这不正是我要研究的课题吗？

　　"苏老师，我有题目了！"梁言顺飞步来到导师身边。苏星教授仍然笑眯眯："噢？你想研究……"

　　"发展经济是中国的国策，也是中华民族走向富强的必然选择。不发展就是死路。但我们不能因为高速发展而忽视所付出的代价。"学生激动而急切地说。

"你的意思是……"

"中国必须走低代价的经济增长道路。我想就研究这个，您看行吗？"

"有什么不行？好题目！"苏教授的眼睛发亮。

这是10年前的事。

10年后的2004年。春节刚过，中国共产党的最高学府——中共中央党校来了一批高级干部，他们是来参加一个重要的专题研究班的。近180位学员全是各省区市和部委的主要领导，其中包括4位兼任省区市一把手的中共中央政治局委员。如此规格，在中央党校的历史上近几年才有。此次专题研究班的主题是：树立和落实科学发展观。温家宝、曾庆红和曾培炎等亲自来专题研究班作报告。科学发展观，是以胡锦涛同志为总书记的新一届中央领导集体在十六届三中全会上提出的一个具有划时代意义的科学理论。中央下决心将几乎所有省区市和部委的主要领导集中起来学习研究，足见"科学发展观"的重要性。研究班上，有件事很意外，中央党校的领导向这些高级官员介绍了一本学术著作，说是中央党校原副校长苏星教授的一位博士生写的，名为《低代价经济增长论》，此书很有价值。

"《低代价经济增长论》？几年前就有人写这样的书了？"

"是谁写的？快找来看看。"

几乎都是中共中央委员、中共中央候补委员的学员们流露出几分好奇。

"梁言顺。梁言顺是谁？"

"树立和落实科学发展观，十分重要的一环就是正确处理经济增长的数量和质量、速度和效益的关系。否则即使一时搞上去了最终也要付出沉重的代价。低代价经济增长论符合科学发展观的要求。"

"是啊，这么重要的经济发展的理论和实践问题，人家已经在十年前开始研究了，不简单，有机会真想跟他聊聊。"

"哪儿找去呀？"

担任要职的学员们万不曾想到这梁言顺就在他们的眼皮子底下。作为中央主办的省部级主要领导干部专题研究班领导小组办公室的"快报组"副组长，梁言顺也算是位"老资格"的笔杆子了。今天，人们对他刮目相看。

二

"梁，你好！……你能否用几句比较简单的语言定义'低代价经济增长'？对我来说，这是个新概念……感谢你的帮助。"

这是麦克尔·思朋斯于2002年2月26日给梁言顺的电子邮件。

麦克尔·思朋斯是谁？

2001年度诺贝尔经济学奖获得者、美国斯坦福大学教授、世界著名经济学家麦克尔·思朋斯的名字和简历可以从联合国的网站中找到。

2002年4月12日，这位世界级经济学大师又一次来信："我现在理解了你的观点。这是个好观点，已经引起了广泛的兴趣。""我很高兴地期待着有机会在中国和你当面讨论你的观点。"

一个月以后，思朋斯再次来信："我现在在伦敦，将于5月27日飞赴北京。我的手机号是美国×××××。我现在还不能确定行程安排是否合适，我们将住在五洲大酒店。"

两天以后，梁言顺又接到思朋斯的电子邮件："我将于明天到达，但不了解我们的行程安排。如果合适的话，我很高兴和你座谈。"

27日早上，思朋斯的电子邮件再次出现在梁言顺的电脑显示屏上："虽然飞机晚点，还是终于到达了。最好能今天一起座谈，明天演讲。"

由于种种原因他们未能相见，思朋斯抱憾而归。

一个在学术界如此重量级的人物，无人介绍，却想与一位中国的年轻学者"见面"，这是为什么？

这也是我在认识梁言顺的"低代价经济增长论"之前感到迷惑的。有人约请我为梁言顺的低代价经济增长论写一篇报告文学时，介绍说这比陈景润的"哥德巴赫猜想"研究成果"更富有现实意义和长远意义"。初始我有怀疑，但很快便证实这并非耸人听闻。

恩格斯说过这样的话："在马克思看来，科学是一种在历史上起推动作用的、革命的力量。任何一门理论科学中的每一个新发现——它的实际应用也许还根本无法预见——都使马克思感到衷心喜悦。"马克思如此重视科学理论的贡献，是因为科学理论是"时代精神的精髓，人类发展的圣火"。它的每一个重大发现和发展，都给人类进步和历史前进带来革命性的作用。

低代价经济增长理论应属此列。但是，任何一种理论的产生都要经过从不被理解到理解的过程。梁言顺深知这一点，以勇敢者的无畏精神踏上了探索之路。他哼着郭小川的诗句，"在青春的世界里，沙粒要变成珍珠，石头要化作黄金……青春的魅力，应当叫枯枝展出鲜果，沙漠布满森林……这才是青春的美，青春的快乐，青春的本分"，开始了一场追求真理的长跑。而这样的长跑是与飞速奔驰的GDP快速列车比赛，比方向，也比时速。有人几度嘲笑这场比赛是新一出"龟兔比赛"，但梁言顺以勇气和毅力将"比赛"进行下去，并取得成功。

在中央党校工作、喜欢交朋友的梁言顺有着得天独厚的"人力资源"。他的那些学员朋友，个个都是意气风发的中国社会栋梁之材，是GDP快速列车的"司机"。梁言顺完全可以轻松地与这些"司机"顺势而行，或者搭上一程去共同高唱"胜利凯歌"。但梁言顺没有，他在深入地思考着、探索着。

一位市长学员正在讲台上介绍他的城市如何连续十几年以两位数的GDP速度向前发展，梁言顺正巧从一份国外资料上看到了这个市长的所在城市已经被列入从卫星照片上确认的中国几大"雾都"之一。

"好啊，人家将我的城市与英国伦敦相比，我高兴还来不及呢？"当梁言顺将这一消息相告时，那位市长居然这样说道。

"你以为这个'雾都'称号给了你真的很光荣啊？错，大错特错！"性格斯文的梁言顺难得发火。他说，"你知道'雾都伦敦'的景象吗？"

"我到那儿考察过。伦敦的雾确实很浓，像披上了一层神秘的面纱似的，很美，也很壮观。"市长说。

"那不是美，更不是什么壮观，而是一场抹不去的灾难！"梁言顺动情地给这位市长讲起"雾都劫难"的故事：每当春秋两季，伦敦经常被浓雾所笼罩。据统计，伦敦的雾天，每年可高达七八十次，平均5天之中就有一个"雾日"。英国著名的日记体作家约翰·伊夫林曾写道："绝大部分伦敦人所呼吸的别无他物，老是一些又浓又浊的烟雾，外加一种又脏又臭的气体直入肺腑，使得全伦敦患黏膜炎、哮喘、肺结核的人比全世界患这些病的总人数还要多。"1952年12月4日，连续的浓雾将近一周不散，工厂和住户排放出的烟尘和气体大量在低空聚积，整个城市为浓雾所笼罩，陷入一片灰暗之中。其间，有4700多人因呼吸道病而死亡；雾散以后又有8000多人死于非命。这就是震惊世界的"雾都劫难"。

"天呀！我的城市本来就是个'煤城'，这么说来弄不好也有一天会惨遭伦敦式的大劫难啊！"市长惊恐起来。

"你以为呢？千万记住！经济建设要快速，可得注意全面协调地发展，光讲发展，不计代价，那样的GDP再高也是虚的！"梁言顺直言。

市长开始有些焦虑不安，但很快又说："梁兄，你可不知。我们是干具体工作的，现在是啥时候？一个城市跟一个城市、一个地区跟一个地区在较着劲比GDP呢？你GDP硬了，啥也都硬了！明白吗？"

"这样的局面早晚要改变。"梁言顺坚信自己的观点。

市长拍拍梁言顺的肩膀："好吧，理论问题就留给你们这些笔杆子吧！"

梁言顺的内心一阵痛楚：中国发展社会主义市场经济，是一项前无古人的伟大实践，不重视科学理论的指导难免会付出惨重的代价。

代价？要发展自然要付出代价！干什么都要代价嘛！有人这样说，似乎还很有道理。

但这样的认识是浅层的。经济科学的作用在于指导实践，使经济发展不走或少走弯路。然而在实际生活中，人们常常被一些其实是错误的理论支配着、引领着。

梁言顺在研究西方经济学理论中发现从亚当·斯密、李嘉图及后来的丹尼森、库兹涅茨等人主张的"多因素决定论"，到法国重农学派鼻祖弗朗斯瓦·魁奈及后来的凯恩斯、哈罗德、多马等人的"资本决定论"，到新剑桥学派琼·罗宾逊、卡多尔及帕森奈蒂的"收入分配决定论"，到索洛和阿布拉莫维茨的"技术进步决定论"，到德国历史学派先驱弗里德里希·李斯特及后来的舒尔茨、卢卡斯、罗默等人的"知识和人力资本决定论"，这些西方经济学家的经典之作，在剖析经济增长理论时都有意无意地遵循了这样两个假定：（1）凡是产出的都是有益的，即都计入收益；（2）生产除了消耗成本外，不付出任何代价。这就是说，要素投入效果都是正向的。

这些理论影响着19世纪的大半时间并几乎占据了整个20世纪。在改革开放后的中国经济发展中，这些理论同样影响着理论界尤其是经济运行中的实际工作。

"事实上，影响经济增长的诸要素如劳动、土地、资本、技术进步、人力资本以及寓意宽泛的知识因素，对经济增长的作用都不是单向的。它们既能增加物质财富，促进经济增长，又会产生负面效应，如浪费资源，破坏生态环境，造成大量的不良品、人为事故以及诸多社会问题等等。"梁言顺说。

任何理论的前提假定的片面，必然导致理论本身的片面。梁言顺研究的结果是：如果把要素投入效果的二重性引进增长理论中，那么几乎所有西方经济增长理论的结论"都需要重新推敲和修正"。

"只求增长不顾代价，只计眼前利益不为未来着想的经济政策，必定造成经济增长与沉重代价并存的局面，这已为近现代经济增长的历史事实所证实。"梁言顺在证实西方经济理论的缺陷时，也在证实自己的观点的正确性。

"资源、生态、环境等问题，是发展经济学的研究对象，经济增长理论不应该涉及这些问题。"权威人士反驳梁言顺。

梁言顺用自己的研究成果回击："这种观点是站不住脚的。因为一方面经济增长的本义就是国民生产总值或国民收入或说是国民财富的增加，而经济增长的代价仅就代价的经济意义看，表现为国民生产总值或国民收入或说国民财富的浪费与减少。人类追求的应该是扣除了代价以后的纯净的经济增长，这种经济增长与减少代价具有同等重要的经济学含义。因此，把一个问题的两个方面人为地割裂开来是没有道理的，是违反经济学规律的。另一方面，西方经济学界长期以来形成的一种认识极其有害，即似乎只有不发达国家或者发展中国家才存在着资源浪费、环境污染、生态破坏等一系列问题。于是这些代价问题自然而然地成为发展经济学的研究对象了。其实，造成全球资源浪费和环境污染及生态破坏严重的国家首先是那些发达国家。"

世界第一经济强国美国，从20世纪20年代到70年代，发展速度超过任何一个国家。它的工业化程度和信息化程度够可以的吧，但美国无法摆脱目前世界上"环境污染大户"这顶黑帽子。联合国环境计划署提供的数据表明，美国仅占全球5%的人口所排放的二氧化碳却占了全世界的24%。很多人会记得一份名为限制二氧化碳排放的《京都议定书》，在这个文件上，别的国家都签了字，唯独美国不干。为什么？因为它做不到。

日本的教训不在其下。日本最大的化工厂"千素公司"，因为把甲汞释放到了水俣湾中，致使2248人被证明患上了"水俣病"，其中1004人已经死亡。这个厂排放的甲汞如果不加控制，厂方每年要向居民支付的损失费高达9700万美元，等于每年要从利润中拿出近三成的钱来作赔偿，而这仍然不能扑灭周围居民想"砸烂工厂"的愤怒之火。

经济增长的代价问题是一个世界性难题。大量确凿的数据和事实表明，西方发达国家都已为此付出了沉重代价，并且到现在还没有从根本上解决。中国的情况也并不乐观。

物质文明正在颠覆已有规则，但想拉住人类发展的列车往后退，那是不可能的。前进的时代列车在永不停歇地奔驰着，我们所能做的事情就是为其选择最佳的速度和最节约的能量。

"苏老师，我的理论分析部分出来了。"一天早上，梁言顺兴冲冲地抱着一沓稿子来到苏星教授办公室。

在数万字的草稿里，有对西方经济增长理论的流派及其片面性的分析，有对低代价增长模型建立过程的论述。运用数学进行经济分析是这个初稿的一大特点。请看下面的推导——

$$Y(t) = AK(t)^{\alpha} L^{\beta}(t) P(-1)^{-\gamma}(t) e^{\lambda t} \qquad (1)$$

式中，A仍为常数，λ为余值。将（1）式两边取对数，得 $(dY/dt)/Y = \alpha(dK/dt)/K + \beta(dL/dt)/L - \gamma(dP(-1)/dt)/P(-1) + \lambda$。

上式中，$(dY/dt)/Y$即是经济增长率GY；$(dK/dt)/K$是资本投入增长率GK；$(dL/dt)/L$是劳动投入增长率GL；$(dP(-1)/dt)/P(-1)$是代价增长率GP。

于是，得

$$GY = \alpha GK + \beta GL - \gamma GP + \lambda \qquad (2)$$

这就是低代价经济增长模型。建立这个模型需要相当厚实的数学基础。这正是梁言顺的特长所在。

1979年，年仅16岁的他，以全省突出的考分进了山东理工大学。据说那年的数学考题特难，能考到四五十分的便能进入高校，而梁言顺考了85分，这个成绩在全省属凤毛麟角，为此山东理工大学负责招生的一位女教师骄傲了好一阵子。大学本科时的梁言顺轻松自如，精力过剩，为此他在当时的"哥德巴赫猜想"热下，也研攻过这道"世界级难题"。大学毕业后，作为全系应届毕业生中唯一的留校生，梁言顺干起了政治辅导员和共青团工作。1989年，他征得学校同意，考上了辽宁大学日本研究所硕士研究生。梁言顺曾对日本经济的研究入迷，但很快他发现这种研究与自己的抱负有距离。日本的经济已近成熟，中国的现代化建设才刚刚起步，有那么多问题需要有人去研究，何必舍近求远。梁言顺毅然放弃留学日本的机会，只身来到北京，报考到著名经济学家苏星门下。

诺贝尔经济学奖获得者思朋斯，几经周折后，于2004年5月的最后一天，在北京与中国青年学者梁言顺相见了。

在北京西郊的友谊宾馆贵宾楼里，思朋斯与梁言顺一见面就说：梁，也许连你自己都不知道，你的"低代价经济增长"理论对世界经济学界有多么大的影响。是你以自己的勇气和胆识，第一个指出了包括许多诺贝尔经济学奖得主创立或尊崇的西方经济增长理论所共同存在的缺陷——忽视影响经济增长的要素投入效果的二重性，以及由此引起的经济增长的代价。

未等梁言顺开口，这位经济学理论中的信息不对称理论奠基人又提高语调说：梁，你提出的低代价经济增长理论，其意义不仅对中国，对世界经济学界也是个重大贡献。

梁言顺听后不能不激动，因为他的"代价理论"发现本身就充满了代价的真实含义……

三

《现代汉语词典》中"代价"的条目这样说：代价，泛指为达到某种目的所耗费的物质或精力。梁言顺研究经济增长的"代价问题"所耗费的又何止是物质与精力。

自改革开放以来，中国的经济用"蒸蒸日上、一日千里"来形容毫不夸张。可是梁言顺现在要做的是"会诊"中国经济发展所付出的代价，难免有"不合时宜"之忧。

"压力自然很大。我一直遵循着苏老师的话，他说要想做好经济理论的文章，就必须从实际出发，而不要从原理到原理。正如毛泽东说过的，调查研究就像'十月怀胎'。不怀胎，何来分娩？而分娩的过程总是充满阵痛？苏教授是过来人，经历过几十年的政治风云，他经常教导我，追求真理确实不容易。有些搞马克思主义的人为什么也会动摇？原因有二，一是信念不坚定，二是有私心。明知不对，或者明知是对的，却由于经受不起各种压力而改变航向。我选择低代价经济理论研究，目的非常清楚，是想让我们快速发展着的时代列车在奔驰向前时，要十分注意计算你是不是该用那么多油，是不是该开得平稳些，是不是注意到了列车行进时的安全性，一句话，研究代价是为了减少和降低代价。所以顶再大的风险和压力，我也要把自己的理论研究做下去。"梁言顺说，"让我特别感到振奋的是，就在那段时间，江泽民同志在谈到经济建设与人口、资源、环境的关系时，告诫人们，不仅要安排好当前的发展，还要为子孙后代着想，决不能吃祖宗饭、断子孙路，走浪费资源和先污染后治理的路子。这段话确实解除了我的担忧！"

这一年，梁言顺到南国春城昆明开会，顺便对滇池进行了小范围的考察。伴着泰山长大的梁言顺很早就期待到昆明、滇池看一看，因为他在小时候就被一段赞美滇池的优美文字所吸引："……站在滇池旁的西山顶上，眺望滇池，波光浩渺，苍苍茫茫，俨如高原上镶嵌的一颗璀璨晶莹的明珠，以其卓绝的风姿著称于世。"到滇池一饱眼福，是梁言顺少时留存的梦。

说来也巧，梁言顺住的房间就在滇池湖畔。他一进房间就推开窗户，想赶紧领略滇池这颗"明珠"的风采。哪知扑面而来的不是湖风惬意，而是难闻至极的奇臭。再下楼近看，水里杂草丛生，水面上漂满了各种污垢……这就是滇池？这就是南国的"明珠"？梁言顺站在湖边，叩问苍天。

苍天明白无误地告诉他，明珠当年确实风姿婀娜，可如今早已黯然无光。

梁言顺的心很痛，几天开会他都寡言少语。

后来会议组织者特意带他们到与滇池一箭之遥的翠湖一游，梁言顺听到一则动人的传奇，更是思绪万千。

自20世纪80年代初以来，每年冬天的早晨，车水马龙的翠湖边，总有一个老人在徘徊。原来，这个老人在10年时间里，节衣缩食，用他微薄的退休金，喂养在湖面上飞来飞去的海鸥。1995年，当这群西伯利亚的白色小精灵再次飞临翠湖时，守护它们的老人不幸病逝了。邻居说，在老人家里，没有一样值钱的东西，几个鸡蛋是老人生前的全部"财产"，而这也是老人准备蒸鸡蛋馍喂海鸥的。

老人的故事感动了春城。《山茶》杂志社和云南"人与自然"基金会为此在老人常去喂海鸥的翠湖边发了个讣告，告知人，也告知鸟："海鸥老人于1995年12月20日病逝，终年71岁，为昆明化工厂退休工人……老人虽逝，却望海鸥常飞，愿老人与海鸥同在。"讣告和老人最后一次喂海鸥的那张照片就放在湖边，许多行人见后都在照片上签字，他们中有母亲，也有与"海鸥老人"同样年龄的老者和背着书包的儿童。人们把签满名的老人遗照放在草坪上，准备撒食，以代表老人再一次喂海鸥。意想不到的事发生了——一群海鸥突然飞至，围着老人的遗照一次次盘旋飞翔，连连鸣叫，那叫声和飞翔的姿势与平时完全不一样。

再细看这群鸟儿，它们时而急速地扇动着翅膀，轮流定格在老人遗像上空鸣叫，时而俯身掠过老人的遗照，轻轻用翅膀抚摸着照片，又在空中盘旋鸣啼……在场的人无不落泪，人们感慨万千鸟儿有灵性，好人得好报啊！

这个故事令梁言顺感动，他特意到老人常去喂海鸥的地方凭吊。

站在斯人已去的地方，梁言顺想到了污垢的滇池，也想到了断流的黄河和泛滥成灾的长江……他的心在阵痛。

"我要数据。必须是准确无误的。"

"对，最好是实例，一丝不差的实例。"

"不行，简单的数据不能说明问题，你们最好给我提供年度统计表。"

"对，对，我要的就是经过精确计算后的资料。政府正式公布的当然好嘛！"

"……"

梁言顺开始了繁杂而庞大的收集与统计相关资料的工作。在那些日子里，同事们看到办公室里的梁言顺，只要一停手头的工作，就抓起电话，四方联系。有时为了一个数据，他要打几十遍电话才能得到。

打电话毕竟简单些，而上门索取资料、核实数据可就困难多了。梁言顺虽然有在中央党校工作这块"金牌子"，但毕竟向人索要资料，或者核对数据，是件烦琐的活儿。有几次梁言顺抽出中午时间赶到一个部委，说好的是几点几分上哪儿等人，可一到那儿，根本找不着人。满头大汗的他只好待在传达室一小时一小时地等啊等。有一回他等了近3小时，刚要折身回走，有人突然拉住他的胳膊，大呼小叫着说："哎呀梁博士，实在对不住，一喝酒把你这事给忘了！快快上楼吧，资料在我办公室呢！"求人的事，能怎么着？最后还得向人家好言道谢。

以1995年《中国统计年鉴》为例，在其所列的19类546个指标中，负向指标不足10个，而反映经济损失和代价指标的仅有3个。

这是传统的思维模式和对经济学认识上的缺陷造成的。梁言顺以一个学者的身份，想为国家和民族弥补这种缺陷。

当他把吃尽千辛万苦收集来的资料和数据进行综合评估和论述时，那种艰辛与焦虑更是常人难以想象的。

一个新理论的诞生过程，就像一次火山爆发、一次冰川活动、一次岩层形成。裂变和挣扎，毁灭后再获新生，否定之后又否定，几经轮回，无数颠覆，最后才能定型立质、抛光亮颜。

真正的理论不是空洞无物之文，它是实实在在的。只有在铁铸的事实面前，新的理论才会被普遍地接受和认识。

梁言顺的低代价增长论，最先获得的资料和第一手"铁证"来自那个非常配合的环境保护部门。数据统计分析是个"系统工程"，仅环境污染和自然资源浪费所形成的代价，就需要从废水排污、大气污染、固体废物排放、噪声污染、环境污染以及森林破坏、草地破坏、人为造成的自然灾害、物种丧失、土地沙化与减少、水资源的浪费、矿产资源的浪费和不良品损失等方面来计量，一个项目都不能落，一个指标都不能漏，尤其对那些介于是与非、非与是之间的中性指标更要精心剥离。

其中的艰难与困苦可想而知。走进他的书斋，我看到的各种电话记录、学习笔记和收集来的资料，可以毫不夸张地用"山"来形容——而且是连绵叠起的崇山！

就说"废水排放造成的直接经济损失"一个单支吧。仅这里面就包括了四大组成部分，分别是水污染危及人体健康而造成的经济损失、水污染造成的工业经济损失、水污染造成的农作物损失、水污染对畜牧业和渔业造成的损失。再看看数据，一个是24.1亿元，一个是192.8亿元，一个是137亿元，一个是13.8亿元。这仅仅是1992年一年废水排放造成的直接经济损失中的水污染危及人体健康而造成的一个支项的损失数字：367.7亿元！

还有对经济增长不当带来的社会代价的分析，包括"黄、赌、毒"的代价分析，艾滋病的代价分析，假冒伪劣产品的代价分析，违法犯罪的代价分析等。

如此统计、如此计算、如此结论。

一项项、一块块、一个个相关分支，然后是横面的统计，再进行立体的整合……

梁言顺的额上汗流如雨。那汗珠既是累出来的，也是被数据震撼出来的。梁言顺的额上怎能不汗淋淋？怕出差错，又不能有错。

再算！将这些年来中国所有年份的经济增长代价全部算出来！只有这样才有说服力！国家需要这样的数据，国人需要知道自己干了那么多事后到底付出了多少代价，即使不可避免的代价也应该心里有数。一个只算收入、没有代价意识的商人，不是好商人；一个国家的经济发展史上如果没有一本可知的代价簿，怎么可能是完整的经济发展史呢？中国的社会主义市场经济需要这样的账目。这既是对今人付出劳动的回应，更是对后人的交代。

梁言顺继续潜入数据和资料的海洋中……

他的 $GY=\alpha GK+\beta GL-\gamma GP+\lambda$（低代价经济增长模型计算公式）就像一台不知疲惫的兆兆次/秒转的巨型计算机，日夜不停地飞旋着……

星光在轮复，日月在交替；沉静与寂寞伴随，激情和焦虑厮守；点点滴滴，滴滴点点；惊涛骇浪，骇浪惊涛；如雨扑洒，草木变青；如云散落，岩崖露廓；如虹纷飞，彩霞四射……

海潮，正以其汹涌拥抱红树林。

欣喜的、激动的、悲愤的、痛苦的……梁言顺思绪万千。每一个数据都在考验着他的理性，论证着他的观点，撞击着他的心弦。

他知道，要发展，必要的代价无法避免。但有人把化工厂建在老百姓的家门前，任意排放有毒的污水，致使人畜患病、草木不长，这难道是该有的代价吗？

他知道，要发展，必须建的楼需要水泥和钢筋。但有人把好端端的国有富矿乱采乱挖，一个百年富矿仅几年之内便丧失殆尽，矿老板因为不愿多花几百块钱购置安全设施，一声瓦斯爆炸，几十条生命顷刻间告别人世，这难道不该谴责吗？

还有新筑的马路一年几回"剖肚开膛"，还有闲置的楼堂馆所，还有重复建设占用大量土地的工矿企业。

还有黄赌毒的泛滥，制假贩假，湖南会泽县一次假酒事件致死36条人命。"八五"期间，全国光破获毒品案件就达23万多件，涉案人数32万多人，国家投入的公安和治安经费就是几十亿元。花去几十亿元的还有为了捣毁非法光盘制售窝点和"打非扫黄"的专项经费，更有人为造成的泥石流、滑坡、耕地沙化、江湖污染……那可是几百亿元、几千亿元的代价啊！

根据梁言顺所掌握的资料和他的模型推得，由于代价的存在，经济增长率实际上要减少1/4。

代价，沉重的代价，它以铁的事实告诉我们，江泽民同志为什么一再强调"在现代化建设中，必须把实现可持续发展作为一个重大战略。要把控制人口、节约资源、保护环境放在重要位置，使人口增长与社会生产力的发展相适应，使经济建设与资源、环境相协调，实现良性循环"；同样也告诉我们，以胡锦涛同志为总书记的新一届中央领导集体提出"树立和落实科学发展观"的意义有多么重大而深远！

梁言顺对我说，按照他的模型推导，美国等西方发达国家的经济增长代价其实远远高于中国。可见，经济增长代价问题已经是个全球性的问题，而且，越发达的国家其代价问题越显现。

该到人类彻底警示自己的时候了：一个不计成本和代价的经济模式，肯定是个不完善的经济模式。一个不懂得计算成本和代价的经济理论肯定是个存在缺陷的理论。一个民族和国家如果不明晰自己在发展中曾经或正在付出的代价，那就不是一个成熟的民族和国家。

"兮兮兮，强本而节用，则天不能贫兮！"遥远的历史长河边，一个叫荀子的人在朗读他的《天论》。

梁言顺接过先哲的话，回应道：天苍苍，地茫茫，现代化文明古国的发展车轮势不可当。强本自有节用之论。天不能贫也不会贫，重要的是要觅出不贫之道。

梁言顺在完成中国经济增长中的代价损失寻访后，将目光转向了如何实现"低代价经济增长"的研究课题上。

"照你的理论，我们在创造100元的财富时付出了几十元的巨大代价，这种发展还有多少意义呢？GDP还有什么价值呢？"有人这样对梁言顺说。

梁言顺不同意这种观点。"中国如果没有必要的GDP快速增长，社会主义现代化和全面建设小康社会的目标就会落空。提出代价问题，并不等于GDP就不重要了，更不是要刻意制造人为因素去拖国民经济快速列车的前进步伐。其根本点是我们在追求GDP的指标同时，必须考虑经济增长的代价因素，实现一种以人为本的低代价经济增长模式。"

"这样就可以实现可持续发展了吗？"

"低代价经济增长之于可持续发展，非常必要，但是还不够。这就是数学上讲的必要而不充分。"

梁言顺的后续研究就是针对这个问题的。

他在进一步深入研究的基础上，于1999年又提出了可持续发展的"两循环三增长"理论。梁言顺认为，可持续发展作为一种新的理念，已经深入人心，但至今并未形成系统的科学的理论，在可持续发展的标准和实现途径方面的研究更不够。因而他提出在发展的前提下，不论整个地球，还是哪个国家、哪个民族，或者哪个地区，既要满足当代人的需要，又不对后代构成危害的基本条件只有两个：一是自然资源的循环使用和循环替代，二是生态环境的循环净化。至于可持续发展的实现途径，梁言顺概括为"三增长模式"：经济低代价增长，自然资源总量和环境容量扩大增长，人口适度的零增长。

理论有时显得异常枯燥，但理论的价值常常能产生无可比拟的能量。

在不少人偏于追求GDP时，梁言顺勇敢地提出了"必须重视经济增长中的代价"，而当人们嘴里说着"可持续发展"其实又不很明白如何实现这种"可持续发展"时，他的"两循环三增长"理论，使学术界和广大实践者眼前为之一亮。中国工程院院士、中国生态学会理事长李文华每当谈起此事，都会喜形于色："'两循环'思想，这种在复杂的事物和多种矛盾中，突出主要矛盾的做法，反映了发明者抓纲带目的哲学思想在分析可持续发展问题中的具体应用。"另一位中国工程院院士、东北林业大学的马建章教授认为，梁言顺的"三增长"理论"不仅具有重要的学术价值，而且具有重要的实践价值"。

1997年，梁言顺的《低代价经济增长论》作为博士论文获得专家一片好评，并在日后荣获中共中央党校1995-1999年优秀学术成果一等奖（经济学类第一名）。1999年，他的这部学术著作被人民出版社出版。中国社会科学院经济研究所所长张卓元教授作序并如此评价："这是一本具有开创性的学术专著，对推动经济学界认真研究经济增长所付出的代价问题，有重要的意义。"苏星教授从来不轻易对自己学生的研究成果作评价，但这回破例应邀为《光明日报》和《博览群书》杂志撰写书评，指出"《低代价经济增长论》一书的优点，是从理论上探讨可持续发展问题。作者考察了18世纪以来工业化过程中经济增长付出的沉重代价，认为理论误导是经济增长付出沉重代价的重要原因。为了从理论上弄清楚问题，作者研究了从斯密、李嘉图到凯恩斯，一直到当代西方经济学家们的经济增长理论，指出了他们的成就和片面性，也吸取了其中的合理成分（如索洛模式），从而形成了作者独创的低代价经济增长理论"，并且"具有开创性"。

党的十六届三中全会上，一个洪亮的声音在回荡：树立和落实全面发展、协调发展和可持续发展的科学发展观，对于我们更好地坚持发展才是硬道理的战略思想具有重大意义。树立和落实科学发展观，这是20多年改革开放实践的经验总结，是战胜"非典"疫情给我们的重要启示，也是推进全面建设小康社会的迫切要求！

那一天，我正在海南，正在海边，正在一片红树林旁。

汹涌激荡的大海波涛，挂满瓜果、飘扬稻香的海岸，在它们中间是一片我早已渴望观赏的红树林——它真的太美了！葱绿挺拔，尽管奔腾而来的海潮会将它淹没，但海水退去，它依然生机勃勃，绽放着独特的异彩，因为它的根，深深地扎在生养它的土地之中，它以自己独有的质地和能力，使大海和陆地和谐共存，亘古永生。

我终于明白，梁言顺为什么总把自己的低代价增长理论与红树林连在一起，并如此倾情。

《光明日报》2004年7月9日

天使在作战

朱晓军

2006年3月，人民的总理温家宝在记者招待会上说，他最觉得痛心的问题是"还没能够把人民最关心的医疗、上学、住房、安全等各方面问题解决得更好"。

住房、教育和医疗，这是中国百姓最关注的三大焦点。

住房关系着人们生活的质量，教育关系着人们未来的生存状态，医疗关系着人们的生命和健康。

人，在医院降生，回到医院辞世。医院是生命的始点，也是终点。

佛家认为，人生有四苦——生老病死。这"四苦"都需要医生帮忙解弭。医生在病人的眼里是神圣的，西方将医生誉为白衣天使，东方则将医生视为菩萨。

俗话说，吃五谷杂粮哪有不生病的？在生命的苦旅上，医院是驿站，谁都免不了要跟医生"亲密地接触"。张洁在《世界上最疼我的那个人去了》中写道，母亲在开刀手术前，拉着医生的手说："从今以后，你就是我的亲人了。"在病人的眼里，医生是最亲的亲人。他托付给医生的是生命。生命是一切的平台，失去了生命，权力、金钱、爱情、事业、未来，还有家人的幸福都要归零。因此，不论什么人站在医生的面前都要虔诚、敬服和信赖。不想信赖也要信赖，你别无选择。生命都交人家去打理了，再掖点藏点还有什么意思？

亲人，是需要双方承认才能确定的。不论希波克拉底誓言、《赫尔辛基宣言》，还是中国唐代著名医学家孙思邈都认为，对医生而言，病人的健康高于一切。医生要对得起病人的那份信赖。孙思邈在《大医精诚》

中说，医生首先要有慈悲同情之心，决心解救百姓疾苦。若有人求医，不要看他的贵贱贫富、老少美丑、恩怨亲疏、同胞老外、智商高低，都像对待自己的亲人一样；也不能瞻前顾后，先考虑自己的利弊和生命。

"这些医生究竟是上帝派来的天使，还是撒旦派来的魔鬼？"

在20世纪末，几千年来的信赖动摇了，从没有过的疑惑出现了。病人将医生一分为二，一类是救死扶伤的"白衣天使"，另一类是劫财害命的"白衣魔鬼"。在"白衣魔鬼"的眼里，疾病就是他的钱口袋和来钱道儿。他们要跟疾病狼狈为奸，密切勾搭。落在他们手里，小病会搞得你倾家荡产，大病让你家破人亡，健全的让你缺少"部件"，残缺的让你支离破碎……

老百姓愤愤地说，"十个劫道的，不如一个卖药的"。卖药的并不可怕，只要捏紧钱包死活不撒手，他就干没辙。最可怕的是医生，他说你有病，你没勇气否认；他要你服这药，你不能买那药。有时，你明知那种药药价虚高，医生会得到回扣，还得咬牙买。破财免灾，这是中国人的思维逻辑。可是，"白衣魔鬼"的逻辑是破财招灾。他们将谋财害命的游戏已玩到了极致。俗话说："倒霉上卦摊。"那是自找挨骗。如今是倒霉上医院，那是无奈，有病拽着，不去不成，明知被宰，也要拎着钱袋子自己送上门儿。

Who（谁）？"白衣天使"还是"白衣魔鬼"？当病人在医生的对面坐下，心里难免要打鼓。

有的医生委屈地说，医生倒霉就倒在媒体上了。其实绝大多数医生是好的，败类只是少数。也有医生很客观地说，现有的医疗体制就这样，我们不宰病人，医院就要宰我们，不仅让我们拿不到工资和奖金，甚至要"炒"我们。谁不想当孙思邈、希波克拉底、白求恩，可那样在医院混得下去吗？

天使和魔鬼是势不两立、不共戴天的，就像李逵容不得李鬼。

这是一场残酷的战争，你死我活、惊心动魄的较量。

正义终归要战胜邪恶，世界不可能划归魔鬼，中国的医疗界也不可能让"百年魔怪舞蹁跹"。可是，人们要记住天使在战争中付出的代价！

为什么要把光量子说成激光？医院怎么可以骗病人？从医28年，陈晓兰从来没有像今天这么困惑、这么迷茫、这么痛苦。

1997年7月24日，这本来是个寻常的日子。寻常的日子就像从树上飘落溪流的树叶，打个旋儿就冲走了。可是，这片树叶却滞留在陈晓兰的心里，漂不走了。

早晨6点，她就上班了。上海市虹口区广中地段医院的办公区内还沉浸在梦境。理疗科位于办公区，距院长和书记的办公室仅几步之遥。她打开门，来苏儿味扑面而来，理疗器械和理疗床像一群乖孩子似的迎接着她。她将它们一一看过后，换上白大褂。在所有的衣服中，她最喜欢穿的就是这白大褂，几十年来怎么都穿不够。女儿说过，妈妈穿白大褂最好看，最像医生。

医生不是演员，不是演出来的，是做出来的。为做好医生，她坚持提前一小时上班，拖后一小时下班。在给病人治病前，医生需要一个心理缓台，来净化心绪。不是所有病人都能在工作时间出来的，晚下班一小时，一些病人就可以在下班后来看病了。

"陈医生，×科的医生非让我扎激光针不可，我不扎他就不给我开药。"开诊后，一位老病人上来就对陈晓兰说，"光扎一针激光针就要40元，再加上药费就得100多元。激光针扎上后不仅很痛，还浑身颤抖……"病人信赖她，看病时遇到问题都会找她商量。

"激光针，什么激光针？我怎么不知道？"陈晓兰疑惑地问。这时，理疗床躺满了病人，她脱不开身，只好让护士到注射室取一份说明书来看看。

陈晓兰将说明书读了一遍，没发现什么问题。据说明书介绍，这种疗法能够降低血黏度，增加血氧饱和度，适用于治疗脑血栓、脑动脉硬化等症，是一种先进的医疗器械。

"那激光针一扎，人就抖起来。"旁边的两位病人说道。

一个病人抖，两个病人抖，怎么病人都抖呢？是输液反应，还是器械的问题？这是性命攸关的事情。她给病人处置好，下楼去了注射室。

狭小的注射室弥漫着浓重的臭氧味儿，输液的病人一个挨一个地挤坐着。陈晓兰说，她想看一下"激光针"。手忙脚乱的护士抬手指了指："这就是。"她走过去，弯下腰，仔细地打量着那个像月饼盒似的器械，那上面有"光量子氧透射液体治疗仪"几个字，与之配套的是"石英玻璃输液器"。在输液前，先对药液进行充氧，然后让含氧的药液流经治疗仪，经激光照射后输入病人的静脉。

蓦然，她见那盒子上印有"ZWG-B2型"一行字。一年前，在晋升医师职称时，她申报内科、外科或者儿科医师，可是医院非让她申报医技类医师。申报医技类医师是要考医用物理学的，这对1968年中学毕业、没有学过物理的陈晓兰来说是不可能通过的。她知道，自己得罪了院长，院长在刁难她。她想去找区卫生局讨个公道。"如果你有本事就考出来，没本事就别丢人现眼。怎么那么没骨气，像是跟人家讨饶似的。"爸爸生气地说，"真不像是我的女儿！"说完，爸爸妈妈就不再搭理她了。她只好硬着头皮申报考了医技类医师。参加辅导班学习时，她每次都早早去，坐在第一排。老师在上面画，她在下面画。可是，老师讲的是什么、画的是什么，她都不明白。好在课后爸爸给她辅导，妈妈托人帮忙找一位大学的副校长给她补习。结果，有许多读过医用物理学的医生都没考及格，她却考了86分。

陈晓兰直起身子，当着病人的面对护士说："这哪里是激光？回家查查字典吧。"说完，转身回理疗科了。

金钱的能量往往是无法估量的，它可以把冷僻变成火热，也可以让火热变成冰冷。如果你是医生，只要在处方上写"激光针"三个字就可以赚钱，在"激光针"的后边写1就可以拿到7元钱；如果写7，就可以将49元畅畅快快地收入囊中，你会怎么样？会不会感觉天上掉下一只钱口袋？对，那些汲汲于捞钱的医生可能就是这种感觉，他们拼命地向病人推荐"激光针"，甚至逼病人就范。阿基米德说："给我一个支点，我就能够撬动地球。"钞票改变了医生的支点，"激光针"在广中地段医院流行起来，在狭小的注射室外病人排着长队等候扎"激光针"。

"你昨天是不是讲了一句影响医院经济效益的话？"第二天早晨一上班，院长悻然过来问罪。

"没有呀！"陈晓兰莫名其妙地看着院长。

"你是不是讲过光量子不是激光?"

"是啊。"她恍然大悟,"光量子确实不是激光,那上面不是写着'ZWG'吗?那是'紫外光'三个字的汉语拼音缩写。"说着,她拿出书来,跟院长解释道:"激光和紫外光,一种是受激辐射发出的光,一种是自发辐射发出的光,二者的物理性能是不一样的。"

她抬头,发现院长已气呼呼地走了。她望着院长的背影,百思不解,不明白医院为什么非要把紫外光说成激光。难道激光就等于高科技?近年来,激光在普外、心脑血管、泌尿、口腔、妇科、耳鼻喉、眼科、肛肠科都被广泛应用。将"光量子"说成激光,病人容易接受,觉得多花40元钱值得,如果说是紫外光,病人就会觉得物无所值。

可是,紫外光不是激光。医院怎么能欺骗病人,医生怎么能说谎?苦恼会让人思索,思索在不经意间就会推开意想不到的柴扉。药液经紫外光照射后会不会发生药性变化?她疑惑了。"药物可以用紫外光照射吗?"她打电话问老师和上海有名望的医生,多数医生都认为不行。

"光量子"像光阴冲不走的淤泥滞留在她的心头,堵得难受。她是一位行医严谨、恪守规范的医生,为此深受病人的欢迎,写给她的表扬信像春风中飘飘洒洒的花瓣。按医院的规定,医生上交一封表扬信奖励2元钱。她却把表扬信锁在抽屉里,没有上交。她认为,医生就应该为病人治好病,就应该像对亲人那样来对待病人;不论医生待病人怎么好,只有不够,没有过分。医生给病人看好了病就要受到表扬,那就像赞扬裁缝"非常会做短裤"一样,让人耻笑。

陈晓兰性格内向,不善交际。每天上班后,她除上厕所之外,从来不离开诊室。可是,同事却非常喜欢在她那儿坐坐,她那儿不仅有几张舒适的理疗床,还有她这位乐于助人的医生。她心灵手巧,不仅理疗室的一些器械是她自己做的,而且同事的雨伞、拉链等东西坏了,她都会一声不吭地给修好。她淡泊名利,在医院,人们往往会为半级工资打破头,她却把两次涨工资的机会让给了别人。她从来不主动讨好领导,也不跟别人拉关系,却在医院口碑极好,每次选先进,她都全票通过。

可是,她却感到自己在医院越来越"水土不服"了。从医28年,她从来没有这么困惑过、这么迷茫过、这么痛苦过。

一位病人死了，不是死于疾病，而是死于医生给她开的那瓶药——过期失效的药。面对这种图财害命的医疗腐败，她怎么能够保持沉默？

28年前的上海北站，知青们在跟亲人告别，月台上泪雨纷纷。爸爸、妈妈、奶奶，还有一些亲属簇拥着身高只有1.48米、梳着两只小抓鬏的陈晓兰。大家目光依依，泪水滚落。她刚满16周岁，从来没有一个人出过门。她感到很新奇，欢欣雀跃，喜笑颜开，好似不是去江西安福县插队落户，而是去北京大串联。

"呜——"的一声，知青专列呼啸着驶离上海，车窗外的爸爸、妈妈还有奶奶的慈爱面容不见了，小弟跟着火车跑动的身影也像一片落叶似的被刮走了。陈晓兰"哇"地咧开嘴——哭了，蹦着跳着喊着要下车了。带队的老师哄了一阵子，才把她哄住。

车厢惛惛，沉沉闷闷，知青满脸黯然。陈晓兰在厕所里，像个孩子似的跳高去摸上面的一根管子。一下，两下，三下，她摸着了，开心地笑了。她出生于上海滩家道从容的读书人家，父母都毕业于圣约翰大学，家里有50多位亲属遍及海外，其中不乏社会名流。"文革"前，她家不仅拥有一幢三层小楼，还有两个保姆和自己的裁缝、医生。那时，她看弄堂里的小朋友踢毽，就跑回家把奶奶的金戒指拿出去当毽踢。

有人吃饭了。吃饭也会传染，本来没什么感觉，突然看见别人吃东西就饿得抓心挠肝了。知青们纷纷从行囊里取出吃的，摆放在茶几上，摆出与这些吃的决战的架势。陈晓兰的行李很沉，可是里边没多少能吃能穿的，有的是榔头、锯子、刨子，规格不同的凿子，什么七分凿、五分凿、三分凿；有青霉素、链霉素、土霉素等药物，还有听诊器、止血钳和一个布娃娃。

她从小就想像表姨那样身穿白大褂，做一位医生。她最理想的是做外科医生。爸爸说，当外科医生要心灵手巧，不仅能缝缝补补，还要有木工、钳工的手艺。为此，她买了一些木工工具，在家里"吱嘎吱嘎"地锯木头，"乒乒乓乓"地做凳子、椅子。

陈晓兰天真地望着车窗之外，想象着自己背着药箱，行走在阡陌纵横的田间小路。她笑了，笑得很甜……

火车终于到站了，她跳下车，就像只欢快的黄鹂跑去逮蚂蚱去了。咦，蚂蚱都是绿的，这里的却是黄的，太好玩了，逮几只拿回去给弟弟。老师终于把她喊了回来，见她小脸上蹭着红色的泥土，掏出手帕给她擦。擦着擦着，几滴泪水滴落在她的脸上，老师哭了。来接他们的贫下中农挑着青年的行李，像背孩子似的背起陈晓兰，沿着山上的羊肠小路向山村走去……

陈晓兰以为插队的地方肯定缺医少药，没想到那里不仅不缺医，居然有两位权威。一位姓廖，是华侨，在德国学成后，不远万里回来报效祖国，结果被"造反派"打成了特务，流放到乡村；另一位姓朱，曾是江西省人民医院药剂科主任，他出身不好。下乡后，陈晓兰当上了赤脚医生，师从那两位"反动学术权威"，开始了医务生涯。老师是监督改造对象，在她面前却很严厉，要求她一招一式都要符合规范，不得有半点偏差。是啊，医生是跟生命打交道的，哪能容得半点粗心和马虎？

20年后，在上海一家大医院的手术室里，没有剪刀、止血钳、托盘的尖锐的碰撞声，无影灯也关了。在一个僻静的角落，传出手术刀在肌体上划动的声音。陈晓兰捧着一条腿，按廖老师当初教的姿势在解剖。这条腿刚刚从病人身上截下来，还没僵硬。老师让拿包扎和填单，她却用它来温习老师讲过的人体结构。表皮剖开了，肌肉剥下了，血管却怎么也剥不下来，像豆腐渣似的没有弹性和韧性，一碰就断。她执着地剥着，时间悄然而过。"这是德派！"突然，老师站在她的后面，望着她的姿势和动作惊讶地说。

廖老师教她的不仅是标准的"德派"，还有作为医生应有的医德医风。简陋的公社卫生院，一位蓬头垢面的患有肺炎的病人蜷曲在病床上。突然，病人呕吐起来，陈晓兰本能地躲开了，廖医生却迎面冲过去，将病人抱坐起来。呕吐物一股股喷射在廖医生的身上，弥漫着难闻的气味儿。病人吐完了，望着廖医生衣襟的秽物，难为情了。廖医生却安慰道："没关系，没关系，吐了就好了。"她劝廖医生赶紧把脏衣服脱掉。廖医生却摆摆手，直到把病人安置好了才去换衣服。廖医生语重心长地对她说，当病人躺着呕吐时，要马上把他扶起来，这样当他吐完第一口后吸气时，才不至于把呕吐物吸入气管，造成窒息。否则的话，不仅病人很痛苦，医生抢救起来也很费事。不要当着病人的面就把吐脏的衣服脱下来，那会加重病人的心理负担。医生是属于病人的，要时时刻刻为病人着想。

爸爸对她说，在英语中，医生和博士是同一单词。你要经常想想，凭你的医德医术配得上这个称呼吗？做医生的，心里应该装着病人，哪能唯利是图？

可是，这几年医院一切向钱看了，"以物代药"盛行，医生开的治疗单像商场的提货单，可以在医院领到按摩仪、袜子、短裤；医院对医生采取奖金与病人的支出直接挂钩的管理政策，出现了"大处方"；医生越来越依赖于仪器，对仪器的性能却了解得越来越少；医生越来越缺乏诚实、认真细致和应有的责任感，让病人越来越感到没有安全感……

1996年，医院调整诊室，把理疗科从二楼调到三楼。调整，是一个很敏感的字眼，或显或隐地泄露出调整者的倾向、态度和被调整者的价值和地位的变化，甚至牵涉利益的重新分配。陈晓兰跟院长提意见，理疗科的病人多数七老八十，还有些病人患有半身不遂，走路腿脚画圈儿，趔趔趄趄，上楼非常不方便，这么一调，他们很可能就不做理疗了。诊室的调整是根据创收决定的，就像街头书报摊，看上去五花八门的报刊一种挨一种地摆着，无章可循，其实赚钱多的、畅销的都放在抢眼的位置；赚钱少的、不大畅销的被冷落在边上。科室的调整表明理疗科边缘化了。过去，那是黄金科室，病人多，收入高。由于陈晓兰拒绝开大处方，病人虽然没有减少，收入却不如其他科室了。

出乎陈晓兰意料的是，调整后理疗科的病人并没有减少，病人艰难地跟着她爬上来了，甚至本该看内科、外科等科的病，病人也要挂理疗科，还有的病人在其他科看完病，像走亲戚似的爬上来看看她。

"陈医生，我家离这儿很远，倒三趟车才到你这儿……"一位年逾古稀的老奶奶坐下来，气喘吁吁地对她说。

"您这么大年纪了，为什么不在家附近的医院看呢？"她惊异地问。

"我们那儿的医生看病很贵，我都不敢去医院哪。听说你陈医生这儿不宰病人，我就来了。"老人这话说得陈晓兰脸一阵阵发热，心里很不是滋味。不宰病人就是好医生，病人对医生的要求是多么的低啊。

她给老人看完病，开了药，老人满意地走了。

过一会儿，老人却哭着回来了："陈医生，人家都说你不宰病人，可是你给我开的药咋这么贵呢？"

"不贵啊，心痛定片2.40元100片，每片10毫克，那是很便宜的药啊。"陈晓兰望着老人，疑惑不解地说。突然，她发现老人手里拿的不是心痛定片，而是心痛定缓释胶囊。这种药17.60元6片，每片5毫克，100片就是281.6元，那是很贵的。

她激愤地匆匆下楼，径直去药房。她让药剂员出来，把她开的处方念一遍。然后，她问药剂员，你能不能搞清片剂和缓释胶囊的区别？对方委屈地说，陈医生，你的处方量是其他医生的几倍，提成还不到他们的零头。这事儿，陈晓兰早就听说过，据说院里提成最高的医生每天只看16个病人，什么药最贵给病人开什么，每月提成几千元。陈晓兰却和他们相反，尽量给病人开便宜药，她每月的提成只有几元钱。有一个月，她拿了2.6元，同事都笑她。她比其他医生更需要钱，她是单亲母亲，要供养女儿。为多赚点儿钱，她下班后给裁缝店缝纽扣、锁扣眼，给厂家拆纱，跟别人去修空调。可是，她情愿挣那些辛苦钱，也不愿拿药品提成。病人绝大多数都不是有钱人，因为有病不得不将血汗钱拿出来治病。如果医生多拿几元的回扣，病人就得多付几十元钱的药费。当病人用那虔诚的、信赖的目光望着你，你怎么狠得下心去宰他呢？

性情耿直的陈晓兰不买账地对药剂员说："我是医生，你没资格改我的处方。今后，我给病人开什么药，你就要给病人拿什么药。"她平日从不跟护士或药剂员摆资格，这次却不这样了。

药换了，钱退给了病人，她跟老人道了歉。老人走了。

"陈医生，我老伴儿去世了，死于心梗。她每天都按时服用阿司匹林，怎么会心梗呢？"陈晓兰回到诊室，一位多日不见的老病人悲戚满面、恍惚无神地坐在她的面前。

不会吧？阿司匹林是预防心梗的药啊，他会不会吃错药了？陈晓兰感到蹊跷，让病人把药拿给她看看。

"她什么时候开的药？"第二天，老病人把药拿来了，陈晓兰看后惊诧地问道。那是过期药，早已失去疗效。

"她死前在你们医院开的，24.80元一瓶。"老病人说。

医院怎么能给病人开过期药，怎么能坑害病人？另外，这药在药店只卖6.20元，医院怎么加价这么高？6.20元，一位病人失去了性命。院长啊，你为什么就不想一想，如果这位病人是你的父母、妻儿、兄弟，你能让他服用这种过期失效的药吗？

"陈晓兰掉进化粪池了。"消息像风似的传遍医院的角落。那是一个严冬的上午，天出奇地冷，陈晓兰给一位80多岁的老病人开完处方后，匆忙跑到另一幢楼去帮她付款。理疗科迁到三楼后，凡是年过古稀或腿脚不好的病人，陈晓兰都要帮他们去交医疗费。那天医院的下水道堵塞了，门诊的一楼粪水横溢，陈晓兰小心翼翼地踩着污水里的砖头走了出去。回来时，她一掀门帘就跨了进来，"扑通"一声掉进了门口的窨井。反应机敏的她用双手撑住了井沿，下半身没在粪水里。粪水淋漓的她爬了上来，一头钻进消毒室，脱去衣服，用冰凉刺骨的自来水冲洗身体。寒冬腊月，消毒室里没有空调，她冻得身抖牙颤。事后，院领导脸无愧色地对她说，医院赔偿你损失，你开个价吧，上不封顶。她气愤极了，这哪里是"开价"的事儿？你开的是医院哪！如果哪位年迈的病人，或者是孕妇掉下去，被夺了生命，你怎么赔？

痛苦和失望像结石一般地折磨着陈晓兰，夜晚闭上眼睛，那位流着泪的老奶奶、那瓶失效的阿司匹林，还有候诊室里那口敞开的窨井就浮现在眼前。当医院偏离救死扶伤，把行医当成牟取私利的工具时，医院还是医院吗？她想找领导谈谈，一想医院情况领导不比她更清楚吗？她想给虹口区有关部门写封信，一想还是不行，那样不仅自己与院长的关系会恶化，还会得罪许多同事。院长平素待她不错，信任她，器重她。当年她进医院时还是院长亲自拍的板，院长领着她去领的白大褂，把她安排在了人人争着去的理疗科……

可是，作为医生她怎么可以面对医疗腐败保持沉默，怎么能眼睁睁地看着病人遭受戕害而不管？这不符合她陈晓兰做医生的原则啊。经过一番痛苦的思想斗争，她将一封检举信交给虹口区纪委。他们说她反映的问题很严重，表示查处，结果却把信转给区卫生局的领导，区卫生局的领导又转给广中地段医院的院长。从此，院长和一些同事对她的态度发生了变化。

倔强的陈晓兰又写了一封检举信，连同那瓶过期失效的阿司匹林一起交给上海市卫生局的纠风办。她对纠风办主任说，医生吃的是蛋炒饭，病人喝的是稀粥。可是当今的一些医生却将匙子伸到病人的碗里捞米粒。他们不是因为贫穷而宰病人，而是私欲的膨胀。

"你讲得太可怕了，我汗毛都竖起来了，不至于吧？"主任说。

"那么请你到下面去看看。"陈晓兰说。

结果，还是没有查处。她失望极了，痛苦极了。她只不过是一名普通医生，不想升官，不想发财，也不想轰轰烈烈。她本来性格内向，从不抛头露面。从小到大，如果家里来了父母的客人，她就躲在自己的房间里看书，直到客人走了才出来。客人一天不走，她就闷在里边一天不出来。她爱幽静，一杯香茗一本书。读累了，拉一会儿小提琴。她想洁身自好，不再操心医院里的事。不过，每次给病人开完药后，她都会叮嘱他们取完药后给她看看，以保证病人不服用过期失效的药，不被医院宰。她再也不把自己的病人介绍给其他医生，怕他们被自己的同事宰。

可是，一年后，偏偏又冒出了"光量子"，她哪里沉默得下去！如果她保持沉默了，她还是那个对病人满腔热血的陈晓兰吗？她对得起那些培养她的老师吗？

陈晓兰不断地讲紫外光不是激光，"光量子"是个骗局。院领导恼羞成怒地斥责："谁再提紫外光不是激光，谁就下岗！"

陈晓兰是一个眼睛里容不得沙子的人，"光量子"成了她一块心病。下班回家后，她跟父母讲了。学化学的母亲十分肯定地说，生理盐水充氧后会变成酸性溶液。说着，妈妈给她写出化学反应式。学土木工程的父亲说，氧微溶于水，把氧充入药液是不可能的。

夜晚，她躺在床上，辗转反侧，不能入寐。给药液充氧？不对！氧气中不仅存有颗粒和有机微颗粒，还存有细菌，其中的一些细菌紫外线是无法杀除的，如枯草菌和芽孢，它们会污染血液。另外，那些无法溶解吸收的微粒会形成各种异物栓子随血流动，对器官和脏器形成威胁。

用紫外光照射药液？也不对，紫外线能使葡萄糖分子的空间结构破坏，产生氧化反应。丹参、黄芪、鱼腥草、头孢拉定等药物本身就要求"避光保存"，怎么能光照呢？药品经过这一系列理化作用后，原有的药理活性会发生变化，除被激活或者灭活之外，还会有其他物质的生成。世界上没有医生会让病人把药品放进微波炉转一转、放在太阳下晒一晒，然后再服用。可是，光量子就是要把药液用紫外光照射，然后再注入病人血液的。

药物是把双刃剑，既是生命的卫士，也是生命的杀手。据世界卫生组织调查，世界上有1/3的病人不是死于疾病，而是死于药物中毒。医生怎么可以随心所欲地给病人用药？病人找你是看病的，不是花钱来送命的！

想到这儿，她不由打个寒噤，感到有点儿心惊胆战了。每天那么多病人接受"光量子"治疗，万一出现问题，那将危及多少病人的生命和健康？不行，必须把这事弄清楚。

周六值班，她买了两瓶盐水和丹参，从注射室借来一套"光量子"。她先将丹参注入盐水，然后给药液充氧，经"光量子"的紫外光照射后，输入一个代表人体的干净的密封药瓶里。下班时，试验做完了，凭肉眼没有发现什么变化。她把"光量子"还了回去，匆忙赶去上课了。那时，她正在读医科大专自考，每周六晚上都去上课。

周一早晨上班，陈晓兰目瞪口呆地望着那瓶经过"光量子"处理过的药液，它不仅变得混浊了，而且里边还悬浮着絮状物。如果把这种药液输入人体，那将会成为栓塞，还会造成免疫系统机制紊乱，产生各种各样的免疫疾病。"光量子"不仅谋财，而且是害命！

她想，这回院长该让"光量子"停下来了吧？结果，院长还没等她把话说完就恼羞成怒地说，光量子是专家发现的，你算什么东西！

"我不算什么东西。我是医生。医生要为生命和健康负责！"陈晓兰气愤地说。

最可怕的就是法官失去了良心，医生丧失了医德。金钱可以是一笔财富，也可以成为万恶之源。它不仅能改变一个人的地位，也可以改变一个人的智力和是非观念。院长连"ZWG"是紫外光都拒绝承认，怎么会承认"光量子"对病人有害？退一万步说，就是对病人有伤害，她院长大人又有何责任？"光量子"是厂家生产的，又不是从她家厨房搬来的。出了问题，倒霉的是病人，医院顶多被罚点钱。

中国对造假的行为太宽容了，宽容到了近乎纵容！赚一百万元，罚三五千元，这还能算是罚款吗？而且罚的不是责任人，而是单位。倘若医院故意使用假冒伪劣医疗器械，不仅要对院长本人进行罚款，而且视后果轻重追究其刑事责任，那么院长不仅要对陈晓兰感恩戴德，甚至早已被吓得屁滚尿流了。

院长的态度像把钝刀戳在陈晓兰的心上。下班后，她把那瓶药水拿回了家。爸爸看后，拍案而起："病人的血管不是下水道，把这种东西输进去后，让它怎么出来？"妈妈取出试纸，测试一下絮状物的pH值，果然呈弱酸性。他们都是理想主义者，具有同一种基因——疾恶如仇。

"光量子"说明书说，这种"治疗理论"是上海医科大学陆应石教授发明的。一位医学教授怎么会犯如此低级的错误？

"我已经给上医的一位同学打电话了，她说上医没有叫'陆应石'的教授。"一天，妈妈对陈晓兰说。

"妈妈，您的同学都年近古稀了，可能对本校的年轻人不熟悉。"她不相信地说。

妈妈又打电话问一位同学的弟弟，他也说上医没有这么个人。这怎么可能呢！陈晓兰亲自跑到上海医科大学人事处去查询。工作人员把"陆应石"三个字输入电脑，结果出来了：上海医科大学根本就没有叫陆应石的教工。

造假者可谓胆识非凡，居然发明了一个陆应石教授，而且还是上海医科大学的。可能他认为在上海就不会有像陈晓兰这样的医生。这到底是对上海医生尊严和责任心的蔑视，还是对上海医生现状的一种把握？

治疗理论发明人是假的，那么"光量子"会是真的吗？如果是假的，这是一件多么恐怖的事情？仅广中地段医院，一年将有4万多人次接受"光量子"治疗；那么全上海呢，起码有百万人次；那么全国呢，将是数千万人次！这是多么触目惊心的数字，在这个数字的背后，将是震惊人寰的灾难！

陈晓兰再次跟院长汇报。院长还是置之不理。她跟同事们说，也没几人理睬，甚至有人用异样的目光看着她，似乎她在那儿说谎、在嫉妒别人拿回扣。可是，用药怎么能当儿戏？这将会带来多么大的灾难？

28年前，天若泼墨，寥落疏星挣扎地眨动着眼睛。17岁的陈晓兰背着药箱深一脚浅一脚地出诊归来，在路过一个村庄时，蓦然，不远之处飘来时断时续的凄厉哭声，阴森可怖，让她毛骨悚然。为什么会这么哭呢？是家里发生不幸，还是有人生病？她循声而去。

在一间低矮的农舍，门开一道缝。昏暗的灯光似乎为逃避瘆人的哭声，从缝儿里挤了出来。她走进去，见狭窄的地上摆放一口新做的薄皮棺材，里面躺着一个小男孩。一位农妇趴在棺材边哭着。陈晓兰摸了摸那孩子的脉搏，没摸出来。她取出脱脂棉球，拽出棉丝放在孩子的鼻孔前。棉丝被吹动了，这孩子还没死！她急忙把他抱出来。怎么抢救呢？她有点不知所措了。突然，她想起药剂老师曾给休克病人注射过阿托品，她取出一支阿托品，用针管吸了小半支，注入小男孩的臀部。听孩子妈妈说，小孩是拉肚子死的。她冲些淡盐水，给他灌了下去，他肚子渐渐鼓了起来。她又给孩子针灸和按摩足底。四五个小时过去了，天放亮时，她已累得腰酸背疼、两手麻木。突然，一线尿液喷射在她的脸上，接着孩子排出粪便。孩子被救活了，她笑着抹去脸上的汗水和尿液。

那年，她回上海探亲时，放下行囊就跑到上海市第四人民医院。"我在乡下救活一个小孩儿。"她把抢救小男孩的过程声情并茂地讲给表姨的同事。开始时大家听得津津有味，当听她说给孩子注射了小半针阿托品时，一位医生跳起来："你怎么给他用阿托品？你们看这个赤脚医生，她给拉肚子的孩子用阿托品！"接着，那位医生把她从二楼拽到四楼，拖到表姨的跟前。表姨听说那件事后，瞪大了眼睛："啊？昏了头了，你？"表姨让那位医生把陈晓兰拽到药房，交给药房主任开导。

药剂科主任严肃地对她说，在20世纪50年代欧洲流行给孕妇用"反应停"。一年后，许多欧洲妇女生下了海豹胎——婴儿像海豹一样没有胳膊和腿。后来发现这是"反应停"引起的，这时欧洲已经出生了10000多个海豹胎，而且大部分存活，给这些残疾人和家庭带来了无尽的苦恼。

3年后，陈晓兰回上海探亲时，听了一场专家的讲座，当听说阿托品可以治疗中毒性痢疾时，她差点儿跳起来。她跑到上海第四人民医院，得意扬扬地把这事告诉了表姨。没料到，表姨却冷面地质问道："你用的时候知道吗？你说你给孩子注射小半支阿托品，小半支是什么概念？用完后，你跟踪调查了吗，作记录了吗？他后来有没有不良反应，有没有并发症？你还想为自己平反昭雪？做梦去吧。作为医生，你怎么能够胡乱用药？"

怎么能胡乱用药？"光量子"倘若出现后遗症，将危及多少病人和他的家庭？"光量子"在广中地段医院已成为主打疗法，不论大病、小病，医生都要病人接受"光量子"治疗；"光量子"成为一种医疗的高消费，治疗费加药费平均150元/人次。

"光量子"这是一座金矿，它使得医院的收入直线上升，渐渐占到整个医院收益的65%—70%，医生的奖金如遇牛市，一个劲儿地往上蹿，连小护士的奖金都飙升为每月1200元了。这么好的东西，院长怎么会放弃，医生怎么会放弃？哪怕它是假的，用它赚来的钱却是地地道道的真金白银。这些钱能使医院富足，让院长、医生和护士的腰包变得鼓鼓的。病人有不良反应又怎么样？在市场经济下，做任何事都需要成本，"光量子"治疗的成本是病人付出的，医院只管弯腰捡钱就是了。出了事故怕什么？既不会有人丢官，也不会有人坐牢。

作为一个医生，必须维护生命的价值和尊严！陈晓兰不放弃，不断地宣讲紫外光不是激光，"光量子"是个骗局。这样必然要遭人骂，可是不这样，她要骂自己一辈子。人际关系陡然紧张起来，她与同事间的和谐融洽不见了，许多人对她恨之入骨。在医院的大会上，院领导恼羞成怒地讲："谁再提紫外光不是激光，谁就下岗！"年底，医院给她的评语不再是以往的"优"了，而是雪意泞泞、寒气逼人："不服从组织的统一决定，反对把光量子说成激光。"

独裁会让人忘乎所以，权力会让人变得弱智。

医院作出"关于陈晓兰同志自动离职的处理决定"，她下岗了。"光量子"却没有"下岗"。

20世纪80年代初，安静的考场，分分秒秒都似拉圆的弓，只能听到笔和试卷的轻微摩擦声和考生的清清浊浊的呼吸声。时间过半，有人满面焦炙，有人一脸平静，也有人满脸畅快。陈晓兰左手捂着嘴，右手在不停地写着。"叭"又一滴殷红的鲜血落在试卷上，像绽开一朵红梅。她掏出手帕，小心翼翼地将它拭去，接着答题。哦，她的脸挂彩了，嘴唇在流血。

陈晓兰在农村当了7年的赤脚医生之后，终于返城了。下乡的第二年，她得了风湿性心脏病，按政策可以返城，不过返城后就不能当医生了。她放弃了返城的机会，让妈妈托人将她从江西转迁到生活条件较好、离家较近的安徽农村。可是，她的病情越来越重，最后还是返回上海。她进了一家小集体企业，当了工人。接着，她完成了女人一生中最重要的两件大事——结婚和生子。

生活中没有来苏儿味，没有病人，听诊器寂寞地守着抽屉，陈晓兰感到郁闷，心里没着没落。她的病不仅没有减轻，反而更加病病歪歪的了，一年要休半年的病假。突然听说局里要举办招贤考试，给当过教师、会计和医生的返城知青一个重返原来岗位的机会，她跑到厂部报了名。可是，她要生火烧饭、照看刚刚两岁的女儿，哪有时间复习功课。她心急如焚。在考试的那天早晨，夫妻发生了冲突，她被丈夫打了一顿。她顾不得脸面，捂着伤口进入了考场。

伤口在一跳跳地痛，血流不止，她清楚这伤势很重，需要缝合。她不能管它，这是返回医疗岗位的难得机会，如果失去了，也许今生今世就无缘了。她埋头答着，渐渐忘记了脸上的伤，忘记了挨打的委屈，卷面上的字像一个个痊愈的病人，笑脸盈盈地向她走来。铃声响了，考试结束了，她从卷面收回目光，交卷了。伤口好似醒了过来，疼痛难忍了，她急忙赶到医院，缝合4针。

成绩公布了，陈晓兰取得96.5分的优异成绩，被安置到厂里的医务室，终于返回医疗岗位。

1981年，她爬出了痛苦婚姻的僵壳。当初结婚时，父母反对；离婚时，父母还是反对。在老人的眼里，离婚是件很丢人的事，她应该"嫁鸡随鸡，嫁狗随狗，嫁根扁担抱着走"。可是，那不符合她的性格，她宁肯死，也不愿跟他过了。离婚后，她没有搬回娘家，领着3岁的女儿搬进老式弄堂的一间旧房子。那居室位于二楼，只有11.4平方米，没有煤气和卫生间，厨房在一楼，6平方米，4户人家共用。她自己动手，在居室搭一层阁楼，上面当卧室，下面作书房，在苦难中营造出一缕温馨。

下班了，她匆匆离开医务室，跑去接上小学的女儿。路上买点吃的，让女儿填饱肚子。然后，她领着女儿赶到另一学校。她安顿好女儿，在教室坐下，从自己的书包掏出课本，跟一群没有学历的医务人员听老师讲课。厂里的领导本来不同意她报名参加医科的中专自考。他们认为，陈医生的医术已经很厉害了，外科、内科、妇科都能治，还读什么自考？干吗要拖家带口地跑去混那张轻飘飘的文凭？可是，对陈晓兰来说，她为的不是那张文凭，而是渴望学习，渴望提高自己的医术。最后，领导被她感动了，在她的报名申请表上盖了章。

下课了，女儿手里还拿着没吃完的食物，趴在课桌上睡着了。女儿那么小的年纪，上一天的学已经够累的了，晚上还要陪妈妈读书，想到这儿，陈晓兰心酸酸的。她心疼地背起女儿，左肩挎着女儿的书包，右肩背着自己的书包，迎着一盏盏昏黄的街灯向家走。为省几角钱，陈晓兰要饿着肚子背着女儿走五六站路。没办法啊，每月只有42元的薪水，她要买油盐酱醋，要支付水电柴煤的开支，要供女儿读书，自己还要学习。到家了，总算到家了，她疲惫地把女儿放到床上，给女儿脱去衣服。她真想爬上床，舒展开僵硬的四肢，可是不行，还要生火烧饭，慰藉辘辘饥肠。

经济拮据，她常常为买不起一本医学书而苦恼。在中专毕业前，她交不出那笔不菲的实习费，只好狠心卖掉奶奶的遗物——一套金首饰。她身体本来不好，加上营养不良，走路就像踩在海绵上似的飘飘悠悠的。在实习中，她昏倒在手术室里。她就是这样完成了学业。

工厂还没挺到她中专毕业就倒闭了，36岁的她下岗了。倒闭的原因除经营不善之外，还有医疗的负担过重。在改革初期，许多机构千方百计地将改革的成本划给别人，自己坐享其成果。那时，医院已有了医疗腐败的萌芽，出现了"以物代药"——药品用饭盒、暖瓶来包装，诱使不自觉的职工跑到医院大开猛开药物，然后把药倒掉，将精美的包装盒拿回家。医院的这种做法无疑使不景气的企业雪上加霜。陈晓兰对此非常痛恨，在职工报销医药费时，卡得很紧，不该做的检查坚决不让做，不该报销的绝对不签字。尽管如此，医药费还是像管涌洪水从工厂流向医院，每年的医疗费数额大得惊人。企业倒闭了，好占小便宜的职工傻了，后悔去吧。

一个冬日的傍晚，陈家灯火辉煌，高朋满座。这天是陈晓兰父亲70大寿，天南海北的亲戚纷纷赶来祝寿。夜巷深处，一叶剪影独自徘徊。夜寒袭来，剪影若冬日的柳枝瑟瑟缩缩，那是陈晓兰。两年来，她疲于奔命地四处寻找工作，耗尽了自信和勇气。医院是全民的事业单位，而她是集体的编制，进不了全民；她又是企业编制，进不去事业单位。难道只有一条路——放弃做医生吗？她不甘哪，这份职业已融入她的生命，她就是为当医生而活着，怎么可能放弃？夜深人静，席散客去，她踽踽踏入家门，含泪祝福父亲。凌晨，她房间里的灯还亮着，她饱蘸泪水给虹口区委书记写信。

那封信改变了她的命运，她被破格调入上海市虹口区同心地段医院，被安置在理疗科当医生。那是医院最好的科室，工作环境舒适，不值夜班，还拥有内科、外科、儿科等科室的处方权。6年后，她随同同心地段医院合并到广中地段医院。

陈晓兰啊，你已经46岁了，倘若为"光量子"下岗了，你该怎么办？你为何就不能变通一下，别那么较真，同事们给病人开"光量子"，你不好也开吗？别跟钱过不去，一针赚9元（后来回扣调至9元），一个月下来轻轻松松入账三四千元，何必下班回家守灯熬油地一边读书一边拆纱，搞得满屋灰土飞扬，让妈妈家的保姆都不高兴。你要想洁身自好，也可以呀，只要对医疗腐败视而不见，充耳不闻，装聋作哑，就可以求得生活的安稳平静。下班后，你可以继续给人家缝纽扣、拆纱、写稿子，赚干净钱。你跟"光量子"过不去，就等于跟院长过不去；跟院长过不去，就等于跟自己过不去。你的饭碗掌握在院长的手里。

可是，医生是跟生命打交道的，是为病人而活着的，看病人受戕害怎么能不管？

"光量子"的不良后果出现了，一些接受过10次"光量子"治疗的病人出现了重度感染，用一般的抗生素无效，只有用"新型"的三线抗生素。一位叫施洪兴的病人因咽痛咳嗽而接受"光量子"加先锋6号治疗，第一天不仅出现了输液反应，而且牙龈和鼻腔出血。由于医院不予退款，他选择了继续接受"光量子"治疗，10来分钟后，再次出现牙龈和鼻腔流血。连续治疗两天，病人出现了血尿和昏迷。送进海军411医院抢救，人救过来了，病情转为慢性尿毒症。他能够活下来还算幸运，在陈晓兰调查的23位接受过"光量子"治疗的病人中，有9位死于肾功能衰竭和肺栓塞。

陈晓兰将"光量子"事件举报到上海医药管理局。举报材料递上去了，烦恼和麻烦接踵而至。院方先是通知她理疗科取消，接着雇人把理疗科的门撬开，将所有的理疗器械和陈晓兰的私人物品搬走。然后，院方让她去某二甲医院进修。她在院方的眼里已是眼中钉、肉中刺、害群之马。她把学习上的那股刻苦劲头用在调查医疗腐败上了，她溜进电脑室，破译了医院药品的虚高；她在医院除了工作就是搜集证据。有她在医院，什么猫腻能遮掩住？没有猫腻，哪有暴利？那么，最好的办法就是让她离开医院。

"请你告诉我，让我去进修什么？是让他们跟我进修，还是我跟他们进修？如果是让我跟他们进修，你最好去打听一下，他们的业务水平是否比我高？"陈晓兰理直气壮地对领导说道。

院方黔驴技穷了，给陈晓兰找个进修的地方还真不容易。最后，院方决定让她回家"全脱产自学"，工资和奖金照发。让医生离开临床，这是惩罚。她哭着回到家，把医院的决定跟父母说了。爸爸没说话，去书店买回一本《孙子兵法》。爸爸说，你的唯一目的不就是让"光量子"停下来，不再坑害病人吗？那么，你可以同意在家脱产自学，利用这段时间去跟有关部门反映问题。最后她听从了爸爸的劝说。

对于老病人来说，陈晓兰的理疗科就是一个温馨的家园，在那里不仅可以疗治肌体的病痛，还可以得到心灵慰藉。理疗科突然变成一间冷冷落落、空空荡荡的屋子，亲人般的陈医生也不见了，病人们愤怒了。他们不能没有理疗科，更不能没有陈医生！几十位病人坐在医院里不走，他们坚持："陈医生不在，我们就不看病。"

医院会在意他们看不看病吗？他们大多数是中老年病人，是被边缘化的消费者，他们不吃医院里价格虚高的药品，也不做"光量子"治疗。可是，几十号病人待在医院不走，他们不像候诊室的凳子一声不吱，他们有头脑，有嘴巴，要说话，要讲述陈医生多么多么的好，要宣传"光量子"是如何的骗人，这会影响医院收入的。医院里有人提议拨打110，让警察把他们带走。一位在某检察院当检察长的病人说："你们拨吧，不过请你们告诉110，最少要来3辆警车，少了坐不下。"医院束手无策了。

一位病人给有关部门写了一封信，其他病人争相签名。信中写道："陈晓兰医生医德高尚，她急病人所急，想病人所想，所有经过她治疗的病人都会异口同声地称赞她：'当今社会像这样的医生确实难找！'她（对病人）态度好，医术高，技术上精益求精，对病人提出的问题从来都是耐心解答。我们唯一要求就是：保证陈晓兰医生仍旧能以她的精湛医术为我们广大的患者服务。"在那封信的天头、地脚、两侧白边签下了68位病人的姓名、住址和电话号码。这哪里是密密麻麻的签名啊，这是病人们对陈晓兰的肯定、信任和厚爱。现今的医生，有几人能享受到这样的厚爱？

上海化工研究院的退休职工应先生也写了一封信。他在信中讲述了自己的所见所闻："从八十多岁的老人到七八岁的小孩，都一致认为她（陈晓兰）是一位罕见的好医生。每天来她理疗室的病人有50多人次，甚至经常高达80多人次。由于她的医术高明，有的病人远在仁济医院也专程赶来找她看病。有的小孩脚跌伤了，流着血，按理应该去看伤科或外科，但也来找陈医生。可见她对病人的吸引力……陈医生不怕脏，不怕臭。有的病人呕吐，不仅吐一地，还吐在她身上，她一把一把揩洗干净。她对老人特别照顾，经常帮助他们下楼去付款和配药……她经常（为病人）选用药价便宜、疗效好的几元钱的药，代替那些几十元药价的昂贵药，来减轻病人的经济负担。她对来理疗的各种病人经常讲吃药用药的学问、理疗的知识，病人不仅受益匪浅，而且如同到了家里一样温暖。陈医生把温暖带给病人，病人把心交给了陈医生……尤其可贵的是她疾恶如仇，对那些只要赚钱不讲医德的同仁同事，不讲情面，毫不护短，有力揭露。因此，她得罪了一些人，所以有些人伺机打击报复……对这样的好医生，尊敬的领导请给予大大的表扬，并准许陈医生留下来，

（让她继续）为我们这一大批病人治病，赐准为祈，谢谢！再谢谢！！"

还有的病人在信中愤怒地写道："目前，医院借改革之名，把价格低、疗效好的科室解散，让我们这些患者去光顾那些昂贵的治疗手段，这简直是与改革的宗旨背道而驰……"

陈晓兰听说后赶过去，劝他们回去。病人一见到她就像久别的亲人，一拥而上，这个拉着她的手，那个抚着她的背，满眼的亲情与泪花。病人非常信赖她，对她的话就像医嘱一样听从。临别，她对病人依依不舍，一一叮嘱，如何继续治疗、服什么药、多食哪些食物、要注意什么，还把自己家里的电话告诉了他们，让他们有事就给她打电话。离开了病人，她的心一下子变得空空落落，泪水潸然而下。此时，她只有默默地为他们祈祷，祝他们健康。

经调查，"光量子"的真实情况浮出水面，它是上海市某三甲医院的实业有限公司盗用河南的"光子氧透射液体治疗仪"的生产许可证号非法生产的，配套用的"一次性石英玻璃输液器"也是非法生产的。1998年6月，河南省药监局在来函中明确指出："在（使用"光子氧透射液体治疗仪"）治疗的过程中，不得擅自加入任何药物输入人体"，"该产品的使用说明书中若有加入药物输入人体的内容，可按伪劣产品予以查处"。6月，上海医药管理局责令广中地段医院停止使用"光量子"，并罚款一万余元。这家医院使用"光量子"长达23个月，已赚得数百万元真金白银。失得相比，九牛一毛。这哪里称得上罚款，只不过是跟用假者讨点儿小费而已！

医疗腐败那是一张庞大的密实的网，从上到下，从里到外，从卫生局到医院，从院长到医生护士，从厂商到销售、到设备科主任，有多少人像贪婪的蜘蛛蜷伏在网上？陈晓兰这样做，无异于划破了网，阻了他们的财路，他们怎会不对她恨之入骨？于是，院方一边通知陈晓兰中止自学，回医院上班；一边背地组织3名职工和1名家属充当打手，想将她打昏后送进精神病院。幸亏4人中有一位有正义感的人怕陈晓兰吃亏，悄悄地告诉了她。怀疑陈晓兰精神有问题的又何止是医院，甚至区卫生局的一位局长（后来其因涉嫌经济犯罪而被捕）在跟她谈话时，特意安排精神病院的一位副院长对她进行诊查。

在他们的眼里，陈晓兰确实有病，她百读不厌的书竟是《医学伦理学》，不仅是看，而且按照书上说的去做；她掉进窖井后，医院的赔偿她不要，反而写检举信。院里的医生们为躲避献血服用阿托品，使得心动过速，体检不合格，她明明患有心脏病，反而主动去献血；医院为献血者提供的出租车她不坐，却带着女儿骑自行车去血站；医院给献血者一周假，她第二天就上班了。别人利用"光量子"捞钱，她却不顾一切地去反对。别人没把选举区人大代表当回事，她看得很神圣，在投票前特意烫了头，穿得漂漂亮亮。她拒绝投组织者推荐的人物，而是认真地读一遍候选人的介绍，将票庄重地投进选举箱。离开时，有人告诉她，中午医院招待大家一顿饭，她却说："选举是我的权利和义务，吃饭是你们的事情。"转身走了。他们认为，在这个世道，哪有不为自己着想、哪有不想捞钱的人；哪还有"毫不为己，专门为人"的白求恩？陈晓兰有病，确实有病，而且病得不轻。

时代变了，过去私心过重被唾弃；如今没有私心或私心太少被认为不正常。这到底是陈晓兰不正常，还是社会的不正常呢？

科学可以为权力服务，可是不会随权力的意识而改变。那位精神病医院的副院长说，陈晓兰的精神没有问题，她看问题是立体的、全面的、客观的。陈晓兰有精神病之说破灭了。

1999年1月31日晚上，陈晓兰躺在床上，辗转反侧。第二天，她要去医院接受"光量子"的"治疗"，让那经紫外光照后会产生絮状物的药液输入自己的静脉，随着血液流入心肺肝肾。这有可能导致她隐性感染和栓塞、溶血、败血症、弥散性血管内凝血功能障碍（DIC），甚至诱发红斑狼疮……妈妈就是红斑狼疮的患者，在陈晓兰体内可能潜在着红斑狼疮基因。她也许像那位姓施的病人由此而患上尿毒症，也许会因此而不幸地死去。父母年迈体弱，女儿正值豆蔻，他们都离不开她。她犹如面对千仞悬崖，拍天海啸，转过身便可重拾安乐。可是，她不能转过去，转过去就会看见一批批的病人前仆后继地去遭受"光量子"迫害。医生，难道你的责任只是手持听诊器为病人断病祛疾吗？天降你大任是救死扶伤，你要像战士一样去保护病人的生命与健康，不论对手是病毒、细菌，还是"白衣魔鬼"。

可是，1998年11月，她在那场较量中已失败一次了——广中地段医院作出"关于陈晓兰同志自动离职的处理决定"。她下岗了，失去了工作，离开了医院。

可是，"光量子"没有完全"下岗"，在其他医院仍然火爆，它像外来的有害生物快速蔓延，在金钱的支撑下表现出旺盛的生命力。广中地段医院的要好同事也开始抱怨陈晓兰了："你呀，尽胳膊肘往外拐，现在我们医院的'光量子'停下来了，其他医院还都在用。过去，我们医院每天收入两万多元，'光量子'一停，连6000元都不到了。"

陈晓兰不相信，骑着自行车跑遍了虹口区各个医院。她越跑腿越软，越跑头皮越麻，"光量子"果真在其他医院盛行。难道这"光量子"像《晏子春秋》中所说的："橘生淮南则为橘，生于淮北则为枳，叶徒相似，其实味不同。所以然者何？水土异也。"在广中地段医院是假劣器械，是非法的、害人的，在其他医院就会变为合法的、有医疗价值的吗？否则，为何只查禁广中地段医院一家？陈晓兰再次去上海市医药管理局反映。她得到的答复是：人家那些医院没人举报，所以我们就不能查处。

这是什么道理？执法部门明知假冒医疗器械在那些医院泛滥，只因为没有人举报就允许它存在？如果警察看见有人抢劫杀人，是否因没人举报就视若无睹？这到底是病人的悲哀，还是百姓的悲哀？执法官员看得下去，陈晓兰却看不下去。

"那么我来举报好了。"她说。

"你不是那些医院的职工，举报无效。"官员说。

"那么，除了医院的职工之外，谁举报有效？"她不甘地追问道。

"患者，病人是受害者。"

执法的官员啊，你明知道病人是受害者，为什么就不能保护他们？为什么非要等有资格的人来举报？在中国，有多少医生会像陈晓兰这样冒着下岗的风险去举报呢？对于病人，有谁能知道医院给自己用的医疗器械是假的，是对身体有伤害的？如果5年没有病人举报，你们就让它泛滥5年；10年没人举报，你们就让它泛滥10年？坑害的是谁？是病人，是百姓，是养活你们的人民！百姓对政府部门的最大不满不是生活的艰苦，而是用自己血汗养活的官员不把自己当人！

只有先当受害者，才有资格当举报者。陈晓兰只有冒险接受"光量子"的戕害。"受害"前，她找上海市药品检测所的工程师咨询，如何避免"光量子"的伤害，发生意外怎么处理。工程师们纷纷劝她不要去做这个受害者，等大家想办法来解决"光量子"的事情。可是，"光量子"每天都要戕害成百上千的病人，怎么等得了呢？

从2月1日起，陈晓兰在朋友的陪伴下，在3天内接受4次"光量子治疗"，取得了有力的证据。她到上海医药管理局举报，没有立案；到上海虹口区人民法院起诉，也没有立案。她走出那些机构的大门，心里弥漫着悲哀和凄苦，难道在这么大个上海就没有机构让病人免遭"光量子"的戕害？最后，她只好去北京，向国务院、卫生部、医药管理局、工商总局等部门反映情况。

1999年4月15日，上海市卫生局会同医疗保险局、医药管理局终于作出了在全市医院禁止使用"光量子"的决定。在上海为害长达3年之久的"光量子"终于寿终正寝。据上海市医疗保险局的一位负责人讲，上海市有1000台"光量子"，以平均每台每天治疗10人次计，那么一天至少要用掉医保费用40万元！

上海是幸运的，幸运的是出现了陈晓兰。几乎全国各地都把"光量子"列入医保项目，直到2005年卫生部下文取缔"光量子"。6年，它骗去全国百姓多少钱，有多少人被它害得家破人亡？

没过多久，又一种假冒伪劣治疗仪进入医院使用。到新医院工作不久的陈晓兰就像炒股被套上似的，欲罢不能啊！

2000年6月22日，陈晓兰经过长达19个月的艰难上访之后，总算迎来了一道曙光：上海市信访办、卫生局等7个厅局就她在举报过程中遭受的不公正待遇当面道歉，并奖励人民币两万元；同时决定将她调到闸北区彭浦地段医院理疗科当医生，由广中路地段医院补发她两年的工资，并补缴"四金"。

一位官员对陈晓兰说，这是上海市信访办有史以来规格最高的一次道歉。

"你们不用给我道歉，应该给那些被'光量子'害死的人道歉，看看他们能不能爬起来原谅你们。"性情倔强的陈晓兰说道。官员尴尬了，可是官员就是官员，不论什么样的尴尬都走得出来。一位官员意味深长地对她说，陈医生，你可要珍惜这次工作机会啊。

陈晓兰的委屈涌上心头，忍不住放声大哭起来。她怎么不珍惜机会，怎么不珍惜工作？不珍惜她那个医生职业，会顶着如磐的压力，艰难困苦地去举报"光量子"吗？她使多少病人免遭戕害，为社会和百姓减少了多少经济损失？仅上海市一天就是40万元，那么10天是400万元，一年就是1.46亿元！可是，有多少人这么想呢？连这位政府官员都不一定想到这一点。不过，她还是接受了他的好意。她告诫自己：反腐，那是党组织的事；打假，是政府的职责，自己别再管了。

"给你查一下血好吗？"2001年2月1日，陈晓兰身着白大褂坐在彭浦地段医院的理疗科里，对病人说。听说她又当医生了，老病人纷纷赶来就医。新医院的院长待她不错，给她配备了一位护士。

"那么你明天早晨来抽血。抽血前要12小时空腹，对，对，连水都不要喝。"见病人点头同意后，她叮嘱道。病人满意地拿着化验单走了。

"给你拍一张X光片好吗？"每当病人需要器械检查时，她就跟病人商量。当年学医时，老师教导她，看病是要花钱的，你不问病人，怎么能知道他在经济上能不能承受呢？病人惊异了，怎么还有这样的医生？在商场顾客是上帝，在医院病人却是仆人。病人在医院是没有话语权的，医生要他做10项化验，他不能做8项。尤其是在这"以疗养医"的年代，医院赚的就是检查化验拍片的钱，往往药还没配，病人几百元的血汗钱已经扔了出去。

"你哪儿不舒服呢？我给你检查一下。"她和颜悦色地对一位病人说。西医诊病要视、触、叩、听，中医要望、闻、问、切。她采取中西医结合问诊，对病人看得认真、触得仔细、听得专注、叩得用心。绝不会像有些医生那样，没问两句就开了一沓检验单，把该医生做的检查统统交给仪器去做。

"吃梅干菜烧肉就可以降血脂。梅干菜要切得很短，肉要炖3个多小时。连续吃两周……"她对一位病人说。

"陈医生，你还是给我开点儿药吧。"病人说。

"你需要用药，我会给你开的；不需要，我就不能开。医生不能乱开药，病人也不能乱吃药。"她对用药很谨慎，能食疗的不开药，哪种药没有副作用呢？

"你家里有什么药？"她对另一位病人说。在给病人开药之前，她总要问这么一句。如果她要病人服的药病人家里有，她就叮嘱病人每天服几次，每次服多少，什么时候服。

"陈医生，我家有一大堆药，究竟是什么药，我也说不清了。"病人比划着说。

"家远不远？那么，你回去取来让我看看好吗？"

病人把药拿来了，她一一鉴定，这种是什么药，那种又是什么药，这种药过期了，千万不要再服了。

"陈医生，我就这么些钱，你按钱给我看病好了。"一位中年人对她说。他可能被医生宰怕了，进了医院心里就没了底，见到医生就像遭遇打劫似的，先主动把自己包里的钱"洗"了出来。

"该用的药要用，不该用的再便宜我也不会给你开。"陈晓兰感到脸像被人打了似的，心里十分难过。医生怎么会把病人搞成这个样子？她给病人看了病、开了药。

"陈医生，谢谢您，谢谢！"不一会儿，那位病人又回来了，给她深深鞠一躬。他做梦也没想到没花几个钱就看了病。

"别谢了，陈医生不光对你，对所有病人都这样。"旁边的老病人说。

医生首先要把病人当亲人，他才能相信你，把他的心里话都说给你。否则，你不了解病人，怎么诊断？一天，老患者给陈晓兰领来一位年过古稀的病人，她得了一种怪病，儿女领着她跑遍了上海的各大医院，看了好多名医，都说她没有病。可是，她清清楚楚地感觉到自己有病，是心脏病，而且越来越重。儿女认为她是没事找事，折腾家人，也就不再理睬她。我明明有病，我痛苦啊，医生看不出来也就罢了，怎么儿女也不理解呢？老人孑然独坐街头，默默流泪。

陈晓兰一边给其他病人看病，一边听她跟别人闲聊。她原来是自己过，后来儿子把她接过来。她不愿意住在儿子家，又不好意思说。儿子媳妇上班后就把她一个人锁在家里，连个唠嗑儿的人也没有。陈晓兰明白了，她是心理的问题。

"您心里很难受是吗？"陈晓兰给她听听心脏，第一心音和第二心音改变不大，只是心跳略快。

"是啊，我心口难受死了。"病人说。

"哦，你心口难受是真的。你的心脏是有点儿问题。比方说，心脏是一扇门，你的门不是关不上，也不是卡紧了，而是没关好，或者说关轻了，没关严。不过，你的门没有坏，门框也没有坏，只要用一点儿药就好了。"陈晓兰和风细雨地对老人说。

"专家都讲我没病。"老人怅然地说。

"专家讲你没病，是说你的心脏没坏掉，它既没缺少一块，也没多出来一块。"

"对，你说得对，我的心脏不会缺少一块的。"老人佩服得五体投地。

陈晓兰给她开了一盒逍遥丸。

"陈医生，你开的药太好了，我的心脏好多了。"两天后，老人来了，感激不尽地说。

"陈医生，我的病好了。"几天后，老人又来了，红光满面地说。

在病人的眼里，陈晓兰这个医生很神奇，不管什么病她都能看好。陈晓兰说，我不是神奇，只不过注重跟病人沟通罢了。在沟通中，你就会找出他的病究竟在哪里。他认为自己有病，你否定他有病，他认为你没检查出来。这样，他心理压力更大了，新的病又出来了。有些病是不需要治疗的，只要心理疏导一下，用点儿安慰剂就行了。

第一个月，陈晓兰的门诊量只有380人次，连自己的工资都没挣出来，她感到非常难为情。可是，情况很快发生转变，她的门诊量直线上升，没几个月就突破6000人次。

8个月后，陈晓兰自己却有了心病。她发现医院新引进的鼻激光治疗仪是一种类似"光量子"的器械，病人治疗一次也收40元。骗人的医疗器械又出笼了，她心里矛盾重重，管还是不管？管的话，还会陷入矛盾旋涡，遭受打击和迫害。唉，别管了，自己已年近半百，学历不过大专在读，职称还是初级的医师，二者都不具竞争优势，下岗后能重返医疗岗位已属不易。可是，每当她的目光和病人眼中流露出的依赖相遇时，她就感到不安，心灵就遭受一次鞭挞……

不久，医院出台了新规定，要求医生多开诊疗费和检查费，限制药费，"鼻激光"在医院越来越火了。病人的有限的救命钱被这种伪劣器械吞噬掉了，疾病却没得到治疗。陈晓兰感到块垒在心，觉睡不稳，饭吃不下，无论如何也说服不了自己不再去管伪劣器械。她写了一份举报材料，请上海的全国人大代表李葵南带上市人代会，转交给常务副市长。

鼻激光治疗仪被取缔了，输液的"光纤针"又冒了出来。鼻激光是骗钱的，"光纤针"却是图财害命的。陈晓兰就像炒股被套上似的，欲罢不能，只好继续举报……

2002年12月31日，院方突然通知陈晓兰：她已按"工人编制"退休了。

"你们错了，我是干部编制，不是工人编制。"在办公室里，她莫名其妙地望着对方。

院方说，广中医院是集体所有制的，彭浦医院是全民所有制的，你在这里只能享受工人待遇。她就这样离开了医院，"退休"了。

"我是工人编制，农民待遇。"她自嘲地说。"四金"被"强制封存"，她既领不到退休金，也享受不到医疗保险。彭浦医院说，在她调动时，两个医院有协议，她在岗时，工资由彭浦医院发；退休后，回广中医院办理手续。有人愤愤说，他们哪里是给陈晓兰安排工作，而是布下了一个圈套。也有人说，陈晓兰是一个小人物，她没有"安分守己"，得罪了掌有生死予夺大权的群体，所以不钻进这个圈套也得钻进那个圈套。

"我不陪妈妈来，她就该遭受这样的治疗吗？如果病人和病人的家属不认识你们，就应该回家等死吗？你们这是医院还是火葬场？"她忍不住恸哭起来。

那是一个天寒地冻、雪虐风饕的冬日，医疗腐败不仅让她失去了工作，还夺去了她亲人的生命。父母离去后，留下了一个个漫长的夜晚，让她去内疚、去痛苦。如果不去检举揭发医疗腐败，而是精心照料年迈的父母，他们是不会走那么早的。可是，他们不走又会怎么样呢？会心安理得地活着吗？

"晓兰，晓兰！"呼唤声梦呓般地细微，像枚树叶被风吹送进窗棂。在妈妈去世9个月前，在家忙于整理举报"光量子"材料的陈晓兰闻声放下笔，趴在二楼的窗口向外一看，啊，是妈妈。妈妈怎么的了？腰弓成90度，苍白的脸艰难地仰着，一副痛苦的表情。

"噔噔噔"，她慌忙跑下楼。看来妈妈虚弱得已爬不上20来级台阶了，要不绝对不会在楼下喊她。她把妈妈背上楼，安放在床上。妈妈长长喘口气，绵软无力地告诉她，妈妈又去医院了，医生给妈妈做了胃肠道钡餐造影透影。第一杯硫酸钡服下去后，医生说边缘模糊，看不清楚，又让妈妈吃了一杯，最后确诊了：幽门梗塞。

"妈妈，开什么玩笑，那是不可能的。"她不相信地对妈妈说。怎么会可能呢，懂点医学的人都知道，幽门梗塞是外科急诊病人，医生怎么会让妈妈回家呢？

妈妈无力跟晓兰争辩，接着说，给她看病的医生说，让她下周一去做肝功，如果肝功正常的话，就可以给她开单做胃镜了。妈妈多么渴望做胃镜，渴望把自己的病查清楚。她胃不舒服已经半年了，一次次去医院看病，那些医生连检查都不肯做，给开点儿多酶片就把她打发了。可是，那药妈妈服后毫无效果，只好再去看医生。一次，妈妈问医生，能不能换一种药，比如吗丁啉？医生却冷冷地说那种药太贵了，不属于你们公费吃的。妈妈请求做胃镜，医生又冷冷地说没必要。妈妈是享受公费医疗的，似乎公费医疗的待遇就该如此。她多次要陪妈妈去看病，可是妈妈却让她先把"光量子"的事了结，那是关系千万人生命和健康的大事。妈妈过去是中学教师，她教过的学生在那所医院工作，可是她不找他们，她不愿意也不习惯于走后门，不习惯给别人添麻烦。

尽管她不相信妈妈会是幽门梗阻，但她知道妈妈是不会说谎的。她给在那所医院工作的同学打电话，请同学帮忙了解一下妈妈的病情。很快那位同学就回话了："没错，是幽门梗阻。"

"是完全梗阻还是不完全梗阻？"她焦切地问。

"上面没写。"同学说。

"太过分！"陈晓兰火冒三丈地赶到医院，质问那位给妈妈看病的戴眼镜的医生："这个病人已经好几天没吃东西了，你给她触诊没有？你听见振水音没有？那么，你现在告诉我：她的幽门已经梗阻，那么喝进去的那两杯500CC的硫酸钡怎么出来？你让她4天之后再来做你的肝功，查你的胃镜，你这不是糟践人吗？"

"这样吧，你把她先弄过来。"那位医生说。

"我还能相信你吗？就凭你对病人这种态度，还把人弄过来！"她更加愤怒了。

她转身去找院长，要求医院组织内科、外科和胃镜室主任会诊。院长同意了。

"晓兰，这是你妈妈么？你为什么不陪她来呢？"跟她稔熟的内科主任说。

"我不陪她来，她就该遭受这样的治疗吗？如果病人和病人的家属不认识你们，就应该回家等死吗？你们这是医院还是火葬场？"她忍不住恸哭起来。医生啊，你应该全力以赴去拯救每一位病人，怎么能将病人分出远近亲疏、贵贱贫富？怎么能够有关系就好好治疗，没关系就见死不救？中国几千年的医德医风，难道就这么丧失殆尽？

"不是，不是。晓兰，别急，别着急……"内科主任安慰道。

那是她的母亲，她能不急吗？如果医生能够把病人当亲人，病患的家属哪里会这么心急如焚？

最后，妈妈被确诊为胃癌，是硬介细胞癌，那是癌中最猖獗的疾病，而且是中晚期。妈妈被误诊了，被延误了。在那一刻，陈晓兰感到天塌地陷，头痛欲裂，恶心欲呕，站不起来。她一测血压，高达200。她让女儿给她倒水喝。她不断地大量饮水，喝到一遍遍地去解手，这样血压就降下来了。她把家里所有的钱都拿出来，去给妈妈买药。

妈妈住院了，这位坚强的、可爱的、高尚的老人非常想让自己的小女儿陈晓兰守在身边，可是她却拒绝陈晓兰护理，甚至以放弃治疗来要挟。她要晓兰去把"光量子"的问题尽快解决。她是女儿与医疗腐败斗争的坚强后盾，不论女儿遭受多么残酷的打击，面对黑云压城，妈妈都像一株坚定不移的大树站立在她的身后。妈妈也许为自己的倒下，不能再给女儿以帮助和支持而感到不安，为不能跟女儿一起同医疗腐败抗争而感到遗憾。

"妈妈，'光量子'被取缔了，信访办向我赔礼道歉了，市卫生局的领导说，要来医院看您。我很快就要回到医疗岗位上去了。"一天，她对妈妈说。妈妈笑眯眯地望着她，不说话。"妈妈，怎么的，他们确实跟我道歉了，你不相信吗……"她问道。妈妈摇摇头，什么话也没有说。也许妈妈知道女儿将面临着什么，也许妈妈不相信医疗腐败会轻而易举地解决，"光量子"只不过是晓兰的万里长征的第一步，以后的路还很长，将更加艰难。

"妈妈，我的内科学、外科学、老年医学都通过了。"陈晓兰高兴地对妈妈说。妈妈看着她，微笑着。妈妈不相信，她也不相信。"妈妈，我真的通过了，而且分数挺高。"妈妈越笑越开心，最后眼泪都笑出来了。妈妈的最大心愿就是女儿能成为最好的医生，她不让女儿来医院护理自己，要女儿去钻研医术，去复习功课，顺利通过大专自考。

在那些日子，陈晓兰哪有时间和心思去看书复习啊，那本《外科学》几乎没有翻过。考试前，她坐在学校的大门口，手捧着书和考试大纲却看不进去。过来一位同学，她就会问："我妈会不会诊断错了，不会是癌吧？"

"病理不是都做了吗？那不会搞错的。"一位将要参加给妈妈做手术的同学十分肯定地说。

"老师说，年纪大的人不大可能得恶性肿瘤。这种说法对不对呢？"

"也会搞错，也会搞错。"另一位同学望着失魂落魄的陈晓兰，不忍心再坚持下去了，安慰道。

铃响了，陈晓兰被人流裹进考场；考试结束的铃响了，她又被人流裹出考场。同学们纷纷问她一些试题应该怎么答。以往，她会很清楚地告诉他们，可是这次考的什么、怎么答的，她无论如何也想不起来，脑子里一片空白。

自己这次肯定不及格了，她想。同学告诉她：成绩公布了。她懒得去看。老师打电话来告诉她，她的外科学、内科学和老年医学都通过了。

她不相信，认为老师在安慰她。直到老师通知她去取单科结业证时，她才相信。

"老天有眼，在人生低谷给了我安慰。这靠的完全是平时的基本功……"她捧着结业证说。

在妈妈手术后，陈晓兰在病房护理妈妈28天。在那28天里，她是一个很乖巧的女儿，白天精心护理妈妈，陪妈妈聊天；晚上，她在水泥地铺上泡沫，睡在妈妈的床边。妈妈虽然饱受疾病的折磨，却享受着跟女儿朝夕相守的幸福。在妈妈手术的那一天，还有4位病人做了手术，这5人中数妈妈的年纪最大、体质最差、病情最重。医生、护士都认为那4位病情较轻的病人都能够活下来，而妈妈是根本没有希望的。

没想到，那4位病人很快就相继去世了，妈妈却活着。这与陈晓兰科学的、精心的照料有关。

在医院，妈妈目睹了许多绝对不该发生的事情，给妈妈带来很大的刺激：在一位病人亟须抢救时，医护将呼吸机推过来，插头却与插座不匹配，急忙换了一台，还不行。一连换了4台，最后总算插上了，呼吸机却不工作，医务人员围着呼吸机团团转。妈妈让陈晓兰去帮忙，她过去一看，呼吸机开关没打开。她伸手将开关打开，呼吸机终于工作了，可是病人早已死了。

在抢救另一病人时，医生做人工呼吸的动作很不到位，角度和力度都远远不够，陈晓兰看在眼里，急在心上，这哪是诚心抢救病人，只不过给活人看一看，让家属感到医生已经尽力罢了。妈妈让她过去帮忙，可她不是这家医院的医生，确切地说，她不过是一个下岗失业的医生，病人的主管医师怎么会允许她去抢救呢？她只有转过脸去不看。

那位病人死了。那是必然的。在中国，有多少生命在医生的手边流逝？医疗腐败哪里只是医生多开药、多拿回扣，而且是无视病人的健康和生命啊！

妈妈数日沉默无语，心绪低沉。一天，妈妈突然让陈晓兰在病榻前跪下。她莫名其妙地跪下了，两眼疑惑地望着妈妈，从小到大，不论她犯什么错误，当初她不听父母的话，执意要嫁给那个男人，妈妈都没有让她跪过。妈妈要她答应一件事：当妈妈病危时，放弃抢救。

陈晓兰心如刀绞，泪水涌漾地跪在地上，说什么也不肯答应。膝盖麻木了，腰酸背痛了，她的脸颊挂着泪珠，嘴角紧闭。她是女儿，怎么可以眼睁睁地看着妈妈死去？她是医生，怎么可以见死不救？可是，她不是妈妈的主治医师，在医院这种医德医风下，能抢救过来的可能性究竟会有几成？她渐渐理解妈妈了，这是拒绝亵渎生命，践踏人格尊严啊！最后，她答应了妈妈。

癌细胞在妈妈的肌体扩散了，转移了。母女间生死离别的日子逼近了，陈晓兰经常趴在妈妈的枕头旁，享受那最后的融融母爱。妈妈不停地摩挲着她的头发，似要把所有的母爱都释放出来。一天，妈妈突然语调轻微，却字字如钉地说："晓兰哪，你是医生，患者不懂，你懂，你要保护他们的权利。"

她明白了，让妈妈最后放心不下的是医疗的腐败。她的心碎了，恨自己无能，不仅对不起病人，更对不起妈妈。

妈妈走了。陈晓兰悲恸欲绝，不知道妈妈留给她的那么漫长的抗争医疗腐败的道路，她能否有能力和气力走下去。她后悔啊，后悔当初当了医生，如果不当医生也就不知道妈妈是怎么死的了，就不会为那些医疗界的同道去背负沉重的十字架；她后悔自己对妈妈关心得不够，陪伴妈妈的时间太少。过去，妈妈喜欢去的地方就是陈晓兰的诊室，静静地坐在一旁，看女儿给患者看病，喜欢听病人夸奖女儿、赞美女儿。这是母亲的最大快乐和享受。可是，陈晓兰不愿妈妈在那儿，撵妈妈回去，她是怕同事怀疑她"以权谋私"，给妈妈做理疗。世界上，任何一对母女组合中，自私的是女儿，无私的是母亲。想到这儿时，陈晓兰为自己当年的自私而感到愧疚。

在妈妈去世 8 个月后，爸爸也走了。陈晓兰听爸爸的左肺有明显的锣音，领着爸爸去医院看病。没想到医生居然连听都不听就给爸爸开心痛定。心痛定会使血压降下来，可是它会使心跳加快。爸爸已经心跳过速，再用心痛定是非常危险的。可是，不论她怎么说，那位医生就是不听。这哪里是医生，这是杀手，是病人说的"杀人不偿命的职业杀手"！她把医生开的药夺了过来，扔了。她跟医生吵了起来，最后吵到院长那里，心痛定才撤下来。这时，他们已给爸爸注射了半瓶心痛定，爸爸的心跳已高达170多次/分钟，经过一番抢救才把爸爸抢救过来。

爸爸住进了监护室，14天后，医生还没查出病灶。在爸爸拍Ｘ光片时，她提出要把爸爸扶起来拍，医生拒绝了。她认为，他们拍出的Ｘ光片模糊，看不清楚。医生说，她的要求太高了。她一遍遍地问爸爸的主管医师："请你告诉我，我爸爸到底是心衰（心脏衰竭）引起的呼衰（呼吸系统衰竭），还是呼衰引起的心衰？"医生说不出来，她要组织会诊。医生说，不能会诊。她提出转院，又被拒绝了。他们找不出病灶，不能对症下药，只好一天天地拖着。最后，陈晓兰忍无可忍地去找主任。

最终医院同意请专家会诊，她从胸科医院请来两位专家。两位专家没有要求拍片，分别用听诊器听了很久，然后两人会意地对视一下，不约而同地将手指指在爸爸左肺的位置："感染的病灶就在这，后边的锣音都是传导性的！"一位专家把爸爸扶坐起来，用空掌轻轻地拍打爸爸的后背，让爸爸轻轻地咳嗽，突然专家重拍一下，爸爸的一口很浓重的痰咳了出来，爸爸的心跳好多了，呼吸也流畅了。爸爸的病确诊了，是肺部感染引起的呼衰，并发了心衰。

父亲去世那天是周六，这时她已调到彭浦地段医院，周末上午值班。在快下班时，来了一位要做理疗的病人，对她来说，病人不做完理疗，她是不会离开岗位的。当病人做完理疗，已是2时30分，她收拾一下，下班回家，想吃口饭就去医院看望爸爸。

她刚进家门，就接到外甥女的电话，急忙跑到医院。她的同学、爸爸的主治医生对她说，他已经竭尽全力抢救了，很遗憾没抢救过来。为抢救爸爸，他们连午饭都没有吃。他认为，爸爸的气管进了食物，因此导致窒息而亡。她对那位同学千恩万谢。

她无比悲痛地走进病房，昨天爸爸还在跟她聊天，今天却再也不能说话了，想到此她泪如雨下。她打来一盆清水，想给爸爸洗洗脸，让他清清爽爽地上路。突然，她发现爸爸那满口的假牙戴得好好的。谁给爸爸戴的呢？这个人还蛮细心的，如果在爸爸死后不及时戴上，遗体僵硬时就戴不上了。弟弟说："爸爸的假牙根本就没摘下来。"原来在爸爸吃蚕豆时噎了一下，眼睛突然瞪大了。弟弟慌忙喊医生。医生过来就抢救。陈晓兰感到眼前一黑，好像被人打了一闷棍。在抢救时，先要取出病人的义齿。爸爸的假牙不摘下来，吸痰器的气管插管怎么能插进气管？难怪那位同学说吸上来的都是食物。他们肯定把插管插进了爸爸的食道，导致爸爸窒息而死。如果医生能够正确地抢救，能够认真负责的话，爸爸是不会死的；如果她那天正点下班，及时赶到医院，爸爸也不会死的。

她喟然长叹，如果医疗制度改革不成功，医疗腐败现象不改变，那么不论有权人，还是有钱人，抑或有熟人，很可能一场小病进了医院都会一命呜呼，甚至留给生者一屁股的债！

"我在1997年就反映假冒医疗器械的问题，到现在一没有立法，二对造假用假的机构没有制裁。我不能再相信你们了。"一次次的较量，已把她打造成战士。

在第一次下岗时，许多海外的亲友劝她出国，别跟医疗腐败抗争了，甚至还帮她找好了工作，到妈妈一位同学的诊所里当医生。她执着地说，出国容易，海外有那么多亲戚，随时都可以走。可是，中国不强大的话，你跑到天堂又怎么样，还不是受人欺辱？20世纪50年代，华侨在印尼受到了惨无人性的迫害，一位华侨不是只穿着一只鞋子跑回祖国的吗？

中国要想强大，想要建设一个和谐的社会，医疗腐败不解决怎么行？

医疗腐败那不是某个人的问题，那是整个医疗体系和制度的问题。她清楚地意识到："医疗器械企业制假，医院用假，医生为病人作假治疗，这已成为一种潜规则。在医疗系统中，这个过程几乎就是各方牟取利益的流程图。"对手太强大了，那不是某个医院、某些医生，而是一个庞大的利益联盟，是有钱的造假厂商、有名望的专家、有权力的官人，还有那些借用假器械捞钱的医院领导和医务人员。她一个没权、没钱、没地位、没了工作的医生，一位跟女儿相依为命的弱女子，何以能与之抗争？

通过一次次的上访，她总结出了上访的要件：上访要具备专家的头脑、无赖的脸皮、运动员的体魄，还需要有足够的财力。对于她而言，除了清醒的头脑之外，其他都不具备。

有人说，这是陈晓兰一个人的战争；有人称她是中国的唐·吉诃德。

在海外的弟弟很体贴姐姐，出钱给她请了一位保姆。那位从农村来的保姆在她家干了不长时间，知道了陈晓兰在做什么之后，说，陈医生那是拿石头砸天……

在一次上访中，一位官员很直率地问她，现在像你这样的医生还多不多？

"我从来没有孤独过。"她坦率地回答。是啊，她凭着一个医生的良心，为全国老百姓做事，怎么会孤独？

陈晓兰说："我得到过不少人的支持和帮助，其中有医生、记者、亲戚、朋友，是他们给了我勇气和力量。"在她要去上海市医药管理局举报"光量子"时，跟一位医药管理局的离休干部打听路，老人先是劝她不要管，那事很复杂。她坚持要去，老人就摇着头把医药管理局的地址写给了她。当她走出很远时，老人托人追上她，捎话说，让她去找某处长，这个人还比较正直。一次上访时，接待室门前排着长龙，很多人都是前一天就来排队。听说她是为老百姓反映医疗腐败问题的医生，人群中让出了一条路，大家纷纷把她让到前面。在北京，一位陌生的老板听说她的事后，不仅帮她找了一家便宜旅店，而且还叮嘱旅店老板，她是一个好医生，你要保护好她。中专和大专自考班的同学，还有同学的家人、朋友和病人都帮她搜集各医院的医疗腐败的证据。一位博士生导师、医疗器械专家对她说："你咬咬牙再顶一下，我们大家支持你。看病的事儿，我们替你做，举报医疗的黑幕没人能取代你啊！"一位朋友帮她在网上建一个主页："一个有良心的医生——陈晓兰医生主页"。一进入这个主页，你就会发现她感动了多少人。许多人在网上留言，说她是英雄、真正的医生，对她敬佩得五体投地；有人坚决支持她，愿意为她提供帮助……

可是，在这个世界上，有多少人会相信陈晓兰能赢得这场战争？

可是，她是一位医生，一位真正的医生。在医疗腐败面前，她是没有任何退路的，要像《英雄儿女》中的王成一样与阵地共存亡。"你是医生，患者不懂，你懂，你要保护他们的权利。"妈妈的遗嘱，她不能辜负。

"第一，我不能放弃，我放弃了就没人替病人说话了；第二，我不能输，我输了，全国的老百姓就都跟着输了，那些假的医疗器械、假的治疗就要在医院存在下去，全国的病人就要被其盘剥和戕害。"她把反医疗腐败的重点放在假冒器械上。

那些造假的厂商对她恨之入骨，有人嚣张地说，如果不是李葵南在前边挡着，几个陈晓兰都让她闭口。有些官人对陈晓兰怕得要命，他们无法预料她能把他们的"天"砸出多大的窟窿。某区卫生局要求下属的各医院要像解放初期全民"防奸防特"那样严加防范陈晓兰，许多医院还向医生护士介绍陈晓兰的长相和身高。上海市卫生局一位领导在写给上海市委、市政府的信中说："建议有关部门对原虹口区广中地段医院陈晓兰医生扭曲事实真相，混淆视听的行为予以训诫。"市药监局的某位官员对采访、报道过陈晓兰的记者说："陈晓兰里通外国，她找外国记者反映……"还有一位官员呼吁，对陈晓兰要进行政治定性。那些有医术没良知的医生，甚至既没医术又没良知的医护人员对她怨恨不已，称她是医疗界的"叛徒"。一时间，各种势力黑云压城似的袭向陈晓兰。

"我的原则是中国人的事情，中国自己解决，不可能找外国记者的。"她说。可是，这声音太弱了，弱得远远不如妈妈当年站在楼下，腰弯成90度的呼唤声。有谁能听得见呢？

那些人会不会找什么借口对我进行迫害？她跑去找妈妈的同学、曾是中共上海地下党、后曾担任过领导干部的王伯伯。王伯伯劝她，你要把所有证据存放到外滩的银行里去，或者放到我家。否则，他们把你抓起来，搜查你的家，把所有证据收走了，最后顶多给你赔礼道歉，赔偿你点儿钱。你要避开这场灾难……

我又没干坏事，为什么要躲起来？她心情灰暗地回到家，挥笔给主管医疗的市长写了一封信，要求市领导安排人直接跟她谈话。

主管医疗的市长安排市长办公室主任、信访办主任接待了她。他们告诉她，市里始终在关注她的情况……

尽管那些人不能把她怎么样，可是在这场实力悬殊的较量中，她怎么能够胜出？从反抗医疗腐败那天起，她的处境极其被动，历经11个月的检举揭发，"光量子"被禁止了，可是它的替代产品——"鼻激光"和"光纤针"出现了；她把"鼻激光"举报停了，"静舒氧""伤骨愈膜"又出现了，假冒器械层出不穷……表面看，陈晓兰获胜了，实质上却败了，病人不受这个骗了，就受那个害，病人的权益根本没法得到保护。在这么一种适合医疗腐败滋生的环境里，别说中国只有一个陈晓兰，就是有十个、百个陈晓兰也无济于事啊！

在斗争中，她渐渐明白一个道理，假冒医疗器械之所以能够在医院猖獗，其根本原因是：在中国买卖假币、假烟、假酒、假药都是犯罪，而制造和使用假劣的医疗器械却不是犯罪。她决计进京，向卫生部、国家药监局反映，呼吁为医疗器械立法。有人劝她不要外出，劝她要注意人身安全，以防那些人狗急跳墙，对她下毒手……

2003年的一天，陈晓兰登上了开往北京的列车。她刚爬到上铺，整理好自己的铺位，一位陌生男子敲着她的铺位，用一种不容商量的口吻让她下来。

"下来干吗？"她以为对方找错了铺位，"你把你的票仔细看看呀，这是我的铺位啊。"

他仍然坚持让她下来。他身材高大，可以平视上铺的她。接着又过来三四个男子，要取下她的旅行包，让她下来。

她制止他们动她的东西，并要他们出示车票。他们说，×在下面等她。

"我也不找×，我下车干什么？"她明白了，他们是怕她进京上访，想把她拦下。

"就是她，就是她！"又有许多人跑了过来。周围的旅客也聚拢过来，有人让那些男子出示证件。他们拒不出示，只是让她下车。正值相持不下之际，她认识的官员×跑过来。

"陈医生啊，我们可找死了。好好，回去吧，回去吧。"×说。

"我又不找你，跟你回去干什么？我是医生，我要把所发现的有关医疗器械方面的腐败向国家药监局反映情况。"1999年4月，"光量子"在上海被禁用后，上海药监局没有向国家药监局反映，"光量子"在其他地方仍然泛滥。她给国家药监局写过信，发过传真，可是一直没有答复。

"回去吧，上海能解决。"他说。

"我在1997年就反映假冒医疗器械的问题，到现在一没有立法，二对造假用假的机构没有制裁。我不能再相信你们了。"一次次的较量，已把她打造成战士。

"走开，走开，不要影响我的工作。"列车员走过来说。那些人很无奈地下车了，列车员悄悄地拉一下她的衣角。

那些人不甘心地站在月台威胁道："陈晓兰，你到不了北京！"

"我一定能够到北京，而且还能到国家药监局！"她回应道。

列车驶离了上海，滑入了夜幕，蓦然，莫名的恐惧袭上她的心头，父母去世了，亲属大部分在海外，万一自己出了意外，谁来接替自己？那些历经千辛万苦收集的证据交给谁？还有，女儿托付给谁？近来，经常有素不相识的人问她："你女儿好吗？"她很惊异，也很敏感，他们怎么知道她有个女儿？女儿过去很支持她，觉得她很伟大，为她而自豪。一次，女儿在公交车上读到一篇关于她的报道，当读到她为了取证竟然"以身试针"时，女儿放声大哭起来。回到家，女儿搂着她哭着说："妈妈，假冒伪劣的医疗器械层出不穷，你是抵挡不住的。妈妈，你不要再管了……"

陈晓兰打电话给一直支持她的同学倪平："如果我有不测，你一定要接替我干下去。"倪平是全国"五一劳动奖章"获得者，安徽省"三八红旗手"，她非常爽快地答应了。陈晓兰就把证据存放在哪儿都一一交代清楚了。接着，她又给王伯伯打电话，如果她回不了上海，请王伯伯帮忙做几件事。这位可爱的老人多次为她的事去找市长，他曾经跟市长说："我用党性担保，陈晓兰是没有私心的。"当老人听完陈晓兰的话后，坚定地说："晓兰，放心吧，你做的事，我老头子一定会接着做下去的……"那夜，老人几乎未眠，一会儿一个电话打过来，他劝她说："晓兰，下车吧，你的爸爸妈妈都不在了，你要听伯伯的话，伯伯不想让你发生任何意外……"他说，他有责任替她的父母保护好她，要她赶快下车，换一列车进京。陈晓兰被说服了，去找列车员索票下车。这时，列车上的人知道了她就是那位同医疗腐败决一死战的医生。列车员劝她不要下车，乘警对她说，陈医生，你在我们列车上是绝对安全的。周围铺位的旅客爬起来了，要保护她的安全……

列车驶入北京站，还没停稳，乘警就护送她下了车。当她走出车站时，身后的旅客还都没跟上来。

第二天，倪平赶到北京，特意来保护陈晓兰。在第三天，当她们要去国家药监局时，发现了跟踪者，那是一个男子。倪平乱了方寸，她们身带重要证据，万一被劫，那么就无法去药监局举报。最后，她们分开，几经周折，甩掉跟踪者，分别赶到国家食品药品监督局（SFDA）。那天是局长接待日，一位副局长接待了她们……

年过古稀的舅妈带着沉重的药液离开了人世，在没有尿的情况下，医生给她输入19公斤的药液，这让她怎么排出来？她怎么会不死？胀也把她给胀死了。大输液给病人会带来什么？

年过古稀的张印月躺在病床上，脸色苍白，双目紧闭，浑身插满管子，嘴里还插着一支塑料注射器，血水顺着嘴角流下来，本来枯瘦的身体却像充足气的皮球——鼓胀胀的……

2005年9月21日晚，陈晓兰接到表哥张怡打来的电话后，赶到上海某三甲医院，看到的就是这一情景。张印月是她的舅妈，三天前老人因感染性休克被送进医院抢救。老人出现心跳、呼吸和肾脏3项功能衰竭，经过一天的抢救，病情有所缓解，转入急诊住院部。

陈晓兰当了30多年医生，从来没见过这种把注射器插入病人的嘴里的抢救方法。医生解释说，呼吸机没牙垫，他们发现用注射器代替效果挺好，于是就在院内推广起来。看来他们颇具"创新"能力。呼吸机怎么会没有牙垫？陈晓兰提出要看看产品说明书，说明书是医疗器械使用的法定依据。他们却推说找不到了。

突然，医生发现老人的血压还有、呼吸还在，心电监护器上那条波动的曲线似乎被一种神秘的力量扯平了，怎么会出现这种怪现象？医生立即组织抢救。在"叭叭"的电击中，老人的身体上下跳动。家属看着老人被这般折腾，万箭穿心。忽然，医生停止了电击，原来老人的心脏并没有停止跳动，是心电监护器的导线被碰掉了。导线接上了，那道可爱的波动曲线复现了。这是多么低级的错误，会有心跳停止、血压和呼吸依然还存在的现象吗？医生怎么退化到了只看仪器，不会摸脉搏的地步？

"这种抢救药在短时间内注入体内才有效，怎么能选择输液？你们把药放进500CC溶液中，那得什么时候输完？"陈晓兰问道。

"我放了10支药，肯定能达到疗效。"医生说。

"这样就超剂量了，我舅妈还能醒过来吗？"

"你们以前的医生不懂，我们现在……"

"你懂什么？临床经验是积累出来的，不是读出来的。对肾衰的病人，你一天就给她输液6000CC。3000CC就足以把她的所有血管胀开！在病人尿少和无尿的情况下，输液要有所限制，用量应该是前天的出量再加400—500CC，否则液体进去后，怎么出来？胀也把病人胀死了。你这是治病吗？你的目的就是把所有的药都给输进去，然后跟家属收钱。家属花钱的目的是抢救亲人，你各种药超剂量地都给她输进去，她不是死于这种药，就是死于那种药！"陈晓兰气愤地说。

老人住3天医院，花了8645.62元，其中药费5591.46元，治疗费460.34元，化验费934元。在抢救中，医生给老人开了7支泰能亚胺培南（其中有3支不知去向），每支218元。在泰能药品说明书的注意事项一栏明确说明："过敏、严重休克或心脏传导阻滞者禁用。不用于脑膜炎治疗。肾功能衰竭时须调整剂量。"陈晓兰认为，在舅妈住院抢救的3天里，最能体现医生技术水平和价值的花费只有34元。医生却认为："对于她这种病人来说，这是个很一般的数字。"是啊，难怪病人不敢进医院。

陈晓兰请医生检查舅妈的瞳孔。没想到，在这家现代医疗设备齐全的三甲医院居然找不到一只常用的诊疗用具——手电筒。陈晓兰只好从手袋中取出手电筒递过去。陈晓兰已发现舅妈瞳孔扩散，对光反射已经不存在，手脚出现大片瘀血，实际上已经死亡，心跳和呼吸之所以还有，那是在呼吸机与药物作用下的一种假象。

"扩散没有？"她问。

"没看到边缘。"医生说。

这是什么话呢？瞳孔扩散还是没扩散，病人死了还是没死，连这一点都判断不出来吗？陈晓兰要求撤掉呼吸机。医生说，只要病人心脏还跳就不能撤，要撤需要征得上海市医保局的同意。荒唐！陈晓兰拨通医保局的电话，得到的答复是：我们不可能作出这种规定。

"你在撒谎。医务人员是不能撒谎的!"陈晓兰气愤地说。

"我记错了,是我们医院的规定。"医生说。

"你们哪位院长规定的?你讲吧,我可以打电话问。"

"不不,是我们科主任规定的。"

"你们科主任我认识。"陈晓兰说。

医生不吱声了,只好同意撤下每小时收费8元的呼吸机。当医生拔掉插在张印月嘴里的注射器时,鲜血和血块从嘴里喷涌而出。这又是陈晓兰从来没见过的现象。医生解释说,这是病人牙齿出的血。可是,她满口的假牙,难道假牙也会出血?

老人死了,在医院走完了最后的旅程。在去世的前5天里,老人的尿量只有40毫升。可是在最后这3天里,医生给她输液1.9万毫升(约19公斤)。她是背着沉重的药液离开人世的。

在SFDA(国家食品药品监督管理局)的药品法则里写着,100毫升以上的输液叫大输液。国际医生的用药原则是:能口服的不肌注,能肌注的不静脉注射和输液。可是,在经济利益的驱动下,大输液却成为当今医生的首选。医学专家认为,"输液产品是直接进入人体血液的药品,哪怕将0.05毫米直径以下的不溶性微粒带入人体,微粒也不会被排出,能造成静脉炎、肺动脉炎、肉芽肿、栓塞等,灭菌不彻底的药品还会造成中毒甚至死亡。"在国外,大输液前需要病人和家属签字、病理科主任签字、药剂科主任签字。

在20世纪80年代中期,中国大输液的产量只有3亿瓶。据有关资料显示,2003年,中国大输液的产量已达到32亿瓶。"其中,一种新型包装的大输液产品,国内制药企业一下子从国外引进了37条生产线,此外还有10多条生产线正准备投产。"大输液成为中国制药行业5大制剂之一。

"据世界卫生组织2000年的估计,全球每年人均注射3.4次,其中不安全注射的比例高达40%,造成全球每年有2170万人感染乙型肝炎,在新感染病例中占32%;使200万人新感染丙型肝炎,占新感染病例总数的40%;使26万人感染艾滋病,占新感染病例总数的5%,在南亚,这一比例可能已高达9%。另外,肝癌的28%和肝硬化的24%也可归因于不安全注射。全球每年死于不安全注射的人数达50万。在全球,不安全注射使

130万人提早死亡，其中我国占29.4%；造成2600万寿命年的损失，直接医疗费用达5.35亿美元，我国占26.5%。"流行病学家、计划免疫学家王克安说："在发展中国家，每年大约有160亿次各种注射，其中95%以上用于治疗目的，约3%为免疫预防注射。据报告，70%用于医疗目的的注射或是不必要的，或是可以通过口服途径给药代替的。"

陈晓兰认为，大输液的泛滥也是一种医疗腐败现象。她正在收集有关大输液的证据，准备向国家卫生部反映。

医疗腐败如同从高山上滚下来的雪团，它越滚越快、越滚越大，呼啸着向病人的头上砸来。如果说陈晓兰父母的死是医生的失职的话，舅妈的死则有点谋财害命的味道了。那么后边发生的"哈尔滨天价医药费""沈阳的敲骨吸髓事件"等震惊人寰的事件则是医疗腐败的"深入发展"。

医疗腐败日益猖獗了，如制止不住将会出现雪崩，给中国的百姓带来巨大的灾难！

打假应该是政府的行为，是你们的不作为才导致假劣医疗器械泛滥成灾，才逼迫她这位医生下岗失业，耗七八年的宝贵时间去举报啊！

"陈医生，您又来反映问题了。"在SFDA的电梯里，官员们跟陈晓兰打招呼。她已经进京34次，SFDA的门槛已被她踏平了，跟这里的人也都混熟了。有时，她需要复印资料，不用像那些上访者满大街找复印社，在他们的办公室就复印了。

"来了。"她回答道。不来怎么办？问题没解决，伪劣医疗器械还在全国各地泛滥。

"在医疗器械领域，唯一执行的法律依据是《医疗器械监督管理条例》，可是，在这一条例中却没有对假冒伪劣医疗器械进行定义，也没有相关的处罚条款。生产医疗器械的企业应该对其产品负责、承担后果，不能只取利润，不承担风险，一边行贿，一边造假。另外，应该把在医疗机构内通过医疗服务达到欺诈目的的案件，从普通的医疗纠纷、医疗事故中剥离出来，追究其刑法责任……"这种话，她不知在SFDA说过多少遍。

"陈医生，这些问题你最好到卫生部反映，让他们解决。"一位SFDA的官员对她说。他是球技精湛的"足球门卫"，不论什么问题都能挡在球门之外，或把它踢回，或传给他人。

"不，不。到卫生部只能反映医风医德的问题，医疗器械的注册、销售、使用都归你们药监局管。你们的权力很大，连医疗器械的说明书都归你们管。可是，你们连说明书都没管好。几乎所有医疗器械的说明书上都写着'或遵医嘱'。遵医嘱意味着什么？那就是医生想给病人怎么用就怎么用。这样，说明书还有什么用？"她可不是一般的中锋，不仅进攻性极强，而且对各部门的职责了如指掌。

她来到11层01办公室门口，轻叩两下，随即推门而入。一位胖胖的、脸色黧黑的官员坐在一张大大的办公桌后。他衣着朴素，看上去有几分憨厚质朴，身后耸立一面共和国国旗，桌上插着袖珍国旗。他就是SFDA的医疗器械司司长郝和平。自SFDA成立，他就出任这个司的司长，在医疗器械领域是位呼风唤雨的人物。前不久，他还荣获"中央国家机关防治非典型肺炎工作优秀共产党员"的称号，是中央国家机关工委表彰的58名共产党员之一。这位司长并没有因为她的贸然闯入而表现出不快，热情地让她坐下。她在他的对面坐下，再次向他反映情况。他似乎在听，可是对她既不反驳，也不首肯。她讲累了，口干舌燥了，停下来，望他一眼就把目光转向了他身后的国旗。郝和平啊，你怎么也应该对得起这面国旗吧！

郝和平这人很平易近人，不论陈晓兰说什么或怎么说，都不愠不恼。不过，她是不说白不说，说了也白说，这位执掌医疗器械行政审批大权的官员这耳听那耳冒。他可不像那些手下的小官吏去挡你的球，而是敞开球门让你猛劲儿踢。当你踢完之后，汗流浃背地坐在地上，再看一眼球门，立马就傻掉了，里边空空如也，踢进去的球早已没了踪影。你还会爬起来继续踢吗？陈晓兰却踢了下去，她是一位百折不挠、执着不已的中锋，一次次去攻郝和平的球门。

"司长的办公室，你怎么可以随便乱闯？"SFDA有人不满了，指责她道。

"我反映的是人命关天的问题，应该他管他没有管好，我怎么就不能进去跟他说？再说，我已经象征性地敲两下门了。"她理直气壮地说。

在SFDA，陈晓兰不仅只找郝和平，还先后跟4位副局长反映了8次问题。一次，一位副局长听完她反映的情况后，让身边的郝和平和另一位司长把手机号码告诉她，以便联系。这有何用？当面反映都解决不了，在电话里谈能解决吗？尽管如此，她还是很感激那位副局长。

卫生部下文了，在全国范围内取缔"光量子"。可是，厂家还在成批生产，一箱箱"光量子"销售到全国各地，在一些医院它还是主打治疗。陈晓兰专程去北京，要求SFDA撤销"光量子"的注册证号。郝和平不作为，他手下的官员说："既然卫生部已经取缔了，那么就让它自生自灭吧。"

"你们不撤销它的注册证号，它就是合法的医疗器械，生产厂家就要继续生产，医院要继续使用！"陈晓兰说。

可是，她人微言轻。球踢进去了，算不算数，官员们说了算。他们想管就管，不想管她又奈何？

在一次SFDA局长接待日，一位副局长端坐在会议圆桌的上首，身边围坐着郝和平和其他司的司长，陈晓兰坐在圆桌的下首。当副局长听完她所反映的"光量子"等医疗器械的情况后，当即给郝和平布置了5项任务。

"以医疗器械司为主，以市场司为辅，根据陈医生提供的证据，召开专家论证会。专家由SFDA和陈医生分头请，双方数量相等。"副局长说。

"我不是专家，只不过是名临床医生。"陈晓兰说。

"不，你就是这方面的专家。"副局长肯定地说。

陈晓兰长长喘口气，这次没有白来，问题终于得到了解决。没想到，郝和平一出门就把5项变成了两项，到了下边的处室两项变成了一项半，副局长的指示还没出SFDA就流失了70%。

专家论证会终于召开了。郝和平没有让陈晓兰去请跟她观点一致的专家，而是在开会的前3天才通知她参加会。她打的是一个人的战争，要孤军对付那些专家和官员。为备战，她连续3天带着黄瓜和馒头，跑到北京紫竹院公园旁边的国家图书馆去苦读，去收集资料。

论证会开始时，在专家们面前，陈晓兰不敢讲话。听北京的一位专家讲某种医疗器械如何好，她憋不住了，对那位专家说："您先等一下，不要说它好或是不好，如果您是中医请告诉我，用这种器械治疗半小时后，在望、闻、问、切上有什么变化，比方一小时后脉搏有什么变化，病人的舌苔是什么样的；如果您是西医，请您告诉我，治疗后血液的黏稠度是多少，列出伯努力方程式，把整个过程告诉我……"她说完，那位专家马上坐下了，没再发言。他并没有因此而记恨陈晓兰，在一次陈晓兰没有出席的论证会上，上海的某位专家攻击陈晓兰，说她是工人。这位专家拍案而起："如果有像陈晓兰这样的工人，那么我们这些专家就不必坐在这里论证了！"

　　在讨论"光量子"时，G官员不准陈晓兰提石英玻璃输液器，因为它是药监局注册产品。陈晓兰只好讲氧加入生理盐水或葡萄糖溶液中会有化学反应。G官员马上对生产厂家说："陈医生对你们在盐水和葡萄糖溶液中加氧有意见，你们能不能在说明书上不加那些文字？不加就不加了。"似乎他是他们的老板。

　　陈晓兰接着说，用紫外光照也不对。

　　"那么把紫外光照射那部分的文字也改了。"G官员说。

　　"G官员，你这样讲就不对了。光量子就是由这些组成的。这就像一幢三层楼房，你不要一楼，也不要三楼，那么那幢三层楼房还存在吗？"陈晓兰不快地说。气氛顿时紧张了。

　　"陈医生，你打这个比方我听不懂。"G官员瞪着她说。气氛有点儿剑拔弩张了。

　　"是啊，你现在听不懂，回去琢磨琢磨就明白了。"她毫不让步地说。全场寂然，时光似乎凝固，不再流淌。那毕竟是高层的论证会，与会者见过的世面多了，沉寂很快就被划破。

　　"你不是有乳腺癌吗？为什么不用'光量子'来治疗一下？你说它好，你自己不用让别人用，你只能诓人家，诓不了自己。"当一位专家大谈特谈光量子好时，陈晓兰忍不住质问道，流淌的时光又停顿了。

　　"她那癌症跟别人的不一样。"有人打圆场说。

　　"有什么不一样？癌就是癌，跟癌不一样那就是瘤了？"陈晓兰想，你不要耍花样，以为别人低能！

当论证"光纤针"时，G官员又喋喋不休地大讲"光纤针"效果如何好。

"你不是有糖尿病么？'光纤针'不是能治糖尿病么？你为什么就不试试呢？"陈晓兰质问道。

"哦哦，我不试，我不试。"G官员把脑袋摇得跟拨浪鼓似的说，在场的人都忍俊不禁了。

"你明知道那东西根本就没有疗效。你自己不用，却让全国的病人用！"陈晓兰一针见血地指出。G官员尴尬地闭上他的嘴巴。

她对国家药监局越来越不满，对郝和平这种欺上瞒下的作为越来越深恶痛绝。医疗器械司的职责是起草有关国家标准，拟定和修订医疗器械、卫生材料产品的行业标准、生产质量管理规范并监督实施；负责医疗器械产品的注册和监督管理；负责医疗器械生产企业许可的管理；负责医疗器械不良事件监测和再评价；认可医疗器械临床试验基地、检测机构、质量管理规范评审机构的资格；负责医疗器械审评专家库的管理；负责对医疗器械注册和质量相关问题的核实并提出处理意见等。陈晓兰怀疑郝和平等SFDA官员与医疗器械生产厂家、药品生产厂家有着千丝万缕的联系，甚至在某种程度上已形成利益的共同体。他们是故意不作为，利用相关条例的漏洞牟利。

一次，她对SFDA的一位副局长说，郝和平阳奉阴违，在监管上不作为。事后，SFDA的一位官员说："你老告郝司长的状，说他的坏话，这不对。要知道郝司长多次帮你的忙，开第二次'光纤针'的论证会时，你们上海的专家都攻击你，有人说你是工人。郝司长用手指叩着桌面说，你们不要这样评价陈晓兰，我们是用纳税人的钱请你们到北京来开会，要论证的就是陈晓兰提出来的问题。我接待过许多上访者，只有陈晓兰不是为自己，她没有私心，为的是病人利益。"

难道郝和平说她好，她就得说郝和平好吗？中国医疗改革20年，"光量子"泛滥了15年，老百姓的数以百亿的救命钱被它吞噬掉了，无数家庭被害得倾家荡产，家破人亡，这能说跟郝和平这位SFDA的审批大员、医疗器械司的司长没有关系吗？

"绝对的权力导致绝对的腐败。"陈晓兰总结的是，SFDA有100%的权力，却没有任何责任；卫生监督管理局有95%的权力，只有5%的责任；医疗保险局只有权力，而没有责任。这样怎么会不导致医疗腐败，医疗改革又怎么可能成功？

一次，陈晓兰去SFDA，经常接待她的官员大都不在。

"那几位去哪儿了？"她问一位熟悉的官员。

"有出国的，有去献血的。"那位年轻的官员说。

"那你怎么没去？"她奇怪地问。

"我才不去呢，那么脏。"官员说。

这句话犹如搬起石头砸在她的心，你们是监管医疗器械的权力机构啊，知道那些医疗器械脏，自己不去用，可是你们却眼睁睁地看着全国的病人用。我的爸爸妈妈用的就是这些脏的医疗器械啊。她的心碎了，泪流满面地走出SFDA的大楼。

她顶着寒冷的西北风，泪流满面地走在街上。从SFDA到旅馆只需10分钟的路程，她却转悠两个来小时。她伤心啊，委屈啊，打假应该是政府的行为，是你们SFDA的职责，是你们的不作为才导致假劣医疗器械泛滥成灾，才逼迫她这位医生下岗失业，耗七八年的宝贵时间去举报！她在没有工资，没有医保的情况下，为举报假劣医疗器械花去了近10万元钱。为节省几个钱，往返于京沪她尽量坐慢车，一次从北京回上海，她站到济南，脚肿得站不住了，狠狠心补了一张上铺，仅仅因为上铺便宜那么几元钱，年过半百的她要爬上爬下。她喜欢清洁和安静，刚进京上访时，她住的是280元的宾馆标准间，后来降到100元的普间，后来降为30元的地下室。

这次，她原打算在京待3天，没料到要找的官员出国了，她只好等了10天。带的盘缠越花越少，她只好天天啃馒头喝开水，甚至连3元钱的澡都不洗了。最后，只剩下买一张返程硬座票的钱了。可是，她一次次地跑北京，有多少次是有效的、是对那些官老爷那麻木、冷漠的心灵有所触动的？有多少次是无效的，是劳民伤财的呢？她的泪越流越多，脸颊杀得难受。她感到自己无法面对死去的父母和支持她的女儿，也无法面对自己，还有那些病人。眼泪哭干了，她回到旅馆。她不愿意让旅馆的老板知道自己哭了。那位老板听说她是为举报医疗腐败而进京的，对她非常照顾，30元宿费只收她20元。

她举报的那些伪劣医疗器械，多数都是在药监局注册的，在产品鉴定书上有专家签名的。难道那些专家不学无术，还是药监局的官员被蒙骗了？

2005年6月，SFDA的局长被免职。7月的一天，陈晓兰去SFDA时，一位官员欣欣地告诉她：郝和平因涉嫌商业受贿被刑拘。陈晓兰没有感到大快人心，而是感到了沉重。2001年至2004年，经SFDA注册的境内医疗器械产品平均每年高达7370种。2004年，美国食品和药品管理局仅批准了52种使用新技术的新医疗器械，公布了3365种使用现有技术的医疗器械。在每年注册的7300多种医疗器械中，哪怕其中仅有一两个伪劣产品，她就是一辈子也举报不完！

6个月后，SFDA的药品注册司司长曹文庄等官员被"双规"，随即被正式批捕。医疗器械注册和药品注册是SFDA的两大"主业"，随着两位行政审批大员的被捕，引发了一场地震。陈晓兰对北京市西城区检察院的检察官说，郝和平等贪官不仅是经济犯罪，更重要的是渎职！他们放弃国家和人民的利益，坑害了全国的百姓！

2005年9月5日，SFDA局长接待日，这次只接待陈晓兰一个人。一位副局长绕过长长的会议桌走过来，跟她握手，真诚地说："感谢你这8年来的坚持！"这是陈晓兰第9次参加SFDA局长接待日，也是她第32次赴北京反映医疗器械问题。这次她反映的是"静舒氧"的问题。

"静舒氧"这东西太有诱惑力了，就像一条传送带，这边放上它，那边就传过来一捆一捆的百元现钞。陈晓兰却把传送带割断，将"静舒氧"打入地狱。她冒着生命危险来到Y省。

她被一些人围困在医院……

陈晓兰第一次见到被称为"静舒氧"的东西，是在上海一家医院的高干病房。那是一个绿色的塑料小瓶，与之配套的是一根长长的针。据说这种东西很神，可以在呼吸系统之外，为病人"再架一条给氧通道"，"在病人输液的同时使氧气直接溶解到液体中，以溶解氧的形式直接供给组织利用，减轻组织缺氧，即内给氧，再配合吸氧，从而达到治疗各种缺血缺氧性疾病的目的。"

陈晓兰的同学L的父亲接受的就是"静舒氧"治疗，在那次的2600多元治疗费中，有2100多元被它吃掉了。他是具有相当级别的离休干部，这些开销由国家买单。

L和母亲都是医生，她们对"静舒氧"表示怀疑，请陈晓兰去看看。

"这肯定是个骗局。按生理学原理，氧气吸入人体与红细胞化学结合后，通过动脉和人体组织进行气体交换。氧气直接输入静脉怎么能提高血氧饱和度？高氧血在静脉里是否会引起血管壁氧化脆性？"陈晓兰说。

于是，L跟护士长说，不要再给父亲使用'静舒氧'了。

"没事的，反正也不要你们出钱，给他用用也没关系。"护士长坚持要用。

"我去买瓶敌敌畏请你吃，你吃吗？我也不要你付钱。你肯定不吃，你知道有毒。可是，这种器械可能会对人体有害，你却非要给人家用。"陈晓兰气愤地说。

可是，"静舒氧"是经过上海医学会临床试用准入论证的，5位专家均同意准入，无一人不同意。陈晓兰在"静舒氧"的说明书上发现，那绿色塑料瓶子里充的根本不是什么氧气，而是洁净空气。可是，这洁净空气却比氧气还昂贵，一小瓶37元。

陈晓兰一次次赴京向SFDA反映，在她的不懈努力之下，2005年，SFDA终于下文严肃查处"静舒氧"。她以为这下"静舒氧"可以寿终正寝了，不能再坑骗病人了，没想到这时，她接到了Y省的医疗器械销售主管S的电话。

S说："如果不是你举报，在2006年全国每个病人在输液时都会挂上一瓶'静舒氧'。你截断了那些人的财路，他们恨死你了。不过，我却认为你很伟大。"

"我没有你们想象的那么伟大，我是一个很平凡的人，在不知深浅的时候，觉得是对的就跨了一步，没有去想跨出去的那只脚能不能站住，所以每一步都跨得挺艰辛。"她实事求是地说。

S说，他们给省里的两位主管官员20万元。可是，在论证会上，7位专家却没有一人同意准入。他们原以为用20万元搞定了那两个官员，让那官员把专家搞定。没想到，官员没把钱分给专家。专家也不过是聋子的耳朵——摆设。他们不签字，"静舒氧"照样进入了Y省。他说，Y省的"静舒氧"除了7台之外，都是经他的手卖出去的，总共600多台。

他说，他早就知道"静舒氧"是骗人的。一次，他到下边给当地的官员和医院的头头送回扣，在那里见到一对年迈的村民。老太太患有心脏病，老汉好不容易凑了百八十元钱，陪着她去看病。结果，医生就给老太太开了两针"静舒氧"。老汉满怀悲切地说："70多元钱就扎这么两针，还不知道能不能治好，这针咋就这么金贵呢。"老头说着说着就老泪横流。老人的话像巴掌似的打在他的脸上，S转过脸去，哭了。这哪里是推销器械，这是在干伤天害理的勾当啊！他决心洗手不干了。

可是，"静舒氧"太具诱惑力，就像一条传送带，这边把它放上去，那边就传过来一捆一捆的百元现钞。厂家以每针6元钱的价格卖给他们，他们以每针23.17的价格卖给医院。他想，我不推销"静舒氧"别人也会推销。对那些病人来说，又会有什么不同呢？再说，我们这些人不从这些病人身上赚钱，从谁身上赚呢？于是，他又做了下去。

一天，在外地的母亲来电话说，她病了，在医院扎了几针，很贵。他问妈妈，那针是什么样的？妈妈说，有一个绿色的塑料瓶，还有一根长长的针……他立马明白了，那就是"静舒氧"。他叮嘱妈妈千万不要再扎那种针了。放下电话，他一拍大腿，真是报应！他推销的"静舒氧"用在了他妈妈的身上。后来，"静舒氧"给央视曝光了，他也就从医疗器械公司辞职了。

"Y省的一些地方还在用'静舒氧'，尤其是C地区。不过，你千万不要来，他们跟黑社会有联系。"

可是，不去就没有证据，没证据就不能举报，不举报"静舒氧"就要继续坑害那里的病人！

2006年3月，陈晓兰来到Y省的省会，随同她前往的是央视的3位记者。

在宾馆入住后，她就给S打电话。他很快就过去了。她说，还有两位朋友，想一起聊聊。他说，不是两位，而是3位，你们一起来了4人，一位住在外边，两位跟你住在宾馆。入住后，你们调过一次房间。陈晓兰惊呆了，突然感到有点毛骨悚然。

"在这里，你不能出去，否则会有生命危险的。你在央视是露过脸的，网上还有你的照片，他们会认出你来的。"

"可是，我又没伤害谁，我只想让病人不遭受伤害。我又不想得到任何好处……"她望着 S 说。

"谁拦了他们的财路，他们就要干掉谁。你千万不要去 C 地。"

可是，陈晓兰他们还是去了远离省城的 C 地区。他们昼伏夜出，一天，晚上出来吃饭时，突然陈晓兰心酸地说："怎么那些造假、售假、用假的人变得光明正大，我却变得鬼头鬼脑的。"

在要回来的那天上午，他们去了一家医院。听说，他们在使用"静舒氧"，可是在医院转了好几圈儿也没见到。陈晓兰只好故意弄脏手，然后跟护士借肥皂，趁机查看护士的工作间。几个楼层都看过了，没有发现。在准备撤离时，她提出去跟医生打听一下。记者连忙阻拦，那样太危险了。她说，我们不能白来。

"我是从上海来的，想了解一下'静舒氧'的情况，听说你们一直在用。"她走进医生的办公室，对一位医生说。

"我们医院这个月没有用。不过，上个月还在用。"那位医生很诚实地说。

"那么器械放到哪儿去了？"她问。

他带他们去找护士长，护士长又把他们带到办公室，从工作台下边取出三台"静舒氧"。央视的记者急忙进行拍摄。

"你是哪儿的，销售公司的？"突然，护士长觉得有点不对头了，问陈晓兰。

"不是……"陈晓兰本可以哼哼哈哈搪塞过去的，可是她不会撒谎。

"那你们是干什么的？把拍完的带子都给我留下来！"护士长变脸了，说着掏出手机拨打了一通。片刻，从四面八方跑来很多人，把他们团团围了。

"你们不交出带子就别想出去！"他们凶狠地说。

这时，一位个头儿很高、穿着黑衣服的男子走进来，一眼盯住了陈晓兰。原来他是这所医院的设备科主任。

"我在前天的电视上见到过你。我已经通知供货商了，他们马上就到了……"

供货商来了，这意味着什么？

"你知道造假是违法行为，你通知他们来是什么目的？那样的话，我不仅要打110报警，还要给你们当地的药监局和卫生局打电话报案！"陈晓兰气愤地说。

那位主任有点害怕了，因为他们用的"静舒氧"不是从医疗器械采购部门购的，而是厂家直接送进医院的。这是违规的。

"到这里来的不只是我们3个，外边还有一帮记者。我们事先约定，如果11点钟我们不出去，他们就要进来。"记者吓唬地说。

最后，那些人无奈地让开一条路，陈晓兰他们终于逃离医院，当天带着证据乘飞机返回上海。

尾声

傍晚，上海嘉定公墓，碑碣如林，万籁俱寂，光阴恍若辍止。

陈晓兰坐在墓前，沉浸在手捧的书中。夕阳轻抚她憔悴而苍老的面容，在风儿的撩拨下，花白发根钻出来。夕阳带走了最后一道光线，她站起来，深情地望着眼前那两座墓：一座墓是爸爸的，一座是妈妈的。这里是她心灵的家园，每当心情烦躁时，她来陪父母坐一会儿，跟他们唠唠，在墓前读一会儿书。

她从来不给父母烧纸，只给他们读报读刊，将医疗领域的反腐败情况告诉他们，甚至将一些文章烧给他们。她知道他们最关心的是医疗界能否清除污染，让病人有一个安全的放心的医疗环境。

2006年，她获得央视"3·15质量先锋奖"。9年来，在她的举报下，7种伪劣医疗器械被禁用。可是，她也为此付出很大的代价。抗击医疗腐败，她呕心沥血，饱经风霜。过去她不仅比实际年龄年轻许多，而且长得也漂亮；如今她比实际年龄老许多，脸上过早地出现了老年斑，她越来越害怕照相和上镜头，自己看了都心酸。她经常夜以继日地写举报材料。一次，她想从电脑桌前站起来，突然感到心慌气短，绵软无力，摔倒在地，怎么也爬不起来。她打电话给一位同学。同学不在家，同学的丈夫焦急不安地说："你千万不能去医院啊，有些医院和医生都恨死你了，别让他们再对你下黑手……"

"放心吧，我不会去医院的。如果我生病了，我就挺；挺不过去，我就死。我绝不能带着一身的药去西天，让女儿背下一身的债务……"

3年前，女儿在她的催促下结婚了。了却她一块心病，不用再为女儿的安全担忧了。

"妈妈，你的话女儿一直铭记在心：'晓兰，病人不懂，你懂，你是医生，你要保护病人的权利。'女儿不遗余力去做了。爸爸妈妈，你们活着的时候女儿没有陪好你们，没有尽到女儿的孝心，总有一天女儿会来陪伴你们的，一直到地老天荒。"

她对女儿说，等妈妈死后，一定要让妈妈穿着白大褂离去，另外，把妈妈的执业医师证放在妈妈的身边。哪怕到另一个世界，她还想做个医生，一个真正的医生！

医疗腐败还存在，魔鬼还猖獗，天使还要战斗下去。

《北京文学》2006年6期

木棉花开

李春雷

到广东上任的时候，他已经66岁了。面皱如核桃，发白如霜草，牙齿全部脱落了，满嘴尽是"赝品"。心脏早搏，时时伴有杂音，胆囊也隐隐作痛。但他显然还没有服老，一米七一的个头，80公斤的体重，敦敦实实，走起路来，风风火火，踩得地球"咚咚"直响。

省委门口有一个副食店，每天凌晨3点钟，黑黝黝的寒风中，市民们揣着鱼票、油票、糖票等花花绿绿的票证，开始在这里排队抢购。什么物资都缺，广东产鱼，广东人更喜欢吃鱼，可市民们每人每月只有5角钱的鱼票，而且还不能保证供应。副食店7点30分才开门营业，买鱼人的队伍长长的，比鱼还多。排在前面的阿公阿婆实在困倦了，要回家再睡一觉，于是就放下一个个替身：一把凳子、一顶帽子，或者一只菜篮子……

几天后的一个傍晚，他又来到了深圳的文锦渡口。放眼望去，河对岸就是被英国政府租管的香港，高楼大厦，灯火璀璨。而自己这边呢，黑灯瞎火，四野无声。

就在一年前，这里曾经发生了一起震惊全国的大逃港事件。7万多名饥民身背行囊，扶老携幼，面对着荷枪实弹的边防军，冒死闯关，出逃香港。一位村党支部书记向着黑压压的人群哭喊："跟我回去！跟我回去！"因为在跑过界河的人群中，还有他患难多年的妻子。但隔着界河抛过来的是一句比石头还要生硬冰冷的诅咒："死了以后骨灰都不要吹回这边来！"……

黑格尔称中国历来就是一个"灾荒之国"，亚当·斯密则认为中国下层农民的生活状况，比欧洲的乞丐还要凄惨。

枯黄的秋风吹乱了他的满头白发和满心愁雾。

这一顶白发，这一腔愁雾，就是1980年11月的中共广东省委第一书记任仲夷！

疯狂的年代过去了，苦难的中国终于找到了自己的轨道，而濒临香港、澳门和台湾的广东省还是一片低地。长期以来的战争思维，国家在这里基本上没有工业项目投资；交通更是落后，京广铁路在广东境内竟然全是单行线。从广州到珠海、深圳，中间都要转乘四五次轮渡，需要花费一天的时间；农业也不行啊，是全国最大的缺粮省份，虽然国家每年都要调进5亿公斤，但仍是饥肠辘辘，路人相闻。1979年全省工农业生产总值人均只有520元，远远低于全国平均数字636元。还有一个数字更让粤人汗颜，偌大的广东省，面积是香港的200倍，而每年的创汇总量却不足人家的1/10。与台湾相比，更是无法同日而语。

台湾海峡对岸的蒋经国一直在宣称，让共产党划给他两个省，看看国民党的治理水平。香港、澳门也像两只复杂的眼睛，在冷眼观望着这一块沉浮未定的大陆。

也许正是这诸多的原因，中央政府才下决心在广东试办经济特区，先行一步。于是，在前任书记习仲勋上调中央后，就选派了他。

应该说，在共产党的高级干部里，任仲夷是一位少有的既懂政治又懂经济的通才。青年时代，他在中国大学攻读的专业就是政治经济学；抗战时期，他曾担任八路军某军政干部学校校长，并主编了党内第一本《政治经济学》教材；后长期担任黑龙江省委书记，他的政绩至今仍然传颂在松花江畔；主政辽宁3年，这个"文化大革命"的重灾区，不仅政局平稳，经济发展更跃至全国三甲之列。

可他毕竟已经年近古稀，又是第一次来广东，这一片土地，能接受他吗？

省委大院里植满了榕树，这南国的公民，站在温润的海风中，悬挂着毛毛茸茸、长长短短的胡须，苍老却又年轻，很像此时的他。

但他似乎更喜欢木棉树，高大挺拔，苍劲有力。二月春寒料峭，忽地一夜春风，千树万树骤然迸发。那硕大丰腴的花瓣红彤彤的，恰似一团团灼灼燃烧的火焰，又如英姿勃发的丈夫，用刚健的臂膀傲然挽起娇美的新娘，虽然来去匆匆，却也轰轰烈烈……

他的血液像珠江一样奔腾起来。

他摸了摸满头霜草，似乎那是蓬蓬勃勃的南国春芽……

查阅《中国统计年鉴》：1978年广东省的经济总量为185亿元，列全国第23位。可仅仅到任仲夷离任的1985年，广东已经赫然位居榜首。短短的几年时间，这是一个怎样超常规的跨越啊！

20多年后的今天，回味那一场硝烟散尽的"战争"，好多故事仍然令人瞠目结舌，不可思议。

放开物价、市场经济、私营企业、出让土地、政企分离、股份制、外资银行……在那个严格的计划经济体制年代里，这一切都无异于玩火弄险，又无异于雾中疾行，而路途中又是一个个隐蔽的雷区，随时都有可能被炸得人仰马翻……

2007年8月，我应邀到广州采访丰田汽车公司，晚上和广东作家吴东峰、鲍十诸位喝茶。谈到广东经济已超越香港、新加坡和台湾时，话题自然而然地触及已故的中共广东省委原第一书记任仲夷先生。吴东峰兄喟然长叹，任仲夷是广东的恩公，着实应该写一笔。

此时，窗外桂兰氤氲，室内茶香袅袅。我心内猛然一顿，似乎感应到了一个神圣使命的深情呼唤。

在哈尔滨，我曾听到关于他亲手研制和推广冰灯的传说，那里的人们尊称他为"冰灯之父"；我也去过辽宁，他冒险为烈女张志新平反的故事更是妇孺皆知。其实，在座各位并不知晓，我与任仲夷本是同乡，相距不过百里，他的传奇在我们冀南一带也早已广为流传。

于是，年底的时候，我再一次赶到羊城，开始了有关任仲夷的采访。

很多广东人现在依然清晰地记着当年的"鱼骨天线"风波。

经济状况稍稍好转，广东沿海地区的不少家庭开始有了黑白电视。有了电视却没有可看的节目。电视台节目频道少、信号不稳，且播出时间太短。很快，不知谁发现了一个好看处，那就是香港电视节目，只需要一根带有放大器的鱼骨架形天线，用竹竿伸进天空，指向东南方向，就可以直接收看。于是，美味的食品、漂亮的服饰、欢快的主持人、批评总督的辩论、自卖自夸的广告，还有邓丽君的情歌、恋人的拥抱和接吻……哇噻，香港人竟然是这样生活的！资本主义社会原来就是这般模样？

一时间，家家户户效仿，很快就普及到了整个珠江三角洲，连广州市中心高高矮矮的楼顶上也发豆芽般地长出了密密麻麻的"鱼骨天线"，像葵花一样，仰望东南。

当时正值全国舆论开始猛烈围攻广东之际，"鱼骨天线"事件犹如火上浇油，再次引爆了海潮般的谴责声，又赶上中央主抓意识形态工作的负责人正在酝酿发动"排除精神污染"活动，广东更成了众矢之的。

"香港电视每分每秒都在放毒！"

"广州已经香港化了！"

高层某领导公开批评："广东变修了，变烂了！"有关部门更将此定性为"反动宣传"，必须"坚决打击，依法严惩"。不少内地城市甚至打出了"反对广州的精神污染"的标语。

"资本主义道路"属于意识形态的高压线，是当时最敏感的政治问题。迫于压力，广东省委、省政府紧急制定措施，严禁收看香港电视，对违反的党员干部进行严厉处分，并严令各地派出工作组，动用消防车逐村逐户地强行拆除。特别是每每有中央领导人莅临广州，位于东莞某地的一个大功率干扰电台就会施放出强烈的干扰信号，使整个珠三角地区的电视屏幕里飘满茫茫大雪。

老百姓竟然想出了一个当年对付日本鬼子的办法：空舍清野。工作组未进村，消防车刚出动，家家户户的"鱼骨天线"就快速地撤下来。夜幕降临之后，再悄悄地送上屋顶，当地人称之为"晚上升旗，早晨降旗"。有的党员干部家庭被查到了，也有解释："孩子老婆不是党员，他们觉悟低，是他们看的。"无法处分，只能收缴。但仅仅是在当天晚上，另一架"鱼骨头"就伴随着恶毒的咒骂声再一次升上了天空。

群众骂声如蝉鸣蛙鼓，鱼骨天线似春树满山。于是，全省各地的数百辆红色消防车，像热锅上的蚂蚁，四处出击，疲于奔命，焦头烂额。各地收缴的"鱼骨天线"堆积起来，像柴垛，而后又成吨成吨地卖给了冶炼厂。

外商们意见更大。此时，佛山、南海、江门、中山、顺德、东莞和惠州一带的"三资企业"正在渐成气候，无数的港、澳、台客商及东南亚华侨资本，如过江之鲫，纷纷来粤试水。他们都在驻足观望：连香港电视也不让看，还算什么经济特区？我们的生意怎么做？我们的信息哪里来？我们的娱乐何处寻？

"鱼骨天线"，恰如鱼骨在喉，顿时成为任仲夷最为棘手的火辣辣的难题。

广东省委宣传部原副部长张作斌告诉我，当时的省委真是左右为难，中央三令五申，严禁收看，坚决拆除，而城乡群众怨声载道，情绪激烈。长期下去，不仅进一步激化干群矛盾，而且将严重影响外资的引进。任仲夷苦思许久，终于下定了决心。一天，他打电话把张作斌找去，给他布置了一个特殊的任务。

1983年5月上旬的一天，张作斌带着两名干事，悄悄赶到深圳，住进了临近香港的一家旅馆里，专门找了一台信号清晰的电视机，三天三夜没有合眼，把香港电视所有的节目——记录下来，并写出了一份详细的调查报告，交给了任仲夷。报告中分析，香港两家电视台的电视剧和综艺节目，是为了迎合一般香港市民的口味而设计的，相对还处于起步阶段的大陆电视剧和文艺节目，自然具有较大的吸引力。而知识分子喜欢的是香港电视台快捷的新闻，尤其是那些转自CNN、BBC的快讯，中央电视台要么没有，要么隔天才能看到。低俗无聊的节目时有所见，而黄色和反动的宣传几乎没有。

几天之后的一个上午，任仲夷来到省委宣传部，召集宣传文化系统负责人开会，正式表明了自己的看法和意见。

采访时，我想方设法找到了这份当年记录的讲话稿。

在这份约5000字的讲话里，任仲夷主要谈了两个问题。一是不提倡看香港电视，要与中央保持一致。第二就是要千方百计办好自己的广播电视节目，丰富群众的文娱生活。

正是在这个讲话里，他第一次提出了那个著名的观点："排污不排外"。自觉排污是必要的、明智的，但决不能因噎废食，笼统地反对一切外来思想文化，盲目排外是错误的，愚蠢的。排污要分清界限，要排真正的污，对资本主义国家先进的科学技术和优秀的文化成果，我们不仅不能排斥，还应当积极地吸收借鉴。

在整篇讲话里，对于拆除"鱼骨天线"和干扰香港频道，他只字未提。

就在此后的不长时间，中共中央总书记胡耀邦来到广州，住进了珠岛宾馆。按照惯例，服务员把他房间电视的香港频道全部锁闭了。任仲夷发现后，吩咐马上解除，并把所有的电视节目全部打印出清单来，放在电视机旁边，方便客人选择收看。

连续几天，胡耀邦始终没有提出什么意见。

从此之后，香港电视在任仲夷的任期内再也没有受到强行干扰，"鱼骨天线"也成了南粤大地一道独特的风景，在悄悄地却是猛烈地唤醒着传统的岭南意识……

正是这个时候，发酵的珠江三角洲像一个硕大无朋的香喷喷的蛋糕，依靠毗邻港澳的独特地理优势和侨乡众多的人文优势，以较低的土地价格和充足的廉价劳动力吸引了大量外资的直接进入，尤其吸引了港澳台制造业的大规模转移，以"三来一补"（来料加工、来样制作、来件装配、补偿贸易）为主要贸易形式的外向型企业迅速遍布城乡，如春风野火，熊熊燎原，形成了星河般繁密的群落，掀起了中国改革开放之后的第一轮经济大潮……

搬掉罗湖山，填平罗湖洼地，是深圳特区建设的第一项大工程。可刚刚开工，就遇到了种种人为的难题，任仲夷不得不亲临现场疏通。

正是从这个问题中，他又觉察到了一个更大的问题：特区的领导班子不够协调团结，靠这个班子打不开局面，更别说"杀出一条血路"了。经与省委刘田夫、梁灵光、吴南生等人协商后，决定马上动手调整。

经过多方考察后，他认定省委常委、广州市委第二书记梁湘是最佳人选。

身材魁梧的梁湘是军人出身，建国之初跟随叶剑英南下接管广州，他不仅是一位具有开拓精神的实干家，还十分熟悉城市管理和经济工作，更重要的是，他身上充溢着一种饱满的理想主义激情。

但62岁的梁湘毕竟是一位老资格的省级干部了，而且性情刚烈如火。他明确表示不去深圳，愿意继续留任广州。

反复谈话，梁湘仍然不情愿。不少资料在叙述这一段历史时，都记载了一个相同的情节：梁湘曾为此事与习仲勋大吵一架。这应是笔误或者是以讹传讹，因为习仲勋此时早已离开广东到中央工作。如果实有此事，吵架的对象应是任仲夷。这的确是一个颇具戏剧性且无比珍贵的文学细节，只是缺少鲜活文字的详细描述。采访时，我曾多方刻意搜寻，但因为两位当事人俱已作古，当时无人在场，笔者又不能妄自虚构，所以只好无奈地望风而叹了。

不过，任仲夷并没有轻易放弃，他再一次地约见了梁湘。

这一次谈话时，他的秘书琚立铭正好值班。那是1981年1月的一天晚上，心事重重的梁湘步履蹒跚地走进了任仲夷的办公室，这可以从他的满脸愁云里看得出来，也可以从他上楼时拖沓迟缓的脚步声中听得出来。任仲夷微笑着从座位上走出来，与梁湘握手后，又亲自为他沏了一杯热茶，而后就随意地坐在了旁边的一把竹制藤椅上。

琚立铭回忆，直至凌晨时分，任仲夷办公室的门才缓缓打开。他进去的时候，两人的正式谈话已经结束，原本诙谐幽默的梁湘又恢复了本性，他似乎刚刚讲了一个广州时下流行的笑话，任仲夷猛然"哈哈"大笑起来。他仰躺在竹椅里，一前一后地晃悠着。雪亮的灯光下，浑圆的银白色的笑声在四壁间清脆地撞击着、回响着，他头上的丝丝白发也仿佛是一绺绺导电的钨丝，在闪烁着明晃晃的辉光。

1981年2月，梁湘慷慨赴任。

随后，任仲夷又从各地选调一批专业对口、德才兼备的精锐干部，为深圳特区打造了一个特别能战斗的领导班子。

从此之后，深圳特区建设驶入快车道，开始上演一幕幕惊天大剧！

但是，一切都在试验摸索，藩篱重重，荆棘遍野，跨越常规，冲破体制，特事特办，很多创举连最高决策层也无法明确表态，这就使得深圳的道路显得格外的血腥和惊险。

要加快发展，必须面向世界招商引资；要招商引资，必须提供诱人的优惠政策，这是一个简简单单的道理。对此，梁湘的"蚂蚁理论"很是明确：只有让第一批蚂蚁尝到甜头，才会引来更多的蚂蚁。于是，深圳特区政府经过相关立法程序，制定了特区土地管理法规，允许外商参与开发特区土地和缴纳土地使用费使用特区土地兴办企业，并于1982年1月1日起正式颁布施行。

这项法规刚刚出台，便引起国内震惊，传统封闭的国民意识如何能承受这种"卖国行径"呢？一时间，舆论如鞭似刀，黑云压城："深圳除了九龙关门口仍挂着五星红旗，一切都已经资本主义化了。""姓梁的把国土主权卖给了外国人，是卖国贼！"……正在这时，中央针对广东开展了大规模的反走私斗争，而深圳又深陷其中。更让人惊骇的是，中央有关部门还专门下发了一个白头文件：《旧中国租界的由来》，矛头直指深圳！政治气氛骤然紧张。在高层会议上，某领导人甚至声言"要收回失地"，"要杀一批头"。果然，不久之后，广东海丰县委书记和一名副书记就被枪毙了……

向来敢说敢干、敢冒风险的硬汉梁湘，此时也胆怯了，常常紧锁双眉，沉默不语，缓缓踱步，狠狠抽烟。

梁湘当年的秘书邹旭东清清楚楚地记得，就在这气氛最为肃杀的一个多月里，平时很少亲临的任仲夷竟然连续三次来到深圳，时间分别是2月2日、2月18日和3月6日。每次到来后，他都要与市委领导班子全体成员见面谈话。针对北京方面和理论界的质疑，他旗帜鲜明地对大家说："有的同志怀疑办特区是否有损主权，会不会变成殖民地？我们要肯定地回答：不会！恰恰相反，只有掌握主权才能办特区，办特区是对主权的运用，是行使主权的表现！"

集体见面之后，重点就是与梁湘谈心，释消他心底的顾虑。最后一次是在任仲夷下榻的宾馆房间里，关着门，吩咐谁也不许打扰，一直持续3个小时。两人具体讨论了什么内容，谁也不知道，但送别任仲夷时的场面大家都印象深刻：两人紧紧握手，相视无言，一个笑靥如菊，一个满面春风。

从此之后，梁湘如释重负，依然故我。

地球人都知道，正是在这短短的几年时间内，深圳以她特有的"深圳速度"，从一片偏僻的小渔港蜕变成为一座繁茂的大都市，成为面向世界的最亮丽的东方传奇……

几年后，67岁的梁湘悄然卸任。站在市府大楼门口，面对着近千名依依不舍的深圳人，他满眼泪花，哽咽着说："如果我必须生一千次，我愿意生在这个地方；如果我必须死一千次，我也愿意死在这个地方！"那一天阴云密布，电闪雷鸣，但所有的人都默然不动，任凭冷雨浇淋。梁湘汪然出涕，猛地扔掉雨伞，双手抱拳，大声鸣誓："我在此先立下遗嘱：死后骨灰安葬在梧桐山上！"说到这里，整个深圳泪流滂沱，号啕失声。

历史已经证明，梁湘是这座城市的英雄！而成就梁湘的正是任仲夷！

他们之间肯定有着太多的故事和秘密，只是可惜无法探知了。但有一个细节让我感慨不已：多年以后，梁湘病重，80多岁的任仲夷不顾年老体衰，多次亲去探望。病危通知书下达之时，任仲夷正在医院输液。听到消息后，他马上拔掉针头，执意让家人搀扶着，赶到病房，紧紧握住梁湘的手，无语凝咽，老泪纵横……

在采访中，我还听到一个任仲夷和袁庚的故事。

深圳腾飞的同时，位于其西部一隅的蛇口工业区也以惊世骇俗之举引起社会瞩目。蛇口工业区隶属于国家交通部，管委会主任袁庚也是一位老干部，曾任中国驻印尼雅加达总领事馆领事、交通部招商局常务副总经理。此人有胆有识，敢作敢为。任仲夷经过多方考察后，深知袁庚是一个不可多得的干才，考虑到特区工作过于繁重，而梁湘又身兼两职，便以省委的名义向中央推荐袁庚拟任副省长兼深圳市市长。中央组织部经过相关程序后，同意省委意见，并颁布了任命。

可是，出乎所有人意料的是，袁庚竟然拒不赴任。他表示蛇口的改革试验刚刚全面启动，自己不愿离开。另一个原因是自己与梁湘性格相近，一山二虎，恐生矛盾。更主要的是本人无意为官，决心为中国的经济改革和政治改革做一些实质性的探索。

任仲夷经过慎重考虑后，理解并同意了袁庚的请求。后来又反复向中组部解释，最终收回成命。

不久之后，任仲夷主持省委常委会，专门为蛇口工业区制定了一个"31号文件"，赋予四大特权，使之成为中国大陆上第一个真正实现政企分离的企业，为袁庚的改革扫平了道路。果然，蛇口很快便成为中国最先锋也是最鲜亮的"改革试管"。

如果说深圳是中国改革开放的皇冠，那么蛇口就是这顶皇冠上的明珠。

深圳和蛇口，梁湘和袁庚，相互避让，相得益彰，成为一段历史佳话。

那一年，青涩男孩郑炎潮还是华南师范大学的一位在读研究生，专修经济学。

这时候，他用自己的眼睛惊奇地发现了一个天大的秘密：马克思经典著作与广东现实之间竟然存在着尖锐的矛盾！

按照马克思《资本论》中的界定，个体经济的雇工不能超过8人，超过这个数目就不是普通的个体经济，而是资本主义经济，其性质是资本家剥削。根据这个论断，1980年出台的中央75号文件，对个体经济的帮工和学徒数目进行了明确限定，不允许超过雇工8人的个体经济存在和发展。但是，广州的现实情况却是大相径庭，几百年通商口岸的历史在这里积淀了丰厚的经商传统，政治气候稍稍回暖，以手工业者和小商贩等为代表的中国第一代个体户已在街头巷尾星火重燃。特别是近年来，随着与港、澳地区联系的增多和外资企业的逐渐进入，以服装、皮具、电器、餐饮等行业为主的大量家庭作坊和私营工厂的规模越来越大，雇工数目何止8人，有的已经突破80人，甚至800人。这是一种什么性质的经济呢？他们都是新兴的资本家吗？

此时，"私"字在中国还是一个让人谈虎色变的名词，官方理论界仍然坚持马克思的说法，言辞很是霸道，甚至杀气腾腾。他们说，个体企业的再扩大就是私营化，而私营化就是私有制，私有制就是地地道道的资本主义经济，允许私有制经济发展，中国就是走资本主义道路。正在这时，1981年12月30日，国务院又出台了严格控制农村劳动力进城务工的规定，舆论界更蔑称其为"盲流"。

面对这种现状，郑炎潮很是担心，但这个课题又强烈地吸引着他。于是，这个初生牛犊不怕虎的研究生在毕业论文里悄悄地列出一章，进行专门探讨。他走街串巷，对广州市超过8个雇工的个体企业进行了大量调查，为这种新兴的经济形式定义了一个名字："社会主义初级阶段的私营经济"。无疑，这个概念太敏感、太越轨了。论文答辩前夕，导师明确告诉他，这一章必须放弃，如不放弃，答辩肯定不能过关，他也不能毕业，更分配不了工作。

郑炎潮很迷茫，很痛苦，也很不甘心。这时候，他偶然听到一则消息：省委第一书记任仲夷很重视个体经济的发展，最近曾要求广东学术界专门研究这个问题。于是，1982年5月的一天，他突发奇想，把这一敏感的章节单独抽出来，买了一张8分钱邮票，用平信寄了出去。

让他做梦也没有想到的是，仅仅几天之后，任仲夷的电话就来了。

任仲夷的电话是亲自打给学校研究生院办公室的，说要找小郑。办公室人员根本没想到对方就是省委第一书记，说小郑不在，有什么事我们转告吧。任仲夷说这个事可没法转告，我要和小郑本人见面谈谈。于是就留下了一个电话号码，让郑炎潮晚上与他联系。

那一天晚上，这个平时羞与人言的农家小伙子忐忐忑忑地拨通了省委第一书记办公室的电话。

"您是任书记吧？"

"是啊。"

"我是郑炎潮，您打电话找我吗？"

"是啊，我打电话找不到你呀。"

"您有什么事吗？"

"你的论文，我收到了，感觉非常好，我想约你谈谈这个事，你有没有时间来？"

"好啊，我也想请教您啊。"

"明天来吧，怎么样？我接你过来。"

"不用接，不用接，我自己坐车就行了，我知道您在省委。"

"你不用自己来，我派车接你。是我请你的嘛，怎么能让你自己来？"

郑炎潮的心激动得"嗵嗵"狂跳，他不敢想象省委第一书记的专车到学校接他会引起什么后果，他只是不想让别人知道他的秘密。于是就在电话里结结巴巴地解释着，坚持要自己去。最后，任仲夷只好同意了，并约定明天下午3时在省委办公楼三楼办公室等他。

谈起那一天，郑炎潮永远记得。

第一次走进省委大院，而且是面见省委第一书记，对于这个乡下出身的孩子来说，实在是太离奇了、太紧张了。当走进那栋神秘的办公楼时，他双手越发地颤抖，心如撞兔。他被领进了一间宽大且简朴的办公室，一位满头白发满脸皱褶的老者微笑着迎了出来，拿住了他的手，用力地握着。当郑炎潮明白这一掌温暖，这一泓微笑就是任仲夷时，心底那一只惊慌的兔子竟然倏忽不见了，他猛地感到面前这位慈善的老者像极自己乡下的父亲。这位慈善的父亲告诉他，自己46年前上大学时，专业也是经济学，自己也曾对理论感兴趣，后来在战争间隙还写过一本书叫《政治经济学》……话题就这样徐徐展开了。

原来，以任仲夷为首的广东省委，对新兴的个体经济和雇工经营不仅没有任何"制止"和"纠正"，而且一直在努力为其争取着合法地位。上一年年底，广东省工商局就出台了全国第一个鼓励支持个体经济发展的具体措施，就在十多天前，佛山市还成立了全国第一家个体劳动者协会。

郑炎潮不知道，此时的任仲夷正在被"陈志雄事件"困扰着。

陈志雄是广东省高要县沙浦公社社员，1980年承包鱼塘141亩，夫妻俩参加劳动，雇请固定工1人，临时工400个工日；1981年承包497亩，雇请固定工5人，临时工1000个工日。广东省委认为"集体增加了收入，承包者也有所得益"，应大力推广。但在1982年年初召开的全国农业生产责任制问题讨论会上，认为陈志雄已经不是以个人劳动为基础，而是以雇佣劳动为基础的大规模经营，其资本主义性质显而易见。于是，新华社某记者以《广东沙浦公社出现一批以雇佣劳动为基础的承包大户》为题写了一份内参，引起高层重视。几天后，主管意识形态的中央领导的批示送到了任仲夷的手上："附上材料一份，不知确实性如何。如果属实，不知省委怎样看法？我个人认为，按这个材料所说，就偏离了社会主义制度，需要做出明确规定予以制止和纠正，并在全省通报。事关农村社会制度的大局，故提请省委考虑。"

这个批示，无疑是下了一道讨伐"雇工"令。

恰逢此时，任仲夷收到了郑炎潮的来信。

郑炎潮结合调研资料和一些具体案例，对自己的观点进行了阐述。

任仲夷说：现在对于个体经济，只能扶持不能压制，但要扶持，首先就要正名，如果头上始终悬着一把"资本主义"的达摩克利斯之剑，那还怎么发展？马克思关于个体经济有一个"8人规定"，但是到底超过雇工8人的个体经济应该叫什么？我们也没有想好，刚好看到你的论文，这在理论上是一个重大突破和创新，为我们的决策提供了依据，我支持你！我们还要围绕你的这些观点，制定一个政策，给它取一个正式的名字，就叫作"私营经济"怎么样？让它发展，让它壮大。

从此，中国改革开放史上正式诞生了一个全新的名词：私营经济。

接着，任仲夷深深地叹了一声："在中国搞学问不容易啊，有风险。"

"是啊，导师提醒我有麻烦，答辩可能过不了关。"

"你已经超出了马克思的书本，人家说你怎么样你就怎么样，说你反马克思你就成了反马克思。"

"我没有反啊，马克思也主张解放生产力，列宁还有'新经济政策'呢，为什么我们不能借鉴呢？"

"不过你不要怕，时代在进步，你要根据自己掌握的材料，选准自己的研究方向。选准了方向就要坚持下去，坚持自己的学术品格，不要为任何非学术的评价所动。"

……

窗外的木棉树在静静地谛听着，思考着。

谈话时，任仲夷的目光一直在慈祥地抚摸着郑炎潮。据不少见过他的人说，任仲夷相貌清奇，最奇迥的就是那一双凸出的大眼：愤怒时猎猎如火，静思时深邃如渊，兴奋时明亮如灯。"文革"的时候，造反派画漫画，就抓准他这个特点，三笔五画，就是一幅肖像。多少年后，郑炎潮依然铭记着那一双慈祥的眼睛，热热的，亮亮的，像一盏灯，在他的心底温暖了几十年。

这次见面之后，郑炎潮的论文答辩顺利过关。毕业后，他也走上了经济研究之路，直至成为广东一名优秀的经济学家。

这一年，广东有关部门专门召开了一次关于雇工问题的大型研讨会。由于是国内理论界第一次公开讨论这个敏感话题，立时引起社会关注，中央有关部委也派负责人前来参加。经过激烈争论后，会议认为：在我国现阶段里，雇工经营有利有弊，利大于弊，对雇工经营应因势利导、兴利除弊。会议还进一步认为，对改革开放中出现的一些新情况、新矛盾，要多作调查研究，对一时看不清楚的问题，要多看一看，不要操之过急，更不应动辄指责和取缔。

这一年，广东省进一步出台了一系列支持个体私营经济的措施，并组建广东省和广州市个体私营协会，同时划分皮具、服装、美容、饮食、眼镜等行业分会，西湖路灯光夜市、一德路咸杂干果市场、文园电器城、番禺易发商场等专业市场纷纷成立。

"东南西北中，发财到广东。"一时间，广州成了个体私营者的天堂，成了试水者冒险家最早的乐园，大街上挤满了操着南腔北调，提着大包小包的外地批发商……

喇叭裤、牛仔装、运动鞋、电子表、计算器、烫发头、迪斯科、邓丽君……"广式潮流"引发的蝴蝶效应，像春风一样吹绿了全国城乡的角角落落，为正在从动乱和贫穷中走出的10亿名国民送上了第一束五彩缤纷的时尚之花。

据不完全统计，截至1985年年底，珠江三角洲地区的个体私营从业人员已经超过500万人。

这500多万名个体私营企业雇工，连同"三资企业"里的数百万打工仔一起，共同掀起了声势浩大的第一轮中国民工潮，汹涌澎湃，直至今天。

他们为传统的中国带来了时尚，带来了财富，带来了活力，也带来了方向……

那是一个乍暖还寒的时节。一棵初试天地冷暖的幼苗刚刚出土，或冻死荒郊，或傲霜凌寒，只要挺过惊蛰前的冰雪肃杀，她就是天之骄子，她就占领了整个春天。

那是一个意识形态过分敏感的年代，"公"和"私"、"资"和"社"、"左"和"右"，这几个金属般生硬的字块常常在天空中碰撞着，碰撞得火光四溅，铮铮作响，浓雾弥漫，空气中的每一丝颤动，都有可能引爆一场惊雷和闪电……

1981年，广东旅游部门开始组织内地公民香港游，这是中国大陆第一批惊艳的眼睛。

也是在这一年，香港歌星第一次来广州演出。按照多年的模式，歌者只能端庄地站在舞台上，对着固定的麦克风，像做报告一样表演。但是这一次出了大乱子，唱到兴奋处，这位名叫罗文的著名歌星，一把抓过麦克风，拉起电线，在舞台上边跳边唱，指手画脚，摇头摆尾，煞是陶醉。这一下引起舆论大哗，各地报刊纷纷开炮，痛批"资产阶级腐朽台风"。

炮声越来越响，硝烟越来越浓，任仲夷不得不出面表态，马克思怎么说的？难道站着唱就是社会主义，走着唱就是资本主义？我们共产党的省委应该只管唱什么，不应该管怎么唱。

东方宾馆最早开设了一家营业性音乐茶座，很是火爆。笙歌悠悠中，霓虹明暗里，青年男女在这里唱歌、跳舞、喝咖啡，广州人开始享受一个个温馨浪漫的彩色之夜。

时尚渐起渐盛，街头巷尾处处飘起了港台流行的抒情歌曲，浓浓的情歌情调中，款款而行的是烫发头、喇叭裤、迷彩服、高跟鞋、超短裙……内地传言成虎：广州街头到处是"美军"（因男青年的迷彩服上襟多、兜多，类似美国军服）！到处是妓女！内地一位副省长来广州出差，看到种种场面，气愤得在旅馆里擂墙大哭："没想到我们社会主义国家竟然变成这个样子了！"还有一位老将军，更是跺足捶胸，仰天长叹："靠这一代年轻人当兵上战场，我们部队如何能打胜仗？"于是向中央写信控诉，痛骂广东，坚决要求"收复失地"。

1981年4月，国务院副总理万里来广州督导疏港（因广东进出口量剧增，港口吞吐量太小，致使不少外国货轮无法报关，在公海等候，形成国际纠纷），看到大街上的花花世界，这位中国农村改革的先行者也颇为担心，便以一个老朋友的口吻好言相劝："仲夷，还是管一管吧，北京议论很大啊。"

任仲夷半开玩笑地说:"万里同志啊,我们要管大事,这些生活小事还是顺其自然吧。留胡子,我们共产党的祖师爷马克思就是大胡子。穿喇叭裤有什么不好,我们老祖先在唐朝就开始穿了。至于迪斯科,不就是蹦蹦跳跳扭扭屁股吗?男女并不贴身。我们过去跳交谊舞,可都是男男女女搂在一起的。在延安时,我们党的领袖们不是每个周末都举办交谊舞会吗?"

白天鹅是第一个来粤试水的海外来客。

这是中国大陆出现的第一家五星级宾馆,由香港霍英东先生投资,设计楼高四十多层,是当时广州的最高建筑。可想而知,白天鹅从开工的第一天起,就引起国内舆论热议:"共产党怎么能和资本家签约呢""五星级宾馆里允许开妓院"……

白天鹅本来是涉外宾馆,服务对象是港澳台境外客商,可是为了汇聚人气财气,1982年试营业时,霍英东决定向全社会开放。于是,门童的斑马裤、礼仪小姐的旗袍、银制的餐匙、精致的牙签、室内的瀑布等等都惊爆了广州人的眼球。

可好景不长,尴尬事接踵而至。原来不少广州人此时还没有见过牙签、餐巾等一次性用具,顺手就牵走了。当时卫生纸在普通市民中尚未普及,因此酒店卫生间的厕纸也成了抢手货,一天就要补上几百卷。更让店方痛惜的是,一些男青年穿着时髦的带有铁掌钉的皮鞋,在大理石地面上随意踢踏,留下了难以修补的斑斑点点。

宾馆不得不有所规定:衣冠不整者禁止入内,皮鞋掌钉者禁止入内,并在门口专设了拔除铁掌钉的工具和工作人员。

这一来,引起举国诉讼,羊城内外,南北媒体,口诛笔伐,气势汹汹地围攻这一只刚刚出巢的白天鹅:根本不合中国国情,倡导资产阶级生活方式,歧视国人,是旧中国"华人与狗不得入内"的翻版。

霍英东忧心如焚,悔恨自己投资大陆过于冒险了。

苦恼中的霍英东决定在白天鹅宴请任仲夷,于是便试探着发出了一份请柬。

身边人员劝说任仲夷,这种场合还是不要去了吧,一旦出席,明天的香港报纸就登出来了，北京也都知道了。你吃一顿饭，人家就会说你与资本家穿连裆裤，是"把兄弟"。

他一边打领带，一边哈哈大笑："广州和香港不是'把兄弟'，而是亲兄弟，不仅合穿连裆裤，还同吃一个奶（指同饮珠江水）。今天亲兄弟请客，又是一个出名的好机会，我为什么不去？况且，谁规定共产党的省委书记不能去五星级酒店呢？"

席间，面对着境内外的新闻记者，西装革履的任仲夷与港澳各界商人谈笑如故友，满堂生春风。

霍英东喜出望外，唤来纸笔，请他题词。

任仲夷环视大家："题什么好呢？"稍稍构思，援笔立就，是李白的浪漫诗句："两岸猿声啼不住，轻舟已过万重山。"

白天鹅起飞之后，李嘉诚、胡应湘、郑裕彤、利铭泽、李兆基等港商投资的中国大酒店、花园酒店也先后落户羊城。接着，连官方的东方宾馆也扩建成了五星级。

1985年，中国公布了大陆第一批五星级酒店，共5家，前4家全在广州。

一场突如其来的风暴，几乎击碎了广东的春天。

那是1982年的早春二月。

广东率先放开物价等几项大胆的经济改革引起了各地恐慌，在价值规律的作用下，国内流通渠道里原本十分匮乏的商品物资纷纷流向广东，周边几省惊呼"广东是特区，我们变灾区"，于是在省界各路口设立岗哨，严查过往物品和商贩。财政部、经委、计委、税务总局、工商总局、外贸部、物资部等国家机关也叫苦不迭，因为当时实行严格的计划经济，而广东的市场经济是对全国一盘棋的巨大冲击。还有意识形态的开化和自由，也让内地省份视若洪水猛兽、瘴疠瘟疫。这一切，都使得中央高层屡屡震怒，甚至曾严厉斥责："任仲夷还是共产党员吗？"

风暴在云层里剧烈地酝酿着。

伴随着经济的突飞猛进，广东沿海也出现了较为严重的走私现象。于是，走私事件便成了这场风暴的导火索。

1982年1月11日，中央以2号文件形式下达了一个《中共中央紧急通知》，矛头直指广东，言辞之烈，令人心惊肉跳："对于这个严重毁坏党的威信，关系我党生死存亡的重大问题，全党一定要抓住不放，雷厉风行地加以解决。对那些情节严重的犯罪干部，首先是占据重要职位的犯罪干部，必须依法逮捕，加以最严厉的法律制裁。"

　　文件下达后，中纪委主要领导立即带队进驻广东，调查办案。

　　不难想象，此时的南粤大地已是山水战栗、群鸟惊飞。

　　事态还在继续恶化。2月上旬，中央书记处紧急电令广东（还有福建）所有的省委常委立即进京开会，集中整顿。接到通知，任仲夷大惊失色！本党针对某一个省委班子采取如此特殊的严厉措施，在"文革"之后还从未有过。

　　会议气氛极为紧张。中央大员纷纷发言，认为这是："资产阶级又一次向我们发动的猖狂进攻""宁可让业务上受损失，也要把这场斗争进行到底！"因为"文化大革命"后已经宣布不再搞政治运动，所以就讲这场斗争是："不叫运动的运动""决不能手软！"由于过去对走私罪没有规定死刑，会上就有人提出要修改刑法，要准备枪毙一批人。某领导人在讲话中明确表示，广东已经变了颜色，过去的租界就是糊里糊涂送给外国人的，经济特区就像当年的租界。还有人说，广东这样的地方，曾是资本主义的熟门熟路，不应当用思想解放的人，必须用金刚钻。广东出了那么多事，任仲夷为什么见怪不怪？甚至提议免去他省委第一书记的职务。

　　同时参加会议的福建省委书记项南附在他耳边，善意地提醒："开了两天会我才明白，原来福建是来'陪绑'的，（这次会议）实际就是针对你们广东。"

　　会议结束后，他扛着一颗覆满白发的沉重的脑壳，踉踉跄跄地回到了广州。刚刚坐下，胡耀邦的电话又急急火火地追了过来，说书记处将会议情况向中央政治局常委作了汇报，政治局常委认为广东省委主要负责人的思想还是不通，有些问题还没讲清楚，明确指令任仲夷一个人马上再次回京。

　　这就是社会上传说的所谓"二进宫"。

见面后，胡耀邦代表政治局常委再次对广东进行严肃批评，并希望他站稳立场，明确表态。最后，责成他给中央政治局写出一份书面检查。

任仲夷呆若木鸡。

胡耀邦摊开双手，同情却又无可奈何地说："我都（口头）检查了啊。"

当天晚上，任仲夷回到宾馆后，枯坐无言，感慨如海。参加工作近50年，他还从来没有写过检查。"文化大革命"中，他曾受到过2600多次大大小小的残酷揪斗，鞭鞭见血，唾液满脸。一年冬天，红卫兵把一桶臭臭的墨汁兜头浇下，棉袄棉裤全湿透了，他彻底被涂成了黑人。虽然皮肉受苦，脸面受辱，可他的心底是坦然的、清白的。但这一次写检查，他是违心的、扭曲的。作为一个历经政治运动的省委第一书记，他清楚这份检查意味着什么。但是，如果不承担这一份责任，不仅自己过不了关，整个广东的干部都难逃一劫啊。

夜色如铁，冷月似冰。昏黄的灯光，映照着任仲夷乱草般的白发和乱草般的愁绪。47年前，就是在这里，就是在北京，自己还是中国大学的一名学生，秘密加入了共产党，从此舍生忘死，投身战火。建国后，从最北端的黑龙江，又到最南端的广东，兢兢业业为党工作了一辈子，总还算是一个合格的党员吧，难道中央真的要开除自己的党籍吗？他的心在颤抖，在泣血，他哆哆嗦嗦地拿起了笔……

在以后的日子里，他一直在挂念着这一份沉痛的检查。退休后，他曾多次向有关部门申请，想复印一份，留作永远的纪念，但至死也未能如愿。

书面检查交上去了，所幸邓小平、胡耀邦等领导人并没有表态处分任仲夷。

但另一道难关在广州等待着他。

如何向全省传达会议精神呢？广东的各项改革刚刚开始，正是如火如荼的时候。现在不少地方墙壁上"千万不要忘记阶级斗争""阶级斗争一抓就灵"的"文革"标语还没有洗刷干净，人们对那一场刚刚过去的大灾难仍是心有余悸。如果把会议实况全部传达下去，势必会浇灭大家的热情。还有，会议明确提出要查处一批、杀掉一批，但他坚信，广东的干部除极个别害群之马外，绝大多数是清白的。面对这些披荆斩棘、冲锋陷阵的亲爱的可敬的勇士，他如何能下手呢？

几天之后，全省三级干部大会庄严肃穆地召开了。

风声鹤唳，草木皆兵。各路诸侯早就闻知了中央会议的内幕，不少人战战兢兢、如临大难，有的人干脆带来了行李，准备接受随时可能到来的审查和讯问。

但出乎所有人预料的是，在会上，任仲夷仍然镇静自若，谈笑风生。他在检讨自己对"走私犯罪"重视不够并申明将加大打击力度的同时，反复重点强调的仍然是"改革开放坚定不移"，并正式提出了"对外更加开放，对内更加放宽，对下更加放权"的"三放"政策，希望大家进一步放开手脚，加快发展。

省委班子里一位年龄稍长的老干部闻听此言，心中暗暗吃惊，在会议休息时间悄悄地拉住他，担心地说："现在都是什么时候啦，你怎么还讲这些话？最近北京的报刊都不讲了。"

任仲夷盯着这位好心的老友，看了一会儿，又故作轻松地反问道："中央文件并没有不让讲啊。"

讲到大家最为关心的干部处理问题时，任仲夷霍地站了起来，深深地注视着在座的各位，双目炯炯似火，然后，慢慢地却是庄严地、斩钉截铁地承诺："只要没有往私人腰包里装钱，而是按照省委部署抓工作的，即使出些问题，也由省委负责，主要由我负责！"

这时候，整个会场鸦雀无声。旋即掌声雷动，泪飞如雨。

广东的那一批干部至今都在感谢任仲夷。他们说，如果任仲夷是一个明哲保身的官僚，或者是一个胸怀野心的政客，他完全可以顺着高端的旨意，严厉清查干部队伍，进行人人过关，撤职一批，判刑一批，甚至杀掉一批。他自己不仅可以金蝉脱壳，顺利过关，而且还可以博取上悦，邀功讨宠。如果那样，广东肯定会是另外一种样子，广东就没有今天！

这一场风暴总算过去了。但是，有谁知道任仲夷为此付出的是一个怎样沉重的代价？

那一年的秋后，中共"十二大"即将召开，以他的资历、能力、政绩和威望，本来已经被列入中央领导班子的考察人选，并很有可能出任十分重要的职务。但他到广东后的所作所为，在社会上引起了太多的是是非非，更惹恼了一个庞大的官僚群体，他的名字最终被删除了，并且永远地被删除了。

历史上的改革者大抵如此。他们在冒险革除社会痼疾的同时，往往也革除了自己的前程。

香一年，臭一年，香香臭臭又一年。

在这香香臭臭、坎坎坷坷的雾途中，是任仲夷和岭南人倔强的背影。

走私事件之后，中央政府及有关部门把下放给广东的外贸进出口权收了回去，在很多有关经济政策的文件中也特别注明"经济特区也不例外"或"经济特区也要执行"的字样。内地一些省市也采取措施，把广东运往各地的许多物资当作走私物品扣压、冻结。广东的供销人员到外省市进行正常的业务活动也受到冷落，有的还被当作走私分子看待，轻者搜去证件，重者无理扣押，有些省市甚至明确表示不准供销人员去广东做生意……

全国各地的邮政部门对来自广东境内的邮品也格外虐待，随意拆封检查。在他们的意识里，广东就是全国黄货毒品的老巢、精神污染的源头。

这种现象也渗透进意识形态领域。在那些年拍摄的电视和电影中，几乎形成了一个固定模式，大凡经济领域的反面人物都被刻画成了广东人，讲一口半生不熟的粤语。这种现象甚至一直贻误到今天。

一段时间，北京曾纷纷传言，要将任仲夷撤职，开除党籍。

经济特区的思路是邓小平提出的，但是几年来，他一直在观察，在思考，不否定，也没有肯定，他只是说："深圳经济特区是个试验，路子走得是否对，还要看一看，搞成功是我们的愿望，不成功是一个经验嘛。"

境外不少媒体就此大肆渲染，夸大中共高层的分歧，说深圳只是一个试验品，很可能是牺牲品，最后肯定还要斩马谡。

那些年，中国的经济改革正是全面探索时期，连国务院的官方文件中也表示"要摸着石头过河"。的确，在那个复杂的年代里，在那个特殊的环境中，处在那个敏感的位置上，任仲夷需要摸的石头太多了，不仅有经济的，还有政治的、文化的，稍不留神，这些石头就会突然飞起来，无情地砸破他的头颅。

他的秘书琚立铭告诉我，年岁的逐渐增大、工作的极度繁忙、心理上的重重压力，再加上生活习惯上的巨大差异，使任仲夷的健康状况频频亮起红灯。他的牙齿很快地全部下岗了，满口假货，吃东西很不方便，且极易损坏，常常要去看牙医。

1983年春天，任仲夷明显感到心律不齐，去医院检查，连医生的脸都白了：他的心跳竟然每天早搏3万次。劝他马上动手术。他笑一笑，说自己身体好，能抗得住，拒绝了。又劝他半天工作半天休息，可这无异于与虎谋皮，怎么可能呢？

任仲夷的工作量之大让人难以想象。有一个细节可窥一斑，他在任期间极少乘坐轿车，他的专车就是一部12座的丰田面包。为什么？就是为了利用路途时间便于听取汇报和讨论开会。面包车就是一个流动的办公室，而他就是一台永远不知疲倦的机器，每时每刻都在高速地高效地运转着……

拖着羸弱的身躯，背负着繁重的压力，任仲夷像一个无所畏惧的孤胆英雄，高擎着自己的灵魂之火，透支着全部的生命能量，义无反顾地行走在广袤的岭南大地上。他在探求着一条道路，他在追寻着一个梦想。

那是百姓的福祉，那是文明的微笑，那是人类的大道！

……

他的胆囊又开始隐隐作痛了，愈加剧烈，发展到腹胀，厌食，疼痛难忍。

1984年元旦过后，他被送进了医院。胆囊结石，严重发炎，必须马上切除，否则，腹背受敌，危及生命。

手术开始后，所有的医生惊呆了，做了这么多例手术，还从来没有见过如此畸大的胆囊。畸大的胆囊被撑得鼓胀胀的，像一枚熟透的桃子，随时可能爆裂。打开"桃子"，医生们更是目瞪口呆：里面塞满了16枚圆圆滚滚的结石，大的像鹌鹑蛋，小的似花生豆、黄豆、豇豆……

哦，怪不得老家伙如此生猛，原来他的胆囊里揣满了石头！

哈维尔说：政治是求得有意义的生活的一种途径，是保护和服务人的一种途径。

但在中国，政治是一个复杂、危险而又甜蜜、高贵的特殊职业，大大小小的官员们大都只是在使用和享受着政治的特权和舒适，而很少去理解和履行真正的政治责任。"实事求是"和"不唯上，不唯书，只唯实"等这些崇高的信条在官场重复学习了几十年，但真正执行到位的又有几人呢？当群众的根本利益与上司的私家利益发生冲突的时候，他们往往不敢坚持前者，而是乖乖地选择了后者。这种传统、落后而又根深蒂固的"官本位"思想，不能不说是我们中华民族政治文明的一个大大的悲哀。

其实，真正的政治家，并不仅是那些手握国柄、经略风云的股肱巨擘，而且是每一个公务员，他们是不是在各自所处的岗位上尽到了应尽的社会责任。从这个意义上说，绝大多数的人都有所欠缺，而任仲夷则是一位伟大的政治家。他在广东省委第一书记的任职上，竭尽全力，敢踩逆流，不避斧钺，为天地立心，为生民立命，为岭南开太平，尽到了当时的历史条件下所能尽到的几乎全部天职。

但他又是一个清醒的现实主义者，他阅尽沧桑，大彻大悟，洞察世事，知其能所为，亦知其不能所为。这就注定了他的一生是一位奋勇的开拓者、冒险者，同时又是一位清醒的孤独者、失落者。

任仲夷离休的1985年，广东的经济总量已经跃居全国第一位。

岭南大地已经全面发酵，物阜民丰，山河富美，而只有他在日渐萎缩。他的体重比上任时减少了近30公斤，身材也矮小了5厘米。他，瘦弱成了一个干巴巴、颤巍巍的岭南阿公……

卸任前，他又一次去了深圳。站在文锦渡口，眺望着两岸星河般灿烂的灯光，他笑了，笑容一如这星河般灿烂。

挥挥手，他要告别这一片灿烂的星河了。

这是一次平静而隆重的谢幕……

任仲夷离休时，中央本已安排他到北京定居。但是，他的感情已经在这里深深扎根，他决心把自己的余生交给这片土地了。

生为岭南人，死亦岭南土！

他的身体在一天天地衰老下去，像一株粗皱枯朽的木棉树，但他思维的枝叶依然滴青流翠，激情的火焰仍旧时时喷薄迸溅。而且愈到晚年，其情愈殷，其心愈烈，烈烈如火，殷殷似血。他用颤抖的双手高捧着自己滴血的心脏，向他的后人、向这个民族奉献着最后的真诚……

他惋惜邓小平的人生憾事主要是没有利用自己的崇高威望，在经济改革基本成功之际适时地进行政治改革。

他大胆建议，中国可以借鉴经济特区的成功经验，进行政治体制改革试验，然后再逐步推广。

对于"和谐社会"建设，他也有着自己独特的慧解："从字面上看，'和'左边一个'禾'，右边一个'口'，表示老百姓张开口要吃饭，首先要解决的是温饱问题，也就是民生问题。'谐'字左边一个'言'，右边一个'皆'，表示人人皆言，言无不尽，也就是实行民主。一个民生，一个民主，这两个问题解决好了，社会和谐就不难了。所以，和谐社会的基础应该是经济发达，生活富裕，社会民主，言论自由。"

……

哦，人之将死，其言亦善。让我们理解这位可敬的老人的一颗大爱之心吧！

任仲夷晚年交往的多是思想界人士。

2004年3月的一天，他突然吩咐儿子把家院的门槛锯掉，家人大惊。原来是北京的好朋友于光远要来了。于氏小他一岁，已经瘫痪，出行需乘坐轮椅。

于光远终于来了。90岁的任仲夷颤巍巍地推着轮椅上的老友，慢慢地在东湖边散步、聊天。哦，两个历尽沧桑的思想者，他们的躯体已经垂垂老矣，但他们的心理依然青春，他们思想的羽翼像两只轻灵的鸟儿，在高远的天空中自由地飞翔着、鸣啭着……走不动了，就坐下来，静静地看着湖畔猩红的木棉花，那是生命的火焰，那是岁月的叹息，那也是他们永远的遗憾和隐痛啊……

2005年4月5日，在广东省中医院住院的任仲夷，再次约见郑炎潮。他仰躺在危重症病人监护床上，浑身插满了导管，喘着粗气，竟然交谈了3个多小时。临别时，他语重心长地说："大胆地想问题，讲的时候要谨慎。我们过去批评胡适的'大胆假设，小心求证'，但他是对的。鲁迅和胡适都是伟大的，鲁迅是揭露黑暗的人，胡适是在黑暗中点亮蜡烛的人，在黑暗中点亮蜡烛的人更重要。"

郑炎潮没有想到，这竟是任仲夷留给他的学术"遗嘱"。

公元2007年11月，我去广东采访的时候，任仲夷已经去世两周年了。

我穿过繁华的广州街市，去银河公墓凭吊。浩瀚的碑群中，静静地矗立着一块普通的石碑，碑面上只是嵌刻着他的名字。如果不注意的话，来往的人们根本不会联想到他。可他的碑石似乎是一块奇异的磁铁，吸引了几乎所有人的目光和脚步。人们站在他的面前，垂首躬身，默默地致敬，或上前抚摸一下石碑，似乎在与主人对话，似乎在与主人握手。而那块幸运的碑石，早已被抚摸得光光亮亮的了，像老人慈祥的笑脸。

他的儿子告诉我，临终时，任仲夷早已不能言语，但意识里仍然半明半昧，交代完遗言后，似乎仍有牵挂，便用手指为笔，在儿子的手掌上哆哆嗦嗦地写字，让把生前所用的老花镜、放大镜、收音机、钢笔与他的骨灰放在一起。

哦，可爱的老人，即使在天国里，也在惦念着这片土地，凝视着这个民族……

我相信，一千年之后，当广东的后人们在数念起20世纪时，仍然会敬重他的名字。

岭南的疆土上肃立着数不清的木棉树，像一把把硕大的火炬，在默默地燃烧着……

《广州文艺》2008年4期

敬告作者

为了保护有关作者的合法权益，我社曾多方联系本套书所涉及作者以便洽谈版权事宜。但遗憾的是，由于种种原因，截至本书付梓，仍未能与少数作者取得联系。现谨对尚未取得联系的作者表示歉意，并请有关作者或著作权人见书后，尽快致函作家出版社，以便及时奉寄样书和稿酬。

通信单位：作家出版社有限公司

通信地址：北京市朝阳区农展馆南里10号

邮政编码：100125

联系电话（传真）：010-65925260

图书在版编目（CIP）数据

新中国文学经典丛书·精选本　报告文学卷／孟繁华主编.—— 北京：作家出版社，2023.3
ISBN 978-7-5212-2183-1

Ⅰ.①新… Ⅱ.①孟… Ⅲ.①中国文学 – 当代文学 – 作品综合集 ②报告文学 – 作品集 – 中国 – 当代 Ⅳ.①I217.1 ②I25

中国国家版本馆CIP数据核字（2023）第020044号

新中国文学经典丛书·精选本　报告文学卷

总 策 划：吴义勤　路英勇
主　　编：孟繁华
出版统筹：汉　睿
责任编辑：向　萍
装帧设计：天行云翼·宋晓亮
出版发行：作家出版社有限公司
社　　址：北京农展馆南里10号　　邮　　编：100125
电话传真：86-10-65067186（发行中心及邮购部）
　　　　　86-10-65004079（总编室）
E-mail:zuojia@zuojia.net.cn
http://www.zuojiachubanshe.com
印　　刷：唐山嘉德印刷有限公司
成品尺寸：152×230
字　　数：368千
印　　张：24.75
版　　次：2023年3月第1版
印　　次：2023年3月第1次印刷
ISBN 978-7-5212-2183-1
定　　价：60.00元